DIE ABENTEUERLICHE REISE DES PIETER VAN ACKEREN IN DIE NEUE WELT

Dieses Buch ist ein Roman. Die Handlung ist frei erfunden, wenngleich in ein historisches Umfeld eingebettet. Einige Personen, wie beispielsweise Maria Sibylla und Dorothea Merian, Ereignisse, Zeitangaben und Schreibweisen sind historisch belegt, einige sind es nicht oder nicht in heutiger Lesart verwendet.
Im Anhang befindet sich ein Glossar.

MEINRAD BRAUN

DIE ABENTEUERLICHE REISE DES PIETER VAN ACKEREN IN DIE NEUE WELT

Roman

emons:

Bibliografische Information der Deutschen Nationalbibliothek
Die Deutsche Nationalbibliothek verzeichnet diese Publikation in der Deutschen Nationalbibliografie; detaillierte bibliografische Daten sind im Internet über http://dnb.d-nb.de abrufbar.

MIX
Papier aus verantwortungsvollen Quellen
FSC® C014496

Umschlagmotiv: akg-images/PAUL D STEWART/SCIENCE PHOTO LIBRARY, akg-images
Umschlaggestaltung: Nina Schäfer
Gestaltung Innenteil: César Satz & Grafik GmbH, Köln
Druck und Bindung: GGP Media GmbH, Pößneck
Printed in Germany 2017
ISBN 978-3-7408-0167-0
Roman
Originalausgabe

Ein Jegliches hat seine Zeit, und alles Vorhaben unter dem Himmel hat seine Stunde. Steine wegwerfen hat seine Zeit, Steine suchen hat seine Zeit. Töten hat seine Zeit, Heilen hat seine Zeit. Zerreißen hat seine Zeit, Zunähen hat seine Zeit. Schweigen hat seine Zeit, Reden hat seine Zeit.

Aus: Prediger Salomo, Kohelet 3,1–7

Überfahrt

Wenn du den Herrn, deinen Gott, suchst,
so wirst du ihn finden.
Mose 4,29

1

Pieter van Ackeren stand an der Reling. Kein Wind wehte, er hatte nur das träge Meer um sich, dessen undurchsichtige Oberfläche alles Licht in ein schmerzhaftes Gleißen verwandelte. Seit Tagen lag das Schiff in den Kalmen westlich von Cabo Verde und rührte sich nicht mehr, als wäre mit dem Wind der Mut von ihm gegangen oder als sei es von einem Trotz befallen, mit dem es die strafen wollte, die auf ihm fuhren. Und nichts wies darauf hin, dass diese Lähmung ein Ende nehmen könnte.

Der Schweiß rann über Van Ackerens Gesicht, obwohl der schwarze Predigerhut seinen Kopf schützen sollte, der einzige Hut, den er besaß, der aber nicht gemacht für eine Seereise und für die Sonne tropischer Breiten.

Man hörte leises Singen. Eine Knabenstimme, die Mühe hatte, die Wörter zu formen, ein paarmal neu ansetzte, ohne die Melodie zu verlieren. Solkers brauner Sklave sang, ein schönes, biblisch anmutendes Kind aus Batavia mit flinken Augen, der Einzige an Bord, der in der Kapitänskajüte ein und aus gehen durfte.

Die hochbordige Fleute rollte um ihre Längsachse, ohne sich vom Fleck zu rühren. Masten und Spieren ächzten, Taue knarrten in den Blöcken, schlugen gegen die Masten. Van Ackeren schaute hinunter auf seine Hände, die auf dem schwundrissigen Holz der Reling lagen. Immer galt es, sich irgendwo festzuhalten; auch wenn kein Wind wehte, hörte ein Schiff nicht auf, sich zu bewegen, selbst an der Pier konnte es nicht ruhig liegen bleiben.

Und nun war man schon drei Wochen unterwegs in dieser hölzernen Kammer aus Luft, die die Menschen am Leben zu halten vermochte auf der unbarmherzigen See, eine Bußkammer und ein Gefängnis, in dem sie alle zusammengepfercht waren für zwölf lange Wochen von Amsterdam nach Suriname. Das Schiff ein Ort, dem man nicht entrinnen konnte, erfüllt vom Dunst der Leiber, der Ausscheidungen, dem Gestank der Schweine und Hühner in ihren Ställen, des schimmelnden Lederzeugs und des in den Fässern verfaulenden Dörrfleischs. Heimstatt der Ratten und Klangkörper für die Geräusche von vierzig Menschen, die ihre Bedürfnisse und ihre Nöte miteinander teilen mussten. Und darunter, wie die Hölle ein noch tieferer Ort war als das Elend der Welt, befand sich das Sklavendeck mit den achtzig angeketteten Negern aus Cabo Verde, deren Jammern man Tag und Nacht auf dem Schiff hören musste.

Die Schiffsglocke wurde einmal angeschlagen.

Der wimmernde Klang breitete sich aus, und Van Ackeren überlegte, wie weit man die Glocke wohl über dem Wasser hören konnte. Er entschied: sehr weit.

Heute früh war ein Kind geboren worden. Eine der Frauen auf dem Armendeck kam nieder, wie zu erwarten gewesen, da sie schon hochschwanger an Bord gekommen war. Man konnte sich denken, dass die Schlepper in Amsterdam die Kneipen und Hurenhäuser abgeklappert hatten und schließlich in den letzten Morgenstunden noch die Gassen am Hafen, so sie ihre Liste noch nicht voll hatten. Unterschriften brauchte es nicht, ein Daumenabdruck genügte, und auch der ließ sich später noch hinzufügen. Wer konnte schon schreiben von dem halben Dutzend Weibspersonen, die vor dem Großmast der Fleute in einer gemeinsamen Kajüte ihre armselige Heimstatt hatten und ihr Schicksal erwarteten. Wenn sie Glück hatten, wurden sie in den Kolonien verheiratet, dort, wo weißhäutige junge Frauen gesucht waren, und jemand kaufte den Kontrakt, den sie mit der Compagnie geschlossen hatten.

Die Schiffsglocke wurde zum zweiten Mal angeschlagen.

Der zweite Ton eilte dem ersten hinterher, ohne ihn zu erreichen. Van Ackeren schaute noch immer auf seine Hände. Das Kind, das zur Welt drängte, hatte wie eine Wunde den Stillstand der Reise durchbrochen. Die Geburt schuf ein Ereignis, das stärker war als die Lethargie des hilflos in der Hitze daliegenden Schiffes.

War nicht, dachte Van Ackeren traurig, eine Geburt der erste Akt einer großen Hoffnung? Und war nicht Christus selbst diesen Weg gegangen, und gerade deshalb?

Während die Schreie der Frau letzte Nacht jeden Winkel des

Schiffes erreicht hatten, bis die Schweine einstimmten, die, wie man inzwischen sattsam zur Kenntnis nehmen musste, zu den sensibelsten Mitfahrern zählten, war Van Ackeren ein heftiger Schwindel angekommen. Sein Herz hatte zu rasen begonnen, wie oft, wenn er einer Sache nicht ausweichen konnte, wenn sich keine Tür für ihn auftat, noch nicht einmal die Pforte der Erklärungen oder das Gebet, das ihm meistens heraushalf. Sechs Stunden lang schrie die Kreißende ohne Unterlass wie ein verletztes Tier. Ihr Becken sei zu eng, meinte am Morgen die robuste Leydenerin, auch sie eine vom Armendeck. Sie habe, sagte die Frau zu ihrer stumm bleibenden Umgebung gewandt, während sie ein nasses Tuch auf den prallen Bauch der Gebärenden presste, ja schon manches Sündenkind auf diese erbarmungslose Welt gezerrt. Aber wer wisse, was für ein Riesenkerl dem Mädchen das Kind gemacht habe; mit sechzehn Jahren sei sie vielleicht alt genug gewesen, in sein Bett zu kriechen, aber selbst doch noch ein Kind, Gottverdammich. Und schaute beim Fluchen über die stöhnende Frau gebückt zu Van Ackeren hin, der dastand und in die Kabine hineinsah, den Vorhang halb zurückgezogen, weil er helfen wollte. Helfen, ja. Und das Weibsbild gab dazu ein Lachen, in dem kein Mitleid war, bloß Selbstgewissheit.

Er ließ den Vorhang wieder zurückfallen, welcher als Tür diente für die Mittellosen, deren Aussichten sich nur durch ihre Hautfarbe unterschieden von denjenigen der Neger, deren achtzig ein Stockwerk tiefer in Ketten lagen. Für den Fall, dass man sie verschmähte, kostete der Kontrakt die Frauenzimmer fünf Jahre Arbeit, und danach mussten sie sich für fünf weitere verschulden, was die meisten von ihnen nicht überlebten, wenn sie in dieser Zeit nicht noch einen Ehemann fanden, der sie freikaufte. Sie zahlten noch nicht genug mit ihrer Arbeit und mit ihrem Leben.

Aber weil die Welt so ist, braucht sie Gottes Wort, und das kostet keinen roten Heller.

Das Heil ist nicht käuflich.

Van Ackeren bewegte seine Finger, als wolle er die Reling fester angreifen. Weiche Finger und saubere Nägel. Für die er sich schämte, seitdem er an Bord gegangen war, weil sie keine Spuren von Arbeit aufwiesen.

Zuerst hatte er dem Schreien der Frau nicht entgehen können und bei Tagesanbruch nicht dem plötzlichen Anblick des Kindes, das schließlich dunkelblau zur Welt kam mit der Nabelschnur um den Hals. Und die Leydenerin, die's in Händen hielt, schrie plötzlich nach einem Messer.

Ein Anliegen, dessen entsetzliche Dringlichkeit Van Ackeren erst begriff, als es schon vorüber war. Als das lavendelfarbene Kind tot in den Schatten eines Niedergangs gelegt wurde, wo jemand einen Rupfensack darüberwarf, während die aufgehende Sonne mit dem neuen Tag das Schiff aufs Neue mit der Wucht ihrer Strahlen überfiel. Eine halbe Stunde später, nachdem die Leydenerin die schluchzende Frau hinter dem Vorhang auf dem blutgetränkten Schragen von der Nachgeburt befreit hatte, taufte Van Ackeren in einer hastigen Zeremonie den toten Säugling, weil niemand sonst auf die Idee gekommen wäre, solches zu tun.

Vielleicht, meinte die Leydenerin, als sie mit blutigen Händen herauskam und bemerkte, was er gerade tat, könne er der Mutter gleich noch die Letzte Ölung spenden, das dumme Gör sei noch nicht über den Berg. Dazu warf sie das rostige Bootsmesser neben den kleinen Leichnam, und Van Ackeren, der dabeikniete, musste sich mit einem Mal fühlen wie der Zeuge einer Mordtat. Er versuchte, das Messer zu ignorieren, und mühte sich, sein Herz zu öffnen für das neugeborene Menschlein, dessen Augen für immer geschlossen bleiben würden. Kleine Schlitze bloß, durch die nie jemand die Welt sehen würde, das Mündchen eine offene Blüte. Ein Mund, der nie an einer Brust trinken, nie ein Wort in einer menschlichen Sprache sprechen würde.

Auch Capitain Solker war hergekommen. Vielleicht von jemandem gerufen.

Blieb stehen, warf einen Blick auf das tote Kind, das neben seinen Seestiefeln lag. Spuckte aus und verlangte mürrisch von Van Ackeren, er solle, wenn er mit der Taufe fertig sei, gleich seinen Beitrag zu der fälligen Bestattung leisten, da er ja hier mangels eines kanonischen Priesters wohl den Zuständigen gebe. Und entfernte sich mit festen Schritten, gefolgt von seinem braunen Sklavenjungen, der flink seine unberechenbaren Augen über Van Ackeren gehen ließ, den schönen Mund wie zum Pfeifen gespitzt und den flügelschlagenden Papagei an seiner Kette auf der Schulter festhaltend. Noch im sich entfernenden Knarren der hohen Stiefel meinte man den Groll des Capitains darüber herauszuhören, dass bei dem ganzen Lärm und Aufruhr auf seinem Schiff nichts Nützliches herausgekommen war.

Man solle doch, rief einer der Matrosen, die gerade am Seileflicken waren, das krepierte Balg einfach über Bord werfen, dann spare man sich weitere Mühe. Andere müßig herumhockende Seeleute wetteiferten mit anzüglichen Kommentaren, bei welchen sie die Kindsmutter auf derbe Weise einzubinden wussten, und wieder einmal wurde Van Ackeren das Deck der Fleute mit seinen siebzig Fuß Länge zu klein.

Sein Herz begann zu rasen, und er musste sich entfernen, so weit ihm möglich war, bis ans andere Ende des Schiffes, weiter ging es nicht. Wenigstens das aufgegeite Beiboot wollte er zwischen sich und die ungehobelten Rüpel bekommen.

Bis eine der Frauen zu ihm kam und ihm bedeutete, dass es so weit sei. Er folgte ihr und traf die Weibspersonen allesamt an der Reling stehend an, in ihren fadenscheinigen Kattunkleidern, die Hauben auf den gesenkten Köpfen. Sonst war niemand da. Bloß ein Matrose, an den Mast gelehnt, mit einem leeren Sack in der Hand, einen Stein in der anderen, seinen Priem kauend.

Stumm standen die Frauen an Deck, die Hände gefaltet, und schauten ihn an, der nun die richtigen Worte sprechen sollte. Er blickte in ihre jungen Gesichter, die meisten um einiges jünger noch als er, und er war doch eben erst zweiundzwanzig Jahre alt geworden an Matthäi.

Einen Segensspruch sagen. Das Licht suchen, das in uns ist. Immer da und in jedem, unbedingt, von Beginn an, weil wir so geschaffen sind. Nachdem er zu Ende gesprochen hatte, schaute er nicht zum Wasser hinunter. Hörte aber das Plumpsen, mit dem der Sack über

Bord ging. Sah hernach den Totengräber mit schlenkernden Armen breitbeinig davonstaksen.

Van Ackeren stand noch immer an der Reling.

Die ruhelose Wasserfläche formte Spiegelungen des blauen Himmels. Weich irrte das Bild über flache Kämme und sanfte Wirbel, ein tiefes Blau mit einer Komposition, wie sie das prunkvolle Deckenbild einer papistischen Kirche aufweisen könnte.

Er suchte und fand darauf sich selbst. Ein dunkler Umriss mit breitkrempigem Hut, der über die Reling hinausragte und seine Kontur beständig änderte, wie alles, was von dem trügerischen Spiegel der See gezeigt wurde.

Neben ihm tauchte ein zweiter Schatten auf.

Als ein Rinnsal ins Meer hinunterplätscherte und den irisierenden Spiegel mit platschenden Ringen verunzierte, wandte sich Van Ackeren empört dem pissenden Matrosen zu, der ihn angrinste, während er ungerührt zu Ende kam, sein Gemächt schüttelte und den Hosenlatz wieder heraufzog. Seinen Blick frech auf Van Ackeren ruhen ließ, derweil er sich die Hafteln festband.

Der Gedemütigte wandte sich ab, erneut auf der Flucht. Im Davoneilen musste er daran denken, dass Gott nach Auffassung der alten Gelehrten keinen Schatten wirft, wohl aber der Teufel.

Am 12. Februar 1701
Heute habe ich ein tot geborenes Kind getauft und sogleich auch müssen bestatten. Es war schwer, die richtigen Worte dafür zu finden, mein GOTT, aber ich habe es dennoch versucht. Die arme Mutter, im wahrsten Sinne arm, denn sie zählt zu denen sechs ärmsten Passagieren, den Kolonistenfrauen, die mit uns an Bord sich befinden, lag noch darnieder, selbst dem Tode nah. Ich habe vor dem toten Knäblein und den wenigen Anwesenden von Marien gesprochen und von dem großen und furchtbaren GOTT, der uns ins Leben lässt und uns auch wieder zu sich nimmt. Dem GOTT, der dieses Kind in seinem unerforschlichen Ratschluss auf dem Weg in die sündhafte Welt dazu auserkor, ohne Umwege sogleich zu ihm zurückzukehren und sich den Seligen anzuschließen. Und hat ihm der HERR damit das Irdi-

sche genommen, aber auch viele Irrwege erspart und das Unendliche geschenkt.

Man hat mir nicht viel Zeit gegeben, zu sprechen, obgleich auf dem Schiff derzeit nichts anderes getan werden kann, als auf Wind zu warten. Piet Solker, der Capitain, zeigt sich als ein barscher Mensch, der wohl seinen Respekt haben mag vor der Kirche, wie er uns auch täglich zusammen beten lässt, aber nichts zulassen will in seiner kleinen Welt, was ihm überflüssig scheint und seinen Principiis widerspricht. Nun war aber das Kind von mir getauft, auf den Namen Benedikt, den Heiligen des heutigen Tages, da anscheinend niemand, auch nicht die Mutter, einen Namen wusste, und GOTT gab mir danach die Kraft, ein würdiges Begräbnis für ihn zu verlangen. Es mag an den Beschränkungen liegen, die uns hier an Bord gar nichts erlauben, jedenfalls fand der Capitain, dass ein Kartoffelsack und ein Stein darin für die Procedur ausreichten, an der die Mannschaften und er selbst nicht teilnahmen.

Eine halbe Stunde nachdem der kleine Leichnam versunken, erschien indessen etwas Seltsames über der See, das wir zuerst für eine dunkle Wolke halten mussten. Ein paar von den Matrosen erhoben sich und wollten schon an die Taue gehen, um das Schiff für eine Sturmböe zu rüsten. Sogar der Capitain wurde herbeigerufen, als wir gewahr wurden, dass dieselbe dunkle Wolke, ohne dass eine Spur von Wind zu spüren war, sich auf unerklärliche Weise dem Schiff näherte. Als sie indessen über uns angelangt, sahen wir, dass sie aus Tausenden und Abertausenden von Schmetterlingen bestand, welche gleich einem blauen Regen über dem Schiff herabkamen, wo sie sich allesamt auf den Masten und Spieren niederließen.

Nach kurzer Zeit waren das Schiff, seine Aufbauten, die Segel und alles an Deck von den Tierchen bedeckt, die still nebeneinander sich festhielten, gleich Schiffbrüchigen, und bloß ihre azurblauen Flügel viele Male öffneten und schlossen. Die Seeleute fingen gleich damit an, die Schmetterlinge totzuschlagen. Sie sind von ständigem Aberglauben durchdrungen; was sie nicht verstehen, macht ihnen Angst. Die Tierchen indessen flohen nicht. Sie flatterten nur hin und her, als müsse dieser Blutzoll gegeben werden dafür, dass sie einmal rasten durften auf ihrer Reise, die sie wer weiß wohin führt.

Nach einer Stunde verließen sie uns. Alle flogen auf einmal fort, als stünde ein Entschluss dahinter. Wie sie in die Höhe flatterten, wollte es für Augenblicke scheinen, als stiegen Rauchschwaden empor, und es machte den Anschein, als habe das Schiff Feuer gefangen. Über unseren Köpfen fanden sich die Falter wieder in einer Wolke zusammen und flogen über das sonnenbeschienene Meer davon, ihre kühne Wanderschaft fortzusetzen.

2

Master Pitt saß auf der Marsrah. Seinem schwankenden Lieblingsplatz, von dem aus er das ganze Schiff überblicken konnte. Seine kleinen, dicht beisammenstehenden Augen von der Farbe alten Genevers waren unablässig in Bewegung, es trieb ihn ein nie verlöschendes Bedürfnis, Unheil anzurichten. Zunächst, weil es ihm pures Vergnügen bereitete. Geert Varte behauptete, in Pitt stecke der Geist eines gottverdammten Puritaners, und Puritaner seien von Grund auf verdorben, was sie schließlich auch nicht müde würden zu bekennen. Zum anderen sicherten Pitt seine Streiche die Aufmerksamkeit der Matrosen und nicht selten auch einen leckeren Bissen von irgendetwas – Pitt verschmähte auch Kautabak nicht, den ihm der zuwarf, der gerade nicht der Geschädigte war. Der Affe trug sein besticktes, mottenzerfressenes Jabot, das ihm Vartes braunhäutige Liebste in Manila als Beweis ihrer Hingabe einmal genäht haben soll.

Pitt fing eine Laus und zerknackte sie zwischen den menschlich anmutenden Nägeln von Daumen und Zeigefinger, ohne hinzusehen. Er konnte seinen Blick jetzt nicht mehr von dem jungen Mann lösen, der mit schwarzem Hut in schwarzer Kleidung zwanzig Ellen tiefer im Schatten des knatternden Großsegels an Deck stand und in einem Buch las, sich dabei halb auf der Nagelbank sitzend an den Mast gelehnt hatte.

Dreihundert Fuß über Van Ackeren und über Master Pitt, hoch in der blauen Luft, schwebte mit zehn Fuß spannenden Schwingen seit Stunden ein weißer Albatros. Das stampfende Schiff unter ihm schien eine mit den hellen Flecken der Segel besetzte Muschel, die auf der glitzernden Oberfläche des Meeres einen weißen Streifen hinter sich herzog.

Van Ackeren, der nicht ahnt, was der Affe vorhat, und nichts weiß von dem Vogel über ihm, hält sich am gespannten Marsfall fest und gleicht die Bewegungen des Schiffes mit den Beinen aus.

Die Seekrankheit mit ihren schlimmen Gestionen hat ihn zum

Glück inzwischen verlassen. Man fährt mit gemächlichen drei Knoten westwärts, angeschoben von einem stetigen Wind, der vor zwei Tagen eingesetzt hat und von dem man annehmen kann, dass er die »Marije van Flanderen« dorthin bringen wird, wo der tropische Passat ihn ablöst, der nie zu wehen aufhört und die Reisenden mitnehmen wird bis zu ihrem Etappenziel, der Insel Sint Eustacius, und von dort weiter südwärts zur fernen Küste von Niederländisch-Westindien.

Vorläufig aber befindet sich das Schiff noch auf dem westlichen Atlantik, dessen blau schimmernde Dünung sich neben dem Schiff heraufreckt, als wollten die Wellen, dass man ihnen dabei zusehe, wie sie seinen schweren Rumpf auf ihre glänzenden Rücken nehmen und einander weiterreichen, mit schmatzenden Berührungen dabei nicht geizen und sich in Schaumnetzen verflüchtigen, um Platz für die nächste der Wellen zu machen, die sich in unerschöpflicher Folge hintereinanderdrängen auf ihrer Reise nach Westen.

Unter dem großen Vogel, der sich einen Büchsenschuss hoch über dem Schiff hielt, lag die ganze Einsamkeit des Meeres ausgebreitet, dessen faltige Oberfläche bis hin zum Horizont reichte, von Wolkenbänken gesäumt, die in der nachmittäglichen Sonne wie Gletscher leuchteten. Die Sonne spiegelte sich als gelber Punkt in den hellen Jägeraugen des Vogels, die alles sahen: den nach unten starrenden Affen in der Takelage, den Matrosen an der leewärts gelegenen Reling, der sich außenbords zum Scheißen an den Rüsten festklammerte, den Rudergänger, der unter seinem Palmblatthut hervor Tabakrauch in den Wind paffte und von einem glatzköpfigen Gesellen mit goldenem Ohrring gerade eine entkorkte Flasche Schnaps zugesteckt bekam, die beiden blasshäutigen jungen Frauen, die im Schatten des Hochdecks miteinander flüsterten, den Matrosen mit dem grauen Zopf, der sie lüstern beobachtete, die Hand in der Tasche dazu hin und her bewegend, und die beiden jungen Kerle, die gerade Geld zählend hintereinander in die Luke hinunterstiegen, die in das Sklavendeck führte, und sich noch einmal umsahen, ehe sie die Klappe über sich schlossen. Der Albatros sah auch die dunklen Schatten von zwei großen Haien, die das Schiff ein paar Faden tief nahe der luvseitigen Bordwand begleiteten.

Master Pitt auf seinem luftigen Ausguck zerknackte noch eine Laus.

Was er über Menschen wusste, hatte ihn zu der Überzeugung geführt – soweit ein Makakenaffe Überzeugungen entwickelte –, dass sie eine plumpe, aber reizbare Sorte Affen darstellten, die man nicht ernst zu nehmen brauchte. Sie waren dumm und laut, aber sie hatten Pitt bislang nichts Ernsthaftes angetan. Während einer langweiligen Seereise, von denen Pitt schon einige hinter sich hatte, boten sie jedenfalls genügend Abwechslung.

Pitt beendete sein Anstarren Van Ackerens. Er hangelte sich Hand über Kopf an der Backbordbrasse der Marsrah entlang, wo das geblähte Marssegel ihn vor Blicken von Deck her schützte. Danach hatte er vor, mit einem kühnen Sprung auf die beigeholte Bramrah zu wechseln und von dort aus in die Wanten zu gelangen. Von da war es ein Leichtes, nach unten zu klettern, Van Ackeren das Buch aus der Hand zu reißen und damit nach oben zu rasen. Es wäre nicht das erste Buch, das Pitt erbeutet hatte. Mit Genuss erinnerte er sich daran, wie er einmal im Großmasttop das Psalterbuch eines Matrosen zerfledderte, während der Eigentümer sechzig Fuß tiefer auf Deck die Fäuste schüttelte und brüllte wie eine gestochene Sau. Die Prügel, die Pitt danach bezog, hatten ihn umso mehr davon überzeugt, dass das Ganze eine große Sache gewesen war.

Van Ackeren liest in den Schriften Labadies. Er liest von den Auserwählten und vom gottseligen Leben, vom Glauben, der den letzten Kreis erschließt, den Kreis der Erwählten von Zion.

In Luv bricht aus einem Wellenkamm eine Schule fliegender Fische heraus und schwebt wie eine Schar silberglänzender Heuschrecken mit schwirrenden Flügeln durch die Luft, um einen Steinwurf weiter mit dem Aufspritzen, das eine Fuhre Kieselsteine verursacht hätte, in die See zurückzufallen.

Van Ackeren lässt das Buch sinken. Sein Mund formt die Worte: »Das Licht ist in dir. Alle Wesen werden von Gott geliebt. Du selbst bist das Licht, Gott ist in dir, du musst ihn nur finden, er wartet nicht irgendwo auf dich. Das, was du tust, bringt ihn zum Vorschein, nicht das, was du denkst.«

Acht Wochen war es her, da hatte man ihn nachts aus dem Bett geholt, in den Keller des Amsterdamer Rathauses gesperrt und tags darauf vor den Rat zitiert, ohne dass er zuvor seine Eltern hatte sehen dürfen: Besitz zersetzender Schriften, die auf den Index gestellt waren. Die Finger der Ratsherren klopften auf den geschnitzten Eichentisch, jedes Wort ein trockener Klang. Es gebe Kunde, dass er sich in Zirkeln getroffen habe, die Namen wurden aufgesagt, einer nach dem anderen. Das Traktat des jungen Eiferers lag neben der beringten Hand, die klopfte. Weiß die Knöchel, die alten Finger wie Klauen gekrümmt. Van Ackeren durfte gehen, danach.

Der erschrockene Vater erwirkte bei der Compagnie eine Einladung nach der Brüderkolonie Suriname, Neu-Niederland. Welche Maßnahme vom Rat der Stadt ästimiert worden war, weil Reisen läutert und Abstand schafft, bis das Gerede verstummt ist und der Brand in jungen Herzen wieder ausgehen kann, was meistens nicht lange dauert. Zurück blieben die unmündige Schwester und der kränkelnde jüngere Bruder. Aber Pieter van Ackeren fühlte sich gerufen. Das Diesseitige mochte seinen Gang gehen. Er hatte einen *Weg* vor sich.

Master Pitt befand sich inzwischen auf der Luvbrasse der Bramrah, zehn Fuß noch über dem Mann mit dem schwarzen Hut. Den eingerollten Schwanz in die Höhe gereckt, begab er sich zu den Wanten, um seine Attacke auszuführen.

Van Ackeren starrt über das schräg stehende Deck, ohne etwas zu sehen.

Die junge Frau, die das Kind gebar, das er sich zu taufen und zu bestatten ermächtigte. Er hat von ihr nichts gesehen als ein Paar kraftlos herunterhängende weiße Arme und Beine, das aufgelöste rote Haar und die blutgetränkten Tücher auf dem Schragen. Noch nie in seinem Leben hat er so viel Blut gesehen. Die Leydenerin mochte er nicht nach dem Namen der Frau fragen, und in der Musterrolle wollte er nicht nachsehen lassen, dazu hätte er dem Capitain seine Neugier offenbaren müssen. Vielleicht, denkt er, hat sie ja wirklich ihr Leben wie viele seit dem zwölften Jahr in einem Hurenhaus verbracht. Die Schwangerschaft, die sie nicht zu verhindern wusste, hätte ihr und dem Kind das hartselige Stücklein Brot noch weggenommen, das sie mit ihrem traurigen Gewerbe verdiente. Vielleicht war sie darum fortgegangen.

Und dann die Leydenerin. Diese feste Person, die doch schon recht alt und gut über dreißig Jahre zählen mochte. Dennoch den Eindruck machte, dass sie die harte Arbeit in der Kolonie überstehen könne. Und die beiden jungen Frauen aus Brügge, die sich, hatten sie mit leisen Stimmen erzählt, als Netzflickerinnen die Finger wund spannen, jeden Tag, so lange das Licht reichte, und das für einen halben Stuiver, und die nun hofften, in der Kolonie ein besseres Leben zu finden, wenn man sie erst verheiratet habe. Sklaven täten dort die Arbeit, hätten sie erzählen hören, und brauchten dabei bloß beaufsichtigt zu werden. Beide Frauenspersonen im gleichen Alter wie seine Schwester Greetje, sechzehn oder siebzehn Jahre, aber aus ihren jungen Gesichtern schaute einen das Misstrauen der Armut an, das nicht weit weg von Klugheit liegt. Die um ihr Brot kämpfen, wissen, dass man es immer noch schlechter treffen kann.

Van Ackeren wusste nichts zu solchen Eröffnungen zu sagen. Er hatte nicht die rechten Worte bereit, die Herzen einfacher Menschen flogen ihm nicht zu. Aber er will sich Mühe geben, das ist, was *er* tun kann zu Ehren Gottes.

Seine Finger umklammern das Buch Labadies.

Ihm hat man einfach geschenkt, was die verkauften Seelen im Armendeck buchstäblich mit dem Leben bezahlten: die Überfahrt nach Suriname. Weil die West-Indische Compagnie und ihr ehemaliger Direktor Johannes de Laet von frommer Denkungsart geleitet waren und einen jungen Mann aus angesehener Familie, der in Genf und in Waltha gewesen war, auf die Fürsprache der Eltern hin an Bord nahmen. Wobei er nicht gefragt hatte, wie viele Gulden dafür den Besitzer wechselten.

Er sieht die Eltern wieder am Pier stehen im Dämmerlicht der Frühe, den Vater mit dem altmodischen Hut und der Halskrause wie eine Geistererscheinung, die Mutter mit der Haube, die Schwester weint an ihrer Schulter. Den Bruder, der von der schon fahrenden Schute auf die Pier zurückspringt, nachdem er ihm die Hand gegeben hat. Der nur »Also dann, Pieter« sagte, ihn dabei nicht ansehen wollte, allein gelassen mit einer zu schweren Bürde.

Während die Pferde die Treckschute fortzogen, hinein in die Nebel des frühmorgendlichen Amsterdam, standen sie da, selbdritt, wie unbediente Puppen in einer Aufführung, die keiner besucht. Niemand winkte ihm. Aber das Heil ist nicht käuflich.

Pitt, der wie eine Spinne über Van Ackeren in den Wanten hing, nahm Maß für den Sprung. Einer hinunter an Deck, dann einer zum Buch und wieder einer zurück ins Rigg, das brauchte Finesse, aber das war Pitt egal. Er war so angestochen von seinem Vorhaben, dass er es jetzt einfach tun musste. Er sprang, ein brauner Blitz mit flüchtig wahrnehmbarem Brokatornament des Jabots, federte auf dem Deck auf und hechtete nach dem Buch in Van Ackerens Hand. Da traf ihn, der schon beide Arme ausgestreckt hatte, etwas Hartes am Kopf. An Pitts Ohr knallte es, und alles wurde dunkel.

»Drecksaffe, vermaledeiter!«, knurrte Varte, der mit wiegenden Schritten über das Deck herankam, an Van Ackeren vorbeiging und den eichenen Belegnagel aufhob, den er nach dem Affen geworfen hatte. »Die Bestie klaut alles, Herr Aspirant«, erklärte er, während er den Affen, der an Deck lag wie ein Bündel Lumpen, am Schwanz griff und ihn mit Schwung hinter die Treppe am Poopdeck warf.

»Ist er tot?«, wollte Van Ackeren wissen. Den »Herrn Aspiranten« mochte er nicht korrigieren, aus Furcht, sonst von dem Bootsmann, der für seine scharfe Zunge bekannt war, noch mehr vexiert zu werden.

Varte grinste ihn an. »Ach, woher. Der hat einen harten Schädel. Er hätte Euer Brevier zerrissen und sich damit den Arsch gewischt, verzeiht.«

Van Ackeren murmelte: »Ich danke Euch.« Ihm war nicht wohl vor dem wässrigen Blick des Matrosen.

Varte zuckte die Achseln. In seinem Mund wechselte ein dicker Priem von links nach rechts. Geschickt spuckte er einen braunen Strahl an Van Ackeren vorbei über die Reling. »Und was werdet Ihr anfangen, wenn Ihr erst dort seid, in Neu-Niederland, junger Herr?«

»Ich werde nach Providentia gehen und zusammen mit meinen

Brüdern und Schwestern Gottes Wort verkünden«, sagte Van Ackeren, der Mühe hatte, seine Stimme ruhig klingen zu lassen, weil Vartes Interesse ihn weiterhin eher beunruhigte als erfreute. Aber Varte nickte bloß.

»Tut das, tuet desgleichen.« Er streifte Van Ackeren mit einem schwer zu deutenden Blick seiner alterstrüben Augen, blaue Fenster in dem ledernen, von der Sonne verbrannten Gesicht. »Man wird Euch brauchen können, wo Ihr hingeht«, setzte er mit überraschendem Ernst hinzu.

»Wart Ihr«, traute sich Van Ackeren nun, »seid Ihr denn ... schon mehrmals in der westindischen Kolonie gewesen?«

Varte schob die Unterlippe vor. Ein wenig brauner Saft rann heraus. Er wischte ihn mit dem Handrücken ab. »Wir bleiben nicht lange in Para Maribo, es sei, dass man uns dazu zwingt. Der Fluss ist verdammt tückisch und die Luft nicht gesund. Alles voller Mücken. Man bekommt Fieber davon. Und wegen der maledeiten Franzmänner aus Cayenne, verzeiht, muss das Schiff beständig unter Wache liegen. Das Land besteht aus Sümpfen, und die sind voll von giftigem Kroppzeuch. Spinnen, Skorpione, Schlangen. Nicht zu reden von den Banditen und Indianern. Abgehauene Negroes leben dort und Rothäute, die fressen Menschen, sagt man. Wir sehen zu, dass wir Ladung bekommen, und verschwinden wieder. Es sei denn, die Herren Pflanzer lassen uns auf Kosten der Compagnie vorher noch ein Weilchen für sich schuften.« Varte zupfte eine Laus aus seinem Bart und schnippte sie mit dem Wind über das Deck. »Nichts für ungut, Herr Aspirant. Ich sehe jetzt mal nach dem verdammten Vieh.« Er tippte an eine unsichtbare Hutkrempe und wiegte sich nach hinten zum Poopdeck.

Van Ackeren sah, wie der Matrose den Affen aufhob und ihn in den Arm nahm. Pitt jammerte leise vor sich hin. Er reckte die dünnen Arme und legte sie um Vartes Stiernacken wie ein kleines Kind.

3

Kapitän Solker sagte zu dem Jungen, er solle sich anziehen und ihm Kaffee holen. Aus den offenen Fenstern des Achterkastells hatte der Wind die Gardinen nach draußen gezogen und ließ sie in die Sonne hinausflattern. Das Licht, das in die Kajüte hereinkam, zeichnete den Umriss des nackten Jungen hart und scharf wie einen Scherenschnitt, und Solker, der ihm vom Bett aus zusah, rührte sich nicht, weil er sich angesichts von so viel Schönheit vorstellte, er wäre jetzt tot und die Zeit dürfe stehen bleiben für immer. Der Junge streifte sein Kattunhemd über und lief aus der Tür. Dem Kapitän entfuhr ein Knurren, er wusste nicht, warum. Vielleicht weil die Zeit jetzt wieder angefangen hatte zu laufen.

Es zeigte sich, dass der Wind um einiges zugelegt hatte. Man musste ein paar Grad höher steuern, um die Drift auszugleichen, sonst wurde man zu weit nach Süden versetzt, und das konnte er nicht gebrauchen. Zudem lief das Schiff luvgierig, und der Tölpel am Ruder merkte es nicht. Man hörte bis hier drin, wie die Lieke flatterten, nach dem einfallenden Wind gierten und ihn nicht kriegten. Ach, das Hirn eines Rudergängers war einfach nicht dafür eingerichtet, etwas Selbstständiges zu tun. Man würde hingehen und es ihm anweisen müssen. Aber wenigstens Varte hätte es merken und ein Wort reden können, aber der war wohl wieder unter Deck beschäftigt.

Solker kramte nach seinen Beinkleidern und nach den Seestiefeln. Als er den Fuß auf den Boden aufsetzte – er tat es, ohne nachgedacht zu haben –, schoss aus der geschwollenen Großzehe ein Blitz durch seinen Leib, der ihn die Augen zupressen ließ vor dem lavendelfarbenen Licht des Schmerzes und in seinen Hinterkopf einschlug. Solker krallte die Hände in das Leinentuch und biss die Zähne zusammen, bis der Schmerz abebbte. Danach gelang ihm das Kunststück, die Hose anzuziehen, ohne den Stoff mit der Zehe zu berühren. Nun hockte er keuchend auf seiner Pritsche und starrte den rechten Stiefel an. Er überlegte, ob er mit dem gichtigen Fuß überhaupt hineinkam oder ob er sich gleich Fußlappen umbinden sollte. Aber dann sieht jeder, dachte Solker, dass ich alt bin. Das sollte sie nicht sehen, die Lumpenbagage, mit der er zur See fuhr. Sie würden es ausnützen und ihn hinters Licht führen, noch mehr, als sie es ohnehin taten.

Der brasilianische Ara schaukelte in seinem quietschenden Ring und starrte zu dem Kapitän herüber. Aus seinem Schnabel kam ein Geräusch wie von einem schlecht geölten Scharnier. Mit dem langen Schwanz glich er das Rollen des Schiffs geschickt aus und knabberte an seinem tadellosen Gefieder, ohne den verschlagenen Blick von Solker zu nehmen. Der war inzwischen halb in seinem Stiefel drin. Mit zusammengebissenen Zähnen schaffte er sich Zoll für Zoll weiter hinein, er wollte, dass der Schmerz nachließ, wenn der Junge mit dem Kaffee zurück war, also jetzt oder nie. Er konnte aber den Schrei nicht unterdrücken, der ihm entfuhr, als er den geschwollenen Zeh vollends in das beinharte Leder hineingezwungen hatte.

Als habe er nur darauf gewartet, antwortete der Papagei mit einem krächzenden: »Aaa-ttackeee!«

»Halt's Maul, Gottverdammich!«

Solker schnaufte. In seinem Fuß pulsierte es, als haue ein ausgeruhter Schmied mit dem Zweipfundhammer auf seinen Zeh ein, und sein Schließmuskel wollte sich öffnen, weil irgendetwas nachgeben musste. Mit Mühe und mit zugekniffenem Hintern kam er auf die Beine. Wankte zu seinem Waschtisch. Dort starrte er in den Spiegel, während er sich beidhändig an den festgeschraubten Sekretär klammerte und darauf wartete, dass der Schmerz nachließ. Aus dem halb blinden Glas sah er den alten Mann, der er war, zurückstarren. Die fetten Backen, seine herunterhängenden Tränensäcke, die weißen, drei Tage alten Bartstoppeln. Den schlecht rasierten Schädel, auf dem die Läuse nicht heimisch werden konnten, dafür feierten sie Vivat in der verhassten Perücke, die in der Ecke auf ihrem Ständer hing.

»Aaa-ttacke!«, schrie aufs Neue hinter ihm der Papagei.

»Attacke«, flötete der Javanese als Antwort, der eben mit dem

Tablett hereinkam. Darauf standen eine türkische Kaffeekanne und ein Kupferkoppchen mit Holzstiel.

»Ja, ja. Attacke«, murmelte Solker und warf dem Jungen einen wütenden Blick zu, der sich mit großen Augen und schief gelegtem Kopf entfernte, als könne er Gedanken lesen.

Der Kapitän ließ sich, noch immer mit zusammengekniffenen Hinterbacken – er schafft es jetzt nicht bis zu dem kleinen Scheißhaus am Ende der Kajüte – auf den Schemel vor dem Sekretär sinken, die Augen zusammengekniffen. In solchen Momenten der Verzweiflung musste er an die »Ooranjie« denken, auf der er vor fast vierzig Jahren Pulverjunge war. Wie ein Fluch kamen die Bilder immer dann, wenn es ihm schlecht ging. Ein Dreidecker war sie, mit vierundzwanzig Geschützen, darunter vier Zweiunddreißigpfünder, genannt Witwenmacher. Acht Jahre alt war Solker, als sie die Engländer vor der Scheldemündung Mores lehrten. Attacke, ja. Er hat es überlebt, aber viele gute holländische Christen nicht und noch mehr Engländer. Die See hat sie zu sich genommen, die größte aller Huren, die alle in ihr Bett holt, die sie kriegen kann. Damals hat er zum ersten Mal Männer sterben sehen und sich gewundert, wie viele davon nach ihrer Mutter schrien und wie wenige nach Gott, dem sie doch gleich gegenüberstehen würden. Das Einzige, was die grausigen Bilder milderte, war die Erkenntnis, davongekommen zu sein, die sich jedes Mal neu einstellte, als könne er es nicht auf Dauer glauben.

Der Kaffee war stark und süß. Während der Schmerz im Zeh langsam verebbte, kaute Solker den zuckrigen Bodensatz aus dem Koppchen. Dazu verwendete er die rechte Backenseite, links saß ein Zahn, der vertrug es nicht süß. Der war vor der nächsten Fahrt fällig, dann waren noch drei Mahlzähne da. Nun, ein Mann mit fünfundvierzig Jahren auf dem Buckel konnte sich glücklich schätzen, wenn er wenigstens die vorderen noch herzeigen konnte für den seltenen Fall, dass einmal gelacht wurde. Am Kneipentisch und beim Psalmensingen in der Kirche taten sich genug zahnlose Münder auf von weit jüngeren Kerlen. Angeblich half ja das Priemkauen. Sagte jedenfalls sein Bootsmann.

Varte. Er würde gleich nach ihm sehen müssen. Und ihm auftragen, dass die Sklaven jetzt, wo es wärmer wurde, zweimal hochmussten an Deck. Erst drei waren ihm gestorben in den drei Wochen seit Cabo Verde, und das war nicht viel. Man konnte hoffen, von den achtzig Negroes vielleicht siebzig nach Sint Eustacius zu bringen. Für den Fall, dass man gut hinkam und einem nicht ein Kaperer über den Weg fuhr oder ein caraibischer Pirat. Die West-Indische Compagnie glaubte, sie könne ihre Schiffe schlechter ausrüsten als die schweren Pötte, die nach Batavia fuhren. Gut, dort wurde mehr investiert. Aber was tat man, wenn man nur acht zwölfpfündige Kanonen hatte und einer englischen Fregatte begegnete? Solker jedenfalls würde tun, was sein Verstand ihm auftrug, er würde den Schwanz einziehen. Schließlich war die »Marije van Flanderen« versichert, einschließlich der Lösegelder für den Kapitän und die zahlenden Passagiere, für die Fracht sowieso. Da lohnte es sich nicht, zu kämpfen, und Seeoffizier war man ohnehin nicht geworden, weil einem die Beziehungen abgingen, die man für derlei brauchte in einer Stadt wie Amsterdam. Also wohin mit der Tapferkeit beim Leib des Herrn Jesus Christus? Immerhin war man Capitain geworden, und das war doch genug für einen Mann, der noch zehn, fünfzehn Jahre vor sich hatte.

Solker würde sich gern erleichtern, aber er wusste nicht, ob er es schaffte bis zu dem Loch, in dem man die See rauschen hörte. Noch saß der Schmerz in seinem Leib wie eine Pulverladung, und das Aufstehen oder die paar Schritte bis zum Abtritt könnten sie zur Detonation bringen.

Die achtzig Neger jedenfalls brachten gutes Geld. Sie brauchten jetzt mehr von ihnen in Neu-Niederland, wo der Zuckerpreis stetig fiel, was blieb ihnen übrig? Einfach ins Meer schütten sollte man den Zucker, damit der Preis wieder stieg! Die Neger jedenfalls waren gut, frische portugiesische Ware von der Elfenbeinküste. Auf Geheiß der Compagnie hatte man sie in Cabo Verde mit Gewürzen und mit Genever bezahlt. Kriegte Solker sie gut an den Mann, konnte die Compagnie doppelt daran verdienen. Die Siechen könnte man in Sint Eustacius loswerden, in Para Maribo wurde ohnehin mehr bezahlt. Hauptsache, sie hielten bis dahin durch, denn empfindlich waren sie bei Gott.

Deshalb Vartes täglicher Gang hinunter, um nach dem Rechten zu sehen. Natürlich war der alte Hurenbock noch aus anderen Gründen ständig dort unten.

Solker wollte sich mit zitternden Fingern Kaffee nachgießen, aber das Kännchen war leer. Der Papagei, der sich bemüßigt fühlte, alles zu beobachten, was in der Kabine passierte, stieß einen geziert klagenden Schrei aus. Der Captain griff nach einem seiner Pantoffeln, der gerade neben dem Hocker lag. Der Vogel machte einen Purzelbaum im Ring, stellte den Hals flach und zischte wie ein Dampfkessel. Solker winkte ab, den Schuh in der Hand. Er war nicht in der Stimmung, das Vieh zu reizen.

Er dachte an Vartes andere Gründe, das Unterdeck ständig zu frequentieren, und gestand sich ein, dass er sich für derlei inzwischen zu alt fühlte. Nicht nur dann, wenn er einen Gichtanfall hatte. Wichtig war, was bei so einer Sache heraussprang, und wenn es um Geld ging, musste man den Leuten immer auf die Finger sehen. In gewissem Umfang konnte man einem Bootsmann private Geschäfte erlauben, aber Solker wollte eine Liste der Matrosen, die Varte ihren Obolus für den Besuch des Kippenhok entrichteten, der gut frequentiert wurde. Nun musste man sagen, dass Varte sich auch Mühe gegeben hatte beim Aussuchen. Acht Meisjes, ganz jung und nicht tätowiert, abgesehen von den Brandzeichen – manche von den Negern sahen ja aus wie ein alter Plattfisch mit wulstigen Narben überall, sogar im Gesicht.

Und Varte hatte nun einmal einen Hang dazu. So wie andere an der Flasche hingen, trieb ihn an, was in seinem Hosenstall eingesperrt war. Für die Matrosen kostete eine halbe Stunde einen Stuiver, und zwanzig Stuiver waren ein Gulden. Kleinvieh machte auch Mist. Wobei Varte auch spanische Schiffspesos nahm, zu vier Sechzehntel Reales, da konnte er wieder ein Geschäft machen, aber nur, falls die Münzen nicht mit Zinn verschnitten waren. Solker jedenfalls ließ sich seinen Anteil prinzipiell in Gulden und in Stuivern auszahlen. Varte sollte sich ruhig bescheißen lassen mit dem schlechten spanischen Silber. Die Mädchen im Kippenhok würden wahrscheinlich schwanger ankommen, das wirkte sich gut aus auf den Preis, es war ja noch keine schwarze Jungfer aus einem Sklavenschiff ausgestiegen.

Und Mischlinge waren gefragte Hausdiener, wie jeder wusste. Wenn so ein Kind gut gezogen war, konnte es apart bei Tisch bedienen oder eine Stellung im Haus erwerben, das hatte es alles schon gegeben.

Solker spuckte den Kaffeesatz zurück in das Koppchen. Vartes Geschäfte hin oder her, er wollte die Mädchen aus der Kammer gleich in Sint Eustacius verkaufen, möglichst an einen Franzosen oder an einen Portugiesen, seinethalben auch an einen Engländer, warum nicht, aber an keinen Holländer in Para Maribo, wenn's nicht sein musste. Die niederländischen Patroons kauften zwar gern dralle Weiber, aber sobald der Hausherr so einen Fratz anbrachte, ließ sein biederes Ehegespons ihm die Nase ab- und eine Flechse durchschneiden, damit das hübsche Ding hässlich herumhumpeln musste und der Patroon nicht mehr in Versuchung kam. Solker betrachtete derlei als Verschwendung und war nicht dafür. In dieser Hinsicht hielt er es mit den Papisten. Wohl war das Fleisch schwach, aber es wurde durch Kasteiung nicht stärker, bloß bitterer.

Der Kapitän kam ächzend auf die Beine und wankte zum Scheißhaus. Tat einen verlorenen Blick in das Loch, in dem die See weiß heraufschäumte, ehe er die Hose herunterriss und sich keuchend auf den Sitz fallen ließ.

Das Sklavendeck lag auf zweiter Ebene unterflur, auf gleicher Höhe wie die äußeren Kanonendecks, unter dem Passagierdeck und den Mannschaftsunterkünften, aber über dem Frachtraum, dem untersten Stockwerk des Schiffes, wo die schwereren Güter hinkamen, welche die »Marije van Flanderen« in ihrem Bauch trug, gut versorgt in Fässern und Kisten. Salzheringe, Stockfisch, feines Portugieser Salz, Kichererbsen, Rosinen, Weißmehl, Rohleder, Feuersteine und Musketen, Schießpulver, Blei, Roheisenbarren, Äxte, Messer, Nägel, Schaufeln, Hacken, Krampen, Drahtrollen, Stahlbänder für Federn, Bleche und Nieten für Siedekessel, eingefettete Hanftaue, Wolltuche aus Irland, Flachstuche aus Holland, Farben aus Delft, Trientiner Wolle, chinesische Seide, Kattun aus Flandern, Glasperlen aus Venedig, holländischer Genever, Delfter Hartkäse, Dörrfleisch, Trockenbirnen, Apfelschnitze, Hasel- und Walnüsse. Das hatte alles sein Gewicht, wenn es dicht gepackt lag in Fässern, Kisten und Ballen für die lange Reise in die Neue Welt.

Vartes breitspuriger Gang glich das Rollen der Fleute aus, an seiner Hand hopste Master Pitt, dessen gelbe Augen im Halbdunkel glitzerten. Obgleich man die Neger dicht nebeneinandergelegt hatte und das Schiff leicht doppelt so viele aufnehmen hätte können, wenn man noch eine zweite Hürde darüber einziehen wollte, war die Luft hier unten zum Schneiden. Das Licht stand als helle Balken, die mit dem Rollen des Schiffes wanderten, von den drei Oberlichtern in den großen Laderaum herein. Auch von den Kanonendecks, die mit Holzwänden abgetrennt waren, kam etwas Helligkeit. Von dorther hörte man die See, ein Klatschen und Spülen, ein dumpfes Aufschlagen vom Bug, wenn die Fleute anhob und fiel. Und von überall das Jammern der Neger und das leise Klirren der Ketten, wenn sie sich auf ihren Gestellen rührten.

Sie jammerten ständig, eine Lautäußerung, an die man sich gewöhnt hatte. Manchmal waren gewiss auch Worte dabei oder Sätze. Varte war bekannt, dass sie sprechen konnten wie Menschen, aber das änderte nichts an der tierhaften Natur dieser Klage, weil ja keiner ihre Sprache verstehen konnte. Möglicherweise war's ja gerade darum gar keine menschliche Sprache.

Varte kam in offizieller Mission, war dem Capitain verantwortlich für die Gesundheit der Sklaven, und Gesundheit hieß zuallererst Gehorsam. Die angeketteten Neger drängten sich auf der hölzernen Hürde wie Kartoffeln in einem Keller. So ähnlich sah Varte das jedenfalls, und wie man nach den Kartoffeln sehen muss in einem langen Winter, so sah er nach den Negroes, das aber viel öfter, nämlich zweimal am Tag und – gut, da war ja auch die verschlossene Kammer, genannt »Het Kippenhok«: der Hühnerstall. Auf dem Weg dorthin sah Varte immer abwechselnd einen krausen Schopf neben zwei helle Sohlen gepackt, wie es sein sollte. Er war noch nicht dahintergekommen, wieso bei den Negern die Handflächen und Fußsohlen hell waren und der Rest schwarz.

Dort, wo ein schwarzer Krauskopf lag, wandte sich Varte hin und wieder ein Augenpaar zu, das zu einem Gesicht gehörte, Augen, von denen er im Halbdunkel nur das Weiße sehen konnte, und der Schemen einer ängstlichen Miene, aber er hörte keinen Ton. Vielleicht wussten die Neger, dass ihr Jammern unnütz war, eine ungünstige Angewohnheit, die man ihnen leicht verbieten konnte, und ließen es deshalb bleiben, solange sie den Matrosen mit dem langen Zopf und dem lederfarbenen Gesicht sahen, der von ihnen keine Notiz zu nehmen schien, sondern mit der aufgerollten Peitsche im Ausschnitt seiner Teerbluse auf das Ende des Sklavendecks zusteuerte, wo sich eine Tür befand mit einem Vorhängeschloss am Riegel. Vartes Kippenhok, seine Zuckermühle und sein Silberkästchen, oh ja.

Der Affe war auf Vartes Schulter hinaufgeklettert, vielleicht weil er sich vor den vielen Leibern fürchtete, die vor Angst schwitzten. Varte zog beim Gehen immer mal wieder die Luft tief in die Nase und schnoberte hinterher, wie man es tut, wenn man einen guten Genever oder einen reifen Käse erkennen möchte, schnüffelte, wenn er hier durchging, seine Nase war von großem Wert fürs Geschäft. Er war nun schon auf vielen Schiffen gewesen, auch auf Guineaschiffen, die nur mit Sklavenfracht fuhren, und er wusste, dass die Miasmen, waren sie erst mal da, einen Schiffseigner und die Compagnie viele tausend Gulden kosten konnten. Also war seine Nase Gold wert. Wenn man so rechnete, sogar mehr als ihr Gewicht in Gold.

Die Vorstellung seiner Nase auf einer Goldwaage ließ ihn grinsen. Aber so war es nun mal. Nicht jeder hatte die richtige Nase dafür. Hier unten roch es immer nach Schweiß und nach Exkrementen. Diese Art Gestank war nicht gefährlich. Daraus konnten jedoch die Miasmen entstehen, und an denen starben die Neger. Obwohl man sie täglich zum Tanzen und zum Scheißen über das Vorderdeck und an die Leeschanzen führte, wo man sie kräftig dreimal mit Seewasser abspülte, vertrugen sie es nicht, wenn sich in ihrem Quartier zu viel Schmutz sammelte. Dann fingen sie an zu sterben wie die Fliegen. Oft genug konnte man von hundert Negern bloß noch dreißig verkaufen, und die waren auch schon siech.

Die Haifische folgten dem Schiff seit Cabo Verde. Sie begleiteten alle Schiffe mit Westkurs, wie sibirische Wölfe hinter einem Pferdeschlitten herlaufen, und Varte wusste schon, worauf sie warteten.

Bisher hatten sie aber erst drei von den Negern auf der »Marije van Flanderen« gekriegt, und man konnte hoffen, den Rest ans Ziel zu bringen. Natürlich vor allem die acht leckeren Meisjes, die Varte für den Kippenhok ausgesucht hatte, vor dem er inzwischen angekommen war, und von denen er gern ein paar bis zum Ende der Reise behalten würde. Es dauerte schließlich noch einmal ein paar Wochen von Sint Eustacius bis Para Maribo.

Er nahm den Schlüssel vom Hals, wo er ihn an einem ledernen Band hängen hatte wie ein Schmuckstück. Bootsmann sein bedeutete, über diesen Schlüssel zu verfügen, und klug sein bedeutete, für Gehorsam zu sorgen im Hühnerstall. Wollte eine nicht mehr essen, gab's die Klammer für den Kiefer und die Zwangsfütterung wie bei den Gänsen. War eine trotzig, gab's die Peitsche und Schießpulver in die Striemen. Das wirkte schnell und lehrte alle die nötige Duldsamkeit; die dabei zusahen, hatten ja Augen und Ohren.

Varte steckte den Schlüssel ins Schloss, drehte ihn, hakte das Schloss ab und öffnete die Tür. Den Affen nahm er immer mit, weil er sich damit lustig machen wollte. Die Negroes staunten oft, wenn sie Pitt mit seiner Weste sahen. Waren leicht abzulenken, hatten ja sonst nichts zu tun.

Die Meisjes saßen beieinander auf ihren Pritschen, die Laufkette durch die Handschellen gelegt. Nun hoben sie die Köpfe. Varte schloss die Tür hinter sich und knöpfte seinen Hosenlatz auf. Master Pitt fing an zu keckern.

4

Am 20. Februar 1701
Der HERR ist mein Hirte, mir wird nichts mangeln.
Er weidet mich auf einer grünen Aue und führet mich zum frischen Wasser.
Er erquicket meine Seele. Er führet mich auf rechter Straße um seines Namens willen.
Und ob ich schon wanderte im finstern Tal, fürchte ich kein Unglück, denn Du bist bei mir, dein Stecken und Stab trösten mich.
Du bereitest vor mir einen Tisch gegen meine Feinde. Du salbest mein Haupt mit Öl und schenkest mir voll ein.
Gutes und Barmherzigkeit werden mir folgen mein Leben lang, und ich werde bleiben im Hause des HERRN immerdar.

Es hilft mir, den Psalter mit der Feder niederzuschreiben, ob ich wohl die Worte kenne und jedes davon einzeln aufsagen könnte. Sie stehen jedoch so stark auf dem Papier, und ich brauche sie. Auf unserem Schiff wird an jedem Tage gebetet, denn die Compagnie befiehlt das tägliche Gebet. Capitain Solker hat mich gefragt – soll ich sagen: gefragt oder angewiesen? –; er wünscht jedenfalls, dass ich dazu aus der Bibel etwas vorlesen soll und auch den Vorsänger geben möge, wenn danach der Psalter gesungen wird. Dabei stehen wir alle beisammen zwischen den beiden großen vorderen Mastbäumen, wo das Deck mehr eben ist und unsere kleine Gemeinde Platz findet. Auch die vier Passagiere kommen zum Beten aus ihren Cajüten, welche sie sonst nur selten verlassen, und der Capitain gesellt sich zu uns. Unsere Gruppe ist die hinterste, weil auf einem Schiff hinten der vornehmere Platz ist, bei welchem auf dem Achterkastell auch des Capitains Cajüte sich befindet, zu der man zwei steile Treppen hinaufgehen muss. Vor uns Passagieren stehen als Nächste die Frauen aus dem Armendeck, angetan mit ihren bescheidenen Roben und Hauben, und ganz vorn stehen die Mannschaften. Das sind die fünfzehn Matrosen mit dem

Bootsmann und die zwölf Seesoldaten. Diese Menschen würden zusammen ein kleines Kirchlein füllen. Nicht dabei ist der Matrose am Ruder, weil das Schiff nicht einen Augenblick ohne Steuermann gelassen werden kann.

Dies habe ich heute zum Anlass genommen, ein paar Worte zu sprechen, denn heute ist Sonntag, und GOTT hat mir den Mut dazu gegeben. Obgleich ich lediglich den Vorbeter und Vorsänger hätte machen sollen, habe ich es getan, denn allein, was man tut, ist wirksam, nicht, was nur bloße Absicht bleibt. Ich habe den Mann am Ruder in mein Gebet mit eingeschlossen und mit dem schönen Psalter vom HERRN, der mein Hirte ist, verbunden. Und gesagt, dass GOTT das Nämliche tut mit uns, indessen wir nichts davon bemerken, wenn er das Steuer führet als unser Gewissen, das sich immer rührt, wenn wir den falschen Kurs fahren, und dass es uns darum zu tun sein soll, fein hinzuhören auf diese wirkende Hand, die uns dahin lenkt, wohin es GOTT gefällt. Gerade, als der Steuermann auf den Capitain hören muss.

Solker nahm mich danach bei der Schulter und sagte, ich hätte fein gesprochen und dürfte von ihm aus sonn- und feiertags eine kleine Predigt an das Gebet fügen, solange keiner, sonderlich die Passagiere, etwas dagegen einzuwenden habe. Ich freute mich darüber und auch wieder nicht, denn ich spüre, dass die Passagiere mir nicht freundlich gesinnt sind. Man nimmt mich nicht ernst. Ich fürchte, von ihnen in einen Disput gezogen zu werden, bei dem man mir meinen Glauben übel nehmen könnte, denn unsere fromme Denkungsart ist nicht überall wohlgelitten in den sieben Provinzen. Aber der HERR wird mir Kraft geben. Ich muss lernen, mich zu ihm zu bekennen, auch wenn Anfechtungen und Verzagtheit mich hindern wollen.

Nach dem sonntäglichen Gebet fanden sich die Passagiere wie immer am Kapitänstisch ein zum Mittagsmahl. Zur Aufwartung bereit standen ein Matrose, welcher Küchendienst hatte, und Solkers javanischer Sklave. Wobei nur der beständig vor sich hin summende Junge den Eindruck machte, dass er etwas von der Bedienung bei Tisch verstehe. Der schweigende Matrose mit seinen tatauierten

Handrücken und dem grauen Zopf wirkte geradeso fehl am Platz, wie er es vielleicht als Messdiener gewesen wäre, und machte sich auch gar nicht die Mühe, einen passenderen Eindruck zu erwecken. Der verspielte Junge indessen verstand es, das Rollen der Fleute mit Eleganz auszugleichen, und seine glänzenden Augen gingen überall umher. Wie ein Tänzer passte er sich dem Schwanken an, er setzte die Platten und Teller so geschickt ab, als warte er nur darauf, dass das Schiff ihm den Tisch dazu hochhebe, während der Matrose breitbeinig hin und her stakste, wie Matrosen es an sich haben, und die Mahlzeiten mit Geschepper auf die Platte stellte, ohne den mürrischen Ausdruck seiner Miene um ein Quäntchen zu ändern. Außerdem roch er stark nach Genever.

Bei Tisch saßen der Kapitän im geknöpften wollenen Rock, daneben ganz in gesetztem schwarzen Taft und weißem Linnen Mijnheer Veit Bruyninghuizen mit seiner Gattin, ein Reeder und Kaufmann aus Enkhuizen, welcher mit Gewürzen aus Batavia sein Geld gemacht und angeblich vorhatte, in Neu-Niederland einige Plantagen zu erwerben. Weiter saßen in der Runde ein Reisender im abgeschabten Kavaliershabit mit Degen, samtenem Justaucorps und seidenen Manschetten namens Maurits van Teerstraten und ein zurückhaltend gekleideter Deutscher, Doctor Jacob Maternus, seines Zeichens Abgesandter der Preußischen Akademie aus Dresden, der nach West-Indien reiste, um Handelsverträge in Übersee zu schließen. Und schließlich Van Ackeren in seinem besten, dennoch bescheidenen Anzug.

Es gab Grütze zu essen, wie für alle an Bord. Für die Passagiere dazu noch Fleischsuppe, gepökelten Hering mit Brot und Butter, gesottenes Salzfleisch und gestampften Stockfisch mit Birnenkompott, dazu ein paar Humpen flämischen Bieres. Das Armendeck wie auch die Matrosen und Seesoldaten bekamen zur gleichen Zeit von derselben Grütze und dazu gesottenes Pökelfleisch zu essen, die Sklaven erhielten bloß die Grütze. Van Ackeren durfte das Tischgebet sprechen, in dem er Gott dafür dankte, dass er den Reisenden Nahrung gab, wobei er auf die Bergpredigt kam, aus der er das »Sorget nicht ängstlich!« heraushob.

Danach dankte der Kapitän mit vollem Mund dem Herrn Bruyninghuizen, der drei Fässer Präsenthering mit an Bord gebracht und auf diese Weise dafür gesorgt habe, dass man die gute Speise bis zum Ziel täglich am Kapitänstisch genießen könne. Bruyninghuizen, dessen feiste Backen besser ein Bart bedeckt hätte, beantwortete den Dank des Kapitäns mit einem knappen Nicken. Seine dünne Gemahlin, die selbst bei Tisch ihre Schute trug, aus der nicht ein einziges ihrer zurückgekämmten flachsfarbenen Haare herauslugte, nickte zur gleichen Zeit wie ihr Gatte, als wären ihre Köpfe durch eine Mechanik miteinander verbunden.

»Es geht doch nichts über Hering«, sagte Bruyninghuizen und setzte seinen Humpen, weil der Tisch gerade nach oben ging, mit einem zu lauten Knallen ab. »Am besten schmeckt uns gut gesalzener Brandhering oder Kreuzbrandhering, gefangen zu Sanct Jacobi, mit grobem Brot und flämischer Butter. Das ist doch eine Gottesgabe, die einem auch fern von der Heimat Trost spendet.« Er warf Maternus einen Blick zu. »Nicht zu vergleichen mit Ihlen oder Hohlheringen, die man vielleicht in Deutschland isst.«

Maternus hob lächelnd die Brauen, sagte aber nichts dazu.

»In Friesland«, machte Bruyninghuizen weiter, den Henkel seines Humpens festhaltend, »wird ja, wie ich höre, auch Hering gefischt. Aber man lernt dort noch, wie es geht, habe ich recht?«

»Die Friesen«, sagte Teerstraten und beugte sich vor, wobei er Maternus beobachtete, »sind gründliche Leute. Die fischen die Heringe bestimmt einzeln.«

Solker, Bruyninghuizen und Teerstraten lachten einander an und stießen ihre Humpen gegeneinander. Da machte das Schiff eine plötzliche Seitwärtsbewegung, die der Junge, der gerade einschenkte, in den Hüften abfing. Er brachte es fertig, dem Kapitän weiter vom Bier einzuschenken, ohne dass etwas danebenging. Der Matrose indessen, der sich bei der Tür hielt, kippte gegen den Rahmen und blieb unbeweglich stehen, als sei er eine Statue, die beinahe umgefallen wäre. Ein leises Rülpsen entfuhr seiner Kehle.

»Wir verstehen uns in Deutschland gewiss nicht in dem Maße auf die Kunst der Fischerei wie die Niederländer, meine verehrte

Dame und meine verehrten Herren«, sagte Maternus, der dazu in die Runde blickte und seinen Humpen ein Stück anhob, als wolle er den Spöttern zutrinken.

»Auf welche Künste«, Bruyninghuizen zog die Nase hoch und wischte mit dem Handrücken nach, »versteht man sich denn in Deutschland, Herr Doctor Maternus? Auf den Handel etwa oder vielleicht gar auf den Krieg?«

Er suchte zu seiner Sentenz verständnisinnig den Blick des Kapitäns und Teerstratens, indem er sie nacheinander anschaute.

Das Schiff stieß mit dem Bug in eine querlaufende Welle. Man hörte den dumpfen Anprall des Wassers. Das Geschirr auf dem Messetisch machte einen kleinen Sprung, und über dem vorderen Deck prasselte es herunter, dass man an einen Platzregen erinnert wurde. Frau Bruyninghuizen packte die Tischkante so fest, dass ihre Daumengelenke weiß wurden.

»Lass einen Strich anbrassen«, rief Solker dem mürrischen Matrosen zu, der aus seinem Dämmern aufschreckte, neuen Stand fasste und aus der Tür ging.

»Auf die Kriegskunst doch wohl nicht, meine Herren«, griff der Kapitän danach Bruyninghuizens Einlassung auf. Im beschwichtigenden Konversationston wandte er sich an die Runde. »Haben nicht die Deutschen in diesem vergangenen Jahrhundert gerade so ihre Kriege geführt wie die anderen Völker, ohne dass etwas dabei herausgekommen wäre?« Solker hob die Hand zu Maternus hin. »Nichts für ungut, Herr Gesandter, aber die Engländer haben wenigstens den Royals die Federn gestutzt, und wir Niederländer haben die Papisten vertrieben. Und haben – beim Leib Christi! – allen anderen, die uns die Butter vom Brot holen wollten, gezeigt, dass man uns ernst nehmen muss.«

»Hört, hört«, sagte Teerstraten lachend.

Solker merkte, dass alle ihn ansahen. Er griff nach seiner Meerschaumpfeife. »Das darf schon einmal gesagt werden«, brummte er. »Nichts gegen Euch, Herr Maternus. Die Deutschen sind die Einzigen, die bisher nicht versucht haben, uns hinterrücks zu überfallen, und das ehrt sie.«

Von draußen hörte man lang gezogene Rufe, die das Brassen anleiteten, dazu setzte ein Knarren ein, unter dem das Schiff seine Schräglage um ein Weniges vermehrte.

Die Mefrouw Bruyninghuizen hatte die Tischkante indessen noch immer nicht losgelassen.

»Ich möchte Euch gern antworten, meine guten Herren, meine Dame«, sagte Maternus. »Nach meiner Meinung gibt es wohl etwas, worauf die Deutschen sich in besonderer Weise verstehen, und das sind die Wissenschaften. Darin, glaube ich, liegt im Besonderen ihr Können. Und ist es nicht auch ein Verdienst des Martinus Luther«, dabei blickte er zu Van Ackeren hinüber, als suche er Beistand bei ihm, »dass er uns den Blick geschärft für das Werk Gottes und zugleich uns ermuntern wollte zur Tat? Die Herrschaften kennen sicher alle den großen Kepler, der die Bewegungen der Gestirne erforscht hat. Ich will Euch nicht langweilen, aber ich führe in meinem Gepäck ein vortreffliches Fernrohr mit, das mir erlaubt, wie ich hoffe, in etwa zwei Monaten den Durchgang der Venus vor der Sonne zu erspähen, den Kepler uns für zweihundert Jahre im Voraus berechnet hat und der nur alle sechsunddreißig Jahre stattfinden kann.«

Bruyninghuizen, der, während Maternus sprach, die ganze Zeit verächtlich gelächelt hatte, tauschte einen Blick mit dem Kapitän. »Das scheint mir keine fromme Kunstfertigkeit, Herr preußischer Gesandter«, sagte er, »so man den Himmel, den Gott eingerichtet, mit kleinlichen Berechnungen erklären will. Euer Kepler ist ein Phantast und überdies ein Ketzer. Wir sollten unsere Augen im Gebet erheben und nicht mit Fernrohren dort hinaufstarren, um etwa Dinge zu sehen, die wir doch nicht verstehen. Für mich ist das nutzloses Tun, wenn nicht gar Teufelswerk.«

Seine Hausfrau nickte dazu bekräftigend. Sie hatte inzwischen die rechte Hand von der Tischkante genommen und schob eine nicht vorhandene Haarsträhne hinter die Schute. Ihre hellgrauen Möwenaugen gingen zwischen Maternus und dem Kapitän hin und her.

»Den Gang einer Venus, lieber Meister Maternus«, Van Teerstraten lehnte sich, sein Bärtchen streichend, über den aufgestützten Ellbogen, »würde ich hoffen, Euch früher als in zwei Monaten zeigen zu können. Zum Beispiel demnächst in Sint Eustacius und ganz ohne Fernrohr. Aber ich möchte mich dazu nicht weiter äußern, da eine Dame sich am Tisch befindet. Ich bitte um Eure Vergebung, geneigte Frau Patronin.«

In seinen Augen mochte sich etwas befinden, was die Entrüstung der Frau Bruyninghuizen in Zaum hielt, deren blasses Gesicht gerade tiefrot angelaufen war. Sie beantwortete Teerstratens betont demütige Verbeugung mit einem ungnädigen Nicken.

Das Knarren draußen und die Rufe der Matrosen hatten aufgehört. Das Schiff lag jetzt schräger, aber ruhiger. Der Junge balancierte das benutzte Geschirr hinaus. Zuvor hatte er im Vorbeigehen Solker sein Feuerzeug auf den Tisch gelegt.

Der schlug mit dem Stahl Funken in den Zunder, blies ihn behutsam an und legte den glimmenden Bausch auf die gestopfte Pfeife. Fing an, durch die Nase schnaubend zu paffen.

»Was sagt denn«, hob er an, eine Rauchwolke ausstoßend, »unser geistlicher Aspirant zu dieser Frage? Darf man den Himmel erforschen?«

Er blies eine zweite Wolke aus und schob gleichzeitig Van Ackeren den Bierhumpen näher.

»Heute wieder kein Bier, Herr Van Ackeren? Zu schade. Schenkt uns dennoch Eure Ansicht zu diesem heiklen Punkt, zu welchem ein einfacher Capitain, der bloß ein wenig nach den Sternen zu navigieren vermag, keine wissenschaftlichen Antworten weiß.«

Das darauf folgende Lachen trieb Van Ackeren die Schamröte ins Gesicht. Er spürte, wie sein Herzschlag sich beschleunigte. Maternus indessen steuerte bloß ein höfliches Lächeln bei, während Bruyninghuizen dröhnend mit den Fäusten auf den Tisch haute und die Lippen seiner Gattin sich über die Zähne zurückzogen wie bei einem drei Wochen gedörrten Klippfisch. Van Teerstraten, der nicht mitgelacht hatte, schaute zu Maternus hinüber und taxierte ihn mit einem prüfenden Blick.

»Die Werke Gottes«, sagte Van Ackeren, »liegen offen zutage. Aber wir vermögen sie nicht zu erklären, und es steht uns auch nicht an, solches bis ins Letzte versuchen zu wollen. Gleichwohl meine ich, dass es gottesfürchtig ist und zur Ehre des Herrn gereicht, wenn man seine Schöpfung erkundet. Auch das Menschliche ist schließlich von Gott gewollt«, setzte er zaghaft hinzu.

»Gut gesprochen, Herr Aspirant«, sagte Van Teerstraten mit seiner heiseren Stimme, in der manchmal eine plötzliche Autorität herauszuhören war, als befinde man sich zusammen mit ihm in einem Kommando. »Ehe daraus noch ein Prozess gegen gotteslästerliches Fernrohrschauen werden kann«, fügte er an, »lade ich die Runde zu einem guten Genever auf meine Rechnung ein.«

»Das lässt sich hören«, nickte Solker zufrieden. Er winkte seinem Sklaven mit einer Kopfbewegung, aber der Junge hatte bereits verstanden und verschwand Richtung Kombüse, um den Schnaps zu holen.

Derweil erhob sich draußen an Deck ein lautes Kettengeklirr, unterbrochen von Kommandorufen und dem Knallen einer Peitsche.

»Ah! Das tägliche Vortanzen«, sagte Bruyninghuizen. »Waren die Neger nicht schon heute Morgen an Deck?«

»Wenn es wärmer wird, müssen sie zweimal raus«, sagte Solker. »Sie werden sonst krank.«

»Eine empfindliche Rasse«, sagte Teerstraten, der inzwischen gleichfalls seine Pfeife herausgeholt hatte und von Solker das Feuerzeug entgegennahm. »So gut sie arbeiten, so schwierig sind sie doch heil übers Meer zu bringen.« Er streifte Bruyninghuizen mit einem Blick. »Wenn man sie besser behandeln würde, könnte man mehr an ihnen verdienen. Tote Neger kann man nun einmal nicht verkaufen.«

»Sie werden gut behandelt«, brummte Solker. »Sollen wir ihnen Kabinen geben und einen Bader, der sie gesund hält? Alles muss sich rechnen.«

»Teuer genug sind sie allerdings«, sagte Bruyninghuizen. »Ein guter Sklave kostet seine zweihundert Gulden, und wir werden viele davon brauchen in der Kolonie, alleine das kostet schon ein Vermögen. Deren hundert für eine ordentliche Plantation, das sind schon einmal zwanzigtausend allein für die Arbeiter. Da steht noch keine Mühle, keine Remise und kein Herrenhaus.«

»Sucht Euch doch schon einmal ein paar heraus, Herr Patron«, sagte Teerstraten. »Ihr könntet sie ja auf Risiko kaufen, und wenn sie lebend ankommen, habt Ihr den Profit. Herr Capitain, was haltet Ihr davon? Ich kaufe Euch noch heute zehn gesunde Neger zu zwei Dritteln Marktpreis ab. Geht einer vor der Ankunft hinunter zu den Haien, ist's mein Verlust, nicht Eurer.«

Solker winkte ab. Er rechne mit der Compagnie, das mache ihm schon genug Kopfzerbrechen, und er werde sich davor hüten, während der Reise an Bord auch noch den Kaufmann zu machen.

Der Schnaps kam. Der Junge setzte vor jeden einen Stamper, gefüllt bis zum Rand mit gelbem Genever.

»Nun trinkt schon mit, Herr Van Ackeren«, sagte Van Teerstraten. »Vermeidet die Reinheit, mein junger Freund, sie ist Gift für die Seele. Auf dass es uns wohlergehen möge, meine Herren!«

Alle außer Van Ackeren und der Frau des Reeders stürzten den Genever herunter.

Im Anschluss stand man auf und verließ die Messe. Solker gab dem grau bezopften Matrosen, der schwankend in der Ecke stand, im Hinausgehen einen Wink. Der Mann kam heran, murmelte einen Dank und griff nach den stehen gebliebenen Gläsern. Als er das erste zum Mund führte, sah man, dass er nur noch zwei Vorderzähne hatte, einen oben und einen unten.

An Deck stand Varte, der das Tanzen beaufsichtigte. Die schwere Peitsche aus Bullenhaut hing in seiner Hand, ein deutliches Zeichen dafür, worum es hier ging. Um Disziplin nämlich und um Sauberkeit. Die Neger stampften hintereinander an der Kette und sangen dazu ihren monotonen Gesang, der zur gleichen Zeit fremd und so anrührend vertraut klang, dass man beinahe selbst dazu die Beine bewegen mochte. Sie stampften im Kreis mit erhobenen Handschellen um das umgekehrt vertäute Beiboot herum, dazu klirrte die Laufkette im Takt. Männer und Frauen waren nackt bis auf ein Lendentuch aus braunem Kattun. Die Matrosen und die Passagiere schauten auf die auf und ab wippenden Brüste der Frauen und auf die muskulösen Schultern der Männer. Auf der Haut der Neger standen helle Wasserperlen, weil die Matrosen, die alle zehn Schritt mit einer Pütz bereitstanden, sie immer wieder mit Seewasser übergossen. Viele der Sklaven hatten wulstige Schmucknarben, manche überall, sogar auf den Brüsten mancher Frauen waren welche, auch im Gesicht. Andere hatten gar keine Narben außer den Brandzeichen der Händler, von denen man sie erworben hatte. Wegen der Läuse hatte man allen die Köpfe rasiert, aber die Haare wuchsen nach, und ihre runden Köpfe sahen alles aus, als wären sie mit wolligem Filz belegt. Am Schluss liefen die Mädchen aus dem Kippenhok, sie bildeten eine eigene aneinandergekettete Gruppe. Wie sie an den Passagieren vorbeikamen, die vor dem Eingang der Messe stehen geblieben waren, um dem Schauspiel beizuwohnen, ließ Van Teerstraten seinen Blick mit ungeniertem Amusement auf ihnen ruhen. Als sie an ihm vorbei waren, schaute er zuerst zu Maternus, danach zu den Bruyninghuizens hin. Das blasse Gesicht der Reederin war von Hass verzerrt.

»Ein paar prachtvolle junge Stuten«, sagte Teerstraten mit seiner heiseren Stimme. »Die werden gewiss ihren Käufer finden.«

Die Reederin machte eine unwillige Kopfbewegung, als wolle sie ihre Schute vom Kopf schleudern, dann zerrte sie ihren Gatten mit sich fort. Von dem, was sie ihm im Davoneilen hinter vorgehaltener Hand zuzischte, hörte man bloß Wortfetzen: »Tiere ... Satan ... Gefallen finden!«

Halb gehend, halb rennend entfernte sich das Paar, die beschwichtigenden Worte des Reeders verwehten im Wind. Als sie die Kabinentür erreicht hatten, die Bruyninghuizen erst noch aufschließen musste, hörte man die Reederin zweimal in schrillem Ton das Wort »Sodom!« rufen.

Teerstraten und Solker, die während dieses Auftritts dezidiert zum leewärtigen Horizont geschaut hatten, verständigten sich mit einem Seitenblick. Auch Maternus hatte den Blick hinauf in die Segel gerichtet, als befinde sich dort etwas von großer Wichtigkeit.

Van Ackeren bat darum, sich entschuldigen zu dürfen. Als er das Zwischendeck verlassen hatte, sagte Teerstraten, ihm nachblickend: »Viel nacktes Fleisch auf einmal für einen angehenden Prediger und für eine fromme Hausfrau.«

Solker paffte Rauch in die Luft. Er verdrehte die Augen und hob in einer hilflosen Geste die Hände. Teerstraten rückte sein Degengehenk nach hinten und legte Maternus freundschaftlich die Hand auf die Schulter.

»Gottes Schöpfung ist ziemlich kompliziert, findet Ihr nicht, Herr Doctor?«, sagte er. »Würdet Ihr mir wohl die Freude machen und mir Euer Fernrohr zeigen?«

5

Van Ackeren floh. Sein Herz wollte sich nicht beruhigen. Er floh vor den groben Menschen, mit denen er jeden Sonntag zusammen essen musste, vor ihrem beißenden Spott und vor ihrer Niedertracht. Und er floh vor der provozierenden Nacktheit der Neger. Heute war es ihm nicht gelungen, das tägliche Tanzen zu meiden, wie sonst. Er musste bei den anderen Passagieren stehen bleiben, bis es vorüber war.

Wenn er nicht so sehr damit befasst gewesen wäre, sein rasendes Herz zu beruhigen, stünde ihm noch vor Augen, was er eben gesehen hat. Die festen, runden Brüste mit den heraustretenden Brustrosen, die weichen Kurven der Schenkel, die wackelnden Hinterbacken unter den klatschnassen Tüchern, all diese lebendige, pulsierende Fleischlichkeit. Glatte nachtschwarze Haut, an der das Wasser in perlenden Tropfen herunterrann. Ihm auferlegt als Prüfung.

Auf seinem Irrgang gelangte er zum Vorschiff und eilte um die Schalung, die den Niedergang zum Unterdeck armierte, sich hier und dort gegen das Schwanken der Fleute an einer Strebe festhaltend. Da trat er beinahe auf eine Frau, die am Boden hockte und zu schlafen schien. Sie hatte sich, die Beine ausgestreckt, gegen die hölzerne Armierung gelehnt. War angetan mit einem fleckigen Kattunkleid, einem geschnürten Leibchen aus Nessel und einer blassgelben Leinenhaube, lose auf ihrem roten Haar befestigt, das ihr wie ein Sturzbach auf die Schultern herunterfiel. Die Frau öffnete die Augen und blickte auf. Van Ackeren erkannte in ihr die Mutter des Kindes, das er auf den Namen »Benedikt« taufte, als es schon tot gewesen war, und welches er danach bestattete. Das blasse Gesicht der Rothaarigen war voller Sommersprossen, und ihre nun geöffneten Augen waren von einem tiefen, irritierenden Blau.

Van Ackeren suchte nach einer Form, sie anzureden, während er darauf wartete, dass sie selbst es tat. Er konnte doch annehmen, dass sie wusste, wer er war, und wartete auf ein Wort. Dabei kam ihm in den Sinn, was die robuste Leydenerin an Despektierlichkeiten gemutmaßt hatte, während sie der jungen Frau bei der unglücklichen Geburt half.

»Geht es Euch besser?«, fiel ihm schließlich ein.

Die Frau, mit ihren vielleicht siebzehn Jahren beinahe noch ein Mädchen, aber doch schon Mutter, antwortete nicht. Sie könnte ihm, dachte Van Ackeren, vielleicht danken für das, was er für sie getan, doch sie sagte nichts, kein Wort. Entließ ihn aber auch nicht aus ihrem Blick. Ihre Augen hielten Van Ackeren fest, dort, wo er stehen geblieben war, als sei er einer der Schmetterlinge, die seit Neuestem von modischen Bürgersleuten auf Nadeln gespießt und unter Glas gesammelt wurden. Ihm wurde heiß bei diesem Blick, in dem eine seltsame Härte war und in dem sie dennoch nicht anwesend schien. Diese Härte hatte zu tun mit ihren Schreien, die er hatte hören müssen, und er schien auch zu wissen, dieser Blick, um das Blut, das sie vergossen, und um das tote Kind.

Van Ackeren fiel nichts ein, was an Worten dagegen aufgebracht werden könnte. Also schwieg er, schwer atmend und noch immer an die bloße Luft geheftet durch diese blauen Augen, die sich einmal für einen kurzen Moment schlossen, während dem die Lider ein feines Zittern zeigten und man das fein gesponnene blaue Aderngeflecht darauf sehen konnte.

Zur gleichen Zeit erreichte ihn ihr Geruch, ein feiner und distinkter Geruch nach ihrem sonnenwarmen Körper, er drang durch den strengen Teer- und Meeresgeruch hindurch wie eine Erinnerung an etwas sehnsüchtig Vertrautes. Ein Geruch, der ihm zuerst nicht bewusst war, weil er überhaupt nicht hierherzugehören schien.

»Kann ich«, er musste den Fuß seitwärts setzen, um das Rollen des Decks auszugleichen, »etwas für Euch tun? Braucht Ihr etwas?«

Die Hände der Rothaarigen lagen beieinander in ihrem Schoß wie zwei aus dem Nest gefallene Vögel, und der Wunsch, ihr zu helfen, kam in Van Ackeren plötzlich mit einem wilden Drängen auf. Diese junge Frau erschien ihm seiner aus Gottesliebe entspringenden Fürsorge so viel würdiger als die behäbigen Tischgenossen, mit denen er vorhin zu tun gehabt.

»Weshalb sprecht Ihr nicht mit mir? Soll ich gehen?«

Da hob sie ihre Hand und führte sie zum Mund, streckte den Zeigefinger aus. Ohne den Blick von Van Ackeren zu nehmen, öffnete sie die blassen Lippen, und der Finger deutete auf einen Stummel. Auf die furchtbare weiße Narbe, die von ihrer Zunge geblieben war.

Van Ackeren wankte und suchte Halt an der hölzernen Armierung.

Er stammelte, das habe er nicht ... und es tue ihm ... Die Worte wollten sich nicht formen, als sei er es, dem man die Zunge abgeschnitten hatte. Die Rothaarige schloss die Augen. Ihre Hände waren in den Schoß zurückgekehrt. Aus Van Ackerens Seele entwich das schöne Mitleiden, das er eben noch gespürt hatte, es machte einem namenlosen Schrecken Platz, und er stürzte davon, erneut auf der Flucht.

Das Tanzen war zu Ende, die Neger wurden unter Deck gebracht. Varte stand am Niedergang, führte Aufsicht. Die Seesoldaten unterstanden bei diesem Geschäft seiner Weisung. Da konnten sie sich einmal nützlich machen. Als Seeleute waren die jungen Kerle nicht zu brauchen. Ja, Brassen holen und Anker lichten helfen, das konnten sie, das kann aber auch ein Esel, da brauchte man nur an einem Tau zu ziehen. Aber man musste ihnen ständig auf die Finger schauen, wenn man etwas anwies, sonst machte einer der Täublinge mit offenem Mund glotzend statt der Brasse ein Fall los, und die Rah stürzte auf das Deck herunter und erschlug einem die Leute. Aufentern konnte man sie auch nicht lassen, weil sie sich dabei in die Hosen schissen, also musste man ihnen eben das anweisen, was gerade anstand, sie verzehrten schließlich das Geld der Compagnie. Schweine und Hühner füttern, dem Koch helfen, die Kästen mit dem kostbaren Salat und den Rettichen darin bewachen. Aber Deck schrubben, nein, das musste ein Soldat der Compagnie wiederum nicht machen, dafür wurde er nicht bezahlt, das wusste er schon, so blöd, wie er war! Brauchte er auch nicht.

Das Schrubben des Decks war nämlich eine Tätigkeit, die Varte dazu einsetzte, aufmüpfige Matrosen zu vexieren. Man muss die

Nägel einhauen, die zu weit herausstehen. Und wenn so ein Geck auf Knien an den anderen vorbeirutschen muss, bis die Planken jungfräulich leuchten, kühlt ihm das gründlich den Mut und ist besser als die Peitsche. Auch die Feiglinge konnte man aus der Façon bringen, wenn er einen von denen dreimal hintereinander drannahm und der weiß nicht, was er verbrochen haben soll. Gar nichts! Außer dass ihm die Eier fehlen, aber vielleicht wuchsen sie nach, wenn er lange genug auf Knien gerutscht ist.

Ja, so ein Schiff ist eine ganze Welt, dachte Varte, während er die Neger einzeln an sich vorbeigehen sah und an ihnen schnupperte. Ob sie eben verdächtig rochen, das merkte er gleich. Dabei konnte er gut nachdenken, und er überlegte, wie gut es für die Disziplin an Deck wäre, wenn mal einer der Teerjacken gestäupt werden müsste und dass das bislang noch gefehlt hatte auf dieser Fahrt. Das Schauspiel des an den Mast oder auf eine Kanone gebundenen Matrosen, den derjenige auspeitschen durfte, der ihn am wenigsten leiden konnte. Varte lächelte. Auch hier konnte ein Bootsmann seine erzieherische Hand genugsam walten lassen. Und das Zusehen ließ die Mannschaft danach für eine ganze Woche springen wie eine Herde junger Lämmer.

Beim Blute Christi.

Varte hat die Peitsche zweimal schmecken dürfen, sein Rücken sieht aus wie ein grob gewebter Teppich. Er weiß, welche Lektion er damit austeilt. Das erste Mal war's bei den Portugiesen, als junger Kerl noch, weil er von einem Matrosen, der ihn einen lutheranischen Dreckfresser genannt hat, des Diebstahls angezeigt worden war. Varte hatte dem Papistenknecht gleich eins verpasst, und der schlug zurück, was Varte einen vorderen Zahn gekostet hat, und dann hatte der Saukerl ihm in der Nacht, als Varte Wache hatte, eine ganze Priemrolle in die Seekiste gesteckt und tags darauf behauptet, Varte habe sie gestohlen. Natürlich drückte der Capitano dem schwarzbärtigen Kerl die Peitsche in die Hand, und Varte steckte seine zwanzig Hiebe ein. Noch heute hört er ihn zählen: *Um … dois … três …!*

Beim zwölften ist Varte weggekippt, da gab's die Pütz mit Wasser, und danach musste ihn einer halten, bis die zwanzig voll waren. Damals war er noch jung, da konnte man noch nicht so viel einstecken. Und das zweite Mal war es wohl gerecht, denn Varte hatte einen über Bord gehen lassen, zwischen zwei und vier Glasen, vor Sansibar, während der Hundewache. Konnte ihn eben nicht leiden, und die Aussicht, noch acht Wochen mit dem Kerl zusammen an Deck verbringen zu müssen, war ihm zu viel. Hatte ihn zuerst besoffen gemacht und ihm dann flugs über die Reling geholfen. Keiner hatte den Klatscher gehört, und am Morgen war Varte leider Wachführer gewesen und verantwortlich. Hatte bloß mit den Achseln gezuckt und nichts gewusst. Die Peitsche war auf jeden Fall leichter auszuhalten gewesen als der Kragen aus Hanf, der einem sonst blühen konnte, wenn man jemandem aus der Welt half. Er hat es in den Jahren nicht ein Mal bereut.

Da kamen die letzten Neger, es waren die Meisjes. Varte ließ sie vorbei, prüfte hier und dort mit den Fingern im Vorübergehen das Fleisch. Einer der Soldaten der Eskorte schaute her und deutete auf die vorletzte. Er machte zu Varte hin eine leicht verständliche Geste mit dem Daumen und zwei Fingern. Varte seinerseits hob zur Antwort Zeige- und Mittelfinger. Zwei Stuiver für Affen in Uniform. Wäre noch schöner, wenn Soldaten gleich viel zahlen müssten wie Matrosen. Das nähme man ihm bei den Leuten übel, und Varte wollte Ruhe vor dem Mast.

Der Soldat nickte, und Varte schloss sich hinten an. Wie er die Stiege hinabkletterte, spürte er die Affenhand von Master Pitt nach der seinen tasten. Er hob sich den Affen auf die Schulter, der ihm das Ohr knetete und mit seinen dünnen Fingern anfing, die grauen, zum Zopf gebändigten Strähnen seines Herrn nach Läusen zu durchsuchen, was er immer tat, wenn er sich gut stellen wollte. Wie Varte mit dem Soldaten und den Mädchen vor sich zum Kippenhok durchging, waren die Neger dabei, sich auf ihren Pritschen zurechtzulegen, Kopf neben Füße. Sie kannten das schon und hielten die Hände hoch, um die Kette durchfädeln zu lassen. Varte pfiff leise vor sich hin und ließ den Matrosen an sich vorbei in die Kammer.

6

Am 1. März 1701
Mein HERRGOTT, ich bekenne, dass ich gesündigt habe! Nimm von mir, ich bete zu dir, nimm das Verlangen von mir, das mich peinigt, wenn der Schlaf mich überkommt und das Gebet mir nicht mehr helfen kann. Ich werde in meiner Kabine bleiben und beten, drei Tage nichts essen und nur wenig trinken, um meinen Leib zu kasteien. Mein Bemühen soll ein Zeichen sein meiner Demut vor dir.

Ich verschreibe dir meine Seele, meinen Leib und mein noch nicht gelebtes Leben, HERR, wenn du die Versuchungen willst von mir wegnehmen kraft deiner Vorsehung, weil mir nur daran gelegen, vor dir Reinheit zu erwerben, nichts anderes. Ich bin, oh HERR, der unwürdigste und geringste unter den Sündern.

Deutlicher will, kann er nicht werden. Schon die ungeschriebenen Worte, die noch nicht auf dem Papier stehen, bereiten ihm Pein, er will sie nicht vor sich erscheinen sehen. Van Ackeren legt den Gänsekiel zurück in das Holzkästchen und verschließt das Tintenfass sorgfältig mit dem Korken, dann schiebt er beides in das Futteral aus Barchent, in das er nach kurzem Zögern auch das in Schweinsleder gebundene Büchlein steckt, dem er seine Gedanken anzuvertrauen pflegt. Danach versteckt er das Futteral unter seiner Pritsche. Wenn jemand es zu lesen bekäme!

Aber irgendjemandem muss er sich anvertrauen, jemandem, der ihm beisteht. Und das Andachtsbuch, inzwischen auch ein Tagebuch, ist ein Freund, ein Ort, an dem sich der Kreis derer wiederfindet, die ihm wohlmeinend begegnet sind in den zweiundzwanzig Jahren seines bisherigen Lebens, und in dessen weißen, papiernen Räumen er weitere, unbekannte Zuhörer sich vorstellt, auf deren Wohlwollen er mit der Zutraulichkeit seiner Jugend hofft. Denn die Sprache gehört doch allen, seine Sprache ist eine der vielen Sprachen des Herrn. Die Wörter können so ganz für sich dastehen, können helfen, sie vermögen ins Sichere zu bringen, was einen an Empfindungen so vage und verstörend ankommt. Nur manche Wörter nicht, sie sind gefährlich, teuflisch. Denn leider verfügt auch der Satan über die Sprache. Wie auch er über die Welt verfügen darf, weil Gott es so will.

Van Ackeren stand auf und hielt sich gegen das Schwanken des Schiffes an einem der beiden Decksbalken fest, die durch seine kleine Koje verliefen. Er nahm das Leinentuch von der Pritsche und hob es hoch, musterte nochmals den Fleck darauf. Dann roch er daran und nahm den seltsamen Kastanienblütengeruch wahr, der von *ihm* kam, aus seinem Innern, ausgelöst von unziemlichen Lüsten. Eines Mannes nicht würdig, der sich heiligen möchte, ganz gewiss nicht.

Van Ackeren schloss die Augen.

Er hat geträumt. Es muss Satan gewesen sein, der ihm solchen Traum eingegeben, ein Gegaukel, das er kurz vor dem Erwachen noch vor sich hatte und vor allem: *fühlte*! Als ihm schon das ständige Schlingern des Schiffes wieder ins Bewusstsein kam und er das Platschen und Gurgeln der See wahrnahm, zwei Zoll entfernt von seinem Ohr, und den schweigenden Ozean dahinter. Das alles hat er bereits um sich gehabt, ein Teil von ihm wusste demnach, wo er sich befand, aber noch immer lag er in den Armen der jungen Rothaarigen und genoss in dem Traum, den er nicht lassen wollte, ihren Leib, den sie ihm spendete, auf eine Weise, die ihn wieder rot werden ließ, ohne dass er genau wusste, wie das Ganze eigentlich zugegangen war. Aber ihre Augen, das rote Haar, der blasse Mund und die elfenbeinfarbenen Hände und ihr Geruch hatten eine sündhafte Rolle dabei gespielt. Besonders ihr Geruch, den er im Wachen doch bislang kaum wahrgenommen haben konnte und der in dem Traum so unmittelbar gewesen war!

Die abgeschnittene Zunge hatte seltsamerweise keine Rolle gespielt. Auch das Übrige an Leiblichkeit war im Dunkeln geblieben, was erklärbar war, da er noch keiner Frau beigewohnt hatte. Aber gerade darum wusste sein Verstand, dass er selbst sich all dies ausgemalt hatte. Auch wenn Satan die Erlaubnis dazu gegeben haben mochte, dieses höllische Spiel einzuleiten – Van Ackeren war klug genug zu wissen, dass der Fürst des Bösen sich nicht dazu herbeilassen musste, einem jungen Aspiranten vorzumachen, was man mit einer Frau anstellen konnte. Die Schuld lag allein bei ihm selbst und nur bei ihm und bei seiner Unreinheit.

Er ließ das befleckte Leinentuch zu Boden fallen. Stellte die Kanne mit Wasser, die gestern Abend noch halb voll gewesen war, wieder zurück. Die Passagiere erhielten alle drei Tage ein halbes Maß, das reichte gerade zum Trinken, zum Waschen kaum, zum Rasieren gar nicht, da musste man sich mit Seewasser behelfen, was das schärfste Messer nicht auszugleichen vermochte. Der Einzige, der es hinbekam, sich die Wangen glatt zu schaben, war Teerstraten, der immer auftrat, als gehe er zu einem Empfang, allerdings, wie man leicht merken konnte, immer in dem gleichen Aufzug.

Die Kanne war fast leer. Undenkbar, damit das Leinentuch zu waschen. Er musste einen Vorwand finden und Seewasser benutzen, aber dann würde es nicht mehr richtig trocken werden. Unmöglich, nach der Reinigung mit Seewasser in dem klammen Tuch zu schlafen, außerdem: Die Prozedur würde Aufsehen erregen!

Van Ackeren nahm das Tuch wieder vom Boden auf, hockte sich im Unterzeug auf seine Koje und spuckte auf den Fleck. Er spuckte noch einmal darauf und fing an, den Speichel auf dem halb getrockneten Sekret anderer Provenienz zu verreiben. Nach drei Versuchen ging ihm die Spucke aus. Er wartete, bis sein trockener Mund wieder etwas hergeben würde.

Da klopfte es an der Tür.

Er erstarrte. Seine Kabine, die so klein war, dass er mit zwei Schritten an ebendieser Tür anlangen würde, schien ihm auf einmal noch kleiner, denn es gab hier keinen Ort, sich zu verstecken. Wieso sich verstecken? Das Leinentuch vor allem musste er verstecken.

»Ich komme gleich!«, vermochte er immerhin zu rufen.

Er knüllte das Tuch zusammen und stopfte es unter die Koje, schob dann die Seekiste aus Kampferholz, ein Geschenk des reiseerfahrenen Vaters, davor und schlüpfte in sein Hemd. Fand die Kniehose und fuhr hinein. Überlegte, wer bloß dort draußen stehen mochte. Womöglich der Capitain? Solkers herrische Art und seine Ungeduld würden ihn nicht lange warten lassen, man konnte ihm zutrauen, dass er mit dem Hausrecht des Prinzipals einfach eintrat. Maternus? Wieso sollte der ihn aufsuchen – man kannte sich kaum. Wie er die Beinkleider oben hatte und das Hemd hineingestopft war, schlüpfte Van Ackeren in seinen Rock. Die vielen Knöpfe hatte er nicht Zeit zu schließen, auch in die Schuhe kam er nicht hinein. Er musste in Strümpfen zur Tür.

Und öffnete.

Draußen stand Van Teerstraten in vollem Habit. In seinem weinroten Satinrock mit den brokatenen Streifen daran, dem Rüschenhemd mit Lavaliere und den geschlitzten gelb gefütterten Bundhosen. Stand da in ganzer Pracht mit Schnallenschuhen und Kniestrümpfen, den Degen nach hinten gerückt, und machte beim Anblick Van Ackerens einen stilvollen Kratzfuß.

»Verzeiht mir, dass ich Eure Ruhe störe, mein lieber Herr Aspirant, aber meine ungezogene Freundin, die Neugier, hat mich dazu getrieben, Euch meine Aufwartung zu machen. Habt Ihr Lust auf einen kleinen Morgenspaziergang? Der atlantische Ozean zeigt sich in seinen schönsten Farben, und noch finden keine störenden Umtriebe und Versammlungen an Deck statt.«

Van Ackeren, der wohl wusste, worauf Teerstraten anspielte, konnte sich in seiner Verlegenheit dem Ansinnen nicht entziehen. Er wolle, meinte er, sich eben nur noch vollends anziehen, dann werde er gerne –

»Lasst Euch Zeit, mein Lieber. Ich treffe Euch nachher beim vorderen Kastell, wo ich eben noch das köstliche Schauspiel springender Dolphin-Fische zu sehen bekam. Als einziger Zuschauer übrigens – ich meine, als einziger, der derlei zu schätzen weiß. Das tumbe Matrosenvolk hat wenig Sinn für Ästhetika, soll heißen, für alles in der Welt, was sich nicht in Stuiver verwandeln lässt. Mag sein, die Fische sind noch dort, wenn Ihr eintrefft. *À bientôt.*«

Als Van Ackeren sich wenig später, mit nun zugeknöpftem Rock und geschnürten Schuhen, zum Vorderkastell begab, konnte er Teerstraten zunächst nicht entdecken. Ein Matrose winkte ihm mit der

Hand und deutete mit gestrecktem Finger nach unten. Nun konnte Van Ackeren den Kavalier sehen. Eine Etage tiefer stand er gefährlich nahe am Wasser auf der stampfenden, auf und ab gehenden Plattform zwischen den Rüsten des Bugspriets und grüßte mit dem Federhut herauf. Van Ackeren ging an dem Matrosen vorbei.

»Dort ist er hingeflogen, der eitle Gockel, fällt noch hinunter in die See«, murmelte der, die Schulter vorschiebend, und spie auf den Boden.

Teerstraten, der sich von der ausgesetzten Plattform zu den schäumenden Bugwellen hinunterbeugte, deren Spritzer ihm die Stiefel nässten, bedeutete Van Ackeren, zu ihm herunterzusteigen. Direkt über ihm ragte die überlebensgroße Galionsfigur heraus, die der »Marije van Flanderen« ihren Namen gab. Eine gelbhaarige Frau mit blauer Haube, die ihre Arme ausbreitete und deren stumpfe hölzerne Augen mit andauerndem Entsetzen oder mit bannender Macht dem Schiff bei Tag und Nacht auf seinem Weg vorausstarrten.

»Sie sind noch da!«, rief Teerstraten. »Schaut nur!«

Nun erblickte auch Van Ackeren die dunklen Leiber, wie sie nebeneinander vor dem Bug einherschossen, um das Schiff spielend zu überholen, sich dann wieder zurückfallen ließen und nur handbreit vor dem mächtigen, im Wasser arbeitenden Kielbalken flink die Seiten wechselten. Und plötzlich sprang einer der großen Fische aus dem Wasser, er sprang gute sechs Fuß in die Höhe, und sein Leib schwebte für einen Moment neben Teerstraten in der Luft. Der stieß einen Freudenschrei aus und riss seinen Hut herunter, als wolle er dem Tier Reverenz erweisen. Und Van Ackeren hätte schwören mögen, dass der Dolphin in demselben Moment Teerstraten den Kopf zuwandte und den eleganten Kavalier für den Augenblick gefällig musterte. Der nass glänzende Leib indessen drehte sich mit dem gegebenen Schwung weiter um seine Achse, und dabei gelang es dem neugierigen Dolphin sogar, im Zurückfallen noch einen Blick auf den weiter oben stehenden Van Ackeren zu werfen, ehe er in seinem Sturz die See aufspritzen ließ.

Nach dem Sprung des einen schienen die anderen Dolphine das Interesse an dem Schiff verloren zu haben. Ihrer vier oder fünf fanden sich in einer Rotte zusammen und verließen das Schiff, das sie begleitet hatten. Man konnte sie schlecht zählen, weil sie abwechselnd aus den Wellenkämmen herauskamen mit ihren spitzen Rückenflossen, und man hätte, wie sie windwärts enteilten, meinen können, dass es sich um eine große Schlange handle, welche durch die Wellen des Ozeans schwimme.

Der Matrose trottete an Van Ackeren vorbei mit einer Pütz voller Unrat, um sie drüben an der leeseitigen Bordwand auszuschütten. »Unnütze Viecher«, brummte er. »Gehen in kein Netz, aber fressen die Fische heraus, wo sie können.«

Teerstraten indessen war dabei, auf das Vorderkastell zurückzuklettern, wobei sein Degen ihm einige Male im Weg war. Van Ackeren, der ihm zuschaute, dachte darüber nach, wie wohl die Dolphine sich hätten anders als unnütz verhalten sollen, um es dem Matrosen recht zu machen. Da fiel ihm die rothaarige Frau wieder ein. Die Verbindung war das geplünderte Netz, eine Verbindung, die sein Geist listig herstellte wie eine neu geknüpfte Masche. War sie doch vielleicht keine Hure, sondern Netzflickerin gewesen? Aber er wollte das gar nicht wissen, entschied er, ebenso wenig wie ihren Namen, wozu auch? Ein Groll stieg in ihm auf, als trage die Stumme selbst Schuld an seiner nächtlichen Verirrung, einfach dadurch, dass es sie gab, und natürlich auch, weil sie darin die Hauptrolle gespielt. Er fasste den Entschluss, ihr fortan aus dem Weg zu gehen.

»*Merveille*, was für brave Tiere!«, keuchte Teerstraten, inzwischen glücklich oben bei den Grätings angekommen. »Springen höher als ein gutes Ross und sind so voller Freude, allezeit.« Er lachte, und Van Ackeren sah das Vergnügen im Gesicht des nicht mehr jungen Mannes, das ihm so offen zugewandt war; mit seinen grauen Augen, den lebenslustig gepolsterten Unterlidern und den vielen Lachfältchen darum. Er musste das Lächeln erwidern, es war so ansteckend.

»Wozu tragt Ihr eigentlich immer Euren Degen, mein Herr?«, wagte er sich heraus.

»Ihr meint«, Teerstraten zog die Waffe eine Handbreit aus dem Koller, »weil's hier niemanden totzustechen gibt?«

Van Ackeren schwieg, beschämt über seine Keckheit, und bereute schon seine Frage. Aber von einem Mann, der die Natur dermaßen ästimierte, musste man vielleicht keinen bösen Spott fürchten.

»Nun, ich trage ihn«, sagte Teerstraten mit gespieltem Ernst, »zum einen, weil man das nie genau weiß. Ob nämlich doch jemand da ist, der totgestochen werden muss. Aber ich will Euch nicht beunruhigen, junger Herr, in Wirklichkeit trage ich ihn, damit ich aussehe wie ein Kavalier. Ihr müsst wissen, dass es eine veritable Aufgabe darstellt, ein Kavalier zu sein. Das geht nicht allein mit Aufstehen, Waschen, Bartscheren, Ankleiden, solcherlei reicht dafür nicht. Es braucht Tenue, das braucht es, und die zu erwerben und zu behalten hat nun mal seinen Preis.«

Er musste seinen Hut festhalten, denn es begann kräftig aufzufrischen. Das Schiff legte sich stärker vom Winde weg, und die leewärts liegenden Ränder der großen Segel begannen in der einfallenden Böe zu knattern. Teerstraten sah nach oben, wo die Wimpel an den Mastspitzen vom Flattern in ein steifes Surren übergegangen waren.

»Wir machen gute Fahrt«, sagte er. »Bald werden wir in Sint Eustacius sein, und danach sind's noch drei oder vier Wochen bis Para Maribo.« Seine grauen Augen musterten Van Ackeren. Er griff nach einem der straff gespannten Falle, um sich festzuhalten, mit der anderen Hand hielt er seinen Hut. »Ich will frank und frei sprechen, mein Herr. Ich habe Euch ein paar Wochen beobachtet, und ich habe beschlossen, Euch zu vertrauen. Ihr seid ein Mann Gottes, das spricht aus allem, was Ihr sagt und tut, und macht Euch Ehre. Ich hingegen bin von eher irdischem Geblüt und ein Mann der Tat. Ich suche Aufgaben in dieser Neuen Welt, die wir in Bälde betreten, und vielleicht werden dort, wo Ihr hingeht, ja solche Aufgaben auf mich warten.«

Van Ackeren wusste nicht, was er dazu sagen sollte. Er musste sich inzwischen an den Grätings des vorderen Kastells festhalten, da die Fleute tüchtig auf der Seite lag und der Wind keine Anstalten machte, schwächer zu werden. Am sonst immer blauen Horizont hatte sich ein fädiges Grau eingestellt, das sich dichter spann, und ein dunkler Vorhang schob sich so rasch vor die Sonne, als sei am Himmel Tinte ausgeschüttet worden.

Auf dem Deck hörte man die bloßen Füße der Matrosen tappen. Sie liefen zu den Wanten, und Varte schrie hinter ihnen her, sie sollten die Toppsegel herunternehmen und sich, Potz Grind, dabei beeilen, faules Gesindel, das sie seien, bei Gottes Leichnam!

Teerstraten nickte zu der Tirade des Bootsmanns. »Der Herrgott wird überall gebraucht, wie man hören kann, Herr Van Ackeren. Insoweit tut Ihr recht, trotz Eurer Jugend, die – versteht mich nicht falsch – in allem einen Vorzug darstellt, Gottes Wort verbreiten zu wollen. Ihr dürft mir glauben, dass Ihr mir in Persona lieber seid als zwanzig der durchtriebenen Schwarzröcke von Jesuiten, die einem inzwischen in Übersee allerorten über den Weg laufen und denen nicht zu trauen ist. Aber zum Wort Gottes gehört doch auch das Schwert, steht es nicht so in der Bibel?«

Van Ackeren fühlte sich der Situation nicht gewachsen, da er glaubte, es werde ein Kommentar von ihm erwartet, welchen er doch nicht geben konnte. Zumal ihm ein gewisses Drängen aus der Mitteilung herauszuklingen schien, die der elegante Kavalier ihm eben gemacht hatte.

»Ich reise nach Providentia in Neu-Niederland«, sagte er mit Vorsicht. »Das ist, wie Ihr vielleicht wisst, eine Plantation, auf der Brüder und Schwestern aus Waltha leben, die sich der frommen Lebensart verschrieben haben. So gerne ich Euch behilflich wäre, Herr Van Teerstraten, ich wüsste nicht, welche Dienste man dort von Euch erwarten könnte. Ich bin«, setzte er hinzu und wollte die Hand auf die Brust legen, brauchte sie aber, um sich weiter festzuhalten, »noch niemals da gewesen. Ich kenne die Verhältnisse keineswegs. Aber ich werde gern nachfragen, ob man Eurer bedarf. Wobei ich nicht einmal weiß, welche Dienste Ihr mir anzubieten gedenkt.«

Von oben aus dem Rigg klangen Rufe herunter, und die oberen Rahen mit den eingepackten Toppsegeln wurden unter dem Kreischen der Blöcke ein Stück heruntergezogen und festgemacht. Die Matrosen glitten an den Fallen herab, wobei sie, um eine zu rasche Fahrt zu verhindern, sich geschickt mit den nackten Füßen abzubremsen wussten.

Nur Master Pitt war oben geblieben. Er war mit aufgeentert und hockte nun im Großtopp, wo er in den Wind kreischte, die Affenfäuste schüttelnd. Schaute man vom Deck aus nach oben, hätte man meinen können, dass dort ein winziger Dämon hockte, der den Sturm herbeirufen wollte.

»Meine Dienste«, sagte Van Teerstraten und sah an Van Ackeren vorbei, »sind vielfältiger Art. Zugegeben, sie mögen weltlicher Natur sein, aber bedenkt, dass dort, wo Ihr hingehen werdet, nicht nur Freunde und gottesfürchtige Leute sich befinden. Eure Jugend, verzeiht dies noch einmal, hat neben den vielen Vorzügen, von denen ich bereits sprach, bloß einen nicht, das ist die Erfahrung. Gesetze gelten in Übersee gerade so weit, wie eine Muskete schießt. Und da es den betreffenden Schützen meistens an Tüchtigkeit mangelt, noch nicht einmal so weit. Ich war fünf Jahre in Batavia, Herr Van Ackeren. Dort habe ich zwei Jahre lang ein Kontor geführt, ich habe es ganz gut gemacht und behaupte, die Gesellschaft nicht um besonders viele Einkünfte betrogen zu haben, was manche anders sehen mögen. Ich habe außerdem einen Statthalter der Compagnie aus einem Nest von maurischen Seeräubern befreit, und ich habe mit drei tüchtigen Gesellen eine englische Fregatte in die Luft gehen lassen, deren Pulvermagazin schlecht bewacht war.«

Van Ackeren war froh, dass ihrer beider Aufmerksamkeit nun vom Schiff in Anspruch genommen wurde. Inzwischen würde es schwer werden, einen sicheren Schritt über das Deck zu tun. Die Matrosen waren schon dabei, die Luken zu schließen und sie mit gespannten Tauen zu verwahren.

»Da gibt es gleich etwas auf die Mütze«, sagte Van Teerstraten. »Gehen wir in unsere Cabinen. Ihr braucht mir im Übrigen nicht zu antworten, mein Freund. Ich wollte Euch lediglich eine Mitteilung machen und werde, wenn Ihr erlaubt, zu gegebener Zeit darauf zurückkommen.«

Auf dem Achterdeck war der Kapitän erschienen.

Solker schrie nach vorn zu den beiden Männern.

»Weg da, ihr Trottel, oder wollt ihr ersaufen?«, waren seine Worte, aber der Wind riss sie ihm vom Mund, ehe sie Van Ackeren und Teerstraten zu Ohren gelangen konnten, welche eben von den Grätings herunterstiegen und sich tüchtig festklammern mussten, als der Bug der »Marije van Flanderen« tief eintauchte und die See ringsum aufspritzen ließ wie von einem nahe gekommenen Kanonenschuss. Die Vorsegel hielten das meiste Spritzwasser ab, das der Wind nach Lee trieb, aber die beiden Männer wurden dennoch nass und beeilten sich, nach hinten zu gelangen. Sie wichen den Matrosen aus, die noch einmal hinaufmussten, um in die Untersegel ein Reff einzuschlagen, damit sich das Schiff ruhiger halten ließ.

Master Pitt, als er genug unter dem Himmel getobt hatte, kletterte herunter, sowie es zu regnen anfing, und schlich sich hinunter in das Matrosenquartier, wo es ihm gelang, einen verschimmelten Käse zu entwenden.

7

Der einsetzende Tropenregen, der sich dann doch zu einem mittleren Sturm auswuchs, dauerte zwei Tage und zwei Nächte, welche Van Ackeren in seiner Kabine verbrachte. Körperliche Schwäche hatte ihn gezwungen, sein Fasten zu brechen. Aber mehr als eine Schale Grütze vertrug er nicht, nachdem die Seekrankheit, die er schon überwunden geglaubt, ihn nun erneut beutelte.

Der starke Wind, unter dem das Schiff ständig auf der Seite lag, und vor allem der ebenso starke Eigensinn des Kapitäns, der nicht abfallen lassen wollte, sorgten für eine üble Berg- und Talfahrt, die sämtliche Passagiere auf ihre Pritschen warf und sogar für zwei Tage den Tanz der Neger verhinderte, da man Sorge haben musste, dass sie dabei womöglich über Bord gingen. Nur Teerstraten schien das Wetter nichts auszumachen. Wie ein Reiher über eine nasse Wiese stakte er, seinen Straußenfederhut mit einer Hand festhaltend, über das schwankende Deck, das der Regen in eine gefährliche Rutschbahn verwandelte, und klopfte an die Türen der Cabinen. Wie es schien, aus Langeweile, doch er folgte, wie stets, seinen Absichten.

Solker indessen stand Stunde um Stunde breitbeinig auf dem Achterdeck.

Er schaute dem Rudergänger auf die Finger, der die Fleute auf Kurs hielt, die sich tapfer durch die schräg anprallenden Wellen kämpfte und dabei durchaus vorankam, nicht schnell vielleicht, aber stetig. Solker ließ alle zwei Stunden loggen und wusste, man machte an die vier Knoten. Alles ging seinen rechten Gang.

Er zog den Kragen seines Wettermantels zu und roch in den Wind, ob er nicht die Güte haben würde, ein wenig östlicher zu drehen. Es lohnte nicht, den langen Schlag nach Süden zu machen und dabei eine Woche oder zwei zu verlieren. Er würde jetzt da hindurchsegeln, und mit Gottes Willen konnte es gelingen, die Breite zu halten, verdammich noch eins. Während ihm das Wasser die geteerte Hutkrempe hinunter auf die Schultern rann und ihm der Wind den warmen

Regen in sprühenden Schwaden ins Gesicht trieb, schaute er über das leer gefegte Deck und hörte dem Sturm zu, der oben in den Stagen sang.

So mochte er sein Schiff am liebsten, an solchen Tagen gehörte es ihm allein. Der Matrosenhaufen hatte sich ins Vorschiff salviert, und die Soldaten verschliefen ihre tägliche Ration an Genever. Ab und zu kam einer von ihnen herauf, um zur Leereling zu taumeln, wo er sich erbrach. Man musste hoffen, dass keiner über Bord ging, es waren ja bloß deren zwölfe dabei. Gepresste, hohlköpfige Kerle, die man dazu zwingen musste, zum Gottesdienst ihre Uniformen anzuziehen, um bei der Gelegenheit nachzusehen, ob sie noch vollständig waren, da Eigentum der Compagnie. Sie neigten dazu, siech zu werden, kriegten den Scharbock zwei Wochen eher als ein Matrose, und dann war's schnell vorbei mit diesem Pieter und jenem Hannes.

Nun, noch diese und zwei weitere Fahrten, dann mochte es sein Contento haben. Das bedeutete ein Haus in der Greulenstraat von Leyden und ein sittsames junges Ding, das sich finden würde und ein ordentliches Vermögen mitbrächte, ihm das Alter zu sichern. Das ihm die Füße und nicht nur die zu wärmen wusste für die Jahre, die noch blieben.

Solker sah Teerstraten dabei zu, wie er über das Zwischendeck wanderte. Und der Kerl, wieder in vollem Wichs, bemerkte auch gleich die einsame Gestalt das Kapitäns auf dem hohen Achterkastell und machte seine Reverenz mit dem Hut. Die ihm sogar gelang, obgleich das Schiff im gleichen Moment einen tiefen Taucher in das Tal einer anrollenden Welle hineinmachte und Solker sich gewünscht hätte, dass der Kavalier gegen die Speigatts geworfen würde, als es die Fleute so jählings abbremste, als wäre sie gegen eine Wand gelaufen. Aber der dort verlor seinen Halt nicht, er klammerte sich an der Nagelbank des Großmasts fest, bis der Bug des Schiffes sich aus der Welle freischaufelte und wieder herunterkam. Dann erst setzte er seinen Weg nach achtern fort.

Nicht das erste Schiff, auf dem der fährt, dachte Solker.

Nun fiel ihm auch das Gespräch mit dem Faktor zu Hause im

Kontor wieder ein. Mitten im Herzen von Amsterdam, den Mastenwald der Schiffe vor dem Fenster und Tee in bestem China auf dem Tische bei der Unterredung, über die man ihm anschließend Stillschweigen befahl. »Nehmt ihn an Bord in Christi Namen, diesen Herrn Van Teerstraten, Capitain Solker, und fragt nicht zu viel«, hatte der alte Herr gesagt und ihn beim Arm genommen. »Dieser Herr bezahlt uns auf seine Weise. Um mehr müsst Ihr Euch nicht kümmern. Wisst, dass er in Suriname bereits erwartet wird und ihm dort kein Allotria mehr gelingen soll.«

Er wird jedenfalls froh sein, den Kerl in Para Maribo von Bord gehen zu sehen. Solker hat seine Erfahrungen mit derlei vexierten Leuten, die sich ständig wie Gecken herausputzen müssen. Nun haben die Herren der Compagnie das Sagen, und sie haben ihre Gründe. Solker ist nicht der, sich mit ihnen anlegen zu wollen. Ginge der Kerl aber über Bord, ja – dann wären's die Elemente gewesen und Gottes Vorsehung.

Die »Marije van Flanderen« tauchte mit ihrem breiten Haupt in das nächste Wellental. Eine Kreuzsee lenkte sie luvwärts ab, die Masten schüttelten sich, und das Regenwasser prasselte aus den Bäuchen der Untersegel auf das Deck herunter, als leerte ein Dutzend fleißiger Waschweiber seine Kauen auf die Straße aus. Auch Teerstraten kriegte sein Teil davon ab, was indessen nur recht sein konnte.

Solker lächelte. Das Achterkastell, wo er stand, blieb von derlei Überraschungen verschont. Der beste Platz ist der Platz des Capitains. Ein Platz zum Denken und Sinnen. Mochte alles sonst zum Teufel gehen, hier stand man und hatte Boden unter beiden Füßen, selbst bei Sturm. Die drei Säue in den vorderen Kanonendecks, die eine Weile Ruhe gegeben hatten, fingen wieder an zu schreien. Trotz der laut rumpelnden Sturmwellen gellte das übers ganze Deck bis nach hinten und zerrte einem an den Nerven. Sie waren seekrank. Solker hatte das Viehzeug zu Hause gegen die nutzlosen Dreipfünder eingetauscht, die eigentlich dorthin gehört hätten, wo nun sich der Schweinestall befand. Auch auf der Steuerbordseite fehlten die Kanonen, dort hatte er seine Hühnerställe eingerichtet und die Pforten zunageln lassen. Drüber, wo das Seewasser nicht hinkam, standen die Holzkästen für Rettich und Salat. Nur die hinteren Sechspfünder hatte er behalten. Ein Schiff ganz ohne Kanonen, das ging nun auch nicht.

Die Hühner jedenfalls vertrugen einen Sturm besser als die Schweine. Schwer zu verstehen, aber so war es. Und ein frisches Ei jeden Tag zum Frühstück des Kapitäns war nicht zu verachten. Davon hatte man mehr als von den schwachbrüstigen Büchsen, für welche die Anzahl der Soldaten ohnehin nicht ausgereicht hätte. Dennoch, man musste daran denken, mit ihnen zu exerzieren, noch ehe man in den Dunstkreis der caraibischen Inseln geriet. Wahrscheinlich hatte keiner von ihnen jemals an einer Kanone gestanden, und womöglich galt es, ein paar Warnschüsse abzugeben. Dabei wäre es ungünstig, die eigenen Soldaten zu verlieren. Zum Beispiel weil einer von einem zurückprellenden Geschütz zu Brei gequetscht wurde, weil er dachte, dahinter sei er am sichersten aufgehoben. Oder weil einer in der Angst zweimal geladen hat und nach dem Abbrennen das halbe Schanzdeck weggesprengt war und das Schiff danach aussah, als habe es schon einen guten Treffer abbekommen.

Der Compagnie könnte man schlecht erklären, weshalb so etwas passieren musste. Obwohl derlei natürlich vorkam. Der Schuldige blieb am Ende immer der Capitain.

Unter dem Hochdeck, außer Sicht Solkers, klopfte Maurits van Teerstraten, die Nässe mit dem Hut von seinem Rock schlagend und sich mit der Linken festhaltend, mit klammen Fingern an die Kabinentür von Maternus. Erhielt Antwort. Öffnete die Tür und verschwand in der Kabine.

In Doctor Maternus' Kabine brannte eine einzelne Kerze. Sie steckte in einem Sturmhalter, der an einer Kette über dem kleinen Tischchen hing, welches neben dem Hocker und dem Schragen das dritte Möbel im Raum darstellte. Der Halter sorgte dafür, dass die Flamme in der Senkrechten verblieb, auch wenn der aufgehängte Ring, in dem sie steckte, unaufhörlich hin und her schwankte und der kleine Tisch, geradeso wie die Pritsche, auf der Maternus hockte, jeden der Schwünge mitmachen musste. Auf dem Tisch neben der Kerze lag ein aufgeschlagenes Buch, das ebenfalls keinen der Schwünge ausließ, indem es von der einen Scheuerleiste gegen die andere rutschte. Die Brille, die vorhin noch danebengelegen hatte, hielt Maternus nun in der Hand, und vor dem Tisch saß auf dem winzigen Schemel, der ihm angeboten worden war, Teerstraten, seinen nass gewordenen Hut vor sich auf dem Boden, die bestiefelten Beine von sich gestreckt.

»Ja, Herr Doctor, ja«, sagte er. »Ich weiß das alles. Geldmittel, was heißt das denn schon? Ich rechne ja nicht darauf, dass Ihr mir einen Beutel Gulden verschafft, auch nicht mit irgendwelchen anderen Promessen, versteht mich nur recht. Ich habe das armselige Affenspiel dieser Welt lang genug mitgespielt, um zu wissen, wo ich selbst mein Losament finde, glaubt mir. Wo wir hinfahren, ist es von einiger Importance, einander beizustehen. Ihr reist doch allein nach Para Maribo, oder nicht? Wisst, es ist gefährlich, wenn man sich unter Strauchhähne und Spitzbuben begibt.«

Maternus klappte die Bügel seiner Brille auf und zu. Man konnte ihm ansehen, dass ihm nicht wohl war. Wie er verzweifelt in die Kerzenflamme schaute, als suche er den einzig festen Punkt in dieser Kammer, die seit gestern nichts Festes mehr an sich hatte, sondern immer wieder aufs Neue in ein Hinunterfallen geriet, das von dem schwimmenden Bauwerk aus Holz aufgefangen werden musste, mit Geräuschen, als leide das Schiff schwere Not, ehe es wieder heraufgerissen wurde, nur um danach den nächsten Fall zu tun. Das ächzte, knarrte und knackte auf eine Art, die einen auf dem Festlande dazu bringen würde, schleunigst aus dem Haus ins Freie zu rennen. Aber auf einem Schiff ging das nicht. Hier musste man es, gerade wie das Gebälk, eben aushalten. Und alles an Bord schien sich aufzulösen, keine Ordnung hielt stand vor der gewalttätigen und unaufhörlichen Bewegung der See. Überall rollte es, schlug an, rollte retour. Nicht zu reden vom Heulen des Windes in verschiedenen Diskantlagen und dem beständigen Prasseln des Regens auf dem Deck. Und von den Wasserbahnen, die zwei Finger hoch unter der Tür hereinkamen und wieder zurückliefen. Es war zum Aus-der-Haut-Fahren.

Maternus löste seinen Blick von der Kerze und schaute Teerstraten an. »Werter Herr«, sagte er. Er musste schlucken. Die Übelkeit saß ihm dicht unter der Kehle, dennoch sprach er weiter. »Soll das vielleicht – verzeiht mir, soll das eine Drohung sein?«

Teerstraten lachte laut auf und schlug mit der Faust auf den Tisch. »Ihr habt Verstand, Herr Doctor. Das hab ich gleich gesehen und kann's auch immer erkennen, wenn einer was im Hirn hat.« Er fuhr sich mit gespreizten Fingern durch das lange Haar, das am Nacken zu einem losen Zopf geknotet war. »Und nun schwitzt Ihr Olium Bappolium, weil Ihr denkt, ich wollte Euch ans Leder. Nein, Herr Doctor, ach. Nein. Im Gegenteil. Ich trage Euch meine Unterstützung an, als Euer Diener! Bin bereit, Eure Bataillen zu kämpfen. Ich habe keineswegs vor, Euren Beutel oder was anderes an Euch zu schneiden, glaubt mir.«

Maternus kam auf die Beine, taumelte an Teerstraten vorbei zur Tür. »Verzeiht mir«, murmelte er, die Hand vor den Mund pressend, riss die Tür auf und verschwand. Man hörte das Tappen seiner bloßen Füße sich rasch entfernen, dann ein leises Würgen von irgendwo.

Teerstraten stieß die Tür mit dem Stiefel zu.

»Kreuzmordblutschwerenot«, sagte er und kratzte sich den Kopf.

8

Am dritten Morgen hatte der Wind nachgelassen. Der Himmel, unter dem die »Marije van Flanderen« segelte, war wieder wolkenlos, und zwei neue Besucher hatten sich unerwartet aus dem azurnen Blau eingefunden wie heraus aus dem Nichts.

Zwei Seeschwalben. Zierliche weiße Vögel mit schwarzen Kehlflecken, welche zuerst in eleganten Bögen zwischen den Masten hindurchschossen, ehe sie sich auf einer Rah niederließen, um dort auszuruhen. Mit den Schweifen wippend, als wollten sie jeden, der sie noch nicht erblickt hatte, auf sich aufmerksam machen. Die Vögel wurden von den Matrosen mit Freudenrufen begrüßt, da sie die Nähe von Land verhießen.

Van Ackeren, noch in Hemd und Hosen, öffnete seine Kabinentür. Er wollte nachsehen, was der Anlass für die Rufe war.

Und unversehens stand sie da. Vor seiner Tür.

Die Stumme.

Sie hat die Hände im Schoß gefaltet und trägt das gleiche Kattunkleid und Schnürleibchen, die gleiche verblasste Haube, in der er sie zuletzt gesehen. Ein Schreck durchfährt ihn. Am liebsten hätte er die Tür sogleich wieder zugeschlagen. Aber er zwingt sich, ihr einen guten Morgen zu wünschen.

Anstelle einer Antwort, die sie ihm ja nicht geben kann, mustern ihn ihre durchdringenden blauen Augen. Sie scheint etwas von ihm zu wollen, sonst stünde sie wohl nicht vor seiner Cabine.

»Kann ich Euch helfen?«

Die gleiche unsinnige Frage hat er ihr schon einmal gestellt, aber etwas anderes will ihm nicht einfallen. Denn helfen würde er doch gern, wenn er wüsste, womit. Helfen immerhin meint er zu können. Dieses stumme Vor-ihm-Dastehen!

»Kann ich etwas für Euch tun, seid Ihr darum hier?«

Ein Kopfschütteln.

»Soll ich etwas für Euch besorgen?«

Erneutes Kopfschütteln. Er macht etwas falsch. Sie schaut ihn jetzt beinahe verzweifelt an.

»Soll ich mitkommen? Irgendwohin?«

Die Stumme sieht zu Boden, zuckt mit den schmalen Schultern.

Der Bann ihrer blauen Augen ist gebrochen, es scheint ihr auch der Mut ausgegangen, der sie herbrachte. Sie wendet sich zum Gehen.

Da taucht die Leydenerin auf, die wohl in der Nähe gewartet hat. Sie hält die andere nach ein paar Schritten an der Schulter fest und bringt sie dazu, stehen zu bleiben.

»Guten Morgen, Herr«, sagt sie. »Mögt Ihr dem armen Ding wohl erlauben, Eure Wäsche zu besorgen, damit sie ein wenig daran verdienen kann? Wir haben ja seit gestern genug Wasser, und der Capitain verkauft Euch Seife.«

Van Ackerens Blick geht über ausgespannte Planen und Fässer, die man an Deck aufgestellt hat. Dazwischen sind Leinen gespannt, an denen Frischgewaschenes hängt, auf dem Deck liegen Wäschebündel herum.

»Natürlich«, sagt er. »Sicher, wenn sie – wenn sie also möchte. Wie heißt Ihr eigentlich? Ich meine, wie heißt … *sie*?«, wendet er sich gleichermaßen an die Leydenerin und an die Rothaarige, die, im Gehen aufgehalten, sich halb zu ihm zurückgewendet hat.

»Sie heißt Anna«, sagt die Leydenerin. »Und die Seife kostet einen Stuiver.«

»Ja, dann bitte ich Euch, Anna, meine Wäsche zu besorgen.«

Die Leydenerin ließ Anna los, und Van Ackeren ging zurück in seine Kabine, um den Beutel zu holen, in dem er sein Geld verwahrte. Anna folgte ihm.

Als er sich umdrehte, stand sie dicht vor ihm, ohne ihn anzusehen. Er war allein mit ihr in dem kleinen Raum. Sie wandte den Kopf zur Seite, als könne sie so mehr Abstand gewinnen. Denn man hatte kaum Platz, sich umzudrehen, ohne irgendwo anzustoßen. Und wieder roch er sie. Etwas Heimatliches und doch fern. Wie Wiesen, aufsteigender Frühnebel über den Grachten, Stubengeruch, Milch und frisches Brot, Sonnenstäube, die vor Fenstern treiben. Etwas, das aus seiner noch nicht lange verlorenen Kindheit stammte. Der Duft nach kommendem Sommer.

Sein Herz begann wieder, ihn zu jagen. Er tat einen Schritt an Anna vorbei, mit weggedrehter Schulter, um nur nicht gegen sie zu stoßen, er beugte sich hinunter und kramte in seiner Kiste nach der Wäsche, die er ihr übergeben wollte.

Hinter sich merkte er eine Bewegung. Als er den Kopf drehte, kniete sie am Boden. Sie hatte das Leintuch unter der Pritsche entdeckt, es am Zipfel gefasst und war dabei, es hervorzuziehen – Gott! –, ohne zu ahnen, dass ... Eine heiße Röte flutete über Van Ackerens Gesicht.

Er wusste nicht, wie er ihr das Tuch noch wegnehmen konnte, ohne dass es Verdacht erweckt hätte, und für einen Moment hatte er nur das Bedürfnis, die Augen zu schließen, um nicht Zeuge zu werden, wie sie den Fleck, den er mit Spucke nicht herausbekommen hatte, bemerkte, ihn begutachtete und natürlich sofort das Richtige dazu denken würde. So stand er da, als wäre er zur Salzsäule erstarrt.

Aber sie, Anna, begutachtete nichts, raffte nur das Tuch zusammen. Schaute, noch am Boden kniend, zu ihm auf und schlug es auseinander, um ihn die übrige Wäsche hineinlegen zu lassen. Er ließ die paar Stücke hineingleiten, und sie schloss das Tuch darüber zu einem Beutel. Seine ausgestreckte Hand, ihr beim Aufstehen zu helfen, übersah sie, sie schien dergleichen nicht gewohnt.

Dann blieb sie bei der Tür stehen und wartete. Sie stand so dicht vor ihm, er hätte sie in die Arme nehmen können, ohne einen Schritt tun zu müssen. An ihrem Hals sah er eine Ader klopfen, wo das Leibchen offen stand, und aus dem Türspalt fiel Licht auf ihre kupferfarbenen Haare. Und ihr Geruch.

Erst nach ein paar raschen weiteren Schlägen seines Herzens verstand er. Er öffnete seine Börse. Nahm zu dem einen Stuiver, den sie brauchen würde, um Seife zu kaufen, zwei weitere heraus, die ihr Lohn sein sollten.

Ihre offene Hand, in die er die Münzen legte, war heiß und feucht.

Überrascht sah sie zu ihm auf, als ihre Hand sich um die Münzen schloss. Es war mehr, als sie erwarten durfte. Sie machte einen ungeschickten Knicks, dann war sie draußen.

Van Ackeren atmete langsam aus. Sein Herz klopfte, wollte nicht ruhiger werden. In seinem Traum hat er doch sein Gesicht in diesem rot lodernden Haar vergraben, aus dem der Geruch kam, er hat ihre weiße, blau geäderte Haut berührt, seine Hände haben … Und hat es getan wie ein Dürstender, oh mein Gott, mein Erlöser! Als wäre es das gewesen, was er immer gewollt hat.

Ein Jammern entwand sich seiner Brust. Er fiel auf die Knie. Er betete zum Herrn, betete lange, wollte bußfertig werden. Bat um Vergebung. Für solche Antriebe, die doch gar nicht seine Wünsche sein konnten, sondern bloß falsche Eingebungen. Solcher Art, wie er sie nicht gekannt und nicht gewollt! Aber es konnten nicht die Eingebungen Satans sein, dazu waren sie zu sehr entkleidet jeder Bosheit. Sie waren *reinen* Ursprungs, das fühlte er.

Er selbst war es, seine eigene Schwäche. Als wäre da ein Fremder in ihm, zu schwach und dazu bereit, Zügelloses sich vorzustellen und tun zu wollen mit einer armen, einfachen Weibsperson, mit der er doch gar nichts hätte anfangen können, noch nicht einmal reden konnte man mit ihr.

Nichts anderes will er ihr entgegenbringen als seine Liebe zu allen Menschenkindern, die solche Liebe verdienen, weil sie gottgeschaffen sind, und vielleicht gerade ihr, weil sie ihn dauert mit dem, was sie in ihrem jungen Leben schon hat erfahren müssen und noch erfahren wird, geschlagen mit ihrer Stummheit.

Als er genug für sich gebetet hat, betet er auch für sie. Für Anna.

HERR, mein GOTT, wir wissen, das Reich CHRISTI ist nahe. Denn die Welt, HERR, kann nicht weiter bestehen in solcher Sünde und bei solcherlei vielfältigen und grausamen Missetaten, und haben wir nichts als den Glauben, HERR, um dem zu widerstehen. Schließe diese junge Frau ein in den Kreis derer, die in deine Nähe treten dürfen, wenn der Tag einst gekommen. Sie mag gesündigt haben, HERR, aber wer nicht? Nimm sie zu dir, zusammen mit ihrem unschuldigen Kinde, das bereits bei dir sein darf, an dem letzten aller Tage, der nicht mehr fern. Hör die Bitte deines unwürdigen Dieners, der sich anmaßt, für sie zu sprechen, die nicht spricht, und schenke ihr deine Gnade, denn sie hat mein Herz berührt.

9

Jeden zweiten Morgen erhielten die Bruyninghuizens zum Frühstück, das sie in ihrer Kabine einzunehmen pflegten, vom Kapitän zwei Eier, für die sie bereit waren, zwei ganze Gulden zu bezahlen. Ehe sie ihre tägliche Runde über das Deck der Fleute begannen, blieb Bruyninghuizen, sich dabei gegen die offene Tür seiner Cabine lehnend, vor aller Augen stehen und zerdrückte die ausgegessenen Eierschalen, als wäre dies ein gedankenloses Plaisir. Seine Getraute leistete ihm Gesellschaft, indem sie bei ihm untergehakt, in die Ferne sehend, dem feierlichen Zerdrücken der Eierschalen beiwohnte.

Der Reeder ließ die Schalen anschließend zu Boden fallen, und sie unternahmen den täglichen Gang um das aufgelaschte Beiboot herum und unter dem Achterkastell vorbei, wo sie zur Kapitänskajüte hinaufgrüßten, wozu Bruyninghuizen seinen breitkrempigen Schnallenhut zog und die Reederin im Gehen einknickste, ohne dass der Kapitän allerdings sich ihnen gezeigt hätte. Nur der Rudergänger, an dem sie danach vorbeimussten, fletschte grinsend die Zähne und riss sich den zerfledderten Palmhut vom Schädel. Schrie: »Guten Morgen, Euer Wohlgebor'n, guten Morgen, Mefrouw, Frau Reederin!«, ohne dass die Angesprochenen ihn eines Blickes gewürdigt hätten.

Als das Reederpaar den heutigen Gang beendet hatte, gab es Aufruhr auf dem Schiff. Die Matrosen der Freiwache, welche im Schatten an Deck dösten, sprangen plötzlich auf und warfen die Arme hoch. Zwei kletterten auf die Grätings des Vorderkastells, um auszuspähen, die Augen mit der flachen Hand beschattend, ein paar Aufgeweckte kletterten gar ein Stück die Wanten hoch. Und Varte schrie mit seiner Kommandostimme, es solle doch endlich einmal einer ins Topp aufentern, beim Leichnam des Herrn Jesus Christus!

»Mein Gott, Veit!«, flüsterte die Reederin. »Piraten?«

Sie krallte sich in den Arm Bruyninghuizens, der mit halb offenem Mund stehen geblieben war. Er nahm seinen Hut herunter, um nun auch hinauf in den blauen Himmel sehen zu können, wohin alle schauten und von wo sicherlich keine Piraten zu erwarten waren.

Da erblickte auch er die Vögel.

Ein Dutzend Möwen flog über dem Schiff. Plötzlich waren sie da. Nun hielten sie sich flügelschlagend bei den Mastspitzen und begleiteten die dahinsegelnde Fleute. Man war nicht mehr allein auf dem Ozean.

Solker, der noch im Bett lag, hörte das Krächzen über seinem Schiff und tat einen langen, erleichterten Atemzug. Noch am selben Tag konnte man in Sint Eustacius eintreffen. Mit dem gesunden Fuß schob er den schlafenden Jungen aus dem Bett und probierte vorsichtig, die Zehen an dem kranken zu bewegen. Der Schmerz war da, versteckt wie ein wildes Tier lauerte er, nur oberflächlich gebändigt, dass man ihn herauslocke. Dennoch, das heiße Bad und das Chinin hatten eine gewisse Wirkung gezeigt.

Der Junge war inzwischen im Hemd, er brachte die Stiefel und die Beinkleider. Wich geschickt dem Papagei aus, der nach ihm hackte, sich nach dem gescheiterten Versuch wütend in seinem Ring herumrollte und dazu eines seiner nervenzerkratzenden Geräusche von sich gab.

Solker ließ die Beine über den Kojenrand baumeln und wies den Jungen mit einer Kopfbewegung an, den Kaffee zu holen. War ja zu hoffen, dass schon einer oben im Ausguck stand und Ausschau hielt. Eigentlich sollte Varte mit hochgehen. Der wusste, woran man Sint Eustacius erkannte. Damit man nicht womöglich die falsche Insel anlief. War man zu nördlich oder zu südlich, rannte man den Engländern vor die Kanonen, den vermaledeiten Spaniern, einem Franzosen oder anderen Strauchhähnen. Man hatte schon gehört, dass die Filibustiere nicht davor zurückschreckten, falsche Leuchtfeuer in die Palmen der wüsten Eilande, auf denen sie hausten, hineinzuhängen, um ein Schiff auf den Sand zu locken. Aber für sie blieb's allemal ein schlechtes Geschäft. Der Lohn für Bukaniere wurde aus Hanf gedreht.

Und jetzt war schließlich helllichter Tag, und Sint Eustacius konnte kaum ab von der Breite liegen, die Solker gestern Nacht noch bei sternklarem Himmel genommen hatte. Ohnehin würde das Eiland gut zu erkennen sein mit dem grauen Felsbruch im Osten und dem einzigen Berg, der sich darauf befand, geformt wie die Brust einer Frau, über dem die Wolken sich sammelten, welche man als Erstes sehen konnte, wenn die Vögel kamen.

Nun also. Solker wagte sich an seine Stiefel. Zeit, an Deck zu erscheinen und dem Ereignis ein würdiges Gepräge zu geben. Das war Sache des Capitains.

Der Junge kam mit dem Kaffee herein. Wackelte mit dem Kopf und zeigte mit dem Finger nach oben gegen die Decke, plapperte in seinem barbarischen Niederländisch ein paar anmutige Sätze. Der Ausguck schien in der Tat bereits die richtige Insel ausfindig gemacht zu haben mit dem so anschaulich zu beschreibenden Hügel und mit dem sichersten Hafen unter dem Winde, weil er der Compagnie gehörte. Bloß acht Negroes waren verloren, und ein paar wenige sähen siech aus, sagte Varte. Unter den Verlusten sieben Männer, an den Miasmen gestorben, und eines der Mädchen in Vartes Kippenhok. Die hatte sich vor den Augen der anderen an ihrer Kette erhängt. Das hielt sich in Grenzen. Wenn es sein sollte, hatte er noch Platz unter Deck für weitere achtzig.

Solker biss sich auf die Unterlippe beim Versuch, in den linken Stiefel zu kommen, ohne dass die kranke Zehe gegen den Schaft stieß. Erst in Para Maribo zahlte man die besten Preise, für Sklaven, für Genever und für feine Stoffe, im Grunde für alles.

Was ihn anging, er würde jedenfalls alles auf die Weiterfahrt mitnehmen, was gut und teuer war. Vielleicht bekam man noch ein paar Fässer gutes portugiesisches Salz dazu und ein paar Kisten mit den neuen, besseren Steinschlossmusketen.

Die ehewilligen Weibsbilder, die man an Bord hatte, waren nach der Ankunft ins Kontor zu bringen, damit sie von den angereisten Interessenten in Augenschein genommen werden konnten. Manche Greetje oder Marije würde aber sitzen bleiben und wieder an Bord kommen, als zweite Wahl für Para Maribo. Für die Weiber war's umgekehrt, die besseren fanden schnell ihren Gespons, die sitzen blieben, schauten in den Mond und mussten sehen, was aus ihnen wurde. Denn für die Rückfahrt hatten sie nicht bezahlt.

Was kümmerte es ihn.

Der Kapitän, der inzwischen die meisten Knöpfe an seinem Rock zubekommen hatte, auch die Stiefel saßen an den Füßen – den linken hatte er vorne aufgeschlitzt, es ging einfach nicht mehr anders –, setzte zuerst die Perücke und danach seinen Hut auf, dann trat er hinaus durch die Tür, die der Junge ihm geöffnet hatte, und schritt auf das Achterkastell.

Dort stellte er sich auf die Planken, gerade in der Mitte vor den Niedergang, und verschränkte die Hände hinter dem Rücken. So blieb er erst einmal stehen, damit man ihn sah. Die steigende Sonne hinter sich. Über der Insel in Lee, der man sich stetig näherte, standen rosafarbene Wolken. Nachdem Solker langsam bis zwanzig gezählt hatte, hieß er den Rudergänger die Glocke läuten, um die Mannschaft und die Passagiere zu versammeln.

Während die Leute sich nacheinander einfanden, lärmten die Möwen über dem Schiff durcheinander, und das klang nach Hafen und Ankunft. Mit Eleganz glitten sie unter den freien Rahen hindurch und hielten sich neben den gebauchten Marssegeln in der Luft, wo sie einander zänkisch von ihrem luftigen Hof vertrieben, dessen Mittelpunkte die beiden bewimpelten Mastspitzen bildeten, die hin und her schwankten wie Baumwipfel in einer sanften Brise.

Ganz oben auf dem Großmast stand ein junger Matrose, die nackten Füße auf die Obermarsrah gesetzt, seine Mütze zwischen die Beine geklemmt, damit sie nicht wegflog, und den Mastbaum im linken Arm geborgen wie ein Mädel beim Tanzen. Er lehnte sich leewärts hinaus, um so viel wie möglich zu sehen zu kriegen von der Insel, die er zum ersten Mal betreten würde und die mit Wolken so festlich bekrönt ihm entgegenglitt.

Sechzig Fuß unter ihm hatte sich inzwischen alles vor dem Achterkastell eingefunden. Beieinander die Passagiere, die Bruyninghuizens, Teerstraten und Maternus, der junge Van Ackeren mit seinem schwarzen Hut. Hinter ihnen die sechs Kolonistinnen, dann die Mannschaft, außen flankiert von zwei Detachements Seesoldaten zu je sechs Mann in ihren blau-weißen Uniformen, deren mangelnde Façon von dort oben, wo der junge Matrose sich befand, nicht zu erkennen war. Ein jeder vollständig bewaffnet mit Säbel, Muskete, Pulverhorn und Kugeltasche.

Varte, neben den Capitain getreten, machte eine tadelnde Kopfbewegung nach oben in Richtung des blondhaarigen Matrosen im Mast, aber Solker schüttelte den Kopf. Sollte heißen: Lass ihn. Er mochte ruhig hinausgucken.

»Herr Capitain«, sagte Varte.

Und ließ den Graukopf mit einer offiziellen Bewegung nach unten gehen, wie man eine Flagge dippt. Solker nickte zurück.

»Mit Gottes Hilfe«, sagte er und räusperte sich erst einmal. Dann hob er seine Stimme zu dem Achterdeckston, der ihm noch ganz gut gelang und die Leute immer zum Zuhören veranlasste. »Mit Gottes Hilfe, ihr guten Leute, haben wir den ersten Teil dieser Fahrt nun hinter uns bringen können. Wir werden in zwei Stunden in Sint Eustacius einfahren. Dort bleiben wir drei Tage und treiben Handel. Dazu sage ich euch das Folgende. Das Eiland gehört der Compagnie. Ihr Gesetz gilt für alle, Holländer, Portugiesen, Engländer und Franzosen, für Christen, Juden und Mauren und alle anderen, die den Hafen anlaufen. Die Damen und Herren Passagiere mache ich höflichst darauf aufmerksam, dass die West-Indische Compagnie freien Handel erlaubt, es sind jedoch Zölle zu bezahlen auf alles, was nicht sofort verzehrt werden kann. Wer Güter oder Sklaven kaufen will, die sich auf meinem Schiff befinden, wendet sich an mich. Ich bin in Sint Eustacius bestellter Faktor der Compagnie, und alles, was vom Schiff geht oder auf das Schiff kommt, muss unter meinen Augen und mit meinem Willen geschehen.«

Solker nickte den Passagieren zu, und Varte unterstrich die Geste mit einer scheuchenden Bewegung, die sogleich verstanden wurde. Die Passagiere entfernten sich und mit ihnen die Kolonistinnen. Die Mannschaften und die Soldaten blieben stehen.

Solker fasste sie ins Auge, jeden Einzelnen mit seinem Capitainsblick, bis er sich davon überzeugt hatte, dass die Passagiere außer Hörweite waren.

»Ich gebe euch nachher im Hafen ein Viertel Heuer aus. Für die von euch, die noch nie in Sint Eustacius waren, gebe ich dies zu merken: Wer ernste Händel anfängt, die ihn vor den Profosen bringen, wird von mir zusätzlich gestraft. Ich ziehe ihm den Rest der Heuer ein und werfe ihn vom Schiff. Die Kirche liegt auf dem Hügel, zweihundert Schritt vom Hafen. Die Hurenhäuser findet ihr selbst. Ihr könnt wegtreten.«

Der blonde Matrose im Mast hatte inzwischen bemerkt, dass unter ihm eine Feierlichkeit im Gang war, an der er nicht teilnahm. Beinahe wäre ihm die Mütze zwischen den Beinen herausgefallen, als er sich hinunterbückte, um auszuspähen, was dort vor sich ging. Solkers Rede konnte er hier oben nicht hören, aber er bemerkte Varte, der zu ihm hochsah, dazu mit der linken Hand eine beruhigende Wedelbewegung machte. Er durfte oben bleiben.

Und das Schiff konnte von ihm aus unten bleiben. So klein und unbedeutend geworden die Stätte seiner täglichen Mühsal. Die Quälereien der anderen Matrosen, die ständige Angst vor einem Älteren, der einem in dunklen Gängen auflauern könnte, wo man sich wehren können muss, wenn man nicht zum Federvieh werden will. Das ganze herbe Stück Wirklichkeit aus Holz und Eisen lag weit unten, und er stand hier oben nah am Himmel, an den Wolken. Vor ihm der blaue, faltenlose Ozean und die sagenhafte Insel, auf der ihn endlich die Neue Welt erwartete, von der er geträumt hatte, wenn er an den nebligen Grachten von Leyden vorbeistrolchte und dabei an leuchtende Segel dachte, die sich im Wind blähten, an den weiten Azur des Atlantiks.

Die Möwen glitten an ihm vorbei, weiß und grau, und er langte aus nach ihnen, weil man hätte meinen können, sie wären leicht zu greifen. Die Möwen, Meister der Fliegerei, schwenkten bloß um ein Weniges aus, um eine Handbreit vielleicht, und kehrten gleich wieder zurück. Fast verächtlich nahmen sie das Spiel auf mit dem fünfzehnjährigen blondhaarigen Kind, das in den Passatwind hineinlachte, weil es ihm gut ging.

Da erschien ein anderer Vogel zwischen ihnen. Schwarz, größer als die Möwen, mit gegabeltem Schwanz und gelbem Hakenschnabel.

Ein Raubvogel, nicht zum Spielen aufgelegt, der sich in die Luft neben den Jungen begab wie auf einen angestammten Platz, dafür kaum die Flügel zu rühren brauchte. Zwei Faden neben der Mastspitze lag der schwarze Fregattvogel in der Luft. Er drehte seinen Kopf und sah den Jungen mit leeren Augen an.

10

Die »Marije van Flanderen« segelte um die südliche Spitze der Insel, nach dem Halsen lief man mit raumem Wind den an der Westseite gelegenen Hafen an.

Hinter schützenden Mauern öffnete sich das Hafenbecken. Dicht besetzt mit Schuten, Büsen und Ewern, den schwer im Wasser liegenden Vollschiffen und den leichteren Fleuten. Die Mastbäume bildeten einen Wald, der von beständig krächzenden und wie Hunde bellenden Möwen umkreist wurde. Nicht minder lebhaft ging es an der Pier zu, wo man, schon ehe festgemacht war, die vielen umhergehenden Leute betrachten konnte. Matrosen und Schiffsherrn, Kapitäne und aufgeputzte Kavaliere, das Ganze machte aus der Entfernung von dem sich nähernden Schiff aus den Eindruck eines bunten Puppenhauses. Uniformierte Soldaten aller Herren Länder gaben sich in der mittäglichen Sonne ein Stelldichein, und über allem, ohne Zweifel der Grund für dieses friedliche Zusammentreffen der Nationen, ragte das Fort »Ooranje« auf, mit den bedrohlichen Mündungen seiner Kanonenrohre, welche in regelmäßigen Abständen aus den Steinmauern herauslugten.

Solker präsidierte auf dem achteren Hochdeck seines Schiffes, die Hand in die Hüfte gestemmt. Schweigend ließ er Varte mit den Matrosen das Schiff hereinbringen. Rührte sich nicht um einen Zoll beim Gebrüll seines Bootsmanns, der die einheimischen Boote wegtreiben musste, welche mit Früchten, Schnaps und Meeresgetier zum Verkauf herankamen; zusätzlich zu den Ruderern saßen ein paar bunt gekleidete Mulattinnen darin, die rote Taschentücher emporhielten. Man brauchte Platz für die Trossengasten, denen Varte die Vorstrecker ins Boot werfen ließ. Er rief die Ruderer an, einen besseren Platz zu suchen als den, auf welchen das Schiff bereits zuglitt. Allerdings ohne dass es jemanden gekümmert hätte. Varte musste jetzt überall sein. Er scheuchte die Matrosen an die Reling, um die geflochtenen Fender an die rechten Stellen zu hängen, und spähte nach vorn, mit den Trossengasten schimpfend, um doch noch den Liegeplatz ausfindig zu machen, den er haben wollte.

Solker indessen ließ seinen Blick langsam an den Mastbäumen der vertäuten Schiffe entlanggehen. Fand auch gleich, was er suchte. Ein Stück entfernt in der Reihe lag ein dreimastiges Vollschiff von wuchtiger Bauart mit vielleicht hundertdreißig Fuß Länge.

Das konnte nur die »Eenhorn« sein. Er schnaubte erleichtert durch die Nase.

Wenn man Glück hatte, würde man also nicht alleine nach Para Maribo weiterfahren, sondern in Gesellschaft einer gut bewaffneten Fregatte der Compagnie.

Die Fleute schob sich langsam zwischen zwei große Schiffe hinein.

Backbord ein Portugiese, steuerbords ein Niederländer. Die fremden Matrosen, die sich gerade an Deck befanden und freihatten, riefen wie üblich Unverschämtheiten zur Begrüßung herüber, die Mannschaft Solkers gab zurück. Man war aufgekratzt und freute sich, endlich an Land gehen zu können. Übertraf sich von Schiff zu Schiff mit Neuigkeiten aus der Alten wie der Neuen Welt, dabei konnte und wollte keiner entscheiden, was wohl spannend und wichtig sein mochte und was bloße Aufschneiderei.

Schließlich war das Schiff fest vertäut, die Laufplanken gelegt, und die Passagiere durften von Bord, während die Mannschaften vor dem Achterdeck noch um die Heuer Schlange standen und schon die Köpfe reckten, um nur ja nichts an Land zu verpassen, zum Beispiel das, was die roten Taschentücher der Mulattinnen verhießen.

In Bruyninghuizens Cabine konnte die Reederin schon seit einer Stunde nicht entscheiden, in welchem Aufzug sie in Sint Eustacius am besten von Bord gehen sollte, weil sie nicht unfromm, aber auch nicht provinziell wirken mochte.

Hinter ihr stand Bruyninghuizen in roten Culotten aus Satin, seinem Justaucorps mit silbernen Knöpfen, aus dem ein Hemd von feinem indischen Kattun mit weißen Rüschen heraussah, die Allongeperücke auf dem Kopf und den Schnallenhut in der Hand. Seine Miene war verdrießlich, derweil er seiner Hausfrau zuschaute, die in Unterröcken, die Hüftrolle umgeschnallt, in zwei offenen Kisten wühlte, wo sie ihre Garderobe verwahrte. Als das Schiff mit einem fast unmerklichen Stoß an der Pier angelangt war, entschied sie sich mit einem Aufstöhnen für ihre beste Robe aus rotem Seidensatin, die ein enges Schnürleibchen hatte, vielleicht zu keck, um in Amsterdam zur Kirche zu gehen, aber für die Neue Welt … Immerhin trug sie unter dem Leibchen nicht das, was vielleicht dazu gepasst hätte, nämlich eine tief ausgeschnittene Chemise mit kurzen Ärmeln, sondern ein züchtig hochgeschlossenes Seidenhemd mit geknöpftem Halskragen.

Seufzend vor Aufregung zerrte sie ihre Hüftrolle zur Mitte, den Weiberspeck, der selbst aus ihren knochigen Formen noch etwas Ansehnliches machte, und schlüpfte in die Robe. Bruyninghuizen atmete hörbar aus, als wolle er in seiner Ungeduld das gleich fällige Schnüren der Korsage vorwegnehmen. Jedenfalls war nun eine Wahl getroffen, die er billigte. Während er die Hafteln an ihrem Rücken zusammenzog, drehte seine Frau sich zu ihm um, die hellblonden Haare noch nicht unter der Schute, und sah ihn ängstlich an. Er nickte ihr zu, die Lippen geschürzt. Doch, ja. Man konnte sehen, wer sie waren, und gleich erkennen, dass hier Leute sich einfanden, mit denen zu rechnen sein würde.

Zur gleichen Zeit machte Van Ackeren sich bereit. Er brauchte nicht viel an sich zu richten. Seinen besten Anzug hatte er bereits an, er besaß ja nur den einen, die frischgewaschenen weißen Manschetten und der Spitzenkragen waren eingeknöpft. Nun musste er bloß noch den Hut aufsetzen. Er machte sich nicht viel Gedanken darüber, welche Wirkung er auf die Menschen in der kleinen Hafenstadt ausüben würde, er freute sich mit dem Elan seiner Jugend darauf, das Gefängnis verlassen zu dürfen, das er acht Wochen lang bewohnen musste.

Draußen an Deck blinzelte er in die Sonne und traf auf Maternus, auch er im Aufbruch begriffen, der ihm gut gelaunt die Hand reichte.

»Ihr müsst«, sagte der Doctor, »demnächst unbedingt einen Spaziergang hinauf auf den Vulkan unternehmen, mein lieber Freund.«

»Den Vulkan?«

»Nun, dies hier.« Maternus wies, seine Hutkrempe gegen die gleißende Sonne ein Stück herunterziehend, nach Osten, wo der Berg lag, welcher der Brust einer Frau ähnlich sehen sollte und der gerade vom Mastenwald verdeckt wurde. »Dieser Berg, mein Freund, ist ein veritabler Vulkan. Wenn Ihr, so wie ich selbst das bald tun werde, zu seinem Gipfel hinaufwandern wollt, könnt Ihr Tümpel sehen, in denen Wasser kocht, Löcher, aus denen schwefliger Dunst herausströmt, und wo mit etwas Glück auch eine kleine Fontäne in die Höhe steigt, bewegt von einer Wasserkunst, deren Ursprung im Dunkeln liegt.«

Er fasste Van Ackeren unter und ging mit ihm über die Planke hinüber auf das Deck des benachbarten Portugiesen, vor einem Matrosen mit langer Bommelmütze höflich den Hut ziehend, der ihn nicht beachtete.

»Bei solcherlei Merkwürdigkeiten«, fuhr er fort, »dünkt es nicht Wunder, dass man die Hölle immer unter der Erde glaubte. Ihr werdet diese Vorstellung aufs Neue plausibel finden, wenn Ihr erst dort oben gewesen seid. Sagt mir nur«, setzte er hinzu, »ob Ihr meine Gesellschaft dabei wünscht. Es wäre mir ein Vergnügen und eine Ehre.«

Van Ackeren dankte. Er wisse allerdings noch gar nicht … Zuförderst wolle er die hiesige Kirche aufsuchen und dort dem Herrn danken für die glückliche Überfahrt. Aber sicher habe er großes Interesse. Man werde sich bestimmt wiedertreffen in diesem Ort, der so groß nicht geraten. Er lächelte Maternus an, nachdem er sich dazu gezwungen hatte, den Blick wieder von der belebten Mole und den Häuserfassaden dahinter zu nehmen.

»Aber ja«, lächelte Maternus. »Schaut Euch erst einmal um. Wir sehen uns sicher. Bis dahin, mein lieber Herr Van Ackeren – Gott befohlen!«

Maternus verließ das Schiff über die provisorische Treppe, die von der Bordwand des Portugiesen zur Pier hinuntergelegt war. Hinter ihm betrat auch Van Ackeren das fremde Schiff, und erst jetzt, einige Fuß über den Köpfen der vorbeigehenden Leute, roch er den Hafen und verhielt für einen Moment seinen Schritt, um zu überlegen, was hier so roch.

Ein paar Knaben waren vor dem Bug der »Marije van Flanderen« stehen geblieben und begutachteten die Fleute mit geringschätzigen Mienen.

Zwei elegant gekleidete Damen, beieinander untergehakt, die in betont schlendernder Manier einherschritten, drehten sich leise kichernd um, wobei sie den vor der Treppe stehen gebliebenen Van Ackeren über ihre Fächer hinweg flugs taxierten, und der erkannte sie auch gleich als das, was sie waren.

Aber der Geruch! Nach Holzfeuer und Teer, nach dem stehenden Hafenwasser, und da waren noch ganz andere Noten. Er roch Zimt, Muskat, würzigen Pfeffer von den Schiffen her, der Wind trug den Blütendunst von Jasmin und unbekannte süße Aromen heran. Und warm war es, sehr warm.

Man hätte glauben können, dass die beiden langsam weiterpromenierenden Damen ihre Schnürleibchen der Hitze wegen offen gelassen hatten, mit großzügig ausgeschnittenen Chemisen darin, so großzügig, dass es einen Fächer darüber brauchte, um die Schicklichkeit zu wahren.

Zwei Karren, gezogen von Negern, rumpelten vorbei, mit großen Fischen beladen, die man wie Holzscheite darauf gestapelt hatte. Ihr strenger Geruch vermischte sich mit dem Tabakrauch des paffenden Aufsehers, der einen Palmblatthut trug und dessen nackte Füße in einfachen Ledersandalen steckten. Der Mann war mit seinem abgerissenen Drillichhemd und der löcherigen Hose in fast noch kläglicherem Aufzug als die Sklaven, die er beaufsichtigte. Drei barhäuptige Herren mit Perücken und eleganten Schnürschuhen, einer von ihnen einen zierlichen Degen tragend, redeten, obgleich in großer Eile, unter ausfahrenden Gesten auf lebhafteste Weise miteinander, während sie voranschritten und man ihnen ehrerbietig Platz machte. Unter den Kolonnaden im Schatten standen breitbeinig Soldaten mit langen Rapieren in den umgehängten Kollern, ihre großen Filzhüte über den Arm gehängt. Ein Hund trabte vorbei, blickte kurz auf und pisste auf einen Prellstein. Zwei Kavaliere in ähnlichem Aufzug wie Teerstraten waren vor einem spitzgiebeligen Haus stehen geblieben und lachten laut miteinander, sich dabei umblickend, ob man sie bemerkte. Und immer wieder kamen Matrosen vorbei in der Aufmachung ihrer Herkunftsländer. Mit runden Strohhüten, herunterhängenden Baskenmützen, griechischen Kopftüchern, sogar einen maurischen Turban konnte Van Ackeren in der Menge ausmachen. Ein dicker Kapitän, es musste wohl einer sein mit seinen schweren Seestiefeln und dem ledernen Dreispitz, den er in der Hand trug, stand ein Stück weiter breitbeinig auf der Kaimauer und rief mit tiefer Stimme etwas Bedeutendes zu einem Schiff hinüber, bekam Antwort und lachte dröhnend.

Van Ackerens Nase feierte. Sie hatte wochenlang nur Einschichtiges vorgesetzt bekommen, und nun roch er sich beinahe trunken an dem, was alles auf ihn einströmte mit der warmen Luft. Unter seinem Hutband rann bereits der Schweiß heraus, und er war doch erst ein paar Minuten im Freien!

Ihm fiel ein, dass er noch immer auf der Treppe stand, und stieg sie nun vollends hinunter. Dann hielt er quer über die Straße auf eine der Gassen zu, durch die man vielleicht weiter bergan gehen konnte, dorthin, wo er die Kirche vermutete.

Der feste Boden unter seinen Füßen überraschte ihn. Er schien zu schwanken, und es brauchte ein paar Herzschläge, ehe Van Ackeren begriff, dass seine Sinne sich noch immer auf See glaubten. Es amüsierte ihn, dass er darauf achthaben musste, nicht hinzufallen.

Nachdem er die Straße überquert hatte, empfing ihn beim Eintreten in die schmale Seitengasse ein heftiger Gestank nach Exkrementen, nach Fisch und Unrat aller Art. Gleichzeitig riss die Helligkeit so unvermittelt ab, dass er für einen Moment in der plötzlichen Dunkelheit stehen bleiben musste, bis er wieder deutlich sehen konnte. Man meinte, mit einem Mal hinter die düsteren Kulissen einer Theateraufführung geraten zu sein. Die hübschen, bunt bemalten und bestuckten Fassaden wie an der Pier gab es hier nicht. Nur ärmliche Holzfenster, verrottetes Fachwerk, ein Gewirr von Leinen, das sich zwischen den Mauern spannte wie Spinnweben, hier und dort ein Wäschestück darin verfangen. Niedrige Türen, in deren einer rasch ein Kind verschwand, säumten den mit Unrat verdreckten Weg. Als Van Ackeren ein paar Schritte weitergekommen war, erhob sich ein Hund, unsichtbar bislang, aus dem Kehricht und trottete davon. Niemand zeigte sich dem Durchschreitenden, der hier dieselben Zeichen der Armut erkennen musste, wie er sie zu Hause oft genug gesehen.

Unter einer der Türen hockte eine Alte, die sitzen blieb, als er näher kam.

Er fragte sie nach dem Weg zur Kirche. Sie sah zu ihm auf, mit lauernden Echsenaugen, ihr Gesicht ein verrunzelter Winterapfel. Schwer zu sagen, aus welchem Ort der Welt sie stammen mochte, ihre Hautfarbe war nicht weiß und nicht schwarz. Als Van Ackeren das Wort Kirche noch einmal wiederholte, fing sie an zu kichern.

»Ja, Junker, ja. Die Kerk«, sagte sie. »Dorthin sollt Ihr gehen, jaja, geht nur dorthin.«

»Das will ich durchaus«, sagte Van Ackeren. »Führt denn diese Gasse dorthin? Zur Kirche?«

»Seid kein Matrose, nein? Kein Matrose«, stellte die Alte fest. »Gebt einem alten Weib ein Almosen, Herr.«

Van Ackeren kramte in seinem Beutel. Die Alte lugte und kicherte.

»War auch einmal jung und schön, Junker Schwarzrock, jung und schön. Schönes Weiberfleisch, wollt Ihr sehen?« Sie zerrte ihre Röcke hoch.

Van Ackeren, der einen Stuiver aus seiner Börse herausbekommen hatte, wich zurück zur jenseitigen Häuserwand und ließ die Münze zu Boden fallen. Auf den Klang hin stürzte sich die Alte wie eine Krabbe auf das Stück Silber.

Im selben Moment erschien ein Mann in der dunklen Türöffnung. Nur in Hemd und Beinkleidern, warf er Van Ackeren einen finsteren Blick zu. Dann versetzte er der Alten einen Tritt mit dem Fuß, der sie laut aufjammern ließ.

»Ihr solltet hier nicht sein, Herr«, sagte er. »Geht zurück auf die Nieuwe Straat und haltet Euch rechts. Geht bis zum Berg. Da kommt Ihr zur Kirche. Das hier ist kein Ort für Euch.«

Damit verschwand er im Dunkel der Türöffnung, und Van Ackeren tat, wie ihm geheißen. Ihn fror auf einmal beim Weitergehen, trotz der tropischen Hitze, die über Sint Eustacius lag.

In der Kirche war es kühl. Um diese Zeit hielt sich niemand darin auf.

Van Ackeren sah einen einfachen Bau aus Holz, schmucklos gehalten und fromm.

Nachdem er dem Herrn seinen Dank für die glückliche Ankunft im Gebet entrichtet hatte, schritt er an den Wänden entlang, wo viele hölzerne Tafeln hingen. Auf der ersten, vor der er stehen blieb, stand in eingekerbter, kaum lesbarer Schrift: »Betet für Captain Lambregt de Jong. Ertrunken vor Barbados mit denen zwanzig Mann auf der Schaluppe ›Grootian‹ im Januar 1685. Gott sei ihren Seelen gnädig.« Eine weitere Tafel teilte mit, dass Rocus Timmermanns, Bootsmann aus Delft auf dem Schoner »Greet«, bei Guadalupe im Dienst der Compagnie im Sturm über Bord gegangen sei im Jahre 78 und man darum bitte, für sein ewiges Heil zu beten. Noch viele solcher Tafeln hingen da. Ungeschickt gestaltete Bilder von Schiffen, dabei die Namen der Besatzung oder bei kleineren Tafeln auch bloß die Anzahl der Männer. Manchmal handelte es sich auch um Fürbitten für solche, die noch fuhren. Sie waren kaum zu unterscheiden von den Gebeten für diejenigen, die schon tot waren.

Van Ackeren erinnerte sich an ein Bild des heiligen Eustachius, von dem die Insel ihren Namen hatte. Darauf war er, eine Armbrust in den Händen, vor dem Hirsch stehend zu sehen, zwischen dessen Geweihstangen ein Kreuz erschien. Er war ein Römer gewesen, Placidus geheißen, und einst ein General unter dem Kaiser Trajanus, der ihn nicht entlassen wollte aus seinen Diensten. Und dessen Nachfolger Hadrian den standhaften Eustachius in die Löwengrube werfen ließ, wo aber der Löwe sich neigte vor ihm, weil er das Martyrium gewählt hatte. Darauf ließ Hadrian ihn und die Seinen in einem ehernen Stier einschließen und verbrennen. Indem sie ihren Geist aufgaben, sollen dennoch ihre Leiber unversehrt geblieben sein zum Zeichen ihrer Heiligkeit. Eustachius, der Standfeste.

Van Ackeren ging an den geschlossenen Kirchenbänken der Vornehmen vorbei und kniete auf einer einfachen Bank nieder. Ob auch ich standhaft bin?, dachte er. Über das Ablegen des Bekenntnisses hinaus? Bin ich nicht schon geprüft worden mit Anfechtungen und habe versagt?

»Herr, mein Gott«, betete er, »gib mir Kraft. Lass mich deine Gnade verdienen, die du für mich bereithältst. Ich weiß, ich muss nur fest glauben und mich ihrer würdig erweisen, dann fließt sie mir zu.«

Nach dem Gebet trat er aus der Kirche in die Hitze des Tages. Da gaukelte ein großer brauner Schmetterling an ihm vorbei, auf dessen Flügeln sich zwei rote Flecken befanden, gestaltet wie Augen, die einen anzublicken schienen, wann immer das Tier die Flügel öffnete. Van Ackeren starrte hinter dem Schmetterling her, und es schien ihm, als blinzelten die runden Augen mit dem Auf und Ab der Flügel ihm zu, während er langsam hinter dem Schmetterling hinabging, zurück zum Hafen.

Es war ein neuer Tag, und er befand sich in der Neuen Welt.

11

Solker hatte sich nicht geirrt. Bei dem Fregattschiff, das im Hafen lag, handelte es sich in der Tat um die »Eenhorn« aus Amsterdam unter dem Kommando von Lambregt Rembt. Ein gutes Vollschiff der Compagnie mit zwanzig Kanonen, das auf dem Guineakurs fuhr und eine Ladung Sklaven von Fort Elmina nach Niederländisch-Westindien transportierte.

Solker war eben dabei, seine Schnürschuhe mit Messingschnallen anzuziehen – sie waren zum Glück um einiges weiter als die vermaledeiten Stiefel. Er trug bereits die mit Schleifen gebundenen Beinkleider und den roten Rock aus gutem Wollfilz mit Litzen aus Brokatstickerei. Auf die Perücke verzichtete er unter Fahrensleuten, dafür nahm er für Rembt eine Flasche vom besten Genever aus der stets verschlossenen Kiste heraus und ließ sie in einen seiner Rockschöße gleiten. In den anderen kam der Totschläger, ein Bleibatzen im Lederfutteral, für alle Fälle. Solker hatte seine Erfahrung mit Häfen, und wer weiß, wann man heute Nacht den Heimweg antreten würde.

Er wollte zuerst einmal zu Rembt gehen und erst danach alles andere ausrichten. Die Kolonistenbräute mussten sich, beaufsichtigt von Varte, im Kontor anmelden. Dort mochten sie sich einschreiben, und der Ausrufer würde ihre Ankunft bekannt machen. Vor morgen tat sich da nichts. Die Bräutigame, so denn welche kämen, mussten sich ja zuerst das Geld zusammenleihen. Und auch die Sklaven würde man erst zum Abend, wenn es kühler war, in die Schuppen hinüberbringen, wo man sie zum Verkauf herrichten konnte, was gleichfalls Vartes Geschäft war.

Man musste jedoch bei allem zuerst mit Rembt reden. Wenn man Glück hatte, fuhr Rembt ebenfalls die Route nach Para Maribo, es sei denn, er hatte andere Order von der Compagnie. Vierhundert Neger gingen auf die »Eenhorn«. Beim Satan, das waren andere Geschäfte, als sie Solker vergönnt waren. Dafür aber auch gefährlichere.

Er hätte nicht an der öden afrikanischen Guineaküste liegen wollen, jeden Tag gewärtig, von See her angegriffen zu werden oder in einer fieberverseuchten Flussmündung von einem Schwarm Kanus in die Zange genommen zu werden.

Nun, Rembt war der Mann dazu. Es hieß, er habe einmal, von einem Franzosen vor Cayenne angegriffen, alle Sklaven an Deck heraufgeholt und die Laufkette an den Schäkel des Hauptankers festlaschen lassen. »Kommt nur her«, soll er zu den Froschfressern hinübergeschrien haben, »ihr kriegt sie nicht, eher lasse ich sie alle zum Grund hinabfahren!« Und die Franzosen ließen ihre Segel brassen und zogen den Schwanz ein.

Ja, Rembt. Nun – alles vielleicht doch nur Garn. Man wusste nie.

Auf seinem Weg vom Hügel herunter hatte Van Ackeren die Dächer des Städtchens unter sich liegen, überragt von Schiffsmasten, dicht nebeneinandergestellt, dahinter breitete sich das blaue Meer aus, hier und dort weiße Wolkenbänke darauf verteilt. Rechts von ihm, auf einer Anhöhe, lag das Fort, ein öder gemauerter Kasten wie einem scheinen mochte, verziert nur an den vier Ecken mit den Fahnen der Compagnie und der Vereinigten Niederlande. Die Luft war lau, es war noch immer sehr warm, aber von See her wehte hier oben ein beständiger Wind, der es angenehm machte, sich auf dem Hügel aufzuhalten.

Van Ackeren erreichte indessen bald den Hafen, erneut hatte er nun das Möwengeschrei über sich, und er wanderte am leeren Fischmarkt vorbei, wo die großen, wie Sicheln geformten Schwanzflossen von Thunfischen in der Hitze verrotteten und ein paar magere Katzen sich flach machten und verdrückten. Er beschleunigte den Schritt, weil er feststellen musste, dass der Fischgestank auch in der Neuen Welt derselbe war wie zu Hause in Amsterdam.

Auf der Hauptstraße gegenüber, unter den hübschen Fassaden der Bürgerhäuser, entdeckte er einen Obststand und lenkte seine Schritte dorthin. Er wollte sehen, ob es etwas Frisches gab. So lange hatte er Obst vermisst. Hinter dem Stand, eigentlich bloß ein Karren mit einer Plane darüber, hielt sich eine rundliche Frau mit einem bunten Creolentuch über dem Haar auf. Sie schaukelte vor sich hin, als höre sie auf eine stumme Musik, und schaute, ohne ihr Schaukeln zu unterbrechen, mit offenkundigem Amusement dem stehen gebliebenen Van Ackeren dabei zu, wie er ihre Früchte begutachtete. Da gab es blassrote, einer Tomate ähnlich sehende, mit weichem Fleisch, von denen viele bereits geplatzt waren. Es gab aufgeschnittene ledrig gelbe Schoten mit leuchtend gelbem Fruchtfleisch darin, das schwarze Körnchen barg. Bündel von Bananen lagen da, in allen Größen, auch sehr große und ganz kleine, wie er sie nicht kannte. Granatäpfel und Kokosnüsse waren ihm vertraut, natürlich auch die duftenden Vanilleschoten. Und dann gab es noch eindrucksvolle Früchte, groß wie ein Menschenkopf mit grauem Palmschopf daran, deren Körper gelb gefeldert waren. Van Ackeren nahm eine von ihnen in die Hand und sah die Frau an. Sie legte den Kopf schräg und schob kokett die Lippen vor. Ihre Schultern wackelten weiter.

»Was ist das?«

»Ananas«, sagte die Frau. Sie sprach die Silben langsam und gedehnt.

Als Van Ackeren nicht reagierte, lachte sie und verdrehte die Augen.

»A-na-nas«, sagte sie wieder, in demselben trägen Ton.

»Ihr kennt das nicht, Herr Van Ackeren?«

Maternus war an den Stand getreten. Er hielt der Frau eine Münze hin, die sie knicksend nahm.

»Ich lade Euch gern dazu ein, lieber Freund. Ein Messer, bitte.«

Die Frau griff unter den Wagen und reichte Maternus ein armlanges Hackmesser herüber. Auch das schien sie aufs Neue zu amüsieren. Maternus schnitt der Frucht den Schopf ab und danach auch den Boden. Dann teilte er sie in Spalten. Er reichte Van Ackeren eine davon und machte ihm auch gleich vor, wie man sie essen konnte.

Van Ackeren biss hinein, das Lachen der Mulattin im Ohr, und genoss zum ersten Mal eine Ananas. Sie besaß einen Duft, der ihm ganz unbekannt war und doch sogleich so vieles in sich vereinte, was er von Früchten schon gekostet. Birne, Apfel, Zitrone und Orange, alles miteinander verbunden durch eine sehnsüchtige raue Süße.

»Köstlich«, sagte er. »Über die Maßen köstlich.«

Maternus klopfte ihm auf die Schulter. »Da habe ich«, sagte er, »das seltene Vergnügen, jemanden zum ersten Mal eine Ananas essen zu sehen. Ist es nicht so, lieber Van Ackeren? Der Geschmack und der Geruch dieser Frucht enthält, so meine ich, alles, was die Neue Welt uns verspricht.«

»In der Tat«, sagte Van Ackeren. »Ich habe noch nie eine A-na-nas – so heißt es doch? – gegessen.«

»Man kann sie nicht weit transportieren, daher könnt Ihr sie nur hier essen, wo sie von Natur aus wachsen«, sagte Maternus. Er bot Van Ackeren eine weitere Spalte an, die er mit dem Messer geschickt in mundgerechte Portionen aufgeteilt hatte. »Sonst lägen sie längst für teures Geld in Amsterdam, in London und Paris auf den Tellern der Reichen. Manches lässt sich nicht bewahren«, setzte er hinzu, ein Stück der Frucht auf der Messerspitze für einen Moment betrachtend. »Man muss es genießen, solange es frisch ist. Aber mein Lieber«, er fasste Van Ackeren beim Arm, »ich will Euch nicht mit Sophistereien langweilen. Wollt Ihr einen Kaffee mit mir trinken?«

Van Ackeren, überrumpelt von dem unerhörten Geschmack der Ananas, stimmte zu. Maternus zog ihn zu einer kleinen Schenke, in der Kaffeebohnen geröstet wurden, was man bis über die Straße herüber riechen konnte.

Sie waren die einzigen Gäste. Der Besitzer brachte sie zu einem Tischchen am Fenster, durch das man auf den umtriebigen Hafen sehen konnte. Maternus bestellte zwei Koppchen Kaffee auf türkische Art.

»Es ist Euch doch recht?«

Van Ackeren bejahte. Er trinke zwar sonst keinen Kaffee, aber jetzt wolle er einmal eine Ausnahme machen, es scheine ein Tag für neue Erfahrungen zu sein. Das sagte er, Maternus anlächelnd, der ihm bislang so freundlich entgegengekommen war.

»Was ist denn eigentlich«, wagte er im Zuge dieser gerade empfundenen Freundlichkeit zu sagen, »wenn ich mir die Frage erlauben darf, Eure Mission in der Neuen Welt, Herr Doctor Maternus?«

Die Koppchen kamen, mit ihnen wehte der strenge und anregende Duft des Kaffees heran. Sie waren auf einem Tablett zusammen mit einem Schälchen angerichtet, in dem sich braune Zuckerbrocken befanden.

»Ihr nehmt doch etwas Zucker dazu?« Maternus reichte Van Ackeren das Schälchen.

»Sollte man? Ich bin darin nicht so erfahren, müsst Ihr wissen. Ich habe schon zu Hause nie die Coffee-Häuser aufgesucht. Der Genuss solcher Spezereien erschien mir, nun ... überflüssig, verzeiht. Dennoch freue ich mich, ihn mit Euch zu teilen.«

»Nehmt ein Stück Zucker«, sagte Maternus. »Überflüssig, das mag sein. Aber gerade das. Das Überflüssige, behaupte ich, ist zuweilen dem Nützlichen überlegen. Ich muss mich abermals entschuldigen, lieber Van Ackeren, ich scheine bei Euch immer ins Philosophieren zu geraten. Das macht sicher Eure fromme geistliche Art, die mich zur Ernsthaftigkeit verführt.«

Maternus rührte mit einem Löffel den Zucker in den Kaffee und stellte das Koppchen wieder ab, damit der Satz sich senken könne.

»Auf Eure Frage will ich indessen gern antworten, das tue ich mit mehr Offenheit, mein Freund, als am Capitainstisch, wo man nie wissen kann, was aus dem wird, was man gesagt hat. Euch ist ja bereits bekannt, dass ich als Attaché der Preußischen Akademie nach West-Indien reise, um auszumachen, wo und mit wem man Verträge schließen könnte, die meinem König Nutzen beim Handel bringen werden. Das ist meine Mission, bei der ich gewissermaßen auch zum Sukzess verpflichtet bin, da man in meine Reise einiges investiert hat. Ich reise aber auch in eigener Sache als Botanikus und Astronom, was Letzteres Ihr ja bereits von mir gehört habt.«

Er probierte den Kaffee und hob anerkennend die Augenbrauen.

»Der ist gut, versucht ihn nur. Er muss frisch geröstet sein, darauf kommt es an. Nun, und darum, weil ich ein Astronom sein will, schleppe ich auch ein Fernrohr mit mir herum. Aber vor allem habe ich dies hier auf meinen Fahrten dabei.«

Maternus griff in seine Rocktasche und reichte Van Ackeren ein Büchlein, nicht größer als sein eigenes Merkbuch, welchem er seine Secreta anzuvertrauen pflegte.

»Soll ich das öffnen?«, wollte Van Ackeren wissen. Gewärtig, dass auch Maternus ihm Geheimnisse anvertrauen wolle, begann sein Herz sich zu beschleunigen, noch ehe er einen Schluck des Kaffees zu sich genommen hatte.

»Aber ja«, sagte Maternus, »nur zu, schaut hinein.«

Van Ackeren öffnete das Büchlein und sah, dass es lauter Zeichnungen von Pflanzen enthielt. Nach der Natur mit Silberstift gemacht und en détail so kunstreich ausgeführt, dass man meinte, die Pflanzen gerade vor sich sehen zu können. Auf den einander gegenüberliegenden Doppelseiten hatte der Zeichner jeweils die ganze Pflanze, ein einzelnes Blatt von ihr und den dazugehörenden Samen festgehalten. Dabei standen noch einige Marginalien, die, wie Van Ackeren erkennen konnte, auf Deutsch verfasst waren.

»Ihr habt das selbst gezeichnet?«

»Ja, es sind meine Zeichnungen. Sie sind mir kostbarer als alle Verträge, die ich mit der einen oder anderen Herrlichkeit oder – verzeiht! – mit einem Mijnheer Pfeffersack werde schließen können.«

»Ihr seid ein Künstler, Herr Doctor, wenn ich das sagen darf.« Van Ackeren blätterte in dem Büchlein. Er bemerkte, dass manche Pflanzen zusätzlich in ihrer Umgebung und zusammen mit weiteren Gewächsen dargestellt waren, als solle man ein Bild davon erhalten, wie die Landschaften aussahen, in denen sie wuchsen und mit welchen anderen Pflanzen sie dort gewöhnlich zusammen standen. Dazu waren Striche eingetragen, die zu den Marginalien führten, ab und zu auch einige Zahlenreihen und ein paar seltsame Schriftzeichen, mit denen dem Ganzen wohl eine Systematik verliehen worden war, die jedoch, so schien es Van Ackeren, keiner ihm bekannten Sprache zugeordnet werden konnten.

Maternus beobachtete ihn und nippte dabei an seinem Koppchen. »Trinkt Euren Kaffee, solange er heiß ist, lieber Herr Van Ackeren. Sagt, was wisst Ihr über die Kartoffel?«

Van Ackeren trank einen kleinen Schluck Kaffee. Er runzelte die Stirn, wozu Maternus lachen musste.

»Schmeckt es Euch?«

»Durchaus, es ist … nun, ungewohnt, aber der Geschmack hat etwas Belebendes, etwas Geistiges, das angenehm ist.« Er setzte das

Koppchen vorsichtig auf dem Tablett ab. »Die Kartoffel also. Nun, man kann sie essen, oder?«, sagte Van Ackeren. »In den deutschen Ländern wird sie inzwischen viel verzehrt, soviel ich weiß.«

»Ganz recht«, bestätigte Maternus. »Wisst Ihr auch, woher sie stammt?«

Van Ackeren schüttelte den Kopf, er bedaure.

»Sie stammt aus der Neuen Welt. Der Spanier Cortés oder Pizarro, die dort nach Gold suchten, haben wohl auch welches gefunden. Welche Unternehmung jedoch viele aus ihrem Gefolge, nicht zu reden von den bedauernswerten Indianern, mit ihrem Leben bezahlen mussten. Das Bedeutendste aber, was sie auf ihren Schiffen mit zurückbrachten, ist nicht Gold und Silber gewesen, mein Freund, sondern diese unscheinbare Knolle.«

Maternus trank das Koppchen vollends aus, er hielt es vorsichtig geneigt, um den Satz nicht in den Mund zu bekommen, und stellte es dann wieder zurück auf den Tisch.

»Gold«, setzte er hinzu, »kann man bekanntlich nicht essen.«

Van Ackeren blätterte in dem Büchlein. »Ihr erforscht Pflanzen, die man als Nahrung verwenden kann?«

Die Ananas fiel ihm ein, von der er eben gegessen hatte. Wie er das Büchlein mit den sorgsam ausgeführten Zeichnungen in Händen hielt, tat sich ihm eine Fülle von Möglichkeiten auf. Er bekam eine Ahnung davon, was den klugen und feinsinnigen Mann, der vor ihm saß und der sicher die vierzig bereits überschritten hatte, in die Fremde getrieben haben mochte. Ein Streben, welches man jenseits des Glaubens wohl respektieren konnte, vielleicht das einzige. Der Hunger nach Wissen.

»In der Tat«, sagte Maternus. »Ich bin auf der Suche nach derartigen Pflanzen. Wir finden in der Natur, wie mit der Kartoffel, die Möglichkeit, den Hunger der Menschen zu beenden und dic vielen ernähren zu helfen, die aufwachsen können, wenn Gottes Gnade oder das Schicksal – ganz wie Ihr wollt – uns vor künftigen Kriegen bewahren. Und auch Kriege«, sagte er, »werden ja geführt, weil man Land erobern möchte, und was tut man mit Land – vernünftigerweise, meine ich?« Maternus warf einen Blick zum Hafen hinüber, wo gerade mit viel Geschrei vor einem Schiff ein Lastkran ausgefahren werden sollte, was die Passanten zum Stehenbleiben gebracht hatte, um sich an dem Disput zu beteiligen oder sich vor dem Gerät in Sicherheit zu bringen.

Van Ackeren antwortete nicht, er schaute Maternus an.

»Natürlich«, fuhr dieser fort, ohne seinen Blick vom Fenster abzuwenden, »kann man Land besitzen, einfach um darüber zu verfügen, wie es die Fürsten tun. Man kann Schlösser darauf bauen, Feste feiern oder Jagden veranstalten. Aber ich hege die Auffassung, dass Land dazu da ist, die Menschen zu ernähren. Was denkt Ihr darüber?«

Van Ackeren fuhr mit dem Finger über das Büchlein auf dem Tisch. »Ja«, sagte er. »Das glaube ich auch. Das ist, wozu uns Gott die Erde gab. Und ich meine, dass es gottgefällig ist, was Ihr tut, und den Menschen zum Wohlsein. Ich bewundere Euch«, setzte er leise hinzu. »Und wünschte, auch ich könnte Sinnvolles vollbringen.«

»Das tut Ihr, Herr Van Ackeren. Ihr habt Euch dem frommen Leben verschrieben und seid, wenn ich es richtig aufgefasst habe, ein Anhänger der reformierten Bewegung des berühmten – manche würden wohl sagen«, Maternus lächelte, »des berüchtigten – Labadie. Ich glaube, dass die reformierte Kirche sich besser mit den Wissenschaften und dem Dienst an den Menschen zusammenfindet, für den dieselben ja gedacht sind, als die päpstliche mit ihrem selbstgefälligen Klerus und ihren kanonischen Hindernissen.«

»Ich kann Euch nur zustimmen«, sagte Van Ackeren lebhaft. »Wir brauchen den Klerus nicht. Unsere Doktrin ist allein Gottes Wort und das, was wir in uns fühlen, wenn wir ein frommes Leben führen. Selbiges gilt ohne Unterschied für alle Menschen und für alle Stände. Aber nicht alle Christen reformierten Glaubens«, fügte er an, »sind mit dieser Haltung einverstanden.«

»Das darf Euch gewiss nicht verwundern, mein Freund.« Maternus legte ein paar Münzen auf den Tisch, um den Kaffee zu bezahlen, und winkte dem Patron. »Eure Gegner sagen, wo kommen wir hin, wenn die Menschen selbst über ihr Wohl und Seelenheil bestimmen wollten? Was wird mit unseren Privilegies, unseren Vorschriften und Vorrechten, mit denen wir doch bislang so trefflich gelebt haben?

Was wird sein, wenn Unwissenheit und Angst, die unsere besten Helfer sind, vertrieben werden?«

Van Ackeren sah Maternus an.

Der erwiderte den Blick, schon im Aufstehen begriffen.

»Ich weiß, mein junger Freund, solche Gedanken sind nicht bloß Pfeffer und Muskat, was sich gut macht in einer würzigen Suppe, sondern veritables Schießpulver. Und gefährlich darum für den, der sie hegt und äußert. Ist aber nicht die einzige Freiheit, die man uns niemals nehmen kann, die, zu denken, was wir wollen?«

12

Van Ackeren war auf dem Weg zurück zum Schiff.

Er war noch einmal auf den Hügel gestiegen und hatte nicht damit gerechnet, dass es so früh dunkel werden würde. Kurz nachdem die Glocke auf dem Haus der Compagnie die sechste Stunde geschlagen hatte, versank die Sonne als roter Ball am westlichen Horizont. Van Ackeren blieb noch eine Weile auf dem Platz unter einer Palme, wo er ausruhte, bis nur noch ein rosenfarbenes Gespinst über dem Ozean zu sehen war. Mit dem Einbruch der Dämmerung indessen setzte ein seltsames Geräusch ein, das er bislang noch nie vernommen hatte.

Ihn umgab ein tausendfältiges Zirpen, Quaken und Wispern, ein Schwirren wie von Saiten und ein metallenes Glucksen, das sich zu einem Teppich von Tönen zusammenfand, der sich über alles legte und überall zu hören war, wo immer er entlangging. Ob an der Flanke des Berges, an der er die letzten zwei Stunden verbracht hatte, oder auf dem Pfad, der ihn nun zu dem Städtchen hinabführte. Der unsichtbare Teppich aus Stimmen wurde scheinbar allerorten neu gewebt. Sogar zwischen den Häusern, die bald erreicht waren, nahmen die seltsamen Tierstimmen, denn es mussten ja Tierstimmen sein, nicht ab. Als wären die unsichtbaren Sänger, von deren Gestalt man sich keine Vorstellung machen konnte, auch hier in größter Zahl vorhanden. Ohnehin sah man kaum Nachtgetier, abgesehen von ein paar kleinen Eidechsen, die sich hier und da im Fackellicht an einer Wand festklammerten und behände flohen, wenn sie den Kommenden erspähten. Und es gab Fledermäuse, die immer wieder in das Licht der Fackeln hineingerieten, wo man ihre Augen aufglänzen sah wie blanke Jettknöpfe, ehe sie sich mit schwirrenden Flügeln wieder in die Dunkelheit davonmachten.

Nach einer halben Stunde Wegs erreichte Van Ackeren die Nieuwe Straat und ging vor den Schiffen entlang, die an der Pier vertäut waren. Mit ihren unbewegten Rümpfen, den vorspringenden Bugsprieten und den verzierten Achterkastellen machten sie den Eindruck einer geschmückten Viehherde, welche man in den Stall getrieben hatte, wo sie stehen mussten und ihnen die ganze Ungebärdigkeit, die ihnen auf See zu eigen, auf einmal genommen war.

Er begegnete zwei Flaneuren, die sich untergehakt leise unterhielten, einer zog spöttisch vor ihm seinen Federhut, und sie lachten einträchtig auf, während sie sich entfernten, als wollten sie ihn vexieren. Ein alter Mann mit einem Tragholz über der Schulter und zwei Säcken daran schritt gemessen voran unter seinem schweren Gewicht, seine Beine bewegten sich wie ein hölzernes Gestänge, und er hielt den Blick auf das Pflaster geheftet, als gebe es nichts sonst.

Aus den Butzenscheiben drang Licht, Gelächter schallte heraus. Man hörte einen Matrosen ein melancholisches Lied in der schweren Zunge der Portugiesen singen, dazu klangen die schleppenden Akkorde einer Guitarre. Würfel klapperten und Männer johlten. Das helle Lachen von Frauen und das rechthaberische Grölen solcher, die bereits betrunken waren. Aus den offenen Luken der Schenken drang ein Brodem aus Alkohol, Tabakrauch und Ausscheidungen, der über die Straße trieb und auf die salzige Frische traf, die vom Meer kam und den Gestank auslöschte. Alle hatten sich offenbar unter Dach begeben, obwohl die Nacht so schön war.

Das Stimmengewirr, an dem Van Ackeren vorbeiging, unterschied sich nicht von einem Amsterdamer Schenkenviertel, nur vermischte es sich hier mit dem seltsamen Tiergeräusch, und das war doch schon hier, ehe eines Menschen Fuß diesen kleinen Flecken Erde im Meer betreten hatte. Van Ackeren wollte es scheinen, als sängen diese kleinen Wesen, deren Stimmen er heute zum ersten Mal vernahm, das Lob Gottes verständlicher als das allfällige Menschengeschnatter in den Schenken.

Es drängte ihn in seine Kajüte. In die Abgeschiedenheit des kleinen Raumes, in dem er so beengt viele Wochen verbracht hatte. Hier wollte er zur Ruhe kommen. Heute suchte er die Kammer aus freien Stücken auf, gleich einer Klause. Es war so viel, was er heute erlebt hatte. Auch die Ansichten des Doctor Maternus musste er verarbeiten, der ein so kluger und menschenliebender Mann zu sein schien, aber nicht in der Nähe Gottes wandelte, was Van Ackeren gleichermaßen faszinierend wie lästerlich erscheinen wollte. Er konnte nicht erklären, wie solches möglich: dass man die Menschenliebe gründete auf eine bloße eigene Absicht, ohne dass Gott dabei sein sollte. Darüber musste er nachdenken.

Schon konnte man die vertraute Kontur der »Marije van Flanderen« erkennen, deren blaue Galionsfigur ihre Arme ausbreitete, als wollte sie das Hafenstädtchen umarmen, und die nun für drei Tage auf die Fassaden der Häuser schauen durfte anstatt hinaus auf die Weite des Ozeans.

Van Ackeren bemerkte drei der Kolonistinnen, die eben vom Nachbarschiff über die Planke gingen. Auch sie hatten ihn erblickt, der unten auf der Pier stand. Sie blieben stehen und flüsterten etwas miteinander. Anna war nicht bei ihnen. Vielleicht war sie bereits an Bord. Van Ackeren mochte ihr nicht begegnen. Lieber wollte er noch ein paar Schritte an der Pier entlanggehen.

Er wusste ja, dass die Frauen verehelicht werden sollten, hier oder in Para Maribo, und wie er über das Pflaster weiterschritt, wünschte er Anna von Herzen, dass sie einen guten Mann fand. Wenn sie hierbliebe, könnte sie immer in der Wärme sein. Sie könnte vom Überfluss des Wachstums schöpfen. Es wäre besser um sie bestellt als in den niederländischen Städten, die von Menschen überquollen und in denen man leicht straucheln konnte und mancher nicht wieder aufzustehen vermochte. Eine Neue Welt hat doch Platz für viele.

Man hörte Männer lachen, zwei, drei Männer, vielleicht mehr.

Das Geräusch kam aus einer der Gassen, deren eine er am Mittag betreten hatte. Jetzt im Fackellicht, von dem die Gassen nicht erreicht wurden, gähnten ihre Eingänge zu ihm herüber wie schwarze Schlünde, die einen fressen möchten, wenn man sich hineinwagen wollte.

Hier am Ende der Pier gab es keine Schenke mehr, sie lagen alle weiter vorn. Hier begann die Dunkelheit. Nur ein paar Fackeln flackerten in ihren Leuchtern, umschwirrt von Insekten, deren Leiber aufleuchteten wie wirbelnde Schneeflocken, die sich in die tropische Hitze verirrt hatten.

Wieder hörte er das Lachen der Männer, es klang aufgekratzt, sie riefen sich gegenseitig etwas zu, als spielten sie ein Spiel. Man hörte das Trappeln von bestiefelten Füßen, ein helles Klirren von Metall, wie Sporen oder Degenkoller. Zurufe, Lachen, sie stachelten sich an. Dann ein Fluch, spanisch vielleicht oder portugiesisch.

Van Ackeren wollte umkehren, er war schon zu weit gegangen. Er erinnerte sich an den Rat des Mannes in der Gasse, besser auf der Hauptstraße zu bleiben. Das galt bei Nacht wohl erst recht.

Auf einmal flammte ein Licht auf. Gerade in der Gasse, vor deren Eingang Van Ackeren stand, hatte jemand ein Feuerzeug entzündet. Die Flamme beleuchtete drei Soldaten mit ihren Kollern, die Hüte in der Hand, die eine Frau gegen die Wand drängten. Eine Frau in einem hellen Kleid mit einer Schute auf dem Kopf und, wie er im Licht des Feuerzeugs gerade noch erkannte, das der vierte in der Hand hielt, mit rotem Haar. Sie hatten das Licht wohl entzündet, um sich anzusehen, wen sie da ergattert hatten. Und auch Van Ackeren sah es.

Jemanden, der nicht sprechen, nicht um Hilfe rufen kann.

Sein Herz. Ja. Es hat begonnen zu rasen. Aber was soll er tun? Drei fremde Soldaten, bewaffnet. Und er, ein junger Mann in schwarzen Kleidern, der keinen Degen besitzt und keinen Prunk an sich hat, um Eindruck zu machen. Der bloß als der einfache, fromme Mensch dasteht, der er sein möchte. Und für einen Moment erscheint vor Van Ackeren Sanct Eustachius, der Standhafte.

Das Licht ging aus, und das Getrappel fing aufs Neue an. Es blieb an dem Ort, wo sie die Wehrlose eingekreist hatten. Van Ackeren wusste, was sie ihr antun wollten. Und er wusste auch: Er könnte weggehen, als ginge es ihn nichts an.

Aber er läuft los. Läuft in die Gasse hinein und ist selbst über sich erstaunt, als hätte er nicht damit gerechnet, dass er zu derlei fähig sein könnte. Aber er ist's, der läuft, seine Füße sind es, obgleich sein Herz rast vor Angst, und mit einem Mal ist der Traum wieder da, der Traum von der Stummen, von Anna. Auch da ist er doch nicht bei sich gewesen, gerade so wie jetzt, und doch handelte er. Maternus sieht er vor sich, wie er läuft, der Doctor steht vor ihm, irgendwo neben Sanct Eustachius, mit seinem feinen Lächeln und seinen guten

Absichten. Und das kleine Kirchlein, in dem er gebetet, ist wieder da, und im Laufen fühlt Van Ackeren die Gewissheit, dass auch dies hier ein Gebet sein kann.

Die dunkle Gasse stank, das Kopfsteinpflaster war glatt, man sah nur die Schemen der Wände, und nun war er dort, er hatte die Umrisse der Männer vor sich, die sich nach ihm umdrehten.

»Haltet ein! Lasst sie in Frieden!«

Van Ackeren will anhalten, aber er rutscht auf dem Pflaster aus und stürzt zu Boden, gerade vor die Soldaten hin.

Wie er sich hochrappelt, schlägt der eine das Feuerzeug wieder an und bläst in den Zunder. In der Flamme taucht das wüste Gesicht eines Landsknechts auf. Stumpfnasig, die Haut von Pockennarben übersät, graue Bartstoppeln, die Augen zu Schlitzen verzogen, der höhnisch aufgerissene Mund. Weiße Flecke dahinter, die blassen, hochmütigen Gesichter dreier junger Kerle in bunten Uniformen, die der Pockennarbige im Schlepptau hat. Sie halten ihre Hüte wie einen Fangzaun gegen die Mauer. Unter den Hüten am Boden ihre Beute, Anna, auf Knien, die Arme vor das Gesicht gehalten.

Van Ackeren ist noch nicht auf den Beinen, da spürt er schon die Hand des Landsknechts an seinem Kragen.

»Que demonios!«

Die nach Tabak stinkenden Finger drehen den Stoff seines Rockes weiter zusammen wie eine Schraube, und Van Ackeren schnappt nach Luft, während er von dem kräftigen Kerl wie ein Kind auf die Füße gestellt wird. Der Landsknecht lacht, die drei anderen stimmen ein.

»Culo. M'estes tocando los cojones, eh!«

Damit stößt der Soldat ihn mit Wucht von sich weg, und Van Ackeren taumelt von dem Schwung an die gegenüberliegende Wand und prallt dort gegen die Mauer, um gleich wieder zu Boden zu gehen. Seine Beine sind wie Teig. Er hat die Kraft des Mannes an seinem Hals gespürt, und nun schüttelt ihn vollends die Angst. Er zweifelt nicht daran, dass der Kerl ihn mit einem Faustschlag erledigen kann.

»Venga a la mierda«, knurrt der Landsknecht. *»Aqui no te ha perdido nada.«*

Van Ackeren versteht kein Wort, er weiß noch nicht einmal, ob der Stoppelbärtige Spanisch oder Portugiesisch gesprochen hat, aber er weiß, dass ihm nicht mehr viel Zeit bleibt und dass das Schwerste ihm erst bevorsteht.

Unbeachtet von der Camarilla rappelt er sich auf die Beine.

Die vier widmen sich wieder ihrem Vorhaben, dafür brauchen sie kein Licht. Man hört ihre Stiefel scharren, das Klirren der Koller, als sie Anna in die Höhe zerren. Van Ackeren hört, wie Stoff zerreißt. Und nun hört er auch Anna. Keine Worte, bloß ein Schluchzen, und das trifft ihn ins Herz.

Er tut einen Schritt nach vorn, greift zu, erwischt einen der Soldaten an dem Ledergurt, der ihm über den Rücken läuft, und versucht, ihn von seinem Opfer wegzuzerren. In dem Augenblick, als der Ergriffene sich umdreht und die Hand hebt, um ihn zu schlagen, spürt man, dass noch jemand anwesend ist. Van Ackeren spürt es, die Soldaten spüren es auch. Die erhobene Hand bleibt in der Luft.

»Guten Abend, ihr lustigen Herren.«

Teerstraten stand da. Ein paar Schritt entfernt in der Gasse. Ein Schattenriss bloß, doch unverkennbar. Breitbeinig, den Federhut auf dem Kopf, die Daumen in den Koller gehakt.

»Ich fürchte, ich störe«, sagt er. Das metallische Kratzen ist in seiner Stimme. »Aber«, fügt er, Schritt um Schritt näher tretend, hinzu, »wenn vier Hundsfötter wie ihr eine Dame belästigen wollen, dann fühle ich mich vexiert. Lasst sie los, ihr papistischen Hanswurste.«

Der pockennarbige Landsknecht knurrt, will blankziehen. Man hört das Rapier aus der Scheide surren, und er tut einen Schritt zurück, um besser zustechen zu können. Teerstraten folgt ihm, zieht seinen Degen mit einer raschen Bewegung halb aus der Scheide, dem Aufblitzen der Klinge folgt ein stumpfes, knackendes Geräusch, als schlage ein Hammer auf einen Beutel Nüsse.

Der Soldat fährt mit der Linken zum Mund und stößt einen grunzenden Wehlaut aus, er fällt herab auf die Knie. Sein Degen, den er losgelassen hat, fällt ihm aus der Hand und klirrt auf das Pflaster. Ein Fußtritt Teerstratens schlägt ihm den Kopf zur Seite, und er sackt zu Boden. Daraufhin lassen die jungen Kerle Anna los und ergreifen die Flucht. Ihre genagelten Stiefel klappern wie Pferdehufe, als sie durch die Gasse davonrennen.

»Los, kommt. Helft ihr.« Teerstraten hat Anna, die weinend den Kopf schüttelt, am Arm gefasst. Er zieht sie weg von der Wand. »Wir dürfen hier nicht bleiben. Zurück zum Hafen, rasch.«

Sie liefen hintereinander durch die Gasse, auf das Fackellicht zu, zur Hauptstraße. Dort angekommen, hielt Teerstraten Van Ackeren am Ärmel, sie blieben stehen, er sah sich um. Keiner der Soldaten zu sehen. Auch sonst niemand in der Nähe.

Anna stand mit wildem Schluchzen da. Ihr Hemd war zerrissen, das Überkleid bis zur Hüfte hinauf zerschnitten. Nur die Unterröcke waren heil geblieben. Sie drehte ihr Gesicht weg, aber sie hielt Van Ackerens Arm gefasst.

»Bringt sie zum Schiff«, sagte Teerstraten. »Ich bleibe hinter Euch und sehe, ob Euch einer folgt.«

Van Ackerens Herz raste, er bekam kaum Luft. »Habt Ihr ihn erstochen?«

»Ach wo«, sagte Teerstraten. »Er hätt's wohl verdient. Ein toter Gaul tritt keinen mehr.« Er klopfte auf den Griff seines Degens. »Nein. Bloß ein paar Zähne hat er lassen müssen. Und wegen ein paar Papistenzähnen wird's hier keinen Aufruhr geben. Hätt ich ihn niedergestochen, vielleicht schon. Wenn einer erst nicht mehr aufsteht, wissen auf einmal alle anderen, wie's zugegangen. Nun los, bringt sie weg.« Teerstraten lupfte seinen Hut und machte eine Reverenz. »Mein Kompliment übrigens«, er richtete sich mit einem Lächeln wieder auf, »Ihr habt ein Mannsherz, Herr Aspirant.«

Van Ackeren brachte Anna zurück zum Schiff. Sie hielt sich an ihm, als fürchte sie zu fallen, und obgleich sie leicht war, spürte er ihr Gewicht an seinem Arm. Er hielt ihre Hand fest, als sei diese kühle Hand etwas Kostbares, was er nicht verlieren dürfe.

Teerstratens Gestalt verschwand zwischen den Schatten der Häuserfassaden. Van Ackeren sah ihn nicht mehr in der Straße, als sie die Planke überquerten und das Deck der Fleute betraten, die ihm einige Zeit wie ein Gefängnis erschienen, nun aber eine Zuflucht geworden war. An Deck standen noch immer die drei Frauenzimmer, ein Stück weg vom Niedergang zu ihrer Cabine, nun starrten sie herüber und hielten die Hände vor den Mund.

Von der Schiffsbesatzung war niemand zu sehen. Van Ackeren ließ Anna gehen, und sie rannte an ihren Schicksalsgenossinnen vorbei zur Treppe. Dort musste sie innehalten, weil sie der Leydenerin begegnete, die heraufkam und sie bloß ansah, von oben bis unten. Ihr dann übers Haar fuhr und sie resolut an sich vorbei in den Niedergang schob. Dann erblickte sie Van Ackeren und kam zu ihm herüber.

»Seht Euch diese Hühner an, Herr«, sagte sie. »Verdienen alle drei, gerupft zu werden, aber nicht das arme Ding dort. Sie haben sie einfach im Stich gelassen.«

Die Leydenerin erzählte, was sie wusste.

Dass die vier das Kontor bei Eintritt der Dunkelheit verlassen hätten. Man habe zum Schiff zurückgehen wollen und sei ein paar Soldaten begegnet, die grobe Scherze mit den Frauen probierten. Habe sich von ihnen losmachen können und sei zum Schiff zurück. Ebendas hätten ihr die drei Weibsbilder, welche da stünden und die – sie hob die Stimme – alles ruhig mithören sollten, erzählt. Und kein Wort von Anna! Nicht, wie sie selbst das Hasenpanier ergriffen und die Stumme im Stich gelassen hatten. Dabei habe sich, die Leydenerin fasste die drei Jammergestalten ins Auge, noch gar kein Freier eingefunden. Es gäbe also keinen Grund, eine von ihnen herauszuwerfen, um sich beliebter zu machen im Hühnerstall, und sie sollten sich schämen, das arme Weib denen Kriegsleuten zu lassen, damit sie mit ihr Allotria trieben.

»So sind sie, Herr, und so bleiben sie. Es ist ihre Art. Zieh einer Sau ein seiden Wams an, sie setzt sich doch immer in den Dreck.«

Van Ackeren, dessen Herz noch leicht war ob der überstandenen Gefahr, wollte ein gutes Wort sprechen, aber die Leydenerin wehrte ab.

»Die haben ihr Fett und sollen sich in ihre Mauslöcher verziehen. Aber, Herr«, sie fasste Van Ackerens Arm, »das arme Weib dort drin – sie hat doch nun nichts mehr anzuziehen. Die Strauchhähne haben ihr das einzige Kleid zerrissen, das sie besitzt. So kann sie sich nicht freien lassen. Wollt Ihr um Gottes Liebe ihr etwas geben, dass sie sich ein neues Gewand kaufen kann? Es braucht ja nicht viel, denk ich, wenn Ihr die Güte haben wollt. Für ein paar Stuiver lässt sich schon was auftreiben, und ich hol's ihr den nächsten Tag hierher auf das Schiff.«

Van Ackeren versetzte, er wolle natürlich helfen und Anna das Geld geben. Er hoffe nur, dass sie es annehmen werde.

»Ach Herr«, sagte die Leydenerin. »Ihr seid wohl nie arm gewesen und habt deswegen noch all Euren Stolz im Leib.« Sie lachte laut auf. »Das verliert sich. Glaubt mir, sie wird es nehmen und froh sein. Seid bedankt.«

Van Ackeren befand sich bereits eine gute Stunde in seiner Kabine und saß vor seinem Buch, das aufgeklappt auf dem Tischchen lag und darauf wartete, dass ihm anvertraut werde, was geschehen war. Da klopfte jemand bei ihm an.

Es war Teerstraten. Er blieb höflich in der Tür stehen. Meinte, er wolle bloß nachfragen, ob die Stumme wohlbehalten zurück und alle wohlauf.

»Ich bitte Euch, kommt doch herein«, sagte Van Ackeren, obgleich er lieber allein geblieben wäre.

»Auf einen Schluck«, sagte Van Teerstraten schmunzelnd. »Ich fürchte jedoch, mein Freund, dass ich ihn selbst mitbringen und ihn überdies ganz allein tun muss, diesen Schluck. Ihr lebt ja abstinent, wie nicht einmal die zwölf Apostel taten, die zumindest Wein getrunken haben sollen, wenn man der Bibel glauben kann, was man – verzeiht! – unbedingt tun sollte.«

»Das ist wahr«, sagte Van Ackeren, ohne auf die Spitze einzugehen. »Ich bedaure.« Er hätte Teerstraten in dieser Nacht alles verziehen. »Aber ich habe«, fuhr er fort, »heute bereits Kaffee getrunken. Und eine A-na-nas gegessen, insofern bereits gegen meine Principii verstoßen. Da soll es mir nicht darauf ankommen, Euch Bescheid zu tun, auch wenn ich, Ihr müsst verzeihen, Euch nur zusehen, aber nicht trinken werde.«

»Das ist klug. Vom Zusehen wird man nicht besoffen«, sagte Teerstraten. »Und auch der Säckel wird nicht dünner.«

Er warf seinen Hut auf den Boden und setzte sich auf die Pritsche, aber Van Ackeren bestand darauf, dass er, als sein Gast, den Schemel nehmen solle, und setzte sich selbst auf die Bettstatt.

Teerstraten dankte für die Ehre. Er zog aus einem seiner Rockschöße eine silberne Flasche und schraubte den Verschluss auf.

»Das ist caraibischer Rum«, sagte er. »So alt, wie Ihr nach meinem Vermuten ungefähr sein mögt, Herr Aspirant. Bei diesem Getränk gilt das Umgekehrte wie bei den Menschen. Er wird umso besser, je älter er ist.«

Van Ackeren führte die ihm gereichte Flasche zur Nase und musste husten, als er den Dunst des Alkohols einatmete.

»Stark«, sagte er. »Zu stark für mich. Aber auf eine Art doch voller Würze.«

»Voller Würze, ja.« Teerstraten nahm die Flasche wieder entgegen, setzte sie an den Mund und trank daraus. Mit einem zufriedenen Stöhnen stellte er sie auf dem Tisch ab. »Man macht ihn«, sagte er, »auf den Plantationen aus Zuckerrohr und lässt ihn ein paar Jahre in Fässern stehen, wo er auf geheimnisvolle Art ans Reifen kommt, bis er ungeduldig wird und getrunken werden will.«

»Ich bin Euch zu Dank verpflichtet, Herr Van Teerstraten«, sagte Van Ackeren. »Ihr habt mich vorhin aus einer äußerst gefährlichen Lage gerettet. Mich und vor allem diese arme Frau.«

Teerstraten sah ihn an. Die lustigen Pölsterlein unter seinen grauen Augen erschienen im Kerzenlicht müde und schwer. Seine Hakennase, der gesprenkelte Schnurrbart. Der schmale Mund, der sich zu einem spöttischen Lächeln verzog.

»Ich will ehrlich mit Euch sein, Freund. Wohl bedeutet es mir nichts, mit solchen Tölpeln Händel anzufangen, aber ich tue solches auch nicht ohne Grund. Ich habe wohl bemerkt, dass sie diese Frau in die Gasse trieben. Aber ich wäre nicht dazu gegangen, wenn ich Euch darnach nicht hätte hineinrennen sehen.«

»Ihr hättet Anna nicht geholfen?« Van Ackerens Herz begann wieder schneller zu schlagen.

»Ob ich’s getan hätte?«, sagte Teerstraten. Er hatte die Flasche ergriffen und drehte sie in der Hand. In seiner Stimme war wieder das Kratzen von Metall. Er zuckte mit den Achseln. »Die Welt läuft, wie sie läuft, mein Lieber, und das Fleisch ist immer mit dem Satan. Dieses junge Weib, das nicht nur arm ist, sondern zudem noch stumm, ist ganz und gar verloren auf dem Weg, den es eingeschlagen. Das wisst Ihr so gut wie ich. Indessen …« Teerstraten hörte auf, die Flasche zu drehen, und betrachtete sie, als wollte er herausfinden, ob außer dem Schnaps noch etwas darin war. »Indessen scheint sie Eurem Schutz anbefohlen, warum auch immer. Womöglich hat Fortuna Euch ja füreinander ausgesucht, mein junger Freund.« Er setzte die Flasche an und nahm noch einen Schluck.

»Ich –« Van Ackeren spürte, dass er rot wurde. »Auf keinen Fall. Nicht, was … was Ihr vielleicht meinen mögt. Ich sehe alle Menschen, die in Not geraten, als schutzwürdig an.«

»Ja, natürlich, das ist edel«, sagte Teerstraten. »Und recht eigentlich doch das Werk Gottes«, fuhr er fort. »Oder sollte es sein. Indessen – wer fechten will wider des Teufels Zitadelle, der muss tapfer sein. Und das jedenfalls seid Ihr, wie man vorhin sehen konnte.« Teerstraten zog eine Tabatiere aus seinem Rock und bot sie Van Ackeren an.

Der verneinte, und Teerstraten klappte den Deckel auf, um sich eine Portion auf den Handrücken zu klopfen.

»Erlaubt mir, die Dose –«, sagte Van Ackeren. »Sie ist apart. Darf ich sie ansehen?«

»Nehmt sie«, sagte Teerstraten und reichte sie ihm.

Während Teerstraten das Tabakpulver mit zufriedenem Seufzen nacheinander in beide Nasenlöcher hinaufzog, betrachtete Van Ackeren die Tabakdose. Sie war aus Buchs geschnitzt und zeigte die Figur eines Löwen, der sich mit der Zunge das Maul leckte. In seinen Pranken hielt er den Klappdeckel, darauf waren zwei Männer im Relief zu sehen, die in eine einzige Hose zu steigen suchten und sich dabei gegenseitig an den Ohren zogen. Auf der Rückseite sah man aus dem Fell des Löwen kommend zwei nackte Meerjungfrauen, die nach den Seiten davonschwammen.

»Was für eine kuriose Dose«, sagte Van Ackeren.

»Ein Geschenk meines Gönners, dem ich viel verdanke.« Teerstraten nahm die Dose zurück. Er drehte sie in der Hand, während er weitersprach. »Er ist ein Deutscher gewesen. Hat gefochten im großen Krieg mit dem Tilly, und er hat mich großgezogen, seitdem ich ein grüner Lümmel war. Er hat mich das Fechten gelehrt und manches sonst. Viele Jahre später traf ich ihn wieder und durfte für die Ruhe seiner alten Tage sorgen in der Stadt Amsterdam. Als ihm der Tabak nicht mehr geschmeckt hat, gab er mir die Dose als Geschenk. Er selbst bekam sie, erzählte er mir, von einem Schweden, den er zuvor in der Schlacht vom Pferd gestochen. Der habe ihm gesagt, wie er da lag auf dem Feld in seinem Blut, dass er ihm die Dose schenken wolle, ehe er sterbe. Sie sollte nicht von seinem Leichnam gestohlen werden, lieber solle er sie nun haben als der Nächste, mit dem sie gehe.«

»Der Nächste, mit dem sie gehe?«

»So waren seine Worte, mein Freund.«

»Was bedeuten die Bilder darauf?«

»Das weiß niemand so recht. Ich denke mir, dass die zwei Mannsbilder, die da in eine einzige Hose hineinwollen, tun, was alle Männer machen, die glauben, dass es nur eine Hose gäbe, die die rechte sei. Und dass sie es tun zum Gaudium des großen Leuen, der sich das Maul lecket ob der Narretei der Menschen.« Teerstraten drehte die Dose um. »Und hier könnt Ihr sehen, dass auch Meerweiblein nicht über Gebühr geduldig sind. Wenn die Mannsleute sich streiten, statt mit ihnen Heimgart zu suchen, schwimmen sie halt davon und suchen sich einen anderen.« Teerstraten lachte und fasste Van Ackeren vergnügt ins Auge. »Da habt Ihr meine Lesart dieser klugen Dose. Denkt Euch Eure eigene aus, wenn Ihr wollt.«

»Was wurde aus Eurem Gönner?«

»Der hat seinen Frieden gefunden. Obgleich er viel angerichtet haben soll und Feinde hatte, die glaubten, sie müssten ihm schaden. Aber er ist ein frommer Mann geworden und hat Messen lesen lassen für das, was er anderen angetan.« Teerstraten schob die Dose in die Rocktasche zurück und klaubte seinen Hut vom Boden auf.

»Könnte ich nur«, sagte Van Ackeren, »mit Worten fechten und mit Taten wie Ihr mit dem Schwert, wäre es ein leichteres Unterfangen, was ich vor mir habe.«

»Ich habe nicht gefochten.« Teerstraten erhob sich. »Der Hundsfott von einem Spanier wollte fechten, aber wer fechten will, braucht Verstand, und der stand ihm nicht zu Gebot.« Er zog seinen Degen eine Elle aus der Scheide und tippte mit dem Zeigefinger auf den eisernen Knauf. »Bei solchem Gesindel«, er schob die Waffe zurück und nahm die Flasche vom Tisch, »da braucht's kein Fechten. Gute Nacht, Herr Van Ackeren.«

Zwei Stunden später wankte Solker zurück zu seinem Schiff.

Die Flasche Genever, die er dabeigehabt, war ausgetrunken und eine weitere dazu, die Lambregt Rembt auf den Capitainstisch an Bord der »Eenhorn« stellen ließ. Es hatte zuerst eine gute Hühnerbrühe gegeben, dann gebackene Schweinerippen mit Kümmel, danach kalten Truthahn mit gesalzenem Fischrogen und frisches Brot, gebacken an Bord des Schiffes, und danach einen Rumkuchen und frische Früchte von der Insel. Rembt war in Feierlaune gewesen. Die »Eenhorn« hatte eine volle Ladung an Negern von Fort Elmina an der Sklavenküste hergebracht und davon unterwegs gerade einmal dreißig verloren.

Man hatte tüchtig miteinander getrunken und manchen Spaß zu erzählen gewusst.

Was alles in der Heimat inzwischen sich zugetragen – die Rembt, wie er meinte, erst wiedersehen würde, wenn noch ein und ein halbes Jahr vergangen wären. Seine Bälger wären jedes Mal einen Kopf größer, wenn er heimkäme! Und wann Solker denn selber daran denke, vor Anker zu gehen? Familie wäre für einen Fahrensmann doch am Ende der sicherste Hafen.

Solker, der sicher war, dass Rembt unterwegs zu ankern pflegte, wo ihm beliebte, meinte, noch zwei Fahrten, dann bleibe er in Holland. Dann sei es genug, er sei ja, wenn's denn wahr, fünf Jahre älter noch als Rembt. Und Rembt lachte, dasselbe habe Kortziel auch gesagt, der Capitain von der »Vlissingen«. Noch zwei Fahrten, dann sei es genug, und dann sei er vor der Doggerbank im Sturm gekentert und mit Mann und Maus auf See geblieben. Man solle eben nicht zu lange warten. Mit nichts, meinte Rembt.

Solker hatte ihm zugestimmt, und sie schenkten noch einmal ein. Dann ging es um den Zucker, und Solker meinte, dass es den Reedern offenbar nicht geschadet habe, dass die Preise seit den Neunzigern fielen. Die Schiffe liefen ja hintereinander wie die Ratten im Keller, und die Plantagehouders kauften jeden Sklaven, den sie kriegen konnten, um die Erträge zu steigern. Zurzeit habe auch er so einen Plattfisch an Bord, einen gewissen Bruyninghuizen mitsamt seiner Hausfrau – sicher dabei, um auf ihn aufzupassen, warf Rembt ein. Jawohl, genau deswegen, bestätigte Solker, und der wolle drei Plantagen kaufen in Para Maribo, weil sie doch so günstig zu haben seien nach Auskunft der Compagnie.

Nach Auskunft der Compagnie, echote Rembt mit vorgeschobener Unterlippe und zog sein rechtes Augenlid mit dem Finger nach unten. Daraufhin hauten sie beide mit den Fäusten auf den Tisch und nahmen noch einen extra auf den Gimpel und auf sein hinausgeschmissenes Geld.

Der Bootsmann war zunächst noch dabeigesessen und auch der Schiffsarzt, ein Jude aus Brügge, aber am Ende hockten nur noch die beiden Capitaine beisammen und spannen ihr Garn. Da wurde es dann für Solker Zeit, zum Wesentlichen zu gelangen.

Rembt habe ja wohl, fing er an, nicht vor, seine besten Sklaven vor der Zeit zu verhökern? Rembt lachte und meinte, dass es gar nicht so leicht wäre, zu entscheiden, ob ein Sklave besser oder schlechter wäre, schon gar nicht für einen Sesselfurzer der Compagnie. Er selbst nehme nur die besten mit aus Elmina, wer was anderes behaupte, der lüge. Und er verkaufe sie an jeden, der gut zahle, nach den Regeln eben. Von fünfzehn Jahren an zum vollen Preis bis sechsunddreißig, wenn gesund mit allen Zähnen. Von sechs bis fünfzehn gälten je drei für zwei Ausgewachsene, Kinder von zwei bis sechs Jahren zwei für einen.

Das wisse er auch, sagte Solker. Auch er verkaufe schließlich nur gesunde Sklaven. Die besten, die man je gesehen habe, setzte er hinzu und zog ebenfalls mit dem Finger am Augenlid. Rembt lachte. Man verstand sich. Er seinerseits, so Rembt, gebe die Negroes übrigens gern in Curaçao bei den Portugiesen in Kommission, die wüssten, wie man das Geschäft mit den Faktoren mache, und zahlten ihn gleich mit Gold, nicht mit Zucker, wie es die Compagnie fordere und für den man nach der Fahrt nur noch die Hälfte bekomme.

Und wenn nun – Solker griente, den Kopf tief auf dem Tisch und das Geneverglas in der Faust eingefangen wie einen Vogel, der wegfliegen will –, wenn einer der Herren Faktoren an Bord kommen wolle, um die Negroes zu inspizieren ... Dann, ergänzte Rembt, sei immer noch Zeit, den Negern eine Kur zu verpassen, damit sie die Scheißerei kriegten und die Herren froh seien, solche maroden Sklaven in den nächsten Hafen weiterzuschicken. Sie stießen lachend miteinander an.

Ob Rembt damit einverstanden wäre, fragte Solker, nachdem das Glas leer war, dass man sich in der Sache zusammentue? Bei ihm sei noch Platz, und wenn man die beiden Schiffe nebeneinander verhole, morgen vielleicht, dann könne man die Neger nach Belieben hin und her schieben, für den Fall, dass Misstrauen aufkomme seitens der Landratten von der Compagnie. Wenn er seine siechen Neger hier losgeworden sei, bitte er Rembt um den kleinen Gefallen, ihm den Vorkauf für fünfzig gute zuzusichern. Er werde sie für den Ausrufpreis und zehn Gulden dazu übernehmen, wenn er sie selbst heraussuchen dürfe. Er zahle übrigens bar in Gold. Man könne es so halten, dass man die schlechte Ware zuerst für Zucker an den Mann bringe und den Rest für Gold. Den Zucker könne er, Solker, in Kommission an Bord nehmen, wenn Rembt den Platz nicht habe. Man wisse ja, Zucker müsse vor Ort und Geld könne auf Wechsel bezahlt werden.

Rembt nannte Solker einen alten Gauner, stimmte aber zu und schlug ein.

Solker meinte, er werde dem Hafenmeister am Morgen mitteilen, dass seine Leute sich mit den papistischen Portugiesen an Backbord nicht vertrügen und dass man das Schiff deshalb zur »Eenhorn« hinüber verholen wolle.

Darauf tranken sie noch einen, und Solker verließ eine Stunde später mit beträchtlicher Schlagseite das schöne Schiff, um das er Rembt doch beneidete, wenn er ehrlich sein wollte. Man denke: eine eigene Backstube an Bord! Zwanzig Truthähne in schönen Ställen! Zehn Schweine und dreißig Hühner. Und das Achterkastell mit Teppichen ausgelegt. Beim Hineinsehen hatte er auch noch eine Weiberrobe über einem Sessel hängen sehen, also hatte Rembt eine Hure an Bord. Und einen eigenen Arzt. Von derlei konnte man nur träumen.

Der verdammte Jude übrigens hatte Solker gegen die Gicht ein Pulver aus Stechapfel und den Zähnen von Gehängten empfohlen, das er angeblich schon oft mit Erfolg verwendet habe. Ihm auch gleich einen Flakon davon mitgegeben.

Solker hatte das Fläschchen auf dem Heimweg über die Pier ins Wasser geworfen. Er traute in Principiis keinem Arzt und schon gar keinem Juden.

Als er nun über das Deck wankte und ächzend die Treppen hinauf zum Achterkastell erklomm, sich Stufe um Stufe am Geländer hochziehend, merkte der Kapitän nicht, dass Maternus vorne bei den Bugrüsten an der Reling saß, und sah auch nicht, was diesen dazu veranlasst hatte, sich mitten in der Nacht an Deck zu setzen.

Dass nämlich die »Marije van Flanderen« von einem sanften unterseeischen Licht umgeben war, das den gesamten im Wasser liegenden Rumpf umspielte, gerade so wie auch die Rümpfe der anderen Schiffe. Als habe jemand unter Wasser starke Lampen entzündet, deren Schein nach oben drang. Ein mattes Leuchten umgab die Schiffe, von der Wasserlinie in die Tiefe hinabreichend. Und immer da, wo das Schwappen des Wassers es verstärkte, glomm es auf, als drehe man die Lampen höher.

Das Meeresleuchten zog die Fische in das Hafenbecken herein. Ihre glänzenden Leiber fluteten zwischen den Schiffen hindurch, als wären die Schatzkammern des Meeres geöffnet worden und alles Silber hinausgegeben, was sich darin befand, um es zu verschwenden, nach Art der Götter.

13

Van Ackeren und Maternus befanden sich auf dem Weg zum Gipfel des Vulkans, den man auf der Insel den »Quill« nannte. Maternus trug festes Schuhwerk, einen breitkrempigen Palmblatthut und einfache, leichte Kleidung. Dazu hing ihm ein fester Zwerchsack über der Schulter, in dem sich eine Kalebasse mit Wasser und Obst unterbringen ließ. Van Ackeren, der nichts dergleichen an Ausrüstung besaß, konnte leicht merken, dass Maternus in derlei Unternehmungen Erfahrung besaß.

Es sei, hatte dieser beim Abmarsch bemerkt, kein gefährliches oder besonders anstrengendes Unterfangen, das man vor sich habe, jedoch werde man ordentlich ins Schwitzen geraten. Und deshalb rate er Van Ackeren, zumindest einen Vorrat an Wasser mitzuführen und seinen schweren Amsterdamer Filz gegen einen Strohhut aus Palmblättern einzutauschen.

Auf dem Weg durch den Ort erwarb Van Ackeren für kleine Münze eine Kalebasse, die mit einem Kork zu verschließen war und ein Netz aus Schnüren aufwies, mit dem man sie sich umhängen konnte. Zu dem Strohhut konnte er sich nicht entschließen, da er ihm doch zu fremd und ungewohnt erschien.

Sie hatten den Hafen bereits verlassen und folgten zunächst der Uferlinie, wo es keine Wege gab, nur das ständig sich verändernde sandige Gestade. Hier brach sich die blaue See in hohen Wellen, die polternd den geneigten Strand heraufrollten und sich von Schaumnetzen bedeckt über dem nassen Sand zurückzogen, um sich aufs Neue in glitzernden Reihen aufzutürmen, die bis hinaus zum Horizont reichten. Viele Seevögel schwebten darüber und tauchten in die spritzende Gischt. Ihr Gekreisch erfüllte die warme Luft, die köstlich nach Salz und Frische schmeckte, weil ein beständiger Wind die Kühle der See zu den Wanderern heranführte.

Immer wieder musste Van Ackeren stehen bleiben, um Schneckenhäuser aufzulesen, die er in solcher Größe und schimmernder

Schönheit noch nirgends gesehen hatte. Bis Maternus ihm sagte, er solle lieber damit warten, bis sie sich auf dem Rückweg befänden. Sonst müsse er seine Schätze auf den Gipfel des Berges hinauf- und wieder herunterschleppen. Es gäbe deren ja genug, man fände sie überall am Strand. Van Ackeren fühlte sich wie ein ertapptes Kind, weil er die Schnecken gern behalten hätte, aber er warf sie zurück auf den Sand. Es war wirklich töricht, sie mit sich tragen zu wollen.

Nach einer Weile wandten sie sich weg vom Strand und stiegen nun bergan gegen die südlich gelegene Flanke des Vulkans. Man habe so, meinte Maternus, die Sonne beim Aufstieg im Rücken, der man ohnehin nicht entkommen könne bis zum Abend. Mit Glück werde man oben am Gipfel die Reste eines Kraters vorfinden, wo man zum Rasten Schatten finde. Abgesehen davon, dass die höher gelegenen Bergflanken dicht bewaldet waren und man dort im Schutz der Bäume werde gehen können.

Wie er, wollte Van Ackeren von Maternus wissen, überhaupt Wege finden wolle in diesem Urwald, der wie ein grüner Pelz den Berg allerorts zu bedecken schien? Maternus erklärte, er habe bemerkt, dass die Leute hier Ziegen hielten, und Ziegen fänden immer die besten Pfade im Gebirge. Hinzu komme, dass diese Tiere immer auf den gleichen Wegen gingen und ihre Hirten ihnen hinterherliefen. Daher rechne er darauf, solche Ziegenpfade zu finden und den Berg darauf leicht besteigen zu können.

Für eine gute Stunde stiegen sie bergan. Sie folgten einem fast trockenen Bachbett, in dem bloß ein Rinnsal sich zum Meer hinabwand. Van Ackeren war froh, nicht mehr durch den tiefen, lockeren Sand gehen zu müssen, in den seine Füße beständig eingesunken waren. Der Sand füllte ihm noch immer die Schuhe.

Maternus blieb mehrmals stehen und zeigte Van Ackeren besonderes Getier, das ihm bemerkenswert schien. Es gab viele Schmetterlinge, die überall herumgaukelten, wo sich Sträucher und Blüten befanden, Maternus kannte einige beim Namen. Und einmal zeigte er auf ein großes Heupferd von seltsamem Wuchs, wie Van Ackeren noch niemals eines gesehen und das er auch nicht entdeckt hätte, wenn Maternus es nicht mit der Hand von dem Busch weggenommen hätte, an dem es saß. Das sich heftig wehrende Tier sah aus wie ein Blatt mit krabbelnden Insektenbeinen daran und hatte nahezu die Größe einer Männerhand.

»Sie sorgen dafür, dass sie nicht entdeckt werden«, sagte Maternus, während er das seltsame Tier wieder in den Busch hineinsetzte. »In warmen Ländern gibt es deren Insekten viel mehr als bei uns in Europa. Sie werden größer, vielleicht weil sie mehr zu fressen finden, auch müssen sie niemals überwintern wie in kalten Gefilden.«

Van Ackeren war beim Betrachten des seltsamen Wesens versehentlich in den Bach hineingetreten, und sein rechter Schuh hatte sich mit Wasser gefüllt.

Während der Schuh ausgeleert wurde, meinte Maternus, dass man getrost hier für eine Weile pausieren könne. Er hoffe, setzte er hinzu, seinen Begleiter noch nicht entmutigt zu haben. Das sei gewiss nicht der Fall, sagte Van Ackeren. Er wolle nun auch selbst zum Gipfel hinaufkommen, schließlich habe er noch niemals einen Vulkan gesehen. Sie setzten sich in den Schatten des Buschwerks und tranken aus ihren Kalebassen.

Van Ackeren entschloss sich, Maternus von seinem gestrigen Abenteuer zu erzählen und von der glücklich gelungenen Rettung durch Teerstraten. Welchen er ob seines mutigen Einschreitens bewundere, der ihm als Mensch aber doch einigermaßen fremd geblieben sei.

Maternus schwieg eine Weile, nachdem Van Ackeren geendet hatte.

»Ich möchte«, sagte er dann, »nicht schlecht sprechen über den Herrn Van Teerstraten. Zumal er ja wirklich diesem armen Weib in der Not half, dieselbe mich übrigens erst heute früh in hohem Maße erstaunt hat. Aber davon später.« Maternus fasste Van Ackeren am Arm. »Ihr sollt mich auf keinen Fall falsch verstehen, da ich Eure Begeisterung für die mutige Tat dieses Herrn nicht mindern will. Nur kommt mir Herr Van Teerstraten vor, wenn ich ein Bild dafür gebrauchen darf, wie ein Wolf unter Schafen.« Der Doctor hob seinen Hut und fuhr sich mit einem Taschentuch über die Stirn. »Wobei wir, lieber Van Ackeren, nun einmal die Schafe abgeben.

Vielleicht ist die Welt aber so eingerichtet«, fuhr er fort, »dass die Schafe des Schutzes bedürfen, so wie gestern diese arme Frau. Nur sind es eben Hunde, die die Herde bewachen sollen, nicht Wölfe. Und die Hunde haben doch immer einen Herrn. Van Teerstraten aber gehört zu denen, die keinen über sich haben wollen. Er ist ganz und gar sein eigener Herr, und sein Geschäft, das ist leicht zu merken, mein Freund, sind Gewalt und Krieg. Ich bin sicher, er versteht sich auch trefflich darauf. Deshalb wird es ihm kaum schwergefallen sein, die betrunkenen Gauner, die die Arme bedrängt haben, in die Schranken zu weisen.«

Van Ackeren hörte nur halb, was Maternus ihm klarmachen wollte. Er war an der Bemerkung hängen geblieben, die dieser zuvor über Anna gemacht, und sann darüber nach, um was es dabei gehen mochte und womit sie Maternus' Erstaunen geweckt haben könnte.

Dieser führte indessen seine Ansichten weiter aus, indem er sagte, dass es bekanntlich dem Schaf nicht guttue, mit dem Wolf zu Tisch zu sitzen, auch wenn man dasselbe miteinander nun seit Wochen auf dem Schiff an der Tafel des guten Capitains Solker getan habe. Er für seinen Teil, schloss Maternus, werde froh sein, wenn sich ihre Wege trennten. Er traue dem Mann nicht.

»Ihr habt gesagt, dass diese Frau, von der die Rede war, sie heißt Anna, wie ich zufällig erfahren habe, Euch in Erstaunen versetzt habe?«, sagte Van Ackeren.

»Ja. Das hat sie. Als ich heute früh an Deck des Schiffes, wie ich es manches Mal tue, beim Zeichnen war, stand sie hinter mir, und ich merkte, dass sie mir zusah. Da ich mich durch Zuschauer nicht stören lasse, habe ich ihr freundlich zugenickt. Und sie etwas später auch mein Buch sehen lassen, woran sie offenbar große Freude hatte und viel darin blätterte, ehe sie es mir zurückgab. Nach einer Weile, als ich aufhörte zu zeichnen, bat sie mich mit anschaulichen Gesten um Papier und um meinen Stift. Ich gab ihr mein Heft, und sie setzte sich für eine Weile damit zur Seite. Wie sie es zu mir zurückbrachte, hatte sie einen sehr schönen Schmetterling gezeichnet, ganz aus dem Gedächtnis heraus, an dem nicht nur alles richtig erfasst war – also die vier Flügel, die sechs Beine, die beiden runden Augen und die

Fühler, auch die Composition des kleinen Bildchens vermochte sie auf das Trefflichste auszuführen. Ich war, wie schon gesagt, erstaunt und habe das Blatt für sie herausgetrennt, um es ihr zu geben. Sie nahm es in ihrer scheuen Manier, nickte einen Dank und verschwand. Sie ist stumm, wusstet Ihr das? Ihr Begehr konnte sie jedoch auf das Trefflichste verdeutlichen, und zwar so, dass ich es gleich verstanden habe. Sie weiß mit den Augen zu sprechen und mit den Händen.«

Van Ackeren bemerkte sein Herz, das sich wieder melden wollte. »Sie sollen«, sagte er, »verheiratet werden, diese Frauen.«

»Ich weiß. Es mangelt an Frauen für die Kolonisten. Vor allem für die weniger Bemittelten. Dabei mangelt es nicht an Weibern, wenn ich so sagen darf. Man möchte seitens der Compagnie der Sittenlosigkeit mit Sklavinnen Einhalt gebieten und auch die Möglichkeit schaffen, dass sich Familien gründen. Und auch daraus«, Maternus lachte leise, »macht man ein Geschäft. Ist Euch bekannt«, er drehte sich zu Van Ackeren, um sein Gesicht zu sehen, »wie viel ein Heiratswilliger bezahlen muss, um eine dieser Frauen auszulösen?«

Van Ackeren verneinte. Er wisse nicht viel über die Geschäfte der Compagnie. Zwar stamme er aus einem Kaufmannshaus, aber seine Interessen hätten immer woanders gelegen als bei den Geschäften.

»Zweihundert Gulden«, sagte Maternus. »Das ist ungefähr, was ein Sklave im Jahr einträgt, wenn er ein guter Arbeiter ist. Unsere guten Bruyninghuizens werden wohl zwischen zwei- und viertausend Gulden bezahlen müssen für eine Plantation, die sie kaufen wollen. Das ist etwa so viel, wie ein Schiff kosten kann.«

»Es gibt vieles, was nicht käuflich ist«, sagte Van Ackeren.

»Da habt Ihr zum Glück recht«, sagte Maternus, ihm einen Blick zuwerfend. »Brechen wir auf? Euer Schuh wird bald trocken sein. Und wir haben noch ein Stück vor uns.«

Sie wanderten an der Bergflanke hinauf, und Maternus fand, wie er vorhergesagt hatte, glücklich die Ziegenpfade, auf denen sich das immer dichter werdende Unterholz leicht durchqueren ließ. Bald hatten sie so viel an Höhe gewonnen, dass sie den Strand eine Meile entfernt unter sich liegen sahen. Die schaumgekrönten Wellen, deren

Poltern noch heraufdrang, rollten unablässig heran und verrannen auf dem gelben Sand.

Hier oben in der Stille hörte man das Zwitschern vieler Vögel, die in den Bäumen saßen und deren Federkleid Van Ackeren viel bunter erschien, als er es gewohnt war. Auch machte ihn Maternus auf sehr kleine Vögelchen aufmerksam, die er Colibri nannte und die Van Ackeren zuerst für Schmetterlings-Schwärmer gehalten hatte. Sie sammelten sich zu Dutzenden bei großen Blüten, um mit ihren langen Schnäbeln daraus zu trinken, während sie sich mit lebhaftem Schwirren, welches ihre Flügel unsichtbar machte, in der Luft hielten und mit ihrem bunten Federkleid den Schmetterlingen nicht nachstanden. Größere Tiere sah man nicht. Auch keine Schlange, wovor Van Ackeren sich fürchtete, nachdem er gesehen hatte, dass Maternus Leinengamaschen umlegte, ehe sie losmarschierten.

»Schlangen gibt es hier durchaus, aber sie fliehen vor uns«, sagte Maternus. »Sie bemerken uns, lange ehe wir sie sehen könnten. Warum sollten sie uns etwas antun?«

Nach einem guten Stück Wegs blieben die beiden Wanderer im Schatten einer hohen Palme stehen. Van Ackeren hob den Hut und wischte sich mit dem Ärmel den Schweiß von der Stirn.

»Wenn man Euch zuhört«, sagte er, »meint man immer besser zu verstehen, wie sinnreich Gott die Natur eingerichtet hat. Gleicht nicht das alles einem Lesebuch, darin Neues zu entdecken einem Freude macht?«

»In der Tat«, sagte Maternus. »Es ist eine Freude.«

Van Ackeren beschattete seine Hand und schaute Maternus an. »Ihr seid reformierten Glaubens, Herr Doctor, wie ich weiß. Darf ich fragen, welcher Lehre Ihr Euch zurechnet?«

Van Ackeren hatte mit sich gehadert, ehe er diese Frage zu stellen wagte. Aber es ließ ihn doch nicht ruhen, dass Maternus den geistlichen Bezug, zu dem er sich immer wieder herbeiließ, nur aus Höflichkeit ihm gegenüber herzustellen schien.

»Ich bin in der Tat reformierten Glaubens«, bestätigte Maternus. »Aber meine Lehren, denen ich mich zurechne, finde ich zuerst in der Natur. Sie ist meine vornehmste Lehrmeisterin. Da sie aber«, er fasste Van Ackeren freundlich ins Auge, »wie wir wissen, von Gott geschaffen ist, so wandere ich beständig in der größten seiner Kirchen umher und suche zu verstehen, was aus seinem Wort entstanden ist.«

»Das habt Ihr gut gesagt«, meinte Van Ackeren. »Man setzt zu viel zwischen uns und das Heil. Wir sollen unsere Wege selber gehen. Man wird vom Licht geführt, wenn man wirklich glaubt.«

»Ohne Zweifel«, sagte Maternus. Er schaute zur Sonne hinauf, die zwischen den Palmblättern herunterbrannte. »Wenn wir dieses Licht hier, mein lieber Freund, als Lampe behalten wollen, sollten wir uns nun weiter zum Gipfel aufmachen, damit wir den kurzen Tag in diesen Breiten nutzen. Seid Ihr noch bei Kräften? Trinkt aus Eurer Kalebasse. Wenn wir Glück haben, finden wir dort oben frisches Wasser.«

In der Nähe des Gipfels fanden sie wirklich frisches Wasser in Form mehrerer Quellbäche, die sich zwischen dem Grün ihr Bett gruben, und bald erreichten sie auch den Krater. Es handelte sich um ein Rund aus schwarz gezackten Felsen, die aussahen, als habe einst ein Riese mit der Faust in den Berg hineingeschlagen. Von den Geysiren oder Schwefelquellen, die Maternus erwartet hatte, war jedoch nichts zu sehen.

Aus der heiteren Sonne kam beim Weiterwandern unversehens Nebel auf, und alles am Weg, der sie inzwischen durch seltsame mannshohe Farne führte, wurde von Tautropfen benetzt, was Maternus wenig störte, da seine Gamaschen die Nässe abhielten, Van Ackerens Strümpfe und Beinkleider wurden jedoch nass. Der Nebel, sagte Maternus, als sie für eine Weile kaum noch fünf Schritte Sicht hatten, wäre nichts anderes als eine der Wolken, die man vom Schiff aus über der Insel habe hängen sehen.

»Die Wolken reisen mit dem Passat nach Westen über das große Meer und bleiben an den Inseln hängen, gerade wie treibendes Gut in einem Strom an Steinen hängen bleibt. Da lassen sie ihre Last an Regen herunterfallen und ziehen danach, wenn sie leichter geworden, weiter westwärts.«

Ein plötzlicher Regenguss zwang die beiden Wanderer in den Schutz eines überhängenden Felsens. Von dort sahen sie dem Prasseln des Regens zu, unter dem das üppige Grün sich bog. Von den großen Blättern tropfte es, Rinnsale entstanden und flossen zum Bachbett hin. Die Luft war diesig und feucht, man spürte die Wassertröpfchen darin selbst beim Atmen.

Maternus hob den Kopf und pflückte etwas von dem überhängenden Felsen, das er dort entdeckt hatte. Er zeigte es Van Ackeren in seiner hohlen Hand.

»Kennt Ihr das?«

Van Ackeren nahm das Ding, das aussah wie der Kern einer Frucht. Er bewegte es zwischen den Fingern hin und her. Es war weich, aber es rührte sich nicht, als wäre es tot.

»Ach, das nennt man doch einen Dattelkern«, sagte er. »Eine Art Samen, glaube ich. Wird nicht ein Tier daraus?«

»Ja, daraus wird ein Schmetterling werden. Was Ihr einen Dattelkern nennt, ist eine Pupa, die Puppe. Die Insectae verbringen darin einen Teil ihres Lebens. Zuerst als Raupen, da fressen sie und wachsen, dann als Pupae, da hängen sie still an einem Blatt, wie diese hier, und danach, oft nur für ein paar Tage ihres Lebens, werden sie zu den Imagines, zu den schönen Schmetterlingen, die wir in der Luft fliegen sehen. Und denen wir zuschreiben, sie seien das eigentliche Tier, das wir benennen.«

»Ihr meint, dort drinnen befinde sich ein Schmetterling?«

»Aber ja. Wenn Ihr die Pupa genau anseht, könnt Ihr an ihrer äußeren Form erkennen, dass sie den Raum bereits vorgesehen hat für die späteren Flügel, für den Hinterleib, den Kopf und den Köcher für die Beine.«

Van Ackeren begutachtete die Puppe und fand dies alles gut beschrieben, sodass er es wiedererkennen konnte.

Derweil hatte der Regen aufgehört, so plötzlich, wie er gekommen war. Von den grünen Blättern und den mit langen Ranken behangenen Bäumen tropfte es noch herunter. Die Sonne, die wieder die Herrschaft übernommen hatte, brachte die Tropfen zum Glitzern. Ein Colibri erschien vor dem Überhang und blieb einen Moment in der Luft stehen, ehe er davonschwirrte.

»Allein diesen Insekten«, sagte Maternus, während er ihm hinterherschaute, »ist die Fähigkeit gegeben, sich zu verwandeln. Eines der Mirabiles der Natur, die Metamorphosis. Sie leben, aber sind noch nicht, was sie einmal werden sollen. Mir stellt sich da«, er lächelte Van Ackeren zu, »immer die Frage, welche ihrer verschiedenen Gestalten am Ende wohl ihre eigentliche sein mag.«

14

Die »Marije van Flanderen« wurde zur Abfahrt bereit gemacht. Seit gestern lag sie neben der »Eenhorn« vertäut. Es hatte in dieser Zeit zwei Prügeleien und ein ebenso gerührtes wie lautstarkes Versöhnungsbesäufnis der beiden Mannschaften gegeben, womit der Schiffsfriede wiederhergestellt war.

Kapitän Solker hatte, nachdem von beiden Schiffen die siechen und weniger vielversprechenden Sklaven aussortiert und zum Verkauf an die Compagnie überstellt worden waren, sein Verschiebemanöver mit Rembt vollzogen, ohne dass es indessen nötig gewesen wäre. Von den Herren der Compagnie war keiner an Bord gekommen, um sich einen Eindruck zu verschaffen. Vorsorglich hatte Rembt dem Kontor schon einmal zwei Fässchen guten Genever zukommen lassen, und Solker hatte eines vom besten Präsenthering Bruyninghuizens dazugegeben.

Neben den schlechteren Sklaven – zwanzig an der Zahl – hatte Solker auch alle von den Meisjes aus Vartes Kammer bis auf zwei verkauft. Die blieben auf Ersuchen des Bootsmanns weiter an Bord, da man noch drei Wochen bis Para Maribo vor sich hatte, bei allen Heiligen! Der Kapitän hatte dem zugestimmt, um des Friedens willen.

Die Bruyninghuizens waren beruhigt am dritten Tag aus dem Kontor herausgeschritten, nachdem sie ihre Wechsel firmiert hatten, mit denen Bruyninghuizen in Para Maribo angeblich drei Plantationen zum Gesamtpreis von zwanzigtausend Gulden erwerben wollte und für die, wie der Faktor versicherte, dort auch das Geld vorhanden sei – natürlich bar, nicht blanko. Außerdem hatte der Faktor unter dem Siegel der gemeinschaftlichen Verschwiegenheit und unterstützt durch einen schweren Lederbeutel, den er nach dem Hineinsehen rasch in seinem Schrank verwahrte, dem Reeder die Unzufriedenen genannt, mit welchen die Intrige der Bruyninghuizens in Para Maribo zu unterstützen sein werde, bei welcher es darum gehen sollte, die Gouverneursfamilie aus der Gesellschaft herauszukaufen. Wozu die Bruyninghuizens nicht nur Geldmittel brauchen würden, sondern geradeso die Hilfe ansässiger Pflanzer, welche bereit sein würden, mit ihnen gemeinsame Sache zu machen.

Teerstraten hatte bei Rembt vorgesprochen, und Rembt, nachdem er sich ein Bild von ihm gemacht, verwies ihn höflich an den Kommandanten des Militärs in Para Maribo, was Teerstraten mit einem Kratzfuß quittierte und ihn dazu veranlasste, im Zorn den Rest seiner privaten Rumvorräte auszutrinken.

Maternus war es auf Sint Eustacius gelungen, neben Brotfruchtpflanzen und anderen botanischen Delikatessen sechs weitere ihm noch gänzlich unbekannte Stauden mit Früchten daran, dazu einige Orchideenblumen und verschiedene vielversprechende Hartholzbäume aufzuzeichnen.

Während die Bugtrossen der »Marije van Flanderen« losgemacht wurden und die Schlepper das Schiff, von Wechselgesängen begleitet, mit kräftigen Ruderschlägen aus der Reihe herausbugsierten, saß er an Deck, sein Büchlein auf den Knien, und versuchte die gezeichneten Gewächse im Nachhinein in sein Klassifizierungssystem einzuordnen.

Als Erste sollte die Fleute absegeln. Rembt würde mit der nächsten Flut nachfolgen. Er besaß das schnellere Schiff und würde sich auf der Fahrt nach Para Maribo mit ausreichend Höhe hinter der »Marije van Flanderen« halten, da er somit zur Stelle wäre, falls er gebraucht würde, ohne dass irgendein Bukanier sich dazwischenschieben und sie trennen konnte.

Master Pitt auf seinem Stammplatz im Fockmast beaufsichtigte schnatternd das Ablegemanöver. Nach den drei Tagen im Hafen konnte er darauf zurückblicken, eine schöne Tonpfeife (die einem Matrosen aus Zeeland gehört hatte) und einen abgebrochenen Walzahn mit dem kunstreich eingeritzten Leib einer nackten Seejungfrau mit Namen »Annagret« (aus dem Besitz des zweiten Bootsmanns der »Eenhorn«) über Bord geworfen und bei dem entstandenen Aufruhr diverse Leckerbissen von den schadenfrohen Gesellen der

Geschädigten eingeheimst zu haben. Darunter befand sich aber auch ein Priem, der ihm Durchfall verursachte, was der Freiwache auf der »Marije van Flanderen« wiederum nicht gut bekommen war, die im falschen Moment unter der Marssaling herumlungerte, welche Pitt aus Gewohnheit heraus als Toilette benutzte. Die Beschmutzten hatten ein Exempel verlangt, und Varte hatte Pitt eine Tracht Prügel verabreicht, und zwar öffentlich.

Insgesamt war Pitt dennoch zufrieden. Er gönnte dem Mann dort unten am Vordeck in den schwarzen Kleidern und mit dem schwarzen Hut kaum einen Blick. Das seinerzeit misslungene Überrumpelungsmanöver hatte er vergessen. Mit der Gnade seines beschränkten Auffassungsvermögens erinnerte sich Pitt in erster Linie an angenehme Ereignisse.

Van Ackeren stand, die Hände hinter dem Rücken ineinandergehakt, am Bug und schaute den spitzgiebligen Fassaden der kleinen Hafenstadt dabei zu, wie sie sich langsam zu entfernen schienen, während das Schiff rückwärts hinausglitt und mit einem ersten Schwanken sein unruhiges Verhältnis zum Wasser wieder aufnahm.

Pitt auf seiner luftigen Warte indessen sah unten an Deck eine Frau herankommen. Es war Anna in ihren neuen Kleidern. Sie blieb zwei Schritte hinter Van Ackeren stehen, und Pitt, mit dem Gespür für Atmosphärisches, das Makaken zweifellos besitzen, bemerkte die Spannung zwischen dem schwarz Gekleideten und der Frau mit der Schute auf dem Kopf, eine Spannung, die eindeutig von der Frau ausging, da der Mann ihre Anwesenheit nicht bemerkte. Aufmerksam geworden, sah Pitt die Frau noch einen Schritt auf den Mann zu tun, der ihr weiterhin den Rücken zuwandte.

Gemäß seiner persönlichen Neigungen erwartete Pitt einen Übergriff und starrte, auf die Ausführung gespannt, auf den Mann und die Frau hinunter, die jedoch beide, nur durch zwei Armlängen getrennt, bewegungslos in ihrer Haltung verblieben, ohne dass etwas passierte. Dann drehte die Frau im hellen Kleid sich um und ging davon.

Pitt zog die warme Luft in seine breiten Nüstern und wandte sich enttäuscht den Möwen zu, die um ihn her durch die Luft glitten. Er gab sich der müßigen, aber immer wieder reizvollen Überlegung hin, was er mit einer machen würde, wenn es ihm gelänge, sie zu fangen. Dort unten jedenfalls war nichts passiert, was die Aufmerksamkeit eines aufgeweckten Affen verdient hätte.

Als Van Ackeren seine Kabine aufsuchte, nachdem die »Marije van Flanderen« die Hafeneinfahrt hinter sich gelassen hatte, sah er an seiner Tür ein zusammengefaltetes Papier stecken. Er faltete es auseinander und erkannte die Zeichnung eines Schmetterlings, eines solchen, wie er ihn mehrmals auf der Insel gesehen hatte.

Die Skizze war, wie ihm Maternus schon berichtet, so kunstreich ausgeführt, dass man hätte meinen können, das Tier lebendig vor sich zu sehen. Darunter stand, in Großbuchstaben, die so ungelenk waren, dass sie von anderer Hand als derjenigen der Zeichnerin zu stammen schienen, in großen Buchstaben: »ANNA«.

Van Ackeren eilte, das Papier in der Hand haltend, unverzüglich zur Cabine der Kolonistinnen. Beim Vorhang angelangt, zögerte er aber, da es in diesem Moment ja keine Not gab, die ihn berechtigte, einzutreten, anders als beim letzten Mal, da er hier gestanden hatte. Er schaute wieder auf das Blatt, dem man ansah, dass es aus einem Buch herausgetrennt worden war, und staunte erneut über den sicheren Strich und die lebendige Komposition, die zu dem Falter, wie er nun erkennen konnte, noch einen angedeuteten Hintergrund aus Mastspitzen und Wolken hinzufügte, was dem Blatt zusätzlich Leben verlieh. Nachdem er es eine Weile betrachtet hatte, wandte er sich um und ging wieder hinauf an Deck, ohne den Vorhang geöffnet zu haben.

Er blickte noch einmal auf den Hafen, dessen äußere Mauern das Schiff schon hinter sich gelassen hatte, auf das viele Wasser, das nun schon zwischen ihm und der Insel lag. Sie, Anna, hatte das gezeichnet, für ihn, und er wusste nicht, was er tun sollte.

Die »Marije van Flanderen« führte indessen unter den Zurufen der Matrosen und Vartes eingestreuten Flüchen eine langsame Drehung aus, unterstützt von den zwei vorderen Schlepperbooten, die den Bug seewärts ausrichten halfen. Unter Vartes gebellten Anweisungen fielen die Untersegel mit dem Knallen schwerer Leinwand herab und falteten sich auseinander. Der geteerte Stoff verströmte in der Hitze seinen strengen Geruch. Auch die Marssegel fielen und rollten auseinander. Mit quietschenden Blöcken wurden die Brassen gerichtet und die Schoten dichtgeholt.

Van Ackeren stand da, das Blatt in der Hand. So, wie er sich selbst zugesehen, als er in die Gasse hineingerannt war, um Anna zu helfen, konnte er sich nun nicht erklären, weshalb er nicht in der Lage war, sich bei ihr zu bedanken. Er schüttelte den Kopf, und ein Gefühl der Trauer stieg in ihm auf, als müsse das Papier, das sie ihm geschenkt hatte, ein Letztes sein, das er von ihr bekomme. Er versuchte sich damit zu trösten, dass dies wohl ihren Dank an ihn darstellte, weil er ihr beigestanden hatte mit dem tot geborenen Kinde, und war dieser Gedanke wohl vernünftig, half er ihm dennoch nicht aus dem heraus, was er nicht verstand.

Es herrschte wenig Wind, aber er wehte günstig, weil er ablandig stand.

Solker, der sich auf das Achterkastell begeben hatte, stand, die Hände in den Hüften. Er konnte sehen, dass sein Schiff tat, was es sollte.

»Drei Strich!«, schrie Varte.

»Drei Strich«, antwortete der Rudergänger.

»Und zwei!«

Die Antwort kam im gleichen Ton, wie ein Echo.

»Recht so!«, brüllte Varte. Und verließ seinen Posten an den luvseitigen Rüsten des Fockmasts.

Die Fleute nahm den Wind an, der ihre stockfleckigen Segel aufblähte. Schoten und Brassen wurden beigeholt, und das Schiff begann, sich nach dem Ruder zu richten. So verließ die »Marije van Flanderen« die Küste von Sint Eustacius, kaum bemerkt von den Passanten an der Pier, die gewohnt waren, dass Schiffe kamen und gingen.

Im Haus der Compagnie, gleich unterhalb der bewimpelten Festung gelegen, mit dem gelb getünchten, zweistöckigen Portikus und seinem

Türmlein, daran eine Uhr die Stunden schlug, saß der Faktor der Westindischen Handelsgesellschaft an seinem Schreibpult und ließ die Feder über das raue, von der feuchten Luft gewellte Papier kratzen. Ohne hinzusehen, fand er die Öffnung des Tintenfasses, tunkte die Feder ein und schrieb weiter, die Zunge zwischen die Lippen geklemmt. Er war an der Zweitschrift des Briefes, den er dem eingebildeten Reederpaar aus Holland mitgegeben. Sie war ins Reine zu schreiben und anschließend zu den Akten der Compagnie zu heften.

»... ist es mir darum eine Pflicht wie auch eine herzliche Freude, Eurer Herrlichkeit, hochwohllöblicher Frau Gouverneurin, den Mijnherr Van Bruyninghuizen aus Delft, welcher zusammen mit seiner Hausfrau auf dem WIC-Schiffe ›Marije van Flanderen‹ unter Captain Solker in Kürze bei Euch eintreffen wird, wozu wir Gottes Beistand in frommer Demut erflehen, Eurer huldreichen Fürsorge und Freundschaft wärmstens ...«

Als dem Faktor die Tinte ausging, verließ er sein Pult und holte ein neues Fässchen aus der Lade seines Schreibschranks. Unten am Boden des Schrankes stand ein Säckchen aus weichem Leder, in dem er hundert Gulden in Gold wusste, und er musste die Versuchung bekämpfen, das Säckchen noch einmal in die Hand zu nehmen, um sein Gewicht zu spüren.

Da rasselte es in der Wanduhr, und sie fing an zu schlagen. Viermal zuerst und dann dreimal. Der Faktor warf einen Blick auf die tickende Uhr, deren Pendel gemächlich hin- und herschwang, getrieben von dem geschmiedeten Eisengewicht, das aufzuziehen zu seinen täglichen Beschäftigungen gehörte, und stellte sich, die Finger über den seidenen Falten seines Überrocks hinter dem Rücken ineinandergehakt, ans Fenster, weil ihm eben etwas eingefallen war, worüber nachzusinnen der Platz am Fenster sich eignete.

Indessen hatte die »Marije van Flanderen« sich bereits eine Viertelmeile in südwestlicher Richtung von Sint Eustacius entfernt und traf dort auf den Passat, den ihr der Berg, der einst ein Vulkan gewesen war, bis dahin vorenthalten hatte. Ihre Segel begannen zu knattern, und die Fleute legte sich ein Stück nach Lee über, während sie Fahrt aufnahm.

»Schlägst du Säu, so hast du Würst«, murmelte der Faktor am Fenster, während er dem scheidenden Schiff hinterherschaute. Er zuckte mit den Achseln und kehrte an sein Stehpult zurück.

Hätte der Faktor, was er nicht tat, nach einer Stunde noch einmal aus dem Fenster gesehen, wäre die »Marije van Flanderen« draußen auf dem Meer bereits auf die Größe eines Spielzeugs geschrumpft, ehe sie vollends hinter dem gleißenden Horizont verschwand.

15

Van Ackeren wurde vom Fieber geschüttelt. Die Krankheit, die über Nacht gekommen war, ließ ihm den Schweiß ausbrechen und ihn frieren, beides zur gleichen Zeit. Im Hemd lag er auf seiner Pritsche, nur von einem feuchten Leinentuch bedeckt, und hatte ständig Durst. Jemand gab ihm zu trinken. Ab und zu meinte er, eine Hand zu spüren, die ihm den Schweiß von der Stirn tupfte, und glaubte im Traum, es sei seine Mutter. Sprach mit ihr, niemand antwortete, aber die Hand blieb.

Dann tauchte er wieder ins Fieber ein, ins Disputieren, das ihn seit Stunden schon gefangen hielt. In den Kellerraum des »Laberdan« am Zandpad in Amsterdam, wohin die Eingeweihten sich abends entlang der vernebelten Grachten begaben, dabei getrennte Wege gingen. Sich nicht grüßen durften, wenn man sich dennoch einmal begegnen sollte. Im Fiebertraum waren alle anwesend, die zum Konventikel zählten. Tabakrauch füllte die Stube, und Arje van Eyck redete. Er sprach zu zwei neu Hinzugekommenen, Vaart van Dongen und Maarthe Daartvliet geheißen, über die drei Stände Jacob Speners, und Arje legte deren Verderbtheit im Einzelnen mit gesetzten Worten dar. Zum Ersten die Obrigkeit, der das Kirchenregiment zukomme, diese sei verderbt, weil sie das Amt, Pfleger und Säugamme nämlich der Kirche zu sein, missachte. Sie unterwerfe die Kirche stattdessen der Staatsraison als einer unverantwortlichen Caesaropapie, man sehe sich doch einmal um hier in der Stadt! Die Hure Babylon! Dazu schlug Arje mit der Faust auf das Pult, auf dem diverse Exemplare von Van Ackerens Traktat bereitlagen, über das Arje bislang allerdings noch kein Wort verloren hatte. Zum Zweiten, fuhr er fort, sei der Predigerstand verderbt, weil ihm wahres Christentum und der wahre Glaube fehle. Man erlerne solches nicht durch bloßen Fleiß und komme als Prediger auch nicht in einen besseren Stand, wie manche glauben mochten, und sollte es auch gar nicht, gewiss nein! Nichts als bloß ein vorsätzlich frommes Leben sei nötig und die

Erleuchtung durch den Heiligen Geist, um erweckt zu werden und wiedergeboren als gutes Vorbild der Gemeinde. Und der dritte Stand, die Gemeinde, sei verdorben, weil sie nur äußerlich ein frommes Leben führe, dagegen seien in Wirklichkeit Trunkenheit, Rechtshändel, Hurerei und Gewinnstreben unter den Leuten verbreitet, was zum Aussaugen und Unterdrücken der Armen führe. Und dies alles werde nicht für Sünde gehalten!

Arje van Eyck schloss, indem er die beiden Neuen streng anblickte. Man sei von der Übung der recht ernstlichen Bruderliebe noch weit entfernt, die lutherische Kirche stecke tief in Babel. Die wahre Bruderliebe könne man eben nur in kleinen Gemeinschaften zur Wirklichkeit bringen, wie in diesem Konventikel hier, nicht im großen Haufen einer Kirche, dort sei kein Ort für die Erwählten.

Arje van Eyck, der in Halle gewesen, was er öfter erwähnte, behielt weiter das Wort, obgleich einige bereits mit den Füßen scharrten, die schon mehrmals gehört hatten, was er vortrug. Er erzählte nun von Pastor Francke und von denen begeisterten Mägden dort in Halle, welche Visionen und Auditionen gehabt hätten, in welchen ihnen in klaren Bildern und Reden der nahende Untergang vorausgesagt worden sei. Die Blutschwitzerin Eva Jacobs und die Erfurtische Luise, die mit Geistern redete, hätten fast im Kerker verschmachten müssen, wenn nicht der verständige Kirchenmann seine Hand über sie gehalten hätte! Van Eyck schloss, man habe nicht mehr viel Zeit und müsse die Erfahrenen aussenden, um deren mehr noch zu überzeugen, dass sie den Götzen entsagten, auch wenn man sich damit in Gefahr bringe. Der Lohn wäre unermesslich, weil das Reich Gottes nahe.

Worauf wieder viele nickten und dem groß gewachsenen Van Eyck zustimmten, dessen Vater im Rat saß und gewiss nicht ahnte, was sein Sohn im Kellerraum des »Laberdan« da gerade verkündete.

Van Ackeren erhob sich nun von seinem Platz, auf dem er bescheiden ausgeharrt. Er wollte zur Mäßigung rufen – sei es nur aus Klugheit – und dazu von der Einfalt anfangen, die doch mit dem Glauben einhergehe, wie er es in seinem letzten Traktat, das dem Konventikel hier gedruckt vorliege, niedergeschrieben habe.

Er hatte schon den Mund aufgetan, da meldete sich Kat Strombreeker zu Wort und sprach von der Sophien. Worauf es still wurde im Kreis und alle das rotblonde junge Frauenzimmer ansahen, deren Vater zu den reichsten Reedern der Stadt gehörte und der als Kurator der Grooten Kerk hohes Ansehen besaß. Kat sagte, sie wolle vor allen, die zuhörten, jetzt einmal aussprechen, dass der Irrglaube der Trinität ein Götzendienst wäre. Man wisse von der Weisheit und Wahrheit der Sophia als dem nicht weiblichen und nicht männlichen Ursprung Gottes, und man wisse, dass unter den Erwählten gerade so viele Frauen wie Männer sich einzufinden hätten, und jedem sei bekannt, dass in Zion sich die Geschlechter wieder auflösen würden zum androgynen Menschen, wie er zuallererst geschaffen war, als Abbild Gottes, das von jeher männlich und weiblich zugleich gewesen sei! Jedenfalls ehe Adam auf sich selbst aufmerksam geworden und sich damit eitel von Gott entfernt habe, was fortan nichts anderes bedeutet habe als die verderbliche Trennung der Geschlechter, gerade so, wie Jakob Böhme es einst gesagt habe.

Kat holte tief Luft, ehe sie weitersprach. Dass nämlich auch in diesem Konventikel hier sich bloß drei Frauenspersonen, aber deren zwölf Männer befänden, was nicht rechtens sei.

Arje van Eyck, der des Öfteren mit Kat Streitgespräche führte, versetzte daraufhin, indem er seinerseits aufstand, dass es gar nicht darauf ankommen könne, weil die Auserwählten, wie sie selbst gerade gesagt habe, ja ohnehin ihr Geschlecht verlören, wenn sie denn eingingen in Zion, und deshalb sei es unerheblich, wie viele Männer und Weiber sich in den Konventikeln befänden.

Van Ackeren, der nun wirklich lange genug geschwiegen hatte, wollte erneut den Mund öffnen, um etwas Vermittelndes einzuwenden, da wurde er unvermittelt von einer äußeren Macht ereilt, die ihn mit einem Mal nach unten stürzen ließ, sodass er hart auf dem Boden aufschlug, und zur gleichen Zeit löste sich die apostolische Versammlung im Keller des »Laberdan« abrupt auf.

Die Fleute, die mit guten sechs Knoten im Passatwind südlichen Kurs fuhr, war dem Wachhabenden aus dem Ruder gelaufen und stieß mit ihrem Bug durch zwei hohe Wellen, ehe sie wieder in den Wind gedreht werden konnte. Die Stöße ließen alles an Bord scheppern, die Schweine begannen zu schreien, und manches rollte von seinem Platz, wie eben auch der kranke Van Ackeren, der von seiner Pritsche auf den Boden gefallen war.

Es war finstere Nacht. Amsterdam war verschwunden, die behaglichen Gewölbe des »Laberdan« und die künftigen Auserwählten des Konventikels Tausende Meilen fort, von dem flüchtig Gewordenen feige zurückgelassen. Die Gefährten in ihre unbekannten Schicksale geworfen. Während Van Ackeren in seinem Verschlag, der nicht größer war als der Abtritt einer Amsterdamer Schenke, dem schalen Geschmack des Ausgestoßenseins nachspürte, hörte er wieder die unaufhörlich anrollende See, das Knarren der Blöcke und das Knallen der unter Druck stehenden Leinwand, wenn das taumelnde Schiff auf seinem Weg den Kiel nach rechts und links versetzte, da Wasser keine Balken hat.

Ihm war heiß, viel zu heiß in dem dumpfen Raum. Und er hatte wieder Durst.

Ein Licht anzuzünden fühlte er sich zu schwach. So blieb er am Boden neben seiner Pritsche hocken, unfähig, sich zu erheben. In seinem Zustand konnte er nicht einmal nachsehen, ob noch Wasser in der Kanne war, die sein halbes Pint Zuteilung enthielt.

Da näherten sich Schritte.

Jemand öffnete die Tür, ohne anzuklopfen. Van Ackeren hob den Kopf und nahm ein helles Kleid wahr im Finstern, einen raschen Gang. Hörte Atmen, ein Fuß stieß an ihn, jemand zog ihn hoch. Eine junge Frau, er spürte ihren straffen Leib unter dem Mieder, als sie die Arme um ihn schloss und ihn gegen sich hochstemmte.

Längst schon hatte er sie gerochen, noch ehe ihr langes Haar sein Gesicht streifte. Das alles ließ ihn die Augen schließen, und ohne es zu wollen, stieß er einen Seufzer aus. Sie setzte ihn auf die Pritsche, und er ließ sich zurücksinken. Sie gab ihm Wasser aus einer Kalebasse, wischte seine Stirn und sein Gesicht mit einem Tuch. Van Ackeren wartete auf das zarte Streicheln, das er meinte, schon einmal gespürt zu haben, als sie davor hier gewesen, eine rasche

Berührung ihrer Hand an seiner Stirn in frommer, mütterlicher oder auch schwesterlicher Manier. Aber sie kam nicht. Er wurde wieder allein gelassen, die Tür schloss sich.

Erst da fiel ihm ein, dass er sich wieder nicht bei ihr bedankt hatte.

Anna meinte, Schritte gehört zu haben. Aber nun war alles still, abgesehen von den Lauten, die von dem durch die Nacht segelnden Schiff verursacht wurden, das ständige Knarren der Seile und Blöcke, das Ächzen des Holzes, das Schlagen von schwerem Tuch und ein Spritzen und Rumpeln von Wasser, das gegen die Planken drängte. Sie hatte gehört, wie die Schritte auf dem Deck plötzlich verharrten, und war sofort erstarrt, horchte. Wandte sich um. Niemand da. Aber hier hinter dem Großmast, wo das Beiboot lag, wo Taurollen waren und Gestelle, konnte sich leicht jemand verstecken.

Sie war bloß im Hemd. Nur wenige Schritte trennten sie vom Eingang der Kajüte, in der die beiden Frauen schliefen, die Leydenerin und Sus mit dem blatternarbigen Gesicht. Der Gang hinaus auf die Rüsten war Anna inzwischen vertraut. Den stinkenden Kübel mochte sie nicht benutzen, der in der Kajüte für die Notdurft bereitstand.

Sie stand und horchte.

Die Finsternis hockte in den Ecken, obwohl die Sterne, zu denen die schwankenden Masten hinaufzeigten, über den ganzen Himmel verteilt glitzerten. Das Licht der Hecklaterne drang nicht hierher, wo das große Boot seinen Platz beanspruchte, und der Mastfuß mit dem Gewirr von Tauen war ein Ort, an dem sie vorbeimusste, obgleich man ihn von nirgends einsehen konnte. Anna wusste, dass um diese Zeit außer dem Rudergänger, der nicht von seinem Platz gehen konnte, niemand hier etwas zu tun hatte.

Nicht einmal den Mond konnte man von hier sehen, dabei hatte er vorhin, als sie draußen auf die Rüsten geklettert war, über dem nächtlichen Horizont gelegen, voll und rot. Der warme Wind hatte ihr in das halb offene Leibchen und unter das lange Hemd geweht, als sie dort draußen hockte, die Wellen unter sich. Es war schön gewesen, so allein mit dem Meer und dem Mond zu sein.

Aber sie war nicht allein. Sie bemerkte eine Bewegung neben dem Niedergang, der zu ihrer Kajüte führte. Ein Mann erhob sich aus dem Schatten, ihr Fluchtweg war abgeschnitten. Sie wich zurück. Im gleichen Moment wurde sie von hinten gepackt. Grobe Hände hielten ihre Arme umfasst. Sie wand sich wie ein gefangener Fisch. Roch den stinkenden Atem eines anderen Mannes, den sie nicht sehen konnte, Kautabak und Schnaps mit dem Gestank faulender Zähne.

»Nur ruhig, mein rotes Vögelchen, halt still.«

Anna wollte schreien und gab doch nur ein Stöhnen von sich, ehe die Hände sich um ihren Hals schlossen und ihre Klage erstickten. Der zweite Matrose der Wache, der sich hinter dem Niedergang versteckt hatte, kam näher. Er stellte sich vor Anna hin, ein hagerer Mann mit schütteren grauen Haarsträhnen, die von seinem Kopf herunterhingen. Das grinsende Gesicht, eine Narbe lief quer über den verunstalteten Nasenrücken. Er griff in ihr Leibchen und riss es mit einem Ruck auf.

Eine Schwäche überkam sie, die ihr vertraut war. Es war die Art Schwäche, die nach Gehorsam aussah, und das war es doch, was man von ihr verlangte.

Sinnlos, sich gegen zwei Männer zu wehren, gegen die sie nicht einmal Zeugnis würde ablegen können.

»Wir werden den Vogel leben lassen, wir rupfen ihn bloß«, hörte sie jemanden sagen, an einem anderen Ort und zu einer anderen Zeit, eine blecherne Stimme im Dunkel einer Kutsche, und draußen brannte Feuer, rot und gelbes Wabern überall. Mehr durfte nicht gehört, nicht gesehen werden, nur das Feuer draußen, nicht die in der Kutsche saßen, die durfte sie nicht sehen und nicht kennen.

Anna stellte ihre Beine breit und ließ sich nach vorn beugen. Es sollte schnell gehen, möglichst schnell.

Sie ging nach innen, wie sie es sich gelehrt, in eine Kammer, die sich tief drinnen in ihr befand. Sie konnten ihren Körper haben, den schon andere besessen hatten, sie war nicht mehr darin. Es würde wehtun, aber es würde vorbeigehen, wenn sie sich nicht wehrte.

»Halt dein Hemd hoch, kleine Hure!«

Anna griff nach ihrem Hemd und zog es hoch über ihre Brüste. Es war ihr gleich. Sie war jetzt in ihrer Kammer und sah sich selbst, als schaue sie durch ein Fenster hinunter, auf dem Deck stehen, den Matrosen zu Willen. Sie selbst aber war weit weg, in Sicherheit. Wenn sie in ihrer Kammer war, fehlte ihr nichts, auch nicht die Zunge. Dort konnte sie singen. Die Liedzeilen kamen von selbst zu ihr, so schön und gut.

Die winter is vergangen, ik zie des meien schijn.

Ik zie die bloemkens hangen, des is mijn hart verblijd.

»Das gefällt dir, oder?«

Anna keuchte. Die andere Anna. Sie war in ihrer Kammer und sang. Die andere Anna stellte fest, dass es anstrengend war und wehtat. Aber es würde gleich vorbei sein.

Zu ver aan genem dale, daar is 't genoeglijk zijn.

»Ob es dir verdammich gefällt, kleine Hure?«

Anna nickte. Es hatte sich bewährt, bei dieser Frage, die ihr nicht das erste Mal gestellt wurde, zu nicken, und sie nickte, hörte nicht damit auf, bis der Mann zum Ende kam. Dann der andere.

Schließlich ließen sie sie in Ruhe. Knöpften ihre Hosen zu. Stießen einander mit leisem Lachen gegenseitig an, als wäre das Ganze ein guter Scherz gewesen. Anna kauerte sich auf den Boden und wartete, bis sie weg waren. Sie beachteten sie nicht mehr.

Sie befand sich in ihrer Kammer. Und auch die andere Anna, die dableiben hatte müssen, stellte fest, dass es nun vorbei war.

Daar zinget die nachtegale, also menig woudvogelkein.

Als sie die Matrosen nicht mehr hörte, richtete Anna sich auf. Sie spürte, dass etwas an ihren Schenkeln herunterrann. Sie fasste hin und hielt ihre Hand nach oben ins Mondlicht. Kein Blut. Wenigstens kein Blut.

Sie raffte das zerrissene Leibchen mit der Hand zusammen und ging in ihre Kabine.

16

Seit drei Tagen segelte die »Marije van Flanderen« südlichen Kurs mit vier Strich West, gefolgt von der »Eenhorn«, die sich stetig in einer Meile Abstand dahinter hielt. Man hatte am Vortag zwei Segel in Westnordwest ausgemacht, die aber nicht näher kamen, und Solker fühlte sich darin bestätigt, sein Schiff in Rembts Obhut gegeben zu haben. Man würde ihn noch nötiger haben, wenn es erst entlang der sumpfigen Küste Westindiens ging, wo Flussmündungen und vorgelagerte Inseln den Bukanieren und Piraten Unterschlupf gewährten. Den Feind hingegen, die Spanier, denen das Land gehörte, musste man nicht fürchten, weil sie es gar nicht besiedelten, war es doch von Sümpfen und Urwald bedeckt, und sie besaßen schließlich genug andere Länder, die ihnen besser dienen konnten.

Maternus saß an Deck, sein Zeichenbuch auf dem Schoß. Er hatte die Seekrankheit überwunden, indem er Ingwerwurzel kaute, wozu ihm eine Negerin in Sint Eustacius geraten und was sich als vortreffliche Kur erwiesen. Nun konnte er ungehindert seine Aufzeichnungen machen und wurde gar nicht müde, alles zu beobachten, was um ihn herum geschah, je weiter das Schiff sich in der Äquatorialzone fortbewegte. Wenn er auch der Einzige an Bord des Schiffes sein mochte, der sich für die Flora und Fauna des caraibischen Archipels interessierte.

Die hakenschnabeligen Fregattvögel waren zu ständigen Begleitern der Fleute geworden, sie betrachteten das Schiff als ihr Räubernest. Mit starr gehaltenen Flügeln schwebten sie dicht bei den Masttops hoch in der Luft und spähten mit ihren gelben Augen nach Opfern. Das waren Möwen, die von den nahen Inseln zum Schiff herangeflogen kamen, da die Fleute Fische an die Oberfläche scheuchte, welche sie fingen. Die schwarzen Strauchdiebe warteten, bis eine der Möwen erfolgreich gewesen war, und stießen sogleich auf sie herab, um sie zu zwingen, ihre Beute auszuwürgen. Sie ergatterten sie noch in der Luft mit einer raschen Wendung und verleibten sich den Raub ein, um sich gleich wieder zurück auf ihre Wachposten über dem Schiff zu begeben.

Manche dieser Vögel trugen rote Kehlsäcke, die ihre Streitlust noch zu vergrößern schienen. Die so Verzierten hackten nämlich mit Gekrächze aufeinander ein, sobald sie einander ansichtig geworden. Nicht anders, dachte Maternus, der sie beobachtete und im Flug zu zeichnen suchte, als eitle Kavaliere, welche einen anderen ihrer Art nicht neben sich dulden mochten.

Die Matrosen der Freiwache machten indessen ein Wettspiel daraus, eine der vielen Seeschildkröten zu speeren, welche an der Oberfläche des Meeres ruderten. Das Fleisch der erbeuteten Tiere bereicherte die tägliche Suppe. Allerdings waren die Tiere so schwer, dass es manchmal vier Männer brauchte, um sie an Bord zu heben. Hatte man mehr von ihnen erbeutet, als man verwerten konnte, legte man sie gefesselt zu den Hühnerställen. Da sie nur langsam starben, konnte man sie auf diese Weise leicht als Vorrat halten.

Je weiter man nach Süden gelangte, umso mehr gewann das Meer an Farbe und Reichtümern. Sein irisierendes Blau umgab an allen Seiten das dahingleitende Schiff. Die hintereinander rollenden Wogen indessen waren von lichter blaugrüner Farbe und in ihrer Länge überzogen von silbernen Schaumnetzen, welche mit einem leisen Brausen erschienen und verschwanden. Hohe Wolkentürme verkündeten zu Zeiten die Nähe von Inseln, sie erschienen wie luftige Schlösser, die man auf das Meer hinaus gebaut hatte, und sie verlockten einen auf eine seltsame Weise, sich ihnen nähern zu wollen. Nicht selten wurde man auch Walen ansichtig, die in Schulen zu einem halben auf ein Dutzend nicht weit vom Schiff einherschwammen und ihren Atemstrahl mit lautem Grunzen herausstießen. Dieser Strahl vermochte zuweilen so hoch aufzustieben wie der Einschlag einer Kanonenkugel, und das ausgeblasene Wasser kam im hellen Sonnenlicht wieder herunter als ein silberner Regen.

Zur Stunde fuhr man durch ein großes Feld von Medusen, tausend und mehr an der Zahl. Ihre violett schillernden Leiber und Segel trieben dicht beisammen im Wasser wie eine Armada unübersehbarer Ausdehnung. Maternus brachte zwei Matrosen für ein paar Stuiver dazu, eine von ihnen mit dem Bootshaken herauszufischen und sie auf dem Deck auszubreiten, damit sie studiert werden konnte. Nachdem dies gelungen, gab es unter den Leuten einige Aufregung, als man sah, dass an dem ungestalten Körper viele purpurfarbene Fäden hingen, deren Enden noch ins Meer hinunterreichten, als das Wesen bereits an Deck lag.

»Gebt fein acht, Herr Doctor«, hörte Maternus Teerstraten hinter sich sagen. »Dieses Haupt der Gorgo will nicht gestreichelt werden. Es sei denn, Ihr wolltet Eure Hände die nächsten Tage nicht mehr brauchen.«

Er wisse selbst darum, versetzte Maternus, sich zu Teerstraten umwendend, dass Medusen Feuer enthielten. Das sei schließlich jedem Kind bekannt, das am Meer lebe. Ihn interessiere vielmehr, festzustellen, ob es sich um eine Pflanze oder um ein Tier handle.

»Ist das denn von Bedeutung?«, wollte Teerstraten wissen, an die Reling gelehnt, seine Pfeife stopfend. Er war damit befasst, die Kabinentür der Bruyninghuizens im Auge zu behalten, die sich eben geöffnet hatte und in der man den Reeder stehen sah, den Hut in der Hand und mit seiner Hausfrau disputierend.

»Für mich ist solches durchaus von Interesse«, sagte Maternus, welcher sich auf die Knie niedergelassen hatte und eine Lanzette aus seiner Tasche holte. »Auch wenn dies anderen nichts bedeuten mag. Jeder mag meinen, Tiere und Pflanzen unterscheiden zu können, aber so leicht, wie es scheint, ist es doch nicht.«

»Nun denn«, sagte Teerstraten und wandte sich ab, seinen Rock öffnend, um im Windschatten Feuer schlagen zu können.

Als er die ersten Züge paffte, winkte er Bruyninghuizen mit der Pfeife. »Herr Reeder!«, rief er. »Kommt her und seht Euch das an.«

Er wies auf die Medusenflotte, die sich auf der glänzenden See weit nach Lee ausbreitete, ohne dass man ihr Ende hätte sehen können.

In der Tat erinnerten die auf der See treibenden Wesen mit den purpurnen Auswüchsen, mittels derer sie segeln konnten, an ein Feld aufgeschossener Fruchtkörper, zumal man auch an vielen Stellen

Seeschildkröten sah, die mit ihren Papageienschnäbeln an den Medusen fraßen. Das Feuer, das sich darin befand, schien ihnen nichts auszumachen.

Die Bruyninghuizens begaben sich zur Reling, um sich das Schauspiel anzusehen, wohin ihnen Teerstraten folgte.

Indessen war Solker, der gemerkt hatte, was vorging, vom Achterkastell heruntergestiegen, machte einen langen Hals und kam herbei.

»Potz Grind!«, schrie er. »Was ist in Euch gefahren, mir einen solchen Unflat an Deck zu holen! War das Eure Idee, mein Herr?«

Er starrte Teerstraten an, der sich bei den Bruyninghuizens auf eine Nagelbank gesetzt hatte und an seiner Pfeife zog.

»Keineswegs, Herr Captain, keineswegs. Auch wenn ich anscheinend gerade derjenige bin, dem Ihr das zutrauen mögt.«

»Ich war es«, meldete sich Maternus zu Wort. »Ich habe die Leute darum angestellt.« Blassen Gesichts hielt er die Lanzette in der Hand, mit der er an der Meduse geschnitten. »Ich wollte nur –«

»Ihr wolltet! Verzeiht, Herr Doctor, aber für solche Allotria steht mein Schiff nicht zur Verfügung.«

Puterrot geworden wandte sich Solker an die herumstehenden Matrosen.

»Was haltet ihr Maulaffen feil? Werft das Zeug unverzüglich über Bord, sag ich!«

Maternus öffnete den Mund.

Er wollte sagen, dass er vorher noch gern ein Stück des äußeren Gewebes, das er bereits in Augenschein genommen hatte, asservieren wolle, weil er eben entdeckt hatte, dass sich darin Farbflecken befanden, die ihre Größe beständig änderten. Zudem könne man sehen, dass der Körper pulsiere, als atme das Wesen, das doch sonst in allem eher einer Pflanze zu gleichen schien.

Aber er wagte es nicht, Solker anzusprechen, der schon auf dem Absatz kehrtgemacht hatte und sich wie ein Rammbock nach achtern bewegte, in seinem Kielwasser nur noch Gehorsam. Voller Zorn hielt der Kapitän auf den Rudergänger zu, der rasch einen Blick auf den Kompass warf und das Schiff genau in den Kurs drehte, ehe die Attacke Solkers, der noch Wut übrig hatte, auf ihn hinunterbrach.

Eine Attacke, deren Entladung die Gäste und Matrosen mit anhören konnten.

»Also gut«, sagte Maternus wie zu sich selbst. Und an die Matrosen gewandt: »Dann bitte ich euch, die Meduse gefälligst ins Meer zu werfen.«

»Schade«, versetzte Teerstraten, dichten Rauch paffend. »Ihr wart nahe daran, etwas Neues an dem Viehzeug zu entdecken, Herr Doctor. Ist es nicht so?«

Nachdem Maternus nicht antwortete, sondern mit betretener Miene den Matrosen dabei zusah, wie sie mit zwei Schippen der Aufforderung nachkamen, fügte Teerstraten an, dass er es für eine treffliche Idee halte, den Matrosen je einen Stuiver zu geben dafür, dass sie nachher das Deck säuberten.

»Unser verehrter Herr Capitain möchte sonst einen weiteren Raptus erleiden, lieber Herr Doctor. Was bei dieser Hitze«, Teerstraten zog den Hut und wedelte geziert den Bruyninghuizens zu, die ihn mit steinerner Miene ansahen, »nicht gesund für ihn sein kann.«

Maternus nickte. Er suchte in seinem Rock nach der Börse.

Teerstraten wandte sich an Bruyninghuizen, der angewidert zu den Matrosen hinübersah, die gerade den weichen Leib der Meduse mit ihren Schippen durch ein Speigatt hinausgedrückt hatten und eine Pütz über Bord hängten, um Seewasser hinterherzugießen.

»Was meint Ihr zu meinem Vorschlag, Herr Reeder?«

»Ekelhaft«, urteilte Bruyninghuizen und schüttelte den Kopf.

»Verzeiht …?«

»Ich weiß nicht, Herr Van Teerstraten. Ist es denn nicht Aufgabe der Compagnie, uns Schutz zu bieten?«

»In der Tat«, sagte Teerstraten. »Das ist es durchaus, Herr Reeder, oder inzwischen besser: Herr Plantagehouder Bruyninghuizen.«

Der Angesprochene ließ nur seine Backen zucken.

Teerstraten besah für einen Moment den Porzellankopf seiner Pfeife, auf den mit blauen Strichen eine Windmühle gemalt war, als wäre das Bildnis von Interesse. Ließ dann seinen Blick wieder zu Bruyninghuizen gehen.

»Ihr seid doch Kaufmann, mein Herr, und wisst: Was ich nicht selbst besorge, bleibt ungetan. Zu Eurer Kenntnis gebe ich dies: Die West-Indische Compagnie hält in Para Maribo eine Garnison von, glaube ich, achtzig Mann in Waffen, Reiter sind nicht dabei. Das sagte mir jedenfalls der Faktor jüngst in Sint Eustacius. Von denen Soldaten sind die meisten gepresste Unglücksraben, wie Ihr sicher wisst. Zudem ist nach einem Jahr die Hälfte siech, man tauscht sie ja nicht ständig aus. Die andere Hälfte, nicht viel besser am Leibe, muss ausrücken, wenn irgendwo Sklaven entflohen sind oder wenn eine Plantage überfallen wird, was nicht selten vorkommt. Auch das weiß ich von sicherer Seite. Wenn Ihr, Herr Van Bruyninghuizen, in der glücklichen Lage seid, diese Truppe binnen kurzer Frist zur Stelle zu bekommen, wenn sie außerdem kampfbereit und tapfer ist, mögt Ihr Euch eines Angriffs von hundert Buschnegern, die im Übrigen meist mit Musketen bewaffnet sind, erwehren. Dann bedürft Ihr meiner nicht.«

Bruyninghuizens Gesicht unter dem Hut nahm die Farbe von Delfter Käse an. Er bewegte unwillig den Kopf, als müsse er etwas aus seiner Perücke herausschütteln.

»Ich werde es mir überlegen«, sagte er.

Er wandte sich an seine Hausfrau, die mit weit offenen Augen zugehört hatte und seit dem Moment, in dem Teerstraten die Buschneger erwähnt hatte, die Hand vor den Mund gelegt hielt.

»Willst du, meine Liebe, nicht einmal die Kabine aufsuchen und den Sonnenschirm herausholen? Ich glaube fast, dass du ein paar Sommersprossen bekommen hast.«

Die Reederin stieß einen Schreckensschrei aus. Ihre Stirn mit der Hand abdeckend, floh sie von der Reling und verschwand in Richtung der Kabine.

Bruyninghuizen wartete, bis sie außer Sicht war.

»Nun noch einmal unter uns, Freund«, sagte er dann mit feindseliger Miene zu Teerstraten. »Lasset mein Weib von Euren finsteren Promessen kein weiteres Wort hören. Ihr würdet mich sonst äußerst ungnädig finden.«

Sie starrten einander an, Teerstraten mit geschürzten Lippen und Bruyninghuizen mit der Miene einer Bulldogge.

Van Teerstraten beendete die Konfrontation, indem er an seinem Hut rückte und die daran hängenden Federn wackeln ließ. Er neigte den Kopf. »Vergebt mir, Mijnheer. Ich war ungeschickt, ich wollte Euch keineswegs ängstigen. Und kein weiteres Wort zu Eurer Gattin, meinen Schwur darauf.«

17

In Van Ackerens Kabine gingen, ohne dass er viel davon merkte, zwei Frauen ein und aus. Zwar fieberte er nun weniger stark, aber häufiger. Und er war so schwach, dass er ständig schlief. Er brütete eine Krankheit aus, die niemand kannte, und die beiden Frauen behandelten ihn so gut, wie sie es verstanden. Sie sorgten dafür, dass er Wasser hatte, wuschen ihn – das tat die Leydenerin auf eine handfeste, mütterliche Art – und brachten ihm eingeweichtes Obst, das Einzige, was er essen konnte.

In seinen wachen Momenten erinnerte er sich, dass auch Anna ihn berührte, wiewohl ihm schien, als gäbe es darüber ein geheimes Wissen zwischen ihnen um die Wirkung solcher Berührungen und als verschone sie ihn damit, wenn er wach war. So jedenfalls erklärte er sich ihre Zurückhaltung. Dass sie ihm nahe kam, wenn er nicht bei sich war, erfüllte ihn mit einer seltsamen Unruhe, welcher er nicht hinterherzudenken wagte: Sie sollte es tun, weil er es wollte. Es zwang ihn etwas, sich eine Fortsetzung jener hitzigen Träume im Wachen zu wünschen, für die er sich nur halb verantwortlich fühlte, und manchmal schien ihm gar, als wolle er gar nicht gesund werden, damit sie weiter bei ihm ein und aus ging und ihm nahe war, denn wenn er wieder bei Sinnen wäre, müsse er auf ihre Zärtlichkeiten, seien sie nun wahr oder eingebildet, verzichten. Es war dies alles nicht recht und konnte nur angenommen werden entweder als ein Fieberwahn oder als frommer Krankendienst.

Außer Anna und der Leydenerin befand sich in der Kabine der Kolonistenbräute nur noch die junge Blatternarbige aus Delft, die bei der Brautschau in Sint Eustacius keiner hatte haben wollen. Die anderen Hochzeiterinnen waren vor der Abfahrt des Schiffes von ihren neuen Gesponsen im Kontor der Compagnie abgeholt worden. Zu den beiden verschmäht Zurückgebliebenen sagte die Leydenerin, dass doch kaum einer von denen anginge, die man da hatte anfahren sehen.

Lieber wolle sie nicht heiraten als so einen verlausten schwarzhaarigen Satan, der kaum Holländisch reden könne und ganz offenbar keine Hausfrau gesucht habe, sondern eine Dienstmagd, wenn nicht gar Schlimmeres. Oder so einen käsegesichtigen alten Tatterer wie den, der die Sechzehnjährige aus Groningen gleich mit den Augen verschlungen habe, und dass sie derlei nun auch zu Hause in Leyden hätte haben können. Dazu brauche es keine Neue Welt.

Im Fieber ging Van Ackeren durch die nächtlichen Straßen von Amsterdam. Er ging zwischen hoch aufragenden spitzgiebeligen Häusern, vorbei an stinkenden Grachten entlang der Amstel nahe der Schleuse vor den Mauern draußen, er ging weiter hinein in die Stadt unter den sich auftürmenden Achterkastellen der Ostindienfahrer, die in der nebligen Nacht nach Zimt und Teer rochen. Er hörte das Bellen von Wachhunden und sah im Licht der funzeligen Laternen die rote und goldene Bemalung der prunkvoll geschnitzten Baluster, welche sich entlang der dreistöckigen Galerien an den Schiffen zogen, die voll blinkender Sprossenfenster waren.

Die prunkvollen Hinterteile der mächtigen Schiffe, eins neben dem anderen, wollten einem erscheinen wie vom Meer hereingeschwommene Paläste. Darüber die an den Rahen festgezurrten Segel und die hohen Masten, die wie Türme von Kathedralen in den nächtlichen Himmel ragten, der ihre Spitzen verschluckte. Der Traumwandler sah auf seinem nächtlichen Gang die Türme der Oude Kerk näher kommen, dahinter stand die Nieuwe Kerk, und von hier aus sah er nun die ganze große Stadt, deren unzählige Speicherhäuser in großen Halbkreisen standen, ihre Giebel im Mondlicht wie bloßgelegte Zahnreihen eines unersättlichen Leviathans. Unsichtbar dazwischen Kreise aus Wasserstraßen und gepflasterte Wege, ein nasses Labyrinth mit Brücken und Stegen, mit unzähligen Hinterhöfen, die alle ans Wasser grenzten, das den Unrat, den die Stadt absonderte wie ein Geschwür, immer wieder mit fortnahm und irgendwohin schwemmte, die Ausscheidungen dieses Ungeheuers von einer Stadt, abgerungen dem Meer mit Wallgräben und Deichen. Angeschwollen von den Gütern aus Übersee, die es hinunterschluckte in seinen riesigen Bauch.

Seine Stadt.

Die er im Traum mühelos und, wie ihm schien, mit der Geschwindigkeit einer Schwalbe durchquerte. Auf den Siebenmeilenstiefeln des Schlafes gelangte er schneller von der Schleuse in das Zentrum hinein, als man es mit jedem Fahrzeug hätte bewerkstelligen können. Und auf einmal merkte er, wie still alles war!

Und dass er keines menschlichen Wesen ansichtig geworden auf seinem hastigen Weg.

Er blieb stehen. Spürte die glitschigen Pflastersteine, die gegen seine Stiefelsohlen drückten wie die erstarrten Fäuste von Ertrunkenen. Dann ging er langsam weiter und trat ein in die Gasse, in der sein Elternhaus stand, und jetzt sah er – sah, was er die ganze Zeit gefürchtet hatte und nun erst begriff. Das Haus war nicht mehr da. Die schmale Fassade mit dem Fachwerkgiebel, mit dem aus der Luke herausragenden Kran, mit dem Portikus und den Torflügeln, durch die es nach hinten zur Gracht ging, mit den blau gestrichenen Fensterläden. Das Haus war einfach fort, als habe man ein Buch aus dem Regal genommen und die anderen zusammengeschoben, um die Lücke zu schließen. Van Ackeren stöhnte auf.

Und spürte eine Hand, die ihm ein Tuch auf die Stirn legte. Dort verweilte und sanft über sein Haar strich. Die Berührung verwandelte wie durch Zauber die Traumbilder, ohne dass der Schlafende, zurück in seinem Traum, von ihr wusste. Er glaubte, er sei eben durch eines der Tore gegangen, die zu den Hinterhöfen führten, denn er fand sich mit einem Mal in einem Garten wieder. Es war heller Tag jetzt, und da war eine Mauer, die die Sonnenwärme fing. Er setzte sich aufs Gras nieder und lehnte sich zurück. Spürte mit geschlossenen Augen die warmen Steine an seinem Rücken. Er roch den strengen Geruch des Fenchels und der Gartenraute, das heftige Andrängen des Rosmarindufts und das würzige Versprechen des Thymians. Das süße Geißblatt und den tauben Salbei. Das sommerlich frisch geschnittene Gras und den schweren, lasterhaften Duft von gelben Rosen.

18

Am sechsten Morgen, den Van Ackeren krank blieb, kam Solker vorbei und besah sich seinen Passagier. Über das Wirken der beiden Frauen an Van Ackerens Gesundheit verlor er kein Wort. Nachdem er eine Weile am Bett gestanden und sich seine Gedanken gemacht hatte, verließ er die Kabine, ohne dass er von dem Kranken, der wieder fieberte, erkannt worden wäre.

Auf dem Achterkastell angelangt, sah der Kapitän zu den Masten seines Schiffes hinauf. Eine Weile schaute er den bunten Wimpeln zu, deren Enden flatternd im stetigen Passat nach Süden zeigten. Dann rief er nach dem Jungen. Sagte ihm, er solle Varte beischaffen. Aber gefälligst ohne das Mistvieh von einem Affen mitzubringen.

Der Bootsmann erschien auch gleich, am Priem kauend.

Spurte übers Deck, nicht zu langsam, nicht zu schnell. Stieg die Treppe hinauf, besah sich Solkers Gesicht und nickte sein knappes Zur-Stelle-Nicken, nachdem er festgestellt hatte, dass es keine Strafpredigt geben würde.

»Wir brauchen einen Arzt«, sagte Solker.

Varte schob die Unterlippe vor. Er kannte seinen Capitain und wusste, da kam noch etwas.

»Wenn der Junge stirbt, will ich nicht, dass es hinterher heißt, wir hätten keinen Arzt geholt, wo ja einer da ist.«

Solker wandte den Kopf zur linken Schulter. Varte folgte mit dem Blick und sah die »Eenhorn« eine Meile entfernt, Marssegel und Obermars weggenommen, damit sie hinten blieb.

»Lass die Flagge aufziehen«, sagte Solker.

Varte verhielt auf seinem Rückweg kurz auf halber Treppe und spuckte aus der günstigen Position eine Portion Tabaksaft über die Leereling. Unten angekommen hieß er den Wachhabenden, der dösend auf einem Packen Reep hockte, die gelbe Flagge am Großtopp aufziehen.

Sie dippten sie ein paarmal. Bis Varte, der sich über die Reling hinauslehnte und nach achtern spähte, sehen konnte, dass die »Eenhorn« auf die gleiche Weise antwortete. Er wies den Rudergänger an, ein paar Strich höher zu gehen, um das Schiff langsamer werden zu lassen. Das gehörte sich, obwohl Rembt mit seiner Fregatte schneller war und die »Marije van Flanderen« leicht einholen konnte, wenn er die oberen Segel aufziehen hätte lassen.

Nach einer Stunde war die »Eenhorn« gleichauf. Rembt ließ dichter steuern, damit man reden konnte. Die beiden Schiffe kamen sich jetzt so nahe, dass man einen Stein hätte hinüberwerfen können, und die Matrosen ebenso wie die Passagiere hatten den seltenen Anblick eines Seglers auf hoher See. Die meisten standen an der Reling und besahen sich das andere Schiff, wie es stolz in der See stampfte mit seinen einwärts weisenden Wänden, an denen die schwarz umrandeten Stückpforten die Zahl der Kanonen markierten. Die Segel standen prall mit knatternden Lieken im Wind, und die rot-weißen Wimpel an den Masttops flatterten. Das Meer glitzerte in der tropischen Sonne, die Schiffe lagen darauf wie auf einem Tablett von poliertem Silber.

Rembt drüben, groß und bärtig, den ledernen Dreispitz auf dem Kopf, trat zum Rand des Kapitänskastells, hob die Hand gegen Solker und legte sie ans Ohr.

Er habe, schrie Solker durch die Blechtüte hinüber, einen kranken Passagier, den solle sich Rembts Doctor einmal ansehen. Nein – bloß ein Tropenfieber. Nichts Ansteckendes.

Rembt nickte und gab ein weiteres Handzeichen. Dann brüllte er etwas über sein Schiff hinweg, und ein paar Matrosen rannten zur Leereling, ein Boot klarzumachen, während man die Schoten losschlug, bis die Segel flatterten und die »Eenhorn« zurückfiel. Varte ließ auf der »Marije van Flanderen« dasselbe Manöver ausführen, und die beiden Schiffe drehten langsam bei und lagen still, dennoch manöverbereit.

Solker starrt hinüber auf die »Eenhorn«, die querab liegt, in einer Position, als wolle sie gleich eine Breitseite schießen. Er stützt die Hände auf die geschnitzte Reling und kaut auf der Unterlippe, während Rembt drüben mit langen Schritten zu seinem Boot geht.

Er denkt an die »Purple Blossom«, die sie geentert haben, als er sechzehn Jahre war, und dass die Engländer sich damals zum Glück ergaben, bevor er sich in die Hosen schiss und mit seinem Säbel drüben ankam. Von der anderen Seite kam kurz darauf noch eine englische Fregatte, und die schoss das gerade geenterte Schiff in Stücke, in dem man schon lustig am Plündern war, und alle saßen sie in dem Engländer wie die Mäuse in der Falle. Noch heute, als Capitain!, muss er sich überwinden, in die kalten Eingeweide eines Schiffes hinunterzusteigen, in denen er damals hockte, die Arme über dem Kopf, als die Breitseite einschlug und der Rumpf in einem Regen aus gefährlich herumschwirrenden Splittern erschauerte, er hört wieder die heranpfeifenden Kugeln und das herabschmetternde Balkenwerk und sieht sich selbst dabei, wie er schreiend vor Angst abgerissene Arme und Beine wegtreten muss, um durch die engen Gänge hinaufzukommen, ehe das Schiff kentert. Wer damals der Todesfalle entging, ist ertrunken oder verbrannt in der Hölle aus Feuer und Pulverdampf, die eine Seeschlacht ist. Aber Gott hat ihm erlaubt, weiterzuleben, und dafür muss man dankbar sein.

Solker schüttelt den Kopf, davon vergeht es wieder.

Rembts Boot kam. Er steuerte selbst, stand im Stern, den Dreispitz keck nach hinten gerückt. Ein Mann ohne Sorgen. Neben ihm ein kleiner Kerl mit Perücke im zweifach geknöpften Taftrock und weißen Rüschenhemd. Der Arzt, der verfluchte Jude.

Als das Boot mit hochgestellten Riemen am Rumpf der »Marije van Flanderen« entlangschrappte, übergab Rembt den Steuerriemen einem Matrosen und ließ sich von einem anderen das Fallreep geben, das man für ihn heruntergehängt hatte. Hielt es dem Arzt hin, er solle hochklettern. Ein Matrose spannte ihm dazu noch die Strickleiter straff, aber dennoch – Solker sah es genau – muckte der kleine Kerl und wäre noch ins Wasser gefallen, wenn einer der Teerjacken ihn nicht am Hintern gehalten hätte, um ihn aufwärtszuschieben. Was für Leute auf Schiffen fuhren. Du lieber Himmel.

Solker fiel gleich wieder seine Zehe ein, aber die ließ ihn derzeit in Frieden, drei Kreuze darauf. War wohl dem Passat zu danken, der die drückende Hitze wegschob und die Miasmen von einem fortwehte.

So lange, bis man in den verdammten Fieberhafen von Para Maribo einlief. Bei Gottes Leichnam, da würde die Zehe wieder anfangen.

Mit irgendetwas ist ein Mann geschlagen, und es gibt immer noch Schlimmeres. Solker gab sich einen Ruck und ging die Treppe hinunter, um Rembt zu begrüßen.

19

Van Ackeren erwachte, als ihm der Puls gefühlt wurde. Er sah das verdrießliche Gesicht des kleinen Mannes über sich, die rot geäderten Augen, die auf das tickende Oignon schauten, das der Arzt in seiner Linken hielt. Die Locken seiner gepuderten Perücke schwangen im Rollen des Schiffs, während er nickend die Herzschläge mitzählte. In der offenen Tür stand Anna, die Finger gegen den Mund gedrückt und einen Lappen in der Hand. Sie schaute so entsetzt auf den Rücken des Arztes, als wäre er Gevatter Tod selbst.

Van Ackeren fühlte das Rollen des beigedrehten Schiffes. Er hörte die Geräusche, mit denen das Wasser gegen den daliegenden Rumpf drängte, das Schlagen der losen Hölzer und das Knallen der Segel. Während der Arzt auf die wenig nützliche Taschenuhr starrte, die bloß einen einzigen Zeiger hatte, hörte man, wie draußen die Matrosen der beiden Schiffe sich gegenseitig vexierten, nachdem die »Eenhorn« und die »Marije van Flanderen« auf Rufweite nebeneinanderlagen.

Der Arzt streckte den Arm, um seine bestickte Manschette in einer gezierten Bewegung zurechtzuziehen, und steckte die Uhr weg.

»Zu viel schwarze Galle«, urteilte er.

Er ließ Van Ackerens Handgelenk los und richtete sich auf.

Sah sich indigniert in der kleinen Kabine um, bemerkte schließlich die hinter ihm stehende Anna und zielte mit seinem dürren Zeigefinger auf sie.

»Meine Instrumente, wenn ich bitten darf!«

Anna nickte. Sie suchte Van Ackerens Blick, dann wandte sie sich um und verschwand aus der Tür.

»Seit wann habt Ihr das Fieber?«

Van Ackeren schüttelte den Kopf. Er wisse es nicht, brachte er heraus. Er habe viel geschlafen und könne die Tage nicht von den Nächten unterscheiden. Ein paar Tage wohl, eine Woche gar.

»Könnt Ihr Urin lassen?«

Van Ackeren drehte verlegen den Kopf nach seinem Nachttopf.

Da erschien die Leydenerin neben dem Arzt. Sie hielt das Nachtgeschirr in der Hand.

»Nun denn, wenn ich bitten darf!« Der Doctor ließ ungeduldig seine Knöchel knacken, indem er nacheinander an den Endgliedern seiner Finger zog, während Van Ackeren beschämt die Decke wegschob, sein Hemd lüpfte und in das Nachtgeschirr urinierte. Der Arzt tat ihm nicht den Gefallen, sich abzuwenden.

Als Van Ackeren sein Geschäft beendet hatte, nahm der Arzt ihm den Nachttopf ab und steckte seinen ausgestreckten Zeigefinger hinein. Mit in die Ferne gerichtetem Blick leckte er an dem Urintropfen, der daran hing, und nickte.

»Ich sagte es ja schon. Zu viel Galle. Aderlass!«

Er drehte sich um, aber niemand außer dem Patienten war da, der seine diagnostische Entscheidung und die Konsequenzen zu würdigen gewusst hätte.

»Entschuldigt mich, mein Herr«, verbeugte er sich steif. »Ich brauche zuerst meine Instrumente.«

Während Van Ackerens Blut aus der geöffneten Armvene als dunkles Rinnsal in das Nachtgeschirr floss und die Leydenerin beim Zusehen die Hand vor den Mund hielt und Anna gleich wieder umkehrte, als sie in die Tür hereintrat, standen Rembt und Solker auf dem Achterdeck beisammen.

Er wolle seinen Capitains-Bruder, meinte Solker, wo man nun einmal zusammenkomme auf hoher See, auf ein Glas guten Genever einladen. Und ihm danken für die Freundlichkeit. Es sei eben, weil ein Passagier erkrankt, und er hoffe, dass Rembt Verständnis habe. Wegen einer Bagatelle hätte er nicht –

»Natürlich! Aber gar keine Malesse, lieber Freund«, erwiderte Rembt, die Finger auf dem Rücken ineinandergehakt, und schaute dabei zufrieden zu seinem Schiff hinüber, das blank und stattlich auf der ruhigen See schwamm.

Er winkte seinem Bootsmann zu, der drüben an der Reling stand. Der hob auch gleich den Arm und salutierte. Dann drehte er sich zu

Solker, ihn ins Auge fassend, und meinte, dass man ein gutes Glas niemals verachten dürfe. Man wisse ja nicht, wie lange der Doctor zu tun habe. Es werde, meinte Rembt, mit einem Auge zwinkernd, zum Mindesten einen Aderlass setzen. Vielleicht, hob er mit Amusement die buschigen Brauen, müsse ja auch noch geschröpft werden, und das dauere niemals unter einer Stunde. Er stieß Solker mit der Faust gegen den Arm, und sie lachten ausgelassen wie zwei grüne Jungens.

Rembt. Darauf verstand er sich, er konnte einem Laune machen.

Wie sie in Solkers Kajüte beisammensaßen und der hübsche Junge bediente, den Rembt mit einem langen Blick musterte, stießen sie für die erste Runde mit Solkers privatem Genever an, und Solker fragte, ob er zu essen bringen solle. Rembt dankte, er habe bereits gespeist. Aber wenn Solker es gefalle, könne man ja ein paar Knöchel werfen, um sich die Zeit nicht lang werden zu lassen.

Das könne man durchaus, sagte Solker. Er kenne Rembt als einen Mann, der immer Silber in der Tasche habe und es gerne sähe, wenn etwas davon über den Tisch rolle. Nur wisse er nicht, ob er selbst auch Paroli bieten könne. Rembt lachte und neckte Solker mit seiner Bescheidenheit.

Zudem habe Solker, sagte Rembt, ja noch ein paar Passagiere an Bord, die nicht siech seien. Vielleicht habe einer von denen Lust, einen Daus zu werfen.

Nun ja, meinte Solker. Ein Pfeffersack mit seiner Mefrouw, ein deutscher Doctor Neunmalklug und ein halbseidener Kavalier, da sei die Auswahl nicht groß. Der Reeder werde kaum kommen, der Doctor sei auch kein Freund von Lustigkeit, bleibe also der Kavalier. Solker wies den Jungen an, er solle gehen und den Herrn Van Teerstraten in seine Kabine einladen.

»Ein anstelliges Kind«, sagte Rembt, der dem Jungen nachgeschaut hatte. »Ich nehme an, Ihr erzieht ihn zur frommen Denkungsart?«

Das sei ihm ein täglich Anliegen, meinte Solker und erwiderte Rembts Blick, ohne eine Miene zu verziehen. Nachdem sie beide in ein prustendes Gelächter ausgebrochen waren und noch einen darauf getrunken hatten, klopfte Teerstraten an die Tür, die er bereits halb geöffnet hatte.

»*Merveille.* Ein mit fröhlichen Herren besetzter Tisch!«, stellte er fest und machte einen Kratzfuß, an dessen Ende er seinen Hut mit Schwung auf die Bank schmiss. »Es ist mir eine Freude, Gesellschaft zu bieten. Ich habe die Ehre mit Capitain Rembt, wenn ich mich nicht täusche? Maurits van Teerstraten, Euer Diener.«

Es folgte eine angedeutete Verneigung mit spöttischem Augenaufschlag.

Auch Rembt tat so, als habe er Teerstraten noch nicht gesehen, er nickte zur Antwort, sich noch die Lachtränen aus den Augenwinkeln wischend.

»Wir wollten Euch auf ein Spiel einladen«, sagte Solker. »Und würden uns freuen, wenn Ihr uns Gesellschaft leistet.«

»Aber gern. Ich spiele, was Ihr wollt. Was soll's denn sein?«

»Nun, ein paar Knöchel werfen, nach guter alter Manier. Ihr könnt Eure Börse nachher holen, wir machen einstweilen Striche.«

Solker schnipste nach dem Jungen, der in der Ecke stand und den Becher mit den Würfeln schon in der Hand hielt. Wie er ihn auf den Tisch stellte, sah man, dass sich darin auch ein kleiner Silberstift und ein bereits bekritzeltes Stück Papier befanden.

»Wenn ich sie brauchen sollte«, sagte Teerstraten. »Die Börse, meine ich.«

Solker ging darauf nicht ein. »Um mindest sechs Stuiver, ist das Consens, meine Herren?«

Rembt antwortete nicht, und Teerstraten neigte den Kopf.

Sie spielten kaum eine halbe Stunde, da hatte Solker an Rembt schon fünfzig Gulden verloren. Teerstraten konnte sich gerade behaupten, aber das Glück blieb bei Rembt. Die erste Flasche Genever war leer und wurde ausgetauscht gegen die nächste. Allmählich kamen die Spieler in Hitze.

Man knallte den ledernen Becher auf den Tisch und fluchte saftig bei jedem Wurf. Die alten Namen kamen beim Knöcheln wieder zu Ehren. Man würfelte den Daus, den Bär, den Zink und für die Eins die Sau.

Dazwischen rief Solker den Jungen her, er solle gehen und fragen, was der Arzt tue. Eine Weile später kam Varte mit der Mitteilung, man sei gerade am Schröpfen.

Rembt kommentierte das mit einem vielsagenden Blick in die Runde und schob dann zwanzig Gulden über den Tisch. Wenn das Glück einem hold sei, sagte er, müsse man es nutzen.

Solker winkte ab. Zeit, auszusteigen, beim Leibhaftigen. Dabei biss er sich unwillkürlich auf die Zähne, was einen jähen Schmerz in seinem maroden Backenzahn verursachte, und er verfluchte den Moment, wo er das Würfeln angeboten hatte.

Teerstraten aber schob sein ganzes bisher gewonnenes Geld, es waren zwanzig Gulden, gegen Rembts Haufen hin und meinte, das sei auch seine Devise. Man wolle sehen, wem die Dame Fortuna huldige.

Ein Spiel sei ein Spiel, sagte Rembt. Er schob noch dreißig Gulden zu dem Haufen hin und schüttelte den ledernen Becher, nachdem er hineingespuckt hatte.

Van Ackeren lag auf dem Bauch auf seiner Pritsche. Neben ihm auf dem Hocker saß der Arzt. Der Gestank nach Mottenpulver aus seinem Taftrock füllte die kleine Cabine. Die Leydenerin assistierte, indem sie im Schwanken des Schiffs die Kerze hielt, über deren Flamme der Arzt die gläsernen Schröpfköpfe wärmte, ehe er sie auf den Rücken des Kranken setzte, wo sich mit einem satten Glucksen die Haut hineinzog. Fünf solcher Gläser hafteten bereits an Van Ackerens Rücken, der dalag, ohne sich zu rühren. Der von der Lanzette des Doctors verletzte Arm war ihm verbunden worden. Er bemerkte Annas Erscheinen nicht, die zweimal in der Tür stand, von der Leydenerin aber mit einem Winken wieder weggeschickt wurde.

Dennoch wurde das ärztliche Traktament gestört.

Und zwar von Master Pitt, der sich Vartes Aufmerksamkeit wieder einmal entzogen hatte. Mit seinem wachen Sinn für das Außergewöhnliche hatte der Affe gemerkt, dass hier etwas vor sich ging, was seine Neugier verdiente, und war unbemerkt über das Deck zu Van Ackerens Kabine gehopst, was nicht schwer war, da sämtliche

Matrosen auf beiden Schiffen sich an der Reling lümmelten, um sich im Angesicht des anderen Schiffes zu unterhalten.

Nahe dem Eingang zu Van Ackerens Kabine wurde Pitt von dem leisen Klingen der Schröpfköpfe angezogen, eine Musik, die ihm unwiderstehlich vorkam. Nun hockte er in der halb offenen Tür und starrte fasziniert auf die gläsernen Halbkugeln auf dem Rücken des Kranken, in denen sich das Kerzenlicht spiegelte.

Die Leydenerin bemerkte den Affen.

»Herr Doctor! Das Malefizvieh … passt auf …«

»Ruhig, Weib. Halt sie die Kerze still. Schockschwerenot! Sieht sie nicht, dass ich behandle?«

Der Arzt, dem die Perücke verrutscht war, weil sie zu groß geraten, wandte der Frau sein kleines Gesicht mit dem dünnen Bart zu, um sie wütend anzufunkeln. Da verließ die Leydenerin der Mut. Sie schwieg und beschränkte sich darauf, Master Pitt aus dem Augenwinkel zu beobachten.

Der wusste, aus früheren Unternehmungen klug, dass einem für Abenteuer in der Regel keine Wartezeit eingeräumt wird. Mit zwei Sprüngen war er beim Koffer des Arztes und schnappte sich zwei der Schröpfköpfe, die ausgepackt bereitlagen, um als nächste zum Einsatz zu kommen.

Die Leydenerin schrie auf, und der Arzt sah nur noch die kleine Gestalt Pitts, der, die Schröpfköpfe rechts und links an sein besticktes Jabot gedrückt, mit hochgerecktem Schwanz aus der Tür hopste.

»Halt! Zum Teufel, was …? Haaaalt!«

Teerstraten gewann. Er strich auch die nächsten beiden Runden ein, an deren letzter sich Solker noch einmal beteiligte in dem Glauben, dass die Glückssträhne des vermaledeiten Kerls einmal zu Ende gehen müsse und dass auch Rembt schon genug begünstigt gewesen sei. Aber Solker hatte aufs Neue Pech.

Vor Teerstraten türmte sich mittlerweile ein Haufen von zweihundert Gulden, und auch Rembt war gehörig gerupft. Solker musste über hundert Gulden verloren geben und verfluchte sich erneut bei allen Teufeln der Hölle, dass er sich auf eine solche Dummheit eingelassen hatte. Und noch immer kein Anzeichen dafür, dass der verdammte Arzt zum Schluss gekommen wäre.

Teerstraten war wieder an der Reihe.

»Wenn man günstigen Sukzess gehabt, meine Herren«, sagte er, »soll man nicht kleinlich sein.« Er griff in den Rockschoß und holte seine hölzerne Schnupftabakdose heraus. »Eine Prise gefällig?«

Solker schüttelte den Kopf.

Aber Rembt nahm eine Prise. Betrachtete die Dose mit dem Löwen darauf, drehte sie zwischen den Fingern.

»Kuriose Tabatiere, die Ihr da habt.«

»Ein Geschenk. Es bringt mir immer vor Augen, wie dumm es ist, sich zu streiten«, sagte Teerstraten.

»Noch dazu, wenn zweie sich um eine Hose zanken«, sagte Rembt, die Dose betrachtend. »Ein Mann sollte seine eigenen Beinkleider haben.«

»Und sein eigen Paar Stiefel«, ergänzte Teerstraten.

Während seine grauen Augen von einem zum anderen wanderten, drehte er den ledernen Becher in seiner Hand hin und her.

»Ich mache Euch einen Vorschlag, Herr Capitain Solker, wollt Ihr hören?«

Solker starrte Teerstraten nur an. Aus guten Gründen versuchte er, dabei nicht die Zähne zusammenzubeißen, und musste sich außerdem bezwingen, dem Kerl nicht die Geneverflasche über den Schädel zu schlagen.

Teerstraten schob den ganzen Haufen aus Münzen, den er vor sich hatte, zur Mitte des Tischs, wozu er den Würfelbecher abstellen musste, weil er dafür beide Hände brauchte.

»Ich setze diese zweihundert Gulden. Und spiele mit Euch, Capitain Solker, um den Kontrakt der stummen Hochzeiterin, die bei Euch an Bord fährt und die, wie Ihr wohl wisst, keinen Bräutigam mehr finden wird, auch nicht am Ende der Reise. Dann wird sie die zweihundert Gulden Fahrgeld nämlich im Dienste der Compagnie abarbeiten müssen, wovon Ihr keinen Stuiver haben werdet. Geht Ihr aber mit ins Spiel, meine Herren, kann der Gewinner meine zweihundert Gulden einstreichen.«

Teerstraten lachte leise. »Will heißen: wenn Euch Fortuna hold ist. Indessen, bedenkt, sie ist ein Weib, und Weiber gewinnt man per Chance.«

Rembt fluchte laut und schob sein Geld zu dem Haufen. Er gehe mit. Zum Teufel, das sei einmal ein Spiel!

Solker schloss die Augen. Öffnete sie gleich wieder und griff nach der Geneverflasche. Schenkte zuerst sich selbst und danach den beiden anderen die Gläser voll.

Sie beobachteten ihn.

Solker musste, wiewohl er nicht wollte, an das Weiberkleid denken, das in Rembts Kajüte gehangen, und seinen eigenen Mangel an solcherart Vergnügen bekennen, aber nein: Es mangelte ja nicht an Gelegenheit, sondern an Verlangen. Das war es. Rembt aber, der hatte sicher noch Pulver auf der Pfanne. Ob die Frauensperson wohl mitfuhr und drüben auf ihn wartete? Eher nicht. Wahrscheinlich doch bloß eine Hure aus Sint Eustacius.

»Was wollt Ihr denn mit dem dummen Weibsstück?«, fuhr er Teerstraten an.

Der zuckte mit den Achseln, ohne zu antworten.

Das könne er doch für ein paar Stuiver auch haben, wollte Solker sagen, aber er sagte nichts. Er hätte sagen können, er bedaure. Er habe keine Verfügung über das Eigentum der Compagnie.

Aber auf dem Tisch lagen vierhundert Gulden, ein Stapel guten Geldes. Wenn er jetzt gewann, blieben ihm zweihundert nach Abzug der Schulden. Solker kippte den Schnaps hinunter und knallte den Stamper auf den Tisch. Er war mit von der Partie.

Die Mannschaft der »Marije van Flanderen« hing vollzählig an der Reling und war davon in Anspruch genommen, mit den Matrosen der »Eenhorn« Obszönitäten auszutauschen, die der Distanz wegen mit Gebrüll und phantasiereichen Gesten untermalt wurden. Man wollte feststellen, wer auf welchem Schiff das am besten hinbekam.

Erst als der Arzt, welcher seine Perücke im Rennen festhalten musste, neben dem Poopdeck die Kurve nicht kriegte und zu Boden ging, wandte sich einer der Matrosen um und erblickte den flüchtenden Affen und den sich aufrappelnden Doctor. Es gab ein allgemeines Hallo, und man machte sich hinter Pitt her.

Pitt, der die Schröpfköpfe nicht loslassen wollte, hopste in weiten Sprüngen über das Hauptdeck nach achtern. Sein Ziel waren die oberen Decks auf dem hinteren Kastell, denn diesmal war ihm die Takelage nicht zugänglich, weil er die Hände nicht frei hatte. Den Arzt hätte er abhängen können, aber die Matrosen waren ihm an Deck über. Aus diesem Grunde galt es, ein rasches Finale zu setzen, das ihm einen gewissen Triumph vergönnte, ehe man ihn einfing und verprügelte.

Mit zwei Teerjacken auf den Fersen, den schnaufenden Doctor am Absatz des Niedergangs zurücklassend, schaffte es Pitt bis hinauf auf die hinterste Reling zu dem schmiedeeisernen Käfig der großen Schiffslaterne. Er balancierte mit den Schröpfköpfen in den ausgestreckten Händen geschickt hinaus auf die letzte Rüste unter der Laterne und hängte sich dann mit dem Schwanz daran auf.

Er ließ sich herunterhängen und besah noch einmal die wunderbaren spiegelnden Halbkugeln, in denen man rechts und links je ein seltsam verzerrtes Affengesicht grimassieren sah. Erst als eine grobe Hand seinen Schwanz packte, schmiss er sie ins Meer und schlug sich dann die behaarten Hände vors Gesicht, wie er es immer tat, wenn Schläge bevorstanden.

Als könnte Master Pitt nicht mitansehen, wie ein armer Makakenaffe verprügelt wurde, der bloß seinen Spaß haben wollte.

Das werde ein Nachspiel haben, schrie weiter unten der Arzt, der nun wieder Luft bekam, in Vartes ledernes Matrosengesicht hinein, welcher bloß seine Schultern rührte und meinte, die Herren Capitains befänden sich in der Kajüte und wollten gerade nicht gestört werden. Der kleine Mann rückte seine Perücke gerade und drehte sich auf dem Absatz um, nachdem er Varte noch einen Blick wie einen Dolchstich hatte zukommen lassen.

Die Schröpfköpfe wurden nacheinander von Van Ackerens Rücken abgezogen. Mit einem melodischen Ploppen gaben sie die eingezogene Haut frei und hinterließen blau gefärbte Ränder, auf die die Leydenerin mit großen Augen schaute, sich indessen hütete, das Wort an den Doctor zu richten. Der Arzt verpackte mit finsterer Miene jeden Schröpfkopf, nachdem er abgezogen war, sorgsam wieder in zerknülltem Papier und tat ihn danach zurück in seinen Lederkoffer, der aufgeklappt am Boden lag und außer den Gläsern noch eine Sammlung von Lanzetten enthielt, ein Hörrohr, drei verschieden große Aderpressen und die rostfleckige Knochensäge.

Die Leydenerin hatte ein paarmal ängstliche Blicke in den Koffer geworfen, in dem am Ende zwei Fächer leer bleiben mussten. Sie erhob sich vom Rand der Pritsche, auf der sie gesessen, und stand nun mit der heruntergebrannten Kerze in der Hand da. Sie wusste nicht, ob man ihrer noch bedurfte, traute sich aber nicht, einfach hinauszugehen.

»Kein Fleisch vom Rind die nächsten drei Tage und auch nichts Gesottenes vom Schwein. Keinen Alkohol jedweder Art«, verkündete der Arzt.

Es blieb offen, ob er zu Van Ackeren sprach, der noch immer auf dem Bauch lag und an dem kein Zeichen des Zuhörens zu entdecken war, oder zu einem abwesenden Publikum, jedenfalls nicht zu der Frau mit dem Kerzenstummel in der Hand.

Sie werde dafür sorgen, meinte dennoch die Leydenerin und machte einen ungeschickten Knicks.

Der Arzt klappte den Koffer zu und erhob sich. Als er die Kabine verließ, folgte ihm die Frau und warf Van Ackeren noch einen mitleidigen Blick zu, wie er da lag, den Rücken von einem Dutzend dunkelblauer Flecke verunziert, in die sich die anfänglichen Ringe verwandelt hatten.

»Nehmt es leicht, Solker. Man hat nicht immer Fortune.« Die kalte Pfeife im Mund stand Rembt auf dem achteren Kastell und klopfte sich unsichtbaren Staub vom Rock, als habe er sich solchen in Solkers Kabine zugezogen.

Solker antwortete nicht darauf.

»Was wollt Ihr für den Arzt?«, sagte er stattdessen.

»Aber ich bitte Euch, Freund«, sagte Rembt mit einem herzlichen

Lachen. »Wann immer ich Euch zu Diensten sein kann – ich tue es gern. Wer wollte da über Geld reden.«

Nun erst sahen sie den Doctor, der mit beleidigter Miene die Treppe heraufstapfte.

»Auf diesem Schiff!«, schrie er, noch ehe er das obere Deck erreicht hatte, »auf diesem Schiff – muss – man – um – sein – Eigentum – fürchten! Ein Skandal!«

Rembt wechselte einen Blick mit Solker, der nach unten spähte und Vartes ansichtig wurde, welcher sich breitbeinig dem Rudergänger beigesellt hatte und mit dem Zeigefinger vielsagend gegen die rechte Schläfe deutete.

»Meine Instrumente! Die ich seit Amsterdam mit mir führe und die mich einhundertundfünfzig–«

»Gemach, Herr Doctor«, sagte Rembt. »Gemach. Was ist geschehen?«

Nachdem der Arzt, der bei seiner Schilderung kaum Luft bekam, erzählt hatte, was ihm widerfahren war, klopfte ihm Rembt, der ihn um mehr als einen Kopf überragte, auf die Schulter und ließ seine schwere Hand anschließend dort liegen, was das Gesicht des Arztes noch kleiner aussehen ließ.

»Der Herr Capitain Solker«, sagte er, »hat uns in seiner großzügigen Manier zu einem Glase eingeladen, an dem Ihr leider nicht teilhaben konntet, Herr Doctor, aufgrund Eurer ärztlichen Pflichten. Ich werde Euch den Verlust selbstredend ersetzen.«

Der Arzt funkelte Solker bloß an, als hindere ihn Rembts Pranke am weiteren Reden. Ein durchdringender Naphthalingeruch verbreitete sich allmählich, den Rembt aus dem Rock des Arztes herausgeklopft hatte.

Von der Leereling her, wo unsichtbar das Boot am Schiff hing, hörte man einen Pfiff. Rembt nickte.

»Ich danke für Eure Gastfreundschaft, Solker. Also bis Para Maribo. So wir, wobei Gott uns helfe, ohne Verdruss dorthin kommen. Gehabt Euch wohl!«

Solker tippte an seinen barhäuptigen Kopf. »Ich danke Euch. Wir bleiben zusammen.«

»Das werden wir.«

Gefolgt von dem Arzt, der mit einer Hand das Geländer, mit der anderen seine Perücke festhielt, trabte Rembt mit Schwung die Treppe zum Hauptdeck hinunter. Wie ein Zwanzigjähriger, dachte Solker. Kein Wunder, mit einem solchen Schiff und offenbar ganz ohne Gicht in den Knochen. Vielleicht war so ein Arzt doch zu was nütze.

Er drehte sich um und wurde Teerstratens ansichtig, der eben aus der Kapitänskajüte getreten war. Und wollte an ihm vorbei, so schnell wie möglich. Am besten, den Kerl ein paar Stunden lang nicht sehen zu müssen.

Aber Teerstraten war stehen geblieben und lächelte.

»Ist noch etwas?«

»Den Kontrakt, Herr Capitain, wenn ich bitten darf.«

20

Am Ende der Woche wurde Land gesichtet, und beide Schiffe drehten ihren Bug um ein Achtel der Kompassrose nach Südwesten. Die »Marije van Flanderen« mit ihrer die Arme ausbreitenden Galionsfigur fiel zuerst ab, dann die »Eenhorn« mit dem weißen Fabeltier, das über ihrem Bugspriet galoppierte, das vergoldete Horn in der Sonne glänzend.

Solker, der in der vergangenen Nacht mit dem Jakobsstab die Höhe genommen hatte, stand in seiner Kajüte breitbeinig vor dem Pult und steckte den neuen Kurs aus. Er verlief parallel zur Küste, welche draußen als ununterbrochene grüne Linie am Horizont zu sehen war. Über dem menschenleeren Land dahinter schichteten sich Massen von Wolken auf, als befinde sich dort in der Ferne ein weißes Gebirge von unermesslicher Ausdehnung.

In den Masttop hinauf wurde ein Ausguck geschickt, um nach der Landzunge Ausschau zu halten, hinter der die Mündung des Suriname-Flusses sich befinden musste. Fuhr man zu weit, landete man womöglich bei Cayenne und lief den Franzosen vor die Kanonen.

Maternus stand zusammen mit Teerstraten und Bruyninghuizen an der Reling vor dem achteren Kastell. Dem Doctor war erlaubt worden, mit einem selbst gebauten Instrument nach Meeresgetier zu angeln. Dazu hatte er sich aus einem flachen Stück Holz, das er kahnförmig zuschnitzte, einen Draggen gebaut, ein Gerät, mit welchem man, wie er seinen Zuschauern gerade erklärte, bei den Bretonen die Makrelen fange, was ihm nicht geringen Spott von Bruyninghuizen einbrachte. Der meinte gleich, dass man solches von denen Franzosen erwarten könne, nämlich die Fische einzeln zu fangen anstatt in einem ordentlichen Netz, und dass solche Leute besser daran täten, beim Fröschefressen zu bleiben, denn dazu brauche es keinen Verstand.

Maternus ignorierte seine pfeiferauchenden Zuschauer und hob das seltsame Ding in die Höhe mit den vier daran baumelnden Leinen, an denen jeweils Fischhaken hingen. Er nahm die Schnur, die an der anderen Seite angebracht war, gab ihr ein paar Faden Lose, dann warf er sein Gerät über Bord.

Kinderspielzeug, meinte Bruyninghuizen, zog an seiner Pfeife und sah dem Qualm nach, der auf die See hinaustrieb. Teerstraten versuchte mit spitzem Mund einen Rauchring hinterherzuschicken, was ihm nicht gelang. Aber er bot dem Reeder eine Wette an. Dass nämlich binnen zehn Minuten ein Fisch an Maternus' Vorrichtung hängen werde. Ein Vorschlag, den Bruyninghuizen nicht einmal kommentierte.

Der Draggen schoss, von der guten Fahrt der Fleute gezogen, bei gespannter Schnur sofort hinunter in die Tiefe. Es dauerte keine zwei Minuten, da kam die Schnur wieder herauf, und das Holz hüpfte auf den Wellen mit einem zappelnden Fisch hintendran.

Maternus klatschte in die Hände, als sei er wirklich noch ein Kind, und Teerstraten klopfte ihm auf die Schulter, zu seiner Erfindung gratulierend. Aber keineswegs, versetzte Maternus, während er die Schnur einholte, sei dies seine Erfindung. Es handle sich um eines der sinnreichen Dinge, die einfache Leute erdächten und welche oft zu Unrecht verachtet würden. Er erklärte noch einmal, wie das Holz auf seiner Fahrt nach unten sich sogleich umdrehe, wenn an einer der Leinen ein Fisch anbeiße, und dass die Form es dazu zwinge, anstatt weiter nach unten jetzt nach oben zu fahren. Ostentativ ignorierte Van Bruyninghuizen die Erklärung und das weitere Geschehen, indem er sich wegdrehte und aufs Meer hinaussah.

Maternus indessen zog den zappelnden Fisch, der in bunten Regenbogenfarben strahlte, herauf an Deck und löste ihn vom Haken. Dann tat er ihn in eine Bütte voll Wasser, wo der Fisch panisch umherschwamm und mit seinem Maul, das seltsam geformt war wie ein Schnabel, immer wieder gegen das Holz stieß.

»Gebt ihn dem Koch«, sagte Teerstraten.

Er denke nicht daran, sagte Maternus. Er wolle den Fisch zeichnen.

Was Teerstraten dazu veranlasste, Bruyninghuizen einen Blick zuzuwerfen, der aber davon nichts bemerkte, sondern inzwischen nach seiner Hausfrau Ausschau hielt, die mit einem Sonnenschirm ausgestattet aus der Kabine getreten war und sich suchend umblickte.

Teerstraten wandte sich an Maternus, der sein Zeichenbuch aus dem Wams gezogen hatte und sich neben den Eimer kniete, um den Fisch abzuzeichnen.

»Euer Hunger nach Wissen, lieber Doctor, nötigt mir Respekt ab«, sagte er. »Aber ich weiß nicht, ob man davon auch satt werden kann.«

Van Ackeren, inzwischen von seinem schlimmen Fieber genesen, was nach Meinung aller dem Wirken des kundigen Arztes der »Eenhorn« zu danken, saß in seiner Cabine und schrieb.

Vor ihm an der Wand, welche die einwärts weisende Form des Schiffsrumpfs aufwies, hingen zwei Zeichnungen. Neben dem Schmetterling, den Anna ihm in Sint Eustacius geschenkt hatte, war auf einem zweiten Blatt eine Meeresschildkröte abgebildet. Auch sie mit gutem Strich trefflich eingefangen. Die leidend schauenden, schräg stehenden Augen gerade so lebendig getroffen wie ihr seltsamer Vogelschnabel und die mit Schuppen bewehrten Vorderflossen, welche aus dem Panzer heraussahen.

Van Ackeren hatte das Papier mit dem Bild darauf gestern an seiner Tür gefunden, ebenso wie das erste, und es an sich genommen.

Und sich auch dafür nicht bedankt.

Die Scheu, mit der das Geschenk überreicht worden war, ließ ihm seine eigene Zurückhaltung angemessen erscheinen. Und so musste er sich auch nicht damit befassen, was er, wenn der Dank erst ausgesprochen wäre, danach noch hätte sagen oder tun sollen. Und musste den Augen Annas nicht begegnen.

Am 24. März 1701
HERR, deine Güte reicht, so weit der Himmel ist, und deine Wahrheit, so weit die Wolken gehen (36.5).
Wie teuer ist deine Güte, GOTT, dass Menschenkinder unter dem Schatten deiner Flügel Zuflucht haben (36.7).

Van Ackeren bemerkte, dass die Feder stumpf geworden war. Er nahm das kleine Messer aus seinem Schreibzeug und prüfte die Schneide am linken Daumennagel. Schnitt den Kiel aufs Neue zurecht und schrieb weiter.

Sie werden trunken von den reichen Gütern deines Hauses, und du tränkest sie mit Wonne als mit einem Strom (36.8).

Ich habe gepredigt über die Psalmen des David.

Solker hat es mir erlaubt, weil Sonntag ist, und ich vermochte es, weil ich dank GOTTES Güte wieder genesen bin. Man hat mit mir beim Gottesdienst zusammen gesungen und gebetet. Bei dieser Gelegenheit duldet der Capitain kein Fehlverhalten. Sie gehorchen ihm alle. Selbst diejenigen der Matrosen, die gerade keinen Dienst haben und dann nicht selten betrunken sind, sind mit dabei, weil sie sonst mit Auspeitschung zu rechnen hätten. Es fiel mir indessen nicht leicht, vor den Leuten in frommer Manier zu sprechen, weil ich weiß, wie wüst das Leben auf diesem Schiff ist und wie verdorben die Menschen, die darauf fahren.

Heute in der Frühe musste ich mitansehen, wie sie den Leichnam einer Frau ins Meer warfen, welche zu den Negroes unter Deck gehört. Ich muss glauben, dass sie zuvor den Matrosen zur Ergötzung ihrer zügellosen Begierden gedient hat, weil sie darüber unverdrossen ihre groben Scherze miteinander machten, und taten dies, noch während die Unglückliche ohne jede Pietät dem Meer überantwortet wurde. Die Neger mögen eine Sorte Menschen sein, die zum Nutzen der klügeren Rassen geschaffen wurde, nur stehen sie doch über den Tieren, und selbst Tiere zu quälen verbietet uns der Anstand, da sie uns ja dienen müssen. Die Matrosen haben den gänzlich unbekleideten Leib der bedauernswerten Frauensperson, die noch sehr jung war, einfach über Bord geworfen, gerade so, wie sie es mit toten Schildkröten tun.

Sie habe sich erhängt, erklärte mir Varte, der Bootsmann, der seinen Affen immer dabeihat. Er erklärte mir dies vielleicht, weil ich dabeistand, sagte es indessen ohne Trauer, bloß mit Bedauern. Wie sie alle nur das bedauern, was ihren Gewinn schmälert in ihrer beständigen Gier nach Geld, welche sie antreibt vor allem anderen. Ich vermochte nicht, etwas zu erwidern. Ich hätte nicht andere Worte gewusst als solche der Empörung, also schwieg ich und ging fort.

Ach, HERR, schütze mich vor dem Zorn, er ist Sünde!

Es steht nicht in meiner Macht, all das zu ändern. Ich muss und will glauben, dass auch jene, die solches tun, in ihrem Innern das Licht tragen und dass es der Geduld bedarf und der Liebe, sie es suchen und finden zu lassen.

Wir müssen daran glauben, dass dieses gelingen kann, denn wenn es nicht möglich, mein GOTT!, wir wären verloren.

Van Ackeren legte die Feder in das Schreibzeug zurück, klappte den Buchdeckel zu und schob den Band in sein ledernes Behältnis.

Er verließ seine Cabine und betrat das Deck.

Dort sah er zu seiner Überraschung Anna bei Maternus sitzen. Vor ihnen lag ein fliegender Fisch, der auf das Deck gefallen war. Was öfter vorkam, denn die Fische wurden von dem heranfahrenden Schiff aufgeschreckt, und einige stiegen bei ihrer luftigen Flucht zwar hoch genug, das Deck zu erreichen, aber vermochten nicht weit genug zu fliegen, um es überqueren zu können.

Als Anna Van Ackerens ansichtig wurde, erhob sie sich und verließ ihren Platz.

Van Ackeren verhielt den Schritt, er wollte zu ihr sprechen, aber er tat es nicht. Maternus schien ihn nicht zu bemerken. Er war vertieft in sein Tun und sah erst auf, als Van Ackerens Schatten auf ihn fiel.

»Weshalb weicht sie mir aus?«, fragte Van Ackeren unvermittelt.

Sogleich schämte er sich seiner Eröffnung, die bar jeder Höflichkeit gewesen und Maternus eine Intimität mit Anna verriet, die Van Ackeren lieber hätte verbergen wollen. Er setzte sich auf die Taurolle, auf der Anna eben noch gesessen, und nahm das Blatt zur Hand, auf dem sie gezeichnet hatte und auf dem ein Silberstift liegen geblieben war.

»Das gehört wohl Euch«, sagte er und reichte den Stift Maternus.

»Sie ist eine scheue Person«, sagte Maternus. Nahm den Stift und steckte ihn in eine der Schlaufen, die sich an dem Ledereinband seines Zeichenbuchs befanden. »Und wie manche Begabte«, fuhr er fort, während er nach dem Blatt mit Annas Zeichnung griff und es auf Abstand hielt, um die Ausführung zu prüfen, »weiß sie ihr Licht unter dem Scheffel nicht hervorzuholen.«

Er legte die Zeichnung weg und fasste Van Ackeren ins Auge. »Sie kann zuhören, mein Freund, auch wenn sie nicht zu sprechen vermag, und hat durchaus ihre eigene Art, sich mitzuteilen. Vielleicht habt Ihr bislang viel mit Menschen zu tun gehabt, die beständig reden. Das ist eine schöne Gabe, die aber auch manchen Unsinn produziert. Wisst, man kommt sich zuweilen näher, wenn man schweigt, als wenn man redet.«

Van Ackeren sah auf den toten Fisch hinunter, der am Boden lag, und verglich ihn mit Annas angefangener Zeichnung, die Maternus auf einer Taurolle abgelegt hatte. Wieder war es ihr trefflich gelungen, die Formen einzufangen. Auf ihrer Skizze waren zwei der Flugflossen auseinandergefaltet gezeichnet, obwohl bei dem an Deck liegenden Fisch alle vier zusammengelegt waren, als habe sie vorweisen wollen, wozu das Tier in der Lage sei.

»Wer mag sie sein?«, sagte er. »Und woher kommt sie?«

Maternus hob die Schultern. »Ich weiß es nicht. Dass sie Schlimmes erlebt hat, ist doch anzunehmen. Vielleicht hat man sie wegen Meineids bestraft, vielleicht war es auch bloß eine Lüge oder eine Rede, die einem Höhergestellten nicht gefiel.«

Maternus klopfte mit dem Buch auf seine flache Hand, als müsse er einen Ärger loswerden. »Man ist schnell bei der Hand mit dem Beil oder mit dem Brandeisen bei denen kleinen Leuten, Herr Van Ackeren. Und ist dies gerade bei den Reformierten, wenn ich das vor Eurem geneigten Ohr einmal aussprechen darf. Nähert man sich Eurer Heimatstadt Amsterdam, so ist das Erste, dessen man ansichtig wird, die kleine Insel mit den Gehängten und Geräderten, die man dort auf ihren Gestellen von den Seevögeln fressen lässt, wie Ihr wohl wissen werdet. Ich nehme an, dass Eure Stadtväter damit die Besucher dazu anhalten wollen, die Gesetze zu beachten.«

Van Ackeren biss sich auf die Unterlippe. Er wusste von der Galgeninsel vor der Amstelmündung, den eisernen Käfigen und den

Reihen Gehängter, welche den Schnäbeln der Seevögel preisgegeben waren, die dort hausten.

Aber war es nicht überall so? Er hatte nie überlegt, welches Bild Hollands größte Stadt den Reisenden bot, die an der grausigen Richtstätte vorbeifahren mussten, ehe sie in die Mauern eintraten. Im gleichen Moment begriff er, dass auch Anna vielleicht einmal vor dem Henker mit einem glühenden Eisen in der Hand gestanden hatte, und ihn schauderte.

Maternus, der ihn beobachtete, reichte ihm sein aufgeklapptes Zeichenbuch. »Was meint Ihr, ist er gut getroffen?«

Maternus hatte zwei Fische gezeichnet, den einen, wie er da lag, bei dem anderen hatte er die Flügel auseinandergezogen gezeichnet, damit man ihn in dem einen und in dem anderen Zustand sehen und vergleichen konnte. Neben dem Fisch bemerkte Van Ackeren wieder die seltsamen Buchstaben, welche unverständliche Wörter bildeten.

»Was bedeuten diese Wörter? Wenn Ihr mir die Frage erlaubt.«

Maternus lachte. »Kryptografie, mein Freund. Alles, was mir so wichtig scheint, dass ich es nicht preisgeben möchte, jedenfalls nicht den Augen und dem Verstand eines jeden Zöllners oder Hanswursten, verschlüssele ich nach der Methode Caesars.«

»Der Methode Caesars?«

»Stellt Euch zwei drehbare Scheiben vor, die übereinanderliegen. Auf beiden stehen im Kreis geschrieben alle Buchstaben des Alphabets. Dreht man die obere Scheibe, stehen sie sich versetzt gegenüber, und man hat ein einfaches System zum Austausch aller Buchstaben. Der Schlüssel zum Lesen ist die Anzahl der Buchstaben, um die man die Scheibe verdreht. Wer ihn besitzt, kann den Text leicht lesen.«

In Bruyninghuizens Kabine saß die Reederin im Unterkleid auf ihrer Pritsche und hörte Bruyninghuizen zu, der ihr vorlas. Er hielt dabei einen aufgerollten Brief in der Hand, von dem ein dickes Siegel herunterhing.

»... ist es mir darum ebenso eine Pflicht wie auch eine herzliche Freude, Eurer Herrlichkeit, hochwohllöbliche Frau Gouverneurin, den Mijnherr Van Bruyninghuizen aus Delft, welcher zusammen mit seiner Hausfrau –«

»Was hast du dafür bezahlt?«, unterbrach sie ihn.

»Hundert Gulden. Natürlich nicht für den Brief. Sondern damit die Gimpel glauben, was sie glauben sollen.«

»Dass du ein Pflanzer werden willst?«

»In der Tat, das sollen sie glauben.«

Die Reederin richtete die Träger ihrer Chemise und sah an ihrem mageren Leib herunter. Sie rückte an ihrer Haube. Hob die Schultern und ließ sie dann herunterfallen, sah ihren Gatten zweifelnd an, der ihrer Garderobe und dem, was sich darin befinden mochte, keine Aufmerksamkeit schenkte.

Bruyninghuizen schnaubte. »Der Lackaffe, dieser Teerstraten, will mich aushorchen. Womöglich ist er ein Spion der Compagnie.«

»Er ist ein Spitzbube«, sagte die Reederin mit einem dünnen Lächeln. »Sein Niederländisch klingt, als wär er ein Deutscher.«

»Auf jeden Fall ein Betrüger, das steht fest. Er will vormals Leibwächter gewesen sein von dem alten Jacob Merseburg in Amsterdam und hat noch allerlei dazu an artigen Foppereien in seinem Binkel. Ich glaub ihm kein Wort und wollte gern dabei sein an dem Tag, an dem er wird hängen müssen. Bei Gottes lebendigem Wort!«

Die Reederin hatte an den Hafteln ihres Unterrocks zu nesteln begonnen. »Man sagt, der Zucker wird weiter fallen«, sagte sie.

»Er fällt, und er steigt, Frau. Desto mehr Leute ihn wollen, desto mehr wird er steigen. Man kauft richtig, wenn die Preise fallen.«

»Und wenn die Stadt Amsterdam ihre Anteile halten will an Suriname und ebenso die Compagnie? Sie haben doch die Majorität.«

»Und wer, meine Liebe, ist die Stadt? Wer die Compagnie? Wer ist es?« Bruyninghuizens Gesicht verzog sich zu einem breiten Grinsen, das seine hängenden Backen straffte.

»Du denkst immer, du kannst dir sicher sein.«

»Ich denke, Frau, und ich denke richtig. Vermeulen, Van Damme und Heerbrouggen sind bei mir. Sommelsdijk ist tot, der Sohn unfähig. Seine Familie will in Suriname nicht bleiben, sie wollen zurück in die Heimat, dafür braucht es Geld. Sie werden verhandeln. Was geschieht wohl in Suriname, und wer wird bestimmen, wenn nicht … dies?« Bruyninghuizen rieb den Daumen am Zeigefinger. Er lächelte breit. »Frau Gouverneurin!«, rief er aus.

Die Reederin öffnete langsam den Mund und sah Bruyninghuizen an, dabei stülpte sie die dünnen Lippen vor, dass ihre gelblichen Zähne sichtbar wurden.

Sie hielt seinen Blick fest, während sie sich langsam erhob, und nahm die Haube vom Kopf. Dann wandte sie sich um und beugte ihren mageren Leib, ließ den Kopf nach unten hängen.

Bruyninghuizen stellte sich hinter sie. Griff nach ihren herunterhängenden Zöpfen und zog daran. Mit einem Seufzen hob sie ihre Röcke und schloss die Augen.

21

Tausende Flamingos, die in den von Algen bedeckten Sümpfen der Küste standen, drehten ihre Köpfe, als die beiden Schiffe im Dunst über der See Gestalt annahmen. Die Vögel stießen sich zur gleichen Zeit aus dem Wasser, und ihre Flügel entfalteten ein riesiges weißes Tuch über dem Saum der Mangrovenwälder, ehe sie als rot-weiße Wolke höherstiegen. Ihre schaukelnden Leiber flossen zu pulsierenden Linien zusammen und formierten sich zu Keilen, während ihr vielfältiges Krächzen meilenweit zu hören war. Der enorme Lärm schwoll minutenlang an und verebbte, als der Schwarm sich landeinwärts wandte.

Die unterseeischen Schatten der beiden Schiffe strichen über Korallenriffe hinweg, bewachsen von pulsierenden Seeanemonen, sie verdunkelten für Sekunden Schwärme von tiefblau leuchtenden Fischen, die mit wedelnden Flossen in den Schluchten des Riffs standen. Streunende Haie zuckten erschrocken zur Seite, und Rochen, die dabei waren, den hellen Grund nach Krebsen abzusuchen, gruben sich in einer Sandwolke ein.

An der menschenleeren Küste, von der aus man die Schiffe inzwischen hätte deutlich sehen können, bleichten auf dem knochenweiß leuchtenden Korallensand die Schalen großer Meeresschnecken. Die Brandung polterte heran und brach sich, ihre schaumigen Zungen glitten auf den flachen Strand hinauf und verschwanden mit einem Zischen im Sand, auf dem die Vögel ihre Spuren zeichneten, ehe sie von den Wellen gelöscht wurden.

Das urtümliche Land hinter der Küste, noch kaum von den Menschen gezeichnet, erwartete die beiden Schiffe mit der Trägheit einer Anakonda, über deren geöffnete Augen Fliegen laufen, während ihr gewundener Leib unsichtbar unter dem Wasser im Schlamm verborgen liegt.

Suriname

Du stellst meine Füße auf weiten Raum.

Psalm 31,9

1

Die Mündung des Suriname-Flusses öffnete sich nach südwestlicher Richtung vor der Landspitze, die Brams Point hieß. Bereits vor der Mündung veränderte sich die Farbe des Wassers von Blau zu Grün, und die Ufer, bewachsen von grünen Mangrovenwäldern, die auf ihren Wurzeln im Wasser standen, rückten näher heran; dabei konnte man nicht erkennen, wo eine Sandbank oder eine Fahrrinne war, und das war jedes Jahr wieder anders.

Solker ließ den Rudergänger am östlichen Ufer entlang einfahren, da man dort am ehesten tiefes Wasser vermuten konnte. Die beiden Schiffe, sich dicht hintereinanderhaltend, fuhren angebrasst mit heruntergenommenen Toppsegeln in die vier Meilen breite Flussmündung ein. Auf dem Bugspriet der »Marije van Flanderen« hockte ein Matrose mit dem Lot in der Hand, der in kurzen Abständen nach hinten melden musste. Bis jetzt hatte er bei zehn Faden noch keinen Grund. Solker, die Hände auf dem Rücken, starrte von seinem Platz am Achterkastell aus hinüber zu den von Gestrüpp überwucherten Baumgerippen, die aus den Mangroven herausragten wie die Knochen eines vermoderten Riesen. Auf ihren Ästen hockten schwarze Geier, welche beim Vorbeifahren der Schiffe die großen Flügel wie Leichentücher öffneten und sie nach einer Weile wieder zusammenfalteten, als wollten sie damit etwas mitteilen. Aber vielleicht war es ihnen zum Fliegen bloß zu heiß.

Solker fluchte im Stillen über das ganze gottverdammte Land, das ihm jedes Mal Angst machte. Weil er zu oft erlebt hatte, dass stramme Mannsbilder hier binnen einer Woche zu hohlwangigen Gerippen wurden und den Geist aufgaben, ehe man sich's versehen hatte. Er fürchtete die drückende hitzeschwangere Luft, die dem langsam fahrenden Schiff entgegenwehte mit ihren Miasmen aus ungesunden Sumpfgerüchen und der geradezu biblischen Plage der Mücken. Er wäre lieber nach Curaçao gefahren, aber das hatte man ihm diesmal nicht aufgetragen.

Dass es den Geiern zu heiß wäre, um zu fliegen, konnte indessen kaum zutreffen, denn man sah nun viele von ihnen in unterschiedlichen Höhen ihre Kreise ziehen in dem wolkenlos blauen Himmel. Ihre starren, gefingerten Flügel und ihre gemessenen, immer gleichen Bahnen gaben ihnen etwas schicksalhaft Bedrohliches. Abgesehen von ihrer sattsam bekannten Speisekarte. Schwarze Unheilsboten.

Eine weitere, unmittelbarere Drohung ging von den Echsen aus, derer man inzwischen ansichtig werden konnte, seitdem das Ufer näher gerückt war. Die Caimane lagen zu Dutzenden nebeneinander im Schlick und gaben sich den Anschein von leblosen Baumstämmen. Hier und dort zeigte sich ein aufgesperrter Rachen, aus dem wie poliertes Elfenbein die Zahnreihen hervorglänzten und in dem seltsamerweise meistens ein kleiner weißer Vogel mit gravitätisch bedachtsamen Bewegungen und vorgestrecktem Hals hin und her spazierte. Als sei es sein Geschäft, die tödliche Ausstattung eines Alligators zu inspizieren.

»Acht Faden!«

Solker schaute nach oben, die Segel standen gut. Man würde mit dem Wind vor Anker gehen können. Eins nach dem anderen. Wo vor einem Jahr tiefes Wasser gewesen war, konnte inzwischen eine Sandbank hergetragen worden sein. Immer am östlichen Ufer bleiben, wurde gesagt. Aber wer konnte einem Fluss schon trauen, ein Fluss war nicht die See, der hielt manches bereit. Zum Beispiel einen abgesackten Baum, der einem leicht den Steven einrammen konnte.

Aus diesem Grund hatten beide Schiffe weiter Fahrt weggenommen und krochen im Schneckentempo unter wenigen stehen gelassenen Segeln den Fluss hinauf. Varte stand mit vorne bei dem Matrosen, der lotete, und starrte ins Wasser. War zu hoffen, dass er alles sah, was er sehen sollte. Man musste einfach auf Gottes Hilfe vertrauen.

Nachdem man die Einmündung des Commewina-Flusses passiert hatte, kamen in Lee die ersten Gebäude in Sicht. Ärmliche Hütten, Vorratsschuppen, magere Geißen, hier und da eine Kuh und herumtippelnde Truthühner. Minderes Volk lebte hier, das menschliche Treibgut, das sich sammelte vor einer Stadt, wie überall. Kinder rannten am Ufer entlang, gaben schrille Töne von sich, wollten wie stets irgendetwas, sei es bloß, dass man ihnen Aufmerksamkeit zukommen ließ. Aus den Häusern traten Leute heraus. Frauen mit Hauben und hellen Kleidern, Männer mit hohen Hüten, in Stiefeln. Nur im Hemd oder in offenen Wämsern. Eine Hacke in der Hand der eine, einen Eimer der andere. Ein paar von ihnen winkten.

Solker zog Luft durch die Nase ein. Er blickte auf das Deck hinunter. Der junge Van Ackeren mit Teerstraten, der Deutsche dabei, standen zusammen an der Reling. Maternus winkte lebhaft den Leuten am Ufer. Der gelehrte Doctor, der es mit allen Leuten gut machen mochte und auch noch die Natur erkunden wollte, von der er glaubte, sie habe bloß gewartet auf ihn und seinesgleichen. Die Natur, Gott's Blut!

Geier und Krokodile. Und sobald der Wind weg war, kamen die Mücken. Viele, sehr viele Mücken. Mit ihnen Miasmen, Fieber. Biblische Plagen. *Das* war Natur.

Dort unten stand nun auch das rothaarige Weibsbild, das ihm Teerstraten abgeluchst hatte, hielt sich ein Stück entfernt, tat scheu, die Stumme. Der Teufel mochte wissen, was der gerissene Kerl mit dem mageren Reff vorhatte. Ihm egal, sie sollten von Bord, dann war man sie los. Er musste die Person nur noch aus den Papieren verschwinden lassen, sonst waren zweihundert Gulden weg. Ihm würde etwas einfallen.

»Klar jetzt beim Anker!«, brüllte er zornig nach vorn.

Varte schaute zurück und hob den Daumen.

Die Hafenzeile. Nicht so elegant wie in Sint Eustacius, überall noch die armseligen Ziegelbauten der Engländer, dazwischen Holzhütten und Schuppen, gleich beim Wasser. Erst dahinter auf den Hügeln standen die vornehmeren Häuser. Die Pflanzer blieben lieber auf ihren Liegenschaften, das Städtchen hatte sie noch nicht hergelockt.

»Brassen und Schoten los!«

Die Matrosen öffneten mit flinken Bewegungen die Schluppen an den Belegnägeln, die langen Taue verloren ihre Spannung, Mars- und Untersegel wurden schlaff.

Nun stand nur noch die Fock. Solker hatte entschieden, beim Ankern nahe der Flussmitte zu bleiben. Er hatte keine Lust, aufzulaufen, bloß damit die Boote ein paar Faden weniger zu rudern hatten. Noch eine Viertelmeile höchstens.

»Sechs Faden!«, schrie der Matrose.

»Lass fallen Anker!«

Mit lautem Klatschen fiel der Anker in den Fluss.

Als zuletzt auch die Fock losgemacht war, begann die Strömung das Schiff zurückzudrücken. Es wollte drehen, aber die Kette streckte sich, der Strom zog das Schiff mit sich fort, und mit ein paar Rucken, die ein Schütteln durch den Rumpf schickten, hakte sich der Anker fest in den Grund.

Varte stieg auf die Kette, sprang ein paarmal darauf, um die Spannung zu prüfen.

»Anker hält!«, rief er nach hinten. Und zu den Matrosen: »Bewegt euch! Ans Spill mit euch, ihr verdammten Sünder!«

Während die »Eenhorn« einen Büchsenschuss hinter der »Marije van Flanderen« das gleiche Manöver durchführte, wurden die Spaken in das Ankerspill gesteckt, und die Ankerkette wurde unter »Hooohooo, Joon-gens!« und »Zuuu-gleich!« dichtgeholt.

Ein Stück weiter flussaufwärts vom Ankerplatz lagen zwei andere Fleuten und ein dreimastiges Vollschiff, dazwischen eine Reihe von Büsen, Schaluppen und ein paar Leichter. Dort regte sich nichts. Die über Deck zum Sonnenschutz ausgespannten Segel auf den Überseeschiffen zeigten, dass man sich hier auf einige Zeit eingerichtet hatte.

Die Passagiere der »Marije van Flanderen«, die während des Ankerns neugierig hinüber zu den Häusern von Para Maribo geschaut hatten, hätten denken können, dass hier alles schliefe, da man niemanden zu sehen bekam. Sei es auch nur, weil die Hitze bei der nun eingetretenen Windstille so heftig geworden war, dass man nicht glauben mochte, dass lebendige Wesen solche Temperaturen aushalten konnten. Dem widersprachen indessen die Kinder, welche sich in einer Gruppe an der Pier aufgestellt hatten und sich vor Aufregung schubsten, um freie Sicht auf das Schiff zu haben, und die Hunde, die zwar nicht aus dem Schatten herauskamen, sich aber zu einem vielstimmigen Gebell hatten aufraffen können.

Van Ackeren lehnte sich gegen die Reling.

Er roch den Fluss. Den Geruch des Suriname. Streng und wild, als habe der Strom nur darauf gewartet, mit der Nase wahrgenommen zu werden. Der Geruch drang durch den malzigen Dunst nach heißem Zucker, welcher aus den Schornsteinen der Zuckersiedereien zum Schiff herübertrieb. Ein dumpfer Brodem aus Moder, verfaulendem Unrat, eine Ahnung fetten, sprießenden Wachstums darin, von dessen Unerschöpflichkeit das heranströmende Wasser erzählte, auf dem Büschel von seltsam aussehenden Blättern trieben, die aus dem unerforschten Land dahinter kommen mussten.

Als er seinen Blick vom Wasser nahm und wieder auf die Pier drüben richtete, erblickte Van Ackeren neben den Kindern ein paar Menschen, wie er sie zuvor noch nie gesehen. Sie waren plötzlich aufgetaucht, als seien sie gerade aus der Erde heraufgeschossen. Er war fast sicher, dass sie sich vorhin noch nicht dort befunden hatten, aber sie mussten schon da gewesen sein, als er zum ersten Mal hinüberschaute, denn sie wirkten so unbeweglich, als wären sie aus Stein. Sie waren fast nackt, abgesehen von den Lendentüchern aus vergilbtem Kattun, ihre schmalen Körper von einem helleren Braun als die der Neger. Ihre Haut bedeckt von schwarzen, würfelförmigen Tatauierungen, die über Brust und Hals zu den Gesichtern hinaufliefen, als habe jemand diese Menschen, denn unzweifelhaft handelte es sich um eine Art von Menschen, mit einem quadratischen Stempel ohne eine erkennbare Regel über und über gezeichnet. Neben ihnen auf der Erde lagen einige graue Behältnisse, an denen sich mehrere Henkel zu befinden schienen und deren Zweck nicht zu raten war.

Es mussten Indianer sein. Zwei Männer und eine junge Frau mit knospenden Brüsten, sie trugen Reife im Haar aus leuchtend roten Vogelfedern, und die vorderen Seiten ihrer Köpfe waren bis auf einen Kranz aus schwarzem Haar glatt rasiert und in einer scharlachroten Farbe bemalt. Die drei starrten ohne eine Regung zum Schiff herüber.

Van Ackeren bemerkte nun, dass zwei der Henkel an den grauen Behältnissen, die den Indianern zu gehören schienen, sich bewegten, und er begriff, dass es sich um Seeschildkröten handeln musste, die man auf den Rücken gedreht hatte, und dass die Henkel nichts anderes waren als ihre Flossen, deren sie sich in dieser Lage nicht bedienen konnten.

2

Ein geräumiges Boot kam herangefahren. Als Ruderer dienten sechs Neger, die man an die Bänke angekettet hatte. Sie zeigten eine große Teilnahmslosigkeit, indem sie die zusteigenden Passagiere nicht ansahen, sondern bloß ihre Riemen ruhen ließen und zu warten schienen, bis man sie wieder rudern hieß. Zwei Matrosen halfen beim Abstieg über das schwankende Fallreep.

Van Ackeren erinnerte sich später daran, dass Anna bei ihm stehen blieb, bis er an die Reihe zum Hinabsteigen kam, und sich dann als Nächste an die Strickleiter machte. So kam sie ihm nahe. Als habe sie das gewollt. Auch daran dachte er später, im Nachhinein, so wie an vieles. Im Augenblick allerdings vermochte er nicht alles aufzufassen, was vorging, ihm war jedoch bewusst, dass er, als man im Boot anlangte, Anna zunächst ausweichen wollte, sich dann aber doch auf die Bank ihr gegenüber setzte.

Das Boot legte ab. Darauf befand sich Teerstraten, der mit Maternus lebhaft disputierte, daneben die aufgeputzten Bruyninghuizens, hinter ihnen aufgeregt plappernd die Leydenerin und die junge Frau aus Delft mit dem vernarbten Gesicht. So bewegte sich das Boot im voranstrebenden Takt der Ruderer über den Fluss zum Ufer hin.

Anna suchte Van Ackerens Blick.

Und augenblicklich begriff er, dass er ebendem die ganze Zeit hatte ausweichen wollen. Und dass er ihr deswegen wochenlang aus dem Weg gegangen war, sich auch deswegen für ihre Zeichnungen, die sich nun in seiner Kiste befanden, nicht bedankt und nicht für die Berührungen ihrer Hände, als er siech gelegen hatte. Und er begriff, dass er sie vielleicht nicht mehr wiedersehen würde, da sich ihre Wege hier unweigerlich trennen mussten.

Ein Groll überkam ihn. Es war unrecht, aber er grollte *ihr*, dass sie nicht zu reden brauchte, er aber doch etwas sagen musste. Und wusste nicht, was.

Seine rechte Hand befand sich gewohnheitsmäßig in seiner Rocktasche.

Wie oft drückt er mit ihr sein Andachtsinstrument, das sich schon seit Amsterdam darin befindet, er drückt es fest in die Handfläche hinein. Den silbernen Wappenknopf mit dem steigenden Pferd, der in dieser Tasche seinen Platz hält, weil sein Besitzer manches Mal das harte Metall spüren muss, wie es sich in seine Haut eingräbt und an dieser Stelle einen kleinen Schmerz verursacht, um ihn zurückzuholen ins Wirkliche. Er ist zu einem kleinen Marterwerkzeug der Selbstbesinnung geworden, dieser Knopf mit dem Familienwappen, abgerissen einst vor den Augen der Eltern im frommen Zorn, als der junge Eiferer zeigen wollte, dass er den eitlen Prunk eines Wappenknopfs verabscheut. Und den Rock, an dem der Knopf fehlt, seitdem nicht mehr angelegt hat.

Während die Ruder mit leisem Klatschen eintauchen und das stark riechende Wasser des Suriname am Boot entlangströmt, lassen Annas Augen Van Ackeren nicht los. Und er sinkt ein in diesen Blick, in das Farbenspiel der grünen Iris, in der man das Harte und das Weiche an ihr erkennen kann, und versteht nun, dass es zwischen ihnen beiden etwas gibt, was nicht ausgesprochen werden darf, und ihm schwant, dass sie recht wohl weiß, wie ihm ist.

Ohne sich zu besinnen, nimmt er die Hand aus der Tasche und reicht ihr den Knopf. Will auch etwas dazu sagen, wie: Ich möchte Euch danken für alles, für Eure Zeichnungen, für das, was Ihr getan habt, für Eure Güte, und ich möchte, dass Ihr an mich denkt, wie ich … an Euch denke, wenn wir nun auseinandergehen, was bald sein wird – wie ich fürchte. Und uns dann vielleicht nicht mehr …

Nicht mehr … wiedersehen?

Aber Van Ackeren sagt nichts.

Anna öffnet ihre Hand. Sie lässt ihn den Knopf hineinlegen, dabei deckt sie für einen Moment seine Hand mit der ihren. Lässt ihren Blick für diese Sekunde noch verharren. Dann schlägt sie die Augen nieder.

»Hier, lieber Freund, trennen sich unsere Wege.«

Teerstraten, sich mit dem Hut Kühlung zufächelnd, war an der

Pier stehen geblieben. Ein Stück hinter ihm verharrte die Gruppe der Indianer, die sich nicht gerührt hatten, als die Passagiere aus dem schwankenden Boot ausgestiegen waren, als habe das Ereignis des ankommenden Schiffes nichts mit ihnen zu tun.

Teerstratens betresster Rock, den er aufgeknöpft hatte, zeigte Schweißränder, der Kragen stand offen, das Halstuch musste ihm die Stirn trocken halten. Kaum atmen konnte man bei der Hitze.

Van Ackeren war höflich bei ihm stehen geblieben, da er von ihm angesprochen, obgleich er sich von anderem weit mehr in Anspruch genommen fühlte. Denn eben ging Anna an ihm vorbei, zusammen mit ihren Schicksalsgenossinnen. Wohl, um das Kontor der Compagnie aufzusuchen, wo sie sich der nächsten und letzten Brautschau auszuliefern hatte. Van Ackeren schaute ihr nach – indessen, sie drehte sich nicht um.

Aber Teerstraten wollte wie stets Aufmerksamkeit für seine Suada.

»Nun muss ich also doch«, sagte er in theatralischer Manier, »meiner Bestimmung folgen. Wiewohl – ich hätt's mir anders wünschen mögen, glaubt mir, lieber Herr Van Ackeren. Hab mir allerlei Weglein versucht, offenzuhalten, aber damit ist's nun fürs Erste vorbei.«

Die drei Frauen gingen die Pier hinunter, bei sich einen Karren mit ihren Bündeln, den ein Neger zog. Bald würden sie außer Sicht sein.

»Ich verstehe Euch nicht«, sagte Van Ackeren.

»Nun, ich habe mich verpflichtet, hierherzureisen und ein Amt zu bekleiden, das vakant geworden. Ein Opfer meiner Gutmütigkeit war ich, aber es gibt gewisse Verpflichtungen. Ihr wisst vielleicht, mein Lieber, dass der gute Gouverneur Sommelsdijk hier vor kurzer Zeit sein Leben verlor, geradeso wie sein Kommandant Laurens Verboom. Bei einer Meuterei, sagt man. Das mag vorkommen, und versteht man nicht leicht, weshalb, wenn man die Verhältnisse nicht kennt. Ich, mein Bester, bin sozusagen hierherberufen, damit das nicht wieder geschieht.«

Teerstraten hielt inne und folgte Van Ackerens Blick, der noch immer den drei Frauenspersonen nachschaute, welche nun um die Ecke der ersten Häuserreihe bogen und damit aus dem Blickfeld verschwanden.

»Da geht sie hin, Eure Schutzbefohlene«, sagte Teerstraten und tupfte sich mit dem Halstuch die Stirn. »Und wer, glaubt Ihr wohl, wird übrig bleiben von denen drei Grazien?«

Van Ackeren wich dem Blick Teerstratens aus, da er plötzlich Zorn darüber fühlte, von dem gleichgültigen Mann aus Spaß an seinem Kummer verspottet zu werden.

Ohne Teerstraten anzusehen, teilte er kühl mit, er habe vor, nur wenige Tage hier in Para Maribo zu verbringen. Und befinde sich in der glücklichen Lage, ein Empfehlungsschreiben an Frau Lucia van Sommelsdijk mit sich zu führen, der Schwester des Gouverneurs, welche die Plantation »Providentia« ihr Eigen nenne. Er plane, ihr seine Aufwartung zu machen, um dann zu sehen, wie er weiterkomme; er hoffe auf ein Boot, mit dem er dorthin fahren könne. »Providentia« liege, wie man ihm gesagt habe, an die fünfzig Meilen flussauf.

Teerstraten ließ seinen Blick einen Moment auf Van Ackeren ruhen, als denke er über etwas nach.

»Ein Boot«, sagte er dann. »Ja, das wird man Euch sicher anbieten. Nun, dann können wir vielleicht noch Abschied feiern.«

»Wisst, dass der neue Kommandant, Herr Van Vredenburg«, fuhr er in aufgekratztem Tonfall fort, ohne sich um Van Ackerens mangelndes Interesse zu kümmern, »mir in Verbooms Haus mein Quartier zuteilen soll. Die Compagnie gibt mir zwei Jahre – nennt es Gefängnis oder wie immer Ihr wollt –, herauszufinden, was die Wurzel des genannten Übels gewesen, sie herauszureißen und ein neues Pflänzlein der Disziplin zu gärtnern. Soll heißen, einen Trupp Soldaten hinzustellen, auf den man sich verlassen kann.«

Teerstraten lächelte und betrachtete die Federn an seinem Hut, den er abgenommen hatte und nun ansah, als spreche er mehr zu ihm als zu seinem Zuhörer. »Um deren drei Dutzend Lotterbuben handelt es sich, wie ich schätze. Nun, es geht ja bloß gegen die Engländer, Spanier, Portugiesen und Franzosen, gegen die Indianer und die

Buschneger.« Er ließ den Hut sinken und schaute Van Ackeren ins Gesicht. »Was sagt Ihr dazu, mein junger Freund?«

Ihm falle dazu nichts ein, antwortete Van Ackeren. Er verstehe nichts vom Soldatenhandwerk. Immerhin sei es von Nutzen, wenn ein erfahrener Mann diese Aufgabe übernehme.

Während Teerstraten sorgfältig den Staub von seinem Hut klopfte, wandte sich Van Ackeren der Pier zu, wo inzwischen ein zweites Boot angelegt hatte, welches weitere Gepäckstücke der Reisenden brachte. Darunter auch solche, die offensichtlich Maternus' Eigentum waren, da er beim Ausladen mithalf und sorgsam acht darauf hatte, dass nichts ins Wasser fiel. Die beiden Holzkisten enthielten vermutlich sein Fernrohr und andere wertvolle Gegenstände, die ein Naturforscher benötigte. Beim Zusehen spürte Van Ackeren auf einmal wieder, wie traurig er war.

»Lasst den Kopf nicht hängen«, sagte Teerstraten, als habe er die Affektion bemerkt. Er legte ihm die Hand auf den Arm. »Dieses Land hält vieles bereit, wofür wir nicht gerüstet sind, was uns dennoch bereichern kann. Besucht mich im Hause Verboom, Herr Van Ackeren. Ihr seid mir zu jeder Zeit willkommen.«

Maternus winkte dem Mann, der Karren vermietete und sich auch gleich erbötig zeigte, das Gepäck des Doctors transportieren zu lassen. Mehrere seiner Transportgefährte standen in einer Reihe, mit Negern davor, sie zu ziehen, und warteten auf Kundschaft. Maternus' Kisten wurden aufgeladen.

»Legt Euer Bündel dazu, lieber Freund«, rief der Doctor zu Van Ackeren hinüber, der noch an der Stelle stand, an der er mit Teerstraten gesprochen, welcher sich mittlerweile empfohlen hatte.

Als falle es ihm schwer, sich von dort wegzubewegen.

»Und begleitet mich einfach zum Haus des Gouverneurs«, rief Maternus, »den ich als Ersten aufzusuchen habe, um meinen Pflichten nachzukommen.«

Während sie hinter dem Karren hergingen, erzählte Van Ackeren dem Doctor von dem Schreiben, das man ihm mitgegeben hatte. Maternus meinte, das treffe sich ganz vorzüglich, man könne den

Antrittsbesuch ja gemeinsam ableisten. Er lade Van Ackeren dazu ein, mit ihm außerdem bald die Mefrouw Merian zu besuchen, die seit Kurzem in Para Maribo logiere. Sie sei eine Tochter des deutschen Kupferstechers und Verlegers Merian und habe selbst bereits Bemerkenswertes über die Verwandlung von Raupen in Insekten veröffentlicht. Die Metamorphosis der Insekten sei eines der noch kaum erforschten Phänomene der Natur. Dächten ja noch viele, dass solches Getier von selbst aus unbelebtem Unrat entstehe, dabei wüssten alle Menschen mit Verstand und im Besonderen die Chinesen seit tausend Jahren, dass beispielsweise eine Seidenraupe aus Eiern entstehe, sich verpuppe und verwandle. Aber die Menschen seien mangels ordentlicher Bildung des Geistes oft nicht in der Lage, Analogica der einfachsten Art zu vollziehen.

Maternus schüttelte den Kopf, nahm seinen Hut ab und wischte sich mit einem Linnentuch über die schweißbedeckte, kahle Stirn. Frau Merian, sagte er anschließend, sei seines Wissens auch gut bekannt mit den Sommelsdijks und stelle sicherlich eine der Personen dar, die man hier kennen sollte.

3

Mit energischen Auf- und Abschwüngen und leisem Gleiten rutschte der Gänsekiel über das raue Papier in Van Ackerens Andachts- und Tagebuch, unterbrochen nur von den Pausen, in denen Tinte nachgefasst werden musste. Die Feder setzte ihr eigenes Geräusch gegen das Konzert aus Tierstimmen, das im Dunkel stattfand, von welchem das kleine Haus und die erleuchtete Stube darin umgeben war, in der Van Ackeren saß und schrieb.

Das Talglicht auf dem Tisch hätte noch mehr beflügelte Nachtwesen angezogen, als bereits im Zimmer herumsurrten, wäre nicht im Fenster ein Rahmen angebracht gewesen, welcher mit Musselinstoff bezogen war, den man hier anstelle von Glas verwendete, um die Insekten fernzuhalten, was allerdings nur unzureichend gelang und zudem die Hitze, die drinnen wie draußen herrschte, nicht im Mindesten lindern konnte.

Deshalb saß Van Ackeren nur mit Hemd und Beinkleidern angetan auf dem einzigen Hocker, den die Stube außer Tisch und Bett als Mobiliar aufwies. Doch – er war's zufrieden; der Raum war weit größer als derjenige auf dem Schiff, und man hatte doch endlich festen Boden unter den Füßen. Nur musste er hier seine Stube mit vielen Mosquitos teilen, die sirrend im Licht der Kerze heranflogen und danach trachteten, sein Blut zu saugen. Wurde er ihrer habhaft, so erschlug er sie, wiewohl auch sie Geschöpfe Gottes sein mochten. Wo die Mücken aber schneller gewesen waren als seine Hand, schwollen ihre Stiche an und zwangen ihn, sich an vielen Stellen zu kratzen. Auf dem Tischchen stand eine Tasse aus Chinaporzellan bereit, gefüllt mit dem Saft von Limonen. Welcher, wie Maternus behauptete, eine Linderung der Beulen und auch einen gewissen Schutz vor den Stichen der Plagegeister gewähren sollte.

Eine mondlose Tropennacht lag über der Siedlung am Ufer des Flusses. Die Sperrstunde hatte begonnen, in der sich kein Neger unbegleitet oder ohne schriftliche Erlaubnis seines Herrn mehr im

Freien aufhalten durfte. Ohnehin waren die Straßen so gut wie leer, das Städtchen geradezu ausgestorben mit Ausnahme der Wirtshäuser am Hafen, in die sich alles Volk hinein verzogen hatte, das bei Tageslicht noch herumspaziert war. In den größeren Straßen brannten Fackeln, sie warfen bewegte Schatten an die Wände der Häuser und in die Gassen, in denen im Dunkeln umging, was das Licht des Tages scheute. Wer nachts unterwegs sein musste und von Stand war, nahm daher eine Kutsche oder ließ sich von seinen Sklaven in einer Sänfte tragen.

Nahe dem Fluss brannten die Feuer der Indianer, welche die ganze Nacht unterhalten wurden. In ihrem Schein flogen Fledermäuse ihren gezackten Kurs, Nachtfalter flatterten vorbei, und große Wasserkäfer flogen aufglänzend wie polierte Knöpfe durch den aufstiebenden Funkenflug.

Para Maribo lag wie ein halb erloschenes Feuer im Urwald neben dem dunklen Strom. Darüber füllten die Sterne das nächtliche Firmament, unzählige feine Stiche, aus denen Licht entwich, um zur Erde hin zu reisen. Aus dem Wald, der alles Land bedeckte wie ein dunkler Überwurf, kam ein ununterbrochenes Pfeifen und Keckern, Fiepen und Läuten. Große Laternenkäfer taumelten durch das Blätterwerk und verloren sich im Dickicht wie verirrte Funken, wo die Yaguare hausten.

Die Indianer hockten beieinander, ihre braunen Gesichter von den Flammen beleuchtet. Sie kannten das trockene Husten, das den Herrn der Nacht ankündigte, der von allen Wesen wusste, die nachts umgingen, von den Toten, immer eifersüchtig auf die Lebenden, und von ihrem unstillbaren Groll und von ihrem Hunger nach Leben. Die Toten, welche Kinder der Nacht geworden waren und die denen auflauerten, die sich verirrt hatten, und sie zu sich holten in den Gestalten, die alle Menschen am Ursprung besessen hatten. Als große Schlange, Alligator, als Erdbebenfisch und als die gefleckte Katze, deren Augen alles sahen.

Aber nicht nur die Toten gingen um. Durch das allgegenwärtige Pfeifen und Keckern des Nachtgetiers drang in Abständen ein anderes Geräusch, das klang wie ferner Donner, und auch dieses

Geräusch hörten die Indianer. Das Geräusch von Holzschlegeln auf geschlitzten Baumstämmen, über viele Meilen hinweg gedämpft von den lebendigen Mauern des Dschungels.

Auch Van Ackeren vernahm die Trommeln. Vieles mehr noch hörte er außer dem einschichtigen Kratzen seiner Feder, indessen, ohne es zu verstehen. Er hörte das Bellen der Alligatoren, den Todesschrei eines Nabelschweins, das von der großen Wasserschlange erbeutet wurde, das Klatschen, wo die weißen Flussdelphine im dunklen Wasser miteinander spielten, und das plötzlich losbrechende Brüllen der Affen, die sich um ihre Schlafplätze stritten. Für ihn waren es die Geräusche des fremden Landes, die er halb wahrnahm, halb nicht, während er schreibend in seiner Kammer saß, umgeben von einer großen Finsternis.

Am 4. April 1701
Ich habe heute meinen Antrittsbesuch bei der Gouverneursfamilie Sommelsdijk abgeleistet, wo man uns im Übrigen sehr freundlich empfing. Man hat mir und Doctor Maternus nach einem Tee auf der Terrasse die Gelegenheit eröffnet, die Plantation zu besehen, welche sich vor uns in ihrer ganzen Ausdehnung und vollkommenen Pracht ausbreitete, was besonders den Doctor außerordentlich interessierte. Es handelt sich um eine recht große Anlage mit dem vornehmen Herrenhaus in der Mitte, das einen klassischen Porticus besitzt und alle denkbaren Annehmlichkeiten der Ausstattung aufweist, wie man es sich schöner in Holland nicht vorstellen könnte. Eingeschlossen eine Bibliothek, deren Eingang flankiert wird von zwei sechs Fuß langen, in sich gedrehten Hörnern des See-Einhorns, von dem Doctor Maternus sagte, es handle sich um die Waffe eines großen Fisches und dass ebensolche Hörner derzeit sehr gesucht in den Wunderkammern der Fürsten. An Büchern hält man, was zurzeit in der Mode, es finden sich alle Nachschlagewerke und einiges Naturkundliche, wie auch sämtliche Bibeln und schöne Psalter, sogar einige Romane sind vorhanden.

In einiger Entfernung vom Herrenhaus sahen wir von der Terrasse aus schmucke Häuser, in welchen Aufseher und Handwerker untergebracht, weiter entfernt die Ställe für das Vieh und die Kontore für die

Fässer. Noch etwas weiter davon liegen die aus Ziegeln erbauten Behausungen der Sklaven, deren die Sommelsdjiks an die zweihundert besitzen. Das Zuckerrohr wird hier von Mühlen zerrieben, welche mit sinnreicher Wasserkraft aus Kanälen angetrieben werden, die mit der Tide sich beständig füllen und leeren. Um den Ablauf nicht unterbrechen zu müssen, setzt man bei Ebbe Göpel ein, welche von Maultieren gezogen werden. Der gepresste Zuckersaft wird im Kesselhause aufgefangen, wo man ihn einkocht, bis er zur Melasse gedickt in Fässer zu je tausend Pfund Gewicht abgefüllt werden kann, worin man ihn später nach Übersee verschifft.

Der junge Herr Sommelsdijk sagte mir, dass ein Morgen Land an drei- bis viertausend Pfund Zucker erzielen könne und dass mit den sechs- bis achthundert Morgen, die eine gute Plantation umfasse, in fünf Jahren die Kosten für die Sklaven und das Land leicht könnten ausgeglichen werden, sodass der Gewinn für die Plantagehouders in Suriname beträchtlich ausfalle. Und dies noch immer, obgleich die Preise fielen.

Beim Spaziergange durch die Anlage sahen wir, dass die Aufseher mit Feuerwaffen ausgestattet waren. Man erklärte uns, dass das Zuckerrohr von wilden Tieren, zumalen von Hirschen, weggefressen werde, sodass die Tiere, welche trotz der Zäune hereinkämen, mit Musketenschüssen fortgetrieben werden müssten.

Noch das ausgepresste Rohr lässt sich vielfältig verwenden, als Baumaterial und schließlich als Dünger. Aus einem Teil der Melasse wird ein starker Schnaps destilliert. Man benennt ihn mit seinem englischen Namen als den »Kill devil«, und der junge Sommelsdijk meinte, dass Weiße davon krank würden, die Neger ihn aber gut vertrügen und man ihnen auf den meisten Plantationen ein Quart auf die Woche zumesse, um sie ruhig zu halten.

Doctor Maternus hat die sinnreiche Mühle mit den schweren gusseisernen Eisenwalzen in seinem Buche abgezeichnet. Dabei fiel ihm auf, dass an allen vier Seiten der Vorrichtung eine Axt in Haltern hing, und man belehrte uns, dass zuweilen Sklaven in den Mechanismus hineingezogen würden, welcher derwegen nicht angehalten werden könne. Man gebrauche dann diese Äxte, um den Arm oder das Bein abzuschlagen, damit das Leben des Unglücklichen noch gerettet werden könne. Es komme solches jedoch recht selten vor.

Im Übrigen sind die Strafen für alle Vergehen sehr hart. Dem Neger, der vom Zucker nimmt, werden alle Zähne ausgeschlagen. Wer wegläuft, bekommt das Bein abgeschlagen, eine Operation, die viele nicht überleben. Inmitten des Wohnbereiches der Neger sahen wir einen eingerammten Pfahl, an dem ausgepeitscht wird. Der Pfahl allein, teilte uns der junge Mijnheer Sommelsdijk mit, tue in trefflicher Weise seine erzieherische Wirkung, auch dann, wenn niemand gerade daran gebunden stehe. Ohnehin ist die Peitsche ein Werkzeug, das immer bereitgehalten wird. Man sieht keinen Aufseher, der sie nicht aufgerollt am Sattel hängen hätte, und wenn sie herumlaufen, tragen sie einen kurzen Ochsenziemer in die Bluse gesteckt.

Ich kann mir leicht denken, dass die Sklaven hier nicht besser behandelt werden als auf dem Schiff, wo ich täglich die Rohheiten erleben musste, die ihnen von der Besatzung angetan wurden.

Van Ackeren hielt beim Schreiben inne. Der Kiel musste nachgespitzt werden, was ihm nicht gut geriet, da sein Federmesser stumpf geworden war. Er schärfte die Klinge an der Unterseite seiner Teetasse nach.

Und habe ich, schrieb er weiter, *bei dem Besuch der Sommelsdijks auch die Tochter der Mefrouw Merian, Frau Dorothea Merian, kennengelernt, welche zusammen mit ihrer Mutter Sibylla hier weilt, um eine vortreffliche Sammlung von Insecten anzulegen, welche von den Damen auf die exquisiteste Weise abgezeichnet werden, um sie später in Holland in Kupfer zu stechen. Sie hätten vor, sagte die Jungfer Dorothea, in Amsterdam mit der Unterstützung des Bürgermeisters, Mijnheer Witsen, ein größeres Werk herauszugeben, versehen mit großen Kupfern, wo man die wichtigsten Pflanzen zusammen mit den Insecten und anderen Tieren, die auf ihnen lebten, abgebildet sehen könne. Womit man glaube, großen Success bei denen Sammlern und Kunstkennern zu erzielen, welche inzwischen auch die west-indische Flora und Fauna in ihren Collectiones und ihren Mirabilia vertreten haben wollten. Frau Dorothea Merian ließ uns wissen, sie sei mit ihrer älteren Schwester schon einmal vor drei Jahren in die Kolonie gereist und nun aufs Neue mit der Mutter gekommen. Sie erzählte mir, dass sie seit acht Jahren in der Vijzelstraat ihre Wohnung haben, was nicht weit von uns gelegen.*

Und dass sie mit ihrer Mutter und ihrer Schwester in Waltha gewesen bei Pierre Yvon! Dass weiter die Projection ihrer Mutter, eine Sammlung surinamesischen Getiers anzulegen, überhaupt erst in Waltha entstanden, da die frommen Brüder, die hierher nach Suriname gereist und nach Providentia gelangten, entsprechendes Material zurückgebracht, was auf großes Interesse gestoßen sei bei denen Sammlern in Utrecht und in Amsterdam.

Man plane daher, nach der Rückkehr in Amsterdam eine gute Collection anzulegen, um mit dem Verkaufe der Sammlungen die Mittel für die Herausgabe des neuen Buches, welches mit Aufwand produciert werden solle, aufzubringen. Leider, so sagte die Jungfer Merian, sei ihre Mutter erkrankt und das Klima sehr anstrengend. Sie habe daher auch zum Tee mit den Sommelsdijks nicht mitkommen können.

Jungfer Dorothea ist eine angenehme Person, die außerdem fromm und bescheiden. Sie erzählte manches aus Waltha, was mir nicht bekannt gewesen, und lud uns für den nächsten Tag in ihr Haus ein, die schon eingerichteten Teile der Sammlung anzusehen und die Zeichnungen, die angefertigt wurden als Vorlagen für die Kupfer. Maternus im Besonderen war sehr angetan von der Arbeit der Merians und indessen kaum zu interessieren für die geschäftlichen Berichte der Sommelsdijks von den Zuckerplantationen und den Sorgen, die man ob der fallenden Preise und der Unruhen im Lande inzwischen haben müsse.

Ich glaube, dass der Doctor bloß halbherzig befasst ist mit den Missiones, zu welchen man ihn verpflichtet. Seine Passion ist vielmehr auf das Forschen gerichtet, was ihn in meinen Augen nicht desavouiert, da ich dieses an ihm mehr schätzen kann als das Streben nach Profit, von dem sonst alles angetrieben wird. Der Doctor hat mir übrigens großzügig eine Kammer in seinem Haus, das er angemietet, zur Verfügung gestellt. Sogar ein Sklave gehört dazu, den aber keiner von uns wirklich benötigt.

Mefrouw Sommelsdijk hat mir die glückliche Aussicht mitgeteilt, mich binnen drei Tagen auf einer Piroge einschiffen zu dürfen, die mit ihren Leuten und einigen Waren nach Providentia fahren soll. Doctor Maternus meint, er wolle mich gern dorthin begleiten, weil er auf diese Weise tiefer in den unerforschten Teil des Landes gelangen könne.

Auch dies kann gewiss kein geschäftliches Interesse sein, nachdem die Plantation Providentia der Familie Van Sommelsdijk gehört und er alles leicht hier mit der Mefrouw besprechen könnte, was seiner Mission dienlich. Indessen offenbart mir sein Streben immer wieder ganz unverfälscht seine Freude an GOTTES Schöpfung.

Die Feder verharrte. Sie wollte den nächsten Buchstaben nicht angehen, sie schien sich in seltsamem Ungehorsam für einen anderen entschieden zu haben und war schon dabei, das dazugehörige Wort zu schreiben: *Anna*. Den hoffnungsvollen Aufschwung für das *A*, den Gipfel und Abschwung, den querlaufenden Strich, an den sich die nächsten Buchstaben anhängen konnten. *Anna.* Ganz gleich von vorn wie von rückwärts.

Aber er hatte doch gar nichts über Anna schreiben wollen. Er hatte … Van Ackeren schüttelte den Kopf. Stützte ihn in die Hände. Im Licht der Kerze sah er zu, wie seine Tränen auf das Holz hinabfielen.

Nach einer Weile seufzte er und tauchte die Feder in das Tintenglas. Und setzte sie auf das Papier für das *H*, das ursprünglich geplant gewesen war. Ein Buchstabe, der oben anfing, nicht unten, wie es sich gehörte bei dem Wort für den Einzigen, dem er sich anheimgegeben.

HERR!, schrieb er. Und danach die Worte, die ihn eben auf Abwege geleitet hatten.

Nach dir schmachtet mein Leib wie dürres Land ohne Wasser.
Denn deine Huld ist besser als das Leben.
Ich denke an dich auf nächtlichem Lager
und sinne über dich nach, wenn ich wache. (Psalm 63)

Wieder verharrte die Feder.

Ihre Hand war kühl gewesen, als sie sie im Boot über seine gelegt, die Haut weich. Und eine so schöne, entschlossene Bewegung. Mit der sie ihren Blick in etwas verwandelte, in etwas Sicheres und Beständiges, das ihm wohlgetan wie ein Versprechen, das sie in Worten hätte geben können, deren sie aber doch nicht mächtig war.

Dieselbe Hand hatte ihn schon zuvor berührt, als er siech gelegen. Er hatte sie auf seiner Stirn gespürt, und sie hatte ihn auch sonst berührt, Anna. Auch sonst und nicht nur mit den Händen. Sein Leib erinnerte sich, wenn auch nicht sein Verstand. Sie hatte ihn gesalbt und gepflegt wie Magdalena einst den Herrn Jesus Christus.

Van Ackeren kam ein Schauder an über seine Maßlosigkeit. Einen solchen Vergleich zu wagen! Er lenkte sein Denken rasch dorthin, dass sie doch beide, Magdalena wie Anna, Menschenkinder waren, welche wie alle der Liebe fähig waren und das Licht im Herzen trugen.

Dennoch war es anmaßend gewesen, solches nebeneinander zu denken.

Er legte das Schreibzeug auf dem Tisch ab. Horchte auf die Geräusche draußen, die immer fort und fort gingen und dies die ganze Nacht weiter so tun würden. Dann nahm er die Feder wieder auf, um den Abschluss für heute aufzuschreiben.

HERR, schrieb er, *du stellest meine Füße auf weiten Raum. (Psalm 31.9)*

4

Das Haus der Merians lag am nördlichen Rand der Stadt, welche gerade einmal aus einem guten Dutzend Gassen bestand, von denen weg einige Querstraßen verliefen. Nur die vordersten Häuser, an denen man bei der Pier vorbeiwandelte, waren reicher ausgestattet als diejenigen dahinter, die zum Teil sehr einfach gehalten waren, ebenso wie es in Sint Eustacius gewesen. Auffallend war, dass häufig Ziegel verwendet wurden. Viele der Häuser waren nur aus Holz errichtet mit einfachem Fachwerk dabei. Die meisten davon waren von Engländern erbaut worden, denen das Land nicht lange zuvor gehört hatte. Es lebten, hatten die Sommelsdijks erzählt, deren noch etliche hier unter den Händlern und Handwerkern, die ein solcher Ort benötigt, gerade so wie auch Juden aus Portugal, die sich auf den Kleinhandel und den Zuckeranbau gut verstanden, und ein paar Franzosen, die als Händler tätig wären. Welche letzteren aber Anfeindungen ausgesetzt seien, nachdem die Franzosen aus dem nahe gelegenen Fort Cayenne die Kolonie schon einmal überfielen, in der kurzen Zeit, in der sie den Niederländern eigen war.

Auch das Haus der Merians erwies sich als ein hübscher Ziegelbau mit einigen Nebengebäuden daran, welche vormals wohl als Schuppen gedient. Es besaß ein Entree mit einer kleinen Treppe daran, wie viele dieser Gebäude, deren früheren Besitzern wohl daran gelegen war, ein wenig von sich herzumachen.

Maternus und Van Ackeren wurden von Jungfer Dorothea Merian herzlich empfangen, und in dem kleinen Salon trafen sie denn auch die Mefrouw Merian an.

Sie freue sich, sagte sie, einen Besuch aus Amsterdam zu bekommen und dazu noch einen Herrn dabei, der in Waltha gewesen, wo sie mit ihren Töchtern doch über ein Jahr gelebt habe. Und fühle sie sich in besonderer Weise geehrt durch das Interesse des Herrn Doctor, mit dem sie sich freue, sachverständig plaudern zu können über die Fauna und die Flora der Neuen Welt.

Obgleich sie im Konversieren freundlich und zugewandt erschien, hatte Van Ackeren den Eindruck, dass die Mefrouw von Sorgen bedrückt sei. Dies unterstrich noch, dass ihre Tochter öfter als es vielleicht beim Gespräch üblich zu ihr hinschaute, als müsse sie sich ihres Befindens versichern.

Man sprach über das Klima und die Fieber, an denen viele in der Stadt litten, und Mefrouw Merian ließ wissen, dass sie fürchte, ebenfalls am Wechselfieber erkrankt zu sein, da dieser Ort stark von Miasmen heimgesucht werde und das Wasser sehr schlecht sei. Die meisten Häuser müssten ihr Wasser filtern, um es gesund zu halten, und es befänden sich nur zwei zuverlässige Quellen in der Nähe, von wo man das Wasser für Geld erwerben müsse. Die Flüsse und Bäche führten kein genießbares Wasser.

Nun habe sie aber, erklärte die Merian, obgleich sie ihr Alter anerkenne, noch immer vollbracht, was sie sich vorgenommen. Es falle ihr indessen nicht leicht, die fälligen Arbeiten an den Präparaten und an den Zeichnungen auszuführen, und ihre Tochter sei eine große Hilfe. Hinzu komme, dass die fertigen Präparate für die Sammlung beständig von Insekten angefressen würden. Man könne die Behältnisse kaum genug abdichten, das Ungeziefer finde immer einen Weg hinein.

Gerade die großen Falter mit ihren zarten Flügeln, warf ihre Tochter ein, seien besonders gefährdet. Dabei wären es ebendiese Objecte, die den Sammlern am liebsten seien. Neben den großen Käfern natürlich, welche aber zurzeit nur schwer aufzufinden seien. Man habe zwar einige Neger dazu angeleitet, in der Umgegend auf die Suche nach solchen Tieren zu gehen, aber selbst ihnen falle es nicht leicht, noch mehr zu erbeuten, als man bereits asserviert. Es müssten von den schönsten Präparaten jedoch mehrere vorhanden sein, um damit zu Hause einen guten Ertrag zu erzielen, da der erfolgreiche Käufer das Präparat bei sich ausstelle und damit andere zu interessieren wisse, die dasselbe ebenfalls erwerben wollten.

Mefrouw Merian gab ihrer Tochter einen Wink, und Dorothea erhob sich, um aus dem Schrank ein Heft zu holten. Als sie es auf den Tisch gelegt und geöffnet hatte, sah man auf den mit Schnur zusammengehaltenen Blättern, im Format nicht größer als ein kleines Buch, die schönsten Bilder von Insekten, Schmetterlingen und Käfern zusammen jeweils mit Pflanzen, auf denen sie saßen oder um die sie herumschwärmten.

Maternus war voll des Lobes über die Blätter, über ihre kunstreiche Ausführung und die frischen Farben. Besonders das Bild einer Ananas mit Schmetterlingen darauf, die um die Frucht herumflogen, erweckte die Aufmerksamkeit der beiden Gäste. Diese sei, teilte Frau Merian mit, eine der wichtigsten von den hiesigen Früchten und ihr Geschmack ganz einzigartig. Als ob man Trauben, Aprikosen, Johannisbeeren, Äpfel und Birnen miteinander vermengt. Eine Raupe lebe daran, welche, nachdem sie sich verpuppt, einen leuchtend grün gefleckten Tagfalter hervorbringe, dessen Flügel unter der Lupe mit vielen gleich großen Schüppchen bedeckt seien und geradeso aussähen wie ein mit bunten Ziegeln gedecktes Dach.

Jungfer Dorothea zeigte den Gästen nacheinander die Blätter, die bislang angefertigt worden, vor und erklärte, die Mutter habe sie alle auf Carta non nata gemalt, der Haut ungeborener Schafe, die sehr teuer sei, aber den besten Malgrund hergebe für das Malen mit Wasserfarben. Sie hätten solche Häute eigens mit hierhergebracht, um auf ihnen zu malen, und auch die Farben, da man sie hier nicht bekomme. Dieses Heft sei, sagte sie, indem sie über den Deckel strich, das Kostbarste, was sie besäßen. Nach ihm würden später die Bilder in dem Buch ausgearbeitet, das in Amsterdam entstehen solle.

Maternus bekannte, dass er die Malkunst der Mefrouw Merian ganz außerordentlich bewundere. Besonders, da er selbst in viel bescheidenerem Rahmen seine Eindrücke in Zeichnungen festzuhalten pflege, um sie nicht zu verlieren und im Nachhinein auswerten zu können. Er meine, dass die Fähigkeit zu zeichnen unbedingt als Teil der Ausbildung von Forschern geschult werden müsse, da hiermit Bilder von fernen Orten oder flüchtigen Begebenheiten festgehalten würden, mit denen man Zeugnis ablegen könne über was man gesehen.

Frau Merian bestätigte dies und meinte, dass sie schon als Kind immer gezeichnet habe und dankbar sei für die Gabe, die Gott ihr gegeben, und für die gute Schule, welche ihr Vater und sein ganzes Haus ihr damals zuteilwerden ließen. Und dass dies heute die Grundlage für ihre eigenständige Existenz bilde. Dass sie, meinte sie weiter mit einem Blick zu Dorothea, auch ihren Kindern eine gute Schule des Zeichnens habe angedeihen lassen, und ihre Tochter gab ihr recht.

»Wenn ich auch«, fügte sie an, »an meiner Mutter Fähigkeiten nicht heranreichen kann. So ist es doch eine Schule für meine Augen, und ich zeichne, wo immer ich auch bin.«

Dazu könne er, sagte Maternus, eine kleine Episode beitragen. Und fing an – er tat dies zur Qual Van Ackerens, der nicht wollte, dass die Sprache darauf komme – von Anna zu erzählen. Deren zeichnerisches Talent ihn, Maternus, sonder Maßen beeindruckt. Wisse doch niemand, wo sie es erlangt, da die Arme stumm und mittellos sei. Darauf zog er die Zeichnung heraus, die Anna von dem fliegenden Fisch gemacht hatte, und legte sie auf den Tisch. Mutter und Tochter Merian besahen sie genau und meinten dann, dass der Fisch sehr gut getroffen sei und dass die Person, die ihn gezeichnet habe, ihre Fertigkeiten bereits irgendwo geübt haben müsse. Es sei sonst nicht zu erklären, dass der Strich so sicher und die Formen und die Proportiones ihr so gut gelungen.

Als Maternus mitteilte, sie sei eine der Kolonistinnen auf dem Schiff gewesen, die verheiratet werden sollten, meinte Dorothea mit einem Blick zu ihrer Mutter, dass es doch bedauerlich sei, wenn solcherlei Fähigkeiten nicht entwickelt würden. Da man nicht annehmen könne, dass den Frauenspersonen ein Leben zukommen werde, das Raum für Talente solcher Art gewähre, und ihre Mutter stimmte ihr zu. Selbst in den freien Städten der Vereinigten Niederlande, meinte sie, sei es Frauen nicht erlaubt, in Öl zu malen und eine eigene Werkstatt zu führen. Ohne Gönner wie den großzügigen Herrn de Witsen sei ihr selbst dies in Amsterdam schwergefallen, wenn nicht gar unmöglich gewesen.

Van Ackeren schwieg zu alldem.

Er trank von seinem Tee, der von guter Qualität war, wie überhaupt die bescheidene Ausstattung des kleinen Salons, den die Damen führten, ihm gefiel und er solches lange nicht genossen hatte. Es erinnerte ihn dies aber auch, geradeso wie am Vortage die luxuriöse Haushaltung der Sommelsdijks, an den Tand der Welt, die er zurückgelassen hatte, und er sehnte sich nach Einfachheit, die ihm Erlösung dünkte. Der Erlösung, schien ihm, bedürfe er. Auch von den seltsamen Gedanken, die ihn immer wieder zu Anna zurückführten, seitdem er sie das letzte Mal gesehen und doch inzwischen Abschied von ihr genommen hatte.

»Ich zeige Euch nun unsere Sammlung, verehrte Herren«, sagte Dorothea und erhob sich vom Teetisch mit einem Blick auf ihre Mutter, die sich entschuldigte, da sie nicht ganz wohl sei. Ihre Tochter könne aber alles aufs Trefflichste vorführen, was es hier zu sehen gäbe.

In einer Remise, welche an das Haus angebaut, waren mehrere große Tische aufgestellt, an denen die beiden Frauen ihre Arbeit verrichteten. Es lagen Spannbrettchen darauf mit Schmetterlingen, deren Flügel ausgebreitet und mit Nadeln festgesteckt waren. Zum Vorzeigen musste Dorothea jedes Mal einen Glassturz heben, der über die Präparate gestellt war, um das Ungeziefer abzuhalten. Um das Glas hatte man Salzränder gestreut, damit die Präparate trocken blieben und nicht schimmelten. Auf dem Tisch liefen viele schwarze Ameisen herum, und wenn man zu den Wänden hinsah, konnte man auch dort welche entdecken.

»Es ist schwer für uns, was wir finden, haltbar zu machen«, sagte Dorothea. »Man kann dem Verfall kaum Einhalt gebieten.« Sie lächelte Van Ackeren zu. »Es ist ja auch der Weg der Natur, welcher der Weg Gottes ist, das Tote vergehen zu lassen. Wir wären eitel, wenn wir das vergäßen.«

Van Ackeren versetzte, dass er dasselbe auch gedacht, als er die großen Bemühungen so recht begriffen, die hinter dem Unternehmen der Merians stünden. Die gleichwohl von frommem Eifer geleitet seien, da das Vergängliche zeigen auch Gottes Werk loben heiße. Maternus wandte dagegen ein, dass die Wissenschaften den Verfall nicht dulden dürften.

»Man braucht doch, will ich behaupten, den Einblick in die Formen. Wiewohl sie sich wandeln, aber die jeweilige Form im Augenblick des Wandels ist doch, was uns den Wandel erst verstehen lässt, liebe Jungfer Merian, habe ich nicht recht?«

Dorotheas stummes Einverständnis ermutigte den Doctor zu weiteren Betrachtungen, die Van Ackeren nur mit halbem Ohr vernahm, da er unter einem Glassturz denselben Falter entdeckt hatte, den Anna auf dem Schiff für ihn gezeichnet hatte.

Da fragte er sich, weshalb er in allem immer wieder ihr begegnen musste. Und schaute versonnen auf die Augenflecke, die sich auf den Flügeln befanden. Wie von fern hörte er Maternus weiter von dem Blick auf die Dinge sprechen, der in Zukunft noch weiter und tiefer gehen müsse, wofür Fernrohr und Mikroskop als taugliches Werkzeug dienten, und dass man von allem Präparate benötige, welche eben die Formen sichtbar machten, um die Gesetze dahinter zu verstehen. Als das seien die Skelette und Organe oder auch ganze Lebewesen, conserviert in einem Medium, das dafür dienlich.

Maternus, in dem Raum umhergehend, fuhr fort, mit lebhaften Bewegungen seiner Hände zu sprechen. Dass ein javanischer Capitain das Herz eines Wales in einem Rumfass nach Europa gebracht habe und man dieses nun in der Akademie in Dresden studieren könne, nachdem der König es erworben.

»Wir müssen, liebste Jungfer Merian, doch Erkenntnis suchen und andere belehren. Wie könnte das gelingen ohne die Originalia, die wir bei allen trefflichen Zeichnungen dennoch brauchen, weil nur sie den Odem der Wahrheit enthalten und man immer vom Ursprung her lernen muss!«

Jungfer Dorothea schien dem Doctor in allem zuzustimmen, da sie nicht antwortete und bei seinen Ausführungen nur ab und zu mit dem Kopf nickte.

Schließlich fragte sie, ob die Herren auch die Käfige zu sehen wünschten, in denen die Raupen sich verpuppten, und Maternus wie Van Ackeren beeilten sich, ihr Interesse zu bekunden.

Noch ehe sie den Raum verließen, klopfte es an der Tür. Eine Negerin trat ein, begleitet von einem halbwüchsigen Mädchen, die beide Körbe mit Deckeln bei sich trugen.

Jungfer Dorothea wies die beiden Sklavinnen an, die Körbe auf einen der hinteren Tische zu stellen, sie tat dies mit Gesten, da die Ankömmlinge wohl Holländisch nicht verstanden. Das Mädchen, sie mochte zehn Jahre alt sein, deutete auf ihren Korb und hob die flache Hand, als halte sie einen Einwand dagegen.

»Sie bringen mir alles, was ihnen von Bedeutung dünkt«, sagte Frau Dorothea. »Nun wird wohl etwas Lebendiges sich in dem Korb befinden. Wenn Ihr wünscht, meine Herren, können wir gemeinsam nachsehen.«

Das Kind stellte den Korb auf den Boden. Ihre Augen waren dunkel und schienen ohne irgendeinen Ausdruck. Der auch vordem nicht da gewesen war, als sie die warnende Geste gemacht, als wären ihre Hände und ihr Wille nicht miteinander verbunden. Sie trug nichts als ein Lendentuch. Auf beiden Wangen und auf der Stirn sah man Schmucknarben, die ein kreuzförmiges Muster ergaben, mit der Nase und den Augen als der Mitte dieses Ornaments, was Van Ackeren irritierte, besonders als das Mädchen ihm einen Blick zuwarf, in dem er etwas zu erkennen glaubte, was er nicht verstand. Als sie sich zum Gehen wandte, bemerkte er ein frisches Brandzeichen an ihrem Oberarm, dessen Ränder entzündet waren und schwärten.

Maternus bedankte sich bei Frau Dorothea für die Gelegenheit, in medias res zu kommen, wie er sich ausdrückte, und nahm ein Paar rehlederne Handschuhe von ihr entgegen, welche sie, wie sie sagte, immer anziehe, wenn sie nicht wisse, was ihr mitgebracht werde.

Und wirklich zeigte sich, als die Blätter angehoben wurden, die den Korb verschlossen, eine enorme Spinne, die am Boden hockte. Sie war gewiss so groß wie die Hand Dorotheas, die den Henkel hielt.

»Eine Vogelspinne«, sagte sie. »Sie heißen so, weil sie die kleinen Vögel fressen, die man die Colibri nennt.«

Dorothea bat Maternus darum, ihr eine kleine Kiste aus Palmholz zu reichen, deren mehrere auf dem Tisch beieinanderstanden. Sie öffnete den Deckel und kippte den Korb samt seinem Inhalt in die Kiste. Dann ließ sie die beiden Besucher die große Spinne ansehen.

Maternus konnte sich kaum von dem Anblick losreißen. Er fragte, was mit dem Tier geschehen werde.

Sie werde die Spinne zeichnen, sagte Dorothea, und sie danach töten. Das Tier habe keinen weiteren Nutzen. Spinnen seien recht oft zu finden, aber kaum ordentlich zu konservieren. Sie habe es schon mit einigen versucht, sie würden jedoch schnell unansehnlich und verschimmelten leicht, da sie zu viele feuchte Eingeweide enthielten und keine harte Schale besäßen wie die Käfer, die besser zu bewahren seien. Drei Spinnen dieser Sorte habe sie bereits präpariert und es auf die gleiche Art gemacht wie bei den Schmetterlingen, damit habe man genug. Man müsse mit den verfügbaren Mitteln haushalten und könne nur das konservieren, was auch Ertrag bringe.

Ob man ihm, wollte Maternus wissen, nach dem Gebrauch den Kadaver wohl überlasse? Er wolle darangehen, ihn zu sezieren, um dessen Inneres kennenzulernen. Gerne, meinte Frau Dorothea. Es sei jedoch nichts im Innern der Insekten und Spinnen, was der Aufmerksamkeit lohne, darinnen befinde sich nur weißer Schleim und bei weiblichen Exemplaren die Eier.

Van Ackeren, als ihm die Kiste im Anschluss zum Hineinschauen präsentiert wurde, schaute das giftige Tier an, wie es am Boden hockte. Er musste, weshalb wusste er nicht, wieder an die Augen des Mädchens denken und an das, was er darin sah und nicht verstand.

Auf eine Bewegung Dorotheas hin wich die Spinne plötzlich in eine der Ecken aus und hob in einer langsamen, gemessenen Bewegung ihre behaarten Vorderbeine an. Eine Drohung, fühlte Van Ackeren mit einem Schauder, die nicht missverstanden werden konnte.

5

Die Geier hockten auf einer Sandbank, welche sich einen Büchsenschuss entfernt aus dem Fluss erhob. Die schwarzen Vögel erinnerten Van Ackeren an Hühner, wie sie so gravitätisch einhergingen und sich bedachtsam ihre Plätze aussuchten, nur um aufs Neue stehen zu bleiben, als wollten sie gerade das und nichts anderes den ganzen Tag lang tun.

Er hatte eben versucht, die beiden Schiffe zu zeichnen, welche im Fluss hintereinander vor Anker lagen und zusammen ein hübsches Bild abgaben, das wohl verdient hätte, festgehalten zu werden, wenn es ihm nur gelungen wäre. Er vermochte es aber nicht, die vielen gebogenen Linien des Schiffskörpers in der rechten Weise zueinanderzubringen und das Schwere des Rumpfes mit der Leichtigkeit der aufstrebenden Masten in einen gemeinsamen Ausdruck zu fassen, wie er es wahrnahm, wenn er hinsah. Es verdross ihn, dass seine Zeichnung aussah, als habe ein Kind sie gemacht. Auf das Papier unter die angefangene Zeichnung schrieb er:

Wirf dein Anliegen auf den Herrn. Er wird dich versorgen. (Psalm 55.23)

Buchstaben waren eben zuverlässiger als Zeichenstriche. Sie standen füreinander da und hatten von vornherein eine Bedeutung. Man musste sie nicht neu erfinden und komponieren.

Was aber war nun eigentlich sein Anliegen?

Nach Providentia weiterzureisen, zu der Plantation, auf der auch die Brüder in Waltha gewesen waren. Dorthin, wo man das Einfache finden konnte. Mit den anderen arbeiten, beten, sich ausrüsten für das Ewige.

Die Nähe zu Gott wurde bloß immer verstellt durch das, was nicht wichtig war. Besitz, Begierden, Wissbegier, Pläne. Van Ackeren schaute nach oben und verfolgte einen Geier, der im Anflug einen Schatten auf ihn warf, als er von seiner kreisenden Bahn herabstieg und sich zu den anderen auf die Sandbank gesellte, wo er mit ein paar Hüpfern den Schwung seiner Landung abbremste.

Man musste Abstand nehmen vom Zukünftigen und das Vergangene hinter sich lassen. Sich nicht vorsehen oder rückversichern, denn Gott war immer hier und war immer jetzt. Immer und ewig. Er ließ das Buch sinken und hob es wieder an. Blätterte darin zurück. Bald fand er den Satz, über den er lächeln musste.

Ihr seid das Salz der Erde. Ihr seid das Licht der Welt.

Diese Zeilen aus Matthäus haben sie sich im »Laberdan« manchmal gesagt und einander angesehen, sich an den Händen gehalten und in die jungen Gesichter geschaut. Kat Strombreekers immer leicht offene Lippen, ihre sommersprossigen neunzehn Jahre. Arje van Eycks hochgewachsene Gestalt, sein strenger Mund und das kostbare Hemd aus Seide, das er achtlos aufgeknöpft trug und seine glatte Brust zeigte in der Hitze des Bekennens. Dabei sein, zu denen gehören, die wiedergeboren werden. Die Kinder Abrahams. Das Alte soll vergehen und Platz machen dem Neuen, das rein und ohne Falsch sein kann und muss. Wie die Blätter im Frühling erst aus den Zweigen sprießen können, nachdem das alte Laub vergangen und verweht ist.

Inzwischen waren noch zwei Geier gelandet. Die schwarzen Vögel versammelten sich am Rand der Sandbank, wo anscheinend etwas angetrieben war. Der aufgedunsene Kadaver einer Kuh oder eines Pferdes, dessen Beine in die Höhe ragten. Die Geier hüpften nacheinander darauf, sich um den besten Platz auf dem Aas streitend, um mit ihren Schnäbeln hineinhacken zu können. Derweil noch etwas anderes an dem Aas zerrte, etwas, das von unten aus der Wassertiefe heraufkam, sodass das Aas immer wieder unter die Oberfläche gezogen wurde.

»Nichts geht verloren«, hörte Van Ackeren die Stimme Maternus', der hinterrücks an ihn herangetreten war. »Will sagen«, setzte er hinzu, »die Natur nimmt zurück, was sie geschaffen, und baut wieder Neues daraus.«

Als Van Ackeren sich umwandte, bemerkte Maternus seine von Ekel gezeichnete Miene und zuckte die Achseln.

»Gott hat es in seiner Weisheit so eingerichtet, dass nichts von seiner Schöpfung verloren gehe. Meint Ihr nicht auch?«

Van Ackeren nickte, ohne etwas zu sagen.

Er fühlte sich nicht wohl. War niedergestimmt aus Gründen, die er nicht anerkannte und sich übel nahm. Lieber hätte er sich in Abgeschiedenheit sammeln wollen. Auf Maternus' Belehrungen mochte er nun gerade nicht antworten.

Der zog ein Taschentuch heraus, breitete es auf die Steine der Pier und setzte sich neben ihm nieder. »Ihr erlaubt? Heute früh war ich –«, er nahm den Hut ab, tat einen Blick nach oben, kniff die Augen vor der Sonne zusammen und setzte ihn dann wieder auf. »Ich war also, wollte ich sagen, noch einmal bei den Damen Merian.« Er lachte leise. »Um meine Spinne abzuholen, Ihr erinnert Euch doch?«

Er erinnere sich, sagte Van Ackeren, der nicht unhöflich sein wollte.

»Nun, dabei kamen wir noch einmal ins Gespräch. Frau Sibylla Merian ist doch sehr belesen. Sie hat einige von den Büchern studiert zu den Pflanzen und Tieren der tropischen Breiten, welche auch mir bekannt sind. Vornehmlich allerdings wo sie beschrieben sind in Ost-Indien und den portugiesischen Ländern, als da wäre zuförderst Brasilien, aber auch in anderen. Es scheint mir sehr klug, dass sie ihr Vorhaben dahineinordnen möchte, als es das erste solcher Art aus Neu-Niederland sein wird, da die forschungskundigen Liebhaber und die Sammler in Holland gewiss danach verlangen werden.«

Maternus schaute wieder mit zusammengekniffenen Augen nach oben, wo die Sonne durch die Palmwedel stach und ihre breiten Rippen zum Glitzern brachte. Dann entschied er sich doch dazu, den Hut abzunehmen.

»Ich habe sie im Übrigen aufs Neue gefragt, weshalb sie kein Mikroskop benutzt.«

Van Ackeren konnte sehen, dass der Kadaver sich von der Sandbank losgemacht hatte und weiter den Fluss hinuntertrieb, besetzt von zwei darauf einhackenden Geiern und begleitet von dem unsichtbaren Wasserwesen, welches von unten daran zog und ihn damit in eine ständig nickende Bewegung versetzte.

»Aber ich will Euch nicht langweilen«, sagte Maternus. Er warf einen Blick auf das Buch, das Van Ackeren zugeklappt in der Hand hielt. »Ich fürchte, ich habe Euch bei Euren Betrachtungen gestört.«

»Keineswegs, Herr Doctor«, beeilte sich Van Ackeren anzumerken. »Ich freue mich über Eure Gegenwart. Weshalb also benutzt sie kein Mikroskop, und warum, verzeiht mir, sollte sie es tun?«

»Nun, mein Freund, weil es den Blick ins Kleinste erlaubt, gerade wie das Fernrohr ihn ins Größte möglich macht. Euer verehrter Landsmann, Herr Leeuwenhoek aus Delft, hat vor nicht langer Zeit ein ganz ausgezeichnetes solches Mikroskop angefertigt, mit dem man sogar im Blut die kleinsten Corpuscula, die darin schwimmen, erkennen kann. Es ist ein wundersames Instrument, das bislang noch niemand in der Lage war zu kopieren, da seine Linse eine sphärische, nämlich eine Kugel ist. Ich habe selbst in Dresden eines davon gesehen, das die Academie erworben, und es war formidabel. Ihr dürft mir glauben, ich hätte viel darum gegeben, es auf meine Reise mitnehmen zu dürfen, aber zu meinem Bedauern wurde es mir nicht gestattet.«

Van Ackeren wollte Maternus, der so großzügig zu ihm gewesen, keinesfalls betrüben. Gleichwohl interessierte er sich wenig für derlei technische Capricen.

Er schwieg daher und hoffte, dass seine bloße Geduld ausreichen werde, den gesprächigen Doctor bei Stimmung zu halten.

»Ich habe also«, fuhr Maternus fort, »Frau Merian gefragt, weshalb sie kein Mikroskop benutzt, deren es natürlich auch wesentlich erschwinglichere gibt als das Instrument des berühmten Leeuwenhoek.«

Er fuhr fort, seine Gedanken mit Hin-und-her-Führen seines Hutes, den er in der Hand hielt, zu unterstreichen.

»Nachdem die Mefrouw Merian, wie genugsam bekannt, gerade die ›Verwandlung‹ der Raupen zur Puppe und zum Schmetterling zu ihrem Thema macht – ihr geplantes Buch über Suriname zeigt ja bei allen Pflanzen die Insecticidae, die jeweils darauf leben, und zwar zusammen mit der Beschreibung ihrer Verwandlungsformen! Nachdem dies also ihr Thema darstellt, da wäre es doch naheliegend, einmal tiefer hineinzuschauen in dieses besondere Wesen, das gerade dabei ist, sich zu verwandeln. Zumal die Damen sich Raupen in Käfigen halten, wo sie sich verpuppen können und später Schmetterlinge herausschlüpfen.«

Maternus schlug nach einer Mücke, die sich auf seinen kahlen Kopf gesetzt hatte, aber ohne sie zu treffen.

»Was glaubt Ihr, Herr Doctor, würde darin zu sehen sein?«

»Nun, die Stadien, in denen sich Organe bilden, Muskeln, Gedärme, Blutbahnen, alles das, was einen Körper macht, über den doch auch die Insecten zweifellos verfügen.« Maternus schüttelte den Kopf. Er kratzte sich an der Stelle, an der die Mücke Erfolg gehabt hatte.

Van Ackeren, nachdem er den treibenden Kadaver mit seinen unheimlichen Trabanten aus den Augen verloren hatte, sprach aus, was ihm in den Sinn gekommen, ohne darüber nachgedacht zu haben, ob er damit die Höflichkeit verletzte.

»Vielleicht, Herr Doctor, sieht Frau Merian, die gerade wie ihre Tochter in meinen Augen eine fromme Person ist, keinen guten Grund, hineinzuschauen in das, was sich wandelt. Weil es verschlossen bleiben soll, solange Gott es uns nicht zeigen mag. Es muss doch nicht alles der Neugier dienen, dass am Ende kein ehrfürchtiges Staunen mehr bleibt. Gibt es nicht Grenzen für das, was wir sehen sollen?«

Maternus suchte Van Ackerens Blick. Dann schaute er weg.

»Ja«, sagte er nach einer Weile. »Das mag wohl sein.«

Der Doctor schaute eine Weile auf den Fluss hinaus gerichtet, dann nickte er.

»Ihr mögt recht haben mit dem, was Ihr sagt. Es ist noch immer nicht schicklich und vielleicht auch nicht erlaubt, wirklich *sehen* zu wollen. Ein Wunder braucht man nicht zu verstehen.« Er drehte seinen Palmblatthut in den Händen. »Nun, ich habe noch eine Neuigkeit für Euch, die Euch vielleicht interessieren wird. Ich habe Anna gesehen.«

Van Ackerens Herz reagierte, noch ehe Maternus den Namen ganz ausgesprochen hatte. Als habe sein Körper bereits vernommen, was sein Ohr noch nicht gehört.

»Ihr habt –«, er musste sich räuspern, »sie gesehen?«

»In der Tat. Sie lebt anscheinend im Hause Verboom, wie mir Herr Van Teerstraten mitteilte.«

»Herr Van Teerstraten?«

Van Ackerens Gesicht musste etwas ausdrücken, was Maternus zum Schmunzeln brachte.

»Nun, mein Freund, ich habe heute Nachmittag auch ihn besucht, als ich genug von meiner toten Spinne hatte, die weiter nichts Spannendes ergeben hat. Und mit ihm eine Tasse hervorragenden Cacao getrunken. Er bewohnt ein Haus auf der Liegenschaft der Verbooms, wo er demnächst seine Dienstgeschäfte antreten will, und er hat mir erzählt, dass Anna hier aufwarte, indem sie der Verbooms Haushaltung besorge.«

»Aber ihr Kontrakt mit der Compagnie? Sie sollte doch heiraten.«

Maternus zuckte mit den Achseln. »Darüber weiß ich nichts. Fragt selbst nach. Herr Van Teerstraten hat sich mit Interesse nach Euch erkundigt. Er würde sich freuen, soll ich Euch mitteilen, wenn Ihr ihm Eure Aufwartung machtet, ehe wir nach Providentia aufbrechen.«

6

Um zu Verbooms Liegenschaft zu gelangen, ging Van Ackeren den Treidelweg am Flussufer entlang. Als er sich den Schiffen näherte, die flussaufwärts vor Anker lagen, sah er im Herankommen, dass man dabei war, eines davon zu beladen.

Auf ein paar Pirogen hatte man mittels Laufbrettern eine Behelfsbrücke errichtet, über die man die Zuckerfässer vom Ufer zum Schiff befördern konnte. Der Lärm der rollenden Fässer schreckte die Geier auf, welche sich über dem Geschehen in die Luft erhoben hatten und ihre Kreise zogen.

Obgleich die Mücken ohne Unterlass ihre Plage fortsetzten, genoss Van Ackeren den Marsch am Flussufer. Der Limonensaft half ein wenig, wenn auch nur für kurze Zeit. Immerhin hielt er die Schwellungen zurück und erwies sich damit als von einigem Nutzen.

Als er vor dem Aufbruch seine frisch gewaschenen Manschetten gesucht hatte, um sie sich für den Besuch zusammen mit einem sauberen Kragen einzuknöpfen, hatte er sein Andachts- und Tagebuch schon von roten Ameisen erobert vorgefunden, welche es an den Lederrändern hässlich angefressen hatten. Des Vaters Reisekiste aus Kampferholz hatte das Buch nicht schützen können, nachdem er es nicht hineingetan, sondern gedankenlos in der Schublade an dem Tischchen verwahrt hatte. Nun steckte es in der Brusttasche seines Rocks. Der letzte Satz darin lautete:

Dennoch bleibe ich stets an dir. Denn du hältst mich bei meiner rechten Hand. (Psalm 73.23)

Die Buchstaben waren blass, nachdem die Tinte in der starken Hitze rasch vertrocknete und beständig dünner wurde, weil er ein paarmal Wasser in das Glas hineingeben musste, um sie flüssig zu machen. Maternus, der zu allem etwas zu wissen schien, hatte ihm in der Frühe dazu geraten, Holzkohle zu reiben und sie mit ein wenig Öl und dem Saft der Guttapercha-Pflanze zu binden, die hier überall wachse. Das gäbe eine brauchbare Tinte zum Schreiben, die er auch selbst benutze.

Es war doch erstaunlich, wie der freundliche Mann sich darauf verstand, die Fährnisse einer solchen Reise auf sich zu nehmen, und wie viel ihm dabei von Nutzen, was er wusste über das, was sich vor Ort finden ließ.

Van Ackeren befand, während er am Flussufer ging, dass er sich über Maternus' Angebot, ihn nach Providentia zu begleiten, trotz der Neigung des Doctors, ihn belehren zu wollen, recht freute.

Er kam nun zu der Stelle, an der die Zuckerfässer von Sklaven aus der Plantage herausgerollt wurden. Aufseher zu Pferde bewachten sie, welche in Rufweite Abstand voneinander hielten. Die Reiter waren mit gleichen roten Drillichröcken, daran Messingknöpfe saßen, und mit Stulpenstiefeln angetan, sodass sie eine Erscheinung machten wie Soldaten. Am Sattel hingen ihre aufgerollten Peitschen, und dazu verfügte jeder über einen Säbel.

Der uniformierte Reiter grüßte nicht, als der Ankömmling sich ihm näherte, wandte ihm nur den Kopf zu, das Gesicht im Schatten des breitkrempigen Hutes nicht zu erkennen. Das Pferd vertrat sich, als Van Ackeren heran war, und er hatte das Gefühl, dabei von dem Reiter, der die Zügel verhalten musste, unfreundlich angestarrt zu werden. Womöglich weil man das Grundstück der Plantage querte und der Reiter glaubte, der Fremde wolle den Fortgang der Arbeit stören.

Gleichwohl wollte er sich nicht einschüchtern lassen. Deshalb blieb er, nachdem er an dem ersten Aufseher vorbei- und durch die rollenden Fässer hindurchgegangen war, bei dem zweiten Reiter stehen und sprach ihn an.

»Verboom?«, antwortete der Reiter mit einer merkwürdig hohen Stimme.

Und Van Ackeren begriff, dass er noch ein Kind war. Das Pferd ließ mit leisem Prusten sein Fell zittern, auf dem viele Mücken saßen. Der Junge griff an seine Hutkrempe, als wolle er grüßen. Nahm dann die Peitsche vom Sattel und deutete mit dem Stiel den Weg entlang.

Durch die Wendung im Sattel fiel die Sonne auf sein Gesicht, und man sah, dass er noch nicht über zwölf Jahre zählen konnte.

»Geht auf dem Weg weiter, Mijnheer. Eine Viertelstunde. Es ist das große Haus mit den Säulen am Eingang.«

Der junge Reiter wandte den Blick von Van Ackeren weg und ließ ihn wieder zu den Negern gehen, welche die schweren Fässer am Rollen hielten und so beständig von den Lagerschuppen der Plantage zur Brücke hinwanderten. Halb nackte Sklaven, die nach dem Abliefern der Fässer in der Mitte der Reihe zurücktrabten, um neue zu holen.

Van Ackeren entdeckte weitere Zuschauer. Zwei Frauen standen ein Stück einwärts auf dem Plantagengelände, nahe dem nächsten berittenen Posten. Die eine der Frauen war besser gekleidet, die andere hielt einen Sonnenschirm über sie, demnach vielleicht ihre Zofe. Hinter ihnen befand sich eine Negerin mit einem großen Fliegenwedel, den sie immer wieder auf und ab gehen ließ. Das war die einzige Bewegung, die an der kleinen Gruppe zu sehen war; die beiden Frauen betrachteten das Geschehen, ohne ihre Haltung zu verändern.

Nicht so eine Schar von Kindern, welche sich einen Spaß daraus machten, an den rollenden Fässern entlangzulaufen und sich gegenseitig dabei zu übertreffen, wie sie die Neger mit Steinchen und Stöcken bewarfen. Dieselben indessen, barfüßig und nur mit groben Beinkleidern aus Drillich angetan, hielten den Blick auf den Boden gesenkt und schritten auf eine so gleichartige Weise fürbass, ob sie nun die Fässer rollten oder ledig zurückkamen, dass es einem vorkommen wollte, als wären sie alle einander gleich und kein Unterschied zwischen ihnen zu erkennen.

Keiner nahm im Übrigen von Van Ackeren Notiz, der sich nahe bei ihren Reihen aufhielt. Er fühlte sich, als sei er für sie gar nicht vorhanden, ebenso wie die beiden vornehmen Damen, die zum Necken aufgelegten Kinder und die Aufseher.

Als lebten sie in verschiedenen Welten.

Er musste an das Negermädchen im Schuppen der Merians denken, das ihn angesehen, in dessen Augen er aber indessen keinen

Gruß und kein Erkennen bemerkt hatte, sondern dies andere, nicht Fassbare, das sich, seitdem er die große Spinne gesehen, unlöslich mit dem unheimlichen Tier und seiner animalischen Drohgebärde verband.

Das Verboom'sche Haus, das Van Ackeren bald darauf erreichte, gehörte zu einem umzäunten Anwesen mit großen Weideflächen, auf denen man Bäume in kleinen Gruppen stehen gelassen hatte, welche den Rindern Schatten boten, die sich darunter niedergelassen hatten. Das Herrenhaus zeigte sich als ein schöner zweigeschossiger Ziegelbau, der einen Portikus mit vier weiß verputzten Säulen aufwies, zu dem eine kleine Allee von Bäumen hinführte.

Als Van Ackeren unter den Schatten der Bäume trat, sah er ein Stück entfernt einen Reiter, der sich auf das Haus zubewegte. Der Reiter verhielt sein Pferd, das im Schritt ging, als er Van Ackeren bemerkte, wendete und trabte auf ihn zu.

»Ein Gast, wie ich hoffe? Seid gegrüßt, werter Herr. Junker Verboom.«

Der junge Herr verbeugte sich auf dem Pferd und lüftete seinen Hut, einen schönen hellen Filzhut mit einer Feder daran, wie überhaupt seine Aufmachung recht vornehm erschien. Er trug einen zierlichen, reich verzierten Degen, und an seinem Sattel hing eine lange altmodische Pistole in einem Lederfutteral. Van Ackeren stellte sich vor und gab zu wissen, dass er Herrn Van Teerstraten besuchen wolle.

»Unseren wackeren Hauptmann also!«

Van Ackeren entging nicht der Spott in den Worten des Junkers, in dem man unschwer den Hausherrn oder dessen Sohn auszumachen meinte.

»Ich führe Euch hin«, sagte der junge Mann. »Nehmt es mir nicht übel«, fuhr er fort, »wenn ich im Sattel bleibe, aber Justinian«, er klopfte dem Pferd auf die Kruppe, »braucht Führung, Ihr versteht?«

Van Ackeren versicherte, dass er das verstehe, und ging neben dem Reiter her.

Das Tier war von Schweiß bedeckt, als habe es einen scharfen

Ritt hinter sich, und der Pferdegeruch ließ Van Ackeren gleich an die Heimat denken, da solcher Geruch dort vertraut und auf See gänzlich abhandengekommen war. So genoss er den herben Dunst des schönen Tieres, auf das sein Besitzer recht stolz zu sein schien.

Sie wären, Herr Van Teerstraten und er selbst, sprach er zu dem Reiter hinauf, zusammen mit dem Schiffe von Amsterdam bis hierher gefahren, was gut drei Monate gedauert habe und recht anstrengend, aber auch interessant verlaufen sei.

Verboom seufzte dazu, indem er sagte, er beneide Van Ackeren sehr. Er selbst habe die Niederlande schon als Kind verlassen und nun zehn Jahre nicht mehr gesehen.

»Ich bin, wenn Ihr so wollt, zum veritablen Amerikaner geworden und würde zu gern – und Ihr müsst mir diese Freude gewiss machen, wenn Ihr Zeit findet – einmal von euch hören, wie es in Amsterdam so zugeht.«

Van Ackeren sicherte Verboom zu, das werde er gerne tun, wenn er von Providentia zurückkomme, wobei er noch nicht sagen könne, wann das sein werde.

Der Junker zeigte sich verwundert über die Absicht, dorthin zu reisen, aber Van Ackeren teilte mit, er sei von guten Freunden eingeladen, und vermied so das Gespräch über Glaubensfragen, die er hier nicht gern anschneiden mochte.

»Seht Ihr das kleine Haus hinter den beiden Weidenbäumen?« Der junge Verboom deutete mit der Reitgerte hin. »Dort logiert Herr Van Teerstraten.« Er lupfte seinen Hut. »Gott befohlen, Mijnheer Van Ackeren.«

Van Ackerens Herz klopfte, während der Junker weiterritt.

Er fragte sich nicht, weshalb, da er es wohl wusste. Dieser Ort war Annas neue Heimstatt. Und ihm doch ganz unerklärlich, wie sie überhaupt hierherkommen konnte. Womöglich hatte jemand, der hier arbeitete, sie ja geehelicht. Das wäre, dachte Van Ackeren, als er unter Vogelgezwitscher unter die Weiden hineintrat, doch ein recht schönes Zuhause für sie. Dass ihn solche Betrachtung erst recht traurig machte, mochte er nicht wahrhaben.

Vor dem einfachen Haus, welches nicht viel mehr darstellte als eine

Hütte und ganz offenbar für einen Dienstboten bestimmt war, stand im Schatten der Weiden Teerstraten in Persona. Bloß in Chemise und Beinkleidern und in seinen gestulpten Stiefeln, vor einem Tisch, auf dem man eine Muskete liegen sah.

»Herr Aspirant! Gottes Wege sind manchmal kurz. Er sei dafür gelobt«, sagte Teerstraten zur Begrüßung.

Van Ackeren sprach einen höflichen Gruß.

»Ich freue mich, dass Ihr gekommen seid. Und dies, bevor Ihr gleich weiterreisen werdet, wie mir Doctor Maternus verraten, der Euch den anderen Tag ja begleiten wird nach dem frommen Providentia. Seht Euch nur um«, Teerstraten drehte sich einmal um sich selbst und machte eine spöttische Reverenz, »in meinem neuen Reich und Kommando.«

Er deutete auf einen Schemel, welcher neben dem Haus im Schatten stand, und Van Ackeren setzte sich darauf. Er tat dies, nicht ohne einen Blick in die Runde zu werfen, der Teerstratens Hinweise hätten gelten können. Stattdessen hielt er Ausschau, ob Anna irgendwo zu sehen sei.

»Wie ich hörte«, sagte Van Ackeren, »seid Ihr hier als Hauptmann tätig, Herr Van Teerstraten. Meinen aufrichtigen Glückwunsch dafür. So sagte mir jedenfalls der Junker Verboom, den ich eben getroffen habe.«

»Der Junge freut sich, mich zu vexieren«, sagte Teerstraten und strich sich über den Schnurrbart. Schüttelte den Kopf und schnaubte durch die Nase. »Nichts dergleichen, lieber Freund, nichts dergleichen. Hauptmann wäre eine schändliche Übertreibung. Zumal wir ja einen Kommandanten haben, den edlen Herrn Van Vredenburg. Man hält hier eine – Garnison, nennen wir es einmal so, von siebenzig Soldaten. Noch einmal so viele stellen die Pflanzer selbst. Siebenzig stehen jedenfalls in Waffen laut den Büchern der Gesellschaft. Aber zwei Dutzend von ihnen sind die letzten Monate weggelaufen oder gerade anderswo, ohne dass sie mitgeteilt hätten, wo sie weilten. Ein Dutzend ist so krank, dass sie bald sterben werden, ein weiteres Dutzend ist ebenfalls siech, aber sie können zumindest stehen, wenn man sie irgendwo anlehnt, an ein Wachhäuschen etwa, oder sie auf einem Pferd sitzen lässt, falls das Tier stille steht. Der Rest von denen frommen Burschen steht mir zur Disposition und zum Gefecht bereit, so es denn eines geben wird.«

Teerstraten wies auf den Tisch, auf dem die Muskete lag. Van Ackeren konnte sehen, dass das Schloss ausgebaut und zerlegt war.

»Wie die Mannschaften, so auch das Kriegsgerät. Die Societät von Suriname soll, laut ihren Büchern, die ich gründlich studierte, wie Ihr bemerken könnt, einhundert Musketen besitzen. Dreißig davon sind aber bereits gestohlen – das waren die besseren. Die haben jetzt die Buschneger oder die Indianer, wobei die letzteren sich lieber an ihre zuverlässigen Giftpfeile und Blasrohre halten. Was zurückblieb, lässt sich mit Glück zu zwei Dutzend funktionierenden Schießprügeln zusammenbauen, und dies versuche ich gerade zu tun. Braucht man nur noch Leute, die damit schießen können.« Teerstraten verschränkte die Arme und brach in lautes Lachen aus. »Da habt Ihr mein Fähnlein. Wenn's dafür einen Hauptmann braucht – dann mag ich wohl derselbe sein.«

Van Ackeren lächelte. Er sah wieder das Glänzen in den Augen des Mannes, das er für Freude an seiner neuen Aufgabe hielt. Eine Freude, die doch kaum angemessen sein konnte, wenn man seine Worte bedachte, aber sie schien doch da. Als könne Teerstraten nichts schrecken, was ihm an Widrigkeiten begegnete.

»Ihr wollt sicher etwas trinken. Ich lass euch etwas bringen. Limonade? Cacao, Kaffee?«

Eine Limonade erbat sich Van Ackeren. Und sein Herz fing wieder an zu klopfen, als Teerstraten auf ein Stück altes Eisen schlug, welches statt einer Glocke an seinem Häuschen aufgehängt war.

Anstelle Annas, die Van Ackeren erwartet hatte, erschien nach kurzer Zeit ein Negerjunge, dem Teerstraten den Auftrag gab, für Getränke zu sorgen.

»Doctor Maternus sagte mir«, wagte sich Van Ackeren, als der Junge fort war, nun doch ein Stück vor, »dass Anna sich hier befinde.«

»In der Tat, sie ist hier«, sagte Teerstraten. Und ließ seinen vergnügten Blick anstatt auf Van Ackeren auf dem Tisch mit der Muskete ruhen, als gäbe es dort etwas Wichtiges zu sehen.

»Wie konnte sie … Sie hat doch einen Vertrag mit der Compagnie und sollte verheiratet werden. Ist sie denn verheiratet?«

»Soviel ich weiß, nicht«, sagte Teerstraten.

Er nahm den Blick vom Tisch und sah Van Ackeren an. Dann beschattete er die Augen, als wollte er nach dem gerufenen Jungen Ausschau halten.

»Sie ist jetzt Aufwärterin bei den Verbooms.«

Seitdem Anna im Haus Verboom zu arbeiten angefangen hatte, war ihr Blick immer wieder die Allee hinauf- und hinuntergegangen, wenn sie vor den großen Fenstern am Entree vorüberging oder die vorderen Zimmer im oberen Stockwerk besorgte. Gestern erst hatte sie zu ihrem Einstand die Belehrung durch Frau Verboom angehört, bei der sie zusammen mit den drei anderen Hausmägden vor den Herrschaften stehen musste, der Mefrouw mit ihren Töchtern und dem Junker. Und der alte Herr Verboom, der tot war, sah ihnen dabei aus dem großen Gemälde über dem Kamin über die Schulter. Auf welchem er im Prunkgewand mit einem glänzenden Brustpanzer abgebildet war und den schönen Degen trug, den nun der Junker sich umgeschnallt hatte. Der beinahe noch ein Kind war mit seinen sechzehn Jahren, und die junge Frau Verboom stand dabei, so schön angetan, gerade wie ihre Mutter, in feinsten Roben nach der neuen Mode. Die Hausfrau gab sich streng, aber gut, die Tochter ihr ergeben. Der junge Herr stand breitbeinig daneben, den Daumen in den Degenkoller gehängt, wobei seine Mutter das Wort führte. Sie sagte zu Anna, die vor die anderen treten musste, weil sie die Neue im Hause Verboom, dass sie hier gute Arbeit bekäme und so lange bleiben dürfe, wie sie als anstellig sich erweise.

Sie musste dankbar sein.

Dankbarkeit mochten die Herrschaften, und Sittsamkeit mochten sie auch. Das sagte die Frau Verboom zu den vier Mägden, sie nacheinander ansehend, welche da standen und in deren Reihe sie zurücktreten durfte, nun als eine von ihnen, und sie konnte sich kaum fassen vor Glück. Sie war doch bereits gewärtig gewesen, verehelicht zu werden. Hatte es hoffen müssen, nicht bloß verkauft zu werden an einen, der sie abholte. Es war ihr indessen alles gleich gewesen. Nein, nicht gleich.

Noch in Amsterdam und als sie abfuhr auf dem furchtbaren Schiff, da war es ihr gleich, und als das Kind tot geboren, auch. Danach war Angst in die Gleichgültigkeit getreten, immer mehr Angst vor etwas Neuem, was auch schön war, aber was man verlieren konnte, und sie hatte schon so viel verloren, dass sie die Rückseite der Angst, die Sehnsucht, zuerst nicht bemerkte.

Angst wegen ihm. Ihm, der zu ihr geredet hatte im Fieber, der wie ein Liebender seine Arme um sie schlang. Ob er es noch wusste? *Sie* wusste es.

Dann war, noch am Tag der Ankunft, der Herr Van Teerstraten ins Kontor der Compagnie getreten und hatte sie abgeholt, und sie durfte gehen. Die Leydenerin stand dabei und lachte. Sagte hinter vorgehaltener Hand, ist der jetzt vielleicht dein Bräutigam? Aber der Herr Teerstraten sagte nur zu ihr, mach dir keine Sorgen, Kind, es wird gut werden. Und war es ja schon gut, wie es gekommen.

Anna schaute wieder zur Allee hinüber, während sie den großen Salon ausfegte. Dann kam das Kaminzimmer an die Reihe mit den Waffen an den Wänden und dem gefleckten Pantherfell. Als Nächstes mussten die Böden aus Padauk mit Pomeranzenhälften abgerieben werden, gegen das Ungeziefer und für einen angenehmen Geruch. Als sie schließlich damit fertig war, stieg sie nach oben und schüttelte die Betten aus, dann putzte sie die Möbel mit dem Staubtuch.

Danach konnte sie nicht mehr durch die Fenster hinausschauen, weil man sie für Mittag in die Küche geordert hatte. Vier Hühner waren zu rupfen und Mus zu kochen.

Hühner rupfen, das konnte sie, man hatte es ihr beigebracht. Wie man ihr das, was Dienstmägde taten und anderes noch, woran sie nicht denken wollte, beigebracht in den Jahren des Unglücks. Eine Dienstmagd sein indessen war gut und besser als vieles andere. Gut war es, im Haus Verboom zu dienen, mit den hohen Fenstern und den vier Säulen vor dem Eingang.

Gerade so ein Haus war es gewesen, in dem sie einmal gewohnt hatte, in einem anderen Leben, als sie noch ein Kind gewesen war.

In dem Leben, das die Flammen fraßen und dessen Ende begann, als nachts das Hufgetrappel kam. Als sie hinauslief, durch einen Torbogen aus Feuer, als die Schreie hinter ihr hertönten, als ihre Schürze brannte, die sie im Laufen sich herunterriss. Am Ende des guten Lebens fingen sie zwei Reiter, ehe sie den schwarzen Wald erreichte, und zwangen sie in eine Kutsche hinein.

Die kleinen Federn des gerupften Huhnes trieben hin und her in der warmen Küchenluft, ehe sie langsam zu Boden sanken.

In die Kutsche musste sie hinein, grobe Hände wollten es. Und drinnen, hinter halb verhängten Scheiben, funkelte im Schein des Feuers, das ihr Leben fraß, eine Klinge, und zwei Männer saßen da, mit Masken vor den Gesichtern, dass sie aussahen wie Teufel mit ihren weißen Perücken auf dem Kopf. Und einer sagte etwas von einem Vogel, den man leben lasse, bloß rupfen werde man ihn. Dann wurde der Vorhang an der Kutsche vorgezogen vor dem grausamen Stück, in dem sie selbst mitspielen musste, während auf dem Stoff des Vorhangs der Flammenschein von draußen zuckte. Die Bilder endeten hier, und was geschah, blieb fortan im Dunkeln. Der Vorhang blieb zugezogen.

Anna legte das nackte Huhn auf den Absatz vor dem Herd. Nahm das nächste und legte es sich auf den Schoß. Ein wenig Blut tropfte aus dem Schnabel.

Das Erinnern begann wieder, als man sie aus der Kutsche warf. Das Blut troff aus ihrem Mund, und die Schmerzen waren wie ein Sturm, und dennoch lief sie in den Wald, sie lief um ihr Leben und irrte Stunden umher, bis sie die Meierin gefunden hatte am Vliet. Wo man das fiebernde Kind für Wochen pflegte, dass es weiterleben konnte. Fortan, ohne zu sprechen, und es gab auch nichts mehr zu sagen. Nun durfte sie das Kind einer armen Pächterin sein, damit ihr das Leben erhalten bleibe. So sagte die Frau und wusste es genau, denn alles, was zum guten Leben gehörte und vom Feuer nicht verzehrt worden war, sollte nach dem Willen der Herren mit den Masken verschwinden von der Oberfläche der Welt.

An die hellen Tage davor konnte man zuweilen denken, dafür ging der Vorhang auf.

Als es noch Lieder gab, zu denen ein Spinett mit seinen zirpenden Tönen erklang, als der Vater sie auf den Schoß nahm und die Mutter sie anlachte und küsste, die Mutter, die so schön war mit ihrem roten Haar und gut roch nach Veroneser Seife. Die den Vater, dessen braunes Haar lange Locken warf, beständig ansehen wollte, wenn er redete, und wie seine Augen lachten. In dem großen Haus war immer Sommer, ein Sommer zwischen Wald und Wasser, wo man auf Wiesen laufen konnte, die nicht endeten und voller Blumen waren. Wo Mägde hin und her gingen, die alles besorgten, mit dem Essen aufwarteten und die frische Wäsche brachten. Solche Mägde, wie sie nun auch eine war.

Aber an die helle Zeit durfte nur in kleinen Stückchen gedacht werden, sonst war sie womöglich zu schnell aufgezehrt. Wenn Anna an eine helle Stunde dachte, so wie an die, in welcher der Vater ihr das Zeichnen beigebracht. In dem großen Raum, in dem die Bilder auf hölzernen Gestellen standen und wo es immer gut nach Farbe roch, wo die Gesellen standen und malten, wo man auch ihr eine kleine Staffelei hingestellt hatte, damit sie malen konnte, und er ihr zeigte, woher die Linie kommt: nicht aus der Hand, aus dem Herzen! Wie die Mutter hereinkam, ehrerbietig von den Gesellen gegrüßt, und ihr die Hand auf die Schulter legte. Zu ihr sagte, dass es schön sei, was sie gemalt habe, und auch der Vater etwas sagte, woran sie sich nicht erinnern konnte, aber dass er stolz auf sie war. Wenn sie daran dachte, dann wurde das Stückchen helles Leben gleich blasser und drohte in dem winterlichen Dunkel zu versinken, das danach über sie hereingebrochen war.

Und nun ist er gekommen.

Sie hat aufgehört mit der Küchenarbeit und musste die Kleider der jungen Frau Verboom ausbürsten, sie in die Säcke zurückhängen, die man gegen das Ungeziefer in den Schränken hat. Annas Hände zittern.

Und so hat sie ihn gesehen, als sie durch die Fenster hinausschaute. Wie er durch die Allee herankam, groß und schmal. So ernst, wie er immer ist, der Junker daneben zu Pferd, und dann sah sie, wie er hinüberging zu Teerstratens Hütte und aus ihrem Blick verschwand.

Anna griff in die Tasche an ihrem Kleid. Sie drückte den Knopf, den er ihr gab, den schönen silbernen Knopf mit dem Pferd darauf, ein Ding von der Art, dass es zu der hellen Zeit hätte gehören können. Nein, nicht hätte, der Knopf *ist* ein Stück helle Zeit, weil es sich hell anfühlt, wenn sie ihn berührt.

Im Zimmer der Jungfer riecht es nach der kastilischen Seife, mit der das Linnen gebleicht wird. Der Geruch ist so tröstlich, es riecht hier nach Sicherheit, nach gelebter Zeit und Erinnerung. Er aber, denkt sie, wie sie die Kleider bürstet, er wird fortgehen und nicht wiederkommen, dann wird es eben so sein. Dann muss auch das fortan gut aufbewahrt werden, was zu ihm gehört. In einen Glaskasten gesperrt wie die schönen Schmetterlinge, die unten im Kaminzimmer hängen, die beiden pelzigen Nachtfalter, groß wie kleine Vögel. Was mit ihm war, soll in ihre Wunderkammer hineingestellt werden, wo sie sich immer daran erinnern kann. Das ist dann auch ein Glück, vielleicht ist es ja genug an Glück, was kann sie sich erhoffen?

Sie wird sich einfach daran erinnern.

Daran, wie er nach ihr getastet hat, als er siech gelegen auf dem Schiff. Wie er ihre Hand gehalten und ihren Namen gesagt hat, als sie ihm die Stirn streichelte. Anna, hat er gesagt. Anna, bleib bei mir! Als er ihre Finger küsste, die sie ihm ließ im Dunkel seiner Kabine, und ihre Umarmung mit einem Seufzen erwiderte. Das hat er getan und war nicht bei sich gewesen, aber ihren Namen, den hat er gesagt. Und sie war oft bei ihm.

Sie hängte den letzten Kleidersack in den Schrank zurück und erschrak, als der Negerjunge den Raum betrat. Er lächelte und bedeutete ihr wortlos etwas, was sie erraten sollte.

Er mag es, bei ihr den Stummen zu spielen, seitdem er weiß, dass sie nicht spricht. Und denkt sich allerlei gutmütige Allotria aus.

Nun riss er die Augen auf, dass man das Weiße sah, und deutete mit dem Finger nach drüben, in die Richtung, in der die Weiden standen und wo das Haus Van Teerstratens lag, dann auf sie, auf Anna, und winkte sie heran.

Ich? Sie zeigte auf sich und dann hinüber. Der Junge nickte. Du. Sollst hinüberkommen. Dorthin.

Sie lief, so schnell sie konnte.

Dann stand sie bei Van Teerstratens Haus und hörte nicht, was der elegante Mann, der immer so vergnügt tat, zu ihr sagte. Er, der gekommen war, stand doch da.

Drehte seinen Hut in der Hand und schaute sie an.

Der Herr Van Teerstraten lachte, weil er merkte, dass außer ihm keiner reden wollte, und sagte, er wolle für den Moment ins Haus hineingehen, um für den Herrn Aspiranten einen guten Strohhut herzuholen, so noch irgendwo einer sei, man müsse ihn eben entschuldigen.

Wie er weg war, da holte Anna den Knopf aus ihrem Rock.

Weil der, auf den sie gewartet hat, noch immer dasteht und nichts sagt, und weil sie spürt, dass er gleich weggehen wird, und weil das, was gesagt werden könnte, nicht ausgesprochen werden darf. Deshalb hält sie ihm nun den Knopf hin. Er soll ihn wieder mitnehmen.

Er schüttelt den Kopf und bringt nun ein paar Worte heraus. Sie möge, sagt er, den Knopf behalten, er bitte sie darum. Es sei … dass sie weiter an ihn denke, darum. Und Anna führt den Knopf an ihre Lippen. Sie sieht sein Erschrecken, aber es ist ihr gleich. Sie lässt das Silber an ihren Lippen ruhen und spürt den metallischen Geschmack, derweil sie in seine Augen schaut.

Und sieht etwas darin, woran zu denken sie zukünftig noch viel Zeit haben wird.

Es ist auf einmal hell geworden um sie, und die Dunkelheit hat keine Kraft mehr. Da greift sie in die Tasche an ihrem Rock und reicht ihm den Zettel, den sie schon vorbereitet hat.

Als Anna weglief, ihre Röcke haltend, dem Hause zu, schaute ihr Van Ackeren nach, bis sie vollends verschwunden und Teerstraten wieder zurück war mit einem geflochtenen Palmblatthut in der Hand.

»Nanu«, sagte er. »Wem seid Ihr denn begegnet, mein Freund?«

Das schalkhafte Lächeln kam zurück in sein Gesicht, die kleinen Polster unter den Augen säumten sich mit Lachfältchen. Und er schaute Van Ackeren für ein paar Herzschläge lang an, dabei werden es fünf bei ihm und zehn bei dem jungen Mann gewesen sein, welcher dastand wie vom Donner gerührt.

»Es könnte«, meinte Teerstraten, »Fortuna gewesen sein. Ich fürchte aber, es war eine andere Göttin«, und fügte, gleichsam für sich selbst, an: »Fürchte ich's, oder soll ich's Euch wünschen?«

Van Ackeren war rot geworden. »Verzeiht bitte, ich … habe Euch gar nicht zugehört, die Hitze ist –«

»Nichts zu verzeihen«, sagte Teerstraten. Er hielt Van Ackeren den Hut hin, den er mitgebracht hatte. »Setzt das hier auf, mein Freund. Ein Chapeau nach westindischer Mode und Machart. Nicht dass es *dagegen* hülfe. Aber es wird Euren Hirnkasten kühler halten als das schwarze Ding, das Ihr schon wie lange in Euren Händen um und um dreht.«

Van Ackeren dankte und verabschiedete sich bald, nachdem es ihm nicht gelang, das Gespräch mit Teerstraten wieder aufleben zu lassen.

Erst als er die lange Allee hinter sich gebracht hatte und am Tor der Verbooms angekommen war, blieb er stehen und faltete den Zettel auseinander, den Anna ihm gegeben.

Die winter is vergangen, stand da in ihrer unbeholfenen Großbuchstabenschrift, *ik zie des meien schijn.*

7

Dorothea Merian saß auf einem Hocker im Schuppen, das Licht der Nachmittagssonne fiel durch das trübe Fenster herein. Sie war dabei, einen Käfer auf dem Spannbrettchen aus Weichholz zu fixieren, indem sie seinen Körper und die Beine mit Nadeln feststeckte. Auf eine Art, die ihn lebendig aussehen lassen sollte. Der Käfer war soeben von ihr mit Zuckerrohrschnaps getötet worden, und sie musste sich nun beeilen, damit die Todesstarre ihren Bemühungen nicht zuvorkam.

Der große Bockkäfer mit seinen langen Heuschreckenbeinen stellte einen kostbaren Fund dar. Bislang hatten sie deren erst zwei einfangen können. Die Mutter meinte, dass dieser Käfer außer hier in Neu-Niederland nur noch in Brasilien bekannt sei und dass ihres Wissens noch kein Bild von ihm in Büchern vorhanden war. Zumindest nicht in denen, die sie kenne, und die Mutter kannte deren alle.

Dorothea schob mit einer Pinzette die durchscheinenden Flügel des Käfers, welche von einer Beschaffenheit wie kostbares, dünn geschliffenes Pergament waren, unter die angehobenen Flügeldecken zurück. Die sonst tödliche Menge Zuckerrohrschnaps hatte nicht ausgereicht, das vitale Tier rasch zu töten. Der Käfer war noch imstande gewesen, einen halbherzigen Fluchtversuch zu unternehmen. Aber aus einer Drahtkiste kann auch ein großer Käfer nicht heraus. Nun mussten seine Flügel, die ihn hätten forttragen sollen, behutsam unter die gefleckten Panzerdecken zurückgebracht und die Letzteren wieder an den Leib herangedrückt werden.

Zuerst hatte Dorothea zusammen mit der Mutter überlegt, ob man den Käfer mit geöffneten Flügeln präparieren könne, was ein ganz prächtiges Bild abgegeben hätte. Aber sie hatten entschieden, dass dies angesichts des bevorstehenden Transports zu gefährlich sei. Nachdem die hauchdünnen Flügel, ähnlich denen der großen Libellen, wenn einmal trocken, zerbrechlich waren wie dünnes Glas, konnten sie zu leicht auf der Reise Schaden nehmen, und dann war gleich das Ganze verdorben.

Schwierig genug, die langen Sprungbeine, die an ihren Enden mit Widerhaken ausgestattet waren, in symmetrischer Position zu fixieren und die noch längeren Fühler des Käfers in einer schönen Biegung auf das Brettchen zu bekommen, wozu viele Nadeln nötig waren, an denen es immer gebrach. Sodass sie längst dazu übergegangen waren, von fertig ausgehärteten Präparaten diejenigen Nadeln wegzunehmen, die nicht mehr gebraucht wurden.

Die Mutter hatte am Morgen schon damit begonnen, den Käfer zu malen, da er ihr ausnehmend gefiel. Sie malte ihn auf einer der wilden Zitronen von der Sorte, aus der man Zitronat machte, auf der jedoch die enorme Größe des Tieres, welche fast vier Zoll betrug, gar nicht recht herauskam, da die Zitrone selbst schon recht groß war. Indessen würde das Blatt jedenfalls sehr schön geraten, da die Farben des Käfers gut zum matten Grüngelb der Zitrone passten.

Inzwischen war man übereingekommen, nur noch die besten Präparate zu malen, um die teuren Wasserfarben zu schonen, welche man mitgebracht, und dennoch wusste man nicht, ob sie aushalten würden. Denn sie mussten mit feuchten Tüchern beständig frisch gehalten werden, welche Dorothea, wenn die Mutter malte, immer wieder erneuerte. Wenn ein Bild entstand, durfte der Farbton nicht mehr verändert werden, da konnte die Mutter recht zürnen.

Dorothea wischte den Schweiß von ihrer Stirn, damit er nicht auf das Brettchen hinuntertropfte. Immer wieder musste sie anrückende Ameisen mit einem bereitliegenden Wedel vom Tisch herunterfegen. Das Ungeziefer wurde von dem toten Käfer angezogen, wie auch von allem anderen, was man präparierte und was nicht verkorkt in Weingeist eingelegt werden konnte, wie etwa Eidechsen oder Schlangen. Sehr in Gefahr waren die Bälge der Brumm-Vögelchen, die hier auch Colibri genannt wurden und die allerschönst gefärbte Federn besaßen. Dieselben fielen gleichermaßen flinken Schaben zum Opfer wie auch den Ameisen.

Das Ungeziefer war einfach überall, und es griff von allen Seiten her an. Dabei entwickelten die Plagegeister eine enorme Findigkeit.

Einmal hatte Dorothea mit eigenen Augen gesehen, wie die Ameisen auf staunenswerte Weise an einen schönen Nachtschwärmer herankamen, den sie eigens in eine wassergefüllte Schale gestellt hatte, um ihn über Nacht zu schützen. Wie sie am Morgen zurückkam, konnte sie die Klugheit der Ameisen kaum fassen. Sie hatten aus ihren Leibern eine Brücke gemacht, indem sie sich mit ihren Zangen aneinanderklammerten, und etliche waren über den lebenden Steg hinübermarschiert und hatten den Falter ganz kahl gefressen. Hier sah man, womit man es zu tun hatte! Gelang es nicht, das Geziefer von den Präparaten fernzuhalten, würde alle Mühewaltung vergeblich sein. Selbst einen großen Käfer wie diesen hier konnten die Ameisen in einer einzigen Nacht zerstören, weil sie alles wegfraßen, was die Rüstung des Panzers zusammenhielt, deren Teile danach lose herumlagen wie die Scherben einer zerschlagenen Tasse. Nicht zu reden von den großen Kakerlaken, die in alle Behältnisse eindringen konnten und nachdem sie aufgefressen, was sie vorfanden, sogleich noch ihre Eier ablegten. Deshalb musste alles regelmäßig mit Weingeist abgewaschen werden, damit man die Eier vernichte. Vor Wochen schon hatte Dorothea den Rat eines erfahrenen Kapitäns befolgt und die wichtigsten Behältnisse, die nämlich mit dem kostbaren Malpergament und den anderen verderblichen Utensilien, auf leere Weinflaschen hinaufgestellt, an deren glatten Wänden die Kakerlaken nicht hinaufzuklettern vermochten.

Dorothea verhielt in ihrer Arbeit und horchte.

Sie hatte doch geglaubt, die Mutter rufen zu hören. In den heißen Stunden des Tages musste sie liegen. Das Fieber, das immer wieder kam, nahm ihr die Kraft. Sie konnte nur am frühen Vormittag malen, wenn die Kühle der Nacht noch nicht aufgesogen war von der glühenden Hitze, und ein Stück noch hinein in den Abend, solange ihre Augen das Lampenlicht vertrugen. So kam es Dorothea zu, das Präparieren zu besorgen und es zu einem guten Ende zu bringen.

Man musste sich Mühe geben, dann half einem Gott.

War man erst zurück in Amsterdam, würde es zunächst die Sammlung sein, die einen Ertrag einbrachte. Wohl war das Buch bereits vorbestellt von einigen Liebhabern, aber mehr als acht Exemplare waren es bei der Abreise noch nicht gewesen. Es würden erst dann mehr werden, sagte die Mutter, die solches einzuschätzen wusste, wenn man die ersten Exemplare vorzeigen könne. Caspar Commelin würde helfen, den Text zu ergänzen, und auch Witsen sagte, er wolle zur Seite stehen mit einem Kredit, und sicherte zu, dass man die Sammlung nach der Rückkehr bei ihm werde präsentieren können.

Aber auch dafür brauchte es Geld.

Es war das beste Papier zu besorgen und zu bezahlen, gute Stecher mussten beauftragt werden für die fünfzig oder gar sechzig Platten zu zwanzig auf zwölf Zoll, die die Mutter haben wollte, um die Tiere gerade lebensgroß abbilden zu können. Und das Buch in Großfolio Kalbleder mit vergoldeter Cartouche zu fünfzig oder vielleicht auch sechzig Gulden das Stück. Die Mutter würde die großen Platten nicht mehr selbst stechen können. Sluyter und Mulder waren gute Stecher, aber auch sie würden ihr Salär bald beanspruchen. Man musste sie bezahlen, ehe auch nur die Hälfte der Platten fertig war, wofür man bei der Größe und Zahl zumindest ein halbes Jahr musste ansetzen. In dieser Zeit waren noch der ansehnliche Haushalt zu führen und die Besucher zu bewirten, welche die Sammlung und die fertigen Bilder ansehen wollten. Die besten Präparate würden zuerst gekauft, wie dieser Käfer hier. Das andere stand herum, brauchte Platz und würde doch bloß betrachtet werden.

Dorothea seufzte.

Wohl, Amsterdam war eine freie Stadt. Keine Fürstenwillkür musste man fürchten, nicht die Inquisition und nicht die glühenden Eisen der Hexenjäger. Aber der Souverän, der diese Stadt regierte, hieß Mammon.

Nun hörte sie es doch. Die Mutter rief.

Dorothea spürte, wie müde sie war. Sie setzte den Glassturz über den Käfer, nachdem sie einen Ring aus in Weingeist getränktem Musselin daruntergelegt hatte, um die Ameisen und die gefährlichen Schaben fernzuhalten, welche selbst unter dem Glas noch hineingekommen wären.

Sie erhob sich von ihrem Schemel. Und musste sich gleich an der Tischplatte festhalten. Ihr schwindelte. Für einen Augenblick fürchtete sie sich davor, selbst am Fieber erkrankt zu sein. Und sie war doch noch jung, erst vierundzwanzig Jahre!

Während sie sich festhielt und darauf wartete, dass das schwarze Schneegestöber vor ihren Augen wich, sah sie eine von den kleinen Eidechsen, die beim Erklimmen der Wand ohne Mühe auf dem glatten Putz mit ihren Beinen Halt fanden. Die Eidechse verhielt, als habe sie Dorotheas Blick gespürt, und wandte ihr die großen, beweglichen Augen zu, ehe sie mit einer schlängelnden Bewegung weiterkletterte und in einer Ritze am Gebälk der Decke verschwand.

Die Mutter rief noch einmal. Dorothea beeilte sich.

8

Unter den breiten Kronen der Bäume, welche den Fluss verschatteten, suchte die Piroge ihren Weg. Sie glitt vorbei an gelben Sandbänken, auf denen Caimane mit aufgesperrten Rachen in Reglosigkeit verharrten. Scheuchte Horden schnatternder Äffchen auf, die ihre kleinen Totenkopfgesichter zeigten, sobald sie sichere Höhe über dem Boot erreicht hatten. Das Boot wich unter den aufmerksamen Augen des Steuermanns weißen Baumgerippen aus, die aus dem Wasser ragten, und bewegte sich so immer weiter den Fluss hinauf ins Innere des wilden Landes. Die Geräusche der Waldinsekten und Frösche beherrschten alles. Sie schwollen zuweilen derart an, dass man die Stimme erheben musste, um sich verständigen zu können.

Das Boot, welches man hierzulande eine Piroge hieß, war ein großes Ruderboot. Es maß fast dreißig Fuß und wies nach achtern hin ein Zelt auf, unter welchem man Schutz vor der Sonne fand. Über dem Sonnensegel war ein Mast niedergelegt und getakelt für den Fall, dass man weiter oben, wo auf der Breite des Flusses zu fahren sein würde, ein Stück segeln konnte. Den beiden Passagieren, Van Ackeren und Doctor Maternus, war es erlaubt, sich unter dem Zelt aufzuhalten, bei dem Bootsführer und seinem Gehilfen, einem Jungen von sechzehn Jahren.

Außerdem befanden sich an Bord noch zwei Sommelsdijk'sche Soldaten, welche eine Uniform trugen, ähnlich wie sie Van Ackeren bei den Reitern an der Plantage bereits gesehen, nur waren ihre wollenen Röcke hellblau und nicht rot. Ihre Aufgabe bestand darin, die Waren zu bewachen, die nach Providentia gehen sollten und welche man in der Mitte des Fahrzeugs aufgestapelt hatte, um Platz für die Ruderer auf ihren Bänken zu lassen und für eine Sklavin, welche an ein Fass gekettet war. Die Monturen der Soldaten waren geflickt, und an den Röcken fehlten einige Knöpfe, doch hatte ein jeder seinen Säbel dabei und auch eine Muskete. Die beiden Männer machten einen mürrischen Eindruck, da sie kaum sprachen. Nach einer Weile zeigte sich, dass sie beide schwer betrunken waren, was wohl schon der Fall gewesen, als sie das Boot betraten. Bald legten sie sich am Rande des Sonnensegels in den Schatten, um dort zu schlafen. Bei der Sklavin, welche die Sommelsdijks übrigens nach der Landung der »Marije van Flanderen« vom Kapitän erworben hatten, handelte es sich um die letzte der Bewohnerinnen von Vartes Kippenhok. Das Frauenzimmer, nackt bis auf einen Lendenschurz, saß am Boden, den Kopf gesenkt, ohne ein Lebenszeichen von sich zu geben. Gerade dass man erkennen konnte, dass sie atmete. Als wollte sie so wenig auf sich aufmerksam machen wie nur möglich.

Weder sie noch die schlafenden Soldaten sahen die großen Geier, die mit ihren ausgebreiteten schwarzen Flügeln auf den hohen Uferbäumen saßen und den Reisenden ihre Reverenz erwiesen, indem sie sich, ohne ihre Haltung zu ändern, mit ausgebreiteten Flügeln dem vorbeifahrenden Boot zudrehten und ein Bild abgaben wie würdige Gestalten mit schwarzen Radmänteln bei einem vorbeidefilierenden Begräbnis.

Im Schatten unter dem Dach der hohen Bäume war es kühler als auf dem offenen Wasser des Suriname, den man ohnehin in seiner ganzen Breite nicht zu sehen bekam. In den Wasserarmen nahe dem Ufer kamen die Ruderer schneller voran, weil die Strömung hier schwächer war. Auch Mücken waren vorhanden, weniger jedoch als in Hafennähe und in der Stadt Para Maribo. Mag sein, dass der leichte Wind, den die Fahrt verursachte, und die Luft, welche die Ufer entlangstrich, die meisten vertrieb, sodass den Reisenden die Fahrt durchaus angenehm vorkam. Die acht Neger an den Rudern indessen verrichteten brav ihr Werk, gleichwohl keuchten sie bei jedem Schlag die Luft heraus und taten solches mit großem Regelmaß, sodass man es nach ein paar Stunden gar nicht mehr hörte, weil das Keuchen so selbstverständlich schien und ganz aufging in den ständigen Geräuschen des Waldes.

Der Bootsführer war ein alter Mann in fadenscheinigem Drillich, der sich Savant nannte. Sein braunes Gesicht war gegerbt von der Sonne und manchem anderen, was er erlebt haben mochte. Er hatte sein dünnes Haar in einen Zopf geflochten, in dem eine blaue Glasperle steckte, was ihm ein seltsam exotisches Aussehen verlieh.

Er war der Einzige, der mit den Gästen an Bord Gespräche führte.

Er sei Franzose, erzählte er den Passagieren, und habe hier schon Boote gesteuert, als alles noch englisch und davor portugiesisch gewesen. Man brauche ihn, egal, wer hier das Sagen habe, weil er den Fluss am besten kenne. Dies radebrechte er in schlechtem Niederländisch, das er mit französischen Brocken und mit Portugiesisch mischte wie eine Suppe, in die alles hineinkommt, was man eben gerade zur Verfügung hat.

Van Ackeren hatte sich mit Maternus vorn in den Bug gesetzt.

Im Gleichmaß der Ruderschläge versuchte er, sich auf die Kurzweil einzulassen, die man haben konnte, wenn das Boot beim Passieren der zahlreichen Wasserarme, in die der Fluss sich aufspaltete, schwimmende Vögel überraschte, welche in großer Zahl mit schwirrenden Flügeln vor dem Fahrzeug entflohen. Libellen in allen Regenbogenfarben schwebten heran, und Kaskaden von Fröschen sprangen ins Wasser, wo das Boot sie aufstörte, wenn es durch die Blätter großer Seerosen fuhr, auf denen sie saßen. Man bewegte sich zwischen bewaldeten Inseln und streifte zuweilen so nahe an den Ufern, dass die Äste der Bäume den Bootsrand berührten.

Einige Male wurden die Reisenden unter das Sonnensegel gerufen, nachdem es möglich schien, dass Schlangen aus dem Laub der überhängenden Äste ins Boot herunterfielen, was aber nicht ein einziges Mal geschah.

Schulen langschwänziger blauer Papageien brachen aus den Baumkronen und flatterten mit ärgerlichem Krächzen über das Wasser fort. Schwarz-gelbe Tukane, die beim Fliegen ihre langen Schnäbel geradeausstreckten, bellten wie Hunde im Wegfliegen. Weiße Reiher auf schwarzen Beinen machten ihre Hälse lang und schwangen sich schwerfällig in die Luft, als das Boot ihnen näher kam, und man sah, als sie wegflogen, wie zwischen ihren Zehen rote Schwimmhäute aufleuchteten.

»*Attention!* Affen!«, rief der Bootsmann. »*Messieurs*, zu mir nach hinten. Dort auf dem Baum. *Sales bêtes*, die scheißen uns auf den Kopf, wenn wir sie ärgern.«

Savant hieß seinen Gehilfen, den hoch aufgeschossenen Jüngling mit blondem Schopf, eine der Musketen zu spannen und einen Schuss auf die Affen zu tun, um sie aus dem Weg zu haben.

Auf den Knall hin, welcher über das Wasser hallte, gaben die Affen ein polterndes Gebrüll von sich und flüchteten mit hochgereckten Schwänzen in andere Bäume hinüber, wobei sie äußerst kühne Sprünge vollführten. Gleich erinnerte sich Van Ackeren daran, das nämliche Gebrüll in Para Maribo von fern schon einmal gehört zu haben, ohne zu wissen, von welchem Getier es stammte.

»Nun wisst Ihr, warum sie Brüllaffen genannt werden«, sagte Maternus.

Den Palmblatthut auf dem Kopf und mit seiner nützlichen Montur angetan, saß er neben der Bordwand und beugte sich zuweilen hinaus, um seine Hand in das vorbeiströmende Wasser zu halten. Der Doctor konnte gar nicht genug schauen. Er spähte einmal in das dichte Unterholz, einmal hinaus auf das Wasser und zeigte dem bei ihm sitzenden Van Ackeren beständig Interessantes an Pflanzen und Getier, was diesem sonst sicherlich entgangen wäre.

Weil er seine Gedanken nicht beisammenhatte. Heute in der Frühe war Van Ackeren klar geworden, dass er sich auf der Flucht befand. Auf der Flucht vor Anna. Nein, damit tat er ihr unrecht. Nicht vor ihr. Er war auf der Flucht vor sich selbst. Weil er vom Weg abgekommen und noch immer nicht wieder darauf war, und es war allein seine Schuld. War nicht der Einzige bislang überall mit ihm gewesen? Hatte ihn begleitet auf seinen Wegen, war Ursprung und Ziel, wie es sein musste, wenn man in Frömmigkeit lebte – und nun gaukelte ihm so ganz anderes vor. Törichte, lasterhafte Bilder, die er nicht ausblenden konnte. Etwas war auf einmal aufgetaucht in seinem Innern, was stärker war als sein Wille. Den er doch als ein Werkzeug des Glaubens im Gebet geschult und für belastbar gehalten hatte.

Wo soll ich hingehen vor deinem Geist, und wo soll ich hinfliehen vor deinem Angesicht? Führe ich gen Himmel, so bist du da. Bettete ich mich in die Hölle, so bist du auch da. Nähme ich Flügel der Morgenröte und bliebe am äußersten Meer, so würde mich doch deine Hand daselbst führen und deine Rechte mich halten.

Van Ackeren kannte die Zeilen Davids auswendig. Er musste nicht in seinem Psalter nachsehen, der sich mit seinen wenigen Habseligkeiten in der Holzkiste befand, die neben Maternus' umfangreichem Gepäck an Deck stand.

Wie konnte er vor etwas fliehen, das in ihm war? Und wie war es möglich, dass Annas Gesicht, ihre Gestalt und alles, was um sie war, beständig vor seinen Augen auftauchte?

Besonders der letzte Augenblick, den er mit ihr verbracht. Am gestrigen Nachmittag, als sie vor ihm stand und seinen silbernen Knopf zum Munde geführt hatte, als wollte sie ihn küssen. Dieses eine Bild stand ihm immer wieder vor Augen, denn ihr Kuss auf das Silber hatte ihn getroffen wie ein Blitz. Und nun ging es ihm mit ihr geradeso, wie der Psalm Davids Liebe zum Herren Gott besang!

Van Ackeren schüttelte den Kopf, als wollte er Fliegen verscheuchen.

Ihm graute vor der Blasphemie. Er hatte nicht das *Recht*, sich solcher Art gehen zu lassen, er verurteilte sich, zum wiederholten Mal. Aber Strenge half nicht. Wohl hatte er gewusst, es würden Prüfungen kommen, Hindernisse, die zu bestehen und zu überwinden seine Aufgabe war, denn er hatte sich dem Herrn verschrieben. Nichts war er ohne Gott. Niemand und nichts konnte Bestand haben ohne Gott, es durfte doch keiner einfach tun, was ihm beliebte, wenn er nicht den Pfad verlassen wollte, der ihn an Gott band.

»Seht nur, dort unten!«

Maternus packte seinen gedankenverlorenen Nachbarn am Ärmel und zog ihn näher zu sich heran an die Bordwand. Van Ackeren schaute hinunter und erblickte im rotbraunen Wasser dicht unter der Oberfläche zwei große weiß gefärbte Leiber. Die geschnäbelten Köpfe, das Blasloch, durch welches einer, der eben zur Oberfläche kam, mit einem Ton, der an eine tiefe Flöte erinnerte, die Luft ausblies, seine breit gestellten Flossen wie die Schwingen eines Vogels ausgespannt.

Indessen benahmen sich die Delphine nicht wie ihre lustigen Brüder auf See. Ernst und gemessen schwammen sie eine Weile vor dem Boot her wie Herolde, die einer seltsam trüben Unterwelt entstiegen waren, als wollten sie sich versichern, dass man ihnen folgte.

Van Ackeren überlegte, wie es wohl wäre, wenn man in diesen Fluss hineinsteigen müsste. Und er dachte an den treibenden Kadaver, den er jüngst erblickt und an dem die unsichtbaren Wasserwesen von unten gezerrt hatten.

»Es gibt hier«, wandte er sich an Maternus, »sicherlich viele unterschiedliche Arten von Fischen.«

Er sagte es, um etwas beizutragen. Da er nicht verdrießlich erscheinen mochte neben dem Gefährten, welcher hochgestimmt war und ihm als sein kundiger Begleiter alles in freundlichster Manier zeigen wollte.

»Oh ja, sehr viele. Kleine, die eine Kuh in einer halben Stunde gänzlich auffressen können, und andere, deren Größe ausreichen würde, um viele Leute satt zu machen. Und nicht nur Fische.«

»Caimane, ich weiß. Solche sieht man ja hier überall.«

»In der Tat. Aber hier lebt auch die größte Schlange der bekannten Welt, die Anakonda. Man sieht sie kaum, wenn sie schwimmt, denn nur ihr kleiner Kopf ragt aus dem Wasser heraus. Aber sie kann dreißig Fuß lang werden. Wenn sie ausgewachsen ist, können zehn Männer sie nicht bändigen, und sie vermag sich solche Krokodile, wie ihr sie sehen könnt, in Gänze einzuverleiben. Ohnehin treibt in diesen Gewässern«, Maternus deutete mit seinem Finger auf den Fluss, »gerade so viel Unbekanntes sein Wesen wie unter der Oberfläche des Meeres.«

Mit einem Mal bewegte sich drüben am Ufer, etwa einen Pistolenschuss entfernt, etwas Großes durch das hohe Schilf, das nicht zu sehen war. Da war nur das Schwingen von Binsen, die an mehreren Stellen von einem flüchtenden Tier beträchtlicher Größe in Bewegung versetzt wurden.

»Vielleicht Wildschweine«, sagte Maternus. »Oder Hirsche.« Er gab einen Seufzer von sich. »Es wird ein Zeitalter dauern«, meinte er, während er zum Ufer sah, »ehe man auch nur einen Teil dieses Landes erforscht haben wird.«

»Es leben doch auch Menschen hier. Die Indianer, oder nicht?«

»So ist es. Hier leben Indianer. Aber sie sind Wilde. Sie erforschen die Natur nicht, sie gehören dazu.«

Van Ackeren versetzte darauf, er wisse nicht recht, worauf Maternus hinauswolle.

»Nun, man beginnt zu forschen, wenn man etwas verstehen möchte. Die Wilden sind wie Kinder, die nicht zu verstehen brauchen, was sie umgibt. Verstehen heißt ja, das Allgemeine im Besonderen erforschen. Nur so entsteht wahre Wissenschaft, und die Wilden kennen am Ende nur sich selbst.«

Die Wilden, warf Van Ackeren ein, besäßen aber doch auch Verstand und kennten einen Gott. Sie seien darin zumindest von den Tieren geschieden.

Maternus gestand dies zu. Die Wilden seien keine Tiere, aber sie seien eben noch auf der Stufe der Kinder im Vergleich zu den erwachsenen und civilisierten Völkern, die in der Historie weiter entwickelt seien. Welche zuvor Barbaren gewesen waren, wie schon die alten Griechen es richtig gesehen, und erst später sich civilisierten, indem sie lesen und schreiben gelernt und die Technik mit Gewinn vorangebracht hätten. Was man leicht daran sehen könne, dass sie beide ja hierhergereist seien auf einem kunstreichen und wunderbaren Schiff und die Wilden niemals nach Amsterdam hätten gelangen können auf ihren Einbäumen.

In der Heiligen Schrift, sagte Van Ackeren daraufhin, sei nirgends von Wilden die Rede, sondern von den Menschen, die vor der Sündflut lebten, und zuallererst von Adam und Eva, welche aber bereits verständig gewesen, ehe sie von Gott aus dem Paradiese vertrieben worden.

Zweifellos verhalte sich dies so, meinte Maternus, und habe auch seine Richtigkeit. »Man könnte aber das Paradies auch sehen als die erste Zeit, in der Adam und Eva noch mit den Tieren im Einklang gewesen sind und noch nichts wussten von Arbeit, so lange, bis sie daraus vertrieben wurden, weil sie zum Verdrusse Gottes nach Erkenntnis trachteten. Im Paradies hat auch noch keine Zeit geherrscht, da dort jeder Tag wie der andere war.«

Zeit, fuhr er fort, werde ja erst gegenwärtig, wenn man sie messe und wenn das eigene Leben nicht mehr im Kreis gehe, wie es gerade und besonders bei den Wilden sei, die vom Morgen zum Mittag zum Abend und in die Nacht hineinlebten. So, wie eben Kinder es täten. Und dies wieder aufs Neue am nächsten Tag und auch so von Geburt zum Tode.

»Anders für uns, die wir so vieles anrichten, bauen und schaffen wollen, dass wir kaum Zeit finden, um es fertigzubringen, und schließlich auf Tage und Wochen, gar Jahre hinausschieben müssen, was wir projektieren.«

Erst damit, meinte Maternus, beginne die Zeit. Vielleicht sei die Erfindung der Zeit ja gleichsam die Vertreibung der Menschen aus dem Paradies gewesen, und die Wilden hätten solches noch nicht recht vernommen. Was einen verstehen lasse, weshalb sie nicht arbeiten mochten.

»Aber sie arbeiten doch«, wandte Van Ackeren ein, der vieles von dem Gesagten nicht gelten lassen wollte. Und dem ohnehin befremdlich erschien, dass das Paradies und die vorsündflutliche Welt noch irgendwo vorhanden sein sollten, wie er es aus des Doctors Suada schließen musste, der ihm einmal wieder von seinen privaten Impressionen geleitet schien. Ohnehin hatte er ihn im Verdacht, dass er die Heilige Schrift als ein bloßes Buch ansah und nicht als Gottes unumstößliches Wort.

Um nichts Unhöfliches sagen zu müssen, schwieg er.

»Wenn man nur nimmt, was da ist, nicht ackert und nichts Bleibendes erbaut«, fing Maternus wieder an, »kann man nicht von Arbeit sprechen. Sonst würden auch die Tiere arbeiten, und das können wir nicht sehen.«

»Aber arbeiten nicht auch die Maultiere, die Ochsen und die Rösser, die uns dienen?«, entgegnete Van Ackeren.

»Nur weil sie es müssen. Weil wir verstehen, sie nach unserer

Vorstellung zu bezwingen. Sie tun es nicht aus ihrem Antrieb und Willen heraus.«

»So wie diese Sklaven hier«, sagte Van Ackeren mit einem Blick auf die schweißbedeckten Ruderer.

Sie sahen beide zu den Männern hin, die im Takt ruderten, ohne dass ihre Gesichter eine Regung gezeigt oder sie ein Wort gesprochen hätten. Es war indessen nicht schwer, sich zu überzeugen, auf welche Weise sie zum Gehorsam gezwungen wurden.

Zwar trug Savant, der Bootsmann, keine Peitsche bei sich, aber der blondhaarige Junge, dem ein einfacher Dreispitz auf dem Kopf saß, wie um seine Aufseherwürde zu betonen, hatte eine geflochtene Peitsche sichtbar im Gürtel stecken und stolzierte ab und zu an den Ruderbänken entlang, um streng auf die Neger herunterzublicken, als bestünde darin seine Aufgabe.

»So wie sie«, sagte Maternus schließlich. »In der Tat. Mag sein, dass manche sie darum auch wie Tiere behandeln.«

9

Nach acht Stunden Fahrt erreichte das Boot eine Anlegestelle der Compagnie am Ufer des Suriname, welche aus einem im Wasser befestigten Bootssteg und einem offenen Schuppen bestand. Die Stelle war dazu vorgesehen, ein Lager zu errichten, um hier die Nacht zu verbringen. Es gab einen ummauerten Raum, in dem sich eine Feuerstelle und ein einfacher Herd befanden, und einen gestampften Boden, auf dem sich Schlangen oder Insekten nicht unbemerkt nähern konnten. Über allem spannte sich ein auf Pfosten gestelltes Dach mit Wänden aus geflochtenen Blättermatten, wie sie hier oft anstelle von Wänden verwendet wurden.

In dem leichten Gebäude, welches zum Fluss hin offen war, konnte man trocken halten, was man auf der Fahrt mitführte. Hier richteten die Reisenden sich ein, nachdem man glücklich an Land gegangen war. Die Ruderer und die Sklavin wurden an einer eigens dafür vorgesehenen und in den Boden eingelassenen eisernen Stange angekettet. Das Boot vertäute man an den Pfosten des Anlegers, und die Bootsleute hatten ein Brett über die Bordwand gelegt, darauf man sicher hin- und hergehen konnte, die Dinge zu holen, derer man für die Übernachtung bedurfte. Das waren im Großen und Ganzen die Wegzehrung und einige Hängematten, in denen die Reisenden schlafen würden, während die Sklaven und die Soldaten sich mit dem Boden des Schuppens begnügen mussten. Maternus und Van Ackeren indessen war gestattet worden, in dem geschlossenen Raum zu nächtigen, da sie von dem Bootsmann Savant als Gäste der Sommelsdijks behandelt wurden und somit besondere Privilegien genossen.

Der Bootsführer und der blondschöpfige Junge entfachten im Herd ein Feuer und fingen damit an, für die Soldaten und für die Sklaven Mus zu kochen. Maternus holte aus seinem Gepäck ein Stück getrockneten Schinken und frisches Brot, das er aus Para Maribo mitgebracht, und einen Schopf mit Bananen. Er wolle, meinte er, seine Wegzehr gern mit den Bootsleuten und Van Ackeren teilen. Die Ersteren zeigten sich darüber recht erfreut, und auch Van Ackeren hatte erneut Grund, dem Doctor dankbar zu sein, dessen Umsicht nun für ein Nachtmahl sorgte, das beileibe besser geraten würde als die langweilige Grütze.

Inzwischen war so rasch wie stets in der Neuen Welt die Dunkelheit angebrochen, und es wechselten die Geräusche des Waldes. Waren tagsüber die Vögel bestimmend gewesen, so musizierten nachts andere unsichtbare Waldwesen. Ihr bedrängendes Keckern, Zirpen und Pfeifen schwoll an und wieder ab, man konnte fast meinen, es stünde ein atmendes Wesen dahinter, das doch nichts anderes sein konnte als der große Wald selbst.

Van Ackeren wollte sich vor dem Nachtmahl noch hinab zum Flussufer begeben, aber der alte Savant hielt ihn zurück. Große Caimane lägen nachts auf der Lauer und auch manches andere an schädlichem Getier. Eine der großen Echsen würde nicht zögern, ihn ins Wasser hineinzuziehen, wenn sie die Gelegenheit dazu erhalte. Er möge besser hierbleiben, wo man ihn sehe und wo auch er wahrnehmen könne, was um ihn herum sei. Van Ackeren ging dennoch ein Stück nach draußen, da ihn die Schuld umtrieb ob seiner Verfehlungen und ihn in Bewegung hielt. Er verließ den Raum, in dem gekocht wurde, und traf unter dem Vordach im Schein der blakenden Ölfunzel auf die Soldaten, welche am Boden hockten und am Würfeln waren.

Sie tranken wieder von dem Schnaps, den sie mitgebracht hatten, und stritten sich gerade fluchend um etwas, wohl um die paar Stuiver, die neben ihnen auf der Erde glänzten. Ein Stück von ihnen entfernt im hinteren Teil des Schuppens saß die Gruppe der Ruderer, deren Leiber mit der Dunkelheit fast verschmolzen. Ab und zu konnte man das Weiße in ihren Augen erkennen, wenn sie die Köpfe drehten, und man sah den hellen Drillich ihrer Beinkleider leuchten. Sie saßen und schwiegen, kaum sagte einmal einer ein leises Wort. Auch die Sklavin war an die eiserne Stange angekettet. Sie hockte am Boden, den Kopf in die Arme gelegt.

Van Ackeren setzte sich mit dem Rücken zu den Soldaten auf die

Schwelle der Hütte, wo noch genug Licht vorhanden war, um zu sehen, ob etwas im Gras lauere.

Kaum saß er eine Minute, da wurde der Streit hinter ihm lauter, und er begriff, dass die Soldaten dabei waren, um das Negermädchen zu würfeln, das jeder zuerst für sich beanspruchen wollte. Wieder fühlte sich Van Ackeren an die Zustände auf dem Schiff erinnert, und ihn ekelte, aufs neue Zeuge der gleichen Willkür werden zu müssen.

Einer der Soldaten erhob sich taumelnd und wankte, nachdem er dem anderen einen Tritt mit dem Stiefel versetzt hatte, zu der Negerin hin und schloss ihre Kette auf. Unter den Verwünschungen des anderen, der am Boden hocken blieb, stieß er die Hilflose vor sich her, und sie begaben sich hinter die Wand des Schuppens.

Van Ackeren, der sich halb erhoben, wie um dem Einhalt zu gebieten, bemerkte, dass die Blicke der Neger dem Geschehen nicht folgten. Sie starrten weiter zu Boden, in zwei Reihen sitzend, Schemen einer sinnlosen Ordnung, als müssten sie sich selbst bei Nacht noch zum Rudern bereithalten.

An die nun folgende Minute, in der das Schicksal oder auch Gottes Wille die Gruppe Menschen an diesem einsamen Fleck im Urwald mit Schrecken strafte, sollte Van Ackeren noch lange denken. Es begann mit einem Geräusch hinter dem Schuppen, als schlage man ein Beil in einen Hackklotz hinein. Dazu ein menschliches Aufstöhnen.

Die Neger drehten nun doch die Köpfe, und auch Van Ackeren kam auf die Beine, um nachzusehen, was das Stöhnen bedeute. Gleich danach kam der Soldat allein zurück. Er ging auf seltsam steife Art, seine Beinkleider hingen ihm auf die Stiefel herunter, und sein nacktes Gemächt baumelte ihm zwischen den Beinen herab. Bei diesem angestrengten Vorwärtshumpeln stand ihm der Mund weit offen, und sein starres Gesicht, vom Schnaps gedunsen, zeigte einen gewaltsam hineingestanzten Ausdruck höchster Überraschung. Welcher sich nicht änderte, als der Mann im Lichtkreis der Lampe angelangt, vor sich hin glotzend langsam in die Knie brach und auf den Boden stürzte. Aus seinem Rücken ragte zwischen den Schulterblättern der Griff eines Messers heraus.

Kaum dessen gewahr, kam der andere Soldat torkelnd auf die Beine. Er stolperte und fiel wieder hin, rappelte sich erneut auf.

»Zu Hilfe!«, schrie er. »Savant! Her da, rasch!« Damit wandte er sich zu den Musketen, die an der Wand lehnten, wo zuvor die Sklavin angekettet gewesen war.

Auf den Aufruhr kam der blonde Junge aus der Küche heraus und sprang nach einem Blick auf den gemeuchelt Liegenden zu der anderen Muskete hin. Hinter ihm sah man den Alten in der Tür, den Kochlöffel in der Hand und ebenfalls den Toten anstarrend.

»Va t'en!«, rief er hinter dem Jungen her. Und streckte die Hand nach ihm, als wollte er ihn aufhalten. *»Va t'en! Viiite!«*

Da erschien eine Gruppe seltsamster Menschen im Lichtkreis der Lampe, sie kamen heran, als habe die Dunkelheit sie geboren. Ein halbes Dutzend schwarzer Gesichter, die Waffen erhoben, angetan mit zerlumpten Uniformen, deren Couleur nicht auszumachen war, da alles zerrissen und verdreckt.

Ein Pistolenschuss warf den Soldaten nieder, der die Muskete von der Wand an sich gerissen hatte, noch ehe er den Hahn spannen konnte. Der blondhaarige Junge indessen, glücklich an die andere Waffe gekommen, hielt sich nicht an die Warnung des alten Savant und wollte mit der erhobenen Muskete auf die Fremden losbrennen. Der Vorderste der Meute, ein groß gewachsener Neger, einen ledernen Dreispitz auf dem Kopf, trat ihm die Büchse aus den Händen. Dann holte er beidhändig mit dem Hackmesser aus.

»Mon dieu!«, rief Savant, sich die Hand vor den Mund drückend.

Auf diese Worte folgte von der Hand des großen Negers ein grausamer, mit großer Kraft gegen den Hals des Jungen geführter Hieb, der sein Blut hochspringen ließ bis ans Dach des Schuppens. Ein zweiter Hieb trennte dem Unglücklichen, als er schon kraftlos auf die Knie gesunken war, den Kopf vom Rumpf, noch ehe er auf der Erde zu liegen kam.

Mit Grauen sah Van Ackeren das hervorsprudelnde Blut über den gestampften Boden fließen. Der Mörder war mit roten Tropfen besprengt, sie rannen von seinen nackten Armen herab, welche aus dem ärmellosen Soldatenrock ragten.

Die Augen weit aufgerissen, das Hackmesser in der Hand, schritt er weiter, direkt auf Van Ackeren zu, welcher mit rasendem Herzen hilflos vor der sich ausbreitenden Blutlache auf die Knie gegangen war und seine Hände erhob, um sich des Schlages zu erwehren.

Mit seltsamer Genauigkeit nahm er in ebendiesem Moment, den er als seinen letzten empfand, alle Einzelheiten auf. Ihm war plötzlich, als bewege sich der Neger sehr langsam. Ein Blutstropfen fiel von der glänzenden Klinge des Haumessers herunter, und er sah ihn zu Boden fallen, er sah die schweißglänzende Haut am Unterarm des Schlächters sich spannen über den Muskeln, nahm seine nackten Füße wahr, wie er den nächsten Schritt tat, und sah, wie die schlammbekrusteten Zehen Halt suchten, als der Mörder sich breit stellte, um mit dem Haumesser gegen ihn auszuholen. Van Ackeren schloss die Augen.

Da ließ sich eine schneidende Stimme vernehmen.

»Halt! Genug jetzt! Fürs Erste jedenfalls.«

Eine weitere Gestalt, gekleidet in einen Offiziersrock mit goldenen Tressen und mit glänzenden Knöpfen daran, postierte sich neben den Neger und hielt seinen erhobenen Arm fest.

»Kusch«, sagte die heisere Stimme, »kusch, mein Löwe!«

Van Ackeren, die Augen wieder öffnend, glaubte zu träumen. Ein Schwindel erfasste ihn. Was er sah, das konnte, durfte nicht wahr sein. Aber dazu waren ihm Gestalt und Stimme, das schnurrbärtige Gesicht zu vertraut.

»So sieht man sich wieder, meine Freunde«, sagte Teerstraten. »Nicht dass ich's mir auf diese Art gewünscht hätte«, murmelte er vor sich hin.

Er trat einen Schritt vor und musterte Van Ackeren und Maternus.

Der Rock, den Teerstraten trug, war über der Brust zerschossen und von altem Blut braun gefärbt. Die von Kugeln zerrissenen Tressen wurden bloß von einer simplen Schnur zusammengehalten. Der unglückliche Offizier, dem er einst gehört haben mochte, konnte kaum noch am Leben sein. Teerstraten beugte sich zu Van Ackeren herunter und packte sein Haar. Er riss ihm den Kopf grob zurück.

»Spielt mit, meine Brüder in Christo«, flüsterte er, »sonst kann ich für euer Leben nicht garantieren.« Er starrte Van Ackeren ins Gesicht, als wolle er erkennen, wen er da gefangen, dabei glitzerten seine Augen warnend, und schüttelte seinen Kopf, als wollte er ihn aufwecken.

Danach ließ er ihn los und winkte die Korona der Milizionäre heran, welche allesamt eine ähnliche Aufmachung zeigten wie er selbst. Sie trugen Uniformröcke der unterschiedlichsten Provenienz, spanische, englische und französische, dazu verzierte Pluderhosen oder bloßen Drillich. Das meiste war wüst zerrissen, nur drei von ihnen hatten lederne Stiefel an den Füßen, die anderen trugen Sandalen oder waren barfuß. Aber alle waren gut bewaffnet mit Musketen, Säbeln und Haumessern.

»Bindet sie!«, rief Teerstraten mit schnarrender Kommandostimme.

Der riesenhafte Neger und zwei seiner Gesellen ergriffen Maternus und Van Ackeren. Ihre Hände wurden ihnen mit Riemen hinter dem Rücken zusammengebunden. Auch Savant zerrte man herbei und fesselte ihn auf die nämliche Art.

So lehnte man die drei Überlebenden mit den Rücken zueinander, und Teerstraten schritt einmal um sie herum, als gelte es, ein Ritual zu vollziehen.

»Ein Betbruder«, stellte er fest, nachdem er vor Van Ackeren stehen geblieben war und ihn noch einmal ausgiebig gemustert hatte. »Von der frommen Sorte derer in Providentia, wie zu vermuten.«

Er drehte sich auf den Hacken und besah, die Fäuste in die Hüften gestemmt, als Nächste Maternus und Savant.

»Was haben wir noch? Und können es vielleicht gebrauchen oder auch nicht?« Er zeigte auf den alten Bootsmann. »Den alten Fährmann, genannt Savant. Den brauchen wir nicht mehr. Was, Savant?«

»Oui, M'sieur«, flüsterte Savant, der mürrisch vor sich auf den Boden starrte.

»Und dieses Mannsbild hier, wenn er denn eins sein soll. Wie ist dein Name, Kerl?«

»Doctor Maternus«, lautete die geflüsterte Antwort, bei der dem Doctor die Lippen zitterten.

»Ein Arzt?«

Savant, der gebunden neben Maternus kniete, neigte bei dieser Frage unmerklich den Kopf, und Maternus beeilte sich mit der Antwort.

»Ja, ich … bin Arzt.«

»Wir brauchen keinen Arzt. Wer zahlt für dich?«

»Die …«, keuchte Maternus, »die Familie des Gouverneurs, die Mefrouw Sommelsdijk. Man wird für mich bürgen. Ich reise als Gesandter des preußischen Königs.«

»Ein Gesandter also und ein Arzt. Das sollte ihnen was wert sein. Nun«, Teerstraten lächelte, »in dem Fall brauchen wir dich vielleicht doch, Savant. Bedank dich bei dem Herrn Doctor.«

Er nahm seinen Hut ab und begutachtete ihn. Schüttelte die Federn sauber, ehe er ihn wieder aufsetzte.

»Wir brauchen dich, Savant, damit du dich morgen in der Frühe auf den Weg machst. Der Herr Doctor soll uns nämlich tausend Gulden bringen.« Teerstraten sah in die Runde. »Was haltet ihr davon, Musketiere? Tausend Gulden zu gleichen Teilen unter uns, das sind mehr als hundert für jeden!«

Die Meute johlte. Teerstraten nickte zufrieden.

»Gut. Jetzt zu dem dort.« Er wandte seinen Blick hin zu dem Soldaten, der von der Kugel getroffen am Boden lag. Der Verwundete hatte versucht, aus dem Lampenlicht herauszukriechen, was ein so verzweifeltes Unterfangen darstellte, dass keiner der Räuber sich anschickte, ihn daran zu hindern. Der Kopf des Verwundeten befand sich bereits in der Dunkelheit, das Licht der Tranfunzel fiel nur auf seine Beine in den verschmutzten Stulpenstiefeln. Sie kratzten unablässig über den Boden, sodass er das Bild einer großen Schabe abgab, die halb zertreten ihren verletzten Leib davonzuschleppen sucht.

»Wo ist das Weibsbild?«, knurrte Teerstraten. »Schafft sie her.«

Die schwarze Sklavin, bei dem halben Dutzend Milizionäre stehend, wurde nach vorn geschoben. Sie war nackt. Ihren zerrissenen Schurz hielt sie in den Händen und vermochte damit eben ihre Blöße zu bedecken.

»Sein Rock und seine Beinkleider gehören dir«, sagte Teerstraten. »Mach ein Ende mit ihm und hol sie dir.«

Das Mädchen wandte ihm die Augen zu, sie waren groß im blakenden Licht der Tranlampe, und Van Ackeren, der ihren Ausdruck wahrnahm, meinte etwas in diesem Blick zu erkennen, was er schon einmal gesehen. Bei dem Kind nämlich, im Schuppen der Merians, dem Mädchen mit der Brandwunde, welches die Spinne in dem Korb mitgebracht hatte. Es war derselbe Blick.

Und nun, als wäre die seltsame Leere in den Augen des nackt dastehenden Mädchens bloß ein Raum gewesen, in dem etwas erwartet worden, trat brennender Hass hinein und füllte ihre Augen ganz. Sie griff nach dem Messer, das Teerstraten ihr reichte. Während ringsum Schweigen war und man nur das seelenlose Nachtgetier rufen hören konnte, das den Wald bewohnte.

Van Ackeren barg sein Gesicht in den Händen. Er konnte sich der Tränen nicht erwehren, während die Schläge des Messers und die gellenden Schreie des Soldaten in die Nacht hinaushallten. Das drang ein in seine Ohren, trotzdem er die Fäuste daraufdrückte. Er versuchte, für die Seele des Sterbenden zu beten, aber es gelang ihm nicht, da das Entsetzen ihn vollständig übermannte. Er war zu keinem Gedanken fähig, bis die Schreie endlich verstummten.

Die drei Gebundenen wurden auf die Beine gezerrt. Man hieß sie Schuhe und Beinkleider ausziehen und nahm ihnen die Kleider weg, nachdem man sie losgebunden, auch die Röcke und Chemisen. Im Unterzeug wurden sie an die Stange im Schuppen gekettet, dazu verwendeten die schwarzhäutigen Begleiter Teerstratens die eisernen Fesseln der befreiten Ruderer.

Sie mussten danach mitansehen, wie die nackten Leichname der beiden Soldaten unter den Anweisungen des großen Negers an den Füßen gebunden und an der Wand des Schuppens aufgehängt wurden. Ohne ein Wort, nur mit knurrenden Lauten des Hasses, die Arme bis zu den Ellbogen in das Blut getaucht, riss er auch ihnen die Kleider herunter. Der Koch brachte die Schüssel mit der Grütze heraus und ließ das Blut der Aufgehängten in einen Hut tropfen. Und schüttete davon in die Grütze. Es war noch die nämliche, welche der unglückliche Savant vordem aufgesetzt hatte, um das Nachtmahl zu bereiten.

Die grässliche Speise wurde von den finsteren Gestalten gemeinsam verzehrt, indessen Teerstraten dabeihockte und seine Pfeife rauchte, als handle es sich um nichts von Belang. Die drei Gefangenen hockten schweigend unter dem Vordach im Schein der Tranlampe, ein jeder geworfen auf sein eigenes Grauen.

Als die Schüssel fast leer war, griff Teerstraten danach und ging mit ihr zu der jungen Negerin, die sich abseitshielt und an dem Mahl nicht teilnahm.

»Los, iss«, sagte er zu ihr.

Sie starrte ihn an, keuchend vor Furcht.

»Ich bin der Korporal Tod, meine Schöne«, sagte Teerstraten. »Und das hier ist meine Speise und Kommunion.«

Er fasste in ihr Haar und riss ihren Kopf nach hinten. Sie schrie auf, aber sie wehrte sich nicht, als er ihr, nachdem er mit den Fingern in den Topf gegriffen, etwas von dem Inhalt in den Mund stopfte.

Kaum hatte er sich abgewandt, begann sie zu würgen und spie den Brei auf den Boden. Teerstraten kümmerte sich nicht darum. Er stand in seinen vornehmen Lumpen vor dem Schein des Feuers mit dem breit ausgestellten Degen, ein höllischer Schattenriss.

Maternus flüsterte mit zitternden Lippen vor sich hin. »Das sind keine Menschen mehr ... das sind bloße ... Teufel ...«

Der alte Savant stieß ihn hart mit dem Ellbogen in die Seite. *»Tais-toi!«*, zischte er und schüttelte mit geschlossenen Augen den Kopf.

Und Van Ackeren, der schweigend in das Dunkel über dem Fluss starrte, wo die seltsamen Lampen der Laternenkäfer in endloser Folge an- und ausgingen, musste daran denken, was ihm der Vater einst über die Brüder de Witt erzählt und über deren grausiges Ende, als sie im Rampjaar im Jahr zweiundsiebzig öffentlich ausgeweidet und aufgehängt worden waren wie Schlachtvieh in der reichen Stadt Den Haag. Von denen braven Bürgern, weil sie damals angeblich die gehassten Franzosen ins Land gelassen hatten.

Er betete inbrünstig, er vermochte es nun wieder. Betete zu Gott, dem Herrn, der ihm nahekam im Grauen dieser Nacht, ihn anrührte aus der Zerrissenheit seiner Seele.

Denn wo das Dunkel am größten, ist er der Nächste.

Als der Mörder auf ihn zuschritt und schon mit seinen kalten Augen an ihm Maß genommen für den Hieb mit dem Messer, da war der Tod nahe bei ihm gestanden. Er hatte ihn gefühlt. Seinen eigenen Tod, nicht irgendeinen, sondern gerade den seinen, und er hatte ihm seine Größe gezeigt und seine Endgültigkeit.

Und war noch immer nah. Als wäre er ein Gefährte, der ihm den Weg weisen, ihn begleiten würde zum Herrn. Ein Führer Tod, welcher den Weg kannte und dem er in Mut und Treue würde folgen müssen. Und beinahe empfand der Betende, dass er ausgezeichnet sei durch das, was er hatte erleben müssen, als werde gerade er vor Gottes Antlitz geführt.

Van Ackeren atmete tief ein und schämte sich sogleich solcher Hybris, die ihn indessen nicht zum ersten Mal befiel. Nein, sagte er sich, es würde kein Martyrium sein. Kein Bekenntnis war von ihm gefordert. Er durfte sich nicht zu denen reihen, die für ihren Gott gestorben waren. Sein Glaube, der so schwach sich erwiesen in den letzten Tagen, wurde hier nicht geprüft. Allein die Mordlust der Bande, vielleicht auch dieser furchtbare Mensch, der sie anführte und den er einst zu kennen geglaubt, hatten bis hierher darüber entschieden und würden weiter entscheiden, ob er leben durfte.

Und vielleicht war gerade dies eine Strafe Gottes. Die Prüfung würde darin bestehen, ob er aufrecht zu sterben bereit sein würde mit Seinem Namen auf den Lippen. Van Ackeren betete darum, dass ihm dies gelingen möge.

10

Die Gefangenen schliefen nicht in dieser Nacht. Teerstraten und sein Adjutant, der riesige Neger, legten sich auf den Boden der Hütte, nicht anders als Tiere, und fanden ihre Ruhe, trotz des Blutgeruchs, den die Leichen verströmten, und der grausigen Lachen am Boden, die gestockt waren und dunkel glänzten im Licht der Funzel. Als sei dies eine Umgebung, mit der sie vertraut waren, wie Raubtiere zu schlafen vermögen neben gerissenem Wild.

Der Tag kam herauf mit dem Verstummen der Nachtgeräusche und den Rufen der Vögel aus den Baumkronen über dem Fluss. Van Ackeren erwachte aus dem Dämmern, in das er geraten war, und musste sich neu zurechtfinden in dem Schrecklichen, das über Nacht nicht von dem Ort gewichen war, an dem sie sich befanden.

Der Milizionär, der in der Nacht zuvor den Koch gegeben hatte, machte sich am Feuer zu schaffen. Das Klappern der Töpfe weckte Teerstraten, der mit seinem breitkrempigen Hut über dem Gesicht geschlafen hatte. Ohne sich sonst zu rühren, schob er bloß den Hut beiseite und ließ seinen Blick wachsam herumgehen. Danach warf er den Hut zu Boden und richtete sich mit einem Stöhnen auf, als tue ihm etwas weh.

Er ging mit knarrenden Stiefeln vorbei an den toten Soldaten, deren Leichname noch immer wie Schlachtvieh von der Wand herunterhingen. Nahm die beiden Musketen von der Wand, wo man sie hingestellt hatte, und trat damit hinaus vor die Hütte.

Er hielt die eine Muskete in der Rechten, die andere in der Linken und stellte sich damit in Positur.

»Steht auf, meine frommen Brüder«, rief er im Ton eines Predigers. »Schafe und Wölfe, was ihr auch sein mögt. Ihr Befreiten, hört meine Worte, ich spreche zu euch. Ich bin der Korporal Tod, und auch Gevatter Bluthund werd ich genannt. Mir gehorcht man gern, und ihr werdet sehen, wenn ihr tapfer seid, geb ich euch die Herzen eurer Feinde und ihr Blut zur Speise, das schützt euch vor jeder Kugel und vor allen Fiebern. Wer tapfer ist, der ist ein Herr und geht mit mir vorneweg. Wer feige ist, muss Knecht bleiben. Und nun soll ausgehoben werden unter meinen Rekruten nach meiner Sitte.«

Er gab die Gewehre einem seiner Gesellen und zog eine geflochtene Peitsche aus seinem zerschossenen Rock. Damit schritt er auf die Ruderer zu, die an der Wand des Schuppens hockten. Und fing ohne Verzug an, ihnen das Leder kreuzweise über Schultern und Gesichter zu schlagen. Schreiend hoben sie die Arme, sich zu schützen.

»Ihr feigen Schafböcke, könnt ihr einstecken? Wollt ihr mehr?«

Die Hiebe hinterließen Striemen, die aufplatzten. Die Sklaven wollten weichen, aber da war die Wand. Nur einer von ihnen stand auf. Das Gesicht verzerrt vor Wut, gefletschte Zähne schimmerten weiß hinter den zurückgezogenen Lippen. Der Mann knurrte wie ein Hund, der gleich beißen wird.

»Sieh da!«, rief Teerstraten. »Da ist doch ein Wolf unter den Schafen, dem die Prügel nicht schmecken.« Er lachte sein freudloses Lachen und nahm eine der Musketen aus der Hand seines Adjutanten, der sie ihm hielt. Warf sie dem Mann zu. »Du bist gemustert. Wirst Musketier. Nimm dir Rock, Beinkleider und Stiefel von den stillen Gesellen dort.«

Alles Essbare, was die seltsam gekleideten Legionäre auf dem Boot fanden, wurde unter ihnen und den befreiten Ruderern aufgeteilt, den Schnaps kassierte Teerstraten selbst. Den Gefangenen gab man, was vormals die Sklaven am Leib gehabt. Ein Hemd aus Nessel und Beinkleider aus schmutzigem Drillich. Schuhe bekamen sie keine. Die Waren für Providentia, darunter Salz, Eisenbarren, Linsen und Tuche, ließen die Räuber in den Fässern, nachdem sie zur Probe alle geöffnet hatten.

Maternus und Van Ackeren mussten zusehen, wie ihre Kisten aufgebrochen und der Inhalt gefleddert wurde. Aus Van Ackerens Kiste wurde der Psalter herausgezerrt. Ein schwarzer Sergeant mit einem reich verzierten Dreispitz starrte das Buch einen Augenblick lang an, dann flog es zurück in die Kiste. Das Schreibzeug steckte der Kerl sich in die Bluse, obgleich man annehmen musste, dass er des Schreibens kaum kundig. Hemden, Kragen und Manschetten aus dem Gepäck wurden verteilt. Besonders Maternus' Kiste erweckte schließlich die Aufmerksamkeit der Räuber, da sich darin neben seinen Büchern zwei gute wollene Röcke und ebensolche Beinkleider befanden wie auch zwei neue Hemden aus Kattun. Nachdem man schließlich die Instrumente erblickt hatte, die sich dabei befanden, kam Teerstraten zu Maternus herüber.

»Was ist Eure Ausrüstung wert, Herr Doctor?«, sagte er, breitbeinig vor den Angeketteten stehend, den Arm auf dem Griff des Rapiers.

Um ihn anzublicken, mussten die Gefangenen gegen die Sonne schauen. Van Ackeren gelang es nicht, den Ausdruck in Teerstratens Gesicht zu lesen.

»Sie ist nichts wert für den, der nicht damit umgehen kann«, murmelte Maternus.

Teerstraten zog einen ledernen Handschuh aus dem zerschossenen Rock, drehte ihn um und fasste ihn an der Stulpe. Dann schlug er ihn Maternus mit einer plötzlichen Bewegung ins Gesicht. Der schrie auf und sackte auf die Knie herunter.

»Wir werden sehen, wozu du selbst nütze bist, du feister Schafbock.«

Er ging in die Hocke und tat, als mustere er die drei Gefangenen. Flüsternd sprach er weiter.

»Euer Leben, Doctor Maternus, ich sag's noch einmal, das ist keinen Stuiver wert, wenn ich Euch hier nicht heraushelfe. Also lasst Euch von mir helfen, mir liegt nichts daran, wenn Ihr sterbt oder verkauft werdet.«

Er richtete sich auf und verfiel wieder in seine schnarrende Kommandostimme.

»Dich können wir verkaufen, Betbruder. Du bist noch jung und kannst arbeiten. Aber du«, ein zweiter Schlag mit dem Handschuh folgte, der Maternus' Kopf zur anderen Seite warf, »du musst dich erst noch als nützlich erweisen. Bei uns zählt nur, was einer kann. Nicht die Flausen in deinem Schädel. Hat der erst ein Loch, gehen sie so schnell heraus wie die Wespen aus dem Stock.«

Er wandte sich ab und rief, man solle Savant die Ketten abnehmen.

»Macht ihn los und gebt ihm einen Sack Brot.«

Savant hockte am Boden mit hängendem Kopf. Er bat um nichts, sagte nichts. Als wäre es für ihn besser, sich tot zu stellen.

»Du kennst den Fluss, Fährmann. Mach dich auf den Weg zurück. Eintausend Gulden will ich für den feisten Kapaun und Herrn Gesandten. In vier Wochen will ich's wissen. Jemand wird zu euch kommen und das Geld mitnehmen. Eintausend in Gold, merk es dir. Dafür könnt ihr ihn zurückhaben. Wenn mein Bote aber nicht zurückkehrt, schick ich euch den Kopf des Herrn Gesandten mit seinen edelsten Teilen im Mund.«

11

Man brachte zwei Einbäume heran, die unter herabhängenden Zweigen verborgen gewesen waren. Die schwarzen Ruderer mussten wieder auf die Bänke, die Einbäume band man am Heck des Bootes fest, um sie mitzunehmen.

Ehe die Bande an Bord ging, wurden die Leichname der Soldaten vom Schuppen abgenommen. Man warf sie und den enthaupteten Jungen, der im Gras gelegen und dessen Leiche schon schwarz von Ameisen war, in den Fluss, wo sie auf dem Wasser davontrieben.

Ans Steuerruder stellte sich der groß gewachsene Neger mit dem Dreispitz, bei ihm blieb Teerstraten mit seinem Federhut. So gab das seltsame Duo die Fährleute für eine Weiterfahrt mit ungewissem Ziel und Ausgang. Die Gefangenen, welche man an die Fässer festgekettet, hätten viel darum gegeben, auch nur einen Tag mehr in ihrem alten Leben bleiben zu dürfen, von dem das Boot sich nun endgültig entfernte, als es vom Steg ablegte.

Als die Ruderer den Takt aufnahmen, bemerkte man rückwärts auf dem Strom ein seltsames Brodeln. Man meinte, das Wasser habe an dieser Stelle zu kochen angefangen.

»Die Caribe«, sagte Teerstraten spöttisch, »unsere Totengräber. Immer hungrig und immer bereit.« Er machte mit dem Hut eine Reverenz. »Binnen einer Stunde«, meinte er, »werden bloß die Knöchlein noch übrig sein von den frommen Knechten, die dort hinten ihr letztes Bad nehmen.«

Im Bug des Bootes saß die junge Negerin, angetan mit dem Uniformrock des toten Soldaten und mit seinen Beinkleidern, was sie beinahe wie ein Kind aussehen ließ, da ihr alles viel zu groß war. Der Henker mit den bloßen Armen, der nun das Steuerruder führte, hatte sie seit dem Morgen mit leicht zu erratenden Absichten unter seinen besonderen Schutz gestellt. Der Kerl, wie er ins Boot getreten war, hatte sich nicht einmal die Mühe gemacht, das Blut von seinen Armen zu waschen, das er gestern vergossen. Als wollte er, dass man es sehe.

Der Kurs, auf den das entführte Boot ging, verlief quer zur Stromrichtung und führte zwischen vielen Inseln hindurch. Nach einigen Stunden Fahrt unter herabhängenden Zweigen und zwischen undurchdringlichem Schilfdickicht erreichte man eine große Wasserfläche, die sich hinter einer Biegung auftat wie ein See. Die stille Fläche schien wie aus schwarzem Glas gegossen.

Vom herannahenden Boot aufgeschreckt stieg lärmend ein Schwarm von schwarzen Reihern auf, die Beine ganz rot und die Schnäbel gebogen wie die ägyptischer Ibisse. Unter ihnen traten sich Wasserhühner fort und ließen das spiegelnde Wasser in vielen Bahnen aufspritzen. Sie schwirrten, als sie in die Luft gelangt waren, eilig hinter den Reihern her.

Das Wasser war dunkel von den aufgelösten Bestandteilen vermoderter Wälder. Die braune Farbe fing das Licht und wärmte es, sodass in den seichten Uferzonen Wälder aus Wasserpflanzen vom Grund heraufsprossen, durch deren gefiederte Stängel Schildkröten mit gebuckelten Panzern und rot gestreiften Wangen ruderten. In der Tiefe verharrten unbeweglich mannslange Raubfische, die man Capitan nannte und die ein Ruder zerbeißen konnten. In Schwärmen standen die Caribe mit ihren goldglitzernden Schuppen, die Mäuler mit den dreieckigen Zähnen langsam öffnend und schließend. Mit gemessenen Bewegungen ihrer schuppigen Schwänze schwammen Caimane dicht an der Oberfläche, von denen man nur die Höcker sah, hinter denen ihre Augen sich befanden. Und tief unter ihnen am schlammigen Grund wühlten die weißen Delphine mit ihren Schnäbeln nach Krebsen und berührten sich dabei mit den Flossenspitzen, um einander nicht zu verlieren. Hier lebten auch die Lamantine mit ihren seltsamen Gesichtern und mit Brüsten wie Frauen, an denen ihre Jungen tranken.

Über das schwarze Wasser schossen bei Tag die Schwalben und bei Nacht die Fledermäuse und fraßen unablässig die Wolken aus schwarzen Mücken, deren Menge davon nicht abnahm.

Hier wohnte die große Schlange mit dem kleinen Kopf, deren enormer Leib im Wasser unsichtbar blieb. Nur von oben konnte man sie zuweilen erblicken, von dort, wo zwei weiße Gabelweihen schwebten und mit ihren scharfen Augen den Fluss musterten. Sie sahen die Windungen der schwimmenden Anakonda, die von den Spaniern Culebra del Agua genannt wurde und von den Indianern Wai-Konya. Die Schlange schwamm nicht weit von dem weiß-rot gestrichenen Boot und war, hätte man nachgemessen, noch um einige Fuß länger als dieses.

Von den schwarzen Ruderern indessen wurde sie nicht bemerkt und nicht von den seltsam gekleideten dunkelhäutigen Legionären, auch nicht von den Gefangenen und nicht von dem Korporal, wie sich Teerstraten hier nennen ließ.

Sie alle sahen sie nicht, die Göttin des Wassers, während sie beieinander in dem Boot saßen, das von dort, wo die Raubvögel in der Luft standen, deren Schwungfedern im Wind flatterten, aussah wie ein großer Wasserkäfer, der sich im Takt der Ruder westwärts bewegte auf dem Flussarm, der bei den Indianern der Gujiaki genannt wurde und ein Zufluss war des großen Suriname.

Der Wald

Es ist ein köstlich Ding, dass das Herz fest werde,
welches geschieht durch des Herrn Gnade.
Hebräer 13,9

1

Die Fische, welche Pacu genannt wurden, waren die seltsamsten Fische, die Van Ackeren jemals zu Gesicht bekommen hatte. Und es kamen ihm gerade viele vor Augen, weil man ihn geheißen hatte, sie auszunehmen und zum Darren fertig zu machen. Gesalzen wurden sie danach von den Frauen, schließlich legte man sie auf hölzerne Gestelle, um sie in der Sonne zu trocknen. Die großen Truthühner, welche überall herumliefen, fraßen die abgeschnittenen Köpfe und Flossen, die Van Ackeren in einen Korb werfen musste, dass man sie ihnen hinschüttete, die Eingeweide der Fische kamen wieder in den Fluss. Die Pacu waren schwere und fleischige Tiere mit einem bläulichen Schimmer über der glatten Haut. Keiner von ihnen wog unter zehn Pfund, und sie wurden von Arawak-Indianern, welche für die Dorfbewohner jagten, mit langen Pfeilen von ihren Booten aus erlegt.

Die Indianer, die mit den Dorfbewohnern nur wenig und mit den Gefangenen gar keinen Kontakt pflegten, warfen die Fische im Heranfahren vom Boot aus mit geschicktem Schwung an Land, und Van Ackeren musste sie greifen und töten, denn die meisten lebten noch, trotz der Pfeilwunde, die sie erhalten hatten. Dazu schlug er ihnen ein schweres Haumesser mit der flachen Seite auf den Kopf, was bei den Tieren ein heftiges Zittern hervorrief, bei dem zur gleichen Zeit ihre Flossen ein Schwirren ankam, ehe sie das Leben ganz verließ. Danach schlitzte er sie auf und warf die Eingeweide in das Wasser, wo das schon vertraute Brodeln einsetzte, welches von der Tätigkeit der Caribe kündete. Auch sie wurden zuweilen von den Indianern gespeert, wenn sie so groß waren, dass es sich lohnte. Denn die Caribe waren deutlich kleiner als die Pacu.

Das Seltsame an den Pacu indessen waren ihre Zähne. Sie saßen in gerundeten Kiefern, waren spatelförmig und ähnelten in ihrer Form und Größe vollkommen den Schneidezähnen in einem menschlichen Gebiss. Während tiefer im Gaumen der Fische allerdings noch weitere Zähne saßen, die den aufgesperrten Rachen aussehen ließen, als führe ein gepflasterter Weg in den Schlund hinab, so war es doch dieses seltsame Gebiss, das einen verstören konnte. Besonders wenn die Fische im Sterben ihr Maul auf- und zumachten, konnte es einem vorkommen, als sehe man einem menschlichen Mund zu bei stummem Leiden.

Maternus, ihrer ansichtig geworden, urteilte, dass es eben stets der Zweck, nach dem die Lebewesen von der Natur gestaltet würden. So seien die rasiermesserscharfen Zähne der Caribe für anderes gedacht als die so menschlich anmutenden der Pacu, welche demzufolge vermischte Nahrung zu sich nähmen, wie auch der Mensch dies tue. Und da der Fluss so groß und vieles in ihm enthalten sei, hätte die Natur die Zähne der darin lebenden Esser nach ihrer jeweiligen Ernährungsweise über die Jahrtausende daran angepasst.

Van Ackeren erschlug einen weiteren Pacu, der im Sterben sein Maul mit den menschlichen Zahnreihen in lautloser Klage öffnete. Er vermied es, in die kugeligen Glotzaugen des Fisches zu sehen, bis sie starr wurden und sich nicht mehr hin und her rollten.

Wieder einmal konnte man in Maternus' Einlassung eine Verwerfung der Heiligen Schrift sehen. Er hatte des Doctors Erklärungen jedoch angehört, ohne einen Kommentar dazu abzugeben, vielleicht weil Maternus sich nach dem Schlimmen, was sie zusammen erlebt hatten, und mit der nun Tage währenden Fortdauer der Gefangenschaft in dem Dorf der Waldbewohner, die sich Maroons nannten, wie gebrochen zeigte.

Seine vormalige Freude an der Natur schien er ganz eingebüßt zu haben. Wenn ihm nicht Arbeit angewiesen wurde, die er indessen klaglos verrichtete, hockte er schweigend am Boden, angetan mit seiner einfachen Chemise aus Nessel und seinen löchrigen Beinkleidern, wie auch Van Ackeren sie tragen musste. So dasitzend starrte der Doctor auf die roten Ameisen, die hurtig zwischen seinen bloßen Füßen hindurchliefen. Sie schienen ihn nicht zu interessieren, obgleich er nun, wie er es sich ursprünglich gewünscht, inmitten der Natur weilte. Die Natur erhob sich gleich hinter der Siedlung in Gestalt mächtiger Urwaldbäume, ein jeder von ihnen zeigte sich als ein wahrer Atlas, indem es ihm gelang, auf seinen Schultern eine ganze Welt aus Flora und Fauna zu tragen. Was alles miteinander hinauf zum Licht wollte, welches den Boden unter dem dichten Blätterdach kaum erreichte. Indessen brannte die Sonne, der die Gewächse zustrebten, unausgesetzt über der kleinen Lichtung mit den zwanzig Hütten, sodass jeder froh war, über den Tag einen Platz im Schatten zu finden.

Vielleicht rührte ja die Agonie, die über diesem Ort lag, von dieser beständigen Hitze her, denn außer den herumstreifenden Truthühnern schien den anderen Lebewesen jede Bewegung, die unter der Herrschaft der Sonne auszuführen war, eine Last, und alles machte den Eindruck, als warte man auf etwas, das niemals eintraf, da die Tage einander glichen wie ein Ei dem anderen.

Mag sein, es war der Wald selbst, dessen Geist die Zeit anhalten konnte, der große Wald, der die Ansiedlung duldete, wie ein Riese einen Fliegendreck nicht beachtet. Seine ungeheure Anwesenheit ahnte man in den Geräuschen seiner Bewohner, die gleichwohl selten zu sehen waren und sich in ihm verloren. Er zeigte sich den Menschen mit wuchernden grünen Mauern, deren Ausmaße es geradezu lästerlich erscheinen ließen, dass jemand hier eindringen wollte, und welche außerdem jeden Fluchtversuch unmöglich erscheinen ließen. Daher wurden die Gefangenen auch nicht bewacht. Es genügte die Drohung, welche von der Natur ausging.

Van Ackeren schlitzte den Bauch des nächsten Pacu auf, zwängte seine Hand hinein und tastete nach den Eingeweiden. Er tat dies inzwischen ohne Ekel, nicht anders als die vielen Heringsfänger vor der Küste von Holland. Seine Hände, die Arme, das einfache Kamisol, alles war bedeckt vom Blut und Schleim der Fische. Er hätte das Hemd ausziehen können, aber er zog es vor, es später im Fluss auszuwaschen. Er wollte sich nicht so weit gehen lassen, halb nackt herumzusitzen, wie es die Neger taten, welche im Dorf lebten. Die Indianer gingen ohnehin so gut wie nackt und entbehrten der Kleiderfrage, aber sie standen doch noch unter den Negern und genossen zudem den Vorzug, dass sie nicht hier lebten, sondern nach getaner Arbeit wieder im Wald verschwanden, wo sie ihre Behausungen hatten.

Seit einer Woche hatte er sich den Bart nicht mehr scheren können.

Sein Haar war verfilzt, unter seinen Nägeln saßen schwarze Ränder. Seife war in der Ration der beiden Gefangenen nicht enthalten, obgleich die Frauen am Fluss damit wuschen, aber sie wuschen eben die Wäsche der Herrenkaste, nicht die der Gefangenen, und gaben von der Seife nichts ab, wie sie den Gefangenen ohnehin kaum einen Blick gönnten.

Indessen reichte nichts an die Plage heran, die von den Fliegen ausging.

Van Ackerens Gesicht, seine bloßen Füße, jeder Fleck Haut, der nicht von Stoff geschützt wurde, wies entzündete Spuren auf von den Bissen der schwarzen Fliegen. Sie erzeugten ein Jucken, dem man besser nicht nachgab, denn vom Kratzen entzündete sich die Haut noch mehr und neigte dazu, Geschwüre zu bilden.

Dennoch war die Arbeit im Schatten unter dem Dach der Anlegestelle, die Van Ackeren zu verrichten hatte, viel besser, als drüben auf dem Feld unter der brennenden Sonne werken zu müssen, wo die Maniok-, Bataten- und Zuckerrohrpflanzungen lagen, die das Dorf sich hielt und wo man abgesehen von der barhäuptig zu leistenden Fron immer gewärtig sein musste, gefährlichen Schlangen zu begegnen, die sich zwischen den Pflanzen verbargen. Und der Schleim der Fische, vielleicht weil er so sehr stank, schien die Haut vor den Fliegen ein wenig zu schützen.

Die beiden Arawak kamen aufs Neue in ihrem Einbaum herangefahren. Der eine steuerte ihn geschickt mit einem spitzen Paddel, das er im Wechsel rechts und links eintauchte, der andere stand daneben und hielt seinen Bogen und ein paar lange Pfeile in der Hand. Im Näherkommen musterten sie Van Ackeren verächtlich. Die beiden jungen Männer waren gut genährt und nackt bis auf einen schmalen Lendenschurz, den sie jedoch nur hier im Dorf trugen, um die Schicklichkeit zu wahren. Ihre braune Haut wies keine Spur von Fliegenbissen auf, aber reichliche Tatauierungen, die immer gleiche Muster zeigten. Zacken, Punkte und Streifenornamente, die Schildkröten, Caimane und Yaguare erahnen ließen und die sich bei den beiden Männern im Boot als bläuliche Streifen um Oberarme, Schenkel und Stirn zogen.

Der Ruderer sagte etwas in seinem kehligen Singsang zu seinem Gesellen, welcher zu lachen anfing. Dabei hielten sie Van Ackeren frech im Blick. Als das Bongo, wie sie ihre Einbäume nannten, gegen den Anleger stieß, nahm der Bogenschütze, nachdem er seine Waffen niedergelegt, zwei erlegte Pacu vom Boden und warf sie zu den anderen auf den Haufen. Er bückte sich noch einmal, und wie er sich aufrichtete, hielt er einen kleinen Caiman in der Hand. Er warf das sich krümmende Tier Van Ackeren zu, der sich gleich zur Seite rollen musste, da der Caiman, welcher nicht länger als sein Arm, ihn sofort mit lautem Zischen angriff und zu beißen versuchte, wobei er seinen winzigen Rachen aufriss und die weißen Zähne herzeigte.

Die Indianer hielten sich die Bäuche vor Lachen, während Van Ackeren, wieder auf die Beine gekommen, das Tier mit dem Hackmesser von sich wegtrieb, bis es sich mit ein paar raschen Windungen behände ins Wasser warf.

»Der wollte nicht mit Euch beten, Herr Aspirant«, ließ sich Teerstraten vernehmen, der unbemerkt an Van Ackeren herangetreten war. Er klopfte sich eine Prise Tabak auf den Handrücken und schnupfte ihn auf. Dann hockte er sich nieder.

»Ich habe«, setzte er leise hinzu, »noch keinen Plan, wie ich Euch von hier wegbringen kann, Herr Van Ackeren. Es werden in einigen Tagen Leute herkommen, für die wir Nahrung beschaffen. Ein größerer Trupp Maroons. Bis dahin solltet Ihr das Dorf verlassen haben, denn das Kommando führt dann hier ein anderer, der Euch nicht gewogen sein wird.«

Teerstraten richtete sich auf.

Das Dorf lag in der mittäglichen Hitze wie unter einer Glasglocke, keine Seele war zu sehen außer den Indianern. Dieselben hatten inzwischen ihr Bongo mit ein paar geschickten Paddelschlägen einen Pistolenschuss vom Ufer fortgetrieben und schauten, einer sitzend und einer stehend, mit ausdruckslosen Gesichtern herüber. Beider Haare schimmerten blauschwarz und waren mit roten Federkronen verziert, die in schmerzhafter Intensität vor dem Grün der Ufer leuchteten.

»Ihr könnt inzwischen Fische totschlagen, das kann man sehen«, schnarrte Teerstraten laut mit seiner Korporals-Stimme. »Könnt Ihr auch Psalmen singen?«

Er griff in die offenen Hafteln an seinem Rock und zog ein Buch heraus, das er Van Ackeren entgegenhielt. Es war der Psalter, den man ihm nach dem Überfall abgenommen hatte.

Er könne das wohl, meinte Van Ackeren, ohne Teerstraten ins Gesicht zu sehen. Wenn es denn gebraucht werde. Das Buch sei dafür nicht nötig.

»Tüchtig. Ihr könnt also auswendig singen wie ein Pfaff.« Teerstraten wechselte wieder den Ton und sprach gedämpft weiter. »Ein Kamerad ist siech, heißt Melchert Christoff. Begebt Euch dorthin, in seine Hütte. Er pfeift auf dem letzten Loch. Er will noch einmal fromm werden, ehe er dies Jammertal verlässt.« Teerstraten machte eine herrische Bewegung mit dem stoppeligen Kinn. »Los, bewegt Euch«, schnarrte er. »Worauf wartet Ihr.«

Van Ackeren legte das Hackmesser weg. Erhob sich und folgte dem seltsam aufgeputzten Mann, dessen Handeln man nicht begreifen konnte, nachdem er zu einem Mörder und Sklaventreiber geworden war und einem zur gleichen Zeit Rettung versprach.

Sie durchquerten das Dorf, welches lediglich aus einer Wegkreuzung bestand, an der entlang die Hütten errichtet waren, umgeben von Feldern und kaum geschützt durch eine schiefe Palisade aus Pfählen. Ein Truthahn begleitete sie in einigem Abstand, die Federn aufgeplustert und den Kehlsack schüttelnd. Mit seinem Gehabe erinnerte er durchaus an Teerstraten, der mit ausgreifenden Schritten, die Hand auf dem Degenkorb, voranstrebte. Seine übrige Lumpen-Miliz war nicht zu sehen, man verschlief, wie anzunehmen, den Rausch der vergangenen Nacht in den Hütten.

Das Essen und die übrige Haushaltung im Dorf wurde von den schwarzen Frauen besorgt. Sie mussten auch auf dem Feld arbeiten, wo neben den Gefangenen auch die jüngst befreiten Ruderer mithelfen mussten, mit Ausnahme des einen, der zum Musketier ernannt worden war. Und ausgenommen die junge Negerin, welche der schwarze Henker zu seiner persönlichen Bedienung erkoren hatte und die aus seiner Hütte kaum herauskam.

Die beiden Männer durchquerten in der glühenden Sonne die Ansiedlung. Van Ackeren, neben dem der Truthahn einherschritt, dessen Anhänglichkeit vielleicht der Hand geschuldet war, die Fischköpfe geben konnte, dachte an Teerstratens Erklärungen, die er ihm in den wenigen Momenten zugeflüstert, da man sich unbeobachtet fühlen konnte. Ob er, Van Ackeren, bei Verbooms die Hütte wahrgenommen, in der er hätte logieren sollen? Und daneben den Palast der Plantagehouders? Man pisse doch nicht in einen Brunnen, aus dem man noch einmal trinken wolle. Er habe nicht den Domestiken des Gouverneurs geben wollen. Indessen werde er versuchen, sie in Freiheit zu lassen, wie immer möglich, so Gott helfe, und dies mit einem Lachen.

Van Ackeren hatte sich alles gestern Abend angehört, ohne viel zu sagen. Er hätte gern nach Anna gefragt, aber hatte das Herz nicht dazu. Man durfte doch annehmen, dass sie bei den Verbooms bleiben konnte, mehr war nicht zu hoffen.

Dazu kam, dass alles, was um Anna war, so weit entfernt schien und die grünen Urwaldmauern dazwischen. Der fremde Ort, an dem er nun bleiben musste, entfernte ihn von ihr gerade wie die Grausamkeiten, die er binnen weniger Tage hatte mitansehen müssen. Verminderte aber nicht sein schmerzliches Gefühl, einen Verlust erlitten zu haben, er fühlte sich besudelt und schlecht.

Im Gehen wandte er sich um und warf einen Blick zurück zu dem weißen Boot, das den Sommelsdijks gehörte und das an der Anlegestelle lag, umgeben von ein paar Einbäumen. Das schmucke Boot inmitten dieser Ödnis erinnerte ihn daran, dass es vor Kurzem noch ein anderes Leben gegeben hatte, ein Leben in Sicherheit und Bequemlichkeit. Ohne Zögern hätte er jetzt seine Kabine auf der »Marije van Flanderen«, welche nicht größer gewesen war als ein Abtritt, gegen die miserable Hütte eingetauscht, in der man nun zusammen mit den Negern schlief und die man jedes Mal beim Eintreten von Skorpionen und Spinnen säubern musste, welche darin Zuflucht suchten, als drängte es sie danach, alles, was nicht schon mit Ungeziefer gefüllt war, sogleich zu erobern.

Teerstraten stapfte voraus in seiner stolzen Manier. Angetan mit dem zerschossenen Tressenrock und dem Federhut, mit seinen verdreckten Pluderhosen, an denen noch die Fetzen des Spitzenbesatzes hingen, der sie einmal geziert, und die schweren Stulpenstiefel an den Füßen, die Linke auf dem Degenkorb und den Koller im Takt der Schritte schwenkend.

Vor einer Hütte am Ende des Dorfes blieb er stehen und sah sich nach Van Ackeren um.

2

»Hier ist es. Geht hinein.«

Eben noch hatten vor der Hütte zwei Negerinnen im Schatten des Vordachs gesessen, die eine jung, die andere alt. Als die Männer sich näherten, verschwanden sie lautlos im Innern.

Van Ackeren, der Aufforderung Folge leistend, traf beim Eintreten zuerst auf einen Vorhang, dessen Zweck es schien, die Fliegen fortzuhalten. Dahinter wurde er eines fast leeren Raumes gewahr, in dem es dunkel war und welchen ein penetranter Fäulnisgestank erfüllte. Von den beiden Frauen war nichts zu sehen. Im Zwielicht erkannte man den Landsknecht, welcher unbeweglich auf ein paar Strohsäcken lag. Da er sich nicht rührte und seine Arme seitwärts heruntergefallen waren, dachte Van Ackeren schon, der Mann wäre tot. Nur ein wenig gefächertes Licht drang durch die hintere Öffnung der Hütte, die von einem dichten Gitter aus Palmblättern verschlossen wurde. Als seine Augen sich vollends an das Dunkel gewöhnt hatten, sah er einen großen, schweren Mann auf dem Lager, um dessen linkes Bein ein Verband gewickelt war. Der Gestank im Raum, unschwer zu raten, stammte von dem verfaulten Fleisch, das der Verband bedeckte.

»Schellböck!«, schrie plötzlich der Liegende mit dumpfer Kommandostimme. »Schellböck … Du … verfluchter … Hund!«

Niemand antwortete.

Man hörte nur das Flöten der Urwaldvögel.

Der Mann richtete sich mit einem Keuchen auf und starrte auf Van Ackeren, welcher mitten im Raum stehen geblieben war.

»Schickt … schickt mir den Priester, der maledeite Hund«, murmelte er. »Gott's Blut.«

In dem aufgeschwemmten Gesicht des Kranken saßen die Augen tief vergraben wie hineingeschossene Löcher. Sein Bart war grau, ein langer Zopf hing bis zum Boden herab. Er trug ein schmutziges Hemd, bespritzt mit Unrat, das einen Spitzenbesatz besaß und an dem die Manschetten fehlten.

Van Ackeren sah, dass ein Rapier gegen die Wand gelehnt war und dass an einem Haken ein Rock hing, an dem Tressen und Messingknöpfe glänzten. Darunter lag ein einzelner Stiefel. Den anderen hatte der Mann noch an, welcher sonst nur in Hemd und Hosen.

»Du. Komm her!«

Zu diesen Worten zerrte der Kranke etwas aus seinem Hemd, das Van Ackeren nicht gleich erkennen konnte. Als er näher trat, sah er, dass es eine Pistole war. Aber er empfand keine Furcht. Der Hahn war nicht gespannt, und die Hand mit der Pistole zitterte so sehr, dass ein Schuss schwerlich getroffen hätte. Ohnehin schien der Mann kaum noch die Kraft zu besitzen, die Waffe zu halten. Sein Atem ging rasselnd. Er hatte Mühe, den Kopf aufrecht zu lassen.

Van Ackeren erkannte, dass er dem Tode nahe war. Trotz des unsäglichen Gestanks, der von dem Kranken ausging, kauerte er sich neben ihn.

»Gelobt sei Jesus Christus«, sagte da auf einmal der Mann mit einer hohen Stimme, die klang, als wäre es nicht die seine.

»In Ewigkeit«, antwortete Van Ackeren.

Der Kranke ließ die Pistole sinken. Sein Kopf fiel zurück.

»Wer bist du?«, kam es kaum vernehmlich.

Van Ackeren fing an, dem Mann von sich zu erzählen. Er verschwieg nicht, dass man ihn gefangen halte und dass er Gräuel habe mitansehen müssen. Dass er das Wort Gottes bringen wolle und dass dafür immer ein Ohr sei, das glaube er jedenfalls. Er sprach lange.

Bei alldem fühlte er sich ruhig und sicher. Da war einer, den Gott bald ansehen würde, und er war dazu ausgewählt, ihn zu begleiten. Nachdem dies das erste Mal war, dass er einen Sterbenden zu betreuen hatte, empfand Van Ackeren Dankbarkeit darüber, dass der Herr ihn dazu ausersehen. Bei all dem Erniedrigenden, was er in den letzten Tagen an Knechtsarbeit für die Banditen als ihr Leibeigener und Gefangener hatte verrichten müssen.

»Der Herr dein Gott ist ein barmherziger Gott«, sagte er den schönen Spruch aus Mose auf. *»Er wird dich nicht verlassen.«*

Der Kranke stöhnte.

»Den … roten Blutgang … hat's gegeben«, sagte er dann. »Und

hätt nicht … müssen sein. Dem Schellböck hab ich's aufgetragen … vor zwei Wochen, dem Hund. Sie sollen mir das vermaledeite … Bein abschneiden, hab ich befohlen. Aber keiner hat's wollen tun.«

Er schlug auf den Verband, schrie sofort auf und stöhnte laut. Bekam danach kaum mehr Luft.

»Bruder, sie wollen mich … sie wollen mich … verrecken lassen.«

Mit einem raschen Griff fasste der Kranke nach Van Ackerens Schulter und presste ihn mit einer gemäß seines Zustandes kaum glaublichen Kraft an sich.

Van Ackeren suchte sich zu befreien, aber der große Mann schüttelte den Kopf und hielt ihn fest wie ein unterseeischer Krake.

»Hör zu, hör mir nur zu. Ich sag's dir … jetzt. Ist ja keiner … sonst da, dem ich's erzählen mag. Denn mit mir … geht's zum End. Nur der Schellböck, der … einäugig Satan, soll es … nicht wissen. Schwör's mir!«

Nun knurrte eine gefährliche Bosheit aus der Stimme des Sterbenden heraus, sie schien nur für diesen Moment zurückgekehrt mit der Kraft des Mannes, die einst groß gewesen sein mochte.

»Schwör's, dass du's … für dich behältst, sonst … schieß ich dir den frommen Schädel auseinander, noch eh du … heraußen bist aus diesem Dreckloch, hörst du mich?«

Er höre, sagte Van Ackeren, und wolle alles behalten und nicht darüber reden. Als wenn es eine Beichte wäre. Nur der Herr Jesu Christ höre mit, und er allein sei es, der verzeihen könne, nicht aber die Menschen.

»Was, Beichte. Possen!«, knurrte der Kranke. »Ich … erzähl dir jetzo«, und seine Stimme wurde zu einem heiseren Flüstern, »vom … Dorado. Ich sag dir, mein frommer Bruder, wo du's finden kannst, ich zeig es … nur dir.«

Van Ackerens Schulter kam frei.

Er atmete auf, versuchte aber, nicht zu viel Luft in seine Nase hereinzulassen, da von dem Bein des Kranken ein unvorstellbarer Gestank ausging, der sich noch mehrte, wenn er sich rührte. Der Mann drehte sich mit Stöhnen auf seinem Strohsack um und streifte sich das Hemd herauf, derweil Van Ackeren sich die Nase zuhielt.

»Hier … auf meinem Bauch … ist die Kart. Ein…tatauiert … mit Ruß. Wenn ich tot bin, zieh mir das Fell … herunter und … schneid sie heraus.«

Van Ackeren überkam ein Grausen. Im Halbdunkel war nicht festzustellen, ob sich wirklich etwas auf dem gedunsenen Leib des Kranken befand, der kraftlos die Hände herabfallen ließ, als wollte er vorweisen, was unter seinem Hemd verborgen war.

»Ich hab … gefochten mit denen Spaniern in Mara Caibo«, flüsterte er. »Mit dem … Guzman war ich zusammen und … auch dem Avilar, mit denen stolzen … Herren. Und war fast einer der ihren, wiewohl ich … weither aus Augsburg komm und … bloß ein einfacher Landsknecht bin gewesen. Aber haben die Herren mich … als Reiter eingeschrieben und in Sold gelassen die ganze Campagne, und ich … hab ihnen zum Dank manche Kling präsentiert … vollgesteckt mit … Nasen und Ohren von den verfluchten … Franzosen.«

Der Kranke stöhnte und rang nach Luft.

»Einer von uns, mein … Herzbruder ist's gewesen, der hat … Mendoza geheißen. Der hat an dem Tag seine Kugel bekommen wiewohl wir … Schmer … gekocht aus denen toten Franzosen und Engländern und uns stets … eingerieben … unterm Wams und Kürass. Beim … Sturm gegen die verfluchte … Fortezza, hat er die … Kugel bekommen, der … Mendoza, und ging sie ihm … durch den Kürass und durch das Wams grad mitten in sein Leben.«

Der Kranke schwieg. Das Schweigen dauerte an, und Van Ackeren meinte fast, ihn nicht mehr atmen zu hören.

»Ich will dich nicht verlassen noch von dir weichen. Sei unverzagt«, sprach er laut den Vers aus Josua.

Der Sterbende rührte sich. Hustete und stöhnte.

»Ein lustiger Bruder … ist er … gewesen, der Mendoza … wir waren … jung dermalen, nicht viel über zwanzig Jahr. Ist … lang her. Küss mir noch ein … Weiblein und trink noch eine Flasch für mich, Bruder. Das hat er … zu mir gesagt, und dass es jetzt aus ist … mit ihm. Ist ihm darauf … das ganze Blut aus dem Mund herausgesprungen und konnt er nicht mehr … sprechen. Hat aber noch eine alte … Kart aus Pergament im Wams getragen, die er mir in die …

Hand gedrückt. Hat mit den Augen … bedeut: Nimm, Bruder, das soll dein sein. Und darauf … hab ich … später gesehen, war der … Weg zum Dorado, und ich hab sie … einstechen lassen auf meinen … Leib … vor über zwanzig Jahr. Mein … Gott …! Weh … weh!«

»So spricht der Herr. Ich habe dich je und je geliebt, darum habe ich dich zu mir gezogen aus lauter Güte.« Das war aus dem Jeremia.

»Siehst du … die Kart?«, flüsterte der Kranke.

Eine der Frauen, es war die ältere der beiden Negerinnen, rückte eben den Vorhang zur Seite und schaute herein, als wollte sie sehen, wie es um den Kranken stehe, ob er wohl schon gestorben sei.

Die Frau zog sich zurück, als Van Ackeren den Kopf schüttelte.

»Wenn du … dort Gras aus der Erde ziehst, Bruder«, sagte der Kranke mit seltsam hoher Flüsterstimme, es wurde beinahe ein Gesang daraus, »so sind … die Wurzeln voll mit … Gold. Man pudert die Menschen da mit güldenem Staub aus bloßer … Narretei. So gehen sie umher in den Gassen von Dorado zu ihrer Lust, bis sie … sich baden und das Gold … abwaschen in dem … See Parimba, an dem die Stadt gelegen ist. Schüsseln, Essbesteck, die … Becher, daraus man trinkt, alles … aus Gold … da es gar kein ander … Metall nicht … gibt. Die Kart hab … ich …«

Es folgte ein langer, keuchender Atemzug des Kranken, der in ein Stöhnen auslief.

»Fürchte dich nicht. Ich bin mit dir, denn ich bin dein Gott.«

Der Kranke schnappte nach Luft. Seine Glieder begannen heftig zu zittern. Es sah geradeso aus wie bei den Fischen, die Van Ackeren hatte erschlagen müssen.

»Die Kart … Bruder! … Auf … den Felsen … wachsen Demanten und Esmeralden zuhauf, man kann sich gerad … bücken und sie … einsammeln … wo man geht und … steht. Die … Kart …!«

Das Zittern ergriff den ganzen schweren Leib.

Im Krampf rollte der Sterbende von den Strohsäcken herunter und kam auf dem Bauch zu liegen.

Sein Gesicht blieb Van Ackeren zugedreht. Christoff Melcherts starr gewordene Augen glänzten im Dämmerlicht. Er hatte aufgehört zu atmen. Als hätten sie diesen Moment gespürt, stiegen die

Fliegen als Wolke von dem Toten auf, und der Gestank brandete in unerträglicher Stärke heran.

Van Ackeren zwang sich, in dem Raum zu bleiben, um ein letztes Gebet für den Toten zu sprechen. Da wurde er gewahr, wie aus dem Verband, dessen Schlingen sich bei Melcherts letztem Aufbäumen gelöst hatten, Hunderte von Maden herausgekrochen kamen, die nun über den Boden wimmelten, als habe man sie aus einer Wanne herausgeschüttet.

Van Ackeren musste würgen. Er bekreuzigte sich und verließ den Raum.

Draußen vor der Hütte stand Teerstraten, gegen den Pfosten gelehnt, als wäre er nicht vom Fleck gewichen. Indessen hatte er bis eben noch beim Vorhang gestanden und den Worten des Sterbenden gelauscht.

»Nun«, sagte er, »ist er eingerückt ins ewig Fähnlein, der Melchert?« Er spuckte aus, wie um den Gestank zu bannen, welcher aus der Hütte herausdrang. »Seine Weiber sollen sich um ihn kümmern. Ihr und der Herr Doctor werdet ihm, wenn's Abend ist, sein Grab schaufeln müssen. Er stinkt ja bis hier heraus.«

Er winkte Van Ackeren, ihm zu folgen. Sprach im Gehen weiter.

»Ist ein Söldner gewesen, der arme Bruder in Christo. Zuerst bei den Spaniern, dann bei den Niederländern. Die Zuckersäcke zahlen eben besser als die Spanier. Indessen sie sind keine Edelleute. Man peitscht keine Landsknechte aus. Spießruten gehen, köpfen, aufhängen, gut. Aber auspeitschen! Das ist gedacht für gewöhnliche Spitzbuben. Das gefiel dem Melcher nicht, und kam unser Bruder wohl deshalb zu den Buschnegern, hat sie fechten gelehrt. Und nun graben sie ihn ein, auf dass die Würmer ihn fressen.«

»Seine Seele sei Gott befohlen«, sagte Van Ackeren, der sich bemüßigt fühlte, den Unmenschen, der aus Teerstraten redete, merken zu lassen, dass man nicht spotten solle, wenn der Tod gekommen und der Herr nahe.

Teerstraten nickte und gab sein spöttisches Lachen.

Beim Gehen streifte er mit den Stiefelabsätzen durch den trockenen roten Boden, als wolle er seine Beschaffenheit prüfen, und scheuchte damit den Truthahn weg, der den beiden Männern wieder nachfolgen wollte. Nach ein paar weiteren Schritten blieb er stehen und ließ Van Ackeren aufschließen.

»Hat er Euch erzählt vom Dorado? Und von seiner Karten, die er versteckt haben will, wo auch immer das sein mag. Hat er oder hat er nicht?«

Van Ackeren sagte, davon habe der Kranke gesprochen. Er habe aber von ihm nichts erhalten.

»Das glaub ich gern«, sagte Teerstraten. »Der Schnappsack hat gar keine Karte. Wer das wüsste, wie man hinkommt zur goldenen Stadt, der müsst nicht Dreck fressen und siech werden und am End in einem solchen Loch verrecken.« Er fuhr fort, mit einem verächtlichen Blick zurück zur Hütte, in der der Tote lag. »Wollt man alle Narren zusammenrufen aus ihren Gräbern, die schon gesucht haben nach dem Dorado und dabei ihr Leben lassen mussten, könnt man ein Heer damit ausheben, mit dem sich ins Feld ziehen ließe.« Er schaute Van Ackeren an. »Nun geht zurück zu Euren Fischen, mein Freund.«

Teerstraten wandte sich um und ging gemächlich zurück zu der Hütte, in der der Tote lag, sich ein paarmal umblickend, ob ihn jemand beobachte.

Dort angekommen, scheuchte er die Frauen heraus und wartete auf den Krug mit Schnaps, welchen er sie hatte herbringen heißen. Goss die Hälfte davon auf sein Halstuch und band es sich anschließend um die Nase.

Dann zog er seinen Dolch und ging hinein zu dem Leichnam, den Schnapskrug in der Hand. Aber ehe er ans Werk ging, musste er wieder hinaus und den Besen holen, um die Maden vom Boden fortzufegen, in deren Gewimmel er hineingetreten war.

Als Teerstraten wieder aus der Hütte heraustrat, hielt er das schnapsgetränkte Halstuch in der Hand, darin eingewickelt die Karte vom Dorado, dem Goldland, geschrieben auf Menschenhaut.

3

»Diese Menschen sind gänzlich zu Barbaren geworden«, sagte Maternus leise.

In der Hütte war es dunkel. Durch den Vorhang, der am Eingang hing, drang der Lichtschein der Feuer, die man draußen entzündet hatte.

Van Ackeren lag auf seiner Schütte Stroh und schwieg.

Maternus' Einlassungen schienen ihm mehr eine Klage darzustellen als eine Mitteilung, auf die zu antworten gewesen wäre. Seit einer guten Woche teilten sie nun diesen öden Verschlag, gemacht aus vier Pfosten und Matten von geflochtenen Palmwedeln, mit den Befreiten, die vormals bei den Ruderern gewesen waren.

Es ist eine Prüfung, dachte er. Und er hatte sie mehr als verdient, weil er vom Weg Gottes abgekommen. Nun hatte der Herr ihn in die Ödnis geführt, damit er sich auf den Glauben besinne. Und eine Ödnis war sie ohne Zweifel, diese Ansiedlung im Urwald. Ein Ort der Hoffnungslosigkeit, dessen Zweck für die Gefangenen nicht zu ergründen war.

»Er hat etwas gutzumachen an uns«, hob Maternus wieder an. »Hat er doch gewusst, dass wir in dem Boot sein werden, das er kaperte. Und wird dies überhaupt sein Plan und sein Präsent gewesen sein an diese Räuberbande, damit man ihn aufnehmen solle unter ihresgleichen.«

»Er hat gesagt, dass er uns helfen will zu entkommen«, sagte Van Ackeren.

Maternus setzte sich auf seinem Strohsack auf. »Entkommen, wohin, lieber Freund? Wir befinden uns geschätzt fünfzig bis sechzig Meilen entfernt von Para Maribo und wissen nicht einmal, wo. Wir haben kein Boot, und zu Lande kommen wir durch den Urwald nicht voran. Zu schweigen von den Gefahren, die überall lauern. Wir können nicht entkommen, Herr Van Ackeren.«

Draußen vor der Hütte gaben Zikaden und Frösche ihr Konzert, das alle Nachtstunden lang bis zum Morgen gehen sollte. Draußen an den Feuern hörte man Sprechen und Lachen, dort saßen die Milizionäre, darunter sich nun inzwischen zwei Neger aus der ehemaligen Bootsbesatzung befanden.

»Ich werde für uns beide beten«, sagte Van Ackeren leise zu Maternus. »Wenn Ihr es mir erlaubt.«

Maternus ließ daraufhin ein Geräusch hören, das man für ein bitteres Lachen hätte halten können, wenn er nicht gleich darauf sich höflich bedankt hätte, als hülfen ihm seine Manieren, die Fassung zu bewahren.

Kaum hatte Van Ackeren die Augen geschlossen, kehrten seine Gedanken zu dem Auftritt zurück, den Teerstraten am Mittag inszeniert. Welcher an dem Pfahl stattfand, der in der Mitte des Dorfes in den Boden gerammt stand und nun seinen Zweck offenbarte, nämlich eine Richtstätte oder eine Kampfstätte zu markieren. Nicht anders als der Schandpfahl, welcher auf der Plantation der Sommelsdijks gestanden hatte. Alle Bewohner des Dorfes, die Uniformierten und die in Lumpen Gehenden, hatten sich in der Mittagshitze versammeln müssen. Und Teerstraten, flankiert von seinem riesigen Adjutanten, stand breitbeinig inmitten seiner Gemeinde, das Gesicht im Schatten des Schlapphuts, die Hand erhoben wie ein Prediger Satans.

»Wir haben noch eine ledige Braut zu vergeben«, hob er an.

Er schnalzte mit dem Finger und sein Adjutant warf ihm eine Muskete zu. Er fing sie auf und reckte sie in die Höhe.

»Sie sucht einen Bräutigam. Und ich brauche noch einen Musketier.«

Er musterte die Versammlung eine Weile schweigend, strich dabei die Federn an seinem Hut.

»Zwei von euch werden um das Schießeisen kämpfen. Entweder ihr meldet euch selbst, oder ich suche zwei aus. Das Gewehr bekommt, wer den Kampf gewinnt.«

Niemand meldete sich.

Die Sonne brannte nieder auf die kurz geschorenen Köpfe der ehemaligen Sklaven, sie brannte auf Maternus und Van Ackeren, die barhäuptig dabeistehen mussten, sie brannte auch auf die schwarz behaarten Köpfe der Indianer, die abseitsstanden, Beschauer einer Aufführung, von der sie ausgeschlossen waren und die sie recht kurios anmuten musste, obgleich sie wohl verstanden, was vor sich ging.

»Vergesst nicht«, knurrte Teerstraten. »Wer mein Musketier ist, der bleibt bei mir. Wer nicht, ist's nicht wert, dass er die Freiheit hat.«

Van Ackeren, obgleich er als abstoßend empfand, was sich hier abspielte, musste staunen über die Kaltblütigkeit Teerstratens, welche ihn offenbar zum Führer dieser Meute erhob. Eine Position, die ihm keiner in diesem Kreis abstritt, so wild die Bande auch zurechtgemacht war. Derselbe Teerstraten, der in Sint Eustacius Anna gerettet hatte. Aber dies konnte einen Mann nicht salvieren, der solches Grauen guthieß, wie es sich ereignet und das sich gleich wieder ereignen würde.

Da sich noch immer keiner meldete, zeigte Teerstraten auf zwei kräftige Neger aus der Bootsmannschaft und hieß sie vortreten. Die beiden Männer mussten sich neben dem Pfahl aufstellen, was sie taten, ohne einander anzusehen.

Der schwarze Hüne trat zu ihnen. Geringschätzig wog er ihre Arme und knuffte sie in die Seiten, ganz so, als wären sie hier zum Verkauf bestimmt, dazu sagte er kein Wort. Dann packte er die Linke eines jeden der Verurteilten und band sie mit einem ledernen Riemen an den Pfahl. Danach reichte ihm Teerstraten die Peitsche, die er schon einmal benutzt hatte, sie war aus der Haut von Flusspferden gemacht und von der Art, wie man sie zur Züchtigung von Sklaven verwendet.

»Für einen von euch werden das die letzten Hiebe sein, die er schmecken muss«, sagte Teerstraten. »Also kostet sie aus.«

Er trat zurück, und der schwarze Riese holte mit der Peitsche aus.

Zuerst war nur ein Jammern bei den Negern, die vergeblich versuchten, den furchtbaren Hieben der Peitsche zu entgehen, deren Biss ihnen, wo sie traf, die Haut aufplatzen ließ. Dann, nach einem halben Dutzend Hieben, stürzten sie sich aufeinander und rangen. Schlugen bald einer auf den anderen ein und bissen sich unter tierischem Gebrüll, bis einer fiel und vom anderen getreten wurde, so lange, bis er sich nicht mehr rührte. Der Sieger, dem das Blut der Peitschenhiebe vom Rücken rann, schluchzte laut, als ihm Teerstraten das Gewehr reichte.

Den Besiegten hatte man später in die Hütte hereingetragen, in welcher die Gefährten die Nacht verbrachten. Hier lag er nun und stöhnte im Schlaf ob seiner Blessuren, die er nach Maternus' Meinung wohl überleben konnte, die ihm aber noch Tage das Leben schwer machen würden.

Den beiden Gefangenen war am Abend dieses schlimmen Tages außerdem die Aufgabe zugefallen, das Grab für den toten Landsknecht zu schaufeln. Sie mussten es an der Palisade ausheben, wo schon andere Gräber sich befanden, leicht zu erkennen an den Gevierten eingesunkener Erde, zwei davon anscheinend für andere Söldner, da dort jeweils ein rostiger Degen aus der Erde ragte anstelle eines Grabkreuzes. Das Schlimmste war gewesen, den Toten aus seiner Hütte herauszuholen und zu seiner Grabstätte zu tragen. In einer Wolke schwarzer Fliegen schleppten sie ihn bis zu dem Loch. Maternus hatte sich daraufhin erbrechen müssen, und Van Ackeren hatte rasch Erde auf den Leichnam geschaufelt, den unsäglichen Gestank zu bannen, der ihm als das Schlimmste erschien, was er jemals gerochen. Erst danach war er in der Lage gewesen, für den Toten ein Gebet zu sprechen.

»Was wisst Ihr vom Dorado?«, wollte Van Ackeren wissen.

Maternus antwortete nicht. Van Ackeren glaubte schon, er sei eingeschlafen, aber er hörte ihn sich räuspern. Noch eine ganze Weile war Schweigen, ehe er Antwort gab.

»Weshalb fragt Ihr, Freund?«

»Weil der Mann, den wir heute begraben haben, mir davon erzählt hat.«

Maternus schnaubte durch die Nase. »Dann gehörte er wohl auch zu denen, die danach suchten.«

»Ich glaube, ja. Er hat behauptet, er sei im Besitz einer Karte, worauf es verzeichnet wäre.«

Maternus richtete sich auf. »Kommt mit hinaus. Wir setzen uns vor den Eingang der Hütte. Hier drinnen ist es nicht auszuhalten, wenn man nicht schlafen kann.«

Sie gingen an den schlafenden Negern vorbei und achteten darauf, fest aufzutreten, um die großen Kakerlaken, welche nachts durch die Hütte liefen, fortzuscheuchen.

Vom Eingang aus konnte man den nächtlichen Himmel sehen und eine Unzahl von Sternen, die so hell und klar in den Lücken zwischen den Urwaldbäumen standen, dass man meinte, ein jeder sende seinen eigenen Ton aus. Ein Klingen oder Summen konnte das sein, da ihr Anblick allein nicht reichte, ihre starke Anwesenheit zu bekunden. Und Van Ackeren fühlte sich getröstet, weil ihm Gottes Nähe derart spürbar wurde und er sich damit nicht mehr so allein fühlte. Er spürte mit einem Mal mehr Vertrauen in das, was kommen mochte, und dankte im Stillen dem Herrn dafür, dass er ihm half, seinen Glauben zu stärken.

»Die Spanier«, begann Maternus, »hörten, als sie in die Neue Welt vordrangen, von einer sagenhaften Stadt reden, die angeblich mitten im Urwald an einem See gelegen und in welcher alles aus Gold gemacht wäre. Sie haben diese Stadt mit allen Mitteln und unter größten Opfern gesucht. Sie tun es noch immer, und nicht nur sie. Viele suchen nach dieser Stadt und glauben wirklich daran, dass es sie gäbe.«

»Ihr glaubt das nicht?«

Maternus schüttelte den Kopf. »Die Menschen, die im Urwald leben, sind Wilde. Sie können keine Städte bauen, und sie schürfen kein Metall. Auch wenn einige von ihnen Gold besitzen, so wissen sie nicht um seinen Wert, sie betrachten es als Spielzeug.«

»Vielleicht sind es gar keine Wilden, die solche Städte wie das Dorado zu bauen verstehen.«

»Es gab in der Tat in Peru und in Mexico, wo die Spanier Krieg geführt haben, Städte, die von einem Indianervolk erbaut wurden, die man die Azteken nannte. Sie wurden sämtlich von den siegreichen Spaniern geschleift, es sind nur noch Trümmer davon geblieben. Dort gab es auch Gold. Aber nicht hier.« Maternus zuckte die Achseln. »Mag sein, dass ebendarum dieser Glaube entstanden ist. Zuweilen ist ein solcher Glaube nicht auszurotten, weil man einmal etwas fand und dann nichts mehr.«

Er machte mit der Hand eine Bewegung zum dunklen Walde hin. »Seht diese Indianer. Es sind nackte Wilde, die es verstehen, Fische zu speeren und ein paar Pflanzungen zu graben, wo sie ein Stück Wald dafür niederbrennen. Wie könnten solche Menschen jemals Städte bauen? Und tiefer im Urwald leben, sagt man, noch andere Indianer, die kaum ein Mensch je gesehen hat. Sie sollen Menschenfresser sein und halbe Tiere. Ich habe von Reisenden gelesen«, er warf Van Ackeren einen Blick zu, »die dort gewesen sind. Sie berichten, dass diese Wilden die Köpfe ihrer Feinde im Feuer rösten, bis sie so klein sind, dass man sie um den Hals tragen kann wie eine Perlenkette. Dies, mein Freund, sind die wahren Wilden. Und vielleicht, das weiß niemand genau, sind sie ja gar keine Menschen und auch keine Tiere, sondern noch etwas anderes. Aber das«, er lächelte Van Ackeren zu, »widerspräche Eurer Auffassung der Schöpfung, nicht wahr?«

Van Ackeren schwieg.

Er fühlte sich dem Gleißen der Sterne ausgesetzt, das ihn fortführte von dem Ort, an dem er sich befand. Er hatte daran gedacht, dass an einem anderen Ort Anna vielleicht in diesem Augenblick auf dieselben Sterne schaute.

»Ich glaube«, sagte er, »an Gott den Herrn, der Himmel und Erde geschaffen hat.«

Maternus nickte. »Darin sehe ich keinen Widerspruch, mein Freund«, sagte er. »Die Schöpfung mag, und das ist, was wiederum *ich* glaube, nicht so einfach beschaffen sein, wie wir denken. Gott ist kein Sammler, der Wunderkammern sortiert und einrichtet, und kein Mechanikus, welcher die Uhren richtig gehen lässt. Soll diese Welt in ihrer Vielfalt gedeihen, muss Gott sich zurückhalten. Sonst verlassen wir uns am Ende nur auf ihn.«

Van Ackeren, der Maternus gernhatte, verstand, dass dies nicht blasphemisch gemeint war. Er schwieg und legte ihm anstelle einer Antwort die Hand auf den Arm.

Maternus begann daraufhin zu schluchzen, und Van Ackeren tat den Arm um seine Schulter und blieb an seiner Seite sitzen. Er schaute auf die unbeweglichen Sterne in den Lücken des Waldes, wie sie auf die Erde herunterschienen, als habe man die Glut eines Feuers über dem Firmament verstreut.

4

Am nächsten Tag war Van Ackeren wieder unter dem Dach des Schuppens mit dem Ausnehmen der Pacu beschäftigt, als Teeerstraten vor ihn hintrat.

»Gebt acht, Herr Aspirant«, sagte er leise. »Ich muss Euch nun verprügeln.«

Van Ackeren legte das Haumesser neben den letzten Fisch, der neben ihm lag, und starrte Teerstraten an. Der zog seine Peitsche aus dem Rock und fasste sie umgedreht am Riemen.

»Was habe ich denn –?«, wollte er anfangen.

»Ach was!«, zischte Teeerstraten. »Ich hab Euch was zu sagen und brauche einen Grund, länger hierzubleiben, versteht Ihr? Wälzt Euch gefälligst auf der Erde und schreit ein wenig, damit die Sache echt aussieht. Beeil dich, du fauler Spitzbube!«, schrie er daraufhin und schüttelte drohend den Peitschenstiel. »Willst dich hier ausruhen, anstatt zu arbeiten? Ich werd dich Mores lehren. Los und voran damit!«

Teerstraten schlug mit dem Stiel kräftig auf den Haufen von toten Fischen ein, was ein klatschendes Geräusch verursachte, das man weithin hören konnte.

»Auf den Boden!«, knurrte er.

Van Ackeren begriff und ließ sich auf die Erde fallen. Er zog die Beine an und nahm die Arme über den Kopf, als müsse er sich vor Schlägen schützen.

»Euch bleibt nicht mehr viel Zeit«, sagte Teerstraten leise mit erhobener Peitsche. »Ich lasse heut Nacht den restlichen Branntwein austeilen, damit meine Gesellen recht lustig sind. Ihr habt also den Rücken frei, wie ich hoffe.«

Er versetzte Van Ackeren einen Fußtritt, der ihn auf die andere Seite hinüberdrehte.

»Wir sollen fliehen?«, sagte Van Ackeren, erschrocken unter seinen Armen hervorsehend.

»Heute Nacht oder nimmermehr, mein frommer Freund. Wenn

morgen die anderen Maroons hierherkommen, werden es deren vierzig oder fünfzig sein, vielleicht mehr. Man wird Euch mitnehmen und verkaufen, irgendwohin. Wenn Ihr aber geflohen seid, wird bloß ein armer Sünder dafür verprügelt werden.«

Van Ackeren drehte, auf der Erde liegend, den Kopf und starrte unter seinen Ellbogen hervor auf den Fluss, dessen Wasser so ruhig unter der Sonne lag wie eine Scheibe aus Glas. In einiger Entfernung sah man einen der Indianer seinen Bogen spannen und den langen Pfeil ein Stück ins Wasser hineintauchen. Seine Bewegungen erschienen gemessen und sicher. Die beiden Wilden waren ganz mit Fischen beschäftigt, sie nahmen keine Notiz von den scheinbaren Prügeln, die Van Ackeren einzustecken hatte.

»Und Doctor Maternus, was ist mit ihm?«

»Der geht mit Euch. Ohnehin müsst Ihr zu zweit sein, sonst könnt Ihr das Boot nicht rudern.«

»Ein Boot?«

»Ach junger Freund, nun seid nicht so begriffsstutzig.« Teerstraten verdrehte die Augen und ließ die Peitsche klatschend auf einen der Fische niedersausen. »In einem von diesen Canoes dort werdet Ihr heute Nacht eine Kalebasse mit Wasser finden und ein Haumesser, ein paar Fladenbrote in einem Tuch und getrockneten Fisch, so viel ich hineinbringen kann, ohne dass es auffällt.«

Draußen auf dem Wasser gab es eine plötzliche zuckende Bewegung und ein platschendes Geräusch, als habe man einen Stein ins Wasser geworfen. Im Wasser neben dem Boot fing ein Toben an, das um den langen Pfeil herumging, dessen Schaft der Indianer, der breitbeinig auf die Knie heruntergegangen war, mit beiden Händen gepackt hielt. Der andere brachte das Boot mit einem Paddelschlag über den gespeerten Fisch, und sie zogen gemeinsam das zappelnde Tier herein, wobei der Einbaum sich gefährlich auf die Seite neigte. Der Schütze gab dem hereingebrachten Fisch ein paar Schläge mit einer Keule auf den Kopf, die man dumpf herüberhallen hörte.

»Was ist das denn für eine Arbeit!«, schrie Teerstraten mit schnarrender Kommandostimme. »Du sollst die Viecher ausnehmen, nicht streicheln, verdammter Betbruder.«

Er versetzte Van Ackeren einen weiteren Tritt, der aber bloß in den Boden hineinging und Staub aufwirbelte. Danach zwinkerte er ihm zu.

»Unser gesamtes Fähnlein wird demnächst hier abrücken. In die Berge, heißt es.« Er zuckte mit den Schultern. »Wer weiß, wohin, ich jedenfalls weiß es nicht. Und weiß auch nicht, ob ich's am Ende besser haben werde als Ihr.« Er holte seine Schnupftabakdose heraus und nahm eine Prise. Betrachtete die Dose. »Ich sollte sie Euch geben, Herr Aspirant«, sagte er leise. »Es ist ein zauberisch Ding, das wirken kann. Kann schaden oder nützen. Mir tut sie vielleicht nicht gut, ich kann sie aber auch nicht jedem lassen. Ihr seid ein frommer Mann, Euch schadet sie vielleicht nicht, sie könnt Euch gar Fortune verschaffen, so wie dem Alten, der sie mir einmal gab. Nur leider – schnupft Ihr halt nicht, Herr Aspirant.« Er steckte die Dose wieder ein. »Heute Nacht also«, sagte er. »Nach Mitternacht. Macht Euch auf, wenn wir mit Singen anfangen.«

Teerstraten drehte sich zum Dorf, um zu sehen, ob jemand aufmerksam geworden war. »Etwas hab ich noch für Euch. Da wir uns wohl nicht wiedersehen.« Er griff unter die Tressen seines zerschossenen Rockes und brachte ein gefaltetes Papier heraus, das er, nachdem er es zwischen den Fingern gedreht, auf die Erde fallen ließ. »Das soll Euch gehören. Behaltet es oder verbrennt es. Will hoffen, Ihr wollt Euch darüber freuen, genutzt hat es bereits jemand anderem.« Damit steckte er die Peitsche in den Rock zurück und entfernte sich dorfwärts den zerwühlten Trampelpfad entlang, mit ausgreifenden Schritten, die Linke auf dem Korb des Rapiers, als gehe es auf eine Theaterbühne.

Van Ackeren faltete mit klopfendem Herzen das Papier auseinander. Es war der Kontrakt Annas, geschlossen mit der West-Indischen Compagnie in Amsterdam.

5

»Wir sollen warten, bis sie singen, hat Teerstraten gesagt.«

Der Schein des Feuers reichte nicht bis zum Eingang der Hütte, wo Van Ackeren mit Maternus saß. Die vier schwarzen Mitbewohner schliefen unruhig, murrten in ihrer unverständlichen Sprache und drehten sich auf ihren Strohschütten. Der Verletzte rang immer wieder stöhnend nach Luft. Er lag steif auf dem Rücken, wohl weil es ihn schmerzte, seine Haltung zu ändern.

Maternus warf einen Blick auf die Schlafenden, dann sah er Van Ackeren an, welcher unter dem Blick des Doctors, der ihm zuversichtlicher erschien als er es die vergangenen Tage gewesen, mit einem Mal Hoffnung verspürte.

»Werden wir den Weg zurück finden?«

»Wir müssen es versuchen«, antwortete Maternus. »Mit Ruderern haben wir zwei Tage hierher gebraucht und sind auf unserem Weg zweimal in einen anderen Fluss eingebogen. Mit einem Canoe sollten wir, wenn alles gut geht, in drei oder vier Tagen zurück zum Fluss Suriname gelangen.«

Man hörte Stimmen vom Feuer her, dazwischen Teerstratens schnarrende Sätze, die bei seinen Kumpanen Lachen und ausgelassenes Geschrei auslösten. Der Schnaps tat seine Wirkung. Vermutlich handelte es sich um das Gebräu, das »Kill devil« genannt wurde.

»Wer soll morgen hierherkommen?«

Van Ackeren schüttelte den Kopf. »Das weiß ich nicht. Er hat nur gesagt, dass es deren vierzig oder fünfzig Köpfe sein werden und er nicht mehr das Sagen habe, wenn sie erst eingetroffen.«

»Gewiss gibt es noch mehr Plätze wie diesen«, sagte Maternus, »wo Nahrung bereitgestellt wird für das Gros der Rebellen.«

»Ihr nennt sie Aufständische?«

»Was sonst?«, flüsterte Maternus. »Sie stellen sich gegen die Ordnung, sie morden und stehlen. Es sind Marodeure schlimmster Art und nicht besser als ihre Unterdrücker. Und dieser Herr Van

Teerstraten«, er schnaubte wütend durch die Nase, »hat sich dazu hergegeben, ihnen zu dienen. Dass er nicht der einzige Weiße unter ihnen ist, hat man ja bereits gesehen und auch, was für Elemente das sind.«

Van Ackeren berührte das Papier, das er von Teerstraten erhalten und das er gefaltet in seinem Hemd trug. Aber er erzählte Maternus nichts davon. Vielleicht in der Annahme, dass diesem auch zu dem Vertrag bloß ein weiterer Schimpf einfallen werde, denn Maternus würde nicht glauben, was Van Ackeren glauben wollte: dass Annas Schicksal über alldem stünde und dass die Gnade Gottes ihr Schutz gewährte. Eine Gnade, deren Werkzeug auch ein Teerstraten sein konnte.

Jedenfalls war Anna frei, und er konnte nur hoffen, dass auch sie selbst es wusste. Mochte sein, dass Teerstraten von Beginn an ein Gefangener der Compagnie gewesen war und das Schwadronieren über ein Kommando in Para Maribo bloß ein Schönreden und wieder eine seiner Täuschungen darstellte. Wenn Anna aber dabei die Freiheit erlangte, war auch etwas Gutes daran.

Jeder geht seinen Weg, dachte Van Ackeren. Er betete darum, dass dieser Weg, was ihn und Maternus anbetraf, ebenfalls zurück in die Freiheit führen mochte.

Er schloss die Augen und gab sich der Vorstellung hin, wie er Anna wiedersehen würde. Ihr den Vertrag gab, dass sie ihn selbst zerreißen sollte. Wie ihre Augen aussehen würden, wenn sie ihn dabei ansähe. Und ob sie wohl wieder lächeln würde auf dieselbe wissende Art, wie sie es getan, als sie ihre Hand über seine legte auf der Fahrt vom Schiff an Land und sie seinen Knopf angenommen hatte.

Für einen köstlichen Moment fühlte Van Ackeren die Gewissheit, dass Anna alles wusste, alles, was in seinem Herzen vor sich ging, mitsamt seinen Zweifeln, und dass sie es richtig nahm. Und ihm verziehen hatte, dass er ohne ein gutes Wort von ihr weggegangen war.

In diesem Traum, der kurz war, hörte man ein lautes Aufgrölen der Bande am Feuer und ein beifälliges Klatschen und Trampeln. Dann hörte man Teerstratens schnarrende Stimme singen.

»Weiß mir ein Maidlein hübsch und fein«, sang er. »Hüt du dich!«

Die Bande johlte, und einige äfften begeistert nach: »Hüt du dich!«

»Das kann wohl falsch und freundlich sein«, machte Teerstraten weiter, den Vorsänger gebend.

»Hüt du dich!«, nahmen die Betrunkenen den Gesang auf. Wiewohl die Bande sich auf den Refrain beschränken musste, klangen diese Worte so beängstigend herüber, als stellten sie eine Drohung dar, die den Gefangenen gelten sollte.

»Sie hat ein fein goldfarbich Haar«, schnarrte Teerstraten.

»Hüt du dich!«

»Und was sie redt, das ist nicht wahr. Vertrau ihr nicht – vertrau ihr nicht. Sie na-aarret dich!«

»Hüt du dich – vertrau ihr nicht – sie na-a-aaarret dich!«, brüllte die Bande den Refrain.

Mit einem gemeinsamen Johlen endete die Strophe. Es wurde weitergetrunken, was man daran hören konnte, dass ein paar sich um die Becher stritten.

Dann fing Teerstraten wieder an.

»Sie hat zwei Brüstlein, die sind weiß.«

»Hüt – du – dich!«, brüllte die Bande begeistert.

»Sie legt's herfür mit allem Fleiß.«

»Hüt – du – dich!«

»Gibt dir ein Kränzlein wohl gemacht. Für einen Narr'n wirst du geacht.«

Am Feuer wurde laut gelacht, die Stimmen fanden sich wieder zum Refrain zusammen.

»Hüt du dich, vertrau ihr nicht, sie na-a-arret dich!«

»Wir müssen uns aufmachen!«, flüsterte Maternus. »Rasch!«

Die beiden Gefangenen verließen die Hütte, und keiner der schlafenden Neger bemerkte ihre Flucht, da es nichts gab, was sie hätten mitnehmen können. Draußen drückten sie sich in den Schatten der Wand und sahen zum Feuer hin, von dem helle Funken in die Nacht hinaufsprühten. Die Banditen saßen um den Platz herum und hielten Becher in den Händen, es wurde gelacht und geschrien. Man konnte hoffen, dass sie vom Feuerschein so geblendet waren, dass sie nicht merkten, wie die beiden Gefangenen zum Fluss hinuntereilten, immer darauf bedacht, eine der Hütten zwischen sich und das Feuer zu bringen.

Der Schein der Flammen reichte indessen bis herunter an das Ufer, wo unter dem Anleger die Canoes lagen, gleich neben dem Boot der Sommelsdijks, dessen weiße Farbe herausstach, wie es vom Feuerschein beleuchtet wurde.

Maternus zog die Canoes nacheinander zum Anleger heran, wobei er mit der Hand dagegenhielt, um kein Anschlagen der Bordwände zu verursachen.

»Hier!«, flüsterte er. »Das muss es sein.«

Er zog das Canoe vollends zum Steg, und sie tasteten darin nach dem, was hineingelegt war. Fanden die beiden Paddel bereit; sie sahen auch die Kalebasse und ein in Tuch gewickeltes Bündel, in dem die Nahrungsmittel sich befinden mussten.

»Könnt Ihr das Boot rudern?«, flüsterte Van Ackeren, dem erst jetzt einfiel, dass er in seinem Leben noch nie einen Einbaum gerudert hatte.

»Wir werden es lernen müssen«, zischte Maternus. »Und zwar rasch. Ihr steigt zuerst ein, ich halte das Boot fest. Beeilt Euch!«

Vom Feuer her hörte man Teerstratens dünnen Tenor ein neues Lied anstimmen.

»Ein Reiter, der wollt pirschen«, sang er. »Ky-ri-eleeeeis!«

»Auf Rechlein nit noch Hirschen.«

»Ky-ri-eleeeis!«, nahm die Bande den blasphemischen Refrain auf.

»Geht nach vorne, ich steige hinten ein«, flüsterte Maternus, als Van Ackeren glücklich in das schmale Canoe hineingekommen war. »Und setzt Euch hin, sonst werft Ihr das Boot um!«

»Er fing sich ein ein Maidlein fein.«

Kam es vom Feuer herüber.

»Ky-ri-eleeeeis!«, schrie die Bande.

Das Canoe schwankte bedrohlich, als Maternus sich hineinzwängte, und Van Ackeren erschrak von dem lauten Platschen, mit dem es sich löste, als es abgestoßen wurde und auf das stille Wasser hinaustrieb.

»Ist all's von Gott erscha-ha-ffen«, sang Teerstraten. »Braucht's ihm dafür kein Pfa-ha-ffen …«

»Ky-ri-eleeeeis!«

»Nehmt das Ruder!«

Maternus reichte Van Ackeren eines der spitzen Paddel nach vorn, das aus einem hölzernen Schaft und einem daran geflochtenen Vorderstück bestand.

»Rudert vorsichtig und immer auf Eurer Seite. Und versucht um Gottes willen keinen Lärm zu machen«, raunte Maternus.

»Wird's ihm ein Bub, heißt Pe-he-ter«, kam es herüber.

»Der macht's wie seine Vä-hä-ter.«

»Ky-ri-eleeeeeis!«

Sie nahmen Fahrt auf. Van Ackeren tauchte das Paddel in das schwarze Wasser. Seine Hände zitterten. Er dachte an die Caribe mit ihren scharfen Zähnen, die irgendwo unter ihnen schwammen, an die Caimane und an die Schlangen, welche des Nachts unterwegs waren, und er wusste wohl, dass sich unter dem stillen schwarzen Wasserspiegel noch mehr befand, als er sich vorstellen konnte, und dass nichts davon ihm freundlich gesonnen. Wenn sie kenterten, waren sie verloren.

»Wird's ein Feinsmaid, heißt Adelheid … und braucht's ihm auch kein Nunnenkleid, Ja, Ni-Na-Nunnenkleid …!«

»Ky-ri-eleeeeis!«

Man konnte das Feuer sehen auf der Anhöhe hinter den Hütten, die es nun nicht mehr verdeckten, einen rotgelben, wabernden Fleck in der alles umfassenden Dunkelheit. In seinem Schein die kleine Gruppe Menschen, die in den Nachthimmel fliegenden Funken, darüber kalt die Sterne.

Und mit dem Geräusch des Waldes, das man plötzlich lauter um sich wahrnahm, begriff Van Ackeren, dass das, was er eben sah, das letzte Zeichen der Zivilisation darstellte, die sie dabei waren zu verlassen.

Wie um dies zu unterstreichen, wurde das Boot unvermittelt von etwas Großem gestreift, sodass es schwankte. Van Ackeren musste den Atem anhalten, um nicht aufzuschreien. Im dunklen Wasser löste sich ein weißer Schemen und tauchte in einiger Entfernung auf, schwamm, fast so lang wie das Boot, für einen Moment nahe der Oberfläche und verschwand dann wieder im Dunkel. Von weiter weg hörte man ein Jaulen wie von Hunden, das direkt vom Wasser herzukommen schien.

6

»Das sind Delphine, glaube ich«, flüsterte Maternus. »Rudert, mein Freund, rudert, so gut Ihr könnt, auf dass wir wegkommen von hier.«

Van Ackeren tauchte das Paddel ins schwarze Wasser und ruderte. Er gab sich Mühe, die Bewegung, die er nicht gewohnt, gleichmäßig vorzunehmen. Maternus hinter ihm glich mit seinem Ruder aus, und sie vermochten, der Fahrt auf diese Weise eine Richtung zu geben.

Sie glitten den stillen Fluss hinauf oder auch hinunter, das war nicht auszumachen, da keine Strömung herrschte. Man konnte dunkle Schatten erkennen, wo die Ufer waren mit den gezackten Umrissen von Schilfpflanzen. Kamen sie ihnen nahe, so streiften herunterhängende Zweige die Gesichter der Rudernden. Die bereits vertrauten Tierstimmen nahmen an Lautstärke zu, als gelangten die Fliehenden auf ihrem Weg noch tiefer in den Wald, als sie es zuvor gewesen.

So dahinfahrend in der primitiven Holzschale über den unheimlichen Tiefen, fand Van Ackeren kaum Raum, um ein Gebet zwischen sich und das setzen zu können, was auf sie zukam.

»Wir müssen«, hörte er Maternus hinter sich, »den Rest der Nacht irgendwo anlanden. Es ist zu gefährlich, einfach darauf loszufahren.«

Van Ackeren wandte sich um, und sogleich reagierte das leichte Boot mit einem Schwanken. »Aber wo? Wo sollen wir landen?«

»Wir suchen eine Einmündung, da hinein fahren wir. Sie muss groß genug sein, dass wir den Ufern nicht zu nahe kommen, und tief genug hineinreichen, dass man uns nicht findet, wenn sie erst merken werden, dass wir geflohen sind.«

Van Ackeren kniete im Boot, das Ruder in der Hand. Er horchte darauf, wie Maternus seines eintauchte, und schaute zu den dunklen Schatten am Ufer, an denen sie vorbeiglitten.

»Ich weiß nicht, was dort im Wald ist«, sagte Maternus. »Mir genügt schon das, was uns im Wasser gefährlich werden könnte.«

Van Ackeren hörte sein Herz bis in den Hals hinauf schlagen.

Sie fuhren noch eine gute Stunde weiter und erfuhren das Glück, dass nichts geschah, was Van Ackerens Ängste hätte befördern können. Ein paarmal noch hörte man die Stimmen der Delphine, die ihnen folgten, und Van Ackeren rechnete dieses Verhalten der Neugier dieser Wasserwesen zu, denen er, da andere Hilfe außer Gottes Gnade hier nicht zu finden, gutmütige Motive unterstellte. Er mochte auch gerne glauben, dass die Gesellschaft der großen Tiere das einsame Canoe vor den Angriffen der Caimane schützte, denen die Delphine ohne Zweifel zu widerstehen wussten.

Maternus, welcher das Canoe die ganze Zeit nahe dem rechten Ufer steuerte, meinte schließlich, er könne eine Einmündung ausmachen, in die sie versuchen sollten einzufahren. Das Manöver gelang, indem Maternus seine Rolle als Steuermann vortrefflich ausführte, und sie kamen hinein in einen Seitenarm, welcher etwa ein Viertel Breite des Hauptflusses messen mochte.

Maternus verlangte, noch ein Stück weiterzufahren, dann wählte er einen starken Zweig, der über das Wasser herunterhing, und hielt sich mit der Hand daran fest. Er sagte Van Ackeren, er möge in dem Canoe nach einem Stück Seil suchen, womit man das Fahrzeug an den Zweig binden könne. Van Ackeren musste sich in der vollkommenen Dunkelheit schließlich flach auf das Boot legen und nach vorne kriechen, um die Palmschnur zu greifen, mit der das Canoe festgebunden gewesen war. Er machte die Schnur los, und Maternus konnte das Canoe damit an seinem luftigen Ankerplatz festmachen.

»Es gibt bequemere Bettstätten, lieber Freund«, sagte Maternus. »Aber wir wollen dennoch versuchen zu schlafen. Der morgige Tag wird entscheiden, ob unsere Flucht gelingt. Geb's das gute Geschick, dass man nicht ernsthaft die Absicht haben wird, uns zu verfolgen. Wenn sie die Indianer, welche der Bande dienen, hinter uns herschicken, sind wir verloren.«

In diesem Augenblick erfolgten ein lautes Krachen und ein Donnergrollen. Die Nacht hatte sich in einem blauen Licht erhellt. Für Sekunden behielt Van Ackeren das Bild vor Augen, welches der Blitz ihm verschafft hatte. Darauf hatte er den Flussarm in seiner Länge gesehen, die schilfbegürtelten Ufer und eine flache Sandbank zur Rechten, keinen Pistolenschuss entfernt, auf der etwas lag wie dunkle Baumstämme.

»Ich glaube fast …«, hob er an, sich zu Maternus wendend.

Da blitzte es erneut, gefolgt von einem Rumpeln, und da der Blitz länger andauerte, konnten sie beide recht gut die großen Caimane erkennen, die auf der Sandbank lagen.

»Wir müssen hier weg«, sagte Maternus. »Macht nur keinen Lärm, um Himmels willen. Und bewegt das Ruder langsam, damit die Bestien bleiben, wo sie sind!«

Die Schnur war rasch von dem Zweig gelöst, und Maternus wendete das Canoe vorsichtig, um die Aufmerksamkeit der Caimane nicht zu wecken, von denen die beiden Gefährten nicht wissen konnten, ob sie schliefen und ob sie solches überhaupt jemals taten.

Als das Canoe dabei war, aus der Einmündung herauszufahren, kam ein neuer Blitz, begleitet von einem Donnerschlag, und danach begann ein Geräusch, als würden unzählige Erbsen in einem Sieb zu kreisen beginnen.

»Wir müssen Schutz suchen! Beeilt Euch!«

Sie ruderten das Canoe unter einem sternlosen, schwarz gewordenen Himmel dicht ans Ufer unter die herunterhängenden Zweige eines großen Baumes, als ein durchdringendes Prasseln anhob. Auf dem Fluss stiebten unzählige Wassertropfen empor, welche im schwachen Licht des Mondes funkelten wie ein Feld aus gläsernen Dornen, und bald stieg grauer Nebel von der heißen Erde auf, der binnen Kurzem alles einhüllte.

Die Gefährten krümmten sich in dem schmalen Canoe zusammen, die Köpfe auf den Knien und die Arme darumgeschlungen, um sich vor den schweren Tropfen zu schützen, die trotz der Blätter auf sie einschlugen wie eine Strafe. Man hörte nun nichts mehr als das Rauschen des Regens auf den Schultern des Waldes, dessen Bewohner verstummt waren, als täten sie es in Andacht vor dem Geschenk des Wassers, das in Massen vom Himmel fiel.

7

Der Regen währte zwei oder auch drei Stunden. Während dieser Zeit schien die ganze Natur sich nur darauf zu wenden, ihn zu empfangen, als wäre zwischen dem Wald und dem Himmel, der seine Schleusen geöffnet hatte, um die Wasseradern schwellen zu lassen, ein Abkommen getroffen, dass alles sonst zu ruhen habe, solange diese Hochzeit währte.

Die Geflüchteten in ihrem Boot, wiewohl nass bis zur Haut, mussten jedenfalls nicht befürchten, angegriffen zu werden. Wenn das Canoe vollzulaufen drohte, schöpften sie das Wasser mit der Kalebasse aus, sonst gab es nichts zu tun, als auszuharren, bis der Morgen graute. In dieser Zeit lernten sie, dass es auch im Wald kalt werden konnte, und sie froren jämmerlich, ohne die Möglichkeit, sich an einem Feuer zu wärmen.

Der Tag brach an im dichten Nebel. Ein helles Grau füllte alles aus, stand wie ein dichter Schleier auf dem Wasser und spann sich zwischen den strickartigen Wurzeln der Mangroven, webte Vorhänge zwischen die Stämme der Bäume und verhüllte ihre Kronen. Im Morgengrauen verzehrten die Gefährten etwas von dem Fischvorrat, den sie besaßen, und aßen jeder zwei Zitronen, von denen ein Dutzend zu ihrem Vorrat gehörte. Danach fuhren sie los, um sich ein wenig wärmer zu fühlen.

Die nächsten Stunden Fahrt unternahmen sie, ohne dass sie gewusst hätten, wohin sie unterwegs waren. Man konnte nur einen Teil des Ufer erkennen, obgleich man ihm unmittelbar nahe, und zuweilen meinte man, es habe eine ganze Flotte ihre Taue hier festgemacht, da die Wurzeln der Mangroven so dick wie Ankertrossen waren. Maternus versuchte, das Ufer entlangzufahren, welches indessen hier und dort zurücksprang und dann wieder in einem scharfen Winkel vorwärtsreichte.

Es war daher unmöglich, zu sagen, ob sich das Canoe noch auf einem Hauptarm befand, welcher Verbindung zum Fluss aufwies, oder ob man nicht längst in einen toten Seitenarm eingefahren war.

Nicht zu reden davon, dass der Weg, den sie zurückfinden wollten, zumindest zwei Abbiegungen aufwies, die sie hätten treffen müssen, um zurück zum Suriname-Fluss zu gelangen.

Keiner der Gefährten sprach über diese Umstände. Das Beste, was sie tun konnten, war weiterzufahren und zu hoffen, dass sie sich nicht verirrt hatten. Der heftige Regen hatte alles anschwellen lassen, was Wasser führte, und auch ohne den zähen Nebel, der sich den Tag über hielt, wäre es schwer geworden, den Weg in der ganz veränderten Flusslandschaft wiederzufinden, welchen sie vor einer Woche auf dem Boot der Sommelsdijks hergekommen waren. Immerhin vertrieb der Regen die lästigen Mücken, von denen man für eine Weile nicht geplagt wurde.

Als sie um eine Biegung gerudert waren, hörten sie auf einmal ein Geräusch, als sei eine Horde Schweine aufgeschreckt worden. Ein vielfaches Platschen hob im Wasser an. Die Bewegung war so heftig, dass das Canoe von den Wellen stark schaukelte, welche von den Wesen in Gang gesetzt worden, deren aufgeregte Stimmen man noch immer hören konnte.

»Gebt mir das Messer«, flüsterte Maternus.

Van Ackeren reichte ihm mit zitternder Hand das Hackmesser nach hinten.

Etwas war nahe, etwas Großes ohne Zweifel, man konnte seine Anwesenheit spüren. Und da tauchte dicht beim Boot etwas auf. Ein uraltes Haupt mit großen Augen und einer hohen Stirn, groß wie der Kopf eines Ochsen.

Maternus ließ das Messer klappernd ins Boot fallen. »Mein Gott«, stammelte er. »Mein Gott, was kann das sein?«

Van Ackeren klammerte sich an den Rand des Canoes.

»In Gottes Namen, was ist das?«

Das Wesen, dessen Haupt noch immer aus dem Wasser ragte, gab ein Quieken von sich und tauchte wieder unter, ohne irgendeine Absicht des Angriffs erkennen zu lassen.

»Ich glaube«, flüsterte Maternus fassungslos, »das war ein Lamantin. Eine Seekuh.«

Er habe, flüsterte der Doctor, dieses Tier noch nie zu Gesicht bekommen, von dem manche sagten, es sei gar kein Tier, sondern ein Wasserwesen menschlicher Art aus der Familie der Nereiden. Wie auch immer, fuhr Maternus fort, wobei seine Zähne klapperten, da ihn sehr fror, sei er fasziniert von solcher Begegnung, die noch nicht vielen Menschen zuteilgeworden war.

Sie nahmen die Ruder zur Hand und fuhren weiter, ohne dass sie noch mehr von diesen Tieren erblickt hätten.

Stunde um Stunde ging es durch den Nebel. Die Sonne blieb dahinter verborgen und konnte ihnen nicht die Tageszeit weisen, da der Nebel zwar licht war, aber alles verhüllte, was weiter entfernt lag als zwanzig Schritte.

Zur gleichen Zeit war der Wald von seinen vielfältigen Geräuschen erfüllt, verborgene Wesen, welche durch den Nebel anscheinend nicht gestört wurden, gingen darin um und meldeten sich mit ihren Lauten. Im Gegenteil: Die Regenfälle schienen ihre Lebenskräfte verdreifacht zu haben, und die Heimlichkeit der Dunstschwaden, die so gut wie nichts sehen ließen, mochte ihnen Schutz vor Raubtieren gewähren. Hin und wieder platschte es nahe im Wasser, aber nichts war zu sehen; ob es nun ein Fisch, eine Schildkröte oder ein Alligator gewesen war.

Nachdem die Gefährten während einer Pause den restlichen Fisch verzehrt hatten, wozu Überwindung nötig war, da der Regen die Mahlzeit ganz durchweicht hatte, blieben ihnen nur noch die Zitronen. Mit ihnen versetzten sie das Regenwasser, das sie aus dem Boot nahmen, in der Hoffnung, sie würden dasselbe besser machen.

Sie sprachen nicht darüber, aber es würde bald sich die Frage stellen, wovon man sich hier ernähren sollte für den Fall, dass sie die Richtung verfehlt hatten und nicht, wie sie geplant hatten, binnen zwei oder drei Tagen zurück nach Para Maribo gelangen würden.

Der Nebel blieb. Hinzu kam neuer Regen, vor dem sie unter einem überhängenden Baum Zuflucht suchten. Das Canoe lag, während die Tropfen herunterprasselten, dicht an den strickartigen Wurzeln der Mangroven, die hier überall wuchsen und deren Flechtwerk den

Eindruck machte, als könne kein Lebewesen, das größer war als eine Ratte, hier hindurchdringen.

Maternus wies Van Ackeren auf die Muscheln hin, die in Büscheln an den Wurzeln wuchsen und sich hinunter in das Wasser noch vermehrten.

»Ich glaube«, sagte er, »dass man diese essen kann. Kommt es zum Äußersten, werden wir unseren Hunger damit für eine Weile stillen können.«

Van Ackeren fror erbärmlich, da die Sonne fehlte und nichts da war, sich zu wärmen. Den Kontrakt Annas hatte er verloren. Einige Stunden mochte es her sein, dass er das aufgeweichte Papier, auf dem er geschrieben, dem Fluss überantworten musste, nachdem alle Tinte darauf zu unleserlichen Flecken zerlaufen war, und das machte ihn traurig.

»Glaubt Ihr, Herr Doctor, dass wir noch auf dem rechten Weg fahren?«

Maternus zuckte mit den Schultern. »Offen gesprochen, ich weiß es nicht.«

Er lachte bitter auf, als er Van Ackerens Blick bemerkte. »Der Regen, versteht Ihr? Er hat alle Wasserarme anschwellen lassen. Hinzu kommt dieser ständige Nebel, der nicht weichen will. Unser Gedächtnis und die Richtung der Strömung hätten uns den Weg wohl weisen können, da alle Flüsse zum Meer führen. Aber nun kann es sein, dass die Gewässer ihre Richtung geändert haben und viele Meilen landeinwärts strömen, ehe sie wieder umkehren und sich zum Meer hin wenden.«

»Was können wir dann tun?«

»Hoffen und ausharren«, sagte Maternus. »Wir dürfen nicht aufgeben, mein lieber Freund. Das wäre das Schlimmste.« Er musterte Van Ackeren. »Betet für unsere Rückkehr, Herr Van Ackeren. In der Not hat das Beten zuweilen mehr geholfen als alles andere, und Euer fester Glaube soll unsere Tatkraft stützen.«

Van Ackeren senkte den Kopf. Er sah, wie das Wasser in dem armseligen Boot eine Handbreit hoch stand, und darin, halb versunken, lag die armselige Ausstattung, über die sie verfügten, mit der sie angehen sollten gegen die große Unbarmherzigkeit von Wasser und Wald ringsum. Er dachte an das Volk Israel, dem der Herr sich offenbart, und an Jesus Christus, der doch auch verzagt gewesen, weil er Mensch geworden war.

»Rufe mich an in der Not«, sprach er mit leiser Stimme, *»so will ich dich erretten, und du sollst mich preisen.«*

»Amen«, sagte Maternus.

8

Am vierten Tag ihrer Flucht aus dem Lager der Maroons gelangten die Gefährten zu einem flachen Strom mit vielen Sandbänken darin, die das Weiterkommen erschwerten. Schon am Vortag hatten sie damit begonnen, die kleinen Muscheln zu essen, die an Wurzeln der Mangroven wuchsen, das nahm etwas den Hunger, aber sie waren sehr durstig. Denn das Flusswasser, obgleich sie es mit den restlichen Zitronen versetzten, die sie noch besaßen, bekam ihnen nicht.

Am Ufer bei ihrem Canoe sitzend, sahen sie zwischen den Bäumen einen Trupp Berittener kommen, der anscheinend einem dort befindlichen Pfad folgte. Auf diesem gelangten die Reiter, welche etliche Saumtiere mit sich führten, bald zu einer Furt und wurden nun auch selbst der beiden Männer im Canoe ansichtig. Bei den Berittenen handelte es sich um sechs Männer. Allesamt zeigten sie ein wildes, räuberisches Aussehen, und sie waren mit Musketen, Pistolen und Säbeln bewaffnet, welche sie griffbereit am Sattel führten, als wären sie zu einem Gefecht gerüstet.

Nachdem sie durch das flache Wasser näher geritten, nahmen sie die beiden Gefährten genau in Augenschein, ohne von ihren Pferden abzusitzen, obgleich die hier waltende Not augenfällig sein musste.

Maternus begann zu sprechen, und Van Ackeren erkannte, dass er um ihrer beider Leben redete, da die Gesichter der Männer, deren Anführer weißhaarig und einäugig war, viel Misstrauen zeigten, vermischt mit einer Art heimlichem Interesse, wie man es gewöhnlich Notleidenden nicht zuteilwerden lässt.

Sie seien, erklärte Maternus in spanischer Sprache, holländische Kaufleute und vor Tagen von Buschnegern ausgeraubt worden. Man werde es den Herren mit Gold vergelten, wenn man von ihnen zur Küste zurückgebracht würde, da man wohlhabend und mit Sicherheit bereits in Para Maribo, woher man komme, vermisst werde.

Die Reiter berieten sich eine Weile, aber nicht auf Spanisch, sie besprachen sich untereinander in portugiesischer Sprache. Im Anschluss sagte ihr einäugiger Hauptmann, welcher sich als Capitan Ruiz vorstellte, den beiden Gefährten zu, sie mitnehmen zu wollen. Er wirkte dabei, als wäre dies bloß ein Handel und nicht die hilfreiche Tat von Menschen, welche einander in der tiefsten Wildnis begegneten. Dieser Ruiz hatte ein Auge wohl durch einen furchtbaren Säbelhieb verloren, dessen Spur man von der Stirn bis zum Munde hinab noch erkennen konnte, was sein Gesicht aussehen ließ, als sei es aus zwei Teilen zusammengenäht worden. Man gab den Hungernden nun zu essen und zu trinken. Dann wurden sie von dem Hauptmann dazu angewiesen, auf zweien der sechs Saumtiere aufzusitzen, welche außer Satteltaschen nur wenig Gepäck trugen, was erkennen ließ, dass die Reiter keine Händler waren.

Man durchquerte die Furt und ritt danach weiter durch den Wald auf einem kaum erkennbaren, doch aber vorhandenen Pfad, der sich augenscheinlich sogar zu Pferde benutzen ließ. Van Ackeren und Maternus indessen hatten Mühe, sich auf den Maultieren zu halten, da sie von den erlittenen Strapazen sehr geschwächt waren. Man konnte von Glück sagen, dass dieser Ritt durch das dichte Gestrüpp nur in gemäßigtem Tempo stattfinden konnte.

Die Reiter nannten sich selbst Mamelukkos und redeten sich gegenseitig mit »Bruder« an. Neben dem, der sich Capitan Ruiz nennen ließ, gehörte dazu ein Graubart von vornehmerem Äußeren, dann zwei noch sehr junge Männer in Soldatenröcken, von denen man annehmen konnte, dass sie womöglich desertiert waren, und schließlich noch zwei ältere braunhäutige Mestizen mit goldenen Ohrringen, welche die niedrigste Stufe unter diesen Männern einnahmen, da man sie zu allerlei Arbeiten anstellte, welche die anderen nicht leisten mochten. Gleichwohl hatten auch sie ein gefährliches Aussehen, da sie beide ihre Messer am Gürtel trugen und den Eindruck machten, als vermochten sie mit ihnen umzugehen.

Maternus, als man am ersten Abend zur Rast angehalten, meinte in seinen Satteltaschen das Klirren von Ketten gehört zu haben. Und schloss, es handle sich bei den Männern um Sklavenjäger. Aber Van Ackeren, dem vom Reiten alles wehtat und der sich gegen den Packen hatte sinken lassen, welchen er eben abgeladen hatte, antwortete, dass

Gottes Wege verschlungen seien. Er lasse zu, dass auch die Gottlosen seinen Ratschluss erfüllen helfen, und zum Wenigsten verdanke man diesen Leuten sein Leben.

Man gab ihnen Hängematten, und jeder bekam einen zinnernen Napf, sein Essen aufzunehmen, welches sehr einfach war, da es in der Hauptsache aus Bohnen und Grütze bestand, mit welchen eine Speckschwarte gekocht worden war.

9

Mit diesem Trupp Männer, den der genannte Ruiz anführte, dem trotz seiner Verstümmelung von seinen wild aufgeputzten Gesellen unbedingter Gehorsam geleistet wurde, kam man am dritten Tag auf ansteigendem Weg aus den feuchten Waldniederungen heraus und gelangte auf Saumpfaden in ein Bergland, in dem man zwei Tage lang ritt. Dies auf Wegen, die sehr gefährlich anmuteten. Denn oft waren die Reiter nur einen Schritt entfernt von der Felskante und erblickten weit unten in der Tiefe weiß kochende Flüsse in ihrem gewundenen Bett, welches am Grund steiler Schluchten lag. Zur gleichen Zeit konnte man vom Rücken der Reittiere über das grüne Vlies des Waldes hinwegblicken, welches sich in die Ferne ausbreitete, ohne irgendwo ein Ende zu finden. Im Westen und Norden war das Land eingegrenzt von mit Wolken behangenen Bergen, welche ein Aussehen hatten wie felsige Tafeln.

Inzwischen hatten die Gefährten erkannt, dass die bewaffneten Männer keineswegs die Absicht hegten, zur Küste zu reiten. Auf Maternus' Fragen hin, was eigentlich das Reiseziel darstelle, gab der Hauptmann Ruiz nur die Auskunft, dass sie ihre Route hätten und davon nicht abweichen wollten. Man werde sie jedoch schließlich dahin bringen, wohin sie wollten.

Indessen ließen diese Männer ihre Begleiter nicht aus den Augen. Bei Nacht, wenn alle ihr Mahl verzehrt hatten, wurde ein großes Feuer entzündet, an dem sie Tabak rauchend saßen und Schnaps tranken, wozu Maternus und Van Ackeren nicht geladen waren. Sie stellten einen Mann als Wache vor das Lager, welcher seine Büchse und Pistole sorgsam lud und sich dann außerhalb des Feuerscheins einen heimlichen Posten suchte. Ganz so, als ob man sich im Kriege befinde.

Zudem zeigten sich diese Leute, die sich doch gegenseitig »Brüder« nannten, beim kleinsten Anlass zerstritten und waren so misstrauisch gegenseitig, dass keiner in seine Hängematte kroch, ohne seine Waffen mit hereinzunehmen. Ständig waren sie darauf bedacht, das Zündpulver zu prüfen, ob es noch trocken, und putzten, am Feuer sitzend, den Rost von den Klingen ihrer Säbel und Rapiere, bei welcher Gelegenheit sie damit voreinander prahlten und Hiebe in die Luft taten. Ihr Hauptmann trug beim Umhergehen ein herrisches Gehabe zur Schau, mit dem er seine Gesellen zu beeindrucken suchte, die am Feuer ein Stück von ihm abrückten. Sein grauhaariger Geselle aber, welcher in seinen langen Zopf Perlen geflochten hatte, saß stets bei ihm. Das Gewand des Alten war mit silbernen Litzen verziert, und an seinen Stiefeln trug er große silberne Sporen mit reich verzierten Bügeln, was ihn als einen Besonderen auswies unter diesen seltsamen Gesellen, deren Haufe abgesehen von den gut gepflegten Waffen doch recht zerlumpt daherkam.

Eine Flucht war nicht möglich.

Es hätte keinen Weg zurück gegeben, nachdem man inzwischen bald eine Woche in südwestlicher Richtung geritten war, und dies auf verschiedenen schmalen Waldpfaden, die die Gefährten selbst mit der erteilten Erlaubnis ihrer Bewacher nicht wieder hätten auffinden können, geschweige es vermocht hätten, gar auf ihnen zu entkommen.

Bei ihren nächtlichen, im Flüsterton geführten Unterhaltungen kamen Maternus und Van Ackeren überein, dass diese Portugiesen durch ein Land ritten, das sie offenbar als Feindesland ansahen. Maternus nahm an, dass man sich bereits auf spanischem Territorium befinde. Und außerdem, dass ihre Begleiter mit niederen Absichten unterwegs waren, welche ihnen gute Gründe boten, sich vor den Blicken der Einwohner zu verbergen. Die Gefährten mussten so erkennen, dass sie aufs Neue Gefangene waren.

An einem der Abende in den Bergen, welche recht kalt waren und an denen alle ein wärmendes Feuer willkommen hießen, spielte sich eine Begebenheit ab, die den Gefährten so recht die Natur dieser Leute offenbarte.

Van Ackeren und Maternus war erlaubt worden, sich mit an das große Feuer zu setzen, an welchem die Mamelukkos tranken und redeten. Zwei von ihnen warfen Knöchel auf einer am Boden stehenden Kiste, es waren einer der im Soldatenrock Gehenden und ein Mestize. Dabei entstand ein Streit, da wohl einer dem anderen vorwarf, betrogen zu haben. Sogleich zog der Beleidigte, der Mestize, sein Messer. Maternus und Van Ackeren wichen zurück, die Gefährten der Streitenden waren indessen nicht schnell genug, dem Angreifer in den Arm zu fallen, welcher seinem Gegner einen bösen Stich in den Oberarm versetzen konnte, noch ehe Capitan Ruiz und ein weiterer seiner Gesellen einen Mantel dazwischenwarfen und ihm die Waffe aus der Hand rangen.

Im Anschluss wurde eine Art Gericht gehalten. Die beiden Gefährten, die sich ein Stück zurückgezogen im Gefühl, als Zeugen dieser Angelegenheit fehl am Platze zu sein, wurden dennoch gewahr, wie ein Urteil gefällt wurde. Welches der bezopfte grauhaarige Kavalier als Sprecher oder Richter der Gemeinschaft mit Nachdruck vor den Übrigen aussprach. Danach gab er dem Delinquenten eine Aufforderung, deren höhnischer Klang nichts Gutes ahnen ließ, indem der Grauhaarige zwei Worte wiederholt ausrief, den Delinquenten dabei herrisch anstarrend.

Wiewohl des Portugiesischen nicht mächtig, flüsterte Maternus, der die Worte zu übersetzen vermochte, es gehe um »Ohr oder Finger«. Was dies bedeuten sollte, wurde schnell offenbar, da der Verurteilte das Wort für »Finger« herausstieß. Sein grauhaariger Richter packte ihn darauf bei der Linken und drückte sie herunter auf die Holzkiste, an der man zuvor gewürfelt. Ein anderer zog sein Messer und setzte die Schneide dem Unglücklichen auf den kleinen Finger. Und der Richter, welcher hier anscheinend auch den Henker gab, trennte ihm mit einem Faustschlag auf die Klinge den Finger von der Hand. Der Verletzte erhob sich wortlos und band einen Streifen Stoff um den Stumpf, ohne seinem verlorenen Glied einen Blick zu gönnen. Einer seiner Kumpane bückte sich und las den Finger auf und warf ihn in das Feuer, wo er lag und sich noch einmal krümmte, ehe er verkohlte.

Der Gerichtete indessen hatte sich mit trotziger Miene wieder zu seinen Gesellen gesetzt. Man reichte ihm den Schlauch mit Schnaps darin, und er trank eine ganze Menge daraus, wobei seine Gesellen ihm auf die Schulter schlugen und ein großes Gelächter in der Runde aufkam, welche nun zwei Blessierte zu beklagen hatte.

Binnen dreier weiterer Tagen waren die Berge vollends überschritten. Danach ging es unter den rauen Ausrufen der Reiter hinunter auf sanften Hügeln, welche mit Savannenwald bewachsen waren. Dieser war lichter als der Urwald, welchen man zu Beginn durchquert. Der Trupp begegnete keinem Menschen und traf auch nicht auf Ansiedlungen, obgleich sich mehr als einmal von den Hügeln herunter Rauch über dem Wald sehen ließ, der ein Dorf anzeigen mochte. Als man die Berge verlassen hatte und mehr und mehr in die feuchten Niederungen des Waldes abstieg, nahm die Hitze wieder zu. Was ein Übriges tat, alle zu erschöpfen, eingeschlossen die Tiere.

Nach einigen Stunden gelangten sie um die Mittagszeit an das Ufer eines breiten Flusses, der eine starke Strömung aufwies. Ein Stück ab vom Weg konnte man einen einfachen, mit Palmblättern gedeckten Schuppen erkennen, welcher an das Ufer eines stillen Seitenarmes gebaut war und auf Pfählen im Wasser stand. Als die Reiter dort ankamen, zeigten sich darin zwei große, aus Baumstämmen zusammengebundene Flöße.

Van Ackeren hatte noch nie gesehen, wie man Maultiere und Pferde auf Flöße verlud, aber ebensolches taten die Portugiesen nun. Und so schiffte sich die ganze Gruppe von zwölf Reittieren und acht Männern auf den beiden Flößen ein, welche anscheinend zu diesem Zweck bereitgelegen hatten.

10

Die Bandeirantes steuerten ihre Flöße mit langen Stangen, von denen zwei an jeder Schmalseite befestigt waren. Ein Vorne oder ein Hinten gab es nicht. Das Floß drehte sich daher beständig um sich selbst auf seiner Fahrt den Fluss hinunter. Die Männer, welche die Stangen zu bedienen hatten, die als eine Art Bremse wirkten, konnten mit deren Hilfe eben verhindern, dass man gegen einen der im Fluss sitzenden Felsen stieß oder auf Sandbänken strandete, was einige Male fast geschah und große Furcht bei den beiden Gefährten hervorrief, welche diese Art des Reisens nicht kannten, denn der Fluss war reißend und zuweilen tief.

Die Maultiere verhielten sich überraschend ruhig, dem Temperament dieser Rasse entsprechend, die Pferde aber waren sehr ängstlich und kamen immer wieder der Panik nahe. Alle Reittiere waren jedoch fest angeschirrt an ein mannshohes starkes Gestell in der Mitte des Fahrzeugs, das ihnen nur wenig Spiel ließ, sonst hätten sie in ihrem Drang zur Bewegung das Floß gewiss zum Kentern gebracht.

Nach mehreren Stunden Fahrt auf dem Fluss, dessen Ufer von undurchdringlichem Urwald bestanden waren, schickten sich die Mamelukkos an, zu landen.

Das Floß, welches vorausfuhr, machte am Ufer fest, und die Banditen, auf den festen Boden gesprungen, erwarteten ihre Gesellen auf dem zweiten Floß, auf welchem sich Van Ackeren und Maternus befanden und auch der vorgenannte Hauptmann Ruiz. Die Steuerleute auf diesem zweiten Floß suchten es zu dem bereits gelandeten Fahrzeug zu dirigieren, wozu sie die Stangen auf den Grund des Flusses hinunterdrückten; das Floß, ihnen folgend, schwang gleich einem Schlitten herum, der durch den Schnee pflügt. Der Hauptmann fing ein Seil auf, das ihm zugeworfen wurde, und schlang es sogleich um einen Pfosten des Gestells, an dem die Reittiere festgebunden waren.

So kam das Floß zum Stillstand, wenngleich der Fluss weiter daran zerrte. Die Tiere wurden nun nacheinander losgemacht und durch das niedrige Wasser zum Ufer gebracht. Da die Pferde und Maultiere unruhig waren, halfen Ruiz und die Steuerleute, die beiden Gefährten blieben zurück auf dem Floß. Als noch zwei Maultiere auf dem Floß verblieben waren, sträubte sich das letzte Pferd, das sich bereits im Wasser befand, und stieg in die Höhe, sodass die Steuerleute und der Hauptmann sich an die Trense hängten. In diesem Moment hatten sie kein Auge für das Floß.

Da kniete Maternus sich nieder und löste in fliegender Hast den Knoten, mit dem das Floß festgemacht. Und sein Vorhaben gelang. Das Floß, an dem die kräftige Strömung zog, kam mit einem Ruck frei und trieb zurück auf den Fluss.

Die im Wasser stehenden Männer wurden davon überrascht. Einige versuchten, das Floß zu fassen, und gerieten dabei bis zur Brust ins Wasser. Zunächst glaubten sie wohl an ein Missgeschick, sonst hätten die beiden Gefährten ihren Zorn ohne Umschweif zu spüren bekommen. Während der im Wasser stehende Ruiz und sein Geselle unter Verwünschungen zurückwateten, um nicht von der Strömung mitgerissen zu werden, fingen ihre an Land stehenden Kumpane, welche wohl begriffen, dass ihnen ihre Beute entgehen sollte, unter der Führung des Grauhaarigen an, ihre Pistolen auf das wegtreibende Floß abzuschießen.

Maternus hatte Van Ackeren zu Boden gerissen, und sie rollten sich zum äußersten Rand des schwankenden Floßes hinüber, um nicht von den Kugeln oder den trampelnden Hufen der Saumtiere verletzt zu werden, von denen eines gleich durch mehrere Schüsse getroffen wurde und jämmerlich zu schreien begann.

Während sie weiter mit der Strömung trieben, hörten sie die wütenden Schreie der Portugiesen und die wie schnelle Hornissen vorbeibrummenden Kugeln. Zwischen den Beinen der Saumtiere hindurch konnte Van Ackeren den Hauptmann Ruiz und seine beiden Gefährten sehen, wie sie bis zu den Knien im Wasser standen und nun auch ihre Musketen angelegt hatten. Aber es gelang ihnen nicht, etwas anderes zu treffen als die Maultiere oder das Balkenwerk, welches unter den einschlagenden Kugeln splitterte, da die beiden

Gefährten noch immer flach auf dem Floß lagen. Maternus wies Van Ackeren an, liegen zu bleiben, nachdem man nicht wissen konnte, ob es den Banditen gelingen werde, das Floß vom Ufer her weiter zu verfolgen.

Eines der Maultiere war so schwer getroffen, dass es sich zum Sterben niederlegte, soweit das Geschirr, in dem es hing, dies möglich machte. Auch das andere war getroffen und schrie vor Schmerzen, es brachte das Floß durch sein Zappeln in ein gefährliches Wanken.

Glücklicherweise hielt sich das Fahrzeug ganz von selbst in der Mitte des Stroms, der hier keine größere Biegung vollführte und nur wenige Felsen aufwies.

Nach einer guten Weile schließlich richteten die Gefährten sich auf, da sie übereinkamen, den Mamelukkos zumindest vorläufig entronnen zu sein. Wohl trieb das Floß einem ungewissen Ziel entgegen, dennoch glaubten sie sich vorläufig gerettet und in Sicherheit.

Aber das Wasser blieb nicht ruhig. Es dauerte nicht lange, da hörten sie ein Rauschen, das nahende Stromschnellen ankündigte.

Maternus hielt Van Ackeren sogleich dazu an, sich mit ihm an den Stangen zu versuchen. Man könne, meinte er, in der Not vielleicht noch lernen, das Floß zu lenken, und wenn sie es zu behalten vermöchten, werde sie der Fluss vielleicht später zu einer menschlichen Ansiedlung führen.

Das Flussbett begann indessen stark abzufallen, und das Wasser strömte zunehmend rascher dahin. Bald schoss das Floß auf schäumenden Wellen weiter, welche auf eine Enge zwischen mehreren Felsen zuströmten, hinter denen noch weitere große Blöcke in Sicht kamen. Auf die Distanz einer Viertelmeile kochte das Wasser nun weiß und türmte sich hoch um die Hindernisse auf. Ein Anlanden war ganz unmöglich, da auch die Ufer voller Gestein waren und das Wasser zu reißend.

Maternus rief Van Ackeren durch das anschwellende Brausen des Flusses hindurch zu, sie sollten das Floß mit den Stangen dort halten, wo der Hauptstrom verlaufe, damit es von der Kraft des Wassers an den gefährlichen Felsen vorbelgeleitet werde.

Der Doctor rief dies, so empfand es Van Ackeren, mit Fassung in Miene und Haltung, obgleich er doch ein Mann der Feder war und sein Werkzeug vielmehr der Zeichenstift als eine Flößerstange. Dennoch gaben ihm seine innere Stärke, die er niemals verlor, und seine Gewissheit, in allen Lagen das Richtige tun zu wollen, genug Kraft, das Seine beizusteuern.

Zuerst gelang es ihnen, die Gewalt über das Floß zu behalten, als es zwischen die ersten Felsen hineingezogen wurde. Zwischen den engen Wänden, die fast zum Greifen nah vorbeisausten, trug sie das Wasser hoch und nieder. An den felsigen Wällen zersplitterten gleich die unbesetzten vorderen Stangen, und die Gefährten versuchten, die hinteren mit aller Kraft gegen den Grund zu drücken, wiewohl sie dabei hin und her schlugen und ihnen fast aus den Händen gerissen wurden.

Und glaubten schon, sie hätten gewonnen.

Doch lag ein großer Block im Weg, den man des Maultiers wegen, welches den Blick nach vorn verstellte, nicht hatte sehen können. Mit einem dumpfen Krachen fuhr das Floß auf, stellte sich erst in die Höhe und zerbarst dann der Länge nach. Das Gestell für die Tiere fiel, und das strampelnde Maultier ging zusammen mit seinem toten Leidensgenossen über Bord. Maternus klammerte sich an seine Stange und rief Van Ackeren verzweifelt zu, er solle unter allen Umständen auf dem geborstenen Floß bleiben, das sich um den großen Stein drehte, an dem es hängen geblieben. Am hinteren Ende wurde es noch von Stricken zusammengehalten, und Van Ackeren versuchte, seine Stange festzuhalten, so gut er konnte.

Aber der nächste Schlag, mit dem das quer geschlagene Floß gegen die äußeren Felsen stieß, riss ihn von den Füßen, und er fiel ins Wasser. Er sah noch, von den Fluten fortgerissen, wie das Floß kenterte und mit der Unterseite nach oben an den Felsen vorbeigerissen wurde. Dann stürzte der verzweifelt Schwimmende in einen großen Schwall Wassers, in dem er darum kämpfen musste, den Kopf an der Luft zu halten, um nicht zu ertrinken.

Van Ackerens Rettung war ebendieser starke Wasserschwall, welcher ihn über die tödlichen Felszacken hinwegtrug, die überall aus dem Wasser ragten und an denen das Floß mit allem, was darauf geblieben war, kurz und klein geschlagen wurde wie in einem Mahlwerk.

Indessen trug der Strom den Schwimmer flussabwärts, und als das Wasser ruhiger wurde, gelang es ihm, zu Atem zu kommen. Bei einer Sandbank gelangte er glücklich ans Ufer.

Van Ackeren pries seinen Schöpfer für die Rettung seines Lebens. Kraftlos im Wasser liegend, dachte er dennoch sogleich an Maternus, dem er Rettung schuldete. So raffte er sich auf und eilte das Ufer flussaufwärts, bis die Stromschnellen sein Weiterkommen hinderten. Er entdeckte auch Stücke des Floßes, da waren Baumstämme und Seilreste, welche im Wasser trieben. Und er sah ein totes Maultier an einer ruhigeren Stelle liegen und erblickte das andere, ebenfalls tot und von den Steinen zerrissen, der Leib verfangen in einem Nest aus Treibholz. Maternus aber fand er nicht.

Er rief seinen Namen. Viele Male, bis ihm die Tränen kamen und er schließlich erkennen musste, dass es ohne Nutzen war. Der Fluss hatte alles zerstört, was durch die Felsen hindurchmusste, als wäre dies eine gewaltige Walkmühle gewesen, die alles zerreißen wollte und nichts Lebendes passieren ließ. Warum hatte Gott gerade ihn, der es nicht verdiente, gerettet und ihm dabei alles genommen, was ihm geblieben, dazu den Freund und Gefährten!

Schließlich errichtete er am Ufer ein schlichtes Kreuz, das er aus zwei Aststücken ineinandersteckte, da er nichts anderes hatte. Er sprach dazu ein Gebet für Maternus' Seele.

Das Kreuz würde nicht lange stehen bleiben. Wie auch er selbst nicht mehr lange unter den Lebenden weilen würde an diesem Ort, der seine fremden Stimmen hören ließ und das laute Brausen des Wassers, dessen Gewalt er so bitter erfahren musste.

11

Als Van Ackeren am Ufer des Flusses stand, hatte er nichts bei sich mit Ausnahme seiner schäbigen Sklaven-Beinkleider aus billigem Kattun und einem zerrissenen Hemd. Nicht einmal so viel hatte er, wie die Gefährten in dem Canoe, mit dem sie vor Tagen geflohen, ihr Eigen hatten nennen dürfen. Inzwischen besaß er eine deutliche Vorstellung von den Unbilden des Waldes, und er wusste, dass mit der Nacht die Gefahr durch räuberische Tiere kommen werde, die er kaum mit den Steinen würde vertreiben können, von welchen es genug ringsum gab. Er hockte sich auf die Erde wie ein Kind, das sich verirrt hat.

Aber wie er in Verzweiflung verharrte, dachte er daran, dass Gott uns nicht so leicht erlaubt, den Leib aufzugeben, den er uns geschenkt. Es ist uns auferlegt, ihn zu schützen und nach Nahrung und Unterschlupf Ausschau zu halten. Mag sein, Gott sandte in seiner Furchtbarkeit auch die Angst, die in dieser Stunde eine Hilfe war, am Leben zu bleiben.

Van Ackeren erhob sich und machte sich auf, nach brauchbaren Dingen zu suchen, die von dem Floß noch geblieben waren.

Tatsächlich fand er nach einer Weile ein Stück Seil, das noch an einem Maultiersattel hing. Daran befanden sich ein Teil des Zaumzeugs und die eisernen Steigbügel. Schließlich entdeckte er im Wasser noch zwei grobe, an den Enden aufgerissene Säcke, in welchen sich Futter für die Pferde befunden haben musste. Sonst fand er nichts. Entmutigt legte er seine Ausbeute auf einen Haufen und überlegte, was damit anzufangen sei. Nötig wären Schuhe gewesen, dazu ein Gefäß für Wasser und ein Messer oder zumindest irgendein Werkzeug, um etwas zu schneiden. Aber nichts von dem, was er nun besaß, taugte zu solchen Zwecken. Der Sattel bestand aus dickem, durchnässtem Leder, das er nicht fähig gewesen wäre zu zerteilen, um Sohlen daraus zu fertigen. Aus den groben Säcken immerhin konnte er sich einen Überwurf machen, der ihn wärmen würde, wenn es kalt wurde in der Nacht. Die Steigbügel waren zwar aus Eisen, aber er sah nicht, wie etwas Nützliches daraus hätte gemacht werden können.

Eine Bewegung weiter unten am Fluss ließ ihn aufschrecken.

Ein Geier war eben gelandet, wo das tote Maultier sich im Gestrüpp verfangen hatte. Van Ackeren hatte bereits überlegt, dass es wohl klug gewesen wäre, von dem toten Tier zu essen. Aber es ekelte ihn doch zu sehr davor. Und nun wollte er seine Mahlzeit erst recht nicht mit Aasvögeln teilen. Ohne ein Messer hätte er ohnehin das Tier nicht zerlegen können.

Gleichwohl erschrak er über die Ankunft des Vogels. Wenn die Geier schon von dem Aas Witterung genommen hatten, würden andere Raubtiere bald nachfolgen. Er nahm das Seil und die Säcke. Nach kurzem Überlegen löste er einen der ledernen Steigbügelriemen, der als Leibriemen taugen konnte, und machte sich zum Waldrand auf, ein Lager für die Nacht herzurichten.

Bald entdeckte er einen toten Baum, welcher nicht gänzlich überwuchert war von Schlingpflanzen und Blätterwerk wie die anderen Bäume, die zu erklettern darum nicht möglich gewesen wäre. Dieser eine aber, kahl und weiß aufragend wie ein Knochen, erlaubte es, ihn auf halbe Höhe hinauf zu erklimmen.

Auf einer Astgabel angekommen, die sich zwei Mannslängen über dem Boden befand, band sich Van Ackeren mit dem Seil fest, um nicht herunterzufallen, wenn er einschlief.

Das war ein kluges Vorsehen, denn bald brach die Nacht herein.

Und nicht wenig später hörte man ganz in der Nähe große Tiere umgehen. Im Dunkel, wie stets erfüllt von den unheimlichen Tierstimmen der Waldbewohner, erklang zuerst das Grunzen von Schweinen und dann das Knurren großer Katzen. Ein empörtes Quieken kündete davon, dass die Ersteren von den Letzteren in die Flucht geschlagen worden waren. Schließlich war nur noch das Reißen von Aas und das Krachen zerbissener Knochen zu hören. Um das nicht weit entfernt liegende Tier waren wohl einige Bestien, die sich daran gütlich taten, bei denen es sich wohl um Yaguare handelte, welche Van Ackeren jedoch nicht ein einziges Mal von seiner Warte aus zu Gesicht bekam, auf welcher er nur wenige Stunden Schlaf fand.

Der neue Tag stieg herauf. Die Sonne stach mit Lanzen durch die Blätter hindurch, und ihre Strahlen füllten die Lichtung, durch welche der Fluss im Wald strömte. Mit ihr stieg eine dunstige Wärme herauf und weckte den starken Geruch des sprießenden Wachstums, der dem Erwachenden auf seinem luftigen Sitz gleichermaßen würzig und modrig erschien. Die Sonne hatte auch die Stimmen der Vögel geweckt, welche aus den Blätterkronen des Laubdaches riefen. Van Ackeren, nachdem er eine Weile gehorcht und nichts Verdächtiges vernommen hatte, wagte sich herunter auf die ebene Erde.

Er wanderte flussabwärts, ohne von den Nachttieren behelligt zu werden, die inzwischen verschwunden waren. Dem Fluss zu folgen erschien ihm der einzig gangbare Weg. Er dachte außerdem, vielleicht doch noch auf brauchbare Dinge zu stoßen, die zu dem Floß gehört hatten. Auch wollte er mit bangem Gemüt einen weiteren Versuch unternehmen, nach Maternus' Verbleib zu fahnden. Vielleicht war ihm ja vergönnt, seinem Leichnam ein christliches Grab zu verschaffen.

Er war zwei, drei Stunden am Ufer vorangekommen, ohne dass sich eine Spur von dem Floß und dem, was darauf gewesen, zeigte, und kam zu der Erkenntnis, dass der Fluss alles verschlungen hatte. Er würde seinen Weg mit dem machen müssen, was er bei sich hatte, und Jacob Maternus würde kein Grab vergönnt sein.

Da hörte er nahe bei sich ein Geräusch.

Er blieb stehen und sah sich um. Aber da waren nur das Rauschen des Wassers und die vereinzelten Rufe von Vögeln aus dem grünen Dach des Urwalds. Eben wollte er seinen Weg fortsetzen, da traten auf einmal drei Gestalten aus dem Wald hervor, welche das Aussehen leibhaftiger Teufel besaßen.

Es mochte dies vielleicht nicht die richtige Bezeichnung sein. Wenn man aber dem Teufel überhaupt eine Gestalt geben wollte, so wie man ihn in papistischen Kirchen darstellte, so kamen diese drei Unholde dem sehr nahe.

Sie waren vollkommen nackt und über und über rot bemalt, mit Ausnahme ihrer Gesichter. Diese waren weiß gepudert und die Augenhöhlen geschwärzt, ebenso die Nasenlöcher, sodass sie ein Aussehen besaßen wie Totenschädel, darin funkelten lebendig die aufgerissenen Augen.

Ihre Bogen gespannt, die Pfeile eingelegt, standen sie beieinander, die Unterlippe wütend vorgereckt, ihre gefletschten Zähne zeigend. Die Hände, mit welchen sie die Sehnen spannten, zitterten, als sei ihre Wut zu groß, um den Pfeil abschießen zu können.

Nein, sie sahen nicht wie Teufel aus. Aber auch nicht wie Menschen.

12

Van Ackeren stand wie zu Stein erstarrt. Er wagte keine Bewegung, da er in jedem Augenblick damit rechnete, von Pfeilen durchbohrt zu werden. Sein Herz raste, und es war wieder wie in dem schlimmen Augenblick, da der große Neger ihm ans Leben gewollt, denn alles verlangsamte sich um ihn, und er wähnte jeden Atemzug seinen letzten. Nur war jetzt niemand da, dem Geschehen Einhalt zu gebieten.

In diesem Moment dachte er – er wusste nicht, weshalb sie auf einmal in seinem Sinn stand –, er dachte an Anna. In den wenigen Sekunden, die die letzten seines Lebens sein konnten, rührte sein Herz, das doch leben wollte – und tat es, ohne den Umweg über das Denken zu nehmen, an den Augenblick, in dem er sie zuletzt gesehen hatte. Als sie ihm das Papier gab, auf dem das alte Lied, ihre schöne Zusicherung für ihn, geschrieben stand.

Und Van Ackeren sang. Es war das Einzige, was ihm zu tun einfiel. Und wie er vor den drei Wilden stand, die ihm mit gefletschten Zähnen den Tod entgegenhielten, hörte er sich selbst singen, mit dünner Stimme, in das Rauschen des Urwaldflusses hinein.

»Die winter is vergangen, ik zie des meien schijn.
Ik zie die bloemkens hangen, des is mijn hart verblijd.«

In den Gesichtern der Wilden änderte sich etwas. Ein Ausdruck trat hinein, den Van Ackeren nicht gleich erkennen konnte, was vielleicht gut war für ihn, denn diese Sekunden retteten ihm das Leben.

Die Wilden hatten Angst.

Noch während er sang, fingen sie an, rückwärtszugehen. In kleinen Schritten, die Schultern hochgezogen, die Bogen aber weiter gespannt. Ihre nackten Körper bebten, übergenau und scharf sah der verzweifelte Sänger die Farbrisse in ihren Hautfalten, das mit einer Schnur hochgebundene Gemächt, die Muskeln, die wie Stricke unter der Haut hervortraten. Mit tastenden Zehen suchten die Krieger Stand im Kies des Flussufers, so vorsichtig, als sei jeder Schritt ein

Wagnis. Die messerscharfen, aus Vogelknochen gefertigten Spitzen ihrer Pfeile waren schwarz gefärbt vom Gift. Aber sie schossen sie nicht ab. Sie rückten langsam weg von dem singenden hellhäutigen Mann, bis sie zwanzig, dreißig Ellen entfernt waren.

Da trat noch ein anderer aus dem Wald heraus.

In die Sonne hinein, die seinen Umhang funkeln ließ wie ein verschwenderisches Kleid aus Edelsteinen, da er aus den goldgrünen Flügeldecken Hunderter Prachtkäfer gefertigt war. Auch das Gesicht dieses Mannes war schwarz bemalt in der Farbe des Todes. Um seinen Gürtel hing ein Rock aus dem geflochtenen Haar von Dutzenden Feinden. Auf seinem Haarknoten saß ein viel zu kleiner menschlicher Kopf, dessen Augen man zugenäht hatte. Durch die winzige Nase war ein Knochen gesteckt, und an dem Kopf, klein wie von einer Puppe, hing schwarzes Haar, es reichte dem Mann im Umhang bis auf den Rücken herunter.

Er hielt eine Keule aus schwarzem Eisenholz in der Hand, mit welcher er, nachdem er sich breitbeinig vor Van Ackeren aufgebaut hatte, ausholte. So blieb er stehen, das Schlagholz hoch erhoben, und schrie den Fremden an.

Er schrie in einer fremden Zunge, die Worte kamen scharf und klangvoll heraus wie geschliffene Messer. Schmähungen, Flüche vielleicht, Beschwörungen, was immer, der Inhalt musste dem Geschmähten verborgen bleiben, und vielleicht war auch dieser Umstand dafür verantwortlich, dass er nicht auf der Stelle erschlagen wurde.

Denn als der Anführer aufhörte, ihn anzubrüllen, fing Van Ackeren wieder an zu singen. Es stand ihm einfach nichts anderes zur Verfügung, als wäre nur gerade dies seinem Verstand zugänglich und alles andere verloren. Mit zitternder Stimme sang er die zweite Strophe des Liedes, das jedes holländische Kind kennt.

»Zu ver aan genem dale, daar is 't genoeglijk zijn.
Daar zinget die nachtegale, also menig woudvogelkein.«

Der Wilde nahm die Keule herunter. Ging dann, sie mit weiß vortretenden Knöcheln vor der Brust haltend, auf Van Ackeren zu, der vollkommen gelähmt dastand. Seine Beine waren aus Holz und vor Angst so steif, dass sie eingeknickt wären, wenn er sie auch nur um ein Weniges bewegt hätte. Der Anführer der Krieger kam ihm so nahe, dass der vor Schreck Erstarrte seinen Atem riechen konnte, er stank heftig, wie das Innere einer Abfallgrube. In seinem furchtbaren Antlitz war jedes rote Äderchen in den aufgerissenen Augen und die gefletschten, braun verfärbten Zähne zu erkennen. Und dann, das Gesicht noch eine Handbreit entfernt, gab der Wilde dem Fremden einen Stoß vor die Brust, und Van Ackeren fiel zu Boden.

Der Anführer hieß die drei verängstigten Krieger Van Ackeren mit seinem eigenen Seil die Hände auf den Rücken fesseln, und sie nahmen ihn mit sich in den Wald.

Van Ackeren, vor den unerbittlichen Wilden herstolpernd, erkannte, dass das Dickicht, welches undurchdringlich schien, gleichwohl Pfade aufwies, die aber nur gehen konnte, wer von ihnen wusste. Und der Fußsohlen aus Leder besitzen musste.

Zweige und Schlingpflanzen zerkratzten ihm das Gesicht und die bloßen Arme und Beine. Barfuß gehend so wie die Indianer, indessen nicht so unempfindlich wie sie gegen Dornen und Wurzeln, fiel er viele Male zu Boden und wurde wieder am Seil hochgerissen von dem Anführer. Der Wilde schien die Gewalt, welche er über den Fremden und seinen Gesang erlangt, nicht mehr aus der Hand geben zu wollen und musste sie seinen Gesellen und Untertanen beständig vorweisen. Also schrie er Van Ackeren an, wenn er sich nicht schnell genug bewegte, und stieß ihn gegen die Schulter vorwärts, dazu sagte er wütende Worte, die wohl weniger für den Fremden bestimmt waren als für die Krieger, deren zwei vorausgingen und einer nachfolgte. Er benahm sich so, als wollte er ihnen als Schwäche auslegen, den unheimlichen Fremden nicht sogleich getötet zu haben.

Nach einer Stunde Wegs gelangte man zu dem seltsamsten Bauwerk.

Ein Rundbau aus Palmholzstämmen, welcher eine geschlossene Palisade bildete, bedeckt von einem umlaufenden Dach, das darauf gesetzt war, als stünde da ein enormer flacher Pilz, auf den die Ankömmlinge zustrebten. Sie wurden bemerkt von einem Wächter, welcher einen langen, vogelgleichen Ruf ausstieß. Kam man näher, machte das Gebäude durchaus den Eindruck einer kleinen Festung, da die Wände nur kleine Löcher, aber keine Fenster besaßen und alles aus festen Stangen errichtet war.

Das Gebäude wies ein Tor auf, und als man Van Ackeren hindurchgestoßen hatte, erkannte er, dass er sich innerhalb einer geschlossenen Rundung befand, die in der Mitte offen blieb und einen Platz einschloss, der in der Ausdehnung etwa zwei Musketenschüsse maß. Sofort umringten ihn Indianer, Männer und Weiber, die alle völlig nackt gingen. Sie starrten den Ankömmling mit offenen Mündern an. Die Mannsbilder trugen allesamt, wie die Krieger, die ihn gefangen genommen, bloß eine dünne Schnur um den Bauch, in welcher sie ihr Gemächte stecken hatten, was sehr seltsam anzusehen war. Und alle waren mit verschlungenen schwarzen Mustern tatauiert oder bemalt, und ihre Gesichter, die sie ihm staunend entgegenhielten, blieben dennoch ohne einen Ausdruck des Erkennens. Ganz so, als wäre der Fremde kein Wesen aus ihrer Welt.

Indessen hieß ihn der Anführer mitten im Hofe stehen bleiben, um ihn hier abermals anzuschreien, und tat dies in Form einer längeren Rede, wenn man dies so bezeichnen mochte, derweil das Volk, das ihm untertan, sich darum sammelte und den Geschmähten ausführlich betrachtete.

Van Ackeren rechnete fest damit, dass er nun getötet werden sollte, denn der Empfang wie auch die Behandlung, die man ihm bis dahin angedeihen ließ, konnten kaum einen anderen Schluss zulassen. Dies wurde dadurch bestätigt, dass der Anführer, als er mit seiner Suada zu Ende, zwei Krieger herbeirief, die sich neben ihm postierten. Sie nahmen ihre Keulen vom Rücken, wo sie sie hängen gehabt hatten.

Die Krieger, deren Gesichter dieselbe Ausdruckslosigkeit wie die der anderen Indianer zeigten, wogen zuerst die Keulen in ihren Händen, als wollten sie sich ihrer Wirkung noch einmal versichern, und machten sich dann, breiten Stand fassend, zur Hinrichtung bereit.

Van Ackeren empfahl seine Seele dem Herrn, überzeugt, dass sogleich die Keulenschläge erfolgen würden, die seinem Leben ein Ende machten, und schloss die Augen, um seinem Gott zu begegnen. Damit reizte er anscheinend den Anführer, welcher ihn scharf beobachtete. Er wurde an seinem Rupfensack gepackt und geschüttelt. Er solle, verstand er, gefälligst die Augen offen halten. Es folgte eine weitere Suada des Häuptlings ins Gesicht Van Ackerens. Dann ein harter Stoß gegen seine Brust, der ihn hinstürzen ließ. Und er dachte, dass es nun sogleich aus sein würde mit ihm.

Aber es kam anders.

Als er am Boden lag, nahmen die Krieger ihre Keulen herunter, und der Anführer fing an, laut zu lachen. Die beiden Krieger lachten mit, und kurz darauf fielen andere ein, bis das ganze dastehende Volk in das Lachen einstimmte. Das jedoch gar nichts Fröhliches an sich hatte, sondern klang wie wütendes Hundegebell.

So wurde Van Ackeren ausgelacht, inmitten einer Burg von Wilden, weil man ihn schwach gesehen hatte. Ihm wurde, während er im Schlamm und im Kot lag, deutlich, dass dies ihre Art war, seinen Zauber zu brechen. Was ihnen vielleicht nicht gelungen wäre, wenn sie ihn getötet hätten, da sie die Toten mehr fürchteten als die Lebenden und weil sie dem Töten und Getötetwerden ohnehin wenig beimaßen.

13

Van Ackeren hockte am Boden. Er wagte nicht, aufzustehen, und schaute durch die Lücken zwischen den stehenden Wilden, welche ihn, den Finger am Mund, begafften, auf die seltsame Waldburg, in der sie lebten. Das breite, mit Pfosten gestützte Dach ließ die Wohnstätten sehen, die bloß durch aufgehängte Matten abgeteilt waren. An den Pfosten waren Hängematten befestigt, und man konnte einige Gerätschaften einfachster Machart sehen. Feuer brannten, an denen sich die Furchtsameren aufhielten, die nicht in die Nähe des Fremden kamen. Die Krieger indessen, welche die seltsamsten Waffen trugen, legten ein stolzes Gehabe an den Tag und behandelten in dieser Manier alles, was um sie war, auch den Gefangenen, mit zur Schau getragener Verachtung.

Nachdem der Anführer von seinem Gefangenen abgelassen und alles Volk zu Ende gelacht hatte, wurde Van Ackeren auf die Beine gezerrt und danach in gröbster Weise über den Platz hinweg zu einer kleinen Hütte hingestoßen, welche sich einzeln in der Mitte der Anlage befand. Unterwegs sah er neben einem der Feuer zwei Schweine, die man mit Schnüren gefesselt hatte und deren Bestimmung wohl der Kochtopf sein würde. Die Schweine rührten sich nicht, aber Van Ackeren bemerkte, dass ihre Augen ihm folgten, als seien selbst diese Tiere voller Staunen über seine Gegenwart.

Am Eingang der Hütte nahm man ihm das Seil ab, mit dem er gefesselt war und welches die Wilden offenbar für besser erachteten als die einfache Palmschnur, mit der man ihm anschließend die Hände auf den Rücken fesselte.

Die Hütte, die man ihm zum Aufenthalt bestimmte, wies eine ähnliche Bauart auf wie der große Rundbau, in dessen Zentrum sie sich befand, aber sie besaß im Unterschied zu diesem, der offen gehalten, Wände, welche bis auf den Boden reichten. Sie war nicht größer als zwölf Fuß im Geviert, und es herrschte vollkommene Dunkelheit darin.

Das glaubte Van Ackeren jedenfalls, als er von dem hellen Hof her hineingestoßen wurde. Nur ein geradezu furchtbarer Aasgestank herrschte in der Finsternis, und ein lautes Gesumm von aufsteigenden Fliegen erklang, als stimme ein höllisches Orchester seine Instrumente. Van Ackeren glaubte, in eine Leichenkammer gebracht worden zu sein. Nachdem die Matte am Eingang verschlossen worden war, blieb er neben einem Pfosten stehen, den er an seiner Schulter spürte und welcher, wie er nun erkennen konnte, das Dach trug. Denn oben befand sich eine kleine Öffnung, von der in dünnen Strahlen Licht hereinfloss gleich einem Rinnsal, das über eine Felskante herabtropft. Die hellen Flecken auf der Erde und an den Wänden und sein wieder einsetzendes Sehvermögen erlaubten ihm, nun auch andere Einzelheiten in der Hütte zu erkennen. Dazu den Geruch eines brennenden Feuers, der sich durch den Aasgestank hindurch behauptete.

Rundum an den Wänden erkannte er nun mehrere Gestelle, an denen etwas hing, was er für Zwiebeln hielt. Und er nahm einen rot glimmenden Gluthaufen in einer der Ecken wahr. Dort rührte sich etwas, in dem er eine menschliche Gestalt erkannte, welche hier in der Dunkelheit weste. Dieses Nachtgespenst hustete und richtete sich mit mühsamen Bewegungen auf. Ein alter Mann, seine Stimme rau wie Raspeln auf trockenem Holz. Er sagte etwas, worauf Van Ackeren nichts erwidern konnte. Begleitet von der Stimme dieses Alten, der von nun an nicht mehr aufhörte zu reden, tat der Gefangene ein paar Schritte, sich umzusehen. Indessen jammerte und schalt der Greis im Wechsel, er erinnerte dabei einmal an ein plapperndes Kind, einmal an ein hexerisch schlimmes Wesen, zumal sein Gesicht nicht zu erkennen war. Man sah nur ein paar lange weiße Knochen, die wohl in seiner Nase und in seinen Ohren steckten, und die lederne Schwarte eines kahlen Schädels, wenn sein Haupt sich der Feuersglut näherte.

Die Suada des Alten begleitete das weitere Geschehen in der Hütte, als habe das Eintreffen des Fremden in dem Totenreich, als das sich die Hütte herausstellte, den Greis wieder zum Leben erweckt und als habe er sich vorgenommen, alles zu erzählen, was er in seinem lang dauernden Dasein erlebt hatte, ohne dass es ihm darauf ankam, dass sein unfreiwilliger Zuhörer ihm Antwort darauf gebe, wie ein Fass, aus dem man den Zapfen gezogen hat, alles aus dem Spundloch herauslässt, was darinnen ist. Van Ackeren, welcher wohl merkte, dass er von dem Alten nichts zu fürchten hatte, sah sich mit aller Vorsicht in der Hütte um und erkannte beim näheren Besehen des Gestells, das die gesamte Rückwand der Hütte füllte, dass das, was er für Zwiebeln gehalten hatte, in Wirklichkeit Menschenköpfe waren. Sie waren so klein, als habe man sie für Puppen gemacht, und man hatte sie allesamt an ihrem langen Haar an das Gestell gebunden, von dem sie in gespenstischer Weise herabbaumelten. Es waren aber wirkliche Menschenköpfe, welche vielleicht der Alte, dessen höllische Profession das Herstellen ebendieser Köpfe sein mochte, auf die Größe einer Faust eingeschrumpft hatte.

Und noch eine Entdeckung machte Van Ackeren.

Sein Fuß stieß an etwas, das leise zu wimmern begann und das er zuerst für eines der gebundenen Schweine hielt, da er weiche Haut an seinem nackten Fuß spürte und die festen Schnüre, mit denen das Wesen gefesselt war. Es war aber ein Knabe, den man auf gerade die gleiche Art gebunden hatte wie die beiden Schweine, welche draußen gelegen hatten und auf den Kochtopf warteten. Van Ackeren kniete sich nieder und sah die dunklen Augen des Kindes, die ihn voller Angst musterten. In seinen Fesseln konnte es sich nicht rühren, und Van Ackeren wähnte nun, dass sie beide womöglich dazu bestimmt waren, bald gegessen zu werden.

Der alte Hexenmeister indessen plapperte mit dem Kopf nickend vor einer Grube, die neben seinem Feuer in die Erde eingelassen war und in welcher sich, wie man nun deutlich sehen konnte, etwas befand, das sich im Glimmen der Kohlen als die abgezogene Haut eines menschlichen Kopfes erwies, als der Alte die Scheußlichkeit an dem daranhängenden Haarschopf immer wieder heraushob und wieder hineintauchte. In dieser höllischen Grube wurden also Überbleibsel eines Menschen, vielleicht eines erschlagenen Feindes, gesotten zu dem teuflischen Vorhaben, das des Alten Profession.

Es graute Van Ackeren zutiefst vor ihm und dem Ort, an dem

er sich befand. Ab und zu schob der Alte einen heißen Stein, von denen einige in der Glut lagen, in die Grube, wo er mit einem Zischen verschwand. Ein anderer kam dafür heraus und wurde zurück ins Feuer gelegt. Es roch, als befinde man sich zur gleichen Zeit in einer Totenkammer und in einer Abdeckerei.

Van Ackeren setzte sich schließlich in eine Ecke nieder, so weit weg von dem Alten und dem Gestank wie nur möglich, und verbrachte in der Gesellschaft des alten Hexenmeisters und des gefesselten Knaben den Rest des Tages und die darauffolgende Nacht, ohne dass jemand die Hütte betreten hätte und ohne dass sie zu essen bekommen hätten.

Nun hätte er an diesem Ort und unter diesen Umständen wohl kaum irgendetwas herunterbekommen. Jedoch plagte ihn der Durst ganz außerordentlich.

Der Alte hortete eine Kalebasse mit Wasser, was Van Ackeren bemerkte, weil er ihn wiederholt daraus trinken sah. Als sein Durst schlimmer wurde, nahm er ihm das Gefäß einfach mit den Füßen fort und schob es zwischen seine Knie herauf, um daraus zu trinken, wobei er seinen Ekel überwinden musste.

Was den Alten zu neuen Schimpftiraden und Verwünschungen anstieß, dem Gefangenen aber gleichgültig war, da er mit allem abgeschlossen hatte. Nur verdursten wollte er nicht. Er versuchte, auch dem Knaben zu trinken zu geben, aber das gelang ihm kaum, da sie beide in Fesseln waren und er mehr verschüttete als in dessen Mund hineinbrachte.

Van Ackeren hörte die Geräusche des Lebens draußen. Wie sie dem Lauf des Tages folgten und in erstaunlicher Weise dem ähnlich waren, was man zu Hause in einem holländischen Dorf hören würde, säße man dort nahe dem Geschehen in einer Gefängniszelle. Das Lachen von Kindern, die Stimmen der Frauen und das Quieken von Schweinen. Jedoch kein Klingen eines Ambosses und kein Läuten von Glocken. Stattdessen das seltsam musikalische Flöten der Vögel, das aus dem Urwald kam, der die Burg umgab, welche die Wilden ihm abgerungen. Die nichts wussten von Lesen und Schreiben und allem Höheren, die grausigen Kulten huldigten und ihren Gefangenen, wie zu vermuten, den baldigen Tod zugedacht hatten.

Dem weißhäutigen Mann vielleicht nur darum, weil er ihre Ruhe störte und ihnen fremd war und weil sie nicht vorhatten, jemanden in die Reihen der Ihren aufzunehmen, den sie nicht kannten.

Dennoch war in Van Ackeren eine große Ruhe, welche er vordem nicht gespürt hatte, als er voller Todesfurcht am Fluss vor den Kriegern stand und danach auf dem Marktplatz der Wilden um sein Leben fürchten musste. So geriet er in einen Dämmerschlaf, der zusätzlich von den Kräutern herrühren mochte, die der Alte zuweilen ins Feuer oder in seine barbarische Kochgrube hineinwarf. Er hörte auf, sich darum zu bekümmern, wenn der Hexenmeister deren ekelhaften Inhalt herauszog und mit plappernden Kommentaren in den Händen drehte, um etwas daran zu richten, ehe er den dampfenden Kopf wieder zurück in die Grube warf. Der Hunger ging von Van Ackeren, selbst der Durst ließ nach, und schließlich dachte er, ohne die Verzweiflung, die doch dazugehören sollte, dass auch sein Kopf in nicht ferner Zeit in dieser Grube sich drehen würde. Und dass dann zwischen den anderen, die da hingen, auch seine sterblichen Reste hier bewahrt würden, an diesem Ort der menschlichen Finsternis, von dem anscheinend weder Gott noch Teufel Kenntnis hatten.

14

Van Ackeren wurde von heftigen Donnerschlägen geweckt. Ein blauer Lichtschein zuckte durch die Dachöffnung der Hütte herein. Der Blitz ließ das grausige Interieur so deutlich hervortreten, als habe man für einen Augenblick eine Lampe angezündet. Von draußen hörte man das Weinen von Kindern, dazu den Singsang der Mütter, die sie ruhig zu halten suchten. Ein weiterer Donnerschlag zerriss die Nacht, dann begann der Regen auf das Walddach herunterzurauschen.

Mehrere Blitze erhellten aufs Neue das Innere der Hütte, gefolgt von nahem Donner, wenig später begann ein lautes Geschrei, und man hörte das Geräusch vieler Füße, die auf dem nassen Hof in Bewegung waren. Jemand fiel plötzlich von draußen gegen die Hütte, und die Wand bauchte sich für einen Moment tief ein, ehe die Person wieder fort- und dem Stimmengewirr zueilte, welches sich an einer Stelle der Burg zu sammeln schien.

Van Ackeren erstarrte zu Stein, als die Matte vom Eingang weggerissen wurde. Der Feuerschein der brennenden Burg drang herein wie durch eine geöffnete Ofentür. Ein Blitz musste eingeschlagen und einen Brand verursacht haben. Der Greis jammerte erschrocken auf und rief dem in der Tür Stehenden etwas zu, der nicht antwortete. Da wurde der Eindringling gerufen, wandte den Kopf und ließ die Matte herunterfallen und mit ihr wieder die Finsternis.

Indessen stürzte der Regen mit lautem Rauschen und mit großer Gewalt vom Himmel. Er ließ die dünnen Wände der Hütte schwanken, das Gestell mit den Köpfen wankte und drohte gar umzustürzen. Der Alte, welcher sich wohl nicht mehr auf seine Beine heben konnte, tastete mit den Händen an der Wand entlang, als wollte er sie gegen den Einsturz sichern, und weinte dabei laut.

Van Ackeren begriff, dass dies eine Gelegenheit, die einzige wohl, darstellte, die Flucht zu versuchen. Er rutschte zu dem Knaben hinüber und fing mit seinen gebundenen Händen an, rücklings an den

Palmschnüren zu ziehen, die den Knaben gefesselt hielten. Er tat es in der Hoffnung, dass der Knabe auch ihn befreien werde, sobald er seine Hände gebrauchen könne. So riss er fieberhaft an den Schnüren, während die Hütte vom Anprall des Regens schwankte und das Flackern des Brandes durch das Rauchloch irrlichterte.

Bei einem neuen Regenschwall rasselten die grausigen Trophäen herunter und begruben die Gefangenen unter sich, mit ihnen kamen der Staub und der Gestank, in dem die Fliegen geschlafen hatten, die sich mit lautem Gebrumm in die Dunkelheit hoben. So lagen sie beide, der Knabe schon halb befreit, unter den Resten toter Krieger. Aber es hatte sich damit unverhofft auch ein Fluchtweg aufgetan. Denn die eingestürzte Wand der Hütte gab den Blick frei auf einen Ausschnitt der Waldburg, der menschenleer schien, nur beleuchtet von den Flammen, welche die Bewohner anderenorts zu löschen suchten.

Van Ackeren, sich unter der ekelhaften Last der stinkenden Schrumpfköpfe herauswühlend, war es gelungen, die Schnüre vom Leib des Knaben zu reißen. Dieser nun stieß, ohne seinerseits seinen Befreier zu erlösen, die Reste der Matten beiseite und rannte, ohne sich umzuwenden, durch die zerstörte Wand hinaus und davon. Und brauchte wohl nicht zu fürchten, dass man auf ihn aufmerksam wurde, denn das ganze Lager der Wilden schien in Aufregung.

Van Ackeren wurde nur dadurch gerettet, dass das Feuer beinahe die ganze Waldburg verzehrte. Dies nahm ihre Bewohner dermaßen in Anspruch, dass es ihm trotz seiner Fesseln schließlich gelang, über den Platz hinweg unter das Dach zu den rückwärtigen Wohnstätten zu laufen, da niemand nach ihm suchte und das Glück ihm günstig zu sein schien. Unter dem Dach angelangt, verbarg er sich hinter einer aufgehängten Matte vor dem Feuerschein. Von hier aus konnte er es nun wagen, sich bis zur Außenwand der Burg zu begeben, die aus dicken Pfählen bestand, zwischen denen ein starkes Geflecht befestigt war.

Von hier aber gab es keinen Weg hinaus, da sich nur Gucklöcher, aber keine größeren Fenster in der Palisade befanden. Van Ackeren tappte im Dunkeln umher, hinter sich auf dem Hof immer die Schreie der Wilden. Sein Herz raste. Es drohte ihm die Brust zu sprengen, da er wusste, dass sich das Feuer ausbreitete und ihn am Ende unausweichlich unter die Keulen der Indianer treiben würde, wenn ihm die Flucht aus der Burg nicht bald gelang.

Da berührte ihn etwas am Arm. Er erschrak zu Tode, glaubte er doch, entdeckt worden zu sein. Es war der Knabe, den er eben befreit hatte.

Seine Augen sahen ihn an, groß und dunkel, das schwarze Haar wie ein Helm auf seinem Kopf, der nackte Leib mit schwarzen Streifen bemalt. Er zitterte vor Furcht und starrte auf den Fremden, als habe die Berührung, zu der er sich ermutigt, alles von seiner Kraft für weitere Mitteilungen aufgezehrt.

Van Ackeren redete ihn an, aber der junge Wilde gab kein Wort von sich. Er stand da, alle Fasern gespannt, als warte er noch auf etwas, was ihm heraushelfen könnte zwischen dem sicheren Tod draußen auf dem Platz und der Furcht, die er vor dem seltsamen Unbekannten empfand. Van Ackeren drehte sich um und wies ihm seine Fesseln vor. Er blieb so stehen mit klopfendem Herzen, da er weder wusste, ob dies wohl eine Geste war, die sie einte, noch ob der Knabe in der Lage wäre, ihm herauszuhelfen.

Dann spürte er, dass an den Fesseln gesägt wurde. Es schien endlos lang zu dauern, und später erfuhr er, dass der Knabe einen scharfen Zahn des Caribe-Fisches dazu hergenommen hatte, den er an einer Schnur um den Hals trug.

Doch schließlich war Van Ackeren frei. Er wandte sich um und hob die Hände, um dem Knaben zu danken, aber dieser wandte sich nur ab und schritt rasch an der Palisadenwand entlang, sich umsehend, ob der Fremde ihm folgen werde.

Den Rundbau entlanglaufend, gelangten sie zu einem eingekerbten Stamm, an welchem sich die Palisade erklettern ließ. Oben angelangt, schoben sie sich hintereinander durch eine Lücke, die sich zwischen Wand und Dach befand.

Das Gesicht des Knaben, als er sich nach seinem Begleiter umwandte, zeigte Angst und Verzweiflung, aber doch Entschlossenheit. Was mochte ihn bewogen haben, dachte Van Ackeren, diesen Blick erwidernd, den Fremden zu seinem Gefährten zu machen, wenn nicht die bittere Not und die Erkenntnis, dass er einen Erwachsenen brauchte, um selbst am Leben zu bleiben. Wenn auch dieser Mann, der ihn um zwei Köpfe überragte, in keiner Weise kundig sein würde, den Wald zu meistern, den sie sich anschickten zu betreten.

Im prasselnden Regen kletterte er hinter dem Knaben an der glitschigen Außenwand herunter, dabei mussten sie mit bloßen Füßen in die Gucklöcher treten, um den Weg hinunter machen zu können, und es brauchte am Ende einen Sprung in die Tiefe.

Schließlich standen sie nebeneinander vor der Palisade unter einem Viertelmond, dessen fahles Licht durch Lücken in den Baumkronen drang. Dazu blinkten ringsum Leuchtkäfer auf wie blasse Feuerfunken, denen der Regen nichts anhaben konnte. Und von überall kam der so sehnsüchtig anmutende Gesang der Nachtinsekten und Baumfrösche, die den herunterrauschenden Regen zu feiern schienen.

Der junge Indianer bebte wie Espenlaub. Nicht nur vor Kälte, sondern weil er aus dem Schutz seiner Behausung verstoßen und nun dem Zorn der Geister ausgeliefert war, die des Nachts umgingen, und nicht wusste, ob seine Ahnen ihm helfen oder ihn zu sich rufen würden.

Van Ackeren wollte ihm die Hand reichen als eine Zusicherung, aber der Knabe nahm sie nicht. Er wich der Annährung aus, vielleicht da diese Geste ihm nicht bekannt. Und als der Fremde in derselben Absicht ihm seinen Namen sagen wollte, drückte der Knabe die Hände auf die Ohren. Danach legte er den Finger auf den Mund, und Van Ackeren verstand. Sie waren nicht außer Gefahr. Viele Augen sahen sie an, und der Tod war überall.

15

Der Regen rief den Nebel herauf, gleich wie es gewesen war bei Van Ackerens Fahrt mit Maternus in ihrem Canoe. Die Schwaden dampften, als kämen sie direkt aus dem Boden, und hüllten die beiden Fliehenden ein. Van Ackeren folgte dem Kind, das ihn führte. So eilten sie durch den Wald, der Knabe voran, sich immer wieder umsehend. Ob er es nun tat, weil er dem Begleiter nicht traute oder sich vergewissern wollte, dass er ihm nachfolge.

Zuweilen blieb der junge Wilde stehen, horchte und schnüffelte mit geblähten Nüstern in die Luft, wie ein Hund es täte, wenn er eine Fährte wittern wollte. Indem der Knabe dies tat, erschienen vor Van Ackerens innerem Auge wieder die Totenkopfgesichter der Krieger und ihre barbarischen Manieren, und er war sicher, sie ein zweites Mal mit seinem Gesang nicht mehr bannen zu können.

Er war schwach vor Hunger und Durst und seine Füße zerschnitten von Dornen und scharfen Blättern, sodass sie aus vielen Verletzungen bluteten. Aber er ging weiter. Der Schemen des nackten Knaben im Nebel erschuf in ihm trotz der Widrigkeiten und der Gefahr, in der sie sich befanden, eine seltsame Ahnung vom Paradies und seinen unschuldigen ersten Bewohnern, da nichts, was hier war, Spuren von Menschenhand trug.

Zum Glück bewegten sie sich fürs Erste durch einen lichten Waldabschnitt, der ihnen erlaubte, ein Stück voranzukommen, obgleich sie durch den Nebel gingen. Schaute er dem Knaben zu, wie er gleich einem Tier die Füße hintereinandersetzte und voller Wachsamkeit voranschritt, verstand Van Ackeren gut, dass der Wald ein gefährlicher Raum war, der für die Indianer wie von bösen Mächten beherrscht war und wilde Tiere ebenso beherbergte wie die vielleicht noch gefährlicheren wilden Menschen, welche ihre Artgenossen ohne Zögern als Beute zu nehmen bereit waren, sobald dieselben sich auch nur einen Augenblick unaufmerksam zeigten.

So schickten sich die beiden ungleichen Gefährten an, den großen

Wald zu durchqueren, der seine Besucher mit dem Gleichmaß des Verfallens und Wachsens empfing, mit der nassen Fäulnis am Grund, in der die Füße über die Knöchel einsanken, mit seinem strengen Geruch nach Moder und mit seiner eigenen Zeit, die nur kreiste um Tag und Nacht, um Regen und Sonne.

Nachdem sie für Stunden durch die Dunkelheit geeilt waren, wurde es zusehends kälter. Der Knabe blieb an einer Stelle stehen, wo etwas vom Mondlicht durch die Blätter herunter bis zum Boden reichte. Dort fing er an, einen Unterstand zu bauen. Van Ackeren stand dabei, unfähig zu helfen. Er konnte bloß zusehen, wie das Kind arbeitete, ohne ein Werkzeug zur Verfügung zu haben. Der Knabe tastete die dunkle Umgebung im Hin-und-her-Gehen ab und fand bald einen jungen Baum, den er zur Erde herunterbog. Er brach die inneren Äste ab und steckte mit einigen davon die Spitze des Bäumchens am Boden fest. Ein zweiter Schössling wurde quer darübergebogen, und die beiden dünnen Stämme bildeten das Gerüst für eine Laubhütte aus Zweigen, welche man ebenfalls mit bloßen Händen herunterreißen musste, wobei Van Ackeren schließlich seinen Anteil leisten konnte.

Der Regen hatte nachgelassen, aber aus dem Blätterdach tropfte es unablässig herunter, und die Kälte stieg aus dem Boden herauf. Die Erbauer der kleinen Hütte sprachen miteinander kein Wort. Der Knabe schaute Van Ackeren nicht an, und es gab auch keine andere Form der Verständigung zwischen ihnen. Es sei, dass ihre Finger sich einmal berührten, wenn es galt, die Stämmchen zu biegen oder Zweige am Gerüst festzustecken.

Als die Hütte fertig war, kroch der Junge hinein und legte sich auf den nackten Boden nieder, drehte sich auf die Seite und zog die Knie zwischen die Arme herauf. Nach kurzem Überlegen legte Van Ackeren sich dazu. Er hatte den Rupfensack ausgezogen, der ihm als Rock dienen musste, nachdem er jämmerlich fror und weil der Sack inzwischen nicht weniger nass war als der Erdboden. Dennoch tröstete ihn das jämmerliche Stück Stoff, als sollte es doch etwas Menschengemachtes geben, das er zwischen sich und der blanken Erde haben konnte.

Er war müde und erschöpft. Die Schwären an seiner Haut und die Schnitte in den Füßen schmerzten. Indessen, er war am Leben. Neben ihm atmete der junge Wilde. Er konnte seine Nähe spüren, da die Wärme seines Leibes herüberstrahlte. Aber er besaß nicht den Mut, sich an ihn zu schmiegen, obgleich ihr lebendiges Blut das Einzige hier darstellte, Wärme zu schaffen. Zu fern waren sie sich.

Er fand die Kraft für ein Dankgebet. Kurz danach übermannte ihn bei allen Widrigkeiten der Schlaf.

Der Tag brach an, und mit ihm kam der Hunger. Ohne dass es dafür der Absprache bedurft hätte, musste für Nahrung und Wasser gesorgt werden. Und auch hier handelte der Knabe ohne ein Wort.

Er erwachte und erhob sich, kroch hinaus aus der Hütte, ohne auf Van Ackeren zu achten. Als sei dieser jemand, von dem keine Hilfe zu erwarten war. Welcher sich damit erneut fragte, für wen sein neuer Gefährte ihn nahm, da er ihm doch kaum von Nutzen, und dies bei allem, was man künftig noch zu gewärtigen hatte.

Vielleicht weil er ein erwachsener Mann war, größer gewachsen als jeder der Indianer, und da er dem Knaben, so tollpatschig und sanft in seiner fremden Art, nicht als Gefahr erschien. Der Knabe jedenfalls schien seinen Plan zu haben, womöglich wusste er gar einen Weg durch die Wildnis oder hielt sich an Zeichen, welche Van Ackeren nicht zu lesen vermochte. Und die Kräfte eines Erwachsenen konnten ihm dienlich sein gleich einem Saumtier, dem man Lasten aufbürden kann, die man selbst nicht würde tragen können.

Es mochte auch sein, dachte Van Ackeren, während er sich schaudernd seinen feuchten Sack über den Kopf herunterzog, dass sein Auftritt in der Burg der Wilden ihm eine gewisse Bedeutung verlieh, über die er sich selbst nicht im Klaren war. Wenn man Angst vor ihm gehabt, so wie die Krieger und anscheinend auch der Anführer sie empfanden, so traute der Junge dem Fremden vielleicht mehr zu, als er selbst zu leisten vermochte. In der Verzweiflung greift man nach jedem Strohhalm, und war dies vermutlich ohnehin die einleuchtendste Begründung für das Verhalten des Knaben.

Van Ackerens Befangenheit ob der Nacktheit des jungen Indianers war mit dem Tageslicht wiedergekehrt, da es deutlich machte, dass er keinen einzigen Faden am Leib trug mit Ausnahme des Halsbandes, an dem der Zahn des Caribe hing, welcher sich so nützlich erwiesen. Die Tatauierungen der Krieger waren an dem Jungen nicht zu sehen. Sein Körper wies nur aufgemalte schwarze Striche auf, die vom Regen inzwischen beinahe abgewaschen waren. Er war gänzlich unbehaart, was noch unterstrich, dass sein dichtes Haupthaar, ganz kreisrund abgeschnitten, wie ein schwarzer Helm wirkte. Seinen einzigen Schmuck außer dem Halsband bildete ein kleiner Knochen, den er durch die Nase gesteckt trug. Und seine Haut war ohne Makel. Als gäbe es nicht überall Legionen schwarzer Fliegen, die Van Ackeren bereits wieder entdeckt hatten und ihm arg zusetzten, wie sie ihm seit Tagen beständig neue Pusteln und Schwären bescherten.

Das Mittel indessen, das der Knabe einsetzte, sich vor den Fliegen zu schützen, wollte Van Ackeren bei sich selbst nicht verwenden. Er harnte nämlich, und tat dies auch ohne jede Scheu, in seine Hand hinein und rieb sich mit seinem eigenen Urin ein. Als handle es sich hierbei um ein Vademecum bester Reputation, was zumindest vom Ergebnis her nicht bezweifelt werden konnte.

16

Nach einer Stunde Wegs gelangten sie an ein breites Wasser. Der Waldknabe, so nannte Van Ackeren ihn inzwischen bei sich, brach nach kurzem Ansägen mit seinem scharfen Fischzahn einen geraden Ast ab und biss an seinem Ende eine Kerbe hinein, sodass er sich weiter aufspalten ließ. Dann schob er ein kurzes Stück Holz als Keil in den Spalt und weitete so die Enden auseinander zu einer Gabel, welche er mit der Schnur, die um seinen Hals hing, nahe dem Keil fest zusammenband. Danach benutzte er den scharfen Zahn, um die freien Enden anzuspitzen.

Ehe er damit zum Wasser ging, streifte der Knabe Van Ackeren mit einem Blick, der, wie dieser meinte, etwas enthielt, das man beinahe für ein Lächeln nehmen konnte.

Nachdem er das Ufer sorgfältig abgeschritten hatte, wählte der Knabe eine Stelle, an der er bis zu den Knien ins Wasser hineinging und den Grund mit den Zehen aufwühlte.

Dort blieb er stehen, unbeweglich wie ein Reiher, und starrte in das aufgewühlte Wasser hinein, den Ast, welcher sich nun unzweifelhaft als Harpune entpuppte, stoßbereit vor sich haltend.

Van Ackeren setzte sich am Ufer nieder und beobachtete den Knaben, der wie aus Stein gehauen dastand. Nach einer guten Weile richtete er sich mit einer plötzlichen Bewegung auf und stieß die Harpune jäh herunter.

Im Wasser entstand ein Platschen, auf das sich der Knabe mit dem ganzen Leib hinwarf. Auch Van Ackeren eilte hinzu, und gemeinsam zerrten sie einen großen Wels heraus, den die Harpune bei den Kiemen getroffen hatte. Der Fisch, gut einen Arm lang, wehrte sich kräftig, aber der Knabe tötete ihn, indem er mit der Ferse voran ihm auf den breiten Kopf sprang, bis er sich nicht mehr rührte.

Van Ackeren wollte den toten Fisch greifen, aber der zuckte noch einmal heftig, und er ließ ihn wieder zu Boden fallen, wobei er selbst auf die Erde fiel.

Und hörte auf einmal ein helles Lachen. Der Knabe sah ihn an, die Hände vor dem Mund haltend, und Van Ackeren fiel ein in sein Lachen, mit dem ihm leicht wurde.

Zum ersten Mal sahen sie einander an als Geschwister aus der Familie der Menschen.

Den Fisch schlitzten sie mit dem Zahn auf und mussten ihn mit den Fingern zerreißen, um an die große Leber heranzukommen, die am nahrhaftesten war und auch am leichtesten zu essen. Sie teilten sie untereinander. Dann bissen sie in das Muskelfleisch und versuchten, so gut es ging, mit den Zähnen Stücke herauszureißen. Man konnte es kaum schlucken, nur kauen und den Saft heraussaugen. Es schmeckte tranig und faul. Aber Van Ackeren spürte dennoch, wie vom Essen ihm neue Kraft zufloss.

Sie kauten alles, was an Fleisch vorhanden war. Mit dem Caribe-Zahn schnitt der Knabe später die große Blattscheide einer Palme an, aus der frisches, klares Wasser herausfloss, mit dem sie ihren Durst stillen konnten.

Auf dem weiteren Weg erlebte Van Ackeren den Wald als einen Ort, welcher vielleicht von seinem Anblick an das Paradies erinnern mochte, aber ein Ort jenseits von Eden blieb wie alle Orte, an denen man als Mensch leben muss. Und der den beiden Wanderern härter zusetzte als viele davon, weil ihm alles Essbare abgerungen werden musste und weil man das Fehlen jedweder Werkzeuge zu beklagen hatte. Mit Ausnahme des Zahns, der ja ebenfalls nicht von Menschen gemacht worden. Aber der junge Wilde verstand es dennoch, immer wieder Nahrung zu finden und sie beide vor dem Hunger zu retten, was Van Ackeren alleine niemals gelungen wäre.

An dem ersten Tag des Wanderns, als sie den Fisch gefangen hatten, durchwateten sie einige flache Wasserläufe, ohne dass Caimane in der Nähe gewesen wären, welche eine beständige Gefahr darstellten, wo größere Gewässer sich zeigten, wie Van Ackeren inzwischen wusste. Der Waldknabe schien einen Weg zu verfolgen, über den sie sich nicht austauschen konnten. Seine Zielstrebigkeit jedoch schenkte Van Ackeren Hoffnung, dass sie nicht verloren durch die Wildnis irrten.

Und noch am selben Tag konnte der Knabe Erfolge vorweisen, die Van Ackerens Laune weiter besserten. Während einer Rast verließ er den Pfad und brachte vier Vogeleier, welche er aus einem Nest geholt, das niedrig in einer Astgabel saß und das er mit seinen scharfen Augen erspäht hatte.

Wenig später brachte er neue Nahrung, die allerdings schwerer zu essen als die Eier. Es handelte sich um große Puppen von Insekten, die er aus einem toten Baum herauskratzte, eine jede so groß wie ein Finger von Van Ackerens Hand, und zwei Hände voll davon sollten für jeden sein. Van Ackeren, nachdem er zwei gegessen hatte, ließ den Rest seinem Gefährten, der die seltsame Speise mit großem Behagen aß und ihm zweifelnde Blicke zuwarf, dass er sie zu seinem Unverständnis nicht zu schätzen wisse.

17

In der folgenden Nacht erbauten sie wieder eine Schlafhütte, und da hörten sie außer dem polternden Brüllen der Affen von Ferne den Klang von Trommeln. Diese Töne brachten den Knaben dazu, mit furchtsam offenen Augen umherzusehen und sich dann ganz dem Horchen hinzugeben, nachdem er die Lider geschlossen hatte.

Danach zeigte er mit ausgestreckter Hand in die Richtung, aus der man gekommen war. In seinem Gesicht war keine Regung, keine Erleichterung und keine Furcht. Man konnte nur daraus schließen, dass keine unmittelbare Gefahr drohte.

In dieser Nacht schmiegten sie sich aneinander, um sich zu wärmen. Und Van Ackeren spürte auf anrührende Weise, dass Nähe und Zuneigung zueinander gehörten, allein weil jemand da war, dessen leibliche Wärme Kälte und Verlassensein zu mindern wusste.

Den nächsten Tag wurde auf ihrem weiteren Weg der Boden sumpfiger und der Wald dichter. Viele Male mussten sie sich nun durch dichtes Unterholz zwängen, was dem Knaben, da er klein war, beträchtlich leichter fiel als seinem groß gewachsenen Begleiter.

Van Ackerens Rupfenbekleidung begann sich aufzulösen, da sie an vielen Stellen zerrissen war. Er behielt die Hosen und gab dem Jungen den Rest seines Überwurfes. Dieser zog den Rupfen so stolz über wie ein Soldat, der noch nie in einer Schlacht gestanden, sein Kamisol anziehen würde. Nun besaß Van Ackeren bloß noch die jammervollen Culotten aus schlechtem Zwirn, die von einem Seilstück als Leibriemen gehalten wurden. Die Hosen reichten ihm bloß bis unter die Knie, von wo abwärts seine Haut gar nicht mehr heilen konnte, da sie immer wieder aufs Neue von Ranken und Dornen verletzt wurde und sich bereits Geschwüre bildeten, die sehr schmerzhaft waren.

Sein Begleiter indessen, welcher doch ebenfalls barfüßig ging, schien dickere Fußsohlen zu besitzen, deren Haut wie Leder war, und er verstand es zudem, sich so achtsam durch das Unterholz zu bewegen, dass er sich nur selten Verletzungen zuzog. Ganz so, als wäre er ein Tier, das kein Blut auf seiner Fährte hinterlassen durfte.

Da der Hunger beständig nagte, lernte Van Ackeren, nichts zu verschmähen, was essbar sein konnte. Und er lernte auch, dass die meisten Gewächse, deren verschwenderische Fülle überall herrschte, dies keineswegs waren. Er selbst hätte keine zwei Tage überlebt ohne die Kenntnisse seines Begleiters, der wusste, welche Wurzeln nicht giftig waren und wo man finden konnte, was von den vielen Essern des Waldes am begehrtesten und daher auch am schwersten zu erhalten war, nämlich lebendiges Fleisch.

So aßen sie aufgelesene Raupen, aus dem Boden gezogene Würmer, die großen Puppen der Insekten, verschmähten selbst Libellen nicht, die der Junge geschickt mit der Hand einfing und sogleich in den Mund steckte.

Einmal entdeckte der Knabe eine ganze Schule Fledermäuse. Sie hatten ihr Nest in einem hohlen Baum, und er versperrte ihr Einflugloch mit seinen beiden Händen. Van Ackerens Rupfenrock diente als ein Netz, womit sie die winzigen Tiere, deren Leiber noch kleiner als die von Spitzmäusen waren, innerhalb des Baumstumpfes zu Boden drückten und sie auf diese Weise töteten.

Der Waldknabe aß die Fledermäuse, wie sie waren. Er ließ davon nichts übrig, und auch Van Ackeren versuchte sich daran, obwohl es eine sehr ekelhafte Speise darstellte. Während er seinen Anteil, der sich auf sechs von den Tierchen belief, mitsamt den hautigen Flügeln verzehrte, musste er sich beständig vorstellen, es handle sich um Sardinen, deren Gräten man schließlich ebenfalls aß. Ihm half, dass er wusste, er würde Kraft davon schöpfen, um weiterwandern zu können. Der Hunger riet ihm, jeden Blutstropfen aufzunehmen, dessen er habhaft werden konnte.

In dem sumpfigen Gelände, das sie durchwanderten, standen die Mücken zuweilen so dicht, dass sie wie Rauch zwischen den Baumstämmen erschienen. Aus purer Verzweiflung begann Van Ackeren, das Spezifikum, welches der Waldknabe anwandte, ebenfalls einzusetzen, wozu er sich allerdings hinter einen Baum verfügte. Er war zu dem Schluss gekommen, dass das Volk der Indianer Scham gar nicht zu kennen schien, was ihre Nacktheit und den arglosen Umgang damit erklärte.

Der Wasserarm, den sie an diesem Tag erreichten, wies keine Strömung auf. Er war an die hundert Ellen breit und ohne Schilf an seinen Ufern. Einige Reiher erhoben sich, als sich die Wanderer näherten, und man hörte viele Frösche ins Wasser springen. Der Knabe bewegte sich sehr vorsichtig, ob er nun gefährliche Tiere fürchtete oder vor seinesgleichen Angst empfand an einem Ort wie diesem. Van Ackeren nahm, da sie nicht miteinander sprachen, die Körperhaltung und die Bewegungen seines Begleiters als Mitteilungen, die er inzwischen recht gut ablesen konnte.

Erst nachdem sie eine Weile gewartet hatten, traten sie an das Ufer heran. Der Knabe fing bald einige unvorsichtige Frösche ein und tötete sie, da sie das Mittagsmahl darstellen sollten. Van Ackeren bedang sich indessen aus, bei seiner Zuteilung zumindest die Eingeweide zu entfernen, wozu er den Zahn des Caribe benutzte, den er von dem Jungen entlieh und der sich zu diesem Zweck gerade so nützlich erwies wie ein kleines Federmesser.

Während er mit Überwindung den Frosch verzehrte, dachte Van Ackeren, dass kaum jemand eine Vorstellung davon haben könne, wie es sei, solches Kleingetier roh essen zu müssen, wenn er niemals in die Lage kam, dies zu tun.

Ohnehin lernte er in diesen Tagen in der Gesellschaft des Waldknaben vieles über das, was er vordem so einfach »Leben« genannt und worum er nun Tag um Tag zu kämpfen hatte. Sei es mit der auszehrenden Hitze des Tages oder den kalten Nächten, in denen sie gegenseitig die Wärme ihrer Leiber brauchten. Nachdem man beständig in Nässe lebte, sei es in der dampfenden Tageshitze oder in der Kälte der Nacht.

Er hätte viel um eine Hängematte gegeben. Die Blätter, die sie auf den Boden legten, ein Bett zu bereiten, richteten nur wenig gegen die Kälte aus, und am Morgen meinte man so klamm aufzustehen, als seien alle Glieder aus Holz gemacht.

Nachdem sie die Frösche gegessen, durchwateten sie den besagten

Wasserarm, der gerade so tief war, dass er dem Knaben an die Brust reichte. Offenbar gab es hier keine Echsen, die angreifen konnten, und auch keine andere Gefahr. Woran der junge Wilde dies gesehen hatte, war nicht zu entscheiden.

Sie durchquerten noch einige weitere Gewässer dieser Art und gelangten danach an einen großen Fluss, der über einen Büchsenschuss breit war und eine deutliche Strömung zeigte. Der Knabe wies auf den Fluss und gab einige Laute von sich, es waren die ersten Worte, die er zu Van Ackeren redete, und dieser, ohne sie zu verstehen, begriff wohl, dass sie an einem besonderen Ort angelangt waren.

Der Fluss war über die Ufer getreten, und Van Ackeren verstand, dass die Wasserarme, die sie durchschritten hatten, bereits überschwemmter Wald gewesen waren und dass sie keine bleibenden Gewässer darstellten. Daher waren sie wohl allenfalls von Fröschen besiedelt und nicht von Caimanen.

Er wartete, ob der Knabe dem Fluss folgen würde oder ob sie ihn überqueren sollten – oder ob er ihn gar hier verlassen wolle, da man anscheinend irgendwo angekommen war, wohin der Knabe gewollt hatte. Für Van Ackeren wäre indessen jeder Weg ein guter gewesen, der sie irgendwann aus der Wildnis herausführte.

Die Entschlossenheit, mit der sein Begleiter bei seinem nächsten Schritt zu Werke ging, gab ihm neue Zuversicht, da er erkannte, dass der Knabe die Absicht hegte, bei ihm zu bleiben.

18

Der Knabe suchte und fand einen toten Baum, den sie gemeinsam vom Ufer lösen wollten. Er trieb Van Ackeren an, ihm zu helfen, und sie schoben schließlich den großen Stamm, der noch einige abgestorbene Äste aufwies, ins tiefere Wasser. Als er zu treiben begann, kletterten sie darauf, und der Fluss, welcher an ihnen vorbeiströmte, begann den Stamm zu ziehen. So verwandelte sich der halb verfaulte Baum in ein Floß, dem sie sich anvertrauten in der Hoffnung, dass die Strömung sie weiterbringen werde, wohin auch immer.

Wie der Baum in die Mitte der Strömung trieb, sah man erst die am Ufer nebeneinanderwachsenden Baumriesen und das grüne Dach ihrer Wipfel. Der Fluss hatte mit der Kraft seiner Wasser eine Bahn aus Licht geschaffen, auf der sie einherschwammen, zum ersten Mal wieder gänzlich unter der starken Sonne, deren Strahlen sie zwangen, die Lider zu schließen, und seit Langem sahen sie wieder die Wolken im blauem Himmel, weiß und bauschig wie Schaum, schattige Flecke auf das glitzernde Wasser werfend, das um sie gurgelte, plätscherte. Ein Gesang, der von der laufenden Zeit kündete, der Zeit, die man in Tagen messen konnte.

Deren fünf waren es, die sie nun schon unterwegs und von denen Van Ackeren stark gezeichnet war. Seine Rippen traten heraus, seine Haut war von Geschwüren übersät, von denen einige bereits eiterten. Seine Finger, mit denen er sich an den nassen Stamm klammerte, der sich im Strom hin und her drehte, erschienen ihm dünn und knochig, mit Schrunden und eingerissenen Nägeln, die sie mehr aussehen ließen wie Tierklauen als wie die Hände eines Menschen. Seine Füße, welche im Wasser hingen, das sie kühlte, waren blutig, beständig von Dornen aufgerissen, aber die Kühle linderte die Hitze der Geschwüre, welche unter der Haut saßen und nicht heilen konnten. Gleichwohl, er hatte bis hierher nicht aufgegeben, Meile um Meile, denn es gab nichts sonst.

Neben ihm hielt sich der Knabe an dem Stamm, auch er ließ die

Beine im Wasser und schaute ihn bisweilen an, und Van Ackeren dachte, dass dieser junge Wilde vielleicht das letzte Menschenkind sein würde, das er sah. Die dunklen, schräg stehenden Augen, der weiche Mund, der ernste Ausdruck, den er immer zeigte, wenn nicht ein plötzliches Lachen aufging in seiner Miene, als sei er den Ernst gewohnt, welcher ganz angemessen für ein Leben, das sich jeden Tag neu bewähren muss.

Er sah die Wasserperlen auf den Narben, welche man dem Kind schon vor Jahren auf die Stirn eingeritzt haben musste, vielleicht um die Geister seiner Ahnen daran zu erinnern, dass sie ihn beschützen sollten.

Van Ackeren hielt den Blick des Knaben. Er wollte, dass er ihm einmal wieder ein Lächeln schenke, denn er brauchte die Zuversicht des jungen Wilden, welche ihm unerschütterlich schien. Und die vielleicht doch nur hieß, dass er sich mit dem abfand, was kommen werde.

Der Baum drehte sich in der Strömung, und sie zogen sich höher hinauf, um nicht zu tief ins Wasser zu kommen. Nun lächelte der Knabe.

Das Lächeln wich in einer einzigen schrecklichen Sekunde dem Entsetzen. Ohne einen Laut öffnete sich sein Mund, als der schwimmende Baum einen Stoß erhielt von einer unbändigen Kraft, welche Van Ackeren ins Wasser warf. Dem Stoß folgte die Berührung mit einem langen, nicht endenden Körper, der ein einziger harter Muskelstrang zu sein schien und sich an dem Baum vorbeiwand in der Gewalt des Angriffs. Während Van Ackeren in das schäumende Wasser tauchte und nach den Ästen des Baumes griff, schrie der Junge. Sein heller, verzweifelter Schrei gellte noch über das Wasser, als Van Ackerens Kopf wieder auftauchte.

19

Die Schlange war hungrig. Wochenlang konnte sie verdauen, lag reglos im Schlamm, während sich ihre Beute, die sie mit Haut und Haaren verschlungen hatte, allmählich zersetzte und die Nährstoffe freigab, aus denen ihr enormer Leib sein Wachstum nahm, bis sie ein Gewicht von mehr als tausend Pfund erreichte. Sie war die Königin des Wassers, zusammen mit ihren Schwestern, die in den Flüssen des großen Waldes herrschten. Da sie nur auftauchten, wenn sie hungrig waren, und rasch Beute fanden, gehörten sie zu der Sorte von Jägern, die man wieder vergaß und mit denen niemand rechnete.

Die Anakonda schwamm durch einen der stillen Wasserarme, die sich nach dem langen Regen gebildet hatten. Aus dem Wasser heraus ragte nur ihr kleiner Kopf. Der zwanzig Fuß lange Leib verriet sich durch nichts als ein paar glitzernde Wirbel an der Oberfläche. Sie vermochte es, den Herzschlag eines schwimmenden Hirsches zu spüren, sie hörte das Klatschen, mit dem ein Nabelschwein sich ins Wasser warf, um zum anderen Ufer hinüberzuschwimmen. Sie empfand keine Furcht, da es nichts gab, von dem sie überwunden werden konnte. Selbst einen Alligator würde sie angreifen, denn alles, was im Wasser war, gehörte ihr.

Die große Schlange glitt durch das stille Wasser hinüber zum Fluss.

Eine Gruppe Totenkopfäffchen bemerkte sie und floh zeternd ein paar Etagen höher in die Bäume, die Mütter ihre Jungen um den Bauch. In Sicherheit gelangt, schauten die Äffchen sich mit ihren besorgten Gesichtern an und starrten wieder nach unten, wo ihre Blicke dem getüpfelten Leib der Schlange im Wasser folgten, die vorbeiglitt auf der Jagd nach Beute.

Als die Schlange in den Fluss einbog, irritierten sie die Wirbel der Strömung. Sie spürte nichts mehr, also hielt sie sich dicht am Ufer und verließ sich ganz auf ihre Augen. Schwamm sie eine Weile hier entlang, würde sie früher oder später auf ein Tier treffen, das trinken wollte, oder auf einen unvorsichtigen Affen, der so tief auf einem überhängenden Ast saß, dass sie ihn kriegen konnte. Zwei, drei Meter Höhe waren kein Problem für sie. Wie ein grüngoldener Blitz würde sie aus dem Wasser schießen und ihn sich schnappen, als Vorspeise. Von einem Affen wurde die Königin des Wassers nicht satt.

Aber hier war etwas.

Die Schlange sah den treibenden Baum und erkannte, dass sich darauf etwas bewegte. Oft hielten sich Tiere auf treibenden Bäumen auf. Nach Überschwemmungen bot das große Wasser stets einen gedeckten Tisch. Sie schwamm näher heran und wählte zwischen zwei Möglichkeiten.

Ihre Erfahrung sagte ihr, dass die kleinere Beute auch die sicherere darstellte. Und Überraschung war eine Taktik, die immer funktionierte. Sie überholte den treibenden Stamm ein Stück, ohne die Beute, die sie sich ausgesucht hatte, dabei aus den Augen zu lassen. Dann ließ sie sich zurückfallen, um ihrem Hals die erforderlichen Windungen zu geben und dann zuzustoßen wie ein angreifender Bulle.

Van Ackeren, dem es den Kopf unter Wasser riss, sah den Angriff der Schlange nicht. Sie hatte auf die Beine des Knaben gezielt, die ins Wasser herunterhingen. Im letzten Moment, vielleicht weil die Ahnen des Jungen ihn wirklich schützten, verwechselte die Anakonda aber einen braunen Ast, der ins Wasser hinunterragte, mit ihrem Ziel und stieß um zwei Spannen daneben.

Gut zwei Meter ihres Körpers schossen unter dem Stamm hindurch, und der schreiende Knabe kämpfte sich auf den Baum hinauf. Van Ackeren tat es ihm nach.

Sie starrten auf das strudelnde Wasser und wussten nicht, ob es eine weitere Attacke geben würde. Van Ackeren schob sich höher auf den treibenden Stamm und zog das Kind zu sich her, den Waldknaben, der sich so tapfer für die Flucht entschieden und ihn als Begleiter ausgesucht, der sein Leben gerettet hatte. Er sollte nicht auf diese Weise enden.

Aber er hatte ja nichts, sich zu wehren. Er konnte nicht gegen ein unsichtbares Wesen kämpfen, das aus dem Wasser gekommen war wie ein böser Traum.

Wie er um sich starrte, kam ihm der Wald, durch dessen Unermesslichkeit sie dahintrieben, wie ein unersättliches, böses Wesen vor, und er zweifelte nicht daran, dass ihrer beider Leben verlangt werden würde auf den Altären einer Macht, die wohl von Gott geschaffen, aber allem Anschein nach nicht mit seiner Gnade ausgestattet war.

Sie trieben weiter auf dem Fluss, wie Tiere an den toten Baum geklammert unter der brennenden Sonne, und sie reisten zwischen den immer gleichen Bäumen, die das Ufer säumten, wohin sich der Strom auch wandte. Van Ackeren merkte, wie der Schlaf ihn ankommen wollte, und kämpfte dagegen, um nicht von dem Baum herunterzufallen, da seine Kräfte ihn zu verlassen drohten.

Bis der Stamm sich in einer Biegung von selbst an eine Sandbank legte, die Van Ackeren schließlich erklimmen konnte, nachdem er von dem seltsamen Fahrzeug mehr heruntergefallen als geklettert war. Er war verzagt, da er nichts erwarten konnte, als hier zu sterben. Sei es am Hunger oder an den Geschwüren, welche ihm kaum mehr erlaubten, seine Beine zu benutzen, da es darin heftig pochte und brannte.

So machten sich der sieche Mann und der Knabe zusammen auf und versuchten, über die Steine hinweg zum Gestade zu gelangen, in der Hoffnung, dort zumindest einen Platz zu finden, an dem man ohne Gefahr ausruhen konnte.

Als Van Ackeren die Augen öffnete, sah er zwei Indianer vor sich stehen. Im ersten Moment war er sich nicht im Klaren, was ihn an ihnen so irritierte, da sein Verstand ihm so ausgetrocknet erschien wie seine Kehle.

Sie waren bekleidet. Es waren ohne Zweifel Indianer, aber mit braunen Wollröcken angetan, aus denen weiße Kragen heraussahen, sie trugen gebundene Beinkleider mit Strümpfen und Schuhe an den Füßen. Und die braunen Gesichter mit ihren ausdruckslosen Mienen, die sich zu ihm herabbeugten, ließen ihn nun erkennen, dass er ihnen seine Rettung zu danken habe.

Ein Maultier wurde herangeführt und der Kranke daraufgesetzt.

Niemand redete, Van Ackeren, vor Erschöpfung fast schlafend, hörte nur die Hufe der Maultiere aufklappern. Ein Weg, dachte er. Wir befinden uns auf einem Weg. Dann hörte er Glocken.

Und erblickte wenig später die Mission San Tómas, die wie ein Traumbild mitten im Urwald auf einem gerodeten Hügel in einer Schleife des Flusses lag. Die das erste von Menschen Geschaffene darstellte, das Van Ackeren seit Langem vor Augen kam. Als er das Kreuz erkannte, das den Turm der Kirche krönte, weinte er und konnte nicht mehr aufhören, als die Hand des Knaben, der neben dem Saumtier ging, nach der seinen tastete und sie ergriff.

San Tómas

Der Vogel hat ein Haus gefunden
und die Schwalbe ein Nest für ihre Jungen.
Psalm 84,1

1

Am 20. Mai 1701
Nur dem Ratschluss GOTTES ist zu danken, dass mein Leben gerettet werden konnte. Ihm und der Aufmerksamkeit und Freundschaft meines Gefährten Doctor Jacob Maternus wie auch den Patres von San Tómas, welche mir gestern Papier und Schreibzeug gegeben, einen Tisch, daran mich zu setzen, und mir Schuhe schenkten. Es sind nur die einfachen Sandalen von Jesuiten, die sie hier selbst herstellen, aber sie allein machen mich dankbarer als alle Annehmlichkeiten, die ich in meinem früheren Leben empfing und nicht zu schätzen gewusst. Die Patres haben meine Geschwüre behandelt und die Wunden verbunden. Noch gehe ich an Krücken, aber ich werde geheilt werden.
Er wird deinen Fuß nicht gleiten lassen, und der dich behütet, schläft nicht. (Psalm 121.3)

Van Ackeren verhielt die Feder, ehe er sie wieder eintauchte, und schaute hinaus in die Nacht. Auch hier in der Mission bestanden die Fenster nur aus einem dünnen Gazetuch, das man in einen Rahmen eingespannt hatte. Nachtfalter stießen von außen gegen den Stoff, angelockt vom Licht der Lampe, und prallten von dem weichen Tuch wieder zurück, um es aufs Neue zu versuchen, an das Licht zu gelangen. So war ein dauerndes Summen draußen, und dunkle Schatten tummelten sich vor dem Fenster. Der Kranke erhob sich von dem Schemel, auf dem er gesessen, nahm die Krücken und humpelte an das Fenster heran, um das nächtliche Firmament sehen zu können.

Mit seinem Besatz aus Sternen begann der Himmelsbogen am Rand der großen Lichtung. Dieselben Sterne hatten in den vergangenen Wochen über dem großen Wald gestanden. Die drei Wochen, in denen er auf seltsamen Wegen hierhergeraten war. Diese Sterne würden immer da stehen, was auch weiterhin geschah, und sie wären da gestanden, auch wenn ihm Rettung nicht zuteilgeworden wäre, was leicht hätte geschehen können. Es war eine große Einsamkeit mit diesen Sternen, und Van Ackeren dachte, dass die Welt ein wüster Ort sein müsste, wenn sie Gottes Gnade entbehren müsste, die ihn am Ende hierhergeführt.

Ringsum aus dem weiten Gelände der Mission, jenseits der Zuckerrohr- und Maisfelder, welche hinter den Wohnhäusern und den Manufakturen begannen, kamen die immer gleichen Geräusche der Wildnis, der man dies abgerungen und die alles umgab. Hier aber, im Schutz der festen Gebäude, die die Patres einträchtig mit den Indianern erbaut hatten, dünkte einen die erbarmungslose Natur entfernter als je zuvor. Ganz so, als wären die frommen Gebete in der Lage, das Ungeheure zurückzudrängen, was unter den dunklen Baumkronen sich verbarg und seine Stimmen herübersandte, die nicht menschlicher Natur waren. Dort saßen nicht die Teufel des Mittelalters, welche das Gebet fürchteten, aber hier waren es doch noch immer die gleiche Zuversicht und Frömmigkeit, die der Mission unsichtbaren Schutz verliehen in der allumfassenden Finsternis. In welcher gleichwohl Teuflisches geschah, das aber durchaus Menschenwerk darstellte und sich kaum unterschied von der Grausamkeit der Natur.

Nach einer Weile, in der er den grünen Schein des Abendsterns betrachtete und daran dachte, dass es Maternus gewesen war, der ihn gelehrt, die Venus und ihre Bahnen zu erkennen, kehrte er zum Tisch zurück. Er tunkte den Kiel in das Glas und wollte weiterschreiben. Verhielt aber aufs Neue.

War es Venus, die ihn am Schreiben hinderte – oder lenken wollte?

Die Gebete der Patres reichten nicht so weit wie der Schein des Abendsterns, welcher derselbe war wie der Morgenstern und dem man, wie Maternus es tat, der ihn für einen Planeten nahm, den Namen der Liebesgöttin gegeben.

Ob auch sie diesen hellen grünen Schein wahrnahm, Anna? Und vielleicht eben jetzt? Sie schaute vielleicht gerade auch in die Nacht hinaus und sah den Abendstern. Ob sie an ihn dachte?

Ich habe Gedanken, die mir nicht erlaubt sind und welche in meiner Lage nur lächerlich erscheinen können, da ich von allem mich so weit entfernt, was mein Leben bisher gewesen, mit Ausnahme GOTTES, der mich behüten möge. Zumal das Bild der Venus, mit dem meine Gedanken zusammenstehen, Vorstellungen hervorruft, deren Zügellosigkeit wir Christen doch überwunden haben und deren Maß und Ideen wir uns dennoch bewahrt von den Alten. Nein. Ich kann nicht niederschreiben, was ich gedacht. Ich schreibe nur, dass ich dachte.

Van Ackeren legte die Feder beiseite. Er hatte die Glocke gehört, die zu den Vigilien rief, und machte sich bereit. Als Reformierter hatte er keinen Zugang zur Kirche, aber ihm war gestattet worden, außerhalb des Gotteshauses zur Zeit der Gebete selbst zu beten, nachdem die Patres und der Corregidor, ein Kazike der Indianer, bei ihrer Beratung es so beschlossen.

»Wir betrachten dich als Kranken, der unserer Pflege bedarf, Pieter van Ackeren«, hatte Don Francisco gesagt.

Es stelle, fuhr der kräftige Mann mit dem grauen Bart fort, die Pflicht der Missionen dar, zuallererst den Menschen Schutz zu bieten, solchen er nun wahrhaftig nötig gehabt habe.

»Deine Rettung verdankst du Gott. Er ist immer der Eine, das weißt du wohl. Und wenn du erst ganz genesen bist, kannst du entscheiden, was du weiter tun willst. Wir sind zwar Gegner der Reformierten, wie dir bekannt ist, aber wir sind nicht die Feinde eines einzelnen Christenmenschen.«

Van Ackeren verließ auf Krücken seine Kammer und humpelte hinaus auf den Hauptplatz der Mission, welcher von Fackeln erleuchtet wurde.

In ihrem Licht konnte man die sechs neuen Häuser sehen, die als Wohnstätten der Indianer den vieren zugefügt werden sollten, welche bereits vorhanden waren. Die Neubauten aus Palmholz waren schon mit breiten Dächern versehen, die auf Pfosten ruhten, sodass man bei Regen trockenen Fußes von Haus zu Haus gehen konnte, und sie reihten sich in geordneter Formation entlang der Hauptachsen der Mission, welche ein Kreuz bildeten. Hinter den Häusern befanden sich die Werkstätten, die Vorratsschuppen und die Ställe, dann begannen in einem weiteren Kreis die Gärten und die

Felder. Alles aber war ausgerichtet auf die Kirche auf ihrem Hügel, von dem aus man die ganze Anlage überblicken konnte. Das Gotteshaus ein schlichter, mit Lehm verputzter Ziegelbau, dessen Fassade indessen einiges an schönen Stuckaturen aufwies. Obenauf stand ein Glockenturm, den ein großes eisenbeschlagenes Kreuz krönte.

Van Ackeren traf auf seinem nächtlichen Weg einige Patres, die ihn begrüßten, und viele Indianer, die zur Kirche strebten. Er empfand mit großer Dankbarkeit den Frieden, der hier herrschte und sich im Benehmen aller zeigte, die darauf achthatten, einen freundlichen und sanften Umgang zu pflegen. Vor der Kirche angelangt, sammelte er sich für die Andacht, die er vor der Tür des Gotteshauses verrichten würde.

Die Nacht roch nach Holzfeuer, nach den Speisen, die bereitet worden waren, und nach den Ställen, welche nicht weit entfernt lagen. Glück erfüllte ihn.

Er kniete vor der Kirche nieder, legte seine Krücken neben sich. Er sog die warme Nachtluft tief in seine Lungen ein. Und wartete auf den wunderbaren Gesang der Indianer.

2

»Wir strafen sie nicht streng. Sie sind empfindlich. Auch lassen wir sie nicht länger als acht Stunden arbeiten.«

Van Ackeren suchte erstaunt Pater Franciscos Blick.

»Ich weiß«, fuhr der fort, »das mag seltsam klingen in Euren Ohren. Ihr Niederländer seid strenge Zuchtmeister. Aber versteht – wir bauen hier ein neues Land. Diese Menschen sind anders als wir. Man muss als Erstes ihre Seele ergründen, wenn man sie für sich gewinnen möchte. Sie sind wie Kinder. Wenn sie neugierig auf etwas sind, wenn man sie lobt und gut zu ihnen ist, sind sie anhänglich und fleißig.«

Don Francisco schaute zur Baustelle hinüber, auf der zwei Dutzend Indianer dabei waren, Palmstämme mit Beilen in Balken zu schlichten, andere flochten aus den abgehauenen Wedeln starke Matten zusammen, aus denen man später die mit Lehm verstärkten Wände errichten würde.

»Wir sind nun seit fünf Jahren hier am Rio Verde. Die Provinzialregierung hat uns den Platz zugewiesen, weil man wünschte, hier am Rande der Wildnis einen Vorposten Spaniens erbaut zu sehen.« Don Francisco lächelte. »Man verlangt Demut von uns. Wir müssen ihnen beweisen, dass man aus diesen Wilden und aus dem Land, das zuvor nur von Fröschen und Schlangen bewohnt wurde, etwas Nützliches machen kann.« Francisco hielt inne. »Ihr schaut mich an, als verstündet Ihr mich nicht, dabei spreche ich Niederländisch mit Euch, mein Freund.«

»Nein, Pater. Ich verstehe Euch durchaus«, sagte Van Ackeren. »Es ist nur so, dass alles, was ich in dieser Woche gesehen habe, die ich bei Euch nun verbringen durfte, mir dermaßen sinnreich und im christlichen Geiste vollbracht erscheint, dass ich es schwer mit dem in Verbindung bringen kann, was man mir über Euren Orden erzählt hat. Wenn Ihr mir so viel Ehrlichkeit erlaubt.«

Francisco nickte. »Das kann ich mir vorstellen. Manche fürchten uns. Selbst in Rom.«

Er schwieg eine Weile, während sie den Indianern bei ihrer Arbeit zuschauten, die von einem Pater angeleitet wurde, der dabei half, mit der Schlagschnur einen Stamm für das Behauen zu markieren.

»Was Ihr reformieren wolltet, Pieter, das beginnt bei uns täglich auf ein Neues. Die Kirche erneuert sich, sie hat die Kraft dazu. Hier spüren wir es allerdings mehr als in Spanien oder in Rom. Es ist ganz eigentlich das, was uns trägt, denn Gott ist mit uns. All das Verschiedene, was uns entgegentritt, soll in einer höheren Wahrheit aufgehoben sein.«

Van Ackeren schaute Francisco an. Er sah den Mann, schon alt, mit grauen Fäden in Haar und Bart. Es zog ihn etwas hin zu der Einfachheit und zu der Stärke seines Glaubens, was er mit Worten nicht auszudrücken vermochte.

»Wir haben vor«, fuhr Francisco fort, »bald eine Orgel für unsere Kirche zu bauen. Da wir mit unseren Drehstühlen inzwischen Flöten zu bauen verstehen, da wir auch Blasebälge aus feinem Leder herstellen und gute Schnitzarbeit uns nicht schwerfällt, können wir es vollbringen. So werden die Indianer einmal sagen können, dass sie mit ihren eigenen Händen eine Orgel für ihren Gottesdienst gebaut haben. So ist unser Werk, in dieser Art.« Er wandte sich Van Ackeren zu. »Ihr habt sie doch singen hören?«

Van Ackeren nickte. »Ich habe sie singen hören, und es klang für mich, als seien es Engel. Verzeiht mein Pathos, aber man kann es nicht anders beschreiben. Ich höre sie jeden Abend, wenn ich vor Eurem Gotteshaus bete.«

»Die Indianer sind der Musik ergeben. Sie verwandelt sie. Wenn sie Musik hören, träumen sie. Zu singen ist ihre größte Belohnung. Sie gehen darin auf, und ihre Stimmen, das habt Ihr ja gehört, künden von einer einfachen Seligkeit, die uns berechnenden Menschen schon lange abhandenkam.«

Am 26. Mai 1701
Am Vortage besuchte ich meinen jungen Gefährten, den Waldknaben, welcher in einem der Indianer-Häuser Wohnung fand. Und war verwundert darüber, dass er mich kaum zu erkennen schien. Indessen hat

er wohl unsere gefahrvolle Reise besser überstanden als ich, und auch der furchtbare Angriff im Wasser scheint ihn nicht verstört zu haben, sondern, wie zu vermuten, ist solches Teil seines Lebens und hat wohl zur Folge, dass er hernach Freude empfindet, noch am Leben zu sein.

Als ich ihn sah in den Werkstätten der Tischler, wo man ihn anleitet, wechselte er zwar einen Blick des Erkennens mit mir, es ergab sich jedoch kein längeres Zusammensein. Ich gab ihm die Früchte, welche ich ihm mitgebracht, und dankte ihm noch einmal für seine Hilfe. Dies nahm er beides mit Gleichmut entgegen.

Nachdem ich die Tischlerei verlassen, sprach ich mit Pater Francisco über den Knaben. Er meinte, dass für diese Menschen das Wesentliche sei, was gerade geschehe. Sie seien verlässlich in allen Unternehmungen und vermöchten gerade so fröhlich wie unsereiner zu sein, wenn man zusammensitze. Aber es sei mit ihnen, als lebten sie in einer anderen Zeit, und sie pflegten nicht Freundschaften um der Freundschaft willen.

Mir gab dies viel zu denken. Im Besonderen dachte ich an die Stelle aus dem Prediger Salomo, wo es heißt: »Alles hat seine Zeit. Weinen. Klagen. Lachen und auch Tanzen hat seine Zeit.« Und ob nicht diese Indianer gerade das erkannt und auch eher als unsereiner, welcher doch immer ins Zukünftige und Vergangene geht mit seinem Trachten? Am Ende kam ich aber zu der Überzeugung, dass mir etwas fehlen würde, wenn ich nicht Freundschaft kennte auf meine Art. Und dies ließ mich erneut trauern um Jacob Maternus, welcher, das sage ich aus tiefer Überzeugung, mir ein Freund geworden war.

3

Van Ackeren besuchte die Schmiede. Der Schmied war ein Jesuit aus den Spanischen Niederlanden, ein Wallone, der sich Pater Sixtus nannte. Vor Tagen hatte er mit dem Gast bei Tisch ein paar Worte Niederländisch gewechselt. Van Ackeren hatte sich gleich zu dem vierschrötigen Mann hingezogen gefühlt und war eingeladen worden, ihn zu besuchen.

Den ganzen Tag konnte man über den Platz den singenden Klang des Ambosses hören und konnte fast meinen, man befinde sich in einem holländischen Dorf. Zwei Indianer hockten unter dem Vordach an großen Schleifsteinen, welche in Wasserkästen liefen. Sie waren dabei, einen bereitliegenden Stapel von Haumessern für die Zuckerfelder mit scharfen Schneiden zu versehen, und sie begrüßten Van Ackeren in ihrer eigenen Sprache, als dächten sie, dass er sie verstehe.

Als er mit seinen Krücken in den dunklen Raum eintrat, welcher bloß vom Feuer der Esse erleuchtet wurde, nickte ihm Pater Sixtus zu, der einen Lederschurz über dem nackten Oberkörper trug. Ein Indianer stand bei ihm; er zog den Blasebalg, der neben der Esse eingebaut war und dem Feuer ein Fauchen und Aufglimmen entlocken konnte, dass es einem vorkam, als atme in dem dunklen Raum ein Drache mit rot glühendem Rachen.

»Gott zum Gruß«, sagte Van Ackeren.

Der Schmied machte mit seiner rußigen Hand das Kreuzeszeichen. Er musterte seinen Besucher nur kurz, dann schob er ein paar Eisenstücke, die in der Esse lagen, zurecht.

»Was führt Euch her, junger Herr?«

»Ich wollte ein paar Worte Niederländisch reden. Und hatte nicht erwartet, so fern von zu Hause einen Mann zu treffen, der meine Heimat kennt.«

»Ich folgte der Stimme unsres Herrn Jesus, mein Sohn. Darum bin ich hier.«

»Wo habt Ihr Euer Handwerk gelernt, wenn Ihr die Frage erlaubt?«

»Ich war Waffenschmied in Lüttich. Hab Rapiere und Haudegen gemacht für die noblen Herren.« Der Schmied lächelte. »Waren junge Blassgesichter, wie Ihr eins habt. Verzeiht. Ich sage immer, was ich denke.«

Van Ackeren sah sich in der Schmiede um, in der es noch heißer war als draußen auf dem sonnenerfüllten Platz. An den Wänden hingen aufgereiht die verschiedensten Zangen und Hämmer. Eisenbarren lagen am Boden bei der Esse. Ein Werktisch und ein Wasserfass standen neben dem Amboss, dessen Fläche im Halbdunkel glänzte wie blank geschliffen.

»Schmiedet Ihr hier auch Waffen?«

»Wenn es sein muss, tue ich auch das.«

»Muss es sein?«

»Ich weiß nicht, worauf Eure Frage zielt, mein Freund. Dem Eisen ist es gleich, was daraus werden soll. Und Euch kann's gleich sein, was ich herstelle.«

»Verzeiht, ich wollte Euch nicht zu nahe treten, Pater.«

Der Schmied nahm einen der rot glühenden Stäbe aus der Esse heraus.

»Ihr könnt Euch nützlich machen, anstatt törichte Fragen zu stellen. Zieht mir ein wenig den Blasebalg, dann habe ich noch einen Mann für die Schleifsteine draußen.«

Der Indianer gab den Platz frei. Van Ackeren nahm seine zwei Krücken in die linke Hand und fasste mit der Rechten den Griff, mit dem der schwere Blasebalg hochgezogen werden musste, damit er Luft in die Esse hineinblies.

»Nun, was glaubt Ihr, wird daraus werden?«, fragte Pater Sixtus.

Er hatte das glühende Eisen auf dem Amboss. Warf eine Kette darüber, die er mit dem Fuß spannte, um es zu halten, und begann, vom Ende her eine Kerbe in den Stab zu meißeln.

Van Ackeren vergaß zu antworten. Er sah dem Schmied dabei zu, wie er die Kerbe Schlag um Schlag verlängerte, den Meißel kühlte und wieder ansetzte, schließlich das Stück in die Esse zurückschob.

Die glühenden Stäbe darin waren orangerot, über ihre Oberfläche huschten flüchtige Schatten wie über Feuersglut. Es schien eine große Kraft zu sein in dem Eisen ebenso wie in dem Feuer, welche sich miteinander trafen.

»Nun, was denkt Ihr?«

Van Ackeren zuckte mit den Achseln.

Die Art des alten Jesuiten half ihm, auf seine Zurückhaltung zu verzichten. Man konnte sich auf Neckereien einlassen mit ihm, und dazu erinnerte alles an ihm, er wusste nicht recht, wieso, so sehr an die Heimat.

»Etwas Nützliches allemal«, sagte Van Ackeren. »In einer Schmiede wird doch Nützliches gemacht, oder nicht?«

Sixtus schüttelte den Kopf. »Nicht allweil«, sagte er. »Nicht nur Nützliches, junger Freund. Auch Schönes«, sagte er. »Und mehr. Gebt nur acht.«

Der Schmied nahm den glühenden Stab wieder heraus und meißelte, nachdem er ihn um ein Viertel gedreht hatte, vom anderen Ende her eine zweite Kerbe hinein, dann kam das Eisen zurück in die Esse.

Nachdem das Stück wieder Rotglut angenommen hatte, spaltete er die erste Kerbe an der Ambosskante in zwei Flügel. Dann teilte er die zweite Kerbe auf die gleiche Weise. Wuchtige Hammerschläge zwangen das glühende Eisen auf den Amboss herunter und ließen auf einmal ein Kreuz entstehen, zu dem sich die geteilten Flügel anordneten, als hätten sie darauf gewartet. Und in der Mitte blieb eine rautenförmige Öffnung stehen wie ein Auge.

Mit der Zange hob Pater Sixtus das noch glühende Kreuz hoch, als wollte er die Schmiede damit segnen.

»Die Welt mag von Eisen sein. Dann ist die Kirche der Amboss, und unser Gehorsam ist der Hammer.«

»Und wofür«, fragte Van Ackeren, »steht das Feuer?«

Der Schmied schaute ihn an, die Augen blau in dem rußigen Gesicht.

»Das Feuer, mein Freund, ist der Glaube.«

4

Van Ackeren hörte den Donner. Er trat ans Fenster, durch dessen Gazevorhang die glühende Mittagshitze hereindrang. Bei den fernen Tafelbergen, die sich über dem Urwald erhoben, viele Meilen gen Süden, hingen dunkle Wolkenbänke. Sie wurden von Blitzen erleuchtet, die lautlos darin auftauchten wie Golddrähte. Um einiges später folgte der Donner nach als ein bedrohliches Rumpeln. Über dem Gelände der Mission stand weiter das helle Sonnenlicht. Gleichwohl meinte man, in der Luft einen starken Geruch nach Erde und Regen wahrzunehmen.

Er blieb am Fenster stehen und wartete auf das näher kommende Gewitter.

Dabei schaute er auf den großen Wald, der sich bis zu den fernen Bergen hinzog, und auf einmal, da er ihm entronnen, glaubte Van Ackeren, ihn zu verstehen.

Der Wald nahm alle auf, die ihn betraten, und vergaß sie, er verzehrte ihre toten Körper, aber er hielt ihren Geist gefangen. Er kannte die verrosteten Helme und Harnische der Conquistadoren, die vor Menschenaltern davon geträumt hatten, das Land auf Rössern mit goldenen Hufen zu durchqueren, und nachdem sie es betraten, entkräftet niedersanken, in Verzweiflung das Blut ihrer Pferde tranken und ihre Sättel aßen. Irgendwo mochten ihre entfleischten Häupter liegen, noch immer in Eisen gehüllt, in denen nun die Ameisen wohnten. Ihre verrotteten Arkebusen, Lanzen und Rapiere ein von Moos überwucherter Haufen.

Der Wald nahm sie auf und vergaß sie. Er wollte wachsen und träumen vom Licht, das sich in der Frühe wie geschmolzene Glasfäden an seinen Blättern entlangspann und die Nebelschwaden zum Aufleuchten brachte. Das Licht, welches abends mit seinen flachen Strahlen die blau glänzenden Fische an die Oberfläche holte, wo sie schmatzend die dicke Schicht aus ertrunkenen Fliegen fraßen. Der Wald träumte vom Regen, der übers Meer reiste, bis der Wind die Wolken gegen die Tafelberge drängte und sie mit bedrohlichem Rumpeln auseinanderrissen, von Blitzen erhellt. Und schwere Tropfen aus ihnen stürzten, die mit plötzlich anhebendem Prasseln in die Blätter schlugen und vom Wasser der Flüsse abprallten wie Millionen leuchtender Erbsen. Der Wald träumte vom Regen, er atmete den Tag und die Nacht. Er trank Wasser und trank Licht und streckte sich aus unter dem funkelnden Staub der Sterne.

Van Ackeren wandte sich vom Fenster ab und humpelte zurück in seine Kammer. Dort blieb er stehen und sah sich um.

Sah den hölzernen Boden, der noch nach frisch geschlagenem Holz duftete. Sein Blick ruhte auf dem einfachen Muster der Palmmatten, aus denen die Wände hergestellt waren. All das war vor nicht langer Zeit noch ein Teil des Waldes gewesen. Die Hände der Indianer hatten dies gebaut, dieselben Hände, die vordem Keulen schwangen und Bogen spannten, waren an Werkzeuge gewöhnt worden und schufen Nützliches. Dinge, die blieben, Heimstätten wurden, sinnreiches Gerät und Schönheit zur Ehre Gottes.

Immer wieder, seitdem er herausgekommen war aus der Wildnis, musste er sich darüber verwundern, dass es den Jesuiten möglich war, nahe der Wildnis in solcher Bequemlichkeit und Sicherheit zu leben, und er empfand tiefe Dankbarkeit für die Fertigkeiten der Handwerker, die dies alles hier erbaut hatten.

Dass die Natur bezwungen werden musste und ihre Gaben genutzt von den Menschen und dass dies Gottes Wille sei, davon war Van Ackeren mehr überzeugt als jemals zuvor, nach dem, was er erlebt hatte. Aber auch, dass die Hand des Höchsten nicht immer schützte und dass sein Ratschluss nicht vorhersehbar war.

Dass andere hatten gehen müssen. Waren sie Opfer gewesen für etwas Höheres – und mussten sie vielleicht gehen, damit *er* bleiben konnte? Das konnte nicht Gottes Wille sein, denn Gott rechnete nicht, und er war es, der Gnade schenkte.

Was hätte Jacob Maternus dazu gesagt?

Der hätte wohl vom Zufall gesprochen und nicht von der Vorsehung. Es konnte jedoch nichts anderes als Vorsehung sein, dass ihm erlaubt wurde, hier zu sitzen und dafür einen gezimmerten Schemel zur Verfügung zu haben und einen Tisch. Einen wollenen Rock am Leib und Beinkleider und ein neues, sauberes Hemd aus Kattun. Dessen Wolle gesponnen in der Mission, der Kattun hier gewebt und das Leder hier gegerbt. Als habe Gott ihm weisen wollen, dass es einen Weg gäbe heraus aus dem Chaos, zurück in die Ordnung.

Nicht anders war er gekleidet als die Indianer, welche aussahen wie Europäer, wenn man ihnen begegnete, mit eben sehr schwarzem Haar und mit anderen Gesichtszügen, als man sie gewohnt. Und welche in ihrer Kleidung, die sie selbst gewebt und geschneidert, und in den Häusern und Werkstätten, die sie selbst erbaut hatten, inzwischen so selbstverständlich einhergingen wie zuvor in ihrer Nacktheit.

Van Ackeren spitzte die Feder nach und schlug sein Buch auf. Er sah auf seine Finger, deren eingerissene Nägel fast verheilt waren, die zerschundenen Knöchel weiß vernarbt. An seinen Beinen, welche er unter den Tisch streckte, befanden sich zwar noch immer Verbände, aber er konnte inzwischen ohne Krücken gehen. Der Medicus der Jesuiten hatte sechs Geschwüre geöffnet, in welchen, wie er sagte, Würmer gewesen seien, und gemeint, dass wohl Narben bleiben, die Glieder aber wieder heil würden. Was nicht zu erwarten gewesen, wenn er noch ein paar Tage länger im Wald hätte zubringen müssen, da er sein Fieber, das bereits begonnen habe, dort nicht überlebt hätte.

»Ich zeige Euch etwas, das unser ganzer Stolz ist«, sagte Pater Francisco, während sie zusammen durch die Mission wanderten.

»Ihr wisst«, fuhr er fort, »dass wir in unseren Werkstätten uns bemühen, alles, was uns an Fertigkeiten zur Verfügung steht, unsere Schutzbefohlenen zu lehren. Wir verfügen über eine Ziegelei, eine Gerberei, Mühlen für Getreide und Zucker, die Schmiede, die Ihr bereits kennt, und wir versorgen uns selbst und unser Vieh, dazu erwirtschaften wir gute Erträge. Dies alles besitzen wir gemeinsam. Wir sind nicht aus auf Gewinn, wir teilen mit den Indianern und lehren sie unsere Kunst, wie sie uns manches lehren, worüber wir staunen. Die Landbesitzer mögen uns deswegen mit Misstrauen ansehen, aber wir sind der Meinung, dass Menschenhände alles gestalten können und dürfen, was zur Ehre Gottes und zum Nutzen der Menschen dienlich ist.«

Unterdessen waren sie zu einem Gebäude gelangt, das sich hinter der Kirche befand. Es war die Totenkapelle, an welcher der Friedhof lag.

»Nicht alle Brüder aus unserem Kreis haben die Mühen überstanden, die es gekostet hat, diese Mission zu bauen. Hier auf dem Gottesacker liegt unser Bruder Jorge, welcher ein Instrumentenbauer aus dem deutschen Nüremberg gewesen, ehe er sich der Societas Jesu anschloss. Er war es, der mit unserer Orgel begann, und er hat zwei Brüder ausgebildet, sein Werk fortzusetzen, da er im zweiten Jahr nach der Gründung von San Tómas am Wechselfieber erkrankte und ahnte, dass ihn sein Schöpfer bald zu sich rufen werde.«

Francisco öffnete die Tür der Kapelle, und sie traten ein.

»Gelobt sei Jesus Christus«, sagte der Pater.

»In Ewigkeit«, antwortete Van Ackeren, und sie knieten nebeneinander vor dem Altar nieder. Einem einfachen Tisch, welchen eines der eisernen Kreuze zierte, die Pater Sixtus in seiner Schmiede fertigte.

Francisco erhob sich wieder.

»Unser Bruder Jorge hat aber nicht nur an einer Orgel gebaut. Er hat uns noch ein weiteres Instrument geschenkt, das er noch vollenden konnte. Und das zu fertigen ihm besondere Freude bereitete. Schaut her.«

Francisco war an der Seite der Kapelle entlanggeschritten und wies auf einen kleinen Tisch, so schien es jedenfalls, welchen man mit einer gewebten Decke verhängt hatte.

Er nahm die Decke ab, und Van Ackeren sah, dass das, was er für einen Tisch gehalten, ein zierliches Spinett war. Es stand auf Füßen aus geflammtem Palmholz, und der Korpus war von schön gemaserten Brettern gefertigt. Die Tasten waren aus schwarz und weiß gefärbtem Bein, und es wies einen Tonumfang von fünf Oktaven auf.

»Ein Spinett!«, sagte er. »Das ist ganz wunderbar.«

»Versteht Ihr es zu spielen?«

Van Ackeren nickte. »Meine Eltern besaßen – sie besitzen es noch immer, hoffe ich – ein Cembalo. Meine Geschwister und ich wurden in seinem Gebrauch unterrichtet.«

»Wollt Ihr es probieren?«

Van Ackeren fand sich aufs Stärkste bewegt. Die Jesuiten hatten dem Wald nicht nur die Mission als Heimstatt und Werkstatt abgerungen, sie verstanden offenbar auch derartige Kunstwerke aus dem zu schaffen, was vor nicht langer Zeit noch rohe Natur gewesen war.

»Das heißt, wenn«, setzte Francisco hinzu, »es sich um geistliche Musik handelt. Ihr werdet verstehen, dass an diesem Ort nichts anderes erklingen darf als das Lob Gottes.«

»Ich verstehe und billige dies ganz und gar«, sagte Van Ackeren, den eine plötzliche und unerwartete Sehnsucht nach Tönen überkam. Er dachte an die wunderbar klaren Stimmen der Indianer. Nun bot man ihm die Möglichkeit, selbst zu musizieren!

»Ich würde sehr gerne darauf spielen. Wenn Ihr erlaubt, eine Figuration aus dem Psalter von Sweelinck.«

Francisco lächelte und forderte Van Ackeren mit einer Geste zum Spielen auf.

Und Van Ackeren spielte.

Er gab sich in die schönen Töne, welche der Melodie so ernst und fromm in Variationen huldigten, dass sie nicht gestört und nicht verwässert wurde, sondern stark und schlicht herauskam und stand wie der Glaube, der in Fährnissen sich bewähren muss. Wie er spielte, sah er die vertrauten Räume seines Elternhauses wieder vor sich, die ihm so weit entfernt und mit den zirpenden Tönen des Spinetts auf einmal ganz nahe kamen. Da war die Bibliothek, in welcher das Cembalo seinen Platz hatte, die Mutter, wie sie hereinkam und ihm die Hand auf die Schulter legte, wenn er spielte.

Und er sah Anna, auch sie war auf einmal da. Er schaute in ihr Gesicht beim Spielen, er wollte sehen, wie seine Musik in ihren Augen sich spiegelte. Und merkte nicht, dass mehr und mehr Leute in die Kapelle hereinkamen, um ihm zuzuhören.

Von Francisco ermutigt, spielte er noch eine weitere Figuration Sweelincks, während die Patres und Indianer in seinem Rücken leise hintereinander in die Kirche hereintraten und sie füllten, bis niemand mehr hinzukommen konnte. Als das Stück zu Ende war, blieben die zirpenden Töne des Spinetts in einem letzten Akkord stehen.

Van Ackeren strich mit den Fingern über die Tasten, als wollte er Abschied nehmen. Die Tränen standen ihm in den Augen, als er zu Francisco hochschaute.

»Ich bin Euch zu großem Dank verpflichtet.«

Francisco neigte den Kopf. »Ihr habt nicht bloß genommen, mein Freund. Ihr habt auch gegeben. Dreht Euch um.«

Van Ackeren wandte sich um und erblickte alle die Menschen, die in der Kapelle standen. Sie hatten einigen Abstand von ihm gehalten, als wollten sie der Musik den Raum nicht nehmen, der ihr gebührte, und alle sahen ihn an.

»Alabado sea Dios«, sagte einer der Patres und verneigte sich. Alle antworteten ihm, auch die Indianer.

5

Es war um diese Zeit, dass in Para Maribo ein Schiff abfahren sollte nach Holland. Es handelte sich um eines von jenen, die bereits auf dem Suriname-Fluss lagen, als die »Marije van Flanderen« eingelaufen war.

Ein dreimastiges Vollschiff, »Maarthe« geheißen, mit breitem Sonnendeck für die Tropen ausgestattet, vollständig beladen inzwischen, vor allem mit Fässern voller Zuckermelasse. Es waren dieselben Fässer, die an Van Ackeren vorbeirollten, als er zum Haus der Verbooms unterwegs gewesen war.

Auf dem Schiff hatten sich vier Passagiere eingerichtet. Zunächst Frau Merian und ihre Tochter Dorothea, nachdem es letzterer schließlich gelang, die Mutter zum Aufbruch zu überreden, um die Krankheit nicht noch schlimmer werden zu lassen. Die Merians hatten daher ihre Sammlungen in aller Eile abgeschlossen und alles an Bord des Schiffes geschafft, welches sie in die Heimat zurückbringen sollte.

Auch die junge Frau Verboom befand sich an Bord. Sie hatte sich mit Dorothea angefreundet, und der Entschluss der Merians, abzureisen, rief ihren starken Wunsch wieder herauf, einmal nach Holland zu kommen, wo doch auch Verwandte der Verbooms lebten, welche man noch nie gesehen hatte. Sie konnte von ihrer Mutter die Zustimmung zu der gefährlichen Reise erwirken. Der Junker Verboom indessen musste zu seinem großen Verdruss zurückbleiben, da ihm die Prinzipalin das Mitreisen nicht gestattete. In diesen Zeiten, meinte sie, dürfe der künftige Hausvorstand nicht für ein Jahr abwesend sein, und zudem wisse man nicht, so die Mefrouw, ob er denn überhaupt zurückkehren werde, und was sollte dann geschehen?

So blieb es dabei, dass seine Schwester allein reiste.

In ihrer Begleitung befand sich Anna, welche in den vergangenen zwei Wochen auf Geheiß der jungen Frau Verboom Mutter und Tochter Merian beim Verpacken der Sammlungen viel geholfen hatte und auf die Merians dabei den besten Eindruck machte. Sie hatten bereits zuvor ihre Gabe zum Zeichnen bemerkt und die anstellige Person schätzen gelernt, die zwar nicht imstande war zu reden, jedoch klug erschien und alles rasch aufzufassen vermochte. Wie wiederum Anna sich lieber mit den Wissenschaften abgab, und sei es bloß, deren Objecte in Wachstuch einzupacken, als Böden zu scheuern und Wäsche zu falten.

Da sie außerdem als Bedienerin der jungen Frau nützlich und es auf eine Dienstmagd weniger im Haus Verboom nicht ankam, saß Anna nun auf dem sonnenwarmen Deck der »Maarthe«, auf das eben noch ein prasselnder Regenguss niedergegangen war, welcher die Planken nässte, von denen in der heißen Sonne Dampfschwaden aufstiegen wie in einer fleißig betriebenen Waschküche. Annas Bündel lag neben ihr. Darin befanden sich das Hemd, welches die Leydenerin ihr als Ersatz für das von den Soldaten zerrissene gekauft, und die Kleider, die man ihr im Haus Verboom gegeben.

Was ihr am teuersten war, hielt sie in der Hand, während sie zum Ufer hinüberschaute. Den silbernen Wappenknopf, den ihr der junge, dunkel gekleidete Mann geschenkt hatte, dessen Name Pieter van Ackeren war. Sie hielt ihn so fest in der Rechten, dass ihre Knöchel weiß hervortraten. Mit den Fingern der anderen Hand wischte sie sich die Tränen aus dem Gesicht, während die Matrosen am Vorschiff singend im Kreis gingen und mit dem Spill das schwer beladene Schiff flussaufwärts gegen den Anker zogen. Nachdem der Anker aus dem Grund gehoben war, wurde das schwere Eisen vor den Bugrüsten festgezurrt, derweil bereits zwei Ruderboote damit angefangen hatten, das Schiff den Fluss hinunterzubugsieren.

Anna erhob sich, um an die Reling zu treten, denn die palmenbestandenen Ufer Para Maribos, die sie verlassen würde, glitten an ihr vorbei. Unter dem bauchigen Rumpf gluckste der Fluss, als mache er sich lustig über das Vorhaben, ihm und dem fieberheißen Land, das ihn umgab, entkommen zu wollen. Auch die großen schwarzen Vögel, die auf den Uferbäumen saßen und ihre Flügel hängen ließen, drehten Anna nacheinander ihre Köpfe zu, als wollten sie ihr zum Abschied eine traurige Reverenz erweisen.

Aber Anna glaubt nicht an das Unglück. Das Unglück ist alltäglich und braucht nicht erst beschworen zu werden, sie will lieber an das Glück glauben.

Ob er schon nicht angelangt an seinem Ziel, in Providentia, der fromme junge Mann, und der alte Bootsmann erzählte, dass Banditen ihn und den deutschen Doctor mitgenommen hätten – ob schon alles von Mord und Raub redet, sie weiß, dass er lebt. Seitdem sie einander bei Verbooms in die Augen gesehen haben, ist etwas Starkes in ihr, das ihr die Kraft gibt, daran zu glauben. Es ist ein Abzweig von der Kraft, die sie selbst am Leben hielt in der finsteren Zeit davor. Ja, sie weiß, dass er lebt und dass er zurückkehren wird. Nun muss sie mit der Herrschaft nach Holland reisen, aber das ist nur für eine Zeit, die vorübergehen wird. Und eines Tages wird auch er wieder nach Holland kommen, das spürt sie, wie man etwas nicht wirklich wissen und dennoch sicher sein kann. Und wenn sie ihn nicht mehr sehen soll – dass er lebt, das soll so sein. Dann wird sie das, was geschehen ist, eben in ihrer Kammer verwahren, und vielleicht reicht es für lange. Wie für die, die nicht reichlich zu essen gewohnt sind, die Erinnerung an eine feine Speise das harte Brot eine ganze Zeit lang versüßen kann.

Bald blieben das Singen der Zikaden und das Quaken der Frösche zurück, welche das fortreisende Schiff begleiteten, wurden weniger wie Spinnweben, die man zerreißt, und machten dem Kreischen der Möwen Platz, welche von See heranflogen. Eines nach dem anderen fielen mit Rumpeln die Segel herunter, in die der Wind einstand und sie füllte.

Wo der Suriname sich zur Mündung hin verbreiterte, verließen die Boote die »Maarthe«, die inzwischen Mars- und Untersegel gesetzt hatte. Die erschöpft innehaltenden Ruderer in den Booten sahen von ihrem niedrigen Sitz, wie das Schiff mit seinen stolz sich türmenden Masten leewärts abfiel und Fahrt aufnahm hinaus in die caraibische See.

Sie achteten beim Umkehren nicht auf die rothaarige Frau, die an der Reling stand. Und weiter stehen blieb, als das Schiff bereits eine Meile auf offener See vor dem Wind halste und auf Kurs Nordwest ging. Und damit den ersten Schlag tat für das mühsame Aufkreuzen gegen den Passat und für den ersten Abschnitt seiner Rückreise über den weiten Atlantik.

Anna blieb an Deck, bis die Küste von Neu-Holland nur noch einen grünen Streifen abgab, der das helle Blau des Meeres trennte von dem dunkleren Blau des mittäglichen Himmels.

6

Von nun an spielte Van Ackeren täglich nach dem Mittagsmahl eine halbe Stunde geistliche Musik für die Jesuiten und die Indianer, nachdem man das Spinett, welches seit dem Tod seines Schöpfers nicht mehr benutzt worden war, zu diesem Zweck in das Refektorium stellte.

Der Alkalde und Hauptmann der Indianer hatte die Patres darum gebeten, nachdem auch er unter den Zuhörern gewesen war, die Van Ackeren in der Kapelle hatten spielen hören, und den Patres danach mitteilte, dass viele der Indianer denselben Wunsch geäußert hätten. Er wünsche sich am meisten, sagte der alte Indianerhäuptling, dessen Finger so rissig waren wie abgenutztes Sattelleder, ehe Gott ihn zu sich hole, selbst noch auf diesem Instrument spielen zu lernen. Welches, wie er sich ausdrückte, die Töne der Vögel und des Wassers zusammen in sich enthalte und beim Spielen seinen eigenen Chorgesang entfalte, der in den Menschen das größte Entzücken erwecke und die Sehnsucht nach dem Land ohne Übel, in das sie einst eingehen würden.

Er wisse, dass das Instrument, um dies zu vollbringen, aus dem besten Holz des Waldes erbaut worden sei, die Saiten aus den Därmen der Wasserschweine und die Tasten aus den Knochen von Caimanen, welche er selbst vor vielen Jahren geholfen habe zu polieren, dass sie wurden wie Elfenbein. Er empfinde großes Glück, dass das Instrument Don Jorges, den er sehr verehre, nun wieder zum Leben erwacht sei.

Van Ackeren spielte zur Erbauung Figuren von Sweelinck, aber auch einige kleine profane Stücke anderer Meister, nachdem er bemerkte, dass die Musik, die nach dem Dankgebet in dem lichten Raum erklang, in welchen das helle Sonnenlicht hereinfiel, eine starke Wirkung auf die Anwesenden ausübte, zumal auf die Indianer. Deren Aufmerksamkeit und Hingabe glaubte er beim Spielen geradezu körperlich zu spüren, als wären seine Finger, die die Tasten drückten, und die von der Mechanik angerissenen Saiten mit den Ohren der Indianer durch ein feines Gespinst unsichtbarer, gleichwohl körperlich fühlbarer Natur miteinander verbunden und als könne das, was dabei entstand, größer nicht werden, als es in diesem Moment war. Oft kamen ihm die Tränen beim Spielen, da er in seinem Innersten sich angerührt fühlte.

Dieses Glück sollte aber nicht von Dauer sein, wie es dem Glück ohnehin nicht beschieden.

Eines Morgens, es mag drei Wochen nach Van Ackerens Rettung gewesen sein, wurde durch zwei ankommende Brieftauben der überraschende Besuch des Alkalden Don Navarro angekündigt, welcher noch an demselben Tag zu erwarten sei und zum Mittag dann in Persona mit seinem Gefolge in San Tómas einritt.

Don Navarro saß auf einem Apfelschimmel, der in kastilischer Manier aufgezäumt war, mit gezopfter Mähne und klingelnden Messingglöckchen am weiß-rot geflochtenen Lederzeug. Der darauf sitzende korpulente Reiter war bestellter Regidor der Stadt Virgen de Guadalupe, in welcher an die zweihundert Seelen Spanier und eintausend Mulatten, Mestizen und Indianer lebten und die zu der Real Audiencia Sante Fé de Bogota als Teil des Vizekönigreiches Neu-Kastilien gehörte. Und er sah sich als Vertreter der vizeköniglichen Autorität. Nicht nur hier in der Mission, als deren Steuereinnehmer er fungierte, sondern auch andernorts und zu jeder Zeit.

Er war der Auffassung, ein Mann könne in diesem verfluchten und von Gott vergessenen Land kaum mehr erreichen als solche Würde, und dass man dieselbe zu respektieren habe. Er hätte sein Amt gern, was ihm erlaubt wäre, an seinen Sohn vererbt, wenn er einen gehabt hätte. Aber seine Gattin Izabel de Navarro verweigerte ihm nach einem Jahr der enttäuschendsten Versuche, mit ihr die Ehe zu vollziehen, jegliche Gemeinschaft im Bett, sodass er seine Affären mit Dienstmädchen und kreolischen Huren wieder aufgenommen hatte. Wenn ihm auch Izabels zerbrechliche Anmut ein andauerndes Kopfzerbrechen bereitete, seitdem sie ihm das erste Mal begegnet war, und er durch diese ihm ganz fremde und unantastbar erscheinende Schönheit eine schmerzhafte Wunde erleiden musste in seinem Leben, über das er bis dahin niemals nachgedacht hatte und dem er in bald dreißig Jahren Völlerei und Zügellosigkeit eine runde Form verliehen zu haben meinte.

Er trug einen mit silbernen Litzen verzierten himmelblauen Rock, der so durchgeschwitzt war, dass sich am Rücken und unter den Achseln dunkle Flecken mit Salzrändern zeigten. Auf seinem rot gebrannten kahlen Schädel standen Schweißtropfen, die in Rinnsalen an seinen Wangen herunterflossen, wenn er den Kopf schüttelte, um die Fliegen abzuwehren. Aber aus Prinzip trug er weder Hut noch Perücke, es sei gegenüber Höhergestellten. Davon aber begegnete er selten welchen, und hier schon gar nicht. Sein Rapier und eine mit getriebenem Silber verzierte Pistole im Futteral hingen am hinteren Zwiesel des Sattels. Seine Füße, an denen er teure Schnallenschuhe trug, steckten in großen Lederhüllen, welche die bestrumpften Beine vor Dorngestrüpp schützen sollten. Dieselbe Art Steigbügel, erfunden von den Conquistadoren, wurde von den sechs Soldaten benutzt, die den Alkalden begleiteten. Hinter den Soldaten trotteten vier Saumtiere, beladen mit Gepäck, begleitet von einem Dutzend Indianer, die abgesehen von ihren Lendenschurzen nackt waren und barfuß gingen.

In einigem Abstand von der Gruppe ritt ein weiterer Edelmann: Don Navarros Schwager Cosmé de Fuentes, der Halbbruder Izabels, ein junger Kavalier. Der Abstand, den er von seinem Schwager hielt, war nicht bloß ein räumlicher. Cosmé hatte Alonso de Navarro schon vom ersten Moment ihrer Verbindung an nicht leiden können. Hinzu kam, dass die Kränkung an ihm nagte, als Sohn einer kreolischen Nebenfrau seines Vaters auf die Welt gekommen zu sein. Dieser Umstand hatte zur Folge, dass er alles, was er war, einer Frau, nämlich seiner spanischen Schwester, zu verdanken hatte.

Das konnte und mochte er ihr zwar nicht übel nehmen, weil er sie liebte wie niemanden sonst auf der Welt, es befeuerte jedoch seinen Hass auf ihren grobschlächtigen Gemahl. Die Kur gegen dies alles bestand darin, dass Cosmé eine Neigung zu riskanten Abenteuern entwickelte, wie einen unstillbaren Drang nach Bildung und feinen Manieren, für den sich in Guadalupe jedoch kaum Nahrung fand, nachdem man sich dort entweder zum Kirchgang oder zu weinseligen Abendgesellschaften traf, wenn nicht gerade eine der häufigen Hinrichtungen stattfand, womit die gesellschaftlichen Ereignisse der Stadt aufgezählt wären.

Zu Cosmés Genugtuung war er in der Lage, sich mit Izabel auf Französisch zu unterhalten, wie man es bei Hofe in Madrid tat. Woran Don Alonso sich selbstredend nicht beteiligen konnte, da er die Sprache der Froschfresser nicht verstand und schon aus Prinzip verabscheute.

Die Ankommenden ritten durch die Mittelgasse der Mission bis vor den Eingang der Kirche, wo auf der Treppenstufe Pater Francisco inmitten der anderen Patres Aufstellung genommen hatte. Er empfing den Alkalden und sein Gefolge mit einer Verneigung, davor er, wie auch die anderen Jesuiten, ein Kreuzeszeichen schlug.

Bei dem nachfolgenden Segen, den der graubärtige Jesuit allen Ankommenden zuteilwerden ließ und bei dem die Patres sich auf die Knie begaben, blieben Don Navarro und die Soldaten auf ihren Pferden sitzen. Indessen machten die Soldaten, verlegen ob der Unhöflichkeit, wenigstens ein Kreuzeszeichen dazu.

»Seid bedankt, Vater«, sagte der Alkalde. Er nickte und blies die Luft durch die Nase aus. Dann schrie er, halb umgewandt: »Joaquin, Felipe! Das Gepäck hinein, bewegt euch! Ich will ein kaltes Bad und ein Glas Wein!«

Don Navarro nahm den linken Fuß aus dem Steigbügel, und einer der Indianer sprang herbei, kniete nieder und nahm mit zitternden Rückenmuskeln das Gewicht des schweren Mannes auf sich, um ihn dann auf dem Boden abzusetzen. Don Navarro stieß den Indianer zur Seite und trat auf die Patres zu.

»Gott zum Gruß, Ihr frommen Herren. Ich hoffe auf ein gutes Mahl von den Erträgnissen Eures Hauses. Wir haben des Staubes und der Fliegen genug gefressen auf dem Weg hierher und freuen uns auf Besseres.«

Von einem der Patres zum anderen blickend, lachte der Alkalde.

Dann warf er die Zügel seines Pferdes dem Indianer zu, der sich wie ein getretener Hund von hinten angenähert hatte.

Van Ackeren, bei den Mönchen stehend, hörte Don Navarros Stimme, und ihm war, als stießen die Wörter, die er aussprach, zuerst an etwas an, ehe sie herausrollten, was vielleicht der Tatsache geschuldet war, dass er das Spanische nur sehr unvollkommen verstand. Beim Sprechen öffnete der Alkalde jedoch kaum den Mund, sondern er blies oder spuckte die Worte heraus, sodass auch die, die seiner Sprache mächtig, sich alle Mühe geben mussten, ihn zu verstehen. Dies fiel noch schwerer, wenn er sich aufregte, denn er war von hitzigem Geblüt.

Inzwischen war auch der andere Edelmann herangeritten. Er schwang sich behände aus dem Sattel, ohne der Hilfe zu bedürfen. Auch er nahm seinen Degen vom Sattel und steckte ihn in seinen Koller, welcher von einer silbernen Wappenschnalle geschlossen wurde. Cosmé de Fuentes mochte nicht viel über zwanzig Jahre zählen und war ein gutaussehender Kavalier, der die militärische Kleidung und die Ausstattung eines Reiteroffiziers trug. Auch er war ohne Perücke. Sein langes tiefschwarzes und ganz glattes Haar, das dem eines Indianers hätte gleichen können, hatte er zu einem Zopf geflochten, der ihm bis auf den Rücken herunterhing. Mit klirrenden Sporen trat er zwei Schritte vor, zog den federbesetzten Hut und machte einen etwas übertriebenen Kratzfuß.

»Seid gegrüßt, meine Herren Patres«, sagte er.

»Gott zum Gruße, Don Cosmé«, antwortete Francisco.

7

»Don Navarro ist zuständig für die Steuern, die wir an die Audiencia bezahlen«, teilte Francisco Van Ackeren mit, als sie im Refektorium bei Tisch saßen. »Wir bezahlen die Regierung nach der Anzahl der Arbeitskräfte, die wir beschäftigen, versteht Ihr?«

»Offen gesagt, nein.«

Sie aßen Gemüsesuppe und frisch gebackenes Brot, dazu gab es für jeden ein Stück Ziegenkäse aus der Faktorei der Mission. Den irdenen Becher hatten einige mit Wein, andere mit Wasser gefüllt.

»Ihr müsst es so sehen: Die Indianer, die bei uns leben, wären sonst Arbeitskräfte, die einem Encomendero gehören. Da sie aber hier bei uns leben, wird die Mission eben wie eine Encomienda besteuert, wie ein Landbesitz.«

»Wovon bezahlt Ihr denn diese Steuern? Ihr wirtschaftet doch nur für Euch selbst.«

»Wir verkaufen unsere Überschüsse und unsere Handwerksprodukte an Kaufleute, die sie uns abnehmen. Die Bezirksregierung verlangt von uns Geld, wir dürfen die Steuern nicht in Naturalia entrichten.«

Francisco winkte dem Indianer, der den Korb mit Brot vorbeitrug, und erhielt ein paar frische Stücke, die er an seine Nachbarn verteilte.

»Aber das macht uns keine Probleme.« Er lächelte. »Da wir kein Geld verschwenden, sind wir durchaus wohlhabend.«

»Essen Eure Gäste nicht mit uns?«

»Zu meinem Bedauern tun sie das nicht. Don Navarro wünscht nicht mit Indianern an einem Tisch zu sitzen. Wir bewirten im Gästehaus. Ich werde ihm später Gesellschaft leisten.«

Van Ackeren nickte. Den eitlen Edelmann, den er vorhin hatte ankommen sehen, hätte man sich kaum unter den Brüdern vorstellen können, welche zwar beisammen, aber doch am selben Tisch mit den Indianern ihr Mahl verzehrten. Selbst seine Eltern wären nicht auf den Gedanken gekommen, mit Dienstboten zusammen zu essen.

Er fasste Francisco ins Auge. »Ich habe heute früh Euren Friedhof besucht, Pater. Ich wollte Blumen an einen würdigen Ort legen für meinen Gefährten und Freund Jacob Maternus.«

Van Ackeren zögerte.

»Da bemerkte ich eine Gruppe von Kreuzen ohne Namen«, fuhr er fort.

Sixtus, der seine breiten Hände neben dem Teller liegen hatte, warf Francisco einen Blick zu, der ihn erwiderte. Sie aßen schweigend weiter.

»Ich habe mich gefragt, für wen die Gräber waren.«

»Gott kennt uns alle beim Namen, mein Sohn«, versetzte Sixtus. Er nahm sich ein Stück Brot und tunkte es in die Schüssel.

»Ich sollte wohl nicht fragen«, sagte Van Ackeren.

»Ihr könnt fragen, wir können antworten«, meinte Francisco.

Sixtus zog ein Messer aus einer Falte seiner Soutane und teilte damit seinen Käse in vier Stücke auf. Er stach die Spitze in ein Viertel Käse und steckte es in den Mund. Dann warf er Francisco erneut einen Blick zu.

»Es waren Portugiesen«, sagte Sixtus, noch kauend.

»Aber keine Brüder aus der Mission?«, sagte Van Ackeren.

»Nein«, sagte Sixtus.

Francisco löffelte seine Suppe.

Er schien keinen weiteren Anteil an dem Gespräch zu nehmen. Einer der anderen Brüder am Tisch streifte nun seinen Ärmel hoch und wies mit dem Finger auf seinen Arm. Oberhalb des Ellbogens konnte man eine tiefe Narbe erkennen, die aussah wie ein Trichter im Fleisch. Der ausgestreckte Finger des Jesuiten, der daraufllag, hätte leicht hineingepasst.

Der Mann lächelte Van Ackeren zu, welcher ihm direkt gegenübersaß. Er ließ seinen Ärmel wieder herunter.

»Una bala«, sagte er dann. *»Una bala portugués.«*

Sixtus schaute Van Ackeren an und schob ein weiteres Viertel Käse in den Mund. Er seufzte, ehe er anfing zu kauen.

»Bandeirantes«, sagte er dann mit vollem Mund. »Ein Dutzend von ihnen. Vor etwa einem Jahr um diese Zeit. Sie kamen, unsere Frauen zu stehlen, die Hundesöhne.«

»Eure Frauen? Die Indianerinnen, meint Ihr?«

»Sie suchen vor allem nach Frauen. Seitdem man Neger aus Angola einführt, sind Indianer auf den Zuckerplantationen nicht mehr gefragt. Und das wiederum ist schlecht für die Geschäfte der Bandeirantes. An Neger kommen sie nicht so leicht heran.« Sixtus wies mit dem Kinn auf Van Ackeren. »Das liegt vor allem an deinen Landsleuten, Niederländer. Die machen ja das Sklavengeschäft.«

Francisco schaute Sixtus tadelnd an, die Brauen angehoben.

Der zuckte bloß mit den Achseln und sprach weiter, nach dem nächsten Käsestück angelnd.

»Es ist doch so. Alle Pflanzer kaufen Neger, wenn sie sie bekommen können. Indianer bringen als Arbeiter wenig ein. Auf dem Feld vielleicht, aber nicht auf den Plantationen. Aber Frauen, die kann man immer verkaufen. Deshalb holen sie sie von den Feldern. Wir stellen zu ihrem Schutz Wachen auf, jeden Tag. Das waren die, die Euch gefunden haben und hierherbrachten, mein junger Freund.«

»Und weshalb«, sagte Van Ackeren, »sind sie hier begraben?«

Francisco legte Sixtus, der inzwischen den letzten Käse in den Mund geschoben hatte und schon antworten wollte, die Hand auf den Arm.

»Wir müssen uns unserer Haut zu wehren wissen«, sagte er. »Sonst könnte diese Mission nicht bestehen.«

Sixtus runzelte die Stirn, als fühle er sich gemaßregelt, und aß schweigend weiter.

Francisco dämpfte seine Stimme, da einige der Patres zu ihnen herübersahen.

»Niemand hilft für den Fall, dass wir angegriffen werden. Wir haben wohl Tauben, die in zwei Stunden in Ciudad Guadalupe sein können. Es gibt auch Soldaten dort, aber sie sind drei Tagesreisen entfernt. Wir können uns auf sie nicht verlassen.«

Er schaute den langen Tisch entlang, und sein Blick ging von einem der bärtigen Gesichter der zwölf Patres zum anderen.

»Nicht wenige von uns waren in ihrem früheren Leben Soldaten. Wir haben das Kämpfen gelernt, ehe wir alle zu den Soldaten Jesu wurden. Genügt Euch das als Erklärung?«

8

Nach dem Essen und dem Dankgebet wurde Van Ackeren wie jeden Tag gestattet, sich ans Spinett zu setzen. Er begann mit einer Fuge, einem einfachen Tongewebe, dessen Strenge ihn entzückte. Dann spielte er als nächstes Stück eine Bourrée, die schon etwas gewagter war, was dem Musizierenden dennoch fromm dünkte, da die Auffassung der Zuhörer eine so ernste schien, dass selbst solch ausgelassene Musik, die nur zum Vergnügen geschaffen wurde, keine falschen Regungen zu wecken schien als bloßes Staunen über das Wunder der Töne.

Für solche Zuhörer hätte er alles gespielt. Die Stille im Refektorium schien dieselbe wie jedes Mal, wenn er musizierte, aber es gibt verschiedene Arten von Stille.

Diesmal, ehe die letzten Töne der Bourrée verklangen, hatte sich etwas im Raum verändert. Van Ackeren drehte sich um.

Don Navarro stand in der Tür des Refektoriums. Bei ihm ein Indianer, halb nackt wie alle seine Sklaven, welcher das Rasierzeug hielt und das Rasiermesser hochreckte, als sei er dem Alkalden bis hierher nachgelaufen und halte sich bereit, ohne Verzug den nächsten Schwung mit dem Messer zu machen. Don Navarros Gesicht war noch halb mit Schaum bedeckt, sein halb offen stehender Mund unter dem Schnurrbart zeigte einen Ausdruck gemischt aus Überraschung und Bewunderung.

»Der Daus!«, sagte er schließlich und schüttelte den Kopf, was ein paar Schaumflocken zu Boden taumeln ließ. »Da habt Ihr ja einen seltenen Vogel unter Euch, meine Herren Patres.«

Er trat näher, ungeniert, bloß angetan mit Culotten ohne Strümpfe, das Hemd halb offen über der behaarten Brust, und stellte sich vor Van Ackeren hin, der sich erhoben hatte und sich verneigte, ohne dass der Alkalde von ihm Notiz nahm, welcher inzwischen ganz von dem Spinett in Beschlag genommen war.

»Ich stelle Euch Herrn Pieter van Ackeren aus den Niederlanden vor, Don Navarro«, sagte Pater Francisco. Auch er hatte sich erhoben. »Wir haben ihn als Kranken aufgenommen, nachdem er sich im Wald verirrte. Und sehen bei ihm dieses schöne Talent, dessen Ihr eben teilhaftig geworden seid. Herr Van Ackeren macht uns die Freude, nach unserer Mittagsmahlzeit für uns zu musizieren.«

»Das lass ich mir gefallen«, lachte der Alkalde. »Musik zum Essen!«

Er trat vollends an das Spinett und fuhr mit seinen Fingern, an denen viele Ringe waren, über das Holz. Schnaubte ungläubig. Hinter ihm hatte der Indianer Aufstellung genommen, Becken und Rasiermesser noch immer halb erhoben, als müsse er sich dafür bereithalten, die Rasur auch hier an diesem Ort ohne Verzug fortzusetzen.

»Ein Spinett. Das glaubt mir zu Haus keiner. Beim Blut des Heilands!«

Er wandte sich um und fixierte die Patres, die am Esstisch saßen.

»Weshalb habt Ihr mir verschwiegen, dass es hier ein Spinett gibt?«

»Wir hatten keine Ursache, Euch etwas zu verschweigen, edler Herr, aber auch keine, es Euch zu erzählen«, antwortete Francisco. »Unser seliger Bruder Jorge hat das Instrument noch gebaut, kurz bevor er starb. Vor zwei Jahren ist es vollendet worden, und niemand hat seitdem darauf gespielt, da keiner von uns sich darauf versteht.«

Von dem einen Schritt entfernt stehenden Van Ackeren nahm der Alkalde weiterhin keine Notiz. Der Ignorierte indessen wurde des Edelmanns Mundgeruchs gewahr, in dem sich eine kräftige Note Kautabak befand. Don Navarro wies mit dem Zeigefinger zuerst auf das Instrument, dann auf Francisco.

»Solch ein Instrument, meine Herren Patres, gehört nicht in ein Kloster. Das ist die reinste Verschwendung.«

Er machte eine halbe Drehung, und der Indianer mit dem Rasierzeug wich ihm geschickt aus. Don Navarro schlug sich mit der Hand auf den kahlen Kopf und lachte.

»Ein Spinett! So etwas gibt es vielleicht – aber nur vielleicht! – in Caracas. Nein, das glaubt mir kein Mensch.«

Don Navarros Blick fiel nun auf Van Ackeren, der unwillkürlich zusammenzuckte, als die wasserblauen Augen des Alkalden ihn fixierten.

»Und gespielt von einem Ketzer. Das ist unglaublich. Bei den Jesuiten!« Er lachte kollernd wie ein Truthahn. Dann setzte er Van Ackeren seinen Zeigefinger auf die Brust. »Er soll gefälligst nachher auch für uns spielen, wenn wir essen!«

Da in dieser Weise über ihn verfügt wurde und Van Ackeren des Spanischen ohnehin nicht mächtig war, sagte er nichts dazu. Er deutete nochmals eine Verneigung an, allerdings sehr verhalten, was von Don Navarro aber nicht bemerkt wurde, da er trotz des Fingers, der noch auf Van Ackerens Brust verharrte, wieder zu Francisco hinüberstarrte, der auf seine Anordnung zunächst nicht geantwortet hatte. Die Patres schauten auf ihre Hände.

Francisco verneigte sich. »Wenn es Euch Freude bereitet, wird Herr Van Ackeren sicher gern für Euch spielen. Wir werden das Instrument nachher ins Gästehaus hinüberbringen.«

Don Navarro wandte sich ab und verließ ohne weitere Einlassung das Refektorium, hinter sich den Indianer mit dem Rasierzeug, dessen Miene die ganze Zeit keine Regung hatte erkennen lassen, als verfüge er nicht über ein menschliches Gesicht, sondern bloß über das einer Mumie.

»Könnt Ihr nichts anderes als dieses Zeug?«

Don Navarro saß zusammen mit Cosmé und Francisco an einem Tisch, welcher eine kleinere Ausgabe der massiven Klostertische darstellte und im Speisesaal des Gästehauses stand. Der Tisch war beladen mit Pyramiden von Obst, Schüsseln, auf denen gebratene Hühner und Hirschbratenstücke lagen, daneben standen einige Flaschen Wein.

»Mein Schwager, der Señor Alkaldo, bittet Euch, eine etwas lebhaftere Musik zu spielen, Señor Van Ackeren«, sagte Cosmé auf Französisch, noch ehe Francisco die Worte Alonsos übersetzen konnte.

Überrascht wandte Van Ackeren sich Cosmé zu. »Ja, sicher kann ich ... Ihr sprecht Französisch – Señor de Fuentes?«, setzte er hinzu.

»Warum nicht? Ihr doch auch, wie ich höre.«

»Also – wünscht Ihr ein Menuett? Oder eine Quadrille?«

Alonso, der gerade sein Weinglas geleert hatte, verdrehte die Augen und setzte es ab. »Menuett, Quadrille, das ist doch ganz egal. Schwung soll es haben, versteht Ihr? Schwung! Etwas, wozu man tanzen kann! Mein Schwager, Señor, wünscht etwas Tanzmusik, wenn es Euch nichts ausmacht.«

Van Ackeren nickte und wandte sich dem Spinett wieder zu. Er spielte eine Quadrille, die ihm seltsam vorkam in dieser Umgebung. Das Stück war in keiner Weise gewagt, aber es nahm dem Ort die strenge Andacht, welche man hier gewohnt war, und Van Ackeren spürte, dass seine Zuhörer in gänzlich anderer Verfassung waren als die Indianer, die bislang sein Publikum gewesen waren. Pater Franciscos Miene konnte er nicht erkennen, er konnte sich aber vorstellen, wie ihm zumute war angesichts der Manieren seiner Gäste.

Alonso fing an, mit der Faust den Takt auf den Tisch zu klopfen, während Van Ackeren spielte. Er langte in seine Rocktasche und biss von einer Rolle Kautabak ab, was Cosmé angewidert zur Seite blicken ließ.

Als das Stück zu Ende war, faltete Francisco die Hände und sprach ein kurzes Dankgebet. Alonso beobachtete ihn kauend, ohne sich daran zu beteiligen. Cosmé faltete die Hände über der Brust, behielt aber seine legere Haltung bei, indem er die bestiefelten Beine unter dem Tisch ausstreckte. Beide machten sie jedoch das Kreuzeszeichen, als Francisco mit dem Gebet zu Ende war.

»Sagt dem Ketzer, dass er sich fortmachen soll«, knurrte Alonso. »Wir haben zu reden.«

Cosmé übersetzte die Anweisung in höflicher Form. Van Ackeren beeilte sich, das Gästehaus zu verlassen.

Don Navarro lehnte sich über den Tisch und fixierte Pater Francisco eine Weile. Der schaute ihm ungerührt in die blauen Augen. Da er die Manieren seines Gastes kannte, wusste er nur zu gut, ihn nicht herauszufordern, aber er vermochte auch, ihn wissen zu lassen, dass sein Gegenüber auf der Hut war. Denn Francisco, der in einem anderen Leben ein guter Fechter mit dem Degen gewesen war, verstand sich darauf, Klingen zu kreuzen.

Nachdem dieses Gefecht endete, ohne dass einer Sieger gewesen wäre, brach Don Navarro als Erster das Schweigen.

»Ich möchte Euch einen Vorschlag machen«, sagte er.

9

An Van Ackerens Zellentür wurde geklopft. Er erschrak, war er doch gerade beim Schreiben gewesen, nur wollte die Feder nicht auf das Papier hinunter.

Stattdessen hatte er geträumt, den Blick auf das Fenster gerichtet, wo hinter der durchsichtigen Gaze das ferne Tafelgebirge aufragte, umsäumt von balligen Wolkenbänken, die wie Schaum vor dem kobaltblauen Himmel standen.

Es klopfte erneut. Van Ackeren stand auf und öffnete.

In der Tür stand Don Cosmé und verneigte sich, zog dazu den federbesetzten Hut.

»Seid gegrüßt, Herr Van Ackeren. Wollt Ihr mich ein Stück beim Ausgehen begleiten?«

Van Ackeren nickte. Unruhe befiel ihn aber, da er sich keinen angenehmen Grund vorstellen konnte, welcher den jungen Edelmann zu ihm führte. Er nahm seinen Hut und folgte ihm.

Jedenfalls zeigte Don Cosmé deutlich bessere Manieren als sein Schwager, abgesehen davon, dass er eine angenehme Erscheinung bot und sich kleidete, als spiele er in einem Theaterstück, mit seinem teuren Rock, dem Spitzenkragen und den Stulpenstiefeln aus weichem gelben Kalbsleder.

Ein Teerstraten in jungen Jahren, dachte Van Ackeren, während er hinter dem Kavalier die Treppe hinunterging. Aber nein – Don Cosmé besaß zwar die chevalereske Unbekümmertheit Teerstratens, aber in seinem offenen Gesicht war eine Aufrichtigkeit, die Teerstraten lange verloren gegangen war.

»Versteht Ihr zu reiten, Señor?«

Van Ackeren gab Auskunft, dass er zwar für einige Tage auf einem Maultier gesessen, sonst in dieser Hinsicht aber nichts zu bieten habe.

»Dann gehen wir zu Fuß«, sagte Don Cosmé. »Begleitet mich zum Fluss, wenn Ihr die Freundlichkeit haben wollt. Ich kenne eine angenehme Stelle dort, die ich früher bereits einmal besucht habe.«

Sie wanderten durch die nachmittäglich stillen Wege der Mission. Dabei begegneten sie nur wenigen Indianern, da fast alle auf den Feldern oder in den Werkstätten arbeiteten. Die ihnen entgegenkamen, grüßten mit einer Scheu, die Van Ackeren neu an ihnen war, für die es jedoch durchaus eine Erklärung gab, nachdem er gesehen hatte, wie Don Navarro seine Bediensteten behandelte.

Don Cosmé sprach nicht, ehe sie den Fluss erreichten. Nachdem sie eine ganze Weile zwischen Zuckerrohrfeldern entlanggegangen waren, gelangten sie an das Ufer, wo die Erde abbrach und die abfallende Flusslände mit Gestrüpp bewachsen war.

Dort setzte sich Don Cosmé auf einen Stein, Van Ackeren gesellte sich ihm zu, und sie schauten auf den Strom, welcher tief schien an dieser Stelle, auf die eine Stufe folgte.

Eine Schar unsichtbarer Vögel kommentierte die Ankömmlinge mit lautem Kreischen, ehe sie davonflogen und anderen Platz machten, welche weniger schreckhaft waren und nun das eintönige Flöten von sich gaben, das untrennbar zu diesen Wäldern gehörte.

Don Cosmé zog eine Schnupftabakdose aus dem Schoß seines Rockes und bot sie Van Ackeren an. Der verneinte.

Cosmé nahm eine Prise und schnupfte sie auf. Nieste laut und schnäuzte sich in ein zierlich gesticktes Schnupftuch.

»Ihr habt wahrlich Aventüren erlebt, Señor«, sagte er, nachdem er sein Schnupftuch wieder eingesteckt hatte. »Pater Francisco hat uns erzählt, dass man Euch halb tot hier in der Nähe am Ufer gefunden habe. Erzählt ein wenig davon, ich bin neugierig, was sich in dieser Wildnis zuträgt. Man sagt, es leben Geschöpfe darin, die das Aussehen von Menschen besitzen, aber wie wilde Tiere sind, ist das wahr?«

»Ich habe in der Tat wilde Menschen dort angetroffen«, sagte Van Ackeren. »Nachdem ich zuvor meinen Gefährten Jacob Maternus auf der Flucht vor Banditen verlor, was mich sehr traurig machte.«

Don Cosmé warf Van Ackeren einen Blick zu. »Das wusste ich nicht.«

»Ich muss oft an ihn denken. Er fehlt mir. Auf Eure Frage aber zu antworten: Die Indianer, die dort leben, sind in der Tat von großer

Wildheit, aber sie sind ohne Zweifel Menschen. Sie tun alles, was Menschen tun, sie bauen Wohnstätten, sie verehren ihre Toten, und sie helfen einander, vor allem dies habe ich selbst auf anrührende Weise erfahren dürfen. Aber sie sind auch grausam«, fuhr Van Ackeren fort, »und ich meine, dass auch dies etwas Menschliches ist, denn Tiere sind niemals so grausam, wie Menschen es sind.«

»Ein wahres Wort«, sagte Don Cosmé. »Ich will aber«, setzte er hinzu, »nicht weiter in Euch dringen, da ich merke, dass Ihr traurig werdet, wenn Ihr an Eure Erlebnisse denkt. Es mag Gelegenheit geben, noch einmal darüber zu sprechen.« Er lächelte. »Vor allem meine Schwester, die Baronesa Izabel de Navarro, wird entzückt sein, wenn Ihr die Güte haben wolltet, ihr von Euren Aventüren in der wilden Natur zu erzählen, da ich weiß, dass sie an allem, was damit einhergeht, äußerst interessiert ist.«

»Eure Schwester – kommt sie hierher?«

»Das würde sie zweifellos gerne tun, aber es schickt sich nicht für eine Dame, drei Tage zu reiten, um unter lauter Männern den fragwürdigen Komfort einer Jesuitenmission zu teilen«, sagte Don Cosmé mit einem Lächeln. – »Nein«, sagte er. »Ihr werdet mit uns kommen.«

»Ich komme mit Euch?«

»Wisst, Herr Van Ackeren, dass mein Schwager, Don Navarro, jemand ist, der seine Wünsche erfüllt sehen will. Er hat vorhin nach dem Essen beschlossen, Euch zum Musikus seiner Familie, die ja auch die meine ist, zu ernennen.«

Van Ackeren schwieg. Es konnte hier kaum um seine Meinung gehen. Er begriff, dass es sich nicht um ein Angebot handelte, sondern um einen Akt der Willkür.

Don Cosmé zog sein Schnupftuch erneut heraus und putzte sich die Nase.

»Ich glaube, Ihr habt mich verstanden. Es tut mir leid um Euren eigenen Willen, Señor, der hier wohl kaum in Betracht gezogen wurde. Aber so ist mein Schwager eben. Er zieht vor allem in Betracht, was er selbst will.«

Van Ackeren schüttelte den Kopf. Er fühlte, dass Don Cosmé ihm nicht übelwollte. Und verstand, dass dieser ihn mitgenommen hatte, um ihm den Entschluss auf weniger schroffe Weise mitzuteilen, als Don Navarro dies getan hätte.

»Habt Ihr denn Instrumente, darauf zu spielen?«, fragte er nach einer Weile.

»Seit heute, ja. Mein Schwager Don Alonso de Navarro hat Don Francisco mitgeteilt, dass seiner Ansicht nach das Spinett von seinem Erbauer von Anfang an für den Haushalt des Regidors und Vertreters des Vizekönigs bestimmt gewesen sei und dass eine andere Auffassung nicht akzeptiert werden könne, da ein solches Instrument nicht in ein Haus Gottes gehöre. Es weiterhin hierbehalten zu wollen stelle deshalb eine Kränkung des Königs dar.«

Cosmé hob einen Stein vom Boden auf und warf ihn ins Wasser. »Er verzeihe es den Patres, dass sie ihm dies nicht sofort mitgeteilt hätten, und rechne dieses Versäumnis der Freude über sein Eintreffen zu, welches das Gleichmaß in der einschichtigen Welt der Herren Jesuiten wohl ein wenig durcheinandergebracht habe.«

Er nahm einen weiteren Stein vom Boden und wog ihn in der Hand. Schaute zu den Bäumen am anderen Ufer hinüber, über denen die Sonne tief stand und ihre Konturen schärfte, sodass man meinte, sie anfassen zu können, obgleich sie einige hundert Ellen entfernt waren.

»Ihr werdet morgen mit uns aufbrechen, zusammen mit dem Spinett.«

»Was … hat Pater Francisco dazu gesagt?«

Don Cosmé wandte sich Van Ackeren zu. »Don Francisco ist ein kluger Mann und weiß, wann man reden und wann man schweigen muss. Er sagte, er freue sich, wenn die Mission San Tómas dem Vertreter des Königs zu Diensten sein könne.«

Van Ackeren fühlte sich wie vom Donner gerührt.

»Bei diesem Plan, lieber Freund«, fuhr Don Cosmé fort, »würde es indessen nicht von Nutzen sein, wenn bekannt würde, dass Ihr – verzeiht diesen Ausdruck – in den Augen der Kirche ein reformierter Ketzer seid. Diese Einschätzung könnte durchaus Euer Leben in Gefahr bringen, dort, wohin wir reisen werden. Wir sollten Euch daher zu einem rechtgläubigen Franzosen machen.«

»Ich soll, meint Ihr das etwa so: meinen Glauben leugnen?«

Don Cosmé zuckte mit den Schultern. »Ihr sollt nichts leugnen, Señor Van Ackeren. Nur etwas anderes behaupten. Nehmt es als einen Teil der Scharaden, die zu dieser Welt gehören. Wir tragen alle ein Kostüm und sind darunter doch nur einfache Menschen.«

Wie um dies zu unterstreichen, stand Don Cosmé auf, löste seinen Degenkoller und legte ihn auf dem Sand ab. Dann zog er den Rock aus und das Hemd. Er legte alles ordentlich zusammen, stieg dann aus den Stiefeln und aus seinen geschlitzten und gepluderten Beinkleidern.

»Ich werde im Fluss schwimmen gehen. Das habe ich mir die letzten drei Tage lang gewünscht, als ich im Staub und zwischen den Dornen stundenlang reiten musste. Wollt Ihr mitkommen?«

Van Ackeren starrte Cosmé an. »Ich …« Er stockte, als der junge Mann nun vollkommen nackt vor ihm stand, ganz wie ihn Gott geschaffen. »Ich kann nicht schwimmen«, sagte er.

»Nun, dann verjagt die Caimane, solange ich im Wasser bin. Verzeiht, ein Scherz. Hier sind keine. Sie gehen nicht in so schnell fließendes Wasser.« Er lachte fröhlich. »Das glaube ich jedenfalls«, rief er über die Schulter zurück.

Van Ackeren schaute ihm nach, wie er hinunter zum Ufer ging, sein muskulöser Rücken war glatt wie Wasser, das über runde Steine fließt. Sein langes Haar, das er aus dem Zopf gelöst hatte, fiel ihm über den Rücken herunter wie das einer Frau. Der Körper des jungen Edelmanns rührte an Van Ackerens Sinn für die Schönheit, welche Gott den Menschen geschenkt.

Mit einem lauten Schrei warf sich Cosmé in den Fluss. Er schwamm spritzend und prustend ein Stück hinein und kämpfte eine Weile gegen die Strömung an, die ihn flussabwärts ziehen wollte und die sich nach kurzer Zeit als stärker erwies. Lachend gab er auf und schwamm zum Ufer zurück. Er kam aus dem Wasser heraus, warf sein nasses Haar über die Schulter zurück und stieg herauf zur Böschung, wo Van Ackeren ihn erwartete, und lächelte ihm zu. Ohne es gewollt zu haben, lächelte dieser zurück.

Cosmé, der sich mit einer Gänsehaut neben ihn hockte, um sich in der warmen Sonne trocknen zu lassen, erschien ihm noch ganz wie ein Knabe, als den er selbst sich gar nicht mehr sehen konnte bei all dem Ernst, den er sich angeeignet hatte in den Jahren.

In diesem Augenblick gewann Don Cosmé Van Ackerens Herz. Noch ehe sich dafür andere Gründe ergeben sollten.

10

»Ich danke Euch für alles, was Ihr Gutes an mir getan habt«, sagte Van Ackeren zu Don Francisco, welcher neben ihm auf einer Bank vor dem Refektoriumsgebäude saß. Sie wussten, es würde der letzte Abend Van Ackerens in der Mission sein.

»Und ich weiß auch«, setzte er nach einer Weile hinzu, »dass Ihr in mir einen gerettet und mit aller Freundschaft empfangen habt, der anderen Glaubens ist als Ihr, das zeigt mir Eure Großherzigkeit.«

Francisco schaute über den Westflügel der Mission hinweg. Dorthin, wo die Sonne sich wie ein glühendes Stück Eisen auf das Wipfelmeer des Urwalds hinabsenkte und dem grünen Walddach dabei einen Karmesinton verlieh, als müsse das Laub entflammen, wenn sie es berühre.

»Ihr habt auch uns viel geschenkt, Herr Van Ackeren. Und habt Euch, ohne es zu wollen, Euren weiteren Weg bereitet. Es ist nicht unser Wille, der die Geschicke lenkt.« Er schaute Van Ackeren an mit seinem von Falten durchzogenen Gesicht, dem grau melierten Bart, seinen freundlich blickenden Augen. »Wir halten in der Tat Euren Glaubensweg für einen Irrweg, das wisst Ihr. Aber wir haben Euch darum nichts zu verzeihen. Die wahre Vergebung liegt bei Gott allein.«

Er wiegte lächelnd den Kopf, ehe er weitersprach. »Wisst, Ihr wärt nicht der Erste aus den Reihen der Reformierten, der zu uns kam und blieb. Aber noch ehe wir über diese Möglichkeit ernsthaft gesprochen hätten, ist dieser Weg uns und Euch fürs Erste versperrt.« Francisco berührte Van Ackerens Schulter. »Don Cosmé hat Euch gern, Pieter. Das ist gut. Ihr werdet einen Fürsprecher brauchen, dort, wohin Ihr nun geht. Der Alkalde, Don Navarro, ist ein hitziger Mann. Er betrachtet alles als sein Eigentum und sieht die Mission als eine Einrichtung, die Krone und Kirche zu dienen hat, und zwar gerade in dieser Reihenfolge.«

»Hat er deshalb das Spinett bekommen?«, wagte Van Ackeren zu fragen.

Francisco seufzte. Er zuckte mit den Achseln. »Es hat sich so gefügt. Vielleicht wurde es nicht dafür gebaut, dass es bei uns bleiben kann. Wir wissen nicht, was wir den Dingen mitgeben, die wir schaffen. Sie besitzen eine eigene Kraft, sich fortzubewegen auf der Welt, als wären verborgene Absichten mit ihnen verbunden, die uns nicht zugänglich sind.«

Van Ackeren musste an Teerstratens Tabakdose denken und an die seltsame Geschichte, welche mit ihr verbunden war.

Fast als habe Francisco seine Gedanken erraten, sagte er: »Dem einen bringen sie Glück, dem anderen Unglück. Ich hoffe und glaube, lieber Freund, dass dieses besondere Instrument, das unser Bruder aus den Hölzern des Waldes von Neu-Spanien und den Knochen von Vögeln vom Ufer des Rio Verde so kunstreich erbaute, von Gott dazu bestimmt ist, dass es Euch und denen, die es hören, Glück bringen wird. Ich will darum beten.«

»Ich danke Euch. Ich werde an Euch alle denken, wenn ich darauf spiele. Und auch ich werde für Euch, für Eure Brüder und für die Indianer beten.«

»Amen«, sagte Francisco.

11

Van Ackeren saß im Gepäcksattel auf dem Rücken eines Maultiers. Außer ihm musste das Saumtier noch zwei Säcke mit dem Gepäck des Alkalden tragen. Auch die anderen Saumtiere gingen schwer beladen, die Riemen knarrten bei jedem ihrer Schritte. Eines von ihnen wurde von zwei Soldaten zu Pferde bewacht, welche davor und dahinter ritten. Es trug die Geldkassette mit den Steuereinnahmen.

Die kostbarste Fracht in Van Ackerens Augen stellte jedoch das Spinett dar, welches man in Wolldecken und Palmblattmatten eingepackt und auf einem der Maultiere festgebunden hatte, wo es beständig hin und her schwankte mit dem schaukelnden Gang, den diese Tiere an sich hatten, und an den Dornranken streifte, welche den Pfad säumten. Man befand sich auf dem Rückweg des Alkalden Don Navarro nach Guadalupe.

Das gesamte Gelände, durch welches sie ritten, war mit Savannenwald bewachsen, der, war er einmal lichter, den Blick freigab auf die Berge im Süden. Dazu blinkten die spiegelnden Flächen von Gewässern zwischen den Bäumen hindurch, und der Trupp störte Scharen von Wasservögeln auf, welche noch eine ganze Weile ihre Kreise zogen, nachdem die Gruppe vorbeigeritten war.

Bestimmt käme, dachte Van Ackeren, kein Räuber darauf, worum es sich bei dem ausladenden Paket handle, in welchem das Instrument sich befand. Die besondere Bewachung jedoch, die man der Geldkassette zukommen ließ, hätte jedem Kind angezeigt, dass sich auf dem betreffenden Tier etwas von hohem Wert befand. Nun war es nicht seine Sache, über solches nachzusinnen, und waren Räuber wohl auch nicht zu erwarten. Dieser Aufzug bestärkte eher die Soldaten, dass hier alles seine Ordnung habe.

Außer den schweigenden Indianern, welche barfuß neben den Saumtieren einhergingen, vermittelte dies jedoch vor allem die breite Gestalt Don Navarros, der auf seinem geschmückten Pferd, an dem das Zaumzeug leise klingelte, hinter zweien Soldaten der Vorhut ritt. Nach drei Tagen reichlicher Kost, guten Weinen und häufigen kalten und warmen Bädern, welche er mit Kräutern ansetzen ließ, war seine Befindlichkeit wieder instand gesetzt.

Alonso de Navarro ritt so stolz einher, als bewege er sich in einer Kavalkade vor dem Vizekönig selbst, welchen er im Übrigen noch nie gesehen hatte. Der einzige Vertreter höherer Autorität, dem er in seinem Leben bislang begegnete, war der Corregidor der Audiencia gewesen, ein ältlicher Caballero aus dem Norden, welcher Guadalupe vor fünf Jahren einen Pflichtbesuch abgestattet hatte und nach zwei Tagen und zwei abendlichen Banketten mit den Familien der fünf Regidores angewidert den Ort wieder verließ, nachdem man ihm die triste Garnison, den Zuchtbullen des Regidors Tapia, vier heiratswillige Töchter und einen Hahnenkampf (eigens für ihn veranstaltet) vorgeführt hatte.

Van Ackeren hatte nicht bemerkt, dass Cosmé hinter ihm herangeritten war. Das Pferd des jungen Kavaliers prustete entrüstet, als es nahe an das Maultier heranmusste, und der Indianer, welcher es am Strick führte, wich stumm zur Seite. Als Van Ackeren zu ihm hinunterblickte, konnte er auf seinem Rücken die weißen Striemen verheilter Peitschennarben sehen.

Cosmé, welcher trotz der sengenden Hitze Stulpenhandschuhe und seine gelben Lederstiefel trug, lächelte Van Ackeren zu, sein schnaubendes Pferd am kurzen Zügel haltend.

»Ich hätte Euch wirklich gern ein Pferd zur Verfügung gestellt«, sagte er. Mit dem Kinn machte er eine Bewegung zu einem der Soldaten hin, wobei die Straußenfedern auf seinem Hut wippte. »Dann hätte sich einer von den Kerlen dort auf das Maultier setzen müssen.«

Van Ackeren dankte höflich. Diese Gunst sei an ihn verschwendet, meinte er, da er sich auf das Reiten ohnehin nicht verstünde.

»Darum geht es doch gar nicht, mein Freund«, sagte Don Cosmé. Er schüttelte den Kopf, und wieder wackelten die Straußenfedern an seinem Hut. »Ein Mann«, erklärte er, begleitet von einer ausfahrenden Geste seiner Rechten, »braucht ein Pferd. Ein Maultier ist nichts für einen Mann. Aber mein lieber Schwager«, Don Cosmé fasste den Sattel vorn am Zwiesel und beugte sich ein Stück zu Van

Ackeren herüber, »möchte Euch auf diese Weise Demut lehren, wie ich annehme.«

Cosmé lehnte sich im Sattel zurück und lachte. Sein Pferd, das Nachgeben im Zügel spürend, setzte zu einem Trabschritt an. Er schlang den Riemen um seine Rechte und zwang es zurück neben das Maultier.

»Und Ihr fühlt Euch nicht einmal gedemütigt! Vielleicht sollte Don Navarro selbst einmal auf einem Maultier Platz nehmen, was meint Ihr?«

Van Ackeren antwortete nicht.

»Verzeiht. Ich wollte Euch nicht zu unbedachten Äußerungen verleiten, Señor Van Ackeren. Mir fällt gerade ein, ich kenne Euren Vornamen noch gar nicht. Erlaubt mir – wie heißt Ihr eigentlich?«

»Pieter«, sagte Van Ackeren. »Mein Name ist Pieter.«

»Pedro also«, schloss Don Cosmé. »Ich werde Euch Pedro nennen, wenn es Euch recht ist, *hombre*. Und Ihr dürft Cosmé zu mir sagen, seid Ihr damit einverstanden?«

»Wenn Ihr das wünscht«, sagte Van Ackeren.

»Ach, Ihr seid so förmlich«, meinte Cosmé. »Fürchtet Ihr Euch vor meinem Schwager?«

»Ich hätte doch allen Grund dazu, meint Ihr nicht?«

Cosmé schüttelte wieder den Kopf. »Nein, Pedro. Don Alonso braucht Euch. Er hat sich dafür entschieden, dass Ihr seinem Hausstand hinzugefügt werdet. Und was ihm gehört, behandelt er pfleglich.«

Van Ackerens Blick verweilte auf dem Indianer mit den Striemen am Rücken, welcher das Maultier ruhig zu halten versuchte, dem die Nähe des Pferdes und die nickenden Straußenfedern auf Don Cosmés Hut nicht angenehm waren.

Der braunhäutige Mann zog das Maultier an seinem Strick, ab und an zu den Reitern heraufsehend, ohne seine Miene zu verändern. Auf Van Ackeren machte er den Eindruck, als wäre auch er ein Tier. Ein scheues, sich geschickt bewegendes Tier, dessen Trachten darauf gerichtet war, den Zorn seiner Herren nicht auf sich zu ziehen. Er schaute Don Cosmé an.

»Dann hoffe ich auf pflegliche Behandlung«, sagte er.

Cosmé streckte die Linke aus und berührte Van Ackerens Schulter. »Nehmt mir meine Ausdrucksweise nicht übel«, sagte er. »In meinen Augen seid Ihr selbstredend kein Besitztum. Aber mein Schwager hat einfache Prinzipien.«

Er schaute nach vorn zu Don Navarro, seinem breiten Rücken, auf dem sich inzwischen wieder Schweißränder gebildet hatten.

»Wer herrschen will, darf nicht zimperlich sein«, sagte Cosmé. »Und das ist er nicht.«

12

Sie ritten den zweiten Tag und lagerten nun zur Nacht auf einer Waldlichtung an drei großen Feuern, welche die Insekten vertreiben sollten, was auch leidlich gelang. Für Don Navarro war ein Zelt aus Kattunstoff aufgebaut worden, in dem er nächtigte. Die Soldaten saßen an einem der Feuer, die Indianer an einem anderen.

Cosmé, der es vorzog, draußen am Feuer zu schlafen, hatte, da die Nacht kühl sein würde, ein paar Decken besorgt, welche er mit Van Ackeren teilte.

Er hob einen kleinen Schlauch Wein in die Höhe, den er aus dem Gepäck herausgeholt hatte. Van Ackeren lehnte ab. Cosmé zuckte mit den Achseln.

»Habt Ihr eine Frau, Pedro? Oder ein Liebchen, das auf Euch wartet?«

»Nein.«

»Ihr seid so einsilbig. Habe ich Euch gekränkt mit meiner Frage? Nun, das habe ich wohl«, entschied Cosmé und trank einen Schluck Wein aus dem Schlauch. »Der Wein ist gut. Die Patres machen guten Wein. Sie machen überhaupt alles gut, findet Ihr nicht? Wir sollten auch Jesuiten werden.«

Cosmé lachte und schaute zu den Feuern hinüber, aus denen die Funken in die Höhe flogen; die Gestalten davor schienen von dem flackernden Licht theaterhaft in Szene gesetzt. Die Soldaten würfelnd, ihre Musketen zu dreien zusammengestellt, die Indianer unbeweglich dahockend in ihrer stoischen Art, anscheinend ohne voneinander Notiz zu nehmen, jeder ein Standbild.

Die Nacht war warm und voller Lichtfunken. Leuchtkäfer surrten quer durch den Wald, über den Büschen taumelten Glühwürmchen, die scheinbar immer an derselben Stelle auftauchten, ohne irgendwohin zu streben. Das leise Fiepen der Baumfrösche und das hölzerne Knarren der Zikaden füllte den Raum zwischen den Bäumen, die wie eine schwarze Wand um das Lager standen, sie öffneten sich nur für den gestirnten Himmel, welcher mit seinem kalten Glitzern gegen die tropische Wärme stand.

»Ach Pedro!« Cosmé schüttelte dramatisch den Kopf. »Ihr trinkt nicht, und Ihr habt keine Frau. Was führt Ihr für ein Leben?« Er schaute Van Ackeren an, Schalk in den Augen. »Ihr wollt nicht darüber reden, wie man's nicht tut, wenn man unglücklich liebt, habe ich recht?« Er warf Van Ackeren einen prüfenden Blick zu. »Oder seid Ihr vielleicht einer der Reformierten, die allem abschwören, was irdisch ist und niedrig? Sagt, gehört Ihr zu denen?«

»Ich betrachte mich als einen Schüler Labadies«, sagte Van Ackeren. »Das war einer der Gründe, weshalb ich die Niederlande verlassen musste.«

»Und seid in die Neue Welt gereist, um was zu tun?«

»In Niederländisch-Westindien gibt es eine Kolonie, in welcher Labadisten leben. Sie gehört den Sommelsdijks, der Familie des Gouverneurs von Suriname. Dorthin wollte ich.«

»Und seid ganz woanders hingeraten. Ich verstehe.«

»In der Tat«, sagte Van Ackeren. »Seitdem bin ich immer ein Gefangener. Zuerst der aufständischen Neger, dann der Mamelukken, die uns immerhin das Leben retteten. Dann der Indianer und danach der Jesuiten, die mich gesund pflegten.«

»Und nun seid Ihr unser Gefangener. Zumindest derjenige meines Schwagers Alonso.«

Cosmé lachte wieder und trank aus dem Schlauch.

»Wisst, Freund, auch ich bin ein Gefangener. Und Alonso ist einer. Diese Soldaten sind es und die Indianer sowieso.«

Van Ackeren sah Cosmé an.

»Nun«, erklärte dieser, »ich bin ein Gefangener meines Schwagers, weil er darüber entscheidet, ob ich jemals zu Besitz und Ansehen kommen werde, und meine Schwester ist – nun, darüber sollte ich zu Euch nicht reden.«

»Weshalb aber ist Don Navarro ein Gefangener?«

»Er dient seiner Macht und seinem Ruf und anderem, wovon Ihr nichts wisst. In einer Stadt wie Guadalupe zählt nicht bloß, was man voneinander weiß, sondern auch, wovon geschwiegen wird.

Es handelt sich um ein bedeutsames Schweigen, welches meist im Namen Gottes geschieht.«

Im Feuer verpufften feuchte Äste und stießen neue Funken hinauf in die Dunkelheit.

»Ihr müsst mir von Amsterdam erzählen, Pedro. Ich habe noch nie eine Stadt gesehen, in der mehr als tausend Menschen leben.«

»Nun«, Van Ackeren zögerte, »wo soll ich anfangen? Amsterdam ist auf Wasser errichtet. Man hat Deiche ins Meer gebaut und das Land gewonnen, auf dem die Stadt steht, es gibt dort viele Kanäle und Schleusen, die dafür sorgen, dass man den Stand des Wassers regeln kann.«

»So würde, verstehe ich Euch recht, die Stadt untergehen, wenn man die Schleusen öffnete?«

»Das würde sie wohl«, erwiderte Van Ackeren.

»Dann ist Eure Stadt leicht zu bekriegen. Der Feind braucht ja nur das Wasser über Euch kommen zu lassen.« Cosmé sah ihn an. »Aber das scheint euch Niederländer nicht zu schrecken. Ihr habt der Welt gezeigt, dass mit euch zu rechnen ist.«

»Auch ich glaube«, sagte Van Ackeren, »dass es nicht leicht wäre, Amsterdam zu erobern, da habt Ihr wohl recht. Aber die Stärke dieser Stadt ist nicht der Krieg, sondern der Handel.«

»Davon habe ich gehört. Man sagt, dass es dort die feinsten Stoffe und die schönsten Geschmeide, das teuerste Essen und die wunderbarsten Zierrate gibt. Und, nicht zu vergessen, dass die schönsten Frauen in Eurer Stadt leben, deren Gunst man mit solchem Zierrat zu gewinnen vermag.«

Davon, meinte Van Ackeren, wisse er zu wenig, um darüber sprechen zu können.

Cosmé seufzte. Er schaute zum Feuer hinüber, dann fasste er Van Ackeren erneut ins Auge und lächelte.

»Ich beneide Euch, Pedro. Vor allem – und ich hoffe, dass Ihr mir diese Sottise nicht übel nehmt – beneide ich Euch um Eure verpassten Gelegenheiten.«

Das Haus Navarro

Wir wissen, dass wir von Gott stammen,
aber die ganze Welt liegt in der Macht dessen, der böse ist.
1. Johannes 5,19

1

»Er sagt, dass du heut Nacht wach bleib'n musst, Señor«, flüsterte der Hablante. »Du musst was von dei'm Blut unter 'nen Stein tun beim Zócalo und draufpinkeln, noch bevor's zwölf is.«

Don Navarro schwieg. Er hatte bemerkt, dass er die Kiefer aufeinanderpresste, und entspannte langsam seine Backenmuskeln. Die flackernde Kerze, die auf dem Tisch stand, beleuchtete das mumienhafte Antlitz des schwarzen Brujo. Dessen Haut wie altes Leder, die geschlossenen Augen Schlitze, die man in einen vermoderten Kürbis geschnitten hat. Der Zauberer saß bewegungslos auf einem Stuhl, den man in dieser Umgebung als vornehm bezeichnen musste, da er Armlehnen besaß. Die Hände des Brujo lagen darauf mit den Handflächen nach oben. Seine langen Fingernägel krümmten sich wie Vogelklauen. In dem aschgrauen Oberkörper des Alten steckten die Brustwarzen wie schief eingeschlagene Nägel.

In den aufgerissenen Augen des Hablante, welcher Don Navarro anstarrte, weil er auf eine Antwort wartete, irrlichterte die Furcht. Ohne Zweifel Furcht vor ihm, dem Alkalden. Aber mehr noch als vor ihm hatte der Hablante Furcht vor dem, was mit dem Spruch des Zauberers in den Raum hereingetreten war. Man musste sich fürchten vor den Worten des Brujo, der nie selbst mit einem redete, sondern alles mit einem raspelnden Flüstern seinem Hablante ins Ohr raunte, welcher sich dafür zu ihm hinüberbeugte und sein Ohr so langsam und vorsichtig dem Mund des Alten näherte, als wären dessen rissige Lippen so heiß wie glühende Brandeisen.

Und der Brujo hatte gesprochen, jedes Wort hatte Gewicht.

Der Alkalde fingerte ein Silberstück aus seinem Geldgürtel und legte es auf den Tisch. »Sicher?«

Der Hablante nickte.

Der Alkalde erhob sich. Er wollte sich schon abwenden, da streifte sein Blick noch einmal die Münze. Der halbe Real lag mit stumpfem Glanz auf der Holzplatte wie eine platt geschossene Musketenkugel.

»Sicher? Rabio also. Im dritten Kampf?«

Der Sprecher nickte noch immer.

Er hörte mit dem Nicken nicht mehr auf, als habe man einen Federmechanismus in ihm angestoßen, der außer Kontrolle geraten war. Seine schwarzen Augen hatten sich von dem Alkalden gelöst und gingen hin und her wie über den Boden flitzende Schaben.

Vom Kirchturm hörte man den schweren Ton einer großen Glocke über die Dächer hallen.

Es schlug die achte Stunde, so langsam, als stehe jemand mit dem Hammer neben der Glocke, der jedes Mal nachdenken musste, bevor er ihn für den nächsten Schlag hob.

Als Don Navarro aus der Tür getreten war, sah er sich in der Gasse um. Niemand hier. In großen Abständen brannten Fackeln, von schwirrenden Nachtfaltern umkreist wie von verdammten Seelen. Der Alkalde hatte zu jeder Zeit überall Zutritt und brauchte niemandem Rechenschaft zu geben, warum und wozu. Dennoch besser, wenn ihm niemand hier begegnete. Niemand jedenfalls, der zählte. Die paar Neger und Mulatten, die hinter ihren Fensterläden hockten oder durch Türritzen spähten, zählten nicht, die hatten Angst vor ihm, und das war gut so. Alonso kannte sich aus mit Angst.

Indessen empfand auch er Angst, der nun mit schweren Schritten die Gasse hinunterging und den Schatten seiner massigen Gestalt mit dem quer abstehenden Degen schwanken sah auf dem schmutzigen Boden der Gasse. Auch er hatte Angst.

Alonso war fest überzeugt von der Existenz des Teufels. Genauso fest, wie er an die Gnade Gottes glaubte, die der Erlöser einem Sünder auch dann noch zuteilwerden ließ, wenn er lange gesündigt hatte. Dazu war das letzte Wort noch nicht gesprochen. Aber hier inmitten ausgedehnter Ödnis, in einer vergessenen Provinz und einer vergessenen Stadt, wo die Zeit nicht geradeaus lief, wie sie sollte, sondern sich im Kreis zu verirren drohte, hier schien auch der Teufel weiter weg. Und das galt vielleicht auch für die Gnade Gottes. Gott und der Teufel befanden sich in Rom oder in Madrid. Vielleicht auch in Caracas, aber nicht hier.

Sehr nahe waren hier jedoch, und auch daran zweifelte Don

Alonso keinen Augenblick, die Hexenkünste des Brujo, deren Auswirkungen er schon mehrmals erlebt hatte. Und den man sich gewogen machen musste, nicht weniger als einen Gobernador des Vizekönigs. Nur herrschte der Brujo über ein unsichtbares Reich, dessen Grenzen nicht zu ziehen waren. Er herrschte über das Böse selbst, er vertrat Satan in der Provinz.

Er konnte Frauen fruchtbar machen und Männern den lahmen Schniedel wieder aufstellen. Kleine Geschäfte bloß, zu denen er sich herbeiließ, wenn man ihm ein paar Reales bezahlte. Aber er konnte auch in den Wahnsinn führen oder auf die abscheulichste Weise töten. Alonso hatte Männer am Strick baumeln sehen mit gebrochenem Genick und indigoblauen Gesichtern, Männer von Stand, deren tote, herausquellende Augen noch voller Entsetzen zum offenen Fenster starrten. Man hatte eine schwarze Zikade an der geschwollenen Zunge des Toten fressen sehen, die zwitschernd davonsurrte, als der Priester im Morgengrauen das Haus betrat. Und man hatte das kostbar aufgeputzte Weib eines Stadtrats gesehen, das am hellen Mittag mit schriller Stimme Unflätigkeiten aus dem Fenster schrie, bei denen erwachsene Mannsbilder auf dem Zócalo rot wurden! Die Leute waren beieinander stehen geblieben und sahen hinauf, bis die Zofe herbeirannte und der Doña den Mund zuhielt. Worauf sie aufgehört hatte zu schreien, aber auch zu essen, so lange, bis sie verhungert war, weil die Würmer sie inwendig fraßen. Das waren des Brujos Werke.

Man wusste, dass sich in Neumondnächten die Fledermäuse zusammenrotteten und in Schwärmen durch die Gassen flatterten, Unheilsboten wie ihre Brüder, die Schakale, die ihr trockenes Bellen hören ließen und mit gelben Augen überall herumschlichen. Es nützte nichts, sie totzuschlagen, das Geschmeiß entstand aus dem Dreck der Abfallgruben, weil in ihnen Dämonen hausten. Böse Geister, die nach der Blutspur an der Haustür suchten, welche der Brujo hinterlassen und die keiner sonst sah. Das Zeichen, das dem Bösen Eintritt gewährte.

Der Hahnenkampf war nur ein Vorwand gewesen. Um wieder einmal Geld auf den Tisch des Brujo legen zu können, um mit ihm im Geschäft zu bleiben, damit er einen nicht vergaß. Wen sonst hatte man, der mit dem Bösen Geschäfte machen konnte. Etwa den Priester?

Alonso hörte sich selbst lachen, während er stehen blieb, um nach einem Mosquito zu schlagen, der dabei war, ihn in den Nacken zu stechen.

In Neo Barcelona, zwei Tage flussabwärts, da hatten sie vor drei Jahren nach einer verregneten Ernte einen schwarzen Hexenmeister verbrannt. Kurz darauf war die Stadt vom Fleckfieber heimgesucht worden, die Seuche brach aus, als der Scheiterhaufen noch rauchte. Und dann, vier Wochen später, als die Krankheit sich ausgetobt hatte, kamen die Engländer bei Neumond den Fluss herauf mit zwei Fregatten. Sie schossen alles zu Klump, nahmen die Überlebenden mit fort und verkauften sie in Trinidad in die Sklaverei.

Alonso setzte seinen Weg fort. Er bog in die Calle Santo Isidro ein und ging mit knarrenden Stiefeln über den harten Lehmboden, in den die eisernen Radreifen der Karren tiefe Rillen eingegraben hatten.

Es mochte vielleicht nicht christlich sein, mit dem Bösen Handel zu treiben, aber wenn der Teufel anderswo beschäftigt und wenn Gott geduldig war, erschien solches Alonso besser, als allein auf die Hoffnung zu setzen. Das Wesentliche aber, was seine Erwartungen an den Brujo anbelangte, war seine Liebe zu Izabel de Navarro. Er nannte es so: Liebe. Eine Liebe, die ihn quälte wie ein nicht verheilter Degenstich, da sie nicht erwidert wurde, und die nun zwei Jahre währende Verweigerung seines angetrauten Weibes ließ die Wunde beständig bluten.

Worte, hatte der Brujo ihm durch den verrückten Hablante mitteilen lassen, würden ihre Liebe nicht entfachen noch Gewalt, es brauche etwas anderes. Der Alte hatte kleine Muscheln auf den Tisch fallen lassen und ihr Muster beäugt mit der Miene eines verdrießlichen Vogels. Seine Augenschlitze wieder geschlossen und mitteilen lassen, dass es ein Gesang sein werde, der die spröde Frau aufschließe.

Ein ganz bestimmter Gesang, den der Brujo in seinem Kopf hören könne, wie der Hablante mit rollenden Augen sagte.

»Wird was sein wie Sing'n, Señor Regidor. Wie 'n Lied wird's sein, er kann's hör'n, sagt er.«

Ein Gesang also. Demnach Musik.

Das Spinett war der Schlüssel dazu. Alonso hatte es gleich gespürt, als er in der Mission die Musik gehört hatte, noch ehe er den niederländischen Ketzer spielen sah. Bloß die Töne hörte, die aus dem offenen Fenster des Refektoriums gedrungen waren, als der Indianer ihn gerade barbierte.

Eine unerhörte Musik, in welcher Alonso, als er den Indianer zur Seite stieß und aus dem Fenster hinausstarrte, auf einmal, als hätte er sie zuvor noch nie gesehen, die mittägliche Schönheit der Mission wahrnehmen konnte, welche in der Flussbiegung geborgen lag wie in der Hand Gottes. Die gemessen steigenden und fallenden Töne hatten ihm die Zerbrechlichkeit und die Anmut des Lebens vor Augen geführt, vor allem diejenige Izabels, während er mit halb geschertem Bart dorthin lief, woher sie kamen.

Izabel. Ihre Anmut und ihre Reinheit, die ihn gierig machten, sie zu beflecken, und gleichermaßen tieftraurig, weil er ahnte, dass all das nur so lange Bestand haben würde, wie er sie nicht besitzen konnte.

Nun hatte er immerhin das Spinett und dazu den Ketzer, der darauf zu spielen verstand. Der richtige Gesang dazu würde sich schon finden.

Eine Katze erhob sich mit gerecktem Schwanz, als die knarrenden Stiefelschritte näher kamen. Das Fackellicht ließ ihre Augen glänzen, als sie sich umsah, bevor sie sich in eine Spalte zwischen den grasgedeckten Hütten verdrückte.

Von überall her hörte man das Fiepen der Baumfrösche.

Don Navarro blieb vor einer Tür stehen, die mit einem senkrechten Sehschlitz versehen war. Er sah sich noch einmal um, ehe er anklopfte.

Sofort öffnete ihm eine alte Frau mit breiten Wangenknochen und langem grauen Haar. Sie musste an der Tür gestanden haben. Die Alte schaute ihn mit ihren stechenden Augen ehrfürchtig an und neigte den Kopf, auf dem ihr langes Haar sorgsam in einen Scheitel geteilt lag.

»Ist sie oben?«

»Ja, Señor«, flüsterte die Indianerin, ohne den Kopf zu heben. »Sie erwartet Euch, Herr.«

Don Navarro griff in seinen Rockschoß und steckte der Alten eine kleine Rolle mit Münzen zu.

»Ihr seid zu gnädig, Herr. Ihr werdet zufrieden sein.«

Alonso ging die knarrenden Stiegen hinauf.

Nein, auch eine sechzehnjährige Mestizin, schön wie ein seltsam fremdes Tier und ebenso still und duldsam, mit blauschwarzen Haaren, lang wie Baumwurzeln, die ins Wasser hängen, und mit Schenkeln wie Seide, auch sie würde die Wunde nicht schließen können.

Don Navarro öffnete die Kammertür und blinzelte ins Licht der beiden Kerzen, die neben dem hölzernen Schragen standen, den er für sein Vergnügen in die armselige Kammer hatte hineinschaffen lassen. Er erwartete einen Blick voller Furcht und Gehorsam. Und hoffte, während aus dem offenen Fenster ferne Gewitter hereinleuchteten, dass Gott, der so weit weg war wie der Teufel, ihm vergeben möge.

2

Doña Izabel begegnete Van Ackeren am dritten Tag nach seiner Ankunft in Guadalupe.

Es war ein Nachmittag, an dem das Schilf auf den Dächern der Criollos in der Hitze knisterte, während die Ratten sich darin tummelten. Die armseligen Schilfhütten hingen am Leib der Stadt wie Ferkel an den Zitzen einer Sau, sie zogen sich hinunter zum breit dahinströmenden Fluss, auf dem zurzeit ganze Felder aus blau blühenden Wasserhyazinthen entlangtrieben, begleitet von Scharen schmatzender Hornhechte und Breitmaulbarsche. An den sumpfigen Ufern steigerten sich vom Nachmittag bis tief in die Nacht die Ochsenfrösche gegenseitig in einen Lärm hinein, den man noch im Zentrum der Stadt hören konnte. Durch das dichte Schilf glitten Mokassinschlangen, während unsichtbare Caimane die Binsen wackeln ließen. Überall, wo man hinkam, roch es nach Fischlaich und toten Wasserkäfern. Die Stadt hielt sich rein davon und fern, da kein Bürger diese Gegend zu Fuß aufsuchte. Aber das unbarmherzige Licht der Sonne brachte auch die blau gestrichenen Fensterläden an den Häusern der Wohlhabenden zum Knacken, deren Balkone wie die Aufbauten von Schiffen über die schmutzigen Gassen hinausragten.

Van Ackeren saß in dem holzgetäfelten Salon der Villa Navarro, dessen Fenster man mit roten Markisen verhängt hatte. Zusammen mit Cosmé, auf zierlichen Sesseln in französischem Stil, sie warteten auf das Eintreffen der Baronesa. Eine Mestizin, welcher man das Lächeln, aber nicht das Reden beigebracht hatte, hatte eben zwei Tässchen mit Kaffee auf den kleinen Tisch vor ihnen gestellt und entfernte sich wieder, wobei sie vergaß, das ungezogene Schlenkern ihrer Arme bleiben zu lassen.

Während die beiden Männer schweigend von dem Kaffee tranken, gurrten die Tauben draußen auf den Ziegeldächern. Vor den schweren Tüchern, die an den Fenstern hingen wie Segel bei einer Flaute, stürzten Mauersegler vorbei. Ihre schrillen Schreie schnitten in die Stille ein mit aller ungezügelten Wildheit, die ihnen zu eigen.

Cosmé räusperte sich und setzte die Kaffeetasse ab. Vom Kirchturm her schlug es die vierte Nachmittagsstunde.

Zur gleichen Zeit ging in der Arena hinter der Plaza Inglés unweit des Zócalo der Hahnenkampf in die zweite Runde. Die Kämpfe wurden von einem wohlhabenden Mestizen veranstaltet, welcher auch die Wetten verwaltete. Ihm diente eine große Zahl von Helfern, von denen er sich in Maßen bestehlen ließ und die dafür sorgten, dass es den Hähnen und ihren Besitzern an nichts fehlte, und außerdem dafür, dass die vornehmeren Zuschauer ihre angestammten Plätze bekamen. Die weniger bemittelten Aficionados hockten barfuß im grellen Sonnenlicht um das zwanzig Ellen messende Rund, an dessen Rand man mit Kreide Felder für die antretenden Hähne eingetragen hatte. Hier konnten die Wetten getätigt werden. Haufen von Kupfer-, aber auch Silbermünzen lagen auf dem gestampften Lehmboden, bewacht von den Aufsehern, die darauf achteten, dass bei Beginn der Runde nicht mehr gesetzt und dass die Quote eingehalten wurde. Die Wetten der Kavaliere wurden diskret auf Zetteln abgegeben mit dem Namenszeichen des Betreffenden darauf, da einige der Herren des Schreibens nicht kundig waren.

Die Züchter der Hähne waren fast alle Mulatten, denen man in dieser Hinsicht das meiste zutraute. Sie waren in der Lage, die richtigen Tiere auszusuchen, und verfügten über die notwendige Hingabe, sie für den Kampf aufzubauen, welche bekanntermaßen weit größer zu sein hatte, als man sie für die Liebe zu einer Frau aufwenden würde. Man bevorzugte die aus Indien stammenden Rassen mit ihrem schlanken Körperbau und ihrer angeborenen Wildheit, deren Ahnen vor Hunderten von Jahren mit arabischen Monsunseglern nach Sansibar gekommen waren und schon den spanischen Mauren zur Ergötzung gedient hatten.

Auch Rabio, der Hahn, auf den Alonso setzte, stammte aus der Zucht eines Mulatten, des berühmten »El Loco«. Er fütterte seinen Hahn vor dem Kampf angeblich mit gehackten Stierhoden, dazu rieb er ihm den After und die Schwungfedern mit Chilischoten ein, um ihn wild zu machen und um seinen Gegner zu blenden, falls das Gefieder dessen Augen streifte. Eine Finte, die allerdings weit verbreitet war und die Hähne kaum beeinträchtigte, da sie auch blind noch in der Lage gewesen wären, auf den Tod zu kämpfen.

Der Aufseher ließ eine durchlöcherte Kokosnuss in die Schüssel fallen, und ein Aufstöhnen ging durch die Zuschauer. Die Helfer deckten die Kreidefelder mit ihren Hüten zu, und die Nuss begann sich mit Wasser zu füllen. In zwei Minuten sank sie auf den Grund der Schüssel.

Zwei lange Minuten für den weißen Hahn, dem sein Gegner schon den Schneid abgekauft hatte und dessen Kreidefeld inzwischen leer von Münzen war. Von seinem Besitzer losgelassen, stürzte der rot gefiederte Gegner sofort auf den Weißen los und trieb ihn im Kreis, begleitet vom Hohn der Zuschauer, welche dem Roten mit obszönen Gleichnissen nahelegten, auf welche Weise er den bald fälligen tödlichen Streich führen solle. Aber man konnte nie wissen. Ein Hieb mit dem scharfen Stahl, schon konnte der Kampf auf unerwartete Weise gewendet werden, und dann war die Quote hoch für den Gewinner.

El Loco hockte Tabak kauend auf seinen Fersen, das Gesicht unsichtbar unter dem gelben Palmfaserhut. Neben ihm stand der verhängte Käfig, in dem sich sein bester Hahn befand, derselbe, der Rabio genannt wurde und als Favorit galt. Der Mulatte schien dem Treiben seiner Gegner keine Aufmerksamkeit zu schenken. Er bewegte den Mund, als bete er oder spreche mit seinem Hahn.

Alonso, welcher mit den anderen Kavalieren im Schatten der Feigenbäume stand, die den Hinterhof säumten, war überzeugt davon, dass El Loco Zaubersprüche murmelte, wie manche alte Weiber es tun, wenn sie in der Kirche zu beten vorgeben. Ohnehin war diese Veranstaltung ein Vergnügen für das niedere Volk. Sie genoss nicht die Gunst der Kirche, da die Priester zu viel Heidnisches in dem zu sehen glaubten, was darin zelebriert wurde. Gleichwohl fanden sich hier immer Leute von Stand, die auf Hähne wetteten. Auch wenn man sich mit dem Pöbel sonst nicht gemeinmachte.

Indessen wäre es den Caballeros mit ihren verzierten Röcken und den Degen in den Kollern nicht eingefallen, aus dem Schatten der Bäume herauszutreten in die brennende Sonne, die den Kampfplatz aufheizte wie einen Backofen.

Denn hier waren die besten Plätze. Nahe genug, alles zu sehen, aber nicht so nahe, dass Blutspritzer auf die gute Kleidung kamen. Aus Diskretion grüßte man sich nicht untereinander. Einmal ein Blickwechsel vielleicht und ein leises Wort. Dies hier war etwas Vulgäres, aber Prickelndes, wie der Besuch in einem Bordell.

Indessen war nicht von der Hand zu weisen, dass ein Hahn wie Rabio eine Erscheinung war. Ihn kämpfen zu sehen konnte eines Mannes Herz in Brand setzen, auch wenn dieses Herz unter den Silberknöpfen eines feinen Rockes aus besticktem Taft schlug.

Der zweite Kampf war zu Ende. Die Kokosnuss hatte den Boden der Schüssel erreicht, und das Blut des Verlierers hinterließ rote Tropfen auf dem Lehmboden. Sein Kamm war zerschnitten, das Halsgefieder von Blut getränkt. Der Sieger hockte krähend auf ihm und schlug mit den Flügeln. Dabei versuchte er, ihn noch einmal mit seinen Sporen zu treffen, an denen die rasiermesserscharfen Sicheln befestigt waren, die den Hahnenkampf in ein tödliches Duell verwandelten. Dem Verlierer nutzte die Demutsgeste nichts, bei welcher er seine Flügel ausbreitete und den Kopf auf die Erde drückte. Sein Überwinder schlug erneut zu, ohne das Federkleid durchtrennen zu können. Dennoch war der Kampf entschieden.

Der Besitzer des Siegers warf seinem Hahn einen Sack über den Kopf. Wohlweislich trug er dabei einen dicken Lederhandschuh, das Abnehmen des Hahnes hatte schon den einen oder anderen Finger gekostet, je nach Temperament des Siegers, der sich noch im Blutrausch befand.

Der Patron des Verlierers, ein junger Mulatte, der sich ein Kopftuch umgebunden hatte und stutzerhaft zwei goldene Ohrringe trug wie ein Bukanier, trat in den Ring, packte seinen Hahn, der mit hilflos ausgebreiteten Flügeln hechelnd am Boden hockte, bei den Beinen und schmetterte ihn mit aller Kraft auf den harten Lehmboden, was ein gekreuztes Muster aus Blutstropfen auf dem Boden hinterließ wie eine blasphemische Signatur.

Ein anerkennendes *»Hole!«* ging durch den Kreis der herumhockenden Aficionados. Der junge Stutzer mit seiner olivfarbenen Haut und dem sorgfältig ausrasierten Schnurrbart warf einen stolzen Blick in die Runde, ehe er den Hahn, der matt mit den Flügeln schlug, ein zweites Mal gegen den Boden schmetterte, was ihm das Lebenslicht vollends ausblies.

Don Navarro betrachtete das Schauspiel ungerührt. So etwas trieb die Wetten in die Höhe, und die jungen Kerle hatten ihren eigenen Kodex von Ehre. Den man durchaus akzeptieren konnte. Verlierer sollten einen Kampf nicht überleben müssen, danach wartete bloß Ehrlosigkeit, Schande. In diesem Fall war der Suppentopf die bessere Lösung.

Alonso wechselte das Standbein, klopfte sich eine Prise aus seiner Tabakdose auf das Daumengelenk und warf einen Blick in die Runde, ehe er das Pulver aufschnupfte. Er wartete auf Rabio.

3

Baronesa Izabel trat in die Tür, angetan mit einem fliederfarbenen Manteau, unter dem eine weiße Jupe hervorsah. Ihr eng geschnürtes Mieder war aus bestickter Seide, und sie trug eine Fontange mit seidenen Bändern, die ihr gelocktes schwarzes Haar kaum bändigen konnte, das in reizender Unordnung auf ihren Rücken herunterhing.

Izabel besaß die vortretenden Wangenknochen maurischer Ahnen und eine europäisch schmale, ein wenig aufwärts weisende Nase. Ein kleines Grübchen am Kinn hätte keck erscheinen können, wäre nicht ein Ernst an ihr gewesen, welcher Koketterie ausschloss. Ihre Augen, die nach den Gästen Ausschau hielten, waren von einem tiefen kornblumenfarbenen Blau.

Ehe sie den Raum betrat, hatte sie vor dem Spiegel, das Mulattenmädchen hinter sich, welches sie mit runden Augen verzückt anstarrte, noch überlegt, ob sie sich eine Mouche aufmalen sollte. Unter dem rechten Wangenbogen oder auf dem Ansatz der linken Brust, dicht über dem Mieder. Eine ganze Weile hatte sie vor dem Spiegel gestanden, ohne sich darin wirklich zu sehen. Dann hatte sie die Hand nach ihrem Fächer ausgestreckt.

Nun erfüllte sie den Raum mit Weiblichkeit, mit dem Duft nach Rosenwasser, mit welchem das Mädchen ihr die Haare eingerieben, und dem Lavendel, zwischen dem die Kleider gelagert wurden.

»Meine liebe Schwester«, erhob sich Cosmé, »ich stelle dir Herrn Pedro van Ackeren vor, einen niederländischen Kavalier von besten Manieren, den dein Gemahl mit Bedacht dazu auserwählt hat, dem Haus Navarro die Kunst des Musizierens näherzubringen. Wozu er, wie ich glaube, trefflich imstande sein wird.«

Van Ackeren hatte sich erhoben.

Die Baronesa, den Fächer an den Hals gelegt, musterte ihn für ein paar Augenblicke. Ihm wurde warm, ohne dass er sich dies erklären konnte. In ihren Augen war kein besonderes Interesse, allenfalls Höflichkeit zu erkennen. Und vielleicht eine gewisse Melancholie, die ihn sehr ansprach, da er innerhalb eines Herzschlags darin eine Verwandtschaft zu erkennen glaubte.

Izabels Französisch war rauer als Cosmés, dessen Aussprache außerordentlich gut war. Die Baronesa, als man am Kaffeetisch nach kurzer Zeit lebhaft ins Parlieren kam, behalf sich häufig mit spanischen Wörtern, ohne dass dies indessen störend gewesen wäre. Ihre Bedienerin blieb die ganze Zeit hinter ihr stehen, sie tat dies ohne Eleganz und machte den Eindruck, als habe sie in erster Linie als Wächterin zu fungieren.

Van Ackeren wurde darum gebeten, von seiner Herkunft und von seiner ereignisreichen Reise zu berichten, und er tat dies in artigster Manier. Aber auch in dem seltsamen Gefühl, dass er in diesem Salon zwar nicht als Sklave und nicht einmal als Bediensteter behandelt wurde, sondern als ein Mensch von Bildung, dass die Anwesenden dennoch seine einfache Kleidung ignorieren mussten und die Tatsache, dass er nachher wieder in seine Kammer gehen würde, welche sich im unteren Geschoss des Hauses befand und in der es von Kakerlaken wimmelte. Indessen spielte er die Scharade mit, weil er fühlte, dass Cosmé und vielleicht auch die Baronesa dies wünschten, und nahm es als einen der Dienste, die hier von ihm verlangt wurden.

Die Baronesa gab der Bedienerin einen Wink, und diese brachte eingelegten Ingwer in einer Schale, welche sie auf den Tisch stellte.

Sie sei, sagte die Baronesa zu Van Ackeren, in Sant Leon de Caracas erzogen worden, in einem Kloster von Benediktinerinnen. Dazu habe auch gehört, das Lautenspiel zu erlernen.

»Aber ich bin darin nicht sehr erfahren, Señor Van Ackeren. Ich bin lediglich eine *díletante*, welche die Musik indessen über alles liebt.«

Sie lächelte Cosmé zu und wechselte den Fächer gegen die andere Schulter, ehe sie Van Ackeren wieder ins Auge fasste.

»Mein Bruder und ich, wir haben allerdings auch Lieder gesungen, die im Kloster verboten waren.«

Cosmé erwiderte ihr Lächeln. »Lieder, die ich am Fenster von Schenken gehört und ihr vorgesungen habe«, ergänzte er.

»Oh ja«, bekannte die Baronesa. »Ich wurde bestraft und musste sehr viel beten, um die schädliche Wirkung dieser *canzones* wieder loszuwerden.«

Der Blick Izabels ruhte für eine kurze Zeit auf Van Ackerens Gesicht, etwas zu ernst für diese kleine Sottise. Dann sah sie zum Fenster hin, wo die Tauben heftig zu gurren angefangen hatten.

»Gibt es«, wollte sie wissen, ohne ihren Blick vom Fenster zu nehmen, »in Eurem Glauben verbotene Musik, Herr Van Ackeren?«

»Wir nehmen die Musik sehr ernst«, sagte Van Ackeren. »Vor allem dann, wenn sie zum Lobe Gottes erklingen soll. Da sie das Herz und die Seele erreicht wie keine andere Kunst.«

»Wollt Ihr uns vielleicht ein solches Stück vorspielen? Eines, das die Seele erreicht und das Herz und dabei auch fromm ist? Ich bitte Euch sehr darum.«

Nun schaute sie ihn direkt an, und er konnte nicht anders, als ihre Augen mit denen Annas zu vergleichen, deren Blau ihn verwirrt hatte, weil darin immer etwas zu sehen gewesen war, was Furcht in ihm ausgelöst hatte. Izabels Augen indessen waren ruhig und klar. Aber sie waren schön.

Einer der schwarzen Jungen schlug das Tuch zurück, das den Käfig Rabios verhüllte. El Loco öffnete den Schlag. Er griff vorsichtig hinein und holte den schwarzen Hahn heraus, welcher sich lang machte und mit seinen gelben Augen umherblickte. Der Vogel gab keinen Ton von sich, ungleich seinem Kontrahenten, der den Namen Rayo trug und eben auf der anderen Seite der Arena bereit gemacht wurde. Rayo krähte laut, als sein Besitzer damit begann, ihm die Keulen und die Brust zu massieren. Die Messer an den Sporen beider Hähne steckten noch in ihren Lederfutteralen. Rayo krähte noch einmal, als er Rabios ansichtig geworden war, der das Krähen nicht erwiderte. Er schaute nicht einmal in die Richtung, aus der es gekommen war.

Man hätte vielleicht annehmen können, dachte Alonso, der im Schatten der Palmen stand und zufrieden zuschaute, dass Rabio nicht zum Kämpfen aufgelegt war. Aber er kannte den Hahn, ebenso wie die meisten Zuschauer, und wusste, dass er kämpfen würde. Rayos

Gefieder war heller, und er besaß rote Schwungfedern, Rabio hingegen war vollkommen schwarz, nur seine langen Schwanzfedern wiesen einen düsteren Rotton auf, und auch die Federn an seiner Halskrause waren an den Spitzen wie in Blut getaucht.

Die Zuschauer rückten näher an die Arena heran. Rabio war die Attraktion des Nachmittags. Ihn siegen oder sterben zu sehen war gleichermaßen erregend.

Bei der Pelea de Gallos wusste man nie, was geschehen würde. Die Hähne waren schnell, und die Messer waren scharf. Sie wurden von den besten Klingenschmieden gemacht, und ein Caballero hätte viel dafür bezahlt, ein ebenso gutes Rasiermesser zu besitzen. Die im Holzkohlenfeuer geschmiedeten Messer wurden bei Neumond gehärtet, manche in Weihwasser, andere in Blut. Und sie durften niemals von einer Frau berührt werden.

El Loco und sein Gegenspieler setzten die Hähne auf den Boden und hielten sie an der Halskrause. Der Árbitro setzte die gelochte Kokosnuss auf die Wasserschüssel. Er ließ die Nuss los, und die Padrones zogen ihren Hähnen die Lederhüllen von den Sporen.

4

Van Ackeren setzte sich an das Spinett. Er spielte eine Formation von Sweelinck zu den Psalmen Davids. Ein Stück, das er besonders liebte und das er auch in der Mission den Indianern und den Patres vorgetragen. Während des Spiels fühlte er sich wie entrückt, da er die Aufmerksamkeit seiner Zuhörer, die hinter ihm in ihren Sesseln saßen, geradezu körperlich spüren konnte. Er fühlte, dass Cosmé stolz auf ihn war, eine Empfindung, welche ihm zuvor nicht nahe gewesen, nun aber ganz deutlich war, weil diese beiden, Halbbruder und Schwester, sich sehr zugetan waren und er nun sich auf einmal zwischen ihnen befand, als berühre er sie beide. So fühlte er Izabels Anwesenheit durch Cosmés Zuneigung. Während er spielte, spürte er ihre Neugier, ihren Ernst und ihre Zurückhaltung, und wie die Töne der Formation sich entwickelten und durch den Salon klangen, wusste er, dass diese Musik, die zu dem Gurren der Tauben draußen und zu den Schreien der Mauersegler erklang, die Herzen seiner beiden Zuhörer erreichte.

Wie an einem anderen Ort, der sich gleichwohl nicht weit von hier befand, Alonso sich fern von Gott und Teufel fühlte, so empfand Van Ackeren während des Spiels am Spinett eine seltsame Freiheit in seinem Innern, als werde die Musik Sweelincks, die er vor allem dem Lobe Gottes zu Ehren vortrug, sein Eigenes, das ihn selbst auszeichnete. Halb schauderte es ihn ob der Anmaßung, halb war in seinem Herzen eine unbändige Freude, als wäre auch er einer der Mauersegler vor dem Fenster und stürzte mit einem Schrei vom Himmel herab in ein unbekanntes Geschehen, und Gott sah ihm schweigend zu.

Rayo griff an, kaum dass sein Padron ihn freigegeben hatte. Er stürzte sich auf Rabio, der mit wackelnden Schritten zurückwich bis zu dem mit Ziegeln ausgemauerten Rund der Arena. Der schwarze Hahn verhielt sich defensiv, fast hätte man ihn für feige halten können, wie er so watschelnd rückwärtsging wie eine Ente. Aber er tat es, ohne seinem Gegner zu erlauben, hinter ihn zu gelangen. Die wütende Attacke parierte er mit ausgebreiteten Flügeln, die Federkrause aufgestellt.

Alonso, der ein guter Fechter mit dem Rapier war, lächelte. Er erkannte, dass Rabio seinen Gegner prüfen wollte. Der Hahn wollte herausfinden, welche Taktik er einsetzen musste, und er wollte seinen Gegner ermüden. Dasselbe würde er auch versuchen, wenn er jemanden vor sich hätte, der so ungestüm angriff und den Kampf um jeden Preis gleich entscheiden wollte. Ein solcher Gegner hatte Angst.

Man musste ihn angreifen lassen, den Mantel über der Linken, den Dolch unsichtbar darunter verborgen. Ihn sein Handgelenk ermüden lassen und seine schwache Stelle erkunden. Dann die überraschende Riposte, sei es mit dem Degen oder mit dem Dolch.

Rabio machte noch ein paar solcher Rückzieher, was einige Unerfahrene dazu brachte, ihre Silbermünzen auf das Feld seines Gegners hinüberzuschieben.

Die Kokosnuss traf auf den Boden der Schüssel, und die erste Runde ging an Rayo, indessen ohne dass Rabio verletzt worden wäre. Rayos Padron griff ihn mit den Lederhandschuhen um die Flügel, nahm seinen Schnabel in den Mund und pustete ihm langsam Luft hinein, um ihn zu stärken. Der Hahn war unruhig und strampelte mit den Beinen, er versuchte, mit den blockierten Flügeln zu schlagen. Er wollte wieder angreifen, die Sache zu Ende bringen. Alonso dachte, dass doch jeder sehen könne, wie viel Angst Rayo hatte. Für diejenigen, die Rabio kannten, und zu ihnen gehörte Alonso, war die Sache schon so gut wie entschieden.

Rabio stand mit langem Hals am Boden, die befiederten Beine breit gestellt, ohne sich zu rühren. Sein Körper hatte den Umriss einer schlanken Weinflasche, die Muskeln an seinen Flügeln und Beinen traten heraus wie Päckchen aus Paranüssen, wenn er seine Federn glatt anlegte. Seine gelben Augen musterten Rayo. El Loco fuhr dem Hahn sachte mit dem Zeigefinger über das Halsgefieder, dabei flüsterte er ihm etwas zu, was niemand hören konnte.

»La S'gunda«, rief der Corador.

Die Kokosnuss wurde in die Schüssel gelegt und die Hähne losgelassen. Bereits der nächste Angriff Rayos war tödlich, aber für ihn selbst. Denn kurz vor dem Zusammentreffen drehte sich Rabio wie ein schwarz-roter Blitz um die eigene Achse, und Rayo lieferte ihm mit seinem Vorwärtsstürmen den Schwung, mit dem die aufblitzende Stahlspore seinen Leib hinter der Federkrause aufschlitzte. Rayo fiel und rappelte sich gleich wieder auf, aber ehe er ganz auf den Beinen war, durchtrennte ihm Rabio, der auf einmal über ihm war, die Kehle.

Diesen letzten Streich sahen die Zuschauer nicht, weil er schneller erfolgte, als man hinsehen konnte. Ein Dutzend Aficionados brüllten begeistert auf, als sie von einem Regen aus Blut, welcher über einem Viertelkreis der Arena niederging, besprengt wurden.

»Holeeee!«, schrien sie. Und: »Rrr-aabbbio!«

Alonso schnaubte erregt. Er holte seine Schnupftabakdose heraus. Streckte die Rechte mit dem Tabak auf der Daumenbeuge und schaute dabei in die Runde der Kavaliere, welche unter den Pekanbäumen standen und sich gegenseitig mit vorgeschobenen Lippen zunickten.

Cojones, dachte er, das Vieh hat cojones. Und schnupfte den Tabak auf, erst eine Portion in das linke, dann eine in das rechte Nasenloch.

Nachdem er die Nase geputzt und sein Schnupftuch wieder eingesteckt hatte, schritt er hinüber zum Corador. Er klopfte dem vor ihm dienernden Mann auf die Schulter und ordnete an, dass sein Gewinn an den Orden der Barmherzigen Schwestern gegeben werde. Dann verließ er den Kampfplatz.

Zeit, sich um das Spinett zu kümmern und um den Ketzer, der so zierlich darauf zu spielen verstand.

5

»Das könnt Ihr nicht tun, Schwager, das gehört sich nicht!«, schrie Cosmé. Er stampfte mit dem bestiefelten Fuß auf, so heftig, dass die silberne Radspore klirrte.

Alonso antwortete ihm nicht. Er zog nur eine Augenbraue in die Höhe und blies die Luft aus den geschürzten Lippen, als wollte er versuchen zu pfeifen.

»Lasst mich vorbei«, sagte er. »Ihr steht mir im Weg, lieber Schwager.«

Cosmé aber blieb stehen. »Er ist doch kein Hausbursche!«

»Er ist, was mir beliebt. Sonst gar nichts.«

»Die Baronesa wird Euch zürnen. Einen gebildeten Menschen behandelt man nicht so.«

Alonso schaute an Cosmé vorbei, da er auf dem Korridor eine Tür hatte gehen hören.

»Die Baronesa«, sagte er und sprach dabei etwas lauter, »wird in dieser Angelegenheit nicht gefragt, Don Cosmé. Darüber entscheidet der Hausherr, der das Wohl aller Hausbewohner im Auge behält. Im Übrigen, wie Ihr wohl wisst, auch das Eure.«

Cosmé schlug mit seinem Federhut, den er in der Hand hielt, wütend gegen den Schenkel unter der Pluderhose und strebte an Alonso vorbei, zur offenen Tür hinaus.

Im Korridor begegnete er seiner Schwester, die in ihrer Nachmittagsgarderobe war und ihn verwundert anblickte. Cosmé drängte sich kopfschüttelnd an ihr vorbei und stürmte durch den Flur zur Treppe. Man hörte das Klingeln seiner Sporen, als er die Stufen hinunterrannte.

Izabel ließ den Reifrock los, den sie hatte zusammendrücken müssen, um durch die Tür hindurchzukommen, und schritt in den Salon herein, im Abstand von fünf Schritt gefolgt von der jungen Mulattin. Das Mädchen machte eine so ausdruckslose Miene, als sei sie nicht vorhanden, da sie den Raum von Männerzorn erfüllt vorfand wie vom Pulverdampf nach einer Salve.

»Was hat er denn?«, sagte Izabel.

»Junge Leute«, sagte Alonso, ihr seinen Arm bietend. »Müssen sich die Hörner stoßen an allem und jedem, Teuerste. Ihr kennt doch Euren Bruder.«

Izabel, an Alonsos Arm gehend, öffnete ihren Fächer. »Geht es um Herrn Van Ackeren?«

»*Herrn* Van Ackeren?«, wiederholte Don Navarro mit belustigtem Timbre. »Dieser Herr«, fuhr er fort, »ist nichts weiter als ein Domestik, den ich jüngst von den Jesuiten gekauft habe, zusammen mit dem Spinett, damit er für Euch darauf spiele, meine Liebe.«

Er blieb stehen, die Baronesa anblickend. Aber Izabel, die ihre Hand wieder von seinem Arm genommen hatte, schritt allein weiter, bis sie am Fenster war, und schaute unter den roten Markisen hinunter auf den Platz, auf dem sich allerlei Volk dem mittäglichen Müßiggang hingab. Stahlgraue Tauben watschelten mit nickenden Köpfen umher und suchten nach den wenigen Krümeln, die sogar die Bettler liegen lassen mussten.

»Ein Domestik also«, sagte sie.

Die Tauben gurrten. Von unten hörte man Gelächter.

Die Baronesa schloss ihren Fächer, öffnete ihn wieder und bewegte ihn langsam hin und her.

»Und weshalb ist Cosmé verärgert, Don Alonso?«, fragte sie, über die Brüstung des Fensters gebeugt, ohne sich nach ihrem Gemahl umzudrehen.

»Weil das bedeutet, dass der Mensch im Gesindehaus wohnen wird, wo die anderen Diener ihre Kammern haben. Sollen wir ihm einen Salon einrichten? Und ihm eine Bedienung geben?«

Alonso starrte voller Wut auf Izabels Rücken, auf die Rückseite ihres geschnürten Mieders und auf ihren schmalen Nacken, an dem ihr Haaransatz sich teilte und man, wenn sie die Haare à la française trug, den dunklen Flaum sehen konnte, der ihn erregte.

»Zum Teufel«, knurrte er. »Der Kerl ist ein niederländischer Ketzer, und ich könnte ihn noch heute den Dominikanern überantworten. Sie würden ihn mit Vergnügen öffentlich ausweiden lassen.«

Alonso merkte, dass er die Fäuste geballt hatte, und lockerte seine

Finger. Ohne den Blick von Izabel zu nehmen, drehte er an seinem Siegelring.

»Ihr seht, meine Liebe, wie barmherzig ich stets handle«, sagte er. »Hat er nicht stattdessen das Glück und den Vorzug, zu Eurem Vergnügen musizieren zu dürfen? Worauf er sich anscheinend versteht, oder tut er das etwa nicht?«

»Er spielt sehr schön«, sagte die Baronesa. Sie öffnete ihren Fächer und schaute über den bestickten Rand hinüber zu den verwitterten Ziegeldächern, über welche die Mauersegler schreiend hinwegschossen.

6

Mehrere hundert – vielleicht tausend – Flamingos flogen über Guadalupe hinweg. Eine rosafarbene Invasion des Himmels, welche in der Lage war, das Tageslicht für eine Viertelstunde zu verdunkeln. Wie die gewellten Bänder eines großen Gewebes schwebten die großen Vögel hintereinander, ihre Hälse schwingend im Takt der Flügel. Nachdem sie aufgetaucht waren, füllte ihr Krächzen und Schnattern die Straßen, sie zogen den Lärm hinter sich her wie eine Schleppe.

Van Ackeren stand im Hinterhof des Palacio Navarro, dem an seiner Rückseite die Stuckaturen fehlten, welche zum Zócalo im maurisch-kastilischen Stil ausgeführt waren und dem Haus damit ein adeliges Gepräge verliehen.

Van Ackeren folgte den schönen Vögeln mit dem Blick, ohne zu wissen, welcher Art sie waren und weshalb sie auf einmal in so ungeheurer Menge auftauchten. Kaum jemand kümmerte sich hier um sie. Man war ihr Erscheinen gewohnt, da sie in Abständen entlang dem Rio Blanco zu den landeinwärts gelegenen Sümpfen des Orinoco flogen, wo sie sich für Tage niederlassen würden, bis die Nahrung für ihre ungeheure Zahl knapp wurde und sie weiterzogen auf ihrer Monate dauernden Rundreise, welche sie irgendwann auch wieder über Guadalupe würde fliegen lassen.

»He, Franzose«, sagte jemand hinter Van Ackeren.

Es war der erste Hausknecht, Zazo geheißen. Ein Quarteron, zu einem Viertel Neger, gehässig und streitlustig, mit breiten Schultern und einem pockennarbigen Gesicht, ein Mann, vor dem die Mägde niemals sicher waren.

Der Knecht sicherte sich Don Navarros Gunst oder auch das Aussetzen fälliger Bestrafungen für seine Zügellosigkeit durch sein feines Gehör, das ihn vieles aufschnappen und kolportieren ließ, was an Geflüster und Machenschaften umging. Er verstand sich als Ohr Don Navarros, während dieser Zazo seinerseits als eine Art Experiment betrachtete im Hinblick darauf, wie viel Bosheit seine Dienerschaft vertrug und was Gott erlaubte. Ein Experiment, welches Alonso zu jeder Zeit nach Belieben unterbrechen konnte, indem er Zazo auspeitschen ließ. Was hier und da auch geschah, Zazos Intrigantentum aber nur verstärkte, da der Diener meinte, noch nicht niederträchtig genug gewesen und eben dafür bestraft worden zu sein.

Obwohl dieses Missverständnis nie aufgeklärt wurde, funktionierte der Austausch zwischen den beiden, und seine bevorzugte Stellung bändigte Zazos gewalttätiges Temperament ein wenig, da er sich nicht so leicht provozieren ließ. Stattdessen spionierte er gern und flüsterte Alonso die unbedeutendsten Kleinigkeiten im vertraulichen Flüsterton im Vorbeigehen zu. Es gefiel ihm, aus einer Posse eine Tragödie zu machen.

»Geh, Franzose, und hilf den Indianern, die Scheißhäuser zu säubern«, sagte Zazo in herablassendem Ton.

Er stellte sich breitbeinig vor Van Ackeren hin und richtete seinen dicken Zeigefinger auf dessen Gesicht. Der Finger kam Van Ackeren so nahe, dass er beinahe seine Nase berührte, er roch nach Kautabak, Knoblauch und Chilischoten und nach Zazos ganz eigenen Körperausdünstungen.

Van Ackeren wich einen Schritt zurück. Er verstand nicht, was man von ihm wollte, da er noch kaum Spanisch sprechen konnte und Zazo in seinem kreolischen Dialekt mit ihm geredet hatte.

Vorhin erst hatte er das Spinett neu gestimmt und anschließend für eine Stunde bei offenem Fenster darauf gespielt, was ihm von der Baronesa in der Zeit vor der Siesta erlaubt worden war. Die schönen Töne schwebten noch in seinem Innern, zusammen mit dem Wissen darum, dass die Baronesa und andere Menschen sie gehört und von ihrem Zauber vielleicht beglückt worden waren.

Auch Zazo hatte Van Ackeren spielen gehört. Und ebendies hatte ihn zu dem Entschluss geführt, dem blassen Neuling auf den Zahn zu fühlen, nachdem Don Navarro vor zwei Tagen gesagt hatte, er solle sich doch gelegentlich einmal um den Franzosen kümmern. Mit einem langen Blick, dessen Bedeutung Zazo nicht ganz klar gewesen war, die er jedoch glaubte, auslegen zu können.

»Du hörst wohl schlecht, Franzose?«

Van Ackeren, der einen weiteren Schritt zurückgewichen war, hob die Hände in einer Geste der Hilflosigkeit. Zazo ergriff die hölzerne Bütte mit dem Seil daran, die er mitgebracht hatte, und stieß den Eimer Van Ackeren so heftig vor die Brust, dass der ein Stück zurücktaumelte.

Noch immer verstand er nicht, was man von ihm wollte.

Von dem Kübel ging ein bestialischer Gestank aus, und Van Ackeren vermutete, dass der kahl geschorene, schwere Mann mit der olivfarbenen Haut und dem verwüsteten Gesicht ihn nur necken wollte und dass es in einem solchen Fall besser war, sich zu entfernen, um ihn nicht noch mehr zu reizen.

Er wandte sich also um und wollte weggehen. Da traf ihn Zazos Faust im Nacken, und er glaubte, dass sein Genick gebrochen wäre. Van Ackeren fiel zu Boden wie vom Blitz getroffen.

Als Nächstes bekam er die Stiefel des Dieners so heftig in die Rippen, dass er aufschrie. Er hob die Arme, um sein Gesicht zu schützen, aber Zazo trat sie ihm weg, beugte sich herunter und schlug ihn zweimal mit seinem Totschläger aus Blei, welchen er aus dem Gürtel gezogen hatte.

Die Schläge trafen Van Ackeren links und rechts neben dem Hals, und ein unsäglicher Schmerz schoss ihm durch den Leib. Er meinte, dass alle Kraft aus ihm entweiche. Seine Arme fielen herab, als wären sie gelähmt. Er hörte sich selbst, ein klägliches Winseln kam aus seinem Mund. Für Worte fehlte ihm die Kraft.

»Du jämmerlicher Hundsfott!«, sagte Zazo. Er stellte sich breitbeinig über den Franzosen und knöpfte seinen Hosenlatz auf, um auf ihn zu pissen.

Da öffnete sich ein Fenster an der Fassade, und eine der Mägde schaute herunter. Sie sah Van Ackeren zwischen den Bananenstauden am Boden liegen, Zazo über ihm stehend, der seinen Schwengel ausgepackt hatte und, während er pisste, nach oben blickte und die Faust schüttelte.

»Verschwinde!«, brüllte er. »Tochter einer Hure!«

Das Mädchen schaute noch für einen Augenblick nach unten, ehe sie das Fenster schloss. Lange genug aber und mit solcher Miene, dass Zazo zu dem Entschluss gelangte, dass es für diesmal genug wäre, ehe die Schlampe noch andere Zuschauer herbeiholte. Er packte sein Gemächt wieder ein, versetzte Van Ackeren noch einen Tritt, dann stapfte er davon.

»Ich werd dich lehren«, knurrte er. »Verdammter Froschfresser.«

Van Ackeren hatte unter der erfolgten Demütigung das Gesicht wegdrehen können, zu mehr an Bewegung war er nicht in der Lage gewesen. Nun durchtränkte der stinkende Urin des Dieners seinen Rock, sein Hemd und seine Beinkleider.

Im Dreck des Hinterhofes zwischen Hühnermist und Rattenkötteln liegend, konnte er nicht einmal die Arme heben, um seine Kleidung auszuziehen. Sie waren durch die gezielten Schläge Zazos, der sich auf den Umgang mit dem Totschläger verstand, vollständig gelähmt. Auch aufstehen konnte er nicht.

So blieb er zwischen den Bananenstauden liegen. Die von Zazos Auftritt verscheuchten Hühner kamen zurück und liefen an ihm vorbei. Van Ackeren versuchte, ganz flach zu atmen, um den Schmerz in seinen Armen nicht zu verstärken. Sich zu bewegen oder gar aufzustehen fühlte er sich nicht in der Lage.

Nach einer Weile wurde es dunkel über den Bananenstauden.

Ein Rumpeln kündigte Gewitter an. Van Ackeren versuchte erneut, auf die Beine zu kommen. Aber es gelang ihm nicht, er konnte seine Arme noch immer nicht bewegen und fühlte sich so kraftlos wie ein kleines Kind, da der Schmerz in seinen Schultern und an seinen Rippen ihm alles zu verbieten schien, was er hätte tun müssen, um aufzustehen. Er rollte sich über die verfaulten Bananenblätter und den Hühnermist zu einer Bananenstaude hin, um sich daran wenigstens zum Sitzen aufzurichten.

Er konnte die Bosheit des Mannes fühlen, der ihn geschlagen hatte. Wie eine Wolke, die von ihm ausgegangen war und ihn nun umhüllte. Als wäre ein Fluch über ihn ausgesprochen worden, dem er nichts entgegenzusetzen hatte. Eine Bosheit, die ganz unvermeidlich gewesen, denn er hätte nichts tun können, um den Schlägen und der Demütigung zu entgehen. Ihn traf keine Schuld, und doch fühlte er sich zutiefst schuldig, als habe man ihn zu Recht bestraft. Weil diese Bestrafung so schonungslos und demütigend ausgefallen war, schien sie sich ihre eigene Begründung zu schaffen. In ihm war nur Leere und ein lähmender Schmerz, der es nicht zuließ, dass der Gedemütigte seine Arme auch nur ein Stück bewegen konnte, sie hingen an ihm herab wie die eines Toten.

Die ersten Tropfen trafen mit einem Geräusch wie fallende Kieselsteine auf die Bananenblätter und zerstoben zu feinem Nebel. Dann begann es zu prasseln, die grauen Schwaden eines Wolkenbruchs wehten herein in den Garten, sie jagten ein Dutzend Ratten vor sich her, die aus ihren Löchern flohen, um nicht darin zu ertrinken. Eine Wand aus stürzendem Wasser rückte heran, das vom Boden hochgeworfen wurde, ehe es in Lachen sich sammelte und vermoderte Blätter, Mist und Unrat binnen kurzer Zeit in knöcheltiefen Schlamm verwandelte.

Die prasselnden Tropfen, welche die schützenden Blätter der großen Staude zerrissen, durchnässten Van Ackeren, als habe man Kübel voller Wasser über ihm ausgeschüttet. Immerhin wuschen sie den Urin des Mayordomo aus seinen Kleidern heraus.

Noch nie, dachte Van Ackeren, das Gesicht auf die Brust gedrückt, während ihm das Wasser aus den Haaren und über den Rücken herunterrann, bin ich so gedemütigt worden. Aber er fühlte nichts. Alles, was ihm bislang zur Verfügung gestanden hatte, um zwischen sich und die Welt etwas zu setzen, schien zu versagen. Das Verstehen, das Erklären, die Demut eines Christen, welche doch eine schöne Übung zu Gottes Ehre sein konnte. Die Gewissheit, dass der Einzige am Ende alles verzieh – nichts davon konnte Van Ackeren sich zunutze machen, während er auf seine Hände hinuntersah, die rechts und links im braunen Schlamm lagen, und der Regen ihm über das Gesicht lief anstelle von Tränen, denn auch solche wollten ihm nicht kommen.

7

»Geh jetzt«, sagte Cosmé.

Die Mulattin, die im Haus Flor genannt wurde, zog hörbar die Luft durch die Nase ein. Sie setzte sich im Bett auf und betrachtete im Licht der beiden Kerzen mit vorgeschobener Unterlippe ihre Fingernägel. Dann rutschte sie zum Bettrand und stellte die Füße auf den Boden.

Cosmé langte zu ihr hinüber und strich ihr über den braunen Rücken. Flor erschauerte demonstrativ, drehte sich halb zu ihm um und warf ihm einen langen Blick zu, dann stand sie auf und ging nackt mit schlenkernden Armen zu dem Stuhl, auf dem ihre Unterröcke lagen. Cosmé blieb auf dem Bett liegen, er verschränkte die Arme hinter dem Kopf und sah ihr beim Anziehen zu.

»Du hast einen erstklassigen Hintern«, sagte er. »Du hast einen Hintern wie eine Königin.«

»Was wisst'n Ihr von 'nem Arsch von 'ner Königin, Herr?«, sagte sie.

»Ich weiß was von deinem, das reicht doch vollkommen«, sagte Cosmé.

Flor hatte ihr Hemd inzwischen angezogen und war in den Rock gestiegen, in den sie die Hemdzipfel hineinsteckte. Sie hängte sich das Mieder um.

»Warte«, sagte Cosmé. »Ich helf dir.«

Flor breitete die Arme aus. Er kam aus dem Bett und trat hinter sie. Ehe er damit anfing, die Bänder festzuziehen, langte er in die Ausschnitte an ihrem Mieder und nahm ihre Brüste in die Hände.

Flor seufzte auf, als er sie berührte. Sie rollte die Unterlippe hinter die Zähne und zog geräuschvoll die Luft ein.

»Uuuchh«, sagte sie. »Wollt Ihr noch mal?«

»Nein«, sagte Cosmé. »Ich wollte sie nur anfassen. Damit ich nicht vergesse, wie sie sich anfühlen.«

»Auch wie von 'ner Königin?«

»Absolut«, sagte Cosmé. »Ich glaube, dass nicht mal die Königin von Saba solche Titten gehabt hat wie du.«

»Wer is'n die Königin von Saba?«

»Brauchst du nicht zu wissen«, sagte Cosmé.

Er fing damit an, die Bänder von unten nach oben durch die Hafteln an ihrem Mieder zu führen, und zog sie fest, ihr das Knie in den Rücken stemmend. Was Flor die Gelegenheit gab, noch ein paarmal zu seufzen und sich nach ihm umzudrehen.

»Ganz fest«, sagte sie, die Arme zur Seite gestreckt.

»Ich mach sie schon fest, du eitles Huhn«, sagte Cosmé.

Flor atmete geräuschvoll aus. »Euer Freund …«, sagte sie mit dem Rest Atem, den das Mieder ihr ließ.

»Welcher Freund?«

»Na, der Franzose.«

»Was ist mit ihm?« Cosmé zog das Knie an und drückte es Flor in den Rücken, um mehr Zug auf die Bänder zu kriegen.

»Der is heute Zazo in die Quere gekomm.«

Cosmé ließ die Bänder los.

»Ziehn!«, sagte Flor. »Ihr müsst fest ziehn, Herr!«

Cosmé kümmerte sich nicht um ihre Bitte. »Was hat es da gegeben?«

»Zazo hat auf 'n gepisst. Bevor's geregnet hat, heut Nachmittag.«

Cosmé packte Flor an der Schulter und drehte sie herum.

Sie hob ängstlich die Hände vor das Gesicht. »Was … was hab ich 'n gemacht, Herr?«

»Erzähl mir alles darüber. Sofort!«

»Ich … ich hab bloß ausm Fenster gesehen, weil's nach'm Gewitter ausgesehn hat, und ob die Wäsche noch draußen is … da hab ich 'n gesehen. Er lag aufm Boden im Hinterhof, und Zazo hat auf ihn draufgepisst. Sonst hab ich nix gesehn, Herr. Ich hab wirklich nix Schlimmes gemacht, beim Blut von unserm Herrn Jesus!«

»Wo ist er jetzt? Der Franzose?«

»Liegt in seiner Kammer, Zazo hat 'n ordentlich verbläut. Die alte Mercedes und Valor und noch zwei Mädchen hab'n ihn reingetrag'n. Der konnt nich mal mehr laufen.«

Zazo hörte Cosmé nicht in den Stall hereinkommen, in dem die sechs Pferde hin und her traten, wobei ihr Ledergeschirr knarrte. Der Striegel streifte mit einem seidigen Geräusch über die Flanke eines Wallachs.

Das Erste, was Zazo von Cosmés Anwesenheit wahrnahm, war der Knauf einer Peitsche, der ihm von hinten gegen den Nacken gedrückt wurde.

Zazo fuhr herum, die Finger zu Krallen gebeugt, um den zu packen, der die Unverschämtheit besaß … und sagte dann: »Herr! Bei Gottes Blut! Ich hab Euch nicht gehört.« Er dienerte vor Cosmé, den Striegel in der Hand.

Cosmé, der nur in Hemd und Beinkleidern war, schlug dem gebückten Mann den Peitschenstiel mit aller Kraft über den rasierten Schädel, und Zazo, der wohl verstand, dass er in diesem Moment alles nur noch schlechter machen konnte, steckte den Hieb schnaufend ein. Er verharrte demütig in seiner gebückten Haltung.

»Herr …!«, brachte er heraus.

»Wo?«, fragte Cosmé.

»Ich verstehe Euch nicht, Herr?«, sagte Zazo von unten hervor.

»Ob du die Peitsche hier im Stall schmecken willst oder draußen auf dem Hof, wo uns die anderen zusehen?«

Zazo, der den gestampften Lehmboden des Stalles anstarrte, am Rand seines Blickfeldes einen frischen Pferdeapfel wahrnehmend, überlegte, ob Cosmé wohl die Stirn haben würde, ihn öffentlich zu verprügeln. Und ob Don Navarro das zulassen würde. Vielleicht würde der junge Geck es doch nicht wagen. Aber das Blatt, das er auf der Hand hatte, war zu unsicher. Don Navarro würde zusehen und sich daran ergötzen und seinen Schwager danach zur Rede stellen. Und davon hatte Zazo nichts.

»Hier, Herr«, sagte er. »Und warum?«

Cosmé beantwortete Zazos Frage nicht.

»Zieh deine verschissenen Hosen aus«, sagte er.

Er trat zu dem Wallach und band die Trense straff an einen Pfosten, damit das Pferd ihm nicht in die Quere kam. Zazo stand noch immer gebeugt und mit heruntergelassenen Beinkleidern da.

Dann peitschte Cosmé ihn aus.

Nach dem zehnten Schlag ging der schwere Mann in die Knie und flehte Cosmé an, aufzuhören. Cosmé betrachtete voller Ekel die geflochtenen Riemen der Peitsche, auf denen die ersten Blutstropfen sich zeigten, und schaute auf Zazo hinunter, der ihm den Stiefel umklammerte und die Stirn dagegendrückte.

»Herr! Zeigt Erbarmen!«

»Was denkst du, weshalb ich dich Mores lehre, du jämmerlicher Hund?«

»Ich weiß es nicht, Herr! Beim Blut Christi!«

»Dann werde ich deinem Gedächtnis weiter auf die Sprünge helfen.«

Nach zwei weiteren Hieben war Zazo so weit.

»Der Franzose, Herr. Wegen ihm, Herr?«

Cosmé trat Zazo in die Seite. Er fiel schwer auf den Boden und hielt sich die Rippen.

»Schau mich an«, sagte Cosmé. »Schau mich an, du Ratte.«

Zazo hob den Kopf vom Boden und sah keuchend zu Cosmé hoch.

Sein Mund stand offen, die fünf verbliebenen vom Kautabak braunen Vorderzähne blinkten wie hineingeschlagene Stifte. Seine Augen weiteten sich, als er die Dolchklinge blinken sah.

»Um des Herrn Jesu willen, Herr …!«, stöhnte er.

Cosmé packte ihn am Ohr und hielt es fest. Dann schlitzte er ihm mit einer raschen Dolchbewegung das linke Nasenloch auf.

Zazo brüllte und presste die Hand auf das herausrinnende Blut.

»Das nächste Mal, wenn du ihn anrührst«, sagte Cosmé, »oder wenn ich herausbekomme, dass du dahintersteckst, du Drecksack, dann schneide ich sie dir ab, das schwöre ich bei der heiligen Jungfrau Maria und bei den stinkenden Knochen deiner Mutter.«

Er säuberte seinen Dolch an einem Büschel Stroh, dann steckte er ihn in die Scheide und verließ den Stall.

8

Zazo saß in der Gesindestube, die malträtierte Nase mit einem Lappen verbunden. Seine grünen Augen, die so merkwürdig in dem braunen Gesicht wirkten, sprühten Hass.

Don Navarro, welcher die Küchenmägde hinausgeschickt hatte, setzte sich ihm gegenüber an den roh gezimmerten Tisch, wo das Gesinde seine Mahlzeiten einnahm und dessen hölzerne Platte von Schnitzereien übersät war, mit denen sich unterschiedlich Begabte an ein paar ungelenken Buchstaben und obszönen Bildern versucht hatten.

Der Alkalde betrachtete schweigend seinen Mayordomo, welcher den Kopf hängen ließ, nachdem er Alonso erzählt hatte, was sich am vergangenen Abend im Stall zugetragen.

»Da hast du«, ließ Alonso sich schließlich vernehmen, »offenbar mit einem Fuchs Bekanntschaft gemacht«, sagte er. »Wenn die Maus den Fuchs trifft«, fuhr er fort, »geht es ihr schlecht. Auch wenn es eine große, dicke Maus ist wie du.«

»Ich dachte, Ihr sollt's wissen, Herr«, brummte Zazo.

»Ja«, sagte Don Navarro. »Nun weiß ich es.«

Er zog den Bauch ein, um seinen Gürtel zu entlasten, und fingerte ein Silberstück aus dem Geldfach. Er warf es auf den Tisch, wo es klingend aufschlug und ein Stück rollte. Zazo sah darauf. Ein Viertel Real.

»Kauf dir einen Schlauch Wein oder ein Weibsbild«, sagte Alonso und erhob sich. »Und pass in Zukunft auf, mit wem du dich einlässt.«

Zazo schnaufte tief aus. Er schaute gekränkt zu Don Navarro auf.

»Ich wusste nicht, Herr … Ihr habt doch gesagt, dass der Franzose –«

»Du brauchst nichts zu wissen«, sagte Alonso. Er lächelte an Zazo vorbei und strich sich den Bart, dabei blickte er zur offenen Tür hin, als sehe er etwas dort draußen. »Die Franzosen«, sagte er, »kennen unsere Sitten nicht. Man muss sie ihnen beibringen.«

»Herr?« Zazo hatte die dicke Oberlippe über die Zahnstummel hochgezogen. Seine Augen in dem braunen Gesicht waren rund wie Murmeln.

»Du hast mich schon verstanden«, sagte Alonso. »Streng deinen Hirnkasten an. Pass mir nur auf seine Finger auf, denn die braucht er noch zum Spinettspielen, verstehst du?«

Er verließ die Gesindestube.

Zazo starrte das Silberstück an, das auf dem Tisch lag. Er nahm es in die Hand und biss darauf, schaute es noch einmal prüfend an und steckte es dann in seinen Gürtel.

Dann hieb er mit der Faust auf die Tischplatte.

»Hijo de puta«, knurrte er leise.

»Ihr solltet fechten lernen«, sagte Cosmé.

Er hockte mit breit gestellten Knien auf einem Holzschemel in Van Ackerens Kammer, der auf seinem einfachen Schragen lag, angetan nur mit seinen Beinkleidern, die bloße Brust mit Binden umwickelt, von denen ein intensiver Gestank nach Fisch ausging.

»Das ist ... nicht meine Bestimmung«, sagte Van Ackeren.

Man merkte, dass ihm das Sprechen Schmerzen bereitete.

»Ich ... kämpfe nicht ... mit Waffen«, fügte er hinzu.

Cosmé rümpfte die Nase. »Vor allem riecht Ihr schlecht, mein Bester. Die gute Valor hat Euch in Fischrogen gepackt. Wie man keinesfalls leugnen kann, wenn man Eure Gemächer betritt. Indessen versteht sie sich auf derlei Künste. Die einfache Doctorenkunst, die Euch zuteilwird, hat sie von ihren Vorfahren gelernt, den Indianern. Sie meinte, dass Ihr in drei Tagen wieder Spinett spielen könnt.«

»Ich ...«, sagte Van Ackeren und schüttelte den Kopf. Er versuchte sich aufzusetzen und verzog das Gesicht dabei. »Es war furchtbar«, brachte er heraus.

Sein Blick fiel auf Cosmé, in seiner mit Stickereien besetzten Chemise, welche über der goldenen Kette auf der Brust offen war, in der geschlitzten Reiterhose und den weichen Stiefeln aus Pferdeleder. Er gab einen eleganten Anblick ab.

Van Ackeren versuchte, seine Stimme fest zu machen. »Ich bin kein Edelmann«, sagte er.

Cosmé ließ seinen Blick auf ihm ruhen. Er spielte mit den Rüschen an seinem Hemdkragen. »Man hat mir erzählt«, sagte er, »der Kerl habe auf Euch gepisst.«

»Das ist wahr«, sagte Van Ackeren. Er musste husten. »Das hat er … getan. Ich habe mich noch nie so gedemütigt gefühlt.«

»Zum Teufel«, fuhr Cosmé auf und schlug sich auf die Schenkel. »Weshalb lasst Ihr Euch das bloß gefallen?«

»Der Herr sagt …« Van Ackeren musste husten. »Der Herr sagt: Die Rache ist mein.«

»Ja, ja.« Cosmé nickte. »So steht es geschrieben. Und was geschieht in der Welt? Sagen solches die Engländer und die Franzosen, die unsere Küsten heimsuchen wie ein Rudel Wölfe? Sagen sie, die Rache sei Gottes? Sagen es Eure Landsleute, die unsere Galeonen zusammenschießen, sobald sie ihnen in die Quere kommen?«

Er zog sein Rapier aus dem Koller, stellte es auf die Spitze und verschränkte die Hände über dem fein ziselierten Korb. »Lieber Freund und Bruder«, sagte er, »Ihr habt noch nicht verstanden, mit welchen Kreaturen Ihr's hier zu tun habt.« Er drehte den Degen langsam auf der Spitze. »Mein Herr Schwager hat Euch in einen Hühnerhof gesetzt, in dem viele Hennen herumlaufen und bloß ein paar wenige Hähne krähen. Ihr, mein frommer Freund, seid einer davon und noch dazu ein fremdartiges Exemplar, das anstatt zu krähen auf dem Spinett zu spielen versteht.«

Van Ackeren hustete. »Ich … hege keine Feindseligkeit gegen Euer Gesinde. Das werde ich … allen sagen, mit denen ich es zu tun habe, so gut ich es eben kann. Mein Spanisch ist noch schlecht. Ich werde einfach … meine Arbeit verrichten.«

»Ihr wollt christliche Demut üben, Señor Van Ackeren, ich verstehe.« Cosmé lachte vor sich hin. »Eure Demut wird eine Ratte wie Zazo nicht beeindrucken, sondern ihn dazu verleiten, Euch erst recht zu molestieren, um herauszufinden, ob ein Mann in Euch steckt.«

»Weshalb sollte er … das herausfinden wollen?«

»Weil es ihm dann erst richtig Freude machen wird, Euch zu quälen. Und wenn Ihr Euch nicht wie ein Mann benehmt, wird er Euch behandeln wie einen Hund.« Cosmé drehte den Degen schneller, sodass die versilberten Spangen des Korbes im Dämmerlicht aufblitzten. »Er will Eure Eier braten, wie man bei uns sagt.«

»Ich verstehe das nicht.«

»Nun«, Cosmé seufzte, »Ihr müsst es ja nicht verstehen. Versteht's der Hirsch, wenn die Hunde ihn hetzen?«

»Und warum ... sollte ausgerechnet Don Navarro ein Interesse daran haben, dass dieser ... Diener mich verfolgt?«

»Mein Schwager liebt Hahnenkämpfe«, sagte Cosmé. »Unter anderem«, setzte er hinzu.

Er hob die Klinge und streckte den Arm. Es gab ein leises, klingendes Geräusch, der gehärtete Stahl vibrierte, als Cosmé an der Schärfe entlangspähte.

»Er lässt gern andere für sich kämpfen und sieht dabei zu.«

»Aber ich kämpfe doch gar nicht«, sagte Van Ackeren.

»Das habt Ihr schon betont«, sagte Cosmé. »Ihr lasst Euch lieber bepissen.« Er schlug mit dem Degen einen fauchenden Hieb durch die Luft. »Ich kann Euch helfen«, sagte er. »Vorausgesetzt, ich habe Lust dazu.«

»Das ...«, Van Ackeren richtete sich auf, »das möchte ich nicht.«

Cosmé erhob sich. »Ich habe es bereits getan.«

»Ich bitte Euch«, sagte Van Ackeren. »Tut dem Diener nichts.«

Cosmé schnaubte durch die Nase. »Der Kerl ist aus dem dauerhaften Holz der Bosheit geschnitzt. Die dicksten Balken, die diese Welt tragen, sind daraus gemacht, versteht Ihr? Schwer, sie einzureißen. Im Übrigen, Señor, entscheide ich selbst darüber, was mir beliebt zu tun.«

»Verzeiht«, sagte Van Ackeren. »Ich habe mir zu viel erlaubt.«

»Nein, das habt Ihr durchaus nicht. Seid auf der Hut.«

9

Am 10. August 1701
Ich gehe dem grausamen Mayordomo aus dem Wege, dem Vorsteher der Diener, der hier im Hause mit dem Namen Zazo gerufen wird. Man hat mir immerhin erlaubt, mich von Zeit zu Zeit in meine Kammer zurückzuziehen. Hier schreibe ich auf den Blättern, welche die Patres mir geschenkt haben. Auch versorgt mich Don Cosmé mit neuem Papier, wenn ich ihn darum bitte, ich darf den einen oder anderen Bogen behalten, wenn ich für die Baronesa Noten schreiben soll.

Meine Arme kann ich wieder benutzen, auch wenn sie jedes Mal schmerzen, wenn ich höher greife, als meine Schultern sind. Das stinkende Remedium der alten Magd Valor hat geholfen. Wie ohnehin bei vielem, was im Haus geschieht, die Magie der Indianer, aber auch diejenige der Afrikaner ihre Wirkung ausübt, das glaube ich jedenfalls bemerkt zu haben, obgleich sie alle die Kirche aufsuchen.

Der sogenannte Palacio Don Navarro, in dem ich lebe, ohne zu wissen, wo in diesem Haus eigentlich mein Platz, weist so viele verschiedene Räume auf, dass man meinen könnte, es enthalte all das, was das spanische Königreich in der Neuen Welt ausmacht. In den oberen Räumen residiert allein die Baronesa Izabel, welcher drei Zimmer gehören und dazu der Salon, den sie mit ihrem Sinn für Schönheit geprägt und wo auch das Spinett steht, auf dem ich spiele. Der Baron de Navarro indessen bewohnt keinen besonderen Teil des Hauses, obgleich ihm Räume gehören neben der Baronesa. Sein Privileg ist es, zu jeder Zeit überall erscheinen zu können, wie es ihm beliebt, und das Gesellschaftliche außerhalb des Hauses zu besorgen, wohin die Baronesa nicht geht, es sei an seiner Seite.

Die Baronesa scheint von dem, was in ihrem Hause vor sich geht, kaum etwas wahrzunehmen. Sie lebt, dünkt mir, als befinde sie sich mit ihren drei Zimmern an einem ganz anderen Ort. Mich allerdings nimmt sie wahr, der ich den Tag über in den unteren Geschossen umgehe und mit den niedrigen Arbeiten betraut bin, welche mir an-

gewiesen werden und die ich gehorsam zu verrichten suche. Wobei ich lerne, dass es Arbeiten gibt, die nur die Frauen zu verrichten haben, dies umfasst alles, was mit der Küche, der Wäsche und dem Garten zu tun hat, auch sind die Hühner und die Tauben Sache der Frauen, während sie die Pferdeställe nicht betreten und nicht die Werkstätten.

Doch auch in diesem festen Gefüge habe ich keinen festen Ort, da ich täglich den Taubenmist einsammeln muss, zusammen mit der neu gekauften jungen indianischen Magd, die den Namen Passión erhalten hat. Aber ich muss auch die Ställe der Pferde, der Maultiere und der Hühner säubern. Danach habe ich in der Küche zu helfen, wo die Mägde hinter vorgehaltener Hand oftmals über mich lachen. Ich glaube, dass diese Einteilung von dem Mayordomo getroffen wurde, der mich damit demütigen will, indessen stört mich dies nicht. Ich bin gern mit Passión am frühen Morgen beim Taubenturm, und wir sammeln schweigend den Guano, der hier als Gartendünger für wertvoll erachtet wird. Ab und zu lächelt mich das scheue Kind an, und ich erwidere ihre Freundlichkeit, die so einfach und von Herzen an mich kommt.

Nach Mittag, wenn wir alle in der Gesindestube gegessen haben, wasche ich mich und lege mein gutes Gewand an, das man mir gegeben und welches erneuert wurde nach dem Angriff des missgünstigen Dieners. Ein weißes Kamisol aus Kattun mit ein paar Stickereien daran, einen wollenen Rock und Kniehosen, dazu lange Strümpfe und einfache Schnürschuhe. So angetan steige ich dann die Treppen hinauf in das Obergeschoss, wo die Herrschaft wohnt, und warte vor der Tür des Salons, bis das Mädchen, das Flor geheißen, mich hereinführt und ich mich zum Spinett begebe.

Ich soll für die Baronesa spielen, was immer ich auswendig weiß, und ich habe inzwischen auch damit begonnen, auf ihren Wunsch hin, ihr eigene Noten aufzuschreiben für das Lautenspiel, das sie wieder aufgenommen. Sie hege den Wunsch, vertraute sie mir an, ihr Lautenspiel so weit zu vervollkommnen, dass wir gemeinsam spielen könnten. Was eine große Ehre für mich darstellt, der ich mich in ihrer Welt der drei oberen Zimmer inzwischen als gern gesehener Gast fühle. Auch Don Cosmé ist manchmal bei uns, aber oft sind wir allein.

Doña Izabel macht auf mich bei all ihrer Schönheit den Eindruck, als laste eine traurige Melancholia auf ihrem Herzen. Sie trägt sie bei sich, wenn sie den Raum betritt, und sie weicht von ihr, wenn wir zusammen musizieren. Ihr Französisch ist lückenhaft, aber wir wissen uns hinreichend zu verständigen, und gerade die Unvollkommenheit ihrer Ausdrucksweise macht ihr zuweilen besonderes Vergnügen, sie lacht dann wie ein junges Mädchen, und ich helfe ihr mit dem rechten Wort.

Don Cosmé, wenn er bei uns weilt, genießt die Musik ebenfalls, da er ein fein gebildeter Mensch ist. Zur gleichen Zeit beobachtet er uns genau. Was mir nicht entgeht, denn ich kenne ihn inzwischen und weiß, dass er mich schätzt, ja, ich empfinde ihn beinahe als meinen Freund. Indessen weiß ich nicht, worauf seine besondere Aufmerksamkeit beim Musizieren gerichtet ist.

Don Cosmé hat dafür gesorgt, so glaube ich, dass der Mayordomo mir nichts mehr antun darf. Aber er kann nicht überall sein. Und der Hass dieses Dieners findet viele Wege. Vorgestern trug sich ein übler Vorfall zu, bei dem ausgerechnet die junge Passión das Obiect seiner Niedertracht geworden und ich selbst mit dazu. Passión ist damit beauftragt, meine Wäsche jeden dritten Tag zu wechseln, und sie brachte das frische Bettzeug an diesem Tag in meine Kammer, als ich anwesend war.

Wie sie es in das Fach legen wollte, wo es seinen Platz hat, fiel ein toter Frosch aus ihrem Korb. Das Mädchen schrie laut, und der Mayordomo, welcher sich in der Nähe aufgehalten, eilte herein, um das, was er vermutlich selbst eingefädelt, sogleich weiterzuspinnen. Er tat es, indem er mich ansprach, in seinen Augen Spott und Hass, und vorgab, das Kind sogleich bestrafen zu müssen. Wozu ich nichts zu sagen wusste, zumal ich sein hastig hervorgesprudeltes Spanisch kaum verstand. Er nahm seinen Gürtel ab und fing an, Passión zu schlagen. Ich fühlte, dass er so tat, als ob gleichsam ich der Geschädigte sei und er in meinem Namen gezwungen zur Züchtigung. Ich musste mitansehen, wie er dem Mädchen das Mieder von den Schultern riss, um sie nicht bloß zu züchtigen, sondern dazu noch zu beschämen.

Durch meine Anwesenheit ließ er sich von nichts abhalten, sondern starrte mir herausfordernd in die Augen und setzte sein hasserfülltes Schwadronieren fort, während er sein übles Vorhaben ausführte und das halb nackte Mädchen mich gleichzeitig um Hilfe anflehte, die ich ihr doch nicht geben konnte, ohne den Wüstling tätlich anzugreifen. Und mich schließlich entfernte, weil ich nicht mitansehen wollte, wie er ihr in meiner Kammer Gewalt antat.

Mit schwerem Herzen tat ich dies, da ich auf diese Weise mitverantwortlich wurde für den Unbill, den er dem wehrlosen Kind angetan, und erkannte, dass der Diener dies vor allem darum getan, um mich herauszufordern. Ich war so sehr von Zorn erfüllt und, wie ich zugeben muss, auch von Scham, dass mir noch auf dem Korridor übel wurde und ich mich auf den Abort begeben musste, um mich zu erbrechen.

Ich habe Don Cosmé nichts davon erzählt. Er würde wieder davon reden, mich fechten zu lehren. Ich spiele lieber auf dem Spinett, wo mich die Musik Bosheit und Gewalt vergessen lässt. Diesen Wunsch scheine ich zu teilen mit Doña Izabel. Ihre Anmut und ihre Gegenwart erinnern mich an die schönsten Stunden, die ich in meiner Heimatstadt verbringen durfte, in denen Geistigkeit, Musik und angenehme Gesellschaft unser Leben in einer Weise verschönert haben, wie es mir erst jetzt, da ich daraus verstoßen bin, schmerzlich bewusst wird.

10

Als die Pferde das Gras der Ebenen rochen, waren sie kaum mehr zu halten. Cosmé, der an diesem warmen Tag seine eleganten Hosen nicht trug, sondern einfache Culotten aus Kattun und ein weißes Hemd, das lange Haar mit einer Schnur zusammengebunden, hielt die Zügel des Wallachs, auf dem Van Ackeren saß. Seinen eigenen Rappen verhielt er mit den Schenkeln. Er wandte sich um und lächelte.

Van Ackeren nickte.

Cosmé ließ die Zügel des Wallachs gehen. Sein Rappe wieherte und ging in den Galopp. Cosmé stieß einen begeisterten Schrei aus, Van Ackerens Wallach folgte nach. Zu seiner Überraschung bemerkte er, unerfahren, wie er als Reiter war, dass der Galopp leichter zu meistern war als der langsame Gang seines Pferdes oder gar das Traben. Er tat es jetzt einfach Cosmé nach und legte sich nach vorn auf den Hals des Pferdes, das spürte, wie man ihm den Willen ließ, mit den Vorderhufen ausgriff und an Tempo zulegte.

Mit fliegenden Mähnen galoppierten die Pferde hinaus in die grüne Weite der Llanos.

Und Van Ackeren kam etwas an, wie er das Gras unter den Hufen seines Pferdes wegfließen sah, hinter ihm prasselten die Brocken Erde, welche von den Hufen hochgeschleudert wurden. Er spürte die Muskeln des Pferdes, die unter ihm arbeiteten. Und wie es hitzig aus der Mähne roch, in die er seine Rechte vergraben hielt! Ihm war, wie er hinter Cosmé ritt, als könne auch er jauchzen.

Weil alles, was ihn umgab, so war wie ein lauter Ruf.

Sie ritten in ein trockenes Flussbett hinunter und wieder heraus, zwei Staubfahnen hinter sich, die der Wind zerpflückte, und kamen zu einer Anhöhe, wo Cosmé abbog und die Böschung hinaufritt auf die Kuppe des Hügels. Er ließ Van Ackeren aufschließen, fasste nach dem Zügel des Wallachs und hielt ihn neben sich. Mit leuchtenden Augen musterte er Van Ackeren, sein Atem ging rasch.

»Seht«, sagte er und deutete mit dem Peitschenstiel nach vorn.

Vor ihnen erstreckten sich die gewellten Ebenen, die grünen Llanos, das Land der Pferde. In der Ferne sah man die blauen Schatten der Berge, darüber weiß und grau das Band der Wolken, das sich in der Ferne verlor.

Das Land schien, als wäre es eben erst aus der Schöpfung heraufgestiegen und als leuchteten sämtliche Grashalme, das vom Wind geduckte Gebüsch längs der Mulden und die Nadeln der Zedern und Zypressen, welche die Flussläufe säumten, in ihren Schattierungen von Grün so frisch wie am ersten Tag.

»Unser Land«, sagte Cosmé. »Mein Land. Auch Euer Land, wenn Ihr wollt, mein Freund.«

»Ich habe nichts, um Land zu kaufen«, sagte Van Ackeren, »selbst wenn ich es wollte.«

Sein Wallach, von Cosmé gehalten, trat unruhig hin und her und schnaubte.

»Es gibt ein kluges Wort der Conquistadoren«, sagte Cosmé.

Van Ackeren wollte nicht reden, er wollte den Anblick auf sich wirken lassen. Kaum je hatte er solche Weite und Schönheit gesehen, außer damals vielleicht, als er auf hoher See gewesen war.

Cosmé legte ihm seine Hand, die den Zügel des Wallachs hielt, auf den Arm. »Hört zu«, sagte er. »Alles ist mein, sagt das Gold. Alles ist mein, sagt das Schwert. Ich kann alles kaufen, sagt das Gold. Ich kann alles nehmen, sagt das Schwert.«

»Das ist nicht meine Welt«, sagte Van Ackeren.

»Doch, es ist auch Eure Welt. Man kann seinem Schicksal nicht entkommen.«

»Bei allem Respekt, woher wollt Ihr wissen, worin mein Schicksal besteht?«

Cosmé ließ die Zügel des Wallachs los.

Er streifte die Flanken seines Hengstes mit den Sporen, das Pferd erschauerte. Dann schnalzte er mit der Zunge.

»Nicht mehr als Ihr selbst«, sagte er im Wegreiten.

Van Ackerens Wallach wieherte und folgte ihm nach.

Sie schlugen ihr Lager in einer kleinen Senke auf, wo sie vor dem Wind geschützt waren, der beständig das Gras beugte, als gingen unsichtbare Herden hindurch.

Cosmé holte aus seinen Satteltaschen geräucherte Rinderlende, ein Stück frisches Brot und einen Schlauch mit Wein.

»Esst wie ein Hirte«, sagte er. »Ich lade Euch ein.«

»So essen Eure Hirten?«

»Ja, so essen sie. Sie sind frei. Jedenfalls solange das Auge ihres Herrn sie nicht sieht.«

Van Ackeren aß von dem Fleisch und dem Brot.

Er hörte die Lerchen singen und den Wind über die Mulde gehen, an deren Rand die Grashalme schwankten, und er trank auch von dem Wein. Er tat es und konnte es sich nicht erklären, weshalb er gegen eine Regel verstieß, die er sich gesetzt hatte. Vielleicht, um Cosmé nicht zu kränken, oder es war etwas in dieser Stunde, in der er sich so leicht fühlte, was ihn gleichgültiger machte gegen das, was er sich einst auferlegt hatte. Der Wind flüsterte zu ihm, und der Wein war stark. Er machte ihn schwindeln, zur gleichen Zeit gab er ihm auch Ruhe. Ob er sein Schicksal kannte? Es war ihm zum ersten Mal, als läge dies in seiner Hand. Er atmete langsam aus, es war ihm selbst und zu seinem Erstaunen so, als seufze er dabei.

»Was bedeutet ein Frosch?«, fragte er nach einer Weile.

»Ich verstehe Euch nicht«, antwortete Cosmé, der mit geschlossenen Augen auf dem Rücken lag, die Arme ausgebreitet wie ein Gekreuzigter.

Die Pferde standen beieinander oberhalb der Senke, die Vorderbeine zusammengebunden, und grasten. Ihre Umrisse hoben sich gegen das Licht der tief stehenden Sonne, an den Mähnen und Schweifen brachen sich farbige Strahlenbündel.

»Man hat mir einen toten Frosch an die Tür genagelt«, sagte Van Ackeren. »Ich weiß nicht, wer es tat«, fügte er hinzu.

Cosmé setzte sich auf. Er pflückte einen Grashalm ab und steckte ihn sich in den Mund. Warf Van Ackeren einen Blick zu, dann schnaubte er durch die Nase.

»Ihr habt einen Feind im Haus«, sagte er. »Aber das wissen wir bereits. Nun, ein Frosch – der kann Verschiedenes bedeuten. Zum Ersten, dass jemand Euch für einen Frosch hält, das wäre eine wenig schmeichelhafte Beurteilung. Zum Zweiten, dass eine Mulattin oder ein Neger Euch mit einem Fluch belegt hat.«

Er zog den Grashalm aus dem Mund und betrachtete das angekaute Ende, als gäbe es dort etwas zu sehen.

»Zum Exempel die schwarzen Brujos«, sagte er, »machen so etwas.« Er lächelte Van Ackeren an. »Aber das kann Euch nicht schaden, da Ihr ein gläubiger Christ seid, oder?«

Van Ackeren antwortete nicht.

»Ich glaube jedenfalls«, sagte Cosmé und legte sich wieder auf den Rücken, »dass unser Freund Zazo dahintersteckt. Er will Euch aus der Reserve locken. Lasst Euch nicht darauf ein.«

Van Ackeren brauchte Cosmé nicht zu versichern, dass er derartige Herausforderungen ohne Antwort lassen werde.

Die Lerchen zwitscherten unsichtbar hoch in der Luft, jede über ihrem Nest, es mussten Hunderte sein. Ihre Stimmen fügten sich zu dem Wind, zum Rascheln der Gräser, dem leisen Prusten der Pferde und dem Knarren des Lederzeugs an den Trensen und Sätteln. Dem Summen der Hummeln und wilden Bienen, die sich in die Senke hineinverirrten, in der die beiden Männer eingeschlafen waren.

Van Ackeren träumte von Anna.

In seinen Träumen war sie hinter ihm, sodass er sie nicht sehen konnte, aber er roch sie, ihren unvergesslichen Geruch. Ihre Hände waren da und taten Dinge, über die er sich beim Wachwerden nicht mehr im Klaren war, er erinnerte sich nur an ihren Geruch, immer nur daran. Er war zu einer Übereinkunft mit sich selbst gekommen, dass er sich diese Träume verzieh, da er zu dem Schluss gelangt war, wenn er träumte, nicht schuldig werden zu können. Zwar war er sich dieser Konstruktion nicht sicher, aber er hielt sie aufrecht als ein Provisorium seines Selbst.

Nun träumte er, dass er auf dem braunen Wallach mit Anna durch das Gras ritt. Ihre Arme umfassten ihn von hinten, ihre Knie drückten sich an seine Beine, und sie hatte ihr Gesicht an seinen Rücken gelegt. Das Gras wuchs so dicht und hoch, als schwämme das Pferd mit ihnen durch einen endlosen grünen See, und Van Ackerens Herz wollte überfließen vor Glück.

Eine Stunde später machten sie sich auf den Rückweg. Hinter ihren langen Schatten her ritten sie durch das Gras des weiten Hügellands, bis die Stadt in Sicht kam.

Die Mauern leuchteten gelb und weiß in der Abendsonne. Am Karrenweg angekommen, zügelte Cosmé sein Pferd, und der Wallach Van Ackerens kam heran. Die beiden Reiter waren erhitzt, ihre Wangen gerötet.

»Hat es Euch gefallen?«

»Ich habe eine Bitte an Euch«, sagte Van Ackeren.

Cosmé drehte sein Pferd. Er warf das Haar mit einer Kopfbewegung hinter die Schulter.

»Alles, was mir zu Gebot steht, Freund. Sprecht sie aus.«

»Lehrt mich reiten.«

11

Die Hinrichtungen fanden nach dem Gottesdienst statt, welcher von den Dominikanern gestaltet wurde, von denen eine kleine Klostergemeinde in Guadalupe sich befand. Sie war dem Ordinariat des Hochwürdigen Herrn Bischof von Caracas, Don Alaveda, unterstellt und stellte einen Vorposten spanischer Geistlichkeit dar, durch den der Glaube und die Strenge der Mutter Kirche in Neu-Kastilien gesichert werden sollten.

In der Kirche stand dick der Weihrauch, das Licht der Sonne stellte schräge Balken hinein. Man konnte meinen, dass vor dem Altar ein zweites Bauwerk im Nebel errichtet worden sei, unter dem der Priester in seinem feierlichen Ornat zelebrierte und mit seiner dünnen Stimme die Liturgie sang. Van Ackeren starrte auf die schrägen Bahnen aus Licht, die so real schienen, als vermochten sie das Gewicht der Kirche sicherer zu halten als die gelb verputzten Gewölbe, an welchen in Trauben Fledermäuse hingen, dort, wo die langen Besen der Kirchdiener nicht hinaufreichten, und mit ihren Kötteln den Boden des Gotteshauses verschmutzten. Ab und zu kreiste eine Taube durch den wabernden Rauch, da sie den Ausweg durch die offenen Fenster des Glockenturms nicht fand.

Licht, dachte Van Ackeren. Das Licht des Herrn ist auch hier, es ist überall.

Im hinteren Teil der Kirche hatte die Dienerschaft der besseren Familien ihre Plätze, dort stand auch Van Ackeren beim anderen Gesinde des Hauses Navarro. Dahinter die Handwerker und kleinen Händler, noch weiter hinten die Gelegenheitsarbeiter im bunten Gemisch ihrer Abstammung. Kreolen, Mestizen, Quarterons, Indianer und auch der eine oder andere ganz schwarze Neger. Sklaven waren in der Kirche nicht zugelassen.

Die Herrschaften hielten sich in geschlossenen Abteilen auf, welche im vorderen Teil der Kirche sich befanden, wo man einen kleinen Wald von Fächern sich langsam hin und her bewegen sah wie Tang in einer Meeresströmung. Die Plätze wiesen in etwa den Rang aus, den man einnahm. Die allfällige spanische Eitelkeit konnte jedoch eher durch die Kostbarkeit der Gewänder befriedigt werden als durch die Frage, wer nun weiter vorn bei Gottes Diener seinen Platz einnehmen durfte.

Ohnehin verstand es der Priester, Don Fuentes de Tapia, auch er ein Dominikaner, den immer schwelenden Groll der städtischen Gemeinde durch seine aufmerksame Hirtentätigkeit stets zu beschwichtigen. Nicht nur mit guten Worten, derer vor allem die älteren Ehefrauen teilhaftig wurden, sondern auch durch sinnreiches Erscheinen auf Einladungen. Er webte ein Netz, in dem sich die Probleme verfingen, wenn sie auch meist gemäß ihrer menschlichen Natur von ihm nicht gelöst werden konnten.

Don Fuentes sang den Segen in lang gezogenen Noten über den Häuptern der Gläubigen, welche unter dem Rascheln ihrer Gewänder und dem Klappern von Degenkollern gemeinsam auf die Knie gegangen waren. Als sie sich nach der Antwort »Cum spiritu tuo!« wieder erhoben, gab es noch einmal das gleiche Geräusch, als wanke das Kirchenschiff in einem Windstoß.

Auch Van Ackeren erhob sich von den Knien. Ihm war kaum unwohl bei der Scharade, die er zu spielen hatte. Im Unterschied zu dem hohlen Prunk der Papisten, der ihm hier vorgeführt wurde, war sein Glaube ohnehin nicht von äußeren Zeichen bestimmt. Dies weniger denn je, nachdem er den Ernst und die Hingabe der Jesuiten im Urwald erlebt. Hier herrschten die Dominikaner, deren klerikale Macht zu fürchten war. Aber hatte er nicht inzwischen schlimmere Bedrohungen überstanden?

Und nachdem niemand wusste, wer er war, außer denen, die von der Lüge gleichfalls profitierten, fühlte er sich sicher genug.

Die Menge strömte zum Hauptplatz, wo die Blutgerüste für die heutigen Hinrichtungen aufgestellt waren, und Van Ackeren folgte, da er es nicht für klug hielt, sich unter den Augen der anderen zu entfernen. Dennoch ahnte er, dass es vielleicht besser wäre, nicht Zeuge dessen zu werden, was sich hier abspielen würde.

Vor der Absperrung, bewacht von schwitzenden Soldaten in rot-blauen Uniformen, machten sich Verkäufer bereit, um frische Backwaren, gebratenen Fisch, gegrillte Leguanschwänze oder billigen Kautabak zu verkaufen. Nicht zu reden von dem Schnaps, den man aus Agaven brannte, oder dem einfachen Rum. Dazu schrien die Wasserverkäufer ihren eintönigen Singsang und rappelten mit den Zinnbechern an der Kette, und einige Huren defilierten für ein frühes Sonntagsgeschäft mit ihren Fächern wedelnd durch die Menge, welche sich allmählich vor den Schranken aneinanderdrängte.

Erst jetzt kamen die Herrschaften in ihren Sänften. Ihre Diener gingen voraus und scheuchten die Menge auseinander. Es gab das eine oder andere grobe Wort, auch einmal einen Schlag mit dem Stock, wenn ein Bauernlümmel nicht rasch genug weichen wollte.

Am Ende war die Ordnung, gerade so wie in der Kirche, im Wesentlichen wiederhergestellt. Die Herrschaften belegten die vorderen Plätze, und das Volk verteilte sich in bunter Mischung dahinter, hier allerdings mehr nach Frechheit und nach Neugier geordnet. Die Sonne war noch im Steigen begriffen, man hatte kurz vor Mittag, und viele beneideten die Vornehmen, welche in ihren bedachten Sänften nicht nur im Schatten sich befanden, sondern darin auch von ihrer Dienerschaft bestens mit allem versorgt wurden, was ihr Begehr.

Denn die Hinrichtungen dauerten eine Weile.

Einfaches Aufhängen oder Enthauptungen wurden im Morgengrauen im Gefängnishof ausgeführt. Die zugrunde gelegten Verbrechen waren belanglos und nicht von öffentlichem Interesse. Auf dem Zócalo aber in der mittäglichen Sonne wurden diejenigen hingerichtet, deren Taten so denkwürdig waren, dass ihr öffentlich zur Schau gestelltes Leiden ein Bedürfnis befriedigte.

Am heutigen Sonntage sollten vier Soldaten hingerichtet werden, die vor zwei Wochen desertiert waren und zu diesem Behufe vier Pferde aus dem Marstall des Stadtkommandanten, zwei Schinken und zwei Schläuche mit Wein aus dessen Küche entwendet hatten. Sie hatten die Unvorsichtigkeit begangen, sich, nachdem sie zwanzig Meilen weit gekommen waren, gleich zu betrinken, um ihre erfolgreiche Flucht zu feiern. So waren sie festgenommen worden, noch ehe sie wieder nüchtern wurden.

Neben ihnen, ebenfalls in Ketten, stand ein Mörder, ein dunkelhaariger Mestize, der angeblich wegen eines Eifersuchtshandels einen spanischen Viehhändler im Schlaf mit dem Messer erstach. Schließlich eine Frau von nicht zwanzig Jahren aus dem Viertel der armen Einwandererfamilien stammend, welche ihr Neugeborenes in die Jauchegrube geworfen und darin ertränkt hatte, was von ihren Nachbarn aber vermutet worden war und man das tote Kind sogleich herausgezogen und dabei noch zwei weitere Leichen Neugeborener in der Grube entdeckt hatte, deren Herkunft nicht zu bestimmen gewesen war. Der Vorfall war zum empörten Stadtgespräch geworden, und man verlangte, dass die Jauchegruben künftig bewacht werden sollten, um solche von der Sünde herrührenden Taten zu verhindern. Ein Ansinnen, dessen Idiotie, wie der Stadtkommandant es bezeichnete, die Ausführung von selbst verbat.

Der Scharfrichter wurde unterstützt durch zwei Gehilfen, die das Rädern übernahmen, nachdem Señor Fernandez d'San Alma, welcher das Amt des Henkers seit zwanzig Jahren ausübte, aufgrund seiner Gicht hierzu nicht mehr in der Lage war. Die geistliche Aufsicht führte auch hier Don Fuentes de Tapia, welcher nach dem Gottesdienst sich umgezogen hatte und zugleich mit den Honoratioren den Richtplatz erreichte.

Man verlas zuerst die Urteile. Dies war Aufgabe des Gerichtsdieners, eines Greises, der in altmodisch spanischer Tracht mit Halskrause bei den Delinquenten stand und die Worte des Urteils in einem gleichsam priesterlichen und aufgrund der vielen Reverenzen an die vizekönigliche Autorität unendlich scheinenden Singsang herunterleierte. Als er fertig war, fiel einer der verurteilten Soldaten, die barhäuptig in Ketten vor dem Blutgerüst stehen mussten, um und hing leblos in seinen Ketten, die ihn an seine beiden Nachbarn fesselten, welche den Leblosen halten mussten. Man rief nach Wasser und schüttete einen Kübel über ihn aus. Da er nicht aufstehen wollte, prügelte ihn einer der Gehilfen wieder auf die Beine.

Dennoch beeilte sich der Priester, der nach dem Verlesen des

Urteils noch seinen Teil, nämlich eine geistliche Betrachtung, anschloss, zu einem raschen Ende zu kommen.

Als der Priester fertig war und mit dem Ministranten und dem Weihwasserkessel herbeikam, fielen die Soldaten auf die Knie und beugten die Häupter für den Segen. Danach wurde der erste losgekettet und unter dem Wirbel der Trommler auf das Blutgerüst geführt, wo das große Rad wartete, das mit eisernen Krampen flach auf den Planken festgenagelt war. Während man den Schluchzenden hinlegte und ihm Arme und Beine an dem Rad festband, rückte die Menge dichter an die Absperrung, wobei die Hinteren rücksichtslos mit den Ellbogen stießen, um mehr sehen zu können. Van Ackeren wurde grob hin und her gestoßen, obgleich er darauf verzichtete, einen guten Platz innezuhaben, da er gar nicht sehen wollte, was dort vorne vor sich ging, und es dennoch miterlebte.

Als das Rädern anfing, hatte jeder der Zuschauer seinen festen Platz gefunden, den er nicht mehr hergab und eisern verteidigte. Beim ersten Schlag fing der Verurteilte an zu schreien. Van Ackeren graute, sein Herz jagte ihn, und er wollte den Platz gerne verlassen. Dies war aber nicht mehr möglich, da die Zuschauer sehr eng beisammenstanden und die drei Reihen, die er hätte rückwärts überwinden müssen, nur nach vorne sich orientierten und seine Bitte, Platz zu machen, ignoriert wurde. An ein Fortkommen war nicht zu denken.

Zur Erleichterung Van Ackerens hörte das Schreien rasch auf, denn der Verurteilte wurde nach vier gebrochenen Gliedern garrottiert, da er zuvor bußfertig gewesen war und die heilige Kommunion empfangen hatte.

Die gleiche Prozedur mussten danach auch die anderen drei Soldaten über sich ergehen lassen. Die Leute standen auf Zehenspitzen und hüpften in die Höhe, einige ließen sich, wo es sich um jüngere Zuschauer handelte, von Kräftigen auf die Schulter nehmen.

Van Ackeren verspürte den starken Drang, sich die Ohren zuzuhalten, wagte es aber nicht, da die Menge, die ihn umgab, von einer solch spürbaren Wut erfüllt war und die wüstesten Verwünschungen schrie, dass er fürchten musste, diese Wut, von der er nicht wusste, woher sie stammte, könne sich allzu leicht auch gegen ihn selbst richten, wenn er etwas täte, was gegen den Willen der erhitzten Meute gerichtet war.

So ertrug er das verzweifelte Brüllen des letzten der zum Rädern verurteilten Soldaten und betete für ihn. Das Brüllen endete, als die Garrotte ihre Wirkung tat, und es drangen wieder die schrillen Schreie der Mauersegler hindurch, die nebeneinander vom Himmel stürzten, und das Gurren der Tauben, welche hinter den Zuschauern auf dem gepflasterten Boden hin und her liefen.

Der Mestize, der als Nächster auf das Gerüst stieg, war ein starker und stolzer Mann, der einen goldfarbenen Ohrring trug, welcher in der Sonne blitzte. Auch er wurde auf das Rad geflochten, und auch über ihn erging die Strafe des Gliederbrechens, jedoch ohne die Gnade des raschen Erwürgens. Diese furchtbare Prozedur entrang dem Standhaften aber nur ein tierhaftes Stöhnen, das die Zuschauer nicht zufriedenstellte. Sie skandierten laut Verwünschungen gegen den Verurteilten und klatschten dazu rhythmisch in die Hände, um anzuzeigen, dass der Standhafte sie um die Genugtuung betrog, sein Leiden mitzuerleben.

Als Letzte stieg die Frau auf das Gerüst. Als sie oben war, geführt von dem Knecht an ihren Fesseln, kniete sie nieder, und ihr langes Haar löste sich. Sie senkte den Kopf und begann, laut zu beten. Und sah auf einmal aus wie ein Engel, weil das Licht der Sonne auf ihren blonden Flechten spielte und sie schimmern ließ wie Gold.

Die ersten Männer riefen laut: *»Clemencia!«*, *»Strangula!«*, während ein paar Frauen sogleich dagegenhielten und *»La rueda! La rueda!«* schrien. So entstanden zwei Lager unter den Zuschauern, von denen das eine, das weibliche, lautstark dafür eintrat, keine Gnade walten zu lassen, während die männliche Partei der Büßenden den gnädigen Tod durch die Garrotte anstelle des Räderns verschaffen wollte.

Der Gehilfe des Henkers zog der Knienden einen Sack über den Kopf, womit die Sache jedoch noch nicht entschieden war. Im Eifer, wer nun sich durchsetzen könne, feuerten sich die beiden Parteien noch mehr an, und ihr Geschrei verscheuchte die Tauben, welche sich in Scharen vom Marktplatz erhoben und über der Richtstätte Kreise flogen, bei denen sie ab und an ihre Flügel klatschen ließen.

Don Navarro verließ seine Sänfte.

Er war allein und amtshalber gekommen, da die Baronesa Hinrichtungen nicht beizuwohnen pflegte. Angesichts des entstandenen Rumors schritt er langsam mit gemessenen Schritten zum Blutgerüst hinüber, unsichtbar zunächst für die weiter weg Stehenden, und begab sich, ehrerbietig gegrüßt von den Soldaten an der Absperrung, zum Scharfrichter hinauf, bei welchem auch der Priester mit seinem Ministranten und dem Weihwasserkessel Aufstellung genommen hatte. Hinter ihnen standen drei fast nackte indianische Sklaven mit großen Sonnenschirmen, sie zu beschatten, von denen einer sich nun zu dem Alkalden begab, um ihm mit dem Schirm zu folgen.

Don Navarro, angetan mit seinem besten Brokatrock, den Degen umgeschnallt und seinen Federhut in der Hand, stieg die drei Stufen zum Blutgerüst vollends hinauf, wandte sich langsam um zur Menge und hob die Rechte. Er blickte über die Zuschauer hinweg, bis sie still wurden, dann ließ er den Blick durch die Menge gehen, als vermöge er, allen in die Augen zu sehen.

In der eingetretenen Stille verließ er seinen Platz und ging hinüber zum Henker. Er beugte sich kurz zu ihm und sagte etwas, was nur die vordersten der Zuschauer verstehen konnten. Ein Wort nur, das indessen sogleich weitergegeben wurde und Unmut erzeugte bei den Frauen, welcher in einen Aufschrei mündete, der sich wieder bis zu den Außenbezirken der Menge fortpflanzte und erneut in ein allgemeines *»La rueda! La rueda!«* mündete.

Don Navarro wandte sich dem Priester zu und sagte etwas in sein Ohr, worauf dieser das Kreuzeszeichen schlug. Dann gab der Henker den Trommlern einen Wink, anzufangen.

Während die Kalbfelle unter den wirbelnden Schlegeln dröhnten, schritt der Henker persönlich zum Blutgericht hinauf und erdrosselte mit eigener Hand die Kindsmörderin zum Verdruss der Frauen Guadalupes mit der Garrotte.

12

»Und welche Lieder singen die Mädchen in Eurer Heimatstadt, Señor Van Ackeren?« Die Baronesa schloss ihren Fächer und legte ihn an ihre linke Wange.

Van Ackeren hatte eben eine Fuge beendet und war dabei, die Noten auf dem Papier nachzutragen. Seine Hand mit dem Silberstift verhielt. Er antwortete nicht.

»Bei uns«, fuhr die Baronesa fort, wobei sie den geschlossenen Fächer zwischen den Fingern drehte, »wird sehr viel gesungen.«

Van Ackeren spürte, dass sein Herz das Klopfen anfing, ein verlässlicher Bote für etwas, was sein Verstand noch nicht erfasst hatte.

Er kannte nur ein Lied, das in Frage kam. Sonst war er geübt in geistlicher Musik, kannte vertonte Psalmen zur Ehre Gottes. Was die Leute auf der Straße sangen, das hatte ihn nie beschäftigt, mit einer Ausnahme.

Sollte er Annas Lied preisgeben? Hier, an einem Ort, wo niemand die holländischen Worte verstand? Aber wenn, dann war hier doch jemand, die ihm und damit auch ihr zuhörte. Er konnte es für Anna singen, die wie ein süßer Schmerz in seinem Innern immer anwesend war.

»Es gibt ein Lied«, sagte er.

»Darf ich es hören?«

Van Ackeren nickte. Er griff in die Tasten des Spinetts und legte ein paar einfache Töne unter die Melodie.

Und sang.

»Die winter is vergangen, ik zie des mejen schijn. Ik zie die bloemkens hangen, des is mijn hart verblijd. Zu ver aan genem dale, daar is 't genoeglijk zijn. Daar zinget die nachtegale, also menig woudvogelkein.«

Er nahm die Hände wieder von den Tasten und sah die Baronesa an.

Ihre Augen über dem Fächer tief und blau, feine silberne Flocken waren darin und ein Schimmer, der ihm bei ihr unvertraut war, ihn aber nicht loslassen wollte. Vom offenen Fenster her gurrten die Tauben, als wollten sie etwas Unerhörtes sagen.

»Was … bedeutet es?«, fragte sie schließlich. »Die Worte?«

Sie nahm den Fächer nicht herunter. Nur ihre Augen waren da.

Van Ackeren holte tief Atem.

Und auf einmal war Anna ganz nah. Als habe sie sich neben das Spinett gestellt. Er hatte das bedrückende Gefühl, sie verraten zu haben, indem er ihr Lied gesungen, und verstand sich selbst nicht.

»Es erzählt … von jemandem«, sagte er, »der sich darüber freut, dass der Winter vorbei ist und dass das Leben nun neu beginnt.«

Die Baronesa flüsterte etwas hinter ihrem Fächer und nahm den Blick von ihm.

Van Ackeren beugte sich vor. »Verzeiht?«

»Ich sagte eben, mein teurer Freund, dass ich wünschte, das Lied sänge von mir.«

Zwei Tränen rannen an ihrer Wange herunter.

Van Ackeren fühlte sich nicht in der Lage, etwas Angemessenes dazu zu äußern. Aber schweigen konnte er auch nicht.

»Verzeiht mir«, sagte er. »Ich wollte Euch keineswegs traurig machen.«

»Ihr habt mich nicht traurig gemacht«, sagte die Baronesa. Sie nahm den Fächer herunter und lächelte ihn an. »Erkennt Ihr nicht das Glück, wenn es sich Euch einmal zeigt?«

Van Ackeren begleitete Cosmé nun täglich auf einen Ritt vor die Stadt. Diese Ritte entbanden ihn von der Hausarbeit, sie fügten sich zu den Musikstunden hinzu, die er der Baronesa gab, und dies führte dazu, dass das Gesinde kaum mehr mit ihm redete und man ihm aus dem Weg ging.

Er bekam immer dasselbe Pferd, den braunen Wallach namens Mauro, der sich an ihn gewöhnte, wie sein Reiter umgekehrt lernte, was das Pferd wollte und wie man es lenken musste.

»Pferde sind nicht besonders klug, Pedro«, sagte Cosmé. »Man muss ihnen beibringen, was sie tun sollen.«

Sie ritten am Fluss entlang zurück nach Guadalupe. Beidseits des Ufers wuchs ein Gürtel von Weiden und Zypressen, aus ihren Ästen hingen lange Fahnen von Moos herunter. Die beiden Reiter scheuchten Scharen von Vögeln auf, die in dem unzugänglichen Dickicht nisteten.

Ein Dutzend Rinder stand dahinter auf den grünen Wiesen, gehütet von zwei berittenen Mestizen mit breiten Strohhüten, welche vor den beiden herankommenden Reitern von fern schon ehrerbietig die Hüte zogen, sich dann aber in raschem Galopp auf ihren Pferden entfernten, bis sie hinter einer Baumreihe außer Sicht kamen.

»Sie müssen dir vertrauen und dich respektieren, dann werfen sie dich nicht ab«, setzte Cosmé seine Betrachtung fort. Dazu wies er mit der behandschuhten Rechten auf die Bäume, hinter denen die Hirten verschwunden waren. »Das gilt für Pferde ebenso wie für diese dort«, sagte er.

Sie waren lange durch ein hügeliges Gelände geritten, das von trockenen Flusstälern durchschnitten war. Cosmé hatte Van Ackeren, den er inzwischen häufig Pedro nannte, einige Sprünge über die Hecken ausführen lassen, von denen die Flusstäler gesäumt wurden, und Van Ackeren erwies sich als ein gelehriger Schüler.

Denn er hatte Gefallen gefunden am Reiten.

Er mochte den Stallgeruch seines Pferdes, die Kraft, die es ihm zur Verfügung stellte, und er genoss das Tempo, das aus dieser Kraft erwuchs, wenn die beiden Pferde hintereinander durch den festen Grund der Flusstäler galoppierten und weit ausgreifend einen Hügel hinaufstrebten, sich dabei gegenseitig zu überholen suchten wie zwei unbändig spielende Kinder. Offensichtlich empfanden sie ebenfalls Freude bei dem, was auch die Reiter liebten.

Diese Ritte mit Cosmé ließen Van Ackeren vergessen, was im Haus Navarro vor sich ging, dessen Bewohner, wie ihm immer klarer wurde, von der Bosheit und Intrige des Mayordomo beherrscht wurden. Dessen Wirken konnte unmöglich ohne Wissen des Hausherrn geschehen, mit dem Van Ackeren fast nie zusammentraf. Er sah Don Navarro einmal von fern im Hof des Hauses stehen oder zu Pferd aus dem Tor reiten. Die Baronesa erwähnte ihren Gatten niemals, noch war er anwesend, wenn musiziert wurde. Dennoch glaubte Van Ackeren, dass die Dienerschaft Auge und Ohr des Alkalden bildete, da man häufig eine Anspannung fühlte, welche die Baronesa oder auch Cosmé durch ihre Freundlichkeit zu überwinden suchten.

Wie auch immer, in Don Navarros Heimstatt regierte die Angst. Man flüsterte, log, verbarg und schwieg.

Zu Van Ackerens Leidwesen hatte auch das Mädchen Passión, das von dem grausamen Diener gequält worden war, sich von einem unbefangenen Kind in ein scheues, schweigsames Wesen verwandelt, und – besonders schlimm – sie ging ihm aus dem Weg. Seit dem Vorkommnis schenkte sie ihm keinen Blick mehr, ganz so, als wäre er selbst der Auftraggeber für die Demütigung gewesen, die der Mayordomo ihr angetan.

13

Van Ackeren verspürte das Bedürfnis, die Kirche aufzusuchen. Der Sonntagnachmittag mit der Stunde der Ruhe war angebrochen. Der Messe, zu welcher der schwere Klang der Glocken die Gläubigen gerufen, konnte Van Ackeren diesmal nicht beiwohnen, da er vom Mayordomo zur Arbeit im Stall eingeteilt worden war. Nun war diese Arbeit verrichtet und das Haus leer, da die Dienerschaft die heißen Stunden am Sonntag zur eigenen Verfügung bekam und alle Dienenden im Hause Navarro außer den Sklaven, welche diesen Vorzug nicht genossen, in dieser Zeit das Haus verließen.

Er ging langsam über den Platz, der wieder den Tauben und den Bettlern gehörte, welche beide immer irgendetwas dort zu finden hofften. Die gurrend umhergehenden Tauben schienen mit ihrem graublauen Gefieder der Sonne leicht zu trotzen, welche die glatt geschliffenen Steinplatten der Plaza Mayor auf Bratpfannenhitze brachte, sodass man barfüßig nicht mehr darauftreten konnte, was die Bettler, die keine Schuhe besaßen, dazu zwang, die Fetzen Stoff, welche sie noch am Leib trugen, sich um die Füße zu wickeln.

Im Gotteshaus indessen herrschte eine angenehme Kühle.

Als er eingetreten war und die geschlossene Tür das gleißende Licht nach draußen verbannt hatte, brauchten Van Ackerens Augen eine Weile, ehe sie etwas erkennen konnten. Der hohe Raum war noch vom Weihrauchgeruch der stattgehabten Messe erfüllt. An den Ecken des Daches und durch die schmalen Fenster drang das Licht mit solcher Kraft herein, als wäre das Kirchenschiff leckgeschlagen und eben dabei, in einem Meer aus Helligkeit zu versinken. In den Bänken saßen einige schwarz gekleidete Frauen, angetan mit spitzenbesetzten Überwürfen, die nicht erkennen ließen, ob sie alt oder jung waren, ob sie schliefen oder wachten, wären nicht ihre Fächer gewesen, welche sich in ständiger Bewegung befanden, wie es die Flossen von still stehenden Meereswesen zu tun pflegen.

Van Ackeren kniete sich in eine der hinteren Bänke, um zu beten. Kaum hatte er den Herrn angesprochen, ihn zu erkennen und sich ihm zuzuwenden, denjenigen, der überall, also auch in diesem papistischen Tempel weilte, da kniete sich jemand neben ihn auf die Bank.

»Gelobt sei der Herr Jesus Christus«, sagte der Dominikaner.

Van Ackeren hatte ihn bei der Hinrichtung bereits gesehen. Es schien der Gehilfe des Pfarrers zu sein, welcher ihm auch bei den Messen assistierte.

Van Ackeren nickte und verneigte sich. Er fand es nicht schicklich, beim Gebet gestört zu werden, jedoch kannte er die Sitten der Papisten nicht. Dennoch wusste er, was er zu antworten hatte, da er die Formeln bei den Gottesdiensten oft genug gehört.

»In Ewigkeit, amen«, sagte er gegen sein inneres Widerstreben.

»Eine Freude, Euch hier zu sehen im Hause Gottes«, sagte der Dominikaner in leidlichem, etwas gebrochenem Französisch. »Ihr weilt im Hause Navarro, mein Sohn, ist es nicht so?«, fuhr der Mann fort.

Van Ackeren bekannte, dass er in der Tat dort lebe.

»Seid Ihr ein Sklave oder ein Gast der Familie?«

Van Ackeren erklärte, dass er nach einer verunglückten Reise in der Jesuitenmission San Tómas aufgenommen wurde, und von dort habe Don Navarro ihn mit sich befohlen, da es ihn nach Kenntnis im Spielen des Spinetts verlangte.

»Ein Domestik unseres verehrten Alkalden also«, sagte der Dominikaner. »Und gebildet dazu. Was für einen Glauben habt Ihr, mein Sohn?«

Er sei, sagte Van Ackeren mit Vorsicht, in den nördlichen Provinzen Frankreichs groß geworden, da er annahm, seine angeblich französische Herkunft sei in der Stadt bekannt gemacht worden.

»Kein Ketzer also, nein?«, sagte der Dominikaner mit einem feinen Lächeln. »Solche Keckheit«, setzte er hinzu, »hätte mich auch gewundert, da Ihr Euch doch im Hause Gottes befindet. Wollt Ihr, mein Sohn, da die Gelegenheit sich Euch bietet, Euer Herz erleichtern und Eure Sünden beichten?«

Van Ackeren erschrak, da er solches nie getan. Nun erkannte er, dass er sich seit Beginn des Gesprächs mit dem Dominikaner in einem Verhör befand, dem er nicht würde ausweichen können.

»Ich danke Euch für Euer großzügiges Angebot«, sagte er mit einer Verneigung, »das ich gerne annehmen werde.«

»Ihr dürft mich Vater nennen. Vater Dominian, wenn es Euch beliebt.«

Vater Dominian erhob sich und führte Van Ackeren zu einem Beichtstuhl, deren sich mehrere an den Seiten der Kirche befanden. Sie begaben sich hinein, und der Dominikaner schlug drei Mal das Kreuz.

Van Ackeren, der nicht wusste, wie das Ritual einer Beichte vonstattenging, entschloss sich, da die Angst ihn jagte und sein Herz bereits klopfte, bei dem, was nun folgen sollte, so weit wie möglich bei der Wahrheit zu bleiben. Er musste annehmen, dass der Dominikaner Erfahrung in der Praxis des Verhörs besaß und dass eine Lüge ihn eher den Kopf kosten konnte als eine Verletzung des Rituals, welche man der Aufregung hätte zuordnen können.

»Ich bin ein Sünder, Vater«, begann er.

»Das sind wir alle, mein Sohn«, antwortete der Dominikaner mit ruhiger Stimme.

»Ich habe Sünden des Fleisches begangen und begehe sie noch.«

Der Dominikaner nickte. Er hielt seinen Kopf geneigt, das Ohr Van Ackeren zugewandt, und wartete.

»Ich begehre ein Weib, Vater Dominian«, sagte Van Ackeren leise, und es überkam ihn ein Schauder ob der Tatsächlichkeit dieses Bekenntnisses, welches zwar erzwungen sein mochte, aber gleichwohl nun laut geworden war und vor ihm stand in seiner ganzen Wahrhaftigkeit. »Und ich habe vielleicht mit ihr fleischliche Dinge getan, aber ich weiß nicht, ob es wirklich geschehen ist oder ob ich es nur träumte.«

Das Schweigen des Dominikaners übte eine starke Wirkung aus, welcher Van Ackeren nachgab, da er das Gefühl hatte, dass die Sünde, welche er zu beichten vorhatte, keine solche darstelle, dass sie bei papistischen Hirten als eine schwere bezeichnet werden würde.

Van Ackeren berichtete weiter, er glaube, mit diesem Weib

fleischliche Kontakte gepflegt zu haben auf dem Schiffe während der Überfahrt, da er im Fieber gelegen und nicht bei sich gewesen. Und dass sein Begehren nach dieser Frau ihn seitdem nicht mehr loslasse. Indessen spüre er, dass etwas daran nicht recht sei, weil es eine Wunde in seinem Herzen hinterlassen, die sich nicht wieder schließen wolle.

Nach einer Weile, als Van Ackeren schwieg, sprach der Dominikaner.

»Ist das alles, mein Sohn? Nichts Fleischliches im Hause Navarro?«

Das sei alles, sagte Van Ackeren.

»Ich erlege dir eine Buße von zwanzig Vaterunsern auf. Zusätzlich verzichtest du für eine Woche auf den Genuss von Fleisch und geistigen Getränken jedweder Art.«

Van Ackeren wusste nicht recht, was darauf zu antworten war, daher sagte er: »Ich danke Euch, Vater.«

»Te absolvo a peccatis tuis«, sagte Vater Dominian. *»In nomine Patris et Filii et Spiritus sancti, amen.«*

»Amen«, antwortete Van Ackeren in der korrekten Weise.

Als der Dominikaner sich erhob, stand auch Van Ackeren auf, und sie verließen zusammen den Beichtstuhl. Van Ackeren betete zu Gott, dass er ihm verzeihen möge, dieses Ritual mitgemacht zu haben, aber indessen hatte er nichts Unwahres gesprochen, und so schien es auch der Dominikaner zu sehen.

»Komm mit mir, mein Sohn«, sagte er in vertraulichem Ton und legte Van Ackeren die Hand auf die Schulter. »Ich werde dir etwas zeigen.«

Er führte Van Ackeren zu einem der Seitenschiffe.

»Wisse, dass die Weiber«, sagte er, während sie nebeneinander hergingen, »schwach sind in ihrer Natur. Satan findet leichter Zugang zu ihnen als zu uns Männern. Eva ist das Fleisch von Anfang an und Adam der Geist. Satan benutzt sie dazu, ihren Liebreiz einzusetzen, um die Männer zu fleischlicher Sünde zu verführen und leider zu noch viel mehr, da diese fleischlichen Sünden lässlicher Natur sind. Satan aber hat an solchem nicht genug, und nicht selten gelingt es ihm, über die Schwäche der Weiber deren Seele und auch die der Männer zu erobern. Deshalb ist das Weib, mein Sohn, seit der Vertreibung aus dem Paradies eines der Werkzeuge Satans.«

Er lenkte Van Ackeren mit sanftem Druck an der Schulter in eine kleine Kapelle, welche sich an einem der Seitenschiffe befand.

»Es gibt jedoch Ausnahmen«, sagte Vater Dominian.

Er nahm einen Leuchter vom Podest herunter und entzündete nacheinander die vier Kerzen an einer brennenden Opferkerze, welche vor einem Heiligenbild brannte.

»Hier in dieser Kapelle, mein Sohn, befindet sich der unverweste Leib der Condesa Maria de Alvarado, welcher seit hundertfünfzig Jahren auf wunderbare Weise dem Verfall sich entzieht. Sie war die Gattin des Gründers unserer Stadt, des edlen Don Alvarado, welcher wiederum ein Nachkomme des Francisco Alvarado gewesen ist, der mit dem großen Hernán Cortés zog und nach den Feldzügen in Neu-Spanien hier seine Burg erbaute, zu welcher später das Kloster der Dominikaner und die Stadt Guadalupe hinzukamen. Tritt näher und schau dort in diese Nische.«

Der Dominikaner wies auf ein schmales Gelass in der Wand. Nachdem er sich bekreuzigt hatte, reichte er Van Ackeren den Leuchter. Der erkannte, nachdem er ein paar Schritte näher getreten war und das Licht vor sich hielt, in der Nische eine sitzende Gestalt. Sie war in altmodische spanische Tracht gekleidet. Er konnte die getrockneten Hände erkennen, gefaltet über der eingesunkenen Brust, aber er wagte nicht, den Leuchter gegen das Antlitz der Mumie zu heben, das sich in der Mitte des großen Spitzenkragens befinden musste.

»Die Condesa«, hörte er den Dominikaner hinter sich sprechen, »wurde von ihrem Gatten des Ehebruchs bezichtigt. Er ließ sie deshalb zur Strafe in einem der Flügel seiner Burg einmauern, obgleich sie ihre Unschuld beteuerte.«

Vater Dominian räusperte sich. Van Ackeren wandte sich um und sah ihn den Zeigefinger heben.

»Sie war aber unschuldig. Was sich nach Ablauf von drei Jahren zweifelsfrei erwies. Als man nämlich nach dieser Zeit auf Geheiß des Conde die Mauer erbrach, fand man sie so, wie Ihr sie hier seht. Gänzlich unverwest und unangetastet zum Zeichen ihrer Reinheit. Und ist ihr Fleisch geläutert worden, da sie nichts zu sich genommen hat und nichts an ihr war, was der Sünde nachgegeben, so wurde sie rein von innen her. Ihr Leib ist deshalb auf wunderbare Weise erhalten geblieben.«

Van Ackeren wandte sich wieder der Nische zu und hob, obgleich er es gar nicht tun wollte, das Licht höher. Er sah einen glänzenden braunen Schädel, nach vorn gesunken in den Kragen aus flämischer Spitze, darüber wucherte ein wildes Nest grauer Haare. Die Augenschlitze saßen wie Knopflöcher in dem Antlitz aus getrocknetem Leder, das sich über die Wangenknochen und über die schwarzfleckige Stirn spannte. Am furchtbarsten aber war der Mund. Die ausgedörrten Lippen legten die Hälfte der Zahnreihen frei, was der Mumie einen obszönen Ausdruck unstillbarer Gier verlieh. Es war ihm, als warte das Wesen, das in der Nische hockte, nur auf die Erlaubnis, herauszustürzen und das nächste lebende Geschöpf anzufallen, um es zu zerfleischen.

Van Ackeren kam ein Schwindel an, er musste das Licht senken.

»Sie ist eine Heilige«, hörte er Vater Dominian hinter sich leise sagen.

14

Mit lautem Hufschlag passierten die beiden Reiter den gepflasterten Torweg und brachten die Pferde zu den Ställen. Cosmé warf dem herantretenden Stallknecht die Zügel zu.

»Zieht Euch gleich um, mein Freund, und haltet Euch bereit«, sagte er.

Van Ackeren versorgte sein Pferd, ging auf seine Kammer und wusch sich. Danach legte er die guten Kleider an, die er trug, wenn er musizierte. Er war eben dabei, seine Schuhe zu schnüren, als Cosmé sich anmeldete.

»Ich nehme Euch mit zum Fechten«, verkündete er.

»Aber ich sagte Euch doch …« Van Ackeren biss sich auf die Unterlippe.

»Keine Sorge, nur zum Zusehen. Ich fechte heute mit meinem Lieblingsschüler, und ich möchte, dass Ihr dabei seid.«

Der Fechtboden lag oberhalb der Ställe, er war ein Teil der Scheune. Van Ackeren hatte diesen Ort noch nie betreten, er wusste gar nicht, dass er existierte.

Der Raum war fast leer. Das einzige Mobiliar bildeten ein Wandständer mit verschiedenen Übungswaffen darin und vier Aufstellpuppen, an denen die Schutzkleidung hing, die man für das Fechten anlegte. Wattierte Westen, umflochten mit einem dichten Drahtnetz, Armschutz, Helm und Halsberge.

Unter dem großen Fenster, den Besuchern den Rücken zugekehrt, stand jemand.

Die Umrisse der Gestalt, die das Helmvisier nach oben geklappt und den Degen auf den Boden gestellt hatte, waren im Gegenlicht, das in breiten Stäben in den Raum hereinstand, nur schwer zu erkennen.

»Ich habe einen Gast mitgebracht«, sagte Cosmé.

Baronesa Izabel drehte sich um. In Männerhosen und Stiefeln, einer wattierten Drahtweste, die Halsberge schon umgelegt und den

Helm mit offenem Visier auf dem Kopf. Sie hätte aussehen können wie ein junger Kavalier, wäre nicht ihr Gesicht gewesen. An ihrem rechten Arm trug sie einen eisernen Armschutz, der vom Ellbogen bis zum Handschuh reichte.

»*Hola,* Herr Van Ackeren«, sagte sie. »Willkommen. Möchtet Ihr einen Gang fechten?«

Van Ackeren schüttelte den Kopf.

Er war erschrocken – oder doch nicht erschrocken, eher fasziniert von der Selbstverständlichkeit, mit der Izabel ihre kämpferische Aufmachung trug. Als sie in ihren Stiefeln aus dem Licht heraustrat, war sie damit so vertraut, als trage sie ihren Reifrock.

»Meine Schwester«, sagte Cosmé, »ist meine beste Schülerin. Und das ist noch untertrieben, wir sind inzwischen ebenbürtig. Nicht wahr, Liebe?«

»Beinahe, Cosmé, beinahe«, sagte sie.

Cosmé war zu einem der Ständer getreten. Ein Dutzend Stoßdegen mit schlanken Klingen standen darin, die Spitzen mit Filzpfropfen versehen, dazu noch zwei Lanzen, einige Dolche für die linke Hand und kleine runde Schilde, Buckler genannt.

Cosmé tauschte seine Oberbekleidung gegen die Schutzkleidung aus. Auch er legte nun die Drahtweste an, den Armschutz, die Halsberge. Er nahm den Helm vom Ständer und wandte sich um.

»Ich habe vor«, sagte er, »unserem Freund die Schönheit des Fechtens zu zeigen. Er leidet unter einem gewissen Ressentiment. Dem ist vermutlich nur mit Ästhetik beizukommen.«

»Oh, ich verstehe«, sagte Izabel. »Könnt Ihr tanzen, Señor Van Ackeren?«, wandte sie sich an den Gast.

»Ich habe es einmal gelernt«, erwiderte er. »Es gehörte zu der Erziehung, die meine Eltern für angemessen hielten, aber …«

»Aber Ihr habt keine besondere Übung darin, nicht wahr?«

Van Ackeren bejahte.

»Nun«, sagte sie. »Das macht nichts. Die erste Übung ist dem Auge gewidmet. Wenn Ihr uns dann die Freude machen wollt?«

»Selbstverständlich«, sagte Van Ackeren und verneigte sich. Er hoffe nur, nicht zu stören.

Cosmé berührte mit seinem Mund wie zum Kuss die Klinge des Rapiers, das er aus dem Ständer genommen hatte. Es war eine leichte, schlanke Klinge im flämischen Stil mit zwei verzierten eisernen Muscheln zum Schutz der Hand. Dann schaute er zu Izabel herüber. Sie erwiderte den Gruß und küsste ihren spanischen Degen, dessen Gefäß mit einer durchbrochenen Glocke versehen war.

Als sie in Positur gingen, schlugen die Spitzen der Klingen gegeneinander, und es gab einen Klang wie von edlen Gläsern. Die erste Bewegung war Herausforderung, tastende Berührung und Erkennen, alles zugleich.

Dann gingen sie in tiefe Positur, und Van Ackeren sah den Geschwistern dabei zu, wie sie fochten, was sein Interesse entgegen seiner Erwartungen in hohem Maße weckte, da es sich in der Tat um eine Art Tanz handelte. Nur fand der Tanz mit Waffen statt, deren einmal harter, einmal singender Klang die Musik dazu gab.

Offensichtlich, erkannte Van Ackeren, handelte es sich um eine Kunst.

Ohne zu reden, fochten Cosmé und Izabel zwei Gänge. Den ersten gewann Cosmé, indem er einen Ausfall Izabels parierte und in die Öffnung repostierte, die sie ihm bot, dabei traf er sie hoch an der Schulter. Den zweiten gewann Izabel, als sie eine gewagte Aktion gegen Cosmés Visier ausführte und ihn an der Stirn traf, was die plötzliche Biegung des Degens und der helle Klang erwiesen, mit dem Stahl auf Stahl traf.

Sie verneigten sich und klappten die Visiere hoch.

»Was habt Ihr gesehen, Don Pedro?«, sagte Cosmé, noch außer Atem.

Van Ackeren, über die Anrede irritiert, versuchte in Worte zu fassen, was ihm noch vor Augen stand.

Die tief geduckt aufeinanderrückenden Fechter, die freie Hand gegen den Gegner geöffnet, wie um ihn aufzuhalten oder etwas Unsichtbares heranzuholen, um es hinter der Spitze ihrer Klinge zu sammeln. Das steife Hin und Her mit gebeugtem Knie, was die Kämpfenden aussehen ließ, als rutschten sie wie Marionetten über den Boden, die aneinandertastenden Klingen, welche an die Fühler von Insekten erinnerten. Dann der blitzschnelle Angriff und das Sirren der touchierten Klingen. Der Ausruf des Getroffenen und das Nicken des Siegers. Touché!

»Es ist«, entschied Van Ackeren »in der Tat ein Tanz. Als wenn seltsame Wesen tanzten, nicht Mensch, nicht Tier.«

Izabel, das Visier offen, lachte auf. »Ihr habt ein gutes Auge, Señor Van Ackeren. Wir sagen, ein guter Fechter kämpft wie die Mantis. Die Gottesanbeterin.«

»Seht uns weiter zu, Don Pedro«, sagte Cosmé. »Ihr braucht nicht selbst zu fechten, aber Ihr sollt sehen lernen.«

Er verneigte sich vor Izabel, und sie stellte sich in Position.

»Vier Räume«, sagte Cosmé. »Oben außen, unten außen, oben innen und unten innen.«

Er stieß seine ausgestreckte Klinge leicht gegen die Izabels, es gab wieder den leisen vibrierenden Klang.

»Die Klinge hat zehn Abschnitte von je drei Zoll. Der schwächste ist die Spitze, der stärkste am Heft.«

Er schob das Rapier ein Stück über Izabels.

»Das hier ist zum Beispiel vier über zwei für mich.«

Izabels Degen ließ sich von Cosmé leicht nach unten drücken.

»In diesem Augenblick bin ich in der stärkeren Position. Aber das heißt nichts, denn allein die Spitze ist tödlich. Und sie ist der schwächste Punkt«, sagte er. »Ganz wie im Leben, Don Pedro.«

Er lächelte Izabel zu, die ihren Kopf neigte. »Drei Bewegungen«, fuhr Cosmé fort. »Im Handgelenk, im Ellbogen und in der Schulter. Das Handgelenk spielt, der Ellbogen verteidigt, die Schulter siegt. – En garde, Izabel.«

Izabel ging hinunter in die Knie, ihre unbehandschuhte Linke wie warnend gegen Cosmé vorgestreckt. Die Klingen tasteten für Momente aneinander, dann täuschte sie einen Ausfall vor. Ein rascher Schritt, ihr Degen zuckte nach vorn. Cosmé parierte ihren Degen nach oben weg, aber Izabel tauchte unter seiner Klinge durch und schlug ihm mit ihrer Linken den Arm beiseite. In der gleichen rotierenden Bewegung stach sie hinter ihrem Rücken zu. Ihr Rapier bog sich durch.

»Ahhh!«, rief Cosmé aus. »Ich bin tot! Brillant, brillant.«

Er rieb sich die Seite und verneigte sich vor Izabel, die ihr Visier hochklappte und ihn anlächelte.

»Geliebte Schwester, das gibt einen blauen Fleck«, sagte er.

15

Im Halbdunkel, von einer einzelnen Kerze kaum erhellt, brütete der Brujo vor sich hin. Sein von Warzen übersätes Gesicht mit den fest geschlossenen Augen erinnerte Alonso an eine am Boden hockende Kröte, die unversehens vom Lampenlicht getroffen wird und versucht, nicht gesehen zu werden.

»Wieso sagt er nichts?«

Auf dem Tisch lagen fünf Reales, das höchste Honorar, das Don Navarro dem Zauberer jemals bezahlt hatte. Aber der alte Neger schwieg nun schon zehn Minuten lang, nachdem er seine weißen Kaurimuscheln auf den Tisch geworfen hatte.

Wo sie noch immer lagen, hell glänzend wie Porzellanscherben. Ein rätselhaftes Muster, das Gewebe des Schicksals, nur lesbar für den alten Hexer, der dem Rätsel bloß einen einzigen Blick gewidmet hatte, ehe er die Augen schloss.

»Er muss nachdenken«, flüsterte der Hablante, die Augen weit aufgerissen und die Hände abwehrend gegen Alonso ausgestreckt, als müsse er die Gedanken seines Meisters vor der Ungeduld des Alkalden schützen.

Don Navarro hörte das Fiepen der Baumfrösche draußen und das irritierend eindringliche An- und Abschwellen des Zikadengesangs, das die ganze Nacht über andauern würde. Von weit weg kamen Lachen und eine Trommel, die ihr eintöniges Tub-tub-tub einmal aufnahm, dann wieder unterbrach.

In den dunklen Ecken des Raumes, welcher außer dem Tisch und den primitiven Sitzmöbeln kein Mobiliar enthielt, lauerten Schatten. Es war nicht gut, dorthin zu schauen, denn in den Schatten verbargen sich die Wesen, die dem Hexer dienten und nicht gesehen werden wollten. Wesen, die ihre Gestalt nach Belieben wandeln konnten und denen ein Christenmensch nur mit unerschütterlichem Trotz und festem Glauben entgegentreten konnte, und natürlich mit genügend Silber.

Auch Geister glauben an Silber. Das jedenfalls wollte Don Navarro glauben.

Er rutschte ärgerlich auf dem unbequemen Schemel hin und her. Der Ketzer hatte lange genug in seinem Haus auf dem Spinett herumgeklimpert. Cosmé war schon dabei, ihn wie einen Freund zu behandeln. Der dumme Junge hatte nicht genug an seinen Liebschaften und an den französischen Romanen, die er las, er langweilte sich.

Langeweile war gefährlich, man musste Cosmé zu tun geben.

Ihm würde schon etwas einfallen.

Und Izabel – Izabel hatte sich verändert. Sie war lebendiger und gleichzeitig noch spröder geworden. Es war jetzt an der Zeit, beim Leib Christi. Und fünf Reales, Himmeldonnerschlag!

Der Brujo, als habe sein feiner Sinn erfasst, dass man den Alkalden nicht länger warten lassen sollte, begann zu zucken. Damit kündigten sich gewöhnlich die Botschaften an, ehe er sie aussprach. Das Zucken begann faszinierenderweise bei seinen großen Ohren, dann wanderte es nach vorn über das faltige Antlitz bis zu den schweren Lippen, die, nachdem sie eine Weile mitgezuckt hatten, ein dumpfes Murmeln anfingen.

Der Hablante, die Hände flach auf den Tisch gelegt, tauchte unter den Kopf des Brujo und horchte schnaufend, als tropfe die Weisheit auf ihn herunter. Er riss die Augen auf und verdrehte sie so weit nach oben, dass nur noch das Weiße darin zu sehen war, eine beeindruckende Zugabe zu dem Akt der Verkündigung und des konzentrierten Horchens, dazu stieß er die Luft aus den gespitzten Lippen, als benötige er zum Zuhören all seine Kraft.

Die Botschaft war kurz. Das Murmeln hörte rasch wieder auf.

Der Hablante ließ seine Augen in die normale Position zurückrotieren und starrte den Alkalden an, wie stets mit entsetztem Ausdruck.

Don Navarro rückte ungeduldig am Schemel. »Also?«

»Er sagt, das Lied ist gesung'n, und er sagt, es is so weit. Wenn der Mond voll is, is es so weit. Aber …«

Der Hablante stockte, sein Mund blieb offen. Wie ein Stück Leber lag die dunkle Zunge in seinem Mund.

»Hast du die Maulsperre? Was ist noch, was heißt: Aber?«

»'s wird 'n Blutmond sein, Herr«, flüsterte der Hablante.

Seine Augen fixierten sich außen und oben, als wollten sie gleich wieder hinter die Lider rutschen.

»Ein Blutmond?«

»Blut, Herr. Blut, hat er gesagt, Herr. Ich kann nix dafür, er hat's so gesagt!«

»Wessen Blut?«

Der Hablante schüttelte den Kopf und begann am ganzen Körper zu zittern. »Weiß nicht, Herr. Hat er nich gesagt, Herr!«

Die Augen des Hablante kippten hinter die Lider, und das Weiß der Skleren leuchtete im Kerzenlicht wie der Blick eines Untoten.

Don Navarro stand auf und stieß dabei den Schemel um. Er trat ihn wütend aus dem Weg und verließ ohne ein Wort den Raum und danach die schäbige Hütte des Hexers. Die Tür ließ er offen. Fünf Reales!

Draußen empfing ihn die feuchtwarme Nacht.

Ein streunender Hund trollte sich, drehte sich um, seine Augen glänzten im Fackellicht.

»Blutschwerenot«, knurrte Alonso.

Er horchte auf das leise, monotone Geräusch der Trommel, das ihn wie ein Herzschlag der Nacht dünkte. Schaute zwischen den schilfgedeckten Dächern zum Himmel hinauf und fand den Mond. Er stand tief und war fast voll, seine Farbe war rot.

16

Van Ackeren saß auf dem Schemel in seiner Kammer, nur mit Hemd und Beinkleidern angetan. Er lauschte auf das sehnsüchtige Singen der Zikaden und auf das Zirpen der Baumfrösche, das vom Hinterhof heraufdrang zusammen mit dem betäubenden Duft der Jasminsträucher.

Sein Leib war in Aufruhr, seine Seele nicht minder. Etwas war geschehen, etwas hatte sich erneut zwischen ihn und Gottes Nähe geschoben. Kein denkbares Hindernis und auch keine offene Frage, ein Ereignis, das ihm einen bislang unbekannten Teil seiner selbst offenbarte, dessen Dimensionen er offensichtlich unterschätzt hatte. Er zog den Korken aus dem Tintenfass und nahm die gespitzte Feder zur Hand.

Am 28. August 1701
Ich muss es niederschreiben, wenn auch alles in mir sich sträubt gegen das, was ich getan habe und vielleicht sogar bei voller Absicht habe tun wollen. Draußen steht ein roter Mond, er ist beinahe voll, und mir ist, wie er zum Fenster hereinscheint, als schaue mir ein wachsames Auge beim Schreiben zu. Aber bin ich es doch nur selbst, der sich nicht mehr versteht.

Vor zwei Stunden kam jemand zu meiner Kammer, es mag eine Stunde vor Mitternacht gewesen sein. Es war das Mädchen, das Flor genannt wird, die Zofe der Baronesa. Sie spricht nur ihr Creolisch, ich verstehe ihre Worte kaum. Also machte sie mir Gesten, die mir bedeuteten, ich sollte ihr folgen, was ich auch tat.

Sie führte mich, eine Kerze in der Hand haltend, über eine Hintertreppe hinauf, zu welcher man über eine kleine Tür vom Korridor aus gelangt, die mir bis dahin nicht aufgefallen. Wir stiegen selbander hinauf in das obere Stockwerk, wo die Gemächer der Herrschaft sich befinden. Jedoch führte mich die Magd nicht dorthin, sondern in einen kleinen separaten Raum, welcher sich von der Stiege aus betreten lässt und dort mit einer Tür verschlossen werden kann. In diesem Raum war es vollkommen dunkel, es roch nach Lavendel und gewaschener Wäsche, die man darin verwahrt, was ich im Schein der Kerze wahrnehmen konnte. Das Mädchen warf mir mit der Kerze in der Hand noch einen Blick zu und legte den Finger an die Lippen, dann verschloss sie die Tür, wobei sie das Licht mit fortnahm und mich in der Finsternis zurückließ. Ich hatte den Eindruck, man habe das Fenster verhängt oder es gab keines in der Kammer, da die Dunkelheit vollkommen war.

Ich stand indessen nicht lange so, vielleicht eine Minute, da wurde ich rücklings umfasst und erschrak zutiefst. Dachte ich doch zuerst, dass der maledeite Mayordomo mir aufgelauert und erneut Böses im Schilde führe.

Aber es war eine Frau, die mich umarmte, und ich glaubte auch sogleich zu wissen, wer. Ich schreibe ihren Namen nicht auf, denn ich weiß nicht, was noch geschieht und wer dies lesen wird. Indessen ist zwar niemand des Niederländischen mächtig im Hause, dennoch muss ich damit rechnen, dass diese Zeilen in falsche Hände gelangen. Aber ich will mich anvertrauen und muss mich äußern. Es gibt ja niemanden, dem ich, was sich zugetragen, erzählen könnte.

In der dunklen Kammer, in der ich blind war, wurde ich in einer Weise vereinnahmt und in Besitz genommen, wie ich es nie erlebt. Habe ich doch noch keinem Weibe beigewohnt. Ich kann nicht entscheiden, ob meine Blindheit und gleichermaßen meine Unerfahrenheit derjenigen, von der ich spreche, dabei halfen, mich zu verführen, ich kann nur sagen, es war auch die Finsternis, welche mich hinderte, der Verführung zu widerstehen. Denn mir war, als schaute ich selbst inmitten der vollkommenen Dunkelheit einem anderen zu. Dem Manne gleichsam, der ich auch war und der fleischliche Dinge tat. Und das in jeder Weise, die man sich vorstellen kann.

Indessen geschah dies alles in jagender Eile, welche nicht, wie ich glaube, einer möglichen Verfolgung geschuldet, sondern dem großen Begehr, das mir zuteilward und von dem ich selbst bald so sehr ergriffen wurde, dass ich es – und dies muss zu meiner Schande gesagt werden: dass ich es teilte.

So beging der Mann in der Dunkelheit der Kammer ein Vergehen und ließ sich dabei führen von der Frau, die ihn darin erwartete. Und da Eva von Beginn an nackt gewesen und Adam bald im selben Zustande, ließ sich unschwer ausführen, was wohl auch im Paradiese getan worden ist. Nur wussten wir beide, und dies im Unterschied zum Paradies, was wir taten und dass wir sündigten.

Ich will mich nicht lossprechen durch das, was ich schreibe. Es war Sünde, und ich bereue es. Die Reue kam danach und auch die Scham. Scham nicht nur vor mir, denn ich dachte an jemand anderen – deren Namen ich hier auch nicht nennen will. An eine, welche sich zu mir gesellte in der Dunkelheit. Und mir ist gewesen, als wäre sie es, mit der ich tat, was nicht hätte getan werden sollen.

Dies spricht mich von nichts los, es beschämt mich vielmehr.

Aber da dieselbe Person mich immer begleitet, wo ich gehe und bin in meinen Gedanken, und da sie das erste Weib gewesen, das mir nahekam, wie sollte sie gerade dort, in der dunklen Kammer, nicht ebenfalls bei mir gewesen sein?

»Bist du sicher?«

»Ich seh dem Mensch dauernd auf die Finger, Herr, und hab's auch an diesem Tag nicht versäumt. Sie war mitten in der Nacht im Haus unterwegs mit der Kerze. Um die elfte Stund.«

Mit rot geäderten Augen schaute Zazo zu Don Navarro auf. Und nickte bekräftigend, die Hände auf dem Tisch ineinanderverschränkt, als wollte er sich anschicken zu beten. Was angesichts der delikaten Angelegenheit, über die er zu reden hatte, nicht verkehrt gewesen wäre.

»Sie sind«, fuhr er fort, »dann mitsammen die hintere Stiege hinauf, der Franzose nämlich und die vermaledeite Flor.«

Don Alonso schaute zu der tickenden Wanduhr hin, als wolle er die Zeit ablesen. Er suchte nicht den Blick seines Mayordomo, was diesen aufs Höchste beunruhigte, wollte er doch eine Zusicherung, dass er auch in dieser Angelegenheit das Vertrauen seines Herrn behalten habe.

»Und das ist gestern Nacht gewesen?«, fragte der Alkalde die Uhr.

»Gestern Nacht, Herr, ich schwör's.«

»Wann kam er wieder zurück? Und wie lange war er oben?«

»Beinah eine Stund, Herr. Ich war auf dem Korridor und hab im Abtritt gewartet. Hab ihn kommen hören, kurz bevor's zwölf geschlagen, und wieder in seine Kammer hineingehen.«

»Wieso bist du sicher, dass er nicht mit Flor dort oben war?«

Zazo schoss der verzweifelte Gedanke durch den Kopf, dass es vielleicht besser gewesen wäre, das Ganze auf die dumme Flor hinzubiegen, was gereicht hätte, dem Franzosen die Peitsche zu verschaffen. Aber nun war es zu spät, und er befand sich, gottverdammt, in des Teufels Küche.

»Ganz sicher, Herr«, beteuerte er und achtete darauf, seine Stimme recht treuherzig klingen zu lassen, er wollte die Wahrheit berichten, nichts als das! »Das dumme Mensch ist ja gleich wieder mit der Kerze heruntergekommen. Da muss jemand anderer oben bei ihm gewesen sein.«

Nun schaute Don Navarro Zazo an, und dieser wich dem Blick aus. Als könne er den Alkalden auf diese Weise daran hindern, seine Gedanken zu lesen. Aber das Entsetzen blieb ihm ins Gesicht geschrieben. Er hob seine schweren Hände vom Tisch und suchte die Augen des Alkalden.

»Ich hab bloß getan, was Ihr mir aufgetragen habt, Herr!«

Don Navarro schüttelte den Kopf, ohne Zazo dabei anzusehen. Sein Blick ging zum Fenster.

»Du kannst gehen«, sagte er. »Und wirst Stillschweigen bewahren über alles.«

»Ich schwör's Euch, Herr, ich schwör's. Ich werd nichts sagen, glaubt mir. Bei Gotts Blut und meinem Leben!«

Deutlicher als sein geleisteter Rapport bekundete Don Navarro das Gesicht des Mayordomo, dass er die Wahrheit gesagt. Und dass der niederländische Ketzer tatsächlich mit Izabel Ehebruch getrieben hatte.

Seltsam, dachte Alonso, als er beinahe beschwingt danach die Treppe hinunterschritt, wie rasch die Furcht vor Izabel, nun da ihre Reinheit befleckt, von ihm gewichen war und mit dieser Furcht auch das, was ihm wie Liebe vorgekommen. Es war in einem einzigen Augenblick zerbrochen, gerade wie ein venezianischer Spiegel, dessen seltene Kostbarkeit man hütet, mit seinen Scherben aber auch loswurde. Nun galt es, zunächst das Dringlichste zu regeln und dann die Ordnung in seinem Hause wiederherzustellen.

17

Drei Stunden später, in der Stunde vor Morgengrauen, näherten sich zwei Männer dem Hinterhof des Hauses Navarro. Sie stellten den Handkarren ab, mit dem sie gekommen waren, und öffneten das Tor, das nicht verschlossen war, so wie man es ihnen gesagt hatte. Danach schlichen sie zu den Stallungen, ohne dass zu dieser Nachtstunde sie jemand bemerkt hätte. Im Stall postierten sie sich getrennt, der eine gut sichtbar beim Eingang, der andere verbarg sich an einer geeigneten Stelle. Danach brauchten sie nur eine Weile zu warten, bis der Mayordomo die Unruhe der Pferde bemerkte, welche sie mit ihrem Eindringen verursacht hatten.

Zazo kam herein in den Stall. Ohne Laterne, so klug war er.

Den Totschläger hielt er in der Hand, das Messer steckte griffbereit im Gürtel. Nachdem er seit dem Gespräch mit Don Navarro voller Unruhe in seiner Kammer gesessen hatte, rechnete er mit allem. Eine Unruhe erfüllte ihn, welche ihn aus guten Gründen wachsam bleiben ließ und dieses Mal nicht wie sonst mit ein paar Gläsern Rum gedämpft worden war. Aber all seine Wachsamkeit nützte nichts gegen die gedungenen Mörder, die sich auf ihr Geschäft verstanden.

Als er dem Mann nachfolgte, der ihn durch gespieltes Zurückweichen in den Stall hineinlockte, und ihn an der Wand mit dem Totschläger stellen wollte, schlug ihn der andere hinterrücks mit einem Knüttel nieder.

Die beiden barfüßigen Mörder, ein blatternarbiger Mestize und ein kleiner, muskelbepackter Kreole, taten ihr Geschäft schweigend. Sie zogen dem Bewusstlosen einen Sack über den Kopf und verschnürten ihn anschließend mit einem langen Strick, den sie mitgebracht hatten. Dann schleiften sie unter Keuchen den Mayordomo, der das Gewicht von drei Mehlsäcken besaß, durch das Tor hinaus, welches sie in aller Ruhe öffneten und wieder verschlossen, auch diesmal, ohne dass jemand sie bemerkt hätte. Draußen warfen sie ihr Opfer auf den bereitgestellten Handkarren und fuhren mit dem schon wieder Zappelnden den Weg zum Fluss hinunter.

Auch dies taten sie, ohne dass dabei ein Wort gesprochen wurde.

Man hörte nur das Quietschen der schlecht geölten Räder, die über den Weg holperten, und bald war auch das Schreien des Gebundenen zu vernehmen, welches er aber bleiben ließ, nachdem er jedes Mal, wenn er laut wurde, einen Schlag auf den Kopf bekam. Daraufhin verlegte er sich aufs Bitten, da er inzwischen wohl wusste, es ging an sein Leben.

Den für ihn Unsichtbaren, die ihn entführt hatten, versprach der gefesselte Mayordomo vieles auf seiner letzten Fahrt. Verhieß ihnen Dinge, von denen er dachte, dass man sie Männern versprechen könne, dazu gab er seiner Stimme einen erprobten schmeichelnden, aber nicht unterwürfigen Ton, welchen er in Kneipen geübt hatte, wenn man sich beim Schnaps verbrüderte. Man sei doch, raunte er mit gutturalem Timbre, vom selben Schlag und könne sich miteinander verständigen, die Herren betrogen einen sowieso nur nach Strich und Faden, aber er, er habe da noch einiges auf der Seite und könne außerdem Verbindungen spielen lassen, mit welchen er seinen Freunden manches … zum Beispiel … Weiber, weich wie Pfirsiche und wild auf Mannsleute, junge Weiber, die nicht einmal Geld nähmen für die Sünde … und er habe einiges Silber auf der Seite, schwere, klingende Münzen, eingenäht in Fischblasen und gut versteckt, man könne sich einigen, er verschenke es um sein Leben, das Geld sei doch verloren sonst!

Zazos geschwätziges Reden, vom Sackleinen gedämpft, mischte sich mit den Nachtgeräuschen, die sich verstärkten, als der Karren das herunterhängende Ufergebüsch streifte und sich dem Ufer näherte. Die beiden Mörder zogen ihr Gefährt mit der stoischen Gelassenheit von Eseln, ohne dass die Versprechungen ihres Opfers an sie gerührt hätten. In ihren Taschen befand sich je ein goldener Real. Mehr als genug für das einfache Geschäft, das seiner raschen Erledigung harrte, welche zugesagt worden war.

Und Zazo, dessen Werben ohne Antwort blieb, fing schließlich laut zu beten an, da in seiner schwarzen Seele irgendwo ein Fünkchen Hoffnung glomm, man könne noch im letzten Augenblick vom Herrn Vergebung erlangen, wenn man genug Reue zeige.

Es blieb dem Mayordomo indessen nicht genug Zeit, alles zu bereuen, was er in seinem Leben verbrochen hatte. Seine Mörder, als sie am Flussufer ankamen, kippten den Karren hoch, sodass der Gebundene mit den Füßen voraus auf den Boden rutschte. Der kräftige Kreole schlang ihm eine Lautensaite um den Hals, ohne den Sack zu entfernen. Dann erwürgte er den sich Windenden, wobei er, um mehr Kraft aufzubringen, sich gegen den Karren abstützen musste, den ihm der andere hielt.

Und dennoch brauchte es eine ganze Weile.

Als das Opfer aufhörte zu zappeln, zerrten sie den Leichnam vollends vom Karren herunter und rollten ihn in ein Boot, welches halb voll Wasser am Ufer lag. Mit einer angeketteten Bütte schöpften sie das meiste Wasser heraus, dann stakten sie das Boot auf den Fluss hinaus, der an dieser Stelle wenig Strömung aufwies. Der Kreole legte die Stakstange ins Boot. Sie ließen es treiben und warfen den Toten, nachdem sie ein paar Atemzüge lang um sich gehorcht hatten, ins Wasser.

Auf das Geräusch hin stemmten ein halbes Dutzend Caimane, welche am sandigen Ufer lagen, gleichzeitig die Beine in den Sand. Ihre schuppigen Leiber hoben sich, und sie watschelten hinunter zum Fluss. Wo sie eintauchten und zu der Stelle hinglitten, an der das Klatschen zu hören gewesen war, so zielstrebig, als würden sie von Seilen herangezogen.

Noch ehe die Mörder das Boot ans Ufer zurückgestochert hatten, vernahmen sie hinter sich, wie das Wasser von den Schwänzen der Echsen aufgerührt wurde, und hörten das Knurren, mit dem sich die Caimane um den Leichnam balgten.

18

Zur gleichen Stunde betrat Don Navarro das Schlafgemach der Baronesa. Er trug seinen besten Rock, welcher mit Brokatlitze bestickt war, seinen guten Degen und ein rüschenbesetztes Seidenhemd.

»Es ist spät, meine Teuerste, ich weiß.«

Izabel empfing Don Navarro in ihrem Nachtgewand, das sie rasch übergeworfen hatte. Das Mädchen, welches ihr das Kleid hereingebracht, stand schlaftrunken in einer Ecke, ihre langen schwarzen Haare fielen gelöst über ihren Rücken. Sie hatte sich das übergezogen, was sie fand, und blieb im Schatten des Mondlichts stehen, die Arme hingen ihr wie gelähmt an der Seite, und ihre Augen waren weit vor Furcht.

Don Navarro trat mit gemessenen Schritten zum Fenster, die Hände am Rücken verschränkt, als wäre der stille Raum voller Gäste, vor denen es zu paradieren gelte. Dort blieb er stehen. Er schien auf den Gesang der Zikaden zu horchen, und er schaute auf den vollen Mond, der seine letzte Rundung inzwischen erhalten hatte und rot auf den Ziegeldächern der Stadt ruhte, als gehöre er für immer dorthin.

»Was führt Euch zu mir?« Izabel konnte das Beben in ihrer Stimme nicht unterdrücken. »Zu dieser Stunde?«

Sie war Alonso nicht zum Fenster gefolgt, sondern blieb bei ihrem Bett stehen, in dem sie bereits gelegen hatte und dessen Vorhänge aufgezogen waren.

»Etwas, das die Anwesenheit einer Zofe nicht erfordert«, antwortete der Alkalde, ohne sich umzuwenden. »Vielleicht nachher doch, aber zunächst einmal nicht. Sagt ihr, sie möge uns allein lassen.«

»Geh, Flor«, sagte Izabel. Sie war bleich geworden. Ihre Hand tastete nach dem Pfosten des großen Möbels mit seinem Himmel aus Seidentaft, welches die Mitte des Schlafzimmers einnahm wie eine unerstürmte Burg.

»Du weißt, weshalb ich hier bin«, sagte Alonso, als das Mädchen die Tür hinter sich geschlossen hatte.

»Nun, da Ihr mich so anzureden geruht, meine ich, es zu erahnen.«

»Und willst dich mir nicht … erklären, sollte ich vielleicht sagen …? Dich herausreden, möchte ich aber meinen?«

»Es gibt nichts zu erklären«, sagte die Baronesa.

»Ich glaube doch«, versetzte Alonso und verließ seinen Platz am Fenster.

Er trat zu Izabel, packte sie unversehens mit beiden Händen am verschnürten Leibchen ihres Nachtgewandes und riss es auseinander, dass ihre Brüste entblößt waren.

Die Baronesa schrie auf, und er stieß sie zurück. Sie taumelte, fing sich wieder an dem Bettpfosten.

»Ich bitte Euch inständig …!«

»Ich weiß nicht, worum du bitten könntest«, sagte Alonso. Er trat einen Schritt näher. »Ich werde das verlogene kleine Miststück gleich hereinrufen und sie vor deinen Augen in Stücke prügeln. Und sie wird, das sage ich dir voraus, ohne Umschweif gestehen, was sich gestern in meinem Haus zugetragen hat. Gestern um Mitternacht.«

Die Baronesa stieß einen Seufzer aus. Sie hielt sich die Brust mit beiden Händen.

»Ich … nein, tut das nicht, Alonso. Es ist nicht nötig.«

»Es ist also wahr? Du hast mich betrogen mit dieser jämmerlichen Figur? Mit dem Kerl, auf den mein Diener gepisst hat?«

Izabel schüttelte den Kopf. Sie drückte noch immer die Hände an das Mieder, als bekomme sie nicht genug Luft zum Atmen.

Don Navarro packte sie an den Hafteln des zerrissenen Leibchens und zog sie zu sich heran. Er starrte auf ihre bloßen Brüste, die sich gegen seinen Rock drückten.

»Ich bin dein Gemahl«, knurrte er. »Das scheinst du vergessen zu haben!«

Mit groben Rucken riss er das Mieder vollends auseinander und stieß Izabel, der die Tränen herunterliefen, halb nackt zum Bett hinüber.

»Ich gestehe alles und habe Euren Zorn wohl verdient«, stöhnte sie. »Aber verschont ihn, er ist unschuldig. Ich war es. Ich habe ihn verführt. Er wollte nicht …«

Alonso schleuderte die Fetzen des zerrissenen Leibchens zu Boden.

»Oh ja«, sagte er. »Ihn verschonen. Darüber habe ich bereits nachgedacht. Und du, du kannst etwas für ihn tun, in der Tat«, sagte er.

Er drehte Izabel wie eine willenlose Puppe herum und stieß sie auf das Bett hin. Dann schob er ihre Röcke nach oben.

»Du wirst mich von nun an bedienen, wie's mir beliebt, Doña Izabel. Dein sorgsam gehütetes Törlein ist ja bereits erstürmt. Ich mache dich von heute an zu meiner Metze, da du dich als solche erwiesen hast. Und solange ich zufrieden mit dir bin, lasse ich deinen Spielgefährten am Leben.«

Er packte Izabel am Nacken und drückte sie auf das Bett hinunter. Gleichzeitig fingerte er an seinem Hosenlatz.

»Gefällt's mir nicht mehr mit dir, so bekommen ihn Gottes Bluthunde, unsere frommen Dominikaner. Ich verschenke ihn an sie. Und wenn sie mit ihm fertig sind, lass ich ihn vierteilen, hier unter deinem Fenster auf der Plaza Mayor. Und du wirst dabei zusehen, dafür sorge ich.«

Izabels Nacken, den seine Linke gepackt hielt, ihr langes schwarzes Haar, das sich an dieser Stelle in zarte Wirbel teilte, ihr Schluchzen und ihre Gefügigkeit machten ihn rasend vor Begierde. War es nicht das, was der Brujo vorhergesagt? Dass sie jetzt ganz ihm gehörte, dass er sie endlich nehmen durfte?

In seiner Gier bemerkte er nicht, wie sie schlaff wurde unter seinem Griff.

Er hielt sie noch an den Schultern, als ihr Oberkörper kraftlos wurde und heruntersank. Erst als ihre Beine nachgaben, hielt er inne. Da sah er das Blut. Das ganze Betttuch, alles schwarz von Blut.

Er riss Izabel herum. Starrte in ihre weit offenen Augen. Auf ihren nackten Leib, der in Blut getaucht war. Da erst sah er den Griff des Stiletts, das in ihrer Halsgrube steckte.

Er schrie. Schrie vor Wut und Schmerz. Riss das Messer aus der Wunde und hielt es mit zitternder Faust über der Toten erhoben, als wollte er ihr einen weiteren Stich zufügen, weil sie sich ihm entzogen, oder als wolle er selbst sich entleiben. Sein Arm zitterte.

Mit einem seltsam keuchenden Laut warf Alonso das Stilett fort.

Wie es klappernd auf den hölzernen Boden fiel, brach er in die

Knie. Er barg sein Gesicht in Izabels Röcken und schluchzte. Das Mondlicht fiel auf seinen kahlen Schädel.

Der Alkalde bemerkte nicht, dass Flor ins Zimmer kam. Sie warf einen Blick auf ihre tote Herrin und auf den Hausherrn, dann verließ sie den Raum so geräuschlos, wie sie ihn betreten hatte. Flor eilte in ihre Kammer und packte ihre Sachen zusammen. Sie weinte vor sich hin, aber leise, dass niemand es hören konnte, und schnürte mit fliegenden Fingern ihr Bündel.

Dann erst fiel ihr ein, wer ihr helfen würde. Würde er?

Sie rannte über den Korridor und klopfte an Cosmés Tür.

Als Cosmé fünfzehn Minuten später das Schlafzimmer seiner Schwester betrat, hatte sich nichts verändert. Bloß das Blut Izabels hatte sich inzwischen unter dem Bett zu einer Lache gesammelt, die im Licht des Mondes spiegelte, der durch das halb offene Fenster hereinschien und dem Blut eine seltsame Farbe verlieh, nicht Rot, nicht Schwarz.

Cosmé blieb vor dem Bett stehen.

Er sah auf den Leichnam Izabels und seinen davorknienden Schwager, den Alkalden Alonso de Navarro.

Langsam atmete er aus mit offenem Mund und fühlte seinen warmen Atem über die Unterlippe strömen. Dann zog er sein Rapier aus der Scheide.

Das sirrende Geräusch ließ Alonso herumfahren.

Cosmé sagte nichts. Er starrte Alonso nur an. Und ohne den Blick von ihm zu nehmen, streckte er den Arm aus, in dem er die Waffe hielt, und tauchte die scharfe Spitze in die Blutlache unter dem Bett, als tauche er eine Feder in ein Tintenfass.

Alonso richtete sich auf. »Willst du dich etwa mit mir schlagen, du halbe Ausgabe eines Hidalgo?«

Er funkelte Cosmé an. Keuchend vor Wut bleckte er die Zähne, die blutige Rechte gegen den Bettpfosten gestützt.

»Dessen Schwester eine erwiesene Hure ist und du selbst ein Emporkömmling und elender Herumtreiber. Du willst kämpfen mit einem Edelmann?« Alonso wandte sich ab. »Das könnte dir so passen«, sagte er. Er drehte sich um und starrte aus dem Fenster.

Cosmés Degen pfiff durch die Luft. Die Klinge schlitzte Alonsos brokatbestickten Rock der Länge nach auf und hinterließ einen roten Strich auf seinem Rücken.

»Das nächste Mal, wenn Ihr Euch umdreht, Herr Schwager, seid Ihr tot.«

Mit einem Wutschrei bückte sich Alonso nach seinem Degen, den er zusammen mit dem Koller auf den Boden geworfen hatte.

»Du Hundsfott!«, schrie er.

Er zog blank. Die Scheide in der Linken haltend, drang er mit ausfahrenden Hieben auf Cosmé ein und zwang ihn gegen die Tür zurück.

»Ich werde dir das Fell gerben, und du wirst winseln! Um Gnade wirst du bitten! Und wenn du mir auch nur ein Haar krümmst, lass ich dich öffentlich rädern!«

Cosmé schaute Alonso mit weit geöffneten Augen an, während er wie im Schlaf die Hiebe parierte und repostierte. Seine Arme und sein Handgelenk taten, was zu tun war, er war anwesend und weit weg zugleich, wie in einem Rausch. Sein Hass jubilierte wie ein Chor aus Engeln mit grotesken Fratzen. Dass dieser Kampf eines Tages kommen würde, hatte er geahnt, und nun wusste er, wofür er so viele Stunden auf dem Fechtboden verbracht hatte.

Alonsos Klinge scharrte an Cosmés Rapier entlang und drückte es herunter.

Ein triumphierender Ausfall folgte, dem Cosmé elegant entging, indem er den Oberkörper zurücknahm. Alonsos Klinge stach ein Loch in die Luft.

»Du kannst mich nicht töten!«, schrie Don Navarro, wieder ungestüm auf Cosmé einhauend, der die Hiebe mit der Kante seines Rapiers parierte, ohne diesmal den Platz aufzugeben, auf dem er sich befand. »Du bist nichts ohne mich! Nicht einmal ein Bauer. Du hast dich verrechnet, du Dummkopf! Ich kann dich jederzeit töten!«

Don Navarro machte einen wilden Ausfall, den Cosmé mit der flachen Klinge annahm. Sein Degen bog sich, er ließ die Spitze von Alonsos Klinge an dem biegsamen Stahl entlangrutschen, drehte zur Kante und schlug seinem Gegner mit einer plötzlichen kräftigen Bewegung den Degen aus der Hand.

»Bastard, elender!«, schrie Alonso, bückte sich und langte nach seiner Waffe. »Du willst mir wohl«, knurrte er außer Atem, als er sich aufrichtete, »Fechtstunden geben, du eingebildeter Laffe?«

Er drosch wieder auf Cosmé ein und versuchte, dem Zurückweichenden einen Fußtritt zu versetzen, gleichzeitig schlug er mit seiner Degenscheide nach ihm.

Cosmé hielt ihn mit der Spitze seines Rapiers auf Distanz.

»Ich werde Euch töten«, sagte er kalt. »Und zwar jetzt.«

Don Navarro lachte laut und stürmte auf ihn ein. Er hielt die Scheide in der Linken und schlug ihm die Klinge herunter, gleichzeitig stieß er sein Rapier gegen Cosmés Brust vor.

Cosmé drehte den Oberkörper. Er tauchte unter Alonsos Arm hindurch und ließ ihn an sich vorbei. In der gleichen drehenden Bewegung stieß er ihm das Rapier tief in die Seite. Dann zog er es ohne Eile wieder heraus.

»Aaa … aaach!«

Don Navarros Mund öffnete sich.

Ein Blutfleck erschien auf seinem Rock, der rasch größer wurde, als habe man rote Tinte auf ein Kissen geschüttet.

Er starrte Cosmé mit aufgerissenen Augen an.

Rabio. Alonso begriff, wie töricht er gewesen war. Und dass er diesen Kampf niemals gewinnen konnte. Sein Mund blieb offen, als staune er über sich selbst.

»Oha, Herr Schwager«, sagte Cosmé kalt, »Ihr seid getroffen.«

Er funkelte Alonso an, der schwankend vor ihm stand, den herabgesunkenen Degen wehrlos in der Rechten hängend.

»Schade«, sagte Cosmé. »Das geht mir eigentlich zu schnell.«

Dann stieß er ihm die Klinge in den offenen Mund, dass sie am Hinterkopf eine Spanne weit heraustrat.

Don Navarro verdrehte die Augen. Er fiel. Sein schwerer Leib ließ die Dielen krachen.

Im Fallen zog ihm Cosmé das Rapier aus dem Mund, und Alonso rollte auf den Rücken, seine Hände zitterten. Er gurgelte Blut, das aus seinem Mund herauslief. Cosmé stellte die Spitze seines Degens auf den Boden und verschränkte die behandschuhten Hände darauf.

Sein Schwager starrte ihn vom Boden aus mit geweiteten Augen an, blutigen Schaum vor dem Mund.

»Es bleibt Euch nicht mehr viel Zeit, Don Alonso. Ich werde gleich ein Ende machen, aber ich habe Euch vorher noch etwas zu sagen.«

Cosmé warf sich seine schwarzen Indianerhaare mit einer resoluten Bewegung hinter die Schulter.

»Ich habt meine Schwester nicht verdient. Ihr seid ein billiger Hurenbock und ein dumpfer, ungebildeter Zeitgenosse. Niemand wird Euch eine Träne nachweinen. Ich werde gleich am Morgen dem Gesinde mitteilen, dass ich meine Schwester vor Eurer Willkür zu schützen suchte. Ob man mir glauben wird oder nicht, ist unwesentlich, denn ich bin jetzt – der Herr im Haus.«

Alonso röchelte. Er wollte die Hand heben, aber er konnte seine Glieder nicht mehr bewegen.

»Ihr wollt etwas einwenden. Leider sprecht Ihr zu undeutlich, Herr Schwager. Und meine Klinge«, Cosmé zog die blutige Spitze durch seinen kalbsledernen Handschuh, um sie zu säubern, »habt Ihr kein weiteres Mal verdient.«

Er trat zu Alonso und setzte ihm den Stiefel auf die Kehle.

Alonsos Lider zitterten. Das hypnotische Singen der Zikaden vor dem Fenster schien immer lauter zu werden, und alles ergab Sinn, vollkommenen Sinn. Er konnte vor sich die geschlossenen Lider des Brujo sehen, hörte ihn murmeln. Sah die Fledermäuse in ihrem Zickzackflug vor dem Fackellicht auftauchen, er sah die ganze Stadt Guadalupe unter sich liegen, umgeben von Sümpfen, und verstand plötzlich, dass alles an ihr, ihre dumpfe Resignation, die Grausamkeit, die Gewalt, die er zu verwalten hatte, aus Gier erschaffen war und dass auch er eine Kreatur der Gier gewesen war.

Dann schlich der Schakal ins Zimmer herein und heftete seine gelben Augen auf ihn.

Der letzte Gedanke Alonsos, mit dem zu seinem Erstaunen alles von ihm wich, was an Hass auf seiner Seele lastete, war, dass er das Lied, von dem immer die Rede gewesen war, nie gehört hatte und nie hören würde.

19

Eine Stunde später kam Cosmé zu Van Ackerens Tür, pochte zweimal dagegen und öffnete, ohne auf Antwort zu warten.

»Kommt in Eure Kleider hinein, mein Freund, Eile ist geboten.«

Cosmé trat in die kleine Kammer, er musste den Degenkoller hochnehmen, um hineinzukommen. Am Tisch blieb er stehen, auf dem das Heft lag, in das Van Ackeren geschrieben hatte. Er nahm es vom Tisch und öffnete es, als wollte er darin lesen.

Van Ackeren, der im Hemd war und nach seinen Hosen auslangte, fürchtete schon, Cosmé werde seine Bekenntnisse entdecken, aber dieser ließ nur die beschriebenen Blätter durch die Finger gleiten.

»Hier steht wohl manches darin«, sagte er, »was Ihr mir nicht mehr werdet erzählen können.« Er wandte sich um und sah Van Ackeren an. »Ich bedaure es, aber Ihr müsst fortgehen. Und zwar sofort.«

Er griff an seinen Gürtel, löste ein ledernes Säckchen, das er daran getragen hatte, und stellte es auf den Tisch neben das Buch. »Hier sind zehn Reales in Gold und das Gleiche noch einmal in Silber. Da Ihr Euch nicht auf das Schwert versteht, braucht Ihr Geld.«

»Weshalb muss ich gehen – der Anlass?«

»Der Anlass, Freund, ist Liebe.«

Cosmé hob sein Gesicht. Sein Profil schien im Halbdunkel ganz indianisch, die losen schwarzen Haare, die ihm über die Schultern fielen, unterstrichen das.

»Liebe«, sagte er, »ist ein gefährliches Unterfangen. Falls es sich wirklich um Liebe handelt.«

Van Ackeren tastete nach seinen Stiefeln, man hörte die Furcht in seinem raschen Atem.

»Meine Schwester ist tot«, sagte Cosmé, als spreche er zu niemandem.

Van Ackeren erstarrte. »Habt Ihr …?«

Cosmé schüttelte den Kopf. »Wo denkt Ihr hin? Aber ich habe

meinen Herrn Schwager dorthin geschickt, wo man schon auf ihn wartet. In die Hölle. Er hat ihren Tod verschuldet.«

Van Ackeren richtete sich auf. Seine Rechte, mit der er das Kamisol zuknöpfte, zitterte. »Wisst Ihr? Dass wir ...«

Cosmé nickte.

Er hatte die Feder vom Tisch genommen, welche neben dem Buch gelegen hatte, und betrachtete ihre Spitze, die von Tinte schwarz gefärbt war.

»Man hat es mir erzählt. Und, damit Ihr es wisst, ich billige es. Izabel war verloren von dem Moment an, da man sie und mich hierherzwang. Ohne Eltern waren wir zu den Kreaturen einer gleichgültigen Familie geworden, die uns loswerden wollte. Und dieser Unmensch, der sie sich genommen ... nun, es ist vorbei.«

Cosmé ließ die Feder auf den Tisch fallen. »Ich werde jedenfalls nicht vergessen, dass Ihr es wart, der meiner Schwester Glück geschenkt hat, Freund. Das wird Euch immer meiner Gunst versichern.«

Van Ackeren, nun in Hosen, zwängte sich in die Stiefel hinein, konnte jedoch den Blick nicht von Cosmé lassen.

»Der Wallach ist gesattelt, den könnt Ihr reiten. Ein Schlauch Wasser und Mundvorrat befinden sich in den Satteltaschen. Wenn man morgen hier Untersuchungen anstellt, dürft Ihr nicht mehr hier sein. Ich kann Euch nicht schützen nach dem, was geschehen ist.«

Cosmé zog sich den Hocker heran und setzte sich darauf. »Man wird Euch zwar nicht als Mörder verfolgen, da ich den Hergang schildern werde. Aber man wird Euch für einen Dieb halten, und das genügt, Euer Leben zu verwirken. Reitet nach Hernandez. Das liegt fünfzig Meilen flussabwärts. Ihr könnt auf dem Treidelweg zu Pferd dorthin gelangen, aber Ihr könntet aufgehalten werden, und Ihr versteht nicht zu fechten. Besser, Ihr findet einen Schiffer, der flussabwärts fährt und Euch für einen Real auf seinem Kahn fahren lässt. Verkauft das Pferd, sobald Ihr könnt. Ich bekomme es zurück, ich werde danach suchen lassen. Wenn Ihr erst zwei, drei Tagesreisen von hier entfernt seid, seid Ihr in Sicherheit. Und hier«, Cosmé griff in seinen Rock und zog ein Kuvert heraus, »hier stehen der Name und die Adresse eines Juden in Hernandez, der mich kennt, und ein paar Zeilen für ihn. Er wird Euch weiterhelfen.«

Cosmé erhob sich, schob den Degen zur Seite und trat zu Van Ackeren. Umarmte ihn.

»Ich werde Euch vermissen«, sagte er. »Geht jetzt.«

Rückkehr

Denn er weiß, was wir für Gebilde sind.

Psalm 130,1–7

1

Am 29. September 1701
Es belastet meine Seele, dass jemand meinetwegen hat sterben müssen. Auch wenn ich gewiss nicht vorgehabt habe, der Baronesa im Fleische nahe zu kommen, und auch wenn ich selbst keineswegs meine, dass, was wir getan, so verabscheuungswürdig gewesen sein kann, dass man dafür aus dem Leben müsse gehen. So ist es doch geschehen, und ich habe Anteil daran. Don Cosmés Großherzigkeit und seine Freundschaft, die nun nicht fortgesetzt werden kann, werden mich mein Lebtag begleiten wie unser gemeinsamer Schmerz über den Verlust der Schwester und Freundin. Izabel de Navarro war mir zugetan, nachdem ich zuvor gekauft wurde von Don Navarro und mich von seinem furchtbaren Diener musste erniedrigen lassen.

Ich will nun niederschreiben, was geschah, nachdem ich das Haus Navarro in der Blutnacht verlassen musste, in meinem Gepäck einen Mundvorrat, den Brief Don Cosmés und den Beutel mit Gold und Silber, den er mir mitgegeben.

Ich war krank vor Gram und Trauer und auch voller Furcht, da ich nicht wusste, ob man mich verfolgen würde, und mir klar war, dass auch Cosmé mich kaum würde beschützen können, falls man mir unmittelbar nach dem Leben trachten sollte.

Noch vor Sonnenaufgang ritt ich hinaus aus der Stadt. Dabei begegnete ich zu dieser frühen Morgenstunde keinem Menschen, und da der Flecken Guadalupe keine Mauer oder Stadttore besitzt, die eine Bewachung möglich machten, kam ich, ohne aufgehalten zu werden, zum Fluss, wo ich den Treidelweg fand.

Ich folgte dem Weg, welcher gut sichtbar verlief, und ritt unter dem fast unerträglich lauten Quaken der Frösche dahin. Ich war so aufgewühlt, dass mir vor allem graute, was mir in dieser Nacht begegnete. Sogar vor den umherschwirrenden Wasserinsecten und den leuchtenden Ampelkäfern und auch vor den Fledermäusen, welche immer wieder sich vor dem Mond zeigten wie die Schattenrisse böser Geister. Durch meine Seele ging diese eine Stunde, die ich mit der Baronesa verbracht, und ich musste mir sagen, dass ich mit ihr gesündigt hatte, und doch war an dem, was wir taten und wie ich ihre Nähe dabei empfand, nichts Böses.

Das erste Mal von den vielen Momenten, die ich in innerer Not verbracht auf dieser Reise in die Neue Welt, vermochte ich nicht zu beten. Nicht dass ich vor meinem GOTT mich nicht zeigen mochte. Dass ich nicht das Wort an sein unendliches Verstehen hätte richten wollen aus Scham über mein Vergehen, wie ich es oftmals zuvor getan. Das war es nicht. Es erschien mir vielmehr, als wäre, was sich zugetragen, nicht etwas zwischen ihm und mir, sondern etwas, womit ich allein bleiben musste und dies auch betreffend mein Urteil über die Baronesa. Vielleicht haben wir die Sünde der Wollust begangen – nein, es ist sicher, dass wir dies taten, aber es geschah in einer Weise, dass nichts Böses sich sonst dabei zutrug, da sie in allem ein vornehmer und edler Mensch gewesen und ich dies auch in dem, was sie tat, gespürt habe. Sodass es mir nicht gelang, sie zu verurteilen.

Dies brachte meine Seele in einen seltsamen Zustand zwischen Angst und Zuversicht. Was mir noch immer schwerfällt zu verstehen, da ich es mit meinen Principiis nicht in Einklang zu bringen vermag.

Ich mag nicht erfahren sein in den fleischlichen Dingen, dennoch kann ich nicht glauben, dass in dieser Stunde Satan mit uns in der dunklen Kammer war, wie es der Dominikaner wohl hätte glauben mögen, welcher seine Verehrung ausgetrockneten Mumien zuteilwerden lässt. Wenn Satan zugegen gewesen, und das ist er wohl immer, dann musste seine Macht zurückweichen vor dem Guten, was ich neben dem Fleischlichen gespürt habe – nein, vielleicht gar in dem Fleischlichen selbst, was vom Grunde her nicht böse sein kann, da ER es doch geschaffen!

Ich will mich der Neigung der Baronesa fortan würdig erweisen, auch wenn dies etwas Bedrückendes haben mag, weil es mir Schuld auferlegt, und ich werde die Bitte um das Heil ihrer Seele in meine künftigen Gebete einschließen.

Bei Tagesanbruch gelangte ich an eine Treidelstation, zu der ein Wirtshaus und ein paar Pferdeställe gehörten. Ich ritt daran vorbei, da mir der Ort noch zu nahe an der Stadt Guadalupe schien und ich nicht sogleich Aufmerksamkeit auf mich ziehen wollte. Bis ich zu Mittag eine weitere Station erreichte, wo man mich ohnehin bemerkte, da einige Treidler und ihre Zugtiere im Freien bei dem kleinen Anwesen rasteten.

Ich brauchte nicht nachzufragen. Man sprach mich sogleich an, ob ich eine Passage den Fluss hinunter wünschte, und ich fand zusammen mit meinem Pferd einen Platz auf einem Fahrzeug, das Brennholz und Heu geladen hatte. Das Schiff, kaum mehr als ein Floß, fuhr bald ab, und ich reiste danach mit seinen Schiffern, drei sehr jungen Burschen und einem alten Mann, ohne Zwischenfälle den Fluss hinunter, bis wir den anderen Tag in der Stadt Hernandez anlangten.

Hier hat mich der Kaufmann und Ladenbesitzer Moyse de Javiar aufgenommen, nachdem ich ihm den Brief von Cosmé de Fuentes gezeigt. Er ist ein freundlicher alter Mann von ungefähr fünfzig Jahren. Seine Frau und seine beiden Töchter arbeiten allesamt in seinem Ladengeschäft, wo man nicht nur Waren aller Art verkauft, sondern auch Geld leihen und Schuldscheine anschreiben kann.

De Javiar bat mich darum, ich möge in den Tagen meines Verweilens, gleichsam als Gegenleistung zum erhaltenen Quartier, seiner jüngsten Tochter Rachel das Schreiben von Buchstaben beibringen.

Das Mädchen Rachel mochte zehn Jahre zählen und trug ihr schwarzes Haar, das sie niemals abschnitt wie alle Jüdinnen, in einem langen Zopf aufgesteckt unter der Haube. Auf Geheiß ihres Vaters musste sie täglich je hundert gleiche Buchstaben des Alphabets sauber aufschreiben und mir dann verschiedene Wörter aufsagen, welche mit demselben beginnen. Nach Ansicht ihres Vaters sollte sie mit dieser Procedur das Schreiben zuverlässig erlernen. Ich beaufsichtigte sie täglich eine Stunde lang, wenn sie mit der Feder die anstehenden Buchstaben malte, und verbesserte, wo es nötig. Ich arbeitete gern für meinen Gastgeber, verschaffte mir dies doch eine bescheidene Unterkunft und die reichlichen Mahlzeiten am Tisch der Familie zusammen mit De Javiars Ehefrau Lea, welche im Hauswesen und im Ladengeschäft wirkte, und der älteren Tochter Judith, welche beiden das Geschäft auch alleine zu führen imstande waren, wenn der Hausherr sich auf Reisen befand.

Auf solche Gastfreundschaft konnte ich keineswegs hoffen, als ich in der bewussten Nacht das Haus De Navarro verließ, in dem die furchtbare Tat geschehen, von der man anscheinend auch hier in der Stadt Hernandez viel sprach, wie mir meine Gastgeber berichteten.

Ich solle, sagte mir Moyse de Javiar, mich für einige Zeit nicht auf den Straßen zeigen. Er werde angelegentlich ausführen, dass ich der Sohn eines befreundeten Juden sei, welcher zu Besuch aus der Hauptstadt hergereist. Es sei nicht ungewöhnlich, dass Juden weit reisten, da sie bei ihresgleichen und im Besonderen bei Verwandten immer Unterkunft fänden. Dies stelle, sagte mir der Mann mit einem Lächeln, zum einen die Grundlage für gute Geschäfte und zum anderen für gute Familienbeziehungen dar, da Juden nur untereinander heirateten, und wie anders sollten sonst seine beiden Töchter an den Mann kommen?

Die ältere Tochter Judith war einem wohlhabenden Juden versprochen, welcher derzeit noch auf Reisen in den portugiesischen Ländereien Americas. Dieselbe Judith begegnete mir mit großer Distance wie einem Domestiken, der ich ja auch sein mochte. Vielleicht auch deshalb, weil ihre jüngere Schwester Rachel mir unverhohlen ihre Zuneigung zuteilwerden ließ, indem sie mir zu ihren Lehrstunden süße Küchlein mitbrachte, von welchen sie die meisten allerdings selbst verzehrte. Einmal brachte sie mir einen jungen Affen, welcher jedoch sehr bissig war und seinethalben die Unterrichtsstunde scheiterte, nachdem das Tier ständig sein Allotria treiben wollte. Und wurde Rachel von ihrem Vater daraufhin sehr gescholten, sie durfte zur Strafe zwei Tage nichts essen, was sie hart ankam, da sie so gerne aß.

Moyse de Javiar wusste viel zu erzählen von seinen Wanderjahren als Höker in Deutschland, in den Niederlanden und in Spanien, wo er sich auf den Messen in Leipzig, Den Haag und Barcelona viele Kenntnisse habe erwerben können, welche ihm hier in der Neuen Welt zupasskämen. Hier entwickle sich indessen alles anders als in Europa und gebe daher zu großen Hoffnungen Anlass. Auch wenn Neu-Kastilien nicht den Eindruck mache, besonders modern zu sein, bestünden gute Möglichkeiten für einen klugen Kaufmann, sein Glück zu machen, falls er sich auf das Wechselgeschäft verstehe und dazu noch einen Laden betreibe. Damit sei man besser daran als der Handwerker oder gar der Bauer, bei welchen das Geld niemals bleiben könne, nachdem diese Leute es gleich müssten wieder hergeben, um Dinge zu erwerben, die sie selbst nicht herstellen konnten. Die Wechsel aber lägen in der Schublade und verzinsten sich von Woche zu Woche. Sie könnten gerade so wie Geld verkauft werden, und im eigenen Kontor halte man die einmal klug erworbenen Waren so lange vorrätig, bis sie gebraucht würden, womit man den Preis nach Vorteil bestimmen könne. Man verkaufe am besten dann, wenn die Ware begehrt werde. Der Bauer und der Handwerker aber müssten verkaufen, wenn die Ware fertig sei, und das Geld danach gleich wieder ausgeben, um neues Material zu erwerben.

Leider werde man, klagte Moyse de Javiar, in der Neuen Welt von der Willkür europäischer Kaufleute kleingehalten. Von denen das neue Land gesehen werde wie eine Brotkruste. Hart und unansehnlich, nicht weich duftend und köstlich wie die begehrte Krume im Innern, die sie selbst zu verzehren wünschten. Und doch brauchten sie die Kruste, um das Brot frisch zu halten und um die Armen damit zu speisen, für welche die Kruste gerade noch reiche, wenn die Krume schon aufgegessen. Dies werde sich indessen bald ändern. Schon einfach der großen und unerschöpflichen Weite Americas wegen, dessen Ländereien, wenn erst erschlossen und geordnet, mehr Menschen eine Heimstatt bieten würden als das enge, eifersüchtige und vergiftete Europa.

Der Händler, meinte mein Gastgeber, sei der Mann der Zukunft. Brauche es doch in nicht zu fernen Tagen auch keine Kriege mehr. Da selbige viel zu teuer für diejenigen, welche rechnen könnten. Zu Wohlstand zu kommen sei ohnehin der beste Schutz gegen Aufruhr. Mein Hausherr riet mir deshalb, meine Bestrebungen auch in die Richtung des Handels zu lenken. Nachdem man sich doch, wie er betonte, gerade in meiner Heimat, den Niederlanden, auf das Betreiben der Handelsgeschäfte in besonderer Weise verstünde und nachdem auch Amsterdam, als die reichste Stadt Hollands, nichts anderes sei als ein großes Kontor, in das alle Waren strömten, weil man dort mit dem Börsenhandel den besten Gewinn erziele, welcher wiederum den Fluss der Geschäfte fördere wie nichts anderes. Also trieben die Amsterdamer keineswegs bloßen Eigennutz, sondern täten auch Gutes und wären solche, die dies zu ihrem Geschäfte machten, keineswegs Faulenzer und Beutelschneider, als die sie oft dargestellt würden.

2

Am 29. September 1701
Der Ort San Isidór, an dem ich mich nun befinde und an dem ich dies niederschreibe, liegt an der östlichen Küste Neu-Spaniens. Er stellt nicht viel mehr dar als einen Flecken, bestehend aus Handelskontoren, daneben findet man ein paar Behausungen von Kleinhändlern, zwei Gasthäuser und ein halbes Dutzend Viehbauernhöfe. Es gibt hier nicht einmal eine Kirche, wohl aber einen Friedhof auf einem mit hohem Gras bewachsenen Hügel.

Dessen ungeachtet liegen in der Mündung des Flusses, welche einen guten natürlichen Hafen abgibt, ein Dutzend Schiffe. Von denen allein drei, wie man mir sagte, unter niederländischen Capitainen fahren, darunter auch der Schoner »Bloem«, auf dem ich mich den nächsten Tag einschiffen soll, wozu mir der Jude Abram Menzel geholfen, welcher ein Freund Moyse de Javiars und mir in den drei Wochen, die ich mit ihm gereist, zum Weggefährten wurde.

Ich musste Abschied von Moyse de Javiar, seiner Frau Lea und den Töchtern Judith und Rachel nehmen, vor allem von Rachel mit den freundlichen Augen, welche mir zuletzt noch einmal ihre Lieblingsküchlein mitgebracht aus süßem Mehl, mit Rosinen hineingebacken, zum Zeichen ihrer Wertschätzung. Und war es auch sie, die Tränen vergoss ob meines Weggangs. Welcher sich nicht mehr aufschieben ließ, da ich fast vier Wochen im Haushalt des Juden verbracht und endlich weiterkommen wollte, wozu mir De Javiar, wie er sagte, zwar mit Bedauern, aber doch nach Kräften helfen wollte. Er schlug mir vor, das Geld, welches ich von Don Cosmé erhielt, für die Passage nach Para Maribo zu verwenden, welche über die niederländische Insel Curaçao vonstattengehen müsse. Er riet mir, einen Wechsel von ihm zu nehmen, mit welchem ich sicherer reiste als mit einem Beutel Goldes, da das Papier erst eingelöst werde, wenn ich sicher angekommen, und jeder Capitain ihn akzeptiere, da er ihn verzinslich ausstellen werde. Fünf Hundertstel des Betrages verzinsten sich monatlich, und ich könne ihn für den Fall, dass ich meine Pläne ändern wolle, bei jedem jüdischen Händler, deren es viele gäbe in Neu-Kastilien wie in Neu-Holland und in Para Maribo, wohin ich strebte, wieder zu Geld einlösen. In meinem Beutel solle ich nur etwas Silber zurückbehalten, mir den Weg zu ebnen.

Abram Menzel, welcher zu der Zeit im Hause Moyses eintraf, versicherte, er werde mich als seinen Reisegefährten an einen Ort bringen nahe der Hauptstadt Santiago de León de Caracas, welche den Sitz des Generalkapitäns darstelle und in deren Umfeld rege Schifffahrt betrieben werde. Es sei dort, wenn man erst sicher angekommen, so Menzel, kein Problem, ein niederländisches Schiff zu finden. Trotz der Feindschaft der Reiche untereinander werde die Seefahrt nach den Inseln der caraibischen See in erheblichem Ausmaß von niederländischen Schiffen betrieben, welche sich unter dem Schutz von Handelsbriefen frei bewegen könnten. Die Spanier wollten den Handel mit Curaçao beileibe nicht behindern, nachdem die Zollschranken, die Madrid ihnen auferlege, sie weit stärker bedrückten als die Feindschaft mit den niederländischen Ketzern.

Das einzig Schwierige sei, unbeschadet dorthin zu gelangen, da auf den Reisewegen mancherorts Strauchdiebe zu fürchten seien. Er habe daher für einen Platz in einem Treck gesorgt, welchem man sich anschließen könne und der den Rio Blanco entlang und im Anschluss durch das Land führen werde, um Rindvieh zu transportieren. Der Treck sei ausreichend mit Wachen versehen, und man habe sich bereit erklärt, zwei Juden auf Maultieren mit ihrem Gepäck mitzunehmen, wofür allerdings zu bezahlen sein werde.

3

Am 30. September 1701
Abram Menzel, mein Begleiter und Gefährte, erstaunt mich mit seiner Bescheidenheit, hinter welcher indessen ein scharfer Verstand und weitreichende Pläne wirken. So erfuhr ich erst heute, als die Nacht schon hereingebrochen, was die Fracht sein werde, für die Menzel die lange Reise auf sich genommen und welche unter seiner persönlichen Aufsicht vor einer Stunde auf den Schoner »Bloem« verladen wurde, auf dem ich als Passagier nun nach Niederländisch-Curaçao reisen kann.

Menzel wird nicht mitfahren, er bleibt nur noch so lange in San Isidór, bis der Gezeitenwechsel eintritt und das Schiff ablegen wird. Indessen handelt es sich bei der bewussten Fracht um sechs Fässer, halb gefüllt mit Silber, darauf hat man eine dicke Schicht mit Guano-Dünger gepackt.

Vorhin hat mein Reisegefährte mit seinen Auftraggebern abgerechnet, zwei spanischen Encomenderos und Minenbesitzern. Sie gedenken, ihr Silber nach den Niederlanden auszuführen, wo sie beinahe den doppelten Preis erhalten, als ihnen in Santiago de León de Caracas dafür gezeichnet werden würde. Allerdings zeigten die beiden Herren, welche in sehr einfacher Kleidung eintraten – einfacher jedenfalls wohl, als sie sich zu Hause kleiden würden –, eine unruhige Gestimmtheit, solange sie in unserer Kammer auf ihren Schemeln saßen. Sie waren sichtlich froh, als Menzel ihre Wechsel gezeichnet und sie sich nach draußen begaben, um auf der Büse, mit welcher sie bei Tagesanbruch wieder zurückwollten, den Rest der Nacht zu verbringen.

Bei der »Bloem« handelt es sich um ein zweimastiges Schiff von einfacher Bauart, das außerdem Rinderhäute und Salzfleisch, viel Teer und Holz sowie zwei Dutzend Fässer mit Trockenfrüchten geladen hat, darunter die sechs Fässer mit dem Silber im Werte von sechzigtausend Gulden. Menzel sagte mir, ich sollte am besten vergessen, was sich in den Fässern befinde. Es werde auch niemand dort, wohin das Schiff fahre, in Kenntnis gesetzt, dass ich in die Sache eingeweiht. Auch die vier Matrosen an Bord der »Bloem« wüssten nichts von der besonderen Fracht. Nur der einbeinige Capitain Ouboter sei mit im Bilde. Er seinerseits, sagte Menzel, vertraue mir nicht weniger als einem Juden, nachdem er vier Wochen lang Brot und Salz mit mir gegessen. Was viel bedeuten mag für diesen ernsthaften Mann, der mir ans Herz gewachsen ist.

4

Zu der Zeit, als Van Ackeren San Isidór erreichte, hielt Don Cosmé de Fuentes mit großem Aufwand und vielen höflichen Einladungen Brautschau unter den Töchtern der Stadt Virgen de Guadalupe.

Infolge des unglücklichen Duells mit seinem Schwager Don Alonso, welcher im plötzlichen besinnungslosen Wahnsinn seine Gattin Izabel trotz Cosmés heldenhaften Rettungsversuches zu Tode gebracht, war der junge Edelmann unversehens zum Oberhaupt der Familie aufgestiegen.

Nachdem man die beiden Leichname mit dem Segen der Kirche, welcher erst nach einigen Verhandlungen zu erwirken gewesen war, in der Gruft der Kathedrale bestattet hatte, wollte Don Cosmé ohne weiteren Verzug das Haus für die Zukunft rüsten, indem er die Position der Familie Navarro durch eine kluge Heirat zu festigen trachtete.

Am Abend des Tages, an dem der Wallach, dessen Name Mauro war, im Stall des Hauses Navarro eintraf, besuchte ihn Cosmé dort und hielt Zwiesprache mit ihm. Das Pferd ließ sich die weichen Nüstern streicheln, und Cosmé vertraute ihm vieles an von dem, was er im Sinne getragen die Tage zuvor. Manches von dem, was er sagte, war auch an den jungen Niederländer gerichtet, dem seine Schwester zugeneigt gewesen war und dessen Freundschaft zusammen mit ihrem Leben geopfert wurde für das gefährliche Unterfangen der Liebe.

Nachdem Cosmé den Stall verlassen hatte und die Nacht hereingebrochen war, lenkte er seine Schritte unter dem monotonen Gesang der Baumfrösche zu den stinkenden Vierteln der Vorstadt, um sich die Zukunft vorhersagen zu lassen, wofür ihm die beste Adresse der alte Brujo schien.

Beleuchtet von der einzelnen Kerze auf dem Tisch teilte der Hablante, nachdem sein Meister sich zu ihm geneigt und ihm mit seiner Stimme wie eine raspelnde Feile etwas ins Ohr geflüstert hatte, dem jungen Edelmann mit rollenden Augen mit, dass die Kinder, die er mit der blonden Estébana de Tapia haben werde, gesund und kräftig und für viele Menschenalter gesegnet sein würden. Den Nachfahren der Navarro und der Tapia werde in ferner Zukunft die Gabe verliehen sein, aus dem schwarzen Teer, der als »la mierda nera« aus dem Boden der sandigen Täler in den Llanos heraussickerte, wo sie weite Ländereien besaßen, pures Gold zu machen.

Was Cosmé für eine freundliche Allegorie hielt und mit einem ganzen Real belohnte.

5

Mit der Umkehr der Flut lief die »Bloem« aus der Bucht von San Isidór aus.

Die Sonne war eben aufgegangen. Ihre Strahlen begannen bereits zu wärmen, aber die Luft war noch wunderbar kühl von der Frische des Ozeans. Die Geräusche des Segelsetzens und das Klirren der Ankerkette scheuchten eine große Zahl weißer Reiher aus dem Schilf auf, von welchem die Flussmündung in einem grünen Gürtel gesäumt wurde. Die Reiher sammelten sich in der Luft zu einem Halbkreis und zogen mit lautem Krächzen landeinwärts. So entfernten sich die weißen Vögel, noch lange sichtbar von See, auf entgegengesetztem Wege, während das auslaufende Schiff auf nordwestlichen Kurs ging, nachdem der Ebbstrom ihm aus der Bucht geholfen hatte.

Wenige Meilen von der »Bloem« entfernt, ebenfalls von den Strahlen der aufgehenden Sonne beleuchtet, segelte die Eindecker-Fregatte »Beaver« unter dem Kommando von Captain John Fitzgerald Stedman. Aufgebrochen vor einem halben Jahr in England, das erschüttert wurde durch die Revolution und kaum in der Lage war, einen ordentlichen Seekrieg zu führen, wohl aber bereit, Kaperbriefe auszustellen, um für waghalsige Kommandos Abenteurer zu werben, die ihre Taschen füllen durften und, wie zu hoffen, etwas davon zurückbrachten in die Heimat. Wo sonst sollten sie bleiben, ihr erbeutetes Geld auszugeben?

John Fitzgerald Stedman, Leutnant zur See und mit seinem ersten eigenen Kommando betraut, als dessen diskreter Auftraggeber ein Gentleman aus London firmierte, lebte nun schon so viele Monate auf der »Beaver«, dass er sich kaum etwas anderes mehr als seine Heimstatt vorstellen konnte als das schwankende Fahrzeug bestehend aus hundertfünfzig Fuß Holz, Eisen und Leinwand, auf dessen Achterdeck er stand, bloß im Hemd, den fleckig gewordenen

Dreispitz auf den roten Stoppelhaaren. Sechs Monate Regenschauer, Sturm und danach wieder die unbarmherzige Sonne, die einem Mann die Knochen aus dem Leib herausbrennen konnte. In Stedmans jungenhaft schmalem Gesicht hatten diese dreißig Wochen bereits viele feine Falten entstehen lassen, die seine wasserblauen Augen rahmten. Vom Zusammenkneifen und Über-die-Kimm-Spähen, wo doch allemal ein Segel auftauchen konnte, das einen zum Fernrohr greifen ließ, und, das Rohr noch am Auge, musste man die Leute heraufbrüllen, dass sie sich gefechtsbereit machten.

Vor vier Monaten war man am Rande der caraibischen See angekommen und zu dritt mit einer Brigg und einem Zweidecker-Linienschiff Richtung Jungferninseln gesegelt mit dem Plan, ein spanisches Silberschiff anzugreifen. Dann aber hatte ein Hurrikan den Verband auseinandergerissen. Stedman wusste bis heute nicht, was aus den anderen geworden war, aller Wahrscheinlichkeit nach waren beide Schiffe untergegangen.

Nachdem man blessiert, aber vergleichsweise glücklich englisches Territorium erreicht und das Schiff instand gesetzt hatte, war man weitergesegelt, aber es gab keine Beute, da man alleine sich nicht zu viel zutrauen konnte.

Selbst dann nach kurzer Fahrt westlich der Virgins von Bukanieren angegriffen, focht man ein paar Scharmützel, eines davon bis auf den Säbel gegen eine Schebecke mit maurischen Piraten. Die maledeiten Turbanträger waren flink wie Affen herübergeklettert und massakrierten ihm ein Dutzend Leute, darunter seinen Ersten Offizier, flohen aber zurück auf ihr Schiff, weil die Mannschaft zusammenblieb und – Gott sei's gedankt – gut gedrillt in Salven feuerte. Mit Seiner Gnade hatte man die Fahrt bis jetzt glimpflich überstanden, aber nicht mehr übrig behalten als die nackte Haut. Losgefahren mit dreißig Seesoldaten und ebenso vielen Matrosen, war ihm gerade noch die Hälfte davon geblieben, und Matrosen, das lernte Stedman auf dieser Reise, waren schwerer zu bekommen als alles andere, da lange nicht so viele westwärts aufbrachen, wie in den tropischen Breiten umkamen oder entliefen.

Mit leerer Kasse war die »Beaver« vor sechs Wochen auch in Tobago nicht lange willkommen gewesen. Es hatte sich kein neuer Geldgeber gefunden, der in Stedmans hageres Jungengesicht, seine schmutzig gewordene Perücke und die dazu passende aufgesetzte Manierlichkeit zu investieren bereit gewesen war. Deshalb steuerte er seit zehn Tagen in einem Akt schierer Verzweiflung das Schiff nun entlang der spanischen Küste, um zu plündern. Die »Beaver« schlich sich wie ein Wolf an den Schafspferch an die Schiffe heran, welche zwischen Neu-Spanien und Curaçao verkehrten. Stedman blieb außer Sichtweite der Küstenbastionen, von denen es ohnehin kaum welche gab, und versuchte, möglichst keinem Kriegsschiff zu begegnen, was von Seite der Spanier kaum zu befürchten war, da sie sich keine Mühe gaben, ihre Küste zu sichern. Umso gefährlicher aber waren die holländischen und französischen Kriegsschiffe, auf die man im Grunde überall treffen konnte, denn die Holländer kaperten selbst, und die Franzosen hatten ihr starkes Fort nicht weit östlich in Cayenne.

Stedman dachte mit Grausen an das letzte Gefecht mit einem Niederländer, der sie nahe Tobago aufgesegelt und ihnen einen Teil der Takelage zerschossen hatte, zusammen mit ein paar harten Treffern am Rumpf, welche das gespaltene Eichenholz der Fregatte zwar noch eingesteckt hatte, dennoch war das Schiff wieder dringend überholungsbedürftig. Der Holländer hatte von der »Beaver« erst abgelassen, als man glücklich zurück in die Reichweite der Kanonen von Tobago gelangt war.

Wenn nicht ein Wunder geschah, war Stedmans Kampagne bald zu Ende.

Zum wenigsten galt es, zurück nach Hause zu kommen und das Schiff zurückzubringen, das man ihm anvertraut hatte. Das Schlimmste war, dass ihm selbst dafür die Leute fehlten. Der Scharbock hatte ein Drittel weggerafft, das Fieber und die Scharmützel ein weiteres Drittel, sodass die Fregatte mit zwanzig Mann Besatzung nicht mehr gefechtsbereit war. Die Leute wussten das. Schauten missmutig zum Achterdeck hinauf, murrten laut, bei kurzen Rationen Trockenfleisch und Zwieback beieinanderhockend. Die große Fahrt, welche sie angetreten mit Gesang und Trommelwirbel auf der Themse, war, wollte man ehrlich sein, zu einem kläglichen Himmelfahrtskommando geworden.

Man brauchte jetzt Glück, und warum sollte er nicht Glück haben, verdammt noch eins, da er sich redlich Mühe gab? Stedman hatte bei der Marine gelernt, dass ein Mann sich zusammennehmen und durchhalten musste, komme, was da wolle. Aber die Mannschaft wollte nicht bloß durchhalten, sie wollte Prisengeld, und sie war jetzt am Ende.

Stedman, die mageren Beine breit auf das Achterdeck gestellt, musste wieder husten. Er hielt sich die Hand vor den Mund und blickte hinein. Auch das. Dass es ihm nicht gut ging, und er war erst dreißig Jahre alt. Blieb nur, darum zu beten: zurück nach England und nach der Rückkehr geachtet sein, aufsteigen ins Wohlhabende. Zu einem Mann werden, der etwas hinter sich hatte. Oder wieder in die Marine, als dekorierter Offizier, heraus aus dem Pulverdampf, auf einen Posten kommen, der einen alt werden ließ.

6

Die See ringsum lag in unbarmherzigem Blau. Stedman kniff die Augen zusammen, als könne er ein Segel aus dem Nichts herausstarren, das ihn umgab. Am Horizont nahm die Dünung das Gleißen polierten Silbers an, wie immer bei gutem Wetter. Der Wind ging an, man machte an vier Knoten bei halbem Raumkurs, und er musste inzwischen nahe Curaçao sein, bald zu nahe, um gut wieder wegzukommen.

Andere kamen an spanische Silberschiffe oder an eine fette niederländische Fleute mit reichen Passagieren und luxuriöser Fracht. An ein Guineaschiff, vollgepackt mit Sklaven, die man, zum Teufel, alle irgendwo unter Deck gestopft hätte, um sie gleich auf dem nächsten Markt zu verkaufen. Stattdessen musste man sich ständig seiner Haut wehren, ohne einen Schnitt zu machen.

Glück. Ja, Glück!

Stedman hörte das Ächzen der Lenzpumpe, das mit seinem gleichmäßig asthmatischen Stöhnen durch das Plätschern der Wellen an seine Ohren drang. Die »Beaver« leckte. Tag und Nacht lösten sich vier Mann an den Pumpen ab. So wie die Dinge standen, konnte er das Schiff nirgendwo auf den Strand setzen, um die verzogenen Planken neu zu kalfatern und die verdammten Seepocken abzuschaben und neu zu teeren. All das wäre nötig für die lange Fahrt nach Hause, aber wer sollte es tun, und vor allem wo sollte er's tun?

Höchstens noch eine, zwei Stunden Westkurs. Dann musste man sich nach Nordost davonmachen mit leerem Magen und sehen, dass man die Hauptroute der Niederländer rasch kreuzte, sonst kriegten sie ihn womöglich dort noch vor die Kanonen.

Um Mittag sichtete der Matrose im Ausguck die Segel eines Schoners, der auf Nordwestkurs lag. Stedman ließ die Leute an Deck rufen und anbrassen. Durch das Fernrohr sah er, dass der Schoner versuchte abzufallen, um ihm davonzulaufen, aber das sollte er ruhig versuchen. Er würde der »Beaver« nicht entkommen.

Stedman schaute zu den Masten hinauf, wo die Leinwand gut stand, die Kugellöcher in den Untersegeln mit Patten grob geflickt, an den gesplitterten Marsen angelaschte Behelfsstützen, aber alles tat doch noch seine Pflicht. Man musste den Schoner kriegen, ehe er zu nahe an Curaçao war oder ehe ein anderes Schiff dazukam. Noch eine Chance würde er nicht bekommen.

»Lasst drei Strich abfallen, Mr Goodejan«, sagte Stedman mit angehobener Stimme zu seinem Zweiten, der blondhaarig, die Ärmel hochgeschoben, eine Treppe tiefer stand und ebenfalls zu dem einsamen Segel hinübersah.

»Ja, Sir«, sagte Goodejan und nickte so gemessen, als befinde man sich auf einem Bankett.

»Drei Strich!«, schrie der Steuermann dem Rudergänger zu, der den Befehl wiederholte und das Steuerrad durch die Finger laufen ließ.

»Klar bei Batterie Backbord«, sagte Stedman. »Kartätschen holen, aber nicht laden. Steuerbordbatterie ebenfalls vorbereiten. Je eine Kartusche und Kugel.«

Es würde keinen Kanonenschuss brauchen. Das heißt, falls man es nur mit dem Schoner zu tun bekam. Die »Beaver« lief nun mit fünf, sechs Knoten, mehr war nicht herauszuholen, aber sie war schnell genug. Eine halbe Stunde noch, dann hatte er den Schoner.

7

Laurens Ouboter, der Kapitän der »Bloem«, wusste, dass er dem Engländer, dessen Segel am östlichen Horizont aufgetaucht waren, nicht entkommen konnte. Nachdem er bemerkt hatte, dass die Fregatte auf sein Ausweichen hin die Verfolgung aufnahm, blieb er auf Kurs und machte keine Anstalten mehr, davonzulaufen.

Bald kam die »Beaver« längsseits, ihre Backbordstückpforten geöffnet, ohne dass die Kanonen herausgefahren waren. Der schwarz gestrichene Rumpf gezeichnet von Einschusslöchern und Brandspuren. Von der Reling herunter starrten man in weiße, gleichgültige Gesichter, darüber die Läufe griffbereit gehaltener Musketen.

Ouboter stand breitbeinig, das Holzbein auf das Deck gepflanzt und die Hände hinter den Rockschößen verschränkt, und betrachtete die Ankömmlinge schweigend. Mit einem Kopfnicken hieß er einen Matrosen das Tau fangen, das ihm ein rot berockter Seesoldat zuwarf, und schaute dem Verhängnis dabei zu, wie es Besitz von ihm und von seinem Schiff ergriff.

Er veränderte seine Haltung auch nicht, als Captain Stedman über das Fallreep an Bord kam, und beantwortete nicht seinen Gruß.

»Captain Lieutenant John Fitzgerald Stedman, Sir.« Der Engländer salutierte. »Im Namen Seiner Majestät des Königs von England beschlagnahme ich Euer Schiff. Captain …?«

Ouboter klopfte sich eine Prise Tabak auf die Daumenwurzel und warf dem vor ihm stehenden Stedman einen flüchtigen Blick zu, mit welchem er die Erscheinung des Engländers unter die unangenehmsten Gegebenheiten einsortierte. Ouboter schnupfte den Tabak in sein linkes Nasenloch.

»Macht's einen Unterschied, ob Ihr wisst, wen Ihr beraubt, Mijnheer?«, sagte er und versorgte anschließend das rechte Nasenloch.

Stedman winkte seinem Offizier. »Mr Goodejan«, sagte er. »Übersetzt dem Kapitän, was unsere Mission, und teilt ihm außerdem mit, dass wir über einen Kaperbrief Seiner Majestät verfügen.«

Goodejan, seinerseits holländischer Herkunft, übersetzte dem niederländischen Kapitän Stedmans Worte, während hinter ihnen schon die Besatzung der »Beaver« über das Deck des Schoners ausschwärmte, die aufbegehrenden Matrosen grob zur Seite stieß und sich unter Deck begab, um die Prise zu schätzen, die man genommen hatte.

Ouboter maß Goodejan von Kopf bis Fuß und spuckte ihm als Antwort vor die Füße, ohne einen seiner Stiefel zu treffen, was seine Absicht gewesen war.

Das reichte Stedman, um den Eindruck zu gewinnen, dass man es hier mit Unverständnis zu tun hatte, und dies von einem Manne, der sich einem Gentleman gegenüber nicht zu benehmen wusste.

Er wandte sich ab und musterte das Deck der »Bloem«, auf dem inzwischen die vier Matrosen und ein besser angezogener, groß gewachsener junger Mann von zwei Rotröcken mit vorgehaltenen Musketen gegen das Achterdeck getrieben wurden. Dort ruckte die Pinne lose hin und her, da auf dem Schoner die Schoten losgeschlagen worden waren.

Ehe er sich äußerte, suchte Stedman den Horizont ab und konnte zu seiner Beruhigung dort nichts entdecken außer den schwarzen Fregattvögeln, welche mit still gehaltenen Flügeln unbeweglich in der Luft über den Mastspitzen des Schoners standen. Er drehte sich auf den Absätzen um.

»Mr Goodejan, lassen Sie gefälligst melden, was wir hier haben.«

»Jawohl, Sir.«

Goodejan rief zwei Matrosen, die den Niedergang heraufkamen, zu sich her.

»Habt ihr alle Fässer aufgemacht?«, wollte er wissen.

»Aye, Sir. Zehn Fässer mit Salzfleisch, vier mit Rosinen, vier mit Zitronat, zehn Fässer Bier und zwei Fässer Genever, ein großer Haufen Rinderhäute und zehn Klafter Brennholz.«

»Alles?«

»Alles, Sir. Noch sechs Fässer mit Vogelmist.«

»Vogelmist?«

»Guano, Sir. Die Knoblauchfresser verwenden den Taubenmist als Dünger.«

Stedman nickte vor sich hin. »Aha«, sagte er.

»Order, Sir?«, unterstrich Goodejan höflich die Ausführungen des Matrosen, welcher auf Anweisungen wartete.

»Alles an Bord bringen«, entschied Stedman, »und zwar rasch. Die Häute, das Holz und die Fässer mit dem Mist lasst ihr natürlich hier.«

Während die Matrosen die Fässer aus dem Laderaum des Schoners den Niedergang heraufrollten und in eines der Boote packten, welches man zum Wasser heruntergefiert hatte, um es als Hebekran zu nutzen, hörte man vom Unterdeck der »Bloem« heftige Schläge heraufhallen.

Ouboter, der bei den ersten Schlägen zusammengezuckt war, begab sich langsam nach achtern, wobei der Hinkende von niemandem behindert wurde, allerdings folgten ihm Stedmans misstrauische Blicke.

Inzwischen mussten die gefangenen Matrosen und der junge, gut gekleidete Mann über das Fallreep auf die »Beaver« hinüberklettern, wobei sie von ihren Bewachern auf unfreundliche Art mit den Musketenkolben angetrieben wurden.

Stedman schaute zu der »Beaver« hinüber, die mit schlaffen Segeln auf den Wellen rollte. Die See, die mit einer weichen Dünung glucksend gegen den Rumpf des Schoners schwappte, wies einen schönen, transparenten Blauton auf.

»Mr Goodejan, geht zu dem Captain dort drüben und teilt ihm mit, dass wir sein Schiff aufgeben müssen. Er möge umgehend an Bord kommen.«

Während man weiter die Schläge hörte, mit denen die Matrosen die Bilge des Schoners aufhackten, ging Goodejan zu dem Niederländer und redete mit ihm. Er kam wieder und zuckte mit den Schultern.

»Er will nicht mitkommen, Sir. Er sagt, er möchte an Bord bleiben.«

Stedman schnaubte ärgerlich. Wie vorhin schon ging sein Blick zum westlichen Horizont. »Ich habe keine Zeit für Verhandlungen. Wenn er ersaufen will, dann soll er eben dortbleiben.« Er warf einen Blick auf Ouboter, welcher in der gleichen Haltung, die er vordem eingenommen hatte, mit rückwärts verschränkten Händen auf dem Achterdeck der »Bloem« stand. Dabei wies er Stedman wie auch der »Beaver« den breiten Rücken, und es sah ganz so aus, als betrachte er während einer ruhigen Fahrt das Meer.

»Also los, Mr Goodejan«, sagte Stedman, der sich dabei ertappt hatte, dass er sich auf die Lippen biss. »Habt Ihr übrigens die Schiffskasse gefunden?«

»Jawohl, Sir. Und schon aufgebrochen. Sind Münzen darin im Wert von drei Pfund Silber und ein paar Schuldbriefe.«

»Und jetzt nichts wie weg. Lasst anbrassen, Mr Goodejan, und nehmt Kurs Nordnordost.«

»Jawohl, Sir.«

Drei Matrosen mit Äxten in den Händen kamen den Niedergang herauf, einer von ihnen stolperte über ein schlecht aufgeschossenes Tauende und stürzte unter dem Gelächter seiner Kameraden auf das Deck des Schoners.

»Los, los«, rief Goodejan.

Nach den Matrosen kletterte er selbst das Fallreep hinauf. Noch ehe er an Deck gelangt, fing er an, die Anweisungen zur Weiterfahrt zu rufen.

Ihm folgte Stedman, der noch einmal einen Blick auf den Kapitän warf, der seine Haltung nicht geändert hatte, ehe er die Taue des Fallreeps ergriff.

Stedman drehte sich erst wieder nach dem Schoner um, als die »Beaver« angebrasst hatte und die Segel sich mit Knallen in den Wind stellten.

Von der Heckreling aus konnte man die Gestalt Laurens Ouboters erkennen, welcher dort stehen geblieben war, wo er sich hinbegeben, während der Bug der »Bloem« bereits merklich tiefer stand, nachdem durch die geöffnete Bilge fortlaufend das Wasser hereinströmte. Stedman stellte fest, dass der halsstarrige Captain keine Anstalten machte, sein Schiff zu retten, das so schnell wie möglich von der Meeresoberfläche verschwinden sollte.

Er wandte sich um und ließ den Wachhabenden rufen. Fragte ihn, ob man die Gefangenen gemäß seinen Anweisungen im Kabelgatt festgesetzt habe.

Eine Viertelstunde später, als die Fregatte bereits eine halbe Meile entfernt war, kippte die »Bloem« langsam zur Seite und kenterte. Die Ballaststeine und die sechs Fässer mit zusammen sechshundert Pfund Silber zogen sie rasch hinunter in die Tiefe.

Als Stedman einige Zeit später das Fernrohr herausholte und nach Süden spähte, sah er nichts mehr dort außer der blauen Dünung, die in der Sonne glitzerte.

8

»Er sagt, er sei ein Passagier, Sir.«

»Ein Passagier, soso«, sagte Stedman. Er saß in seiner Kajüte auf dem Schemel, die bestiefelten Beine von sich gestreckt, die Linke auf das festgeschraubte Pult gelegt, auf dem er die Schreibarbeiten verrichtete und den Kurs aussteckte. Außer dem Bettkasten stellte es das einzige Möbel dar, welches sich in der achteren Kajüte befand, deren obere Sprossenfenster noch heil waren, nachdem ein paar Kugeln die untere Reihe hatten zersplittern lassen.

Stedman, der aus offiziellem Anlass seine Perücke aufgesetzt hatte, fühlte sich unwohl in Gegenwart des vor ihm stehenden dunkel gekleideten Niederländers, der sich, anders als die Matrosen, die man gerade von der »Bloem« übernommen, mit seiner ruhigen Art nicht einordnen ließ. Neben dem Niederländer hatte sich Goodejan aufgebaut, um zu übersetzen. Der Zweite war einen Kopf kleiner als der Fremde, aber um einen Männerschuh breiter.

Die »Beaver« rollte stark, da man parallel zur Dünung fuhr, und die beiden vor dem Kapitän stehenden Männer mussten das Schwanken ausgleichen, wobei sich zeigte, wie Stedman feststellte, dass der niederländische Gimpel kein Seemann war.

»Und was für Verrichtungen«, sagte Stedman, dabei mit dem Federkiel auf das Pult klopfend, »gedachtet Ihr auf Curaçao auszuführen, Herr – Van Ackeren, richtig? Geschäfte vielleicht? Und welche?«

»Er sagt, er habe weitergewollt nach Para Maribo, Sir, weil er zuerst von dort gekommen.«

»Unsinn«, sagte Stedman. »Wie denn will er von Para Maribo hierherkommen anders als zur See, und weshalb will er nun wieder dorthin zurück?«

»Er sagt, Sir, dass er über Land von dort gekommen sei.«

Stedman schüttelte den Kopf. »Das ist unmöglich. Der Kerl lügt. Legt ihn erst einmal in Eisen.«

So kam es, dass Van Ackeren, angekettet an einen Ringbolzen in der Kugelkammer der »Beaver«, als unfreiwilliger Passagier an deren Reise teilnehmen musste, bei welcher sich der Hang des Schiffes zum Unglück vor Kurzem ein weiteres Mal erwiesen, allerdings ohne dass jemand an Bord außer Van Ackeren davon wissen konnte.

Die Fregatte hatte inzwischen Kurs auf die englischen Jungferninseln genommen, wo Kapitän Stedman annahm, das Schiff auf freundlichem Territorium überholen zu können, und zudem hoffte, einen Kredit und neue Mannschaften aufnehmen zu können, mit welchen er es wagen konnte, im reichen Fanggrund der Inseln unter dem Winde noch eine Prise zu machen, ehe man sich auf den Weg zurück nach England begab.

Indessen wurde Van Ackeren in seinem Gefängnis oft von Goodejan besucht, obgleich dies dessen Rang als Zweitem Offizier und Steuermann nicht entsprach. Goodejan, erst vierundzwanzigjährig, war der einzig verbliebene der Offiziere. Der Erste war bei der Attacke der Mauren ums Leben gekommen, der Arzt und die beiden Seekadetten waren am Scharbock gestorben.

Mit dem Fremden konnte Goodejan Holländisch sprechen, und es zeigte sich nach wenigen Tagen, dass der junge, vierschrötige Mann aus Leyden, welcher vor vier Jahren in englischen Dienst gegangen, Van Ackeren gewogen war.

Der konnte seinerseits dem Landsmann, nachdem er seinen Napf mit Grütze entgegengenommen, vieles über seine unwahrscheinliche Reise durch die Urwälder hinter der Küste erzählen. Von den dort lebenden Wilden, der Jesuitenmission San Tómas und von der neu-kastilischen Stadt Guadalupe. Goodejan, der Geschichten liebte und selbst aus Abenteuerlust nach Übersee gegangen war, verweilte daher des Öfteren in der Kugelkammer und brachte Van Ackeren zusätzlich zu der Grütze ab und zu eine Handvoll Rosinen, ein paar getrocknete Apfelschnitze und einmal sogar einen kleinen Käse mit.

9

Am vierten Tag trat Goodejan zu Stedman aufs Achterdeck.

»Mit Verlaub, Sir.«

»Bitte, Mr Goodejan.«

Stedman spähte gerade nach oben. Er hatte bemerkt, dass die Oberbramsaling des Großmasts sich in unnatürlicher Weise bewegte, wenn der Wind stärker wurde.

»Der gefangene Niederländer, Sir.«

»Was ist mit ihm? Wir müssen die obere Stenge am Großmast festmachen, Mr Goodejan. Die kommt uns sonst herunter an Deck.«

»Zu Befehl, Sir. Aber ich glaube, der Mann ist harmlos, Sir.«

»Ein Landsmann, wie?« Stedman schüttelte den Kopf und sah nach unten, um zu überprüfen, ob seine Stiefelspitzen sich auf einer Linie befanden. Eine dumme Angewohnheit. »Mr Goodejan, ich bin nicht überzeugt. Wie Ihr wisst, können wir uns kein Risiko leisten. Und wessen ich an Bord nicht sicher sein kann, den muss ich unter Kuratel halten.«

»Mit Verlaub, Sir, er könnte unten an den Pumpen arbeiten. Wir brauchen die guten Leute oben an Deck, Sir.«

Stedman maß seinen Zweiten mit einem Blick, der Insubordination suchte, aber nur Treuherzigkeit fand. Er seufzte. Warf einen Blick auf die Kimm, den graublauen Strich zwischen Meer und wolkenlosem Horizont.

»Meinetwegen, Mr Goodejan. Ihr seid mir für ihn verantwortlich. Und wenn er Ärger macht, geht er über die Planke, teilt ihm das mit, dem Herrn – wie war noch sein Name?«

»Van Ackeren, Sir.«

»Van Ackeren, richtig.« Stedman nickte. »Und jetzt die Stenge, Mr Goodejan.«

»Jawohl, Sir.«

Während Goodejan sich zum Hauptdeck hinuntertrollte und zwei Leute holte, mit ihm zusammen aufzuentern, dachte Stedman darüber nach, was ihn gegen diesen Van Ackeren so einnahm, und kam dahinter, dass es wohl das war, was Goodejan ihm eben beibringen wollte.

Dass der Mann harmlos war. Das heißt, der Gimpel hatte einfach Pech gehabt, so wie Stedman auch Pech hatte. Aber der Niederländer musste sich keinen Vorwurf machen, er konnte nichts dafür. Er würde seine Aventüre vielleicht heil überstehen und binnen eines halben Jahres zu Hause in Amsterdam wieder mit goldenen Löffeln essen und dabei, wer weiß?, von dem englischen Schiff erzählen, in dem ein törichter Captain ihn in Ketten gelegt hatte wie einen Sträfling.

Gut angezogene Herren und natürlich nicht zuletzt auch solche Damen würden ihm über ihre Teetassen hinweg mit gehobenen Augenbrauen ein »Hört, hört« zurufen. Man würde den jungen Herrn als Helden feiern und zusammen ein Hauskonzert hören. Während er selbst in London schwere Stunden vor sich haben würde, oh, das würde er. Jedenfalls wenn er in dem Zustand heimkehrte, in dem alles hier sich befand, und niemand würde ihn dafür loben, dass er es überhaupt zurückgeschafft hatte.

Stedman blickte hinauf zur Großmastsaling.

Goodejan und zwei der baskischen Matrosen, welche mit den Friesen die besten Seeleute unter den Mannschaften waren, hingen in fünfzig Fuß Höhe wie Spechte an der Saling und schlugen Holzkeile in die Laschung, um sie steifer zu machen. Das mochte so eine Weile hingehen, aber eigentlich brauchte man eine neue Saling, und der Mann, der den verstorbenen Schmied vertrat, konnte mit Eisen nichts Gescheites bewerkstelligen. Bei Gottes Leichnam. Das halbe Schiff marode, nur Dilettanten an Bord und alles Flickwerk.

Stedman fluchte leise und spuckte etwas an Deck, was er sich anschließend nicht ansah, aus Furcht, es könne Blut dabei sein. Er drehte sich auf den Absätzen und starrte zurück auf das Kielwasser der »Beaver«, das als schnurgerade glitzernde Bahn gegen den leeren Himmel stand. Er konnte sich nicht einmal darüber freuen, dass er niemanden auf seiner Fährte fand.

10

Van Ackeren wurde von dem Ringbolzen in der Kugelkammer losgekettet und der Bedienung der Pumpen zugeteilt, von welchen zwei sich im Unterdeck über der Bilge befanden. Dieselbe stellte einen von Holz eingefassten Sumpf aus stinkendem Wasser dar, dessen Spiegel kaum abnahm, obgleich die vier Männer an je zwei Pumpen ohne Pause die Schwengel gleich einer gut geölten Maschine bewegten, die aus halb nackten Körpern zu bestehen schien. Hier unten im Halbdunkel war es noch heißer und drückender als an Deck unter der Sonne, zusätzlich zum Gestank, der hier herrschte, und die Männer trugen nur das Nötigste an Kleidung. Die Bilge als der tiefste und unordentlichste Punkt eines Schiffes muss alles aufnehmen, was nach unten fließt, nicht anders als die Rinnsteine einer Stadt, in welchen die Exkremente und Abfälle sich sammeln.

Für Van Ackeren stellte dies alles eine harte Prüfung dar.

Nicht nur die schwere Arbeit, auch sein körperliches Unvermögen, kenntlich gemacht durch den mageren Bau seines Oberkörpers, welcher in anderen Umständen als asketisch hätte gelten können: ein Ecce homo. Hier jedoch unter den Matrosen, wo Muskeln einen Mann befähigten, das harte Leben zu meistern und die Härte anderer zurückweisen zu können, hier galt er auf den ersten Blick als ausgewiesener Schwächling.

Und da Schwächlinge auf Schiffen herhalten müssen für allerlei, hätte auch Van Ackeren nach der dritten Ablösung von der Pumpe das Schicksal von einem gedroht, den man auf Schiffen ein Huhn nannte. Welches in der Regel erfahren werden musste durch einen in dieser Form der Lust Versierten in einem dunklen Winkel des Schiffsgebälks. Und nicht selten im Umkreis der stinkenden Bilge, die damit auch im übertragenen Sinne als ein Ort der Niedrigkeiten gelten musste.

Goodejan war zur Stelle gewesen und hatte dem vierschrötigen Iren, der den protestierenden Van Ackeren, ihm den Arm umdrehend, wortlos vor sich herstieß, die Hand auf die Schulter gelegt. Im Umdrehen noch bereit, mit einem Faustschlag zu antworten, hatte der Mann, Matt Drowie geheißen, seinen Zweiten erblickt und bloß ein Fauchen aus dem offenen Mund gegeben, aus dem ein paar schiefe Zähne ragten wie Grabsteine auf einem vergessenen Friedhof. Und sich getrollt.

Den Dank Van Ackerens mochte Goodejan nicht annehmen. Er stapfte davon, und aus seinen Schritten hörte man heraus, dass ein Mann gefälligst auf sich selbst aufzupassen habe.

Dennoch hockte er sich bei der nächsten Ablösung zu dem von der Arbeit entkräfteten Van Ackeren an Deck, welcher eine dünne Suppe löffelte und einen schimmeligen Brotfladen in der Hand hielt, das heutige Mittagsmahl der Mannschaften.

»Ich geb dir einen Rat, Pieter. Hör zu.«

Goodejan sah sich um, ob man sie beobachte. Er wollte nicht, dass Van Ackeren als sein Schützling galt, was ihnen beiden nicht gut bekommen würde.

Van Ackeren sah zu Goodejan auf. Seine Finger, mit denen er den Brotfladen hielt, waren voller neuer und alter Blasen.

»Schlag einfach zu. Ziel auf die Nase, wenn du kannst. Und tu's nicht mit der Faust, sonst brichst du dir die Finger und kannst nicht mehr arbeiten. Mach es so.«

Goodejan klopfte mit geöffneten Handflächen seine beiden Handwurzeln gegeneinander.

»Schlag damit zu. So fest du kannst und warte nicht zu lange. Sicher, du wirst verprügelt werden, aber das steckst du ein, weil es besser ist, als wenn du dich nicht gewehrt hättest.« Goodejan suchte noch einmal Van Ackerens Blick. »Ich kann nicht dauernd auf dich aufpassen«, sagte er.

Van Ackeren schaute dem Davongehenden nach und machte sich klar, dass es nun schon das zweite Mal war, dass ihn jemand zu kämpfen lehren wollte, der es gut mit ihm meinte. Als er seinen Löffel wieder in die dünne Brühe hineintauchte, dachte er, anders als beim ersten Mal, es hier wohl brauchen zu können.

Während Van Ackeren unfreiwillig das Matrosenhandwerk erlernte, folgte die »Beaver« ihrem Nordnordostkurs in Richtung der Jungferninseln.

Nachdem Captain Stedman den Versuch unternommen hatte, die Position zu bestimmen, und damit nur zweifelhaften Erfolg gehabt, da man seit gestern keine Anzeichen von Inseln wahrgenommen, saß er nun barhäuptig an seinem Pult und schrieb mit dem Gänsekiel in das Logbuch. Wobei er aufpassen musste, eine schöne Schrift zu behalten, denn das Schiff krängte ordentlich, und die Schwünge an den Buchstaben drohten ihm zu missraten.

Er war gerade dabei, die Prise aufzulisten, die man genommen hatte. Sorgfalt stellte seiner Meinung nach eine Tugend dar, und nachdem diese Kampagne, so wenig glücklich sie verlief, doch im Dienste des Königs stattfand – wenigstens im weitesten Sinne –, gab er sich Mühe. Man würde sich am Ende verantworten müssen und ausweisen, wie viel genommen und gegeben worden.

Bestand der Schiffscassa des Schoners »Bloem« sind gewesen zwei und ein halbes Pfund Gewicht Silber in hispanischen und holländischen Münzen, hatte er eben niedergeschrieben.

Er nahm den Packen Wechsel zur Hand, welcher sich ebenfalls in der Kasse befand, alle auf Niederländisch geschrieben, und überlegte, ob er sie nicht einfach wegwerfen sollte, da sie ihm vermutlich nichts nützen würden. Er breitete die Papiere auf dem Pult aus und empfand dabei das bittere Gefühl, dass hier einiges an Geld lag, das er niemals würde einlösen können.

Da fiel sein Blick auf ein Papier, auf welchem in schwungvoller Schrift das Wort »Zilver« geschrieben stand. Dabei eine Zahl, die ihn, als er sie begriff, unmittelbar schwindlig werden ließ.

Stedman atmete tief und kratzte sich mit dem Daumen über den kahl geschorenen Kopf, der in seinem Privatissimum der unbequemen Perücke entbehren durfte. Die Zahl auf dem Papier lautete zweihundert, und dahinter stand: »pond«.

So viel Niederländisch war ihm zur Verfügung. Und als er mit zitternden Fingern die Wechsel durchsuchte, fand er insgesamt drei solcher Dokumente, von derselben Hand ausgestellt. Das bedeutete, dass hier von Summa sechshundert Pfund Silber die Rede war.

Stedman richtete sich auf, kam taumelnd auf die Beine und wäre beim nächsten Rollen des Schiffes gestürzt, wenn er sich nicht an dem festgeschraubten Pult hätte halten können. Der Schwindel, der ihn überkommen hatte, wollte nicht weichen. Die Papiere noch in der Hand, riss er die Kajütentür auf und brüllte über das Deck nach Goodejan.

11

»Ihr wollt mir also weismachen, Herr Pieter van Ackeren, dass Ihr nichts wisst von Silber an Bord des Schoners, mit dem Ihr gereist seid, wollt Ihr das?«

Stedmans Gesicht unter der Allongeperücke zeigte eine ungesunde rosa Farbe. Er biss sich auf die Backen, was unvorteilhaft aussah, da sich bei seinen knochigen Gesichtszügen die Kaumuskeln seitlich auswölbten und ihm das Aussehen eines Nussknackers verliehen.

»Ich will Euch durchaus nichts weismachen, Capitain Stedman«, radebrechte Van Ackeren in einer Mischung aus Niederländisch und Englisch.

»Sir!«, bellte Stedman.

»Capitain Stedman, Sir«, sagte Van Ackeren.

Er stand in der Kapitänskajüte vor Stedman, welcher zur Perücke seinen Uniformrock angelegt hatte. Den Degen allerdings hatte er nicht auch noch umgeschnallt, der lag mit dem Koller auf dem Bettschragen.

Auch Goodejan stand dabei und trat von einem Fuß auf den anderen.

Vor dem Verhör hatte er Stedman die Papiere übersetzen müssen, und seinem Kapitän waren die Augen zunächst über- und dann aufgegangen. Was ihn nicht daran hinderte, sämtliche Fässer, die man von der unseligen »Bloem« erbeutet hatte, öffnen und ausleeren zu lassen, ohne dass man darin nur ein Körnchen Silber gefunden hätte. Das Silber musste sich in den verdammten Mistfässern befunden haben, die jetzt auf dem Meeresgrund lagen. Und jemand war dafür verantwortlich.

Das konnte durchaus auch Goodejan sein, der in wachsamer Haltung hinter dem zu vernehmenden Delinquenten stand, aus welchem Stedman, der keinen weiteren Plan hatte, als seinem Zorn Ausdruck zu verleihen, unbedingt ein Geständnis herausholen wollte.

Van Ackeren, der wohl bemerkt hatte, dass Stedman vor allem

deshalb einen Schuldigen finden wollte, damit er seine eigene Torheit nicht einsehen musste, hob die Hand.

Der Kapitän warf ihm einen wütenden Blick zu, der seinen Zweiten mit einschloss.

»Darf ich etwas sagen, Sir?«, sagte Van Ackeren.

Stedman starrte Van Ackeren an.

»Ich vermute, Sir, dass für den Fall, dass Silber an Bord des Schoners gewesen ist, man es irgendwo versteckt haben muss. Verzeiht, Sir, weshalb sollte man ausgerechnet mir das mitgeteilt haben, da ich nur als Passagier mitgefahren bin?«

Goodejan übersetzte leise Van Ackerens Worte im Falle, dass mehr Klarheit helfen könne.

Stedman stampfte vor Wut mit dem Fuß auf.

»Weil ich Euch nicht glaube! Ihr macht uns etwas vor, seitdem Ihr an Bord gekommen seid. Eure verrückte Behauptung, dass Ihr über Land von Para Maribo gereist wärt und nun dorthin zurückmöchtet auf See. Dass Ihr nicht sagen könnt oder wollt, was Ihr wirklich im Schilde führt, bloß irgendwohin fahren ohne Sinn und Zweck! Auf derlei, mein Herr, steht der Strang!«

»Vielleicht«, sagte Van Ackeren müde, »könntet Ihr versuchen, mir einfach zu glauben. Ich habe im Übrigen«, setzte er hinzu, »nicht darum gebeten, Euer Schiff zu betreten, Captain. Sir. Ich wurde dazu gezwungen. Was sollte ich also gegen Euch im Schilde führen?«

Stedman hatte sich umgedreht.

Er starrte durch die oberen, noch heilen Fenster seiner Kabine auf das Meer hinaus, auf die sich türmenden Wellen, deren blaue Farbe hereinleuchtete, er hörte ihr Aufrauschen, wenn sie sich zu Kämmen anhoben, und das Bellen der Fregattvögel, die über dem Schiff schwebten.

Er fühlte sich betrogen. Um eine Beute, die vor seiner Nase gewesen war und die er aus Hast und Angst hatte fahren lassen.

»Hinaus«, sagte er.

Er drehte sich nicht um, bis er hörte, dass die Kajütentür zuschlug.

Van Ackeren wurde der Wache zugeteilt, welche Goodejan befehligte, da auch einer der Wachführer bei der Piratenattacke ums Leben gekommen war. Die anderen Wachen führten John Haffkins, ein ehemaliger Segelmacher aus Bristol, und Colum Mac Duff, ein Waliser, welcher Gehilfe des Schmieds gewesen war und die Geschäfte seines am Scharbock gestorbenen Meisters recht und schlecht an Bord weiterzuführen suchte. Mac Duff war indessen ein guter Matrose und besaß den Weitblick wie auch die Fäuste, um seine Wache zusammenzuhalten. Fähigkeiten, welche anderen unter den Mannschaften, beispielsweise den fatalistischen Basken und den rachsüchtigen Londoner Cockneys, abgingen. Wie eine Meute Hunde brauchten die Matrosen immer einen, der sie antrieb und dem sie Respekt zollen konnten.

Die zwölf verbliebenen Seesoldaten wurden in Ermangelung des Ersten Offiziers von Stedman selbst befehligt. Da die »Beaver« auch keinen Arzt mehr hatte, welcher die Blessierten oder die Kranken versorgen hätte können, übernahm diese Aufgabe Goodejan, der dabei ähnlich wie Mac Duff vorging. Beide verfuhren sie mit dem heißen Eisen und mit den gestauchten und blutenden Gliedern der Matrosen mehr oder weniger nach Gutdünken, und die Ergebnisse waren unterschiedlich.

12

Van Ackeren lernte, zu den Topps aufzuentern und Segel zu bergen, sie wieder aufzumachen, zu reffen und festzumachen. Er lernte, barfuß auf den schwankenden Fußpferden hoch über Deck entlang der Rahen zu gehen und sich an dem steifen Segeltuch um sein Leben festzuklammern. Er lernte ein paar Knoten, um die Fallen und Brassen an den Nagelbänken zu belegen, und lernte, was dort loszumachen war und was nicht. Denn allmählich verstand er, wohin die unzähligen hanfenen Seile führten und welchem Zweck sie dienten, er erfuhr das Schiff als ein Werkzeug, das seinen Zweck erfüllte, wenn man es richtig behandelte. Seine Hände und Füße warfen Blasen, wurden rissig und dann, als sie Hornhäute bekamen, härter und brauchbarer. Als wären sie schließlich ebenfalls ein Teil der »Beaver«, deren Material einiges auszuhalten hatte.

Nach einiger Zeit stellte er sich nicht viel dümmer an als die anderen Matrosen und musste sich auch nicht mehr eines Übergriffs im dunklen Gebälk des Schiffsbauches erwehren, obgleich er seinen Dienst in der Bilge leistete wie alle anderen.

Aber seine Stunde kam.

Jeremy Hawkins, ein klein gewachsener Cockney, dessen Vorfahren und Familie in London in Hörweite von St. Mary-le-Bow geboren waren, gab um vier Glasen lautstark in die Runde, er vermisse seinen ledernen Tabaksbeutel, der angeblich voll gewesen, und verdächtigte Van Ackeren. Was lächerlich war, da dieser gar nicht schnupfte. Hawkins war das egal. Er war auf Krawall gebürstet und wollte an diesem sonnenheißen Nachmittag, als die Freiwache, darunter auch Van Ackeren und Goodejan, auf Taurollen döste, die Gelegenheit nutzen, seinen Zweiten vorzuführen, den er nicht mochte. Was am einfachsten damit zu bewerkstelligen war, dass er dessen Schützling verprügelte.

»Dreckiger Holländer«, fing Hawkins an und stieß, ohne viele Umstände zu machen, Van Ackeren von der Taurolle herunter, auf der er hockte. »Du hast mein' Beutel geklaut un willst mein' gut'n Tabak verticken, der drin war!«

Ein geschickter Fußtritt ließ Van Ackeren taumeln, obgleich er einen Schritt zurückgewichen war.

Hawkins, einen Kopf kleiner, aber mit dem Gesicht und dem Temperament einer Bulldogge, ging mit geballten Fäusten auf ihn los. Die anderen Matrosen der Freiwache hoben die Köpfe. Goodejan zog die Luft durch die Nase ein, blieb aber, wo er war.

Hawkins grinste. Mit dem Instinkt des Raufbolds erkannte er, dass der große, schlaksige Kerl eine leichte Beute sein würde. Er selbst war flink und konnte was einstecken, aber der dort hatte ja schon das Hosenscheißen, bevor es richtig losging. Der würde gleich am Boden liegen und wimmern, und der Zweite, sein Landsmann, musste dabeistehen und seinen Rotz runterschlucken.

»Los, wehr dich«, sagte Hawkins.

Er kam näher und hob die Fäuste an, um Van Ackeren zu täuschen. Das klappte, denn der starrte auf Hawkins' vielfach ramponierte Knöchel und seine nach außen geklappten winkenden Daumen. Hawkins aber trat ihm flink unter das Knie, und Van Ackeren fiel um. Der Rest war einfach. Hawkins holte mit dem Fuß aus, um dem Schwachkopf die Rippen einzutreten. Aber der rollte sich geschwind wie eine Natter zur Seite, und der Tritt ging daneben.

Van Ackeren, welchem in seiner Not die Präzision und Entschlossenheit eingefallen waren, die Cosmé ihm auf dem Fechtboden vorgeführt hatte, war es nicht nur gelungen, aus der Reichweite von Hawkins zu kommen, sondern auch, seinen Fuß zu packen, und er riss ihn kurzerhand von den Beinen.

»Gib's ihm, Betbruder!«, schrien die Matrosen.

Sie bildeten einen Kreis um die beiden. Hawkins' Anhängerschaft war nicht groß.

Eher bestand allgemeines Interesse daran, wie sich der Holländer schlagen würde, dem man in dieser Hinsicht nicht viel zutraute.

Hawkins indessen war so leicht nicht kleinzukriegen. Am Boden liegend verpasste er Van Ackeren eine trockene Gerade auf das linke Auge. Der nachgesetzte Hieb mit der anderen Faust ging jedoch daneben, nachdem Van Ackeren, dem ein Blitz in das malträtierte Auge fuhr, durch den Schmerz daran erinnert wurde, wie er im Hinterhof der Navarro hilflos am Boden lag und von dem Mayordomo bepinkelt wurde.

Mit diesem Bild vor Augen tat seine Hand aus dem Wegdrehen heraus etwas, womit er selbst nicht gerechnet. Sie knallte mit Entschlossenheit in Hawkins' Gesicht. Da er dafür gemäß Goodejans Ratschlag seinen Handteller benutzte und Hawkins sich nicht im Geringsten deckte und da der ganze Zorn, der Van Ackeren nicht damals, aber jetzt zur Verfügung stand, in seinen Arm hineinschoss, brach er seinem Kontrahenten mit einem einzigen Schlag die Nase. Zusammen mit dem Klatschen gab es ein Knacken, als breche ein trockener Ast.

Es war nicht das erste Mal für Hawkins, aber weh tat es ihm doch. Mit einem Wutschrei rollte er aus Van Ackerens Reichweite, und sofort quoll das Blut aus dem malträtierten Organ, das er mit beiden Händen festhielt.

»Genug«, sagte Goodejan.

Er hatte sich zwischen die beiden am Boden liegenden Kontrahenten gestellt und hielt einen schweren Belegnagel in der Hand, der seiner Mitteilung Gewicht verlieh.

Nachdem Hawkins aufgestanden war, riss ihm Goodejan mit einer raschen Bewegung das Hemd hinten aus der Hose und schnappte sich den Tabaksbeutel, der herausfiel.

»Den hat er dir wohl geklaut, was?«

Hawkins sparte sich eine Antwort. Er war noch damit befasst, mit beiden Daumen das Blut zu stillen, das ihm aus der Nase rann.

Hawkins bekam wegen erwiesenen Aufruhrs zwanzig Peitschenhiebe, wozu er wie üblich an die Nagelbank beim Großmast angebunden wurde. Den Vollzug übernahm sein Erzfeind John O'Hanlon, ein Ire aus der anderen Wache, der sich dafür gemeldet hatte und von Stedman akzeptiert wurde, welcher der Zeremonie von Amts wegen beiwohnte. Der Kapitän befasste sich kaum mit dem Delinquenten, nachdem er das Handzeichen gegeben, anzufangen.

Er prüfte beim Stehen, ob seine Stiefelspitzen genau auf der gleichen Linie lagen und ob er einen Winkel von dreißig Grad hinbekam.

Nach dem zwölften Hieb fiel Hawkins um und wurde mit Seewasser übergossen. Dies war nach dem sechzehnten erneut vonnöten, damit er die zwanzig vollbekam. Danach brauchte er einen Tag in der Hängematte und drei Wochenrationen Rum im Voraus, was eine halbe Buddel ausmachte, die er auf einmal austrank.

Über das Ereignis wurde nicht mehr geredet. Aber fortan erfuhr Van Ackeren mehr Respekt von den anderen Matrosen, was ihm die Logik aufwies, welche Goodejan ihm vermittelt hatte, und ihm zu seiner eigenen Verwunderung durchaus guttat. Man zeigte zwinkernd auf sein blaues Auge, ließ ihm einen Platz auf der Bank beim Essen, nahm ihm nicht mehr den Brotfladen weg, wenn er ihn neben den Napf legte. Und einer der Basken, die wie Affen zu klettern verstanden, zeigte ihm auf der Marsrah, wie man sich mit einem Tauende sichern konnte, wenn es dort oben bei viel Wind gefährlich wurde.

Am meisten wunderte sich Van Ackeren darüber, dass es ihm schließlich gelang, die niedrige und harte Matrosenarbeit tatsächlich zu verrichten. Dass seine Hände und Füße, sein Leib, der doch nie körperliche Arbeit ausgeführt, sich bereit zeigten, Dinge zu tun, die in seiner früheren Umgebung tausendfach ausgeführt worden waren, ohne dass ihm das bislang bewusst gewesen. Er hatte diese Art von Arbeit schlichtweg übersehen, obgleich sie sein eigenes Leben erst möglich gemacht hatte, welches das Leben eines reichen und verwöhnten Menschen war. So dachte er und sah die Arbeit, die seine Hände hart machte, als ein Exerzitium in Demut zur Ehre des Höchsten.

Wenn auch, und das gab ihm ebenfalls zu denken, Gottes Nähe zu ihm abgenommen zu haben schien. Es geschah dies in einem ähnlichen Ausmaß, wie seine Nähe zu Anna zunahm, und dies, obgleich er sich vermutlich gerade unwiderruflich von ihr entfernte. Diese Erkenntnis fügte der Nähe zu ihr den süßen und bitteren Geschmack der Sehnsucht hinzu und machte sie seltsamerweise nicht geringer.

Indessen spielte dabei nicht körperliches Begehren die wesentliche Rolle, sondern die Gewissheit, dass er sie wiedersehen *wollte*, dass er bei ihr zu sein wünschte.

Es hatte seine Zeit gebraucht, sich darüber klar zu werden. Ja. Er wollte es wirklich. Ohne dass Erfüllung in Aussicht war, verlieh ihm diese Sicherheit eine gewisse Stärke: dass er zum ersten Mal in seinem Leben, seit er Kind gewesen, einen anderen Menschen so dringend in seiner Nähe haben wollte.

Er vermisste Anna, wie er bisher noch nie jemanden vermisst hatte. Und die wenigen Momente, in denen er ihr nah gewesen war, sammelte er auf der Kette seiner Erinnerungen wie kostbare Perlen, um sie hervorzuholen und bei geschlossenen Lidern nacheinander zu betrachten, während seine Hängematte in dem muffigen Gelass vor dem Mast, wo die Matrosen ihr Quartier hatten, im Gleichtakt mit den Matten der anderen hin- und herschwang.

13

Auf diese Weise hatte Stedman einen Matrosen hinzugewonnen, was ihn jedoch nicht zufriedenstellen konnte, nachdem er davon ausgegangen war, dass der junge Holländer sich weigern würde, die Drecksarbeit an Bord zu verrichten, welche man ihm auftrug. Der Kapitän wollte in dieser unerwarteten Bereitschaft und Anstelligkeit bloß eine neue Rankünе sehen, welche seine Abneigung erst recht bestätigte.

Mit Goodejan war kein weiteres Wort über das Silber gefallen.

Es stand dennoch unverrückbar zwischen ihnen als seine eigene Torheit und nichts anderes. Er war ja derjenige gewesen, der sagte: »Lasst die Fässer mit dem Mist da.« Er hatte den Befehl gegeben, und Goodejan hatte ihn bloß ausgeführt.

Stedman drehte sich stöhnend auf seinem Schragen herum und strampelte das verschwitzte Linnentuch herunter. Nun lag er splitternackt auf dem Strohsack, der ständigen Heimstatt von Läusen und Wanzen, und versuchte, wieder einzuschlafen. Was ihm aber nicht gelang, denn nun musste er daran denken, was er bloß tun sollte, um auf den Jungferninseln an einen Kredit zu kommen. Ihm fiel nichts ein, als dass er sich selbst als einen verdammten Bittsteller sah, welcher in seiner schäbig gewordenen Uniform, den Dreispitz in der Hand, an die Türen von Kaufmannskontoren und Kommandanturen klopfte. Und den Sesselfurzern, die darin das Sagen hatten, unterwürfig um den Bart gehen musste, vielleicht zum Trost einen Schnaps bekam und dann mit Bedauern weggeschickt wurde.

Das Rollen und Stampfen seines Schiffes, welches sich nordostwärts gegen die Dünung voranarbeitete, wiegte Stedman schließlich doch in einen unruhigen Schlummer. Und die »Beaver« glitt weiter durch die caraibische See hinweg über bunte Korallenriffe, zwischen rudernden Seeschildkröten und Schwärmen exotischer Fische hindurch, den Absichten ihres schlafenden Kapitäns folgend, auf die Jungferninseln zu und ihrem Schicksal entgegen.

Es war Goodejan, der Stedman den nächsten Tag auf einen Gedanken brachte, welcher sich als hilfreich erweisen konnte.

Man habe, sagte der Zweite zu seinem Kapitän, als man nach dem sogenannten Frühstück beisammen auf dem Achterdeck stand und eine Pfeife rauchte, das verdammte Silber zwar nicht ergattern können, aber doch drei Papiere, welche darauf ausgestellt seien und bestätigten, dass es das Silber gäbe.

Oder zumindest: gegeben habe.

Goodejan suchte Stedmans Blick. Der Kapitän wandte ihm sein Gesicht nur unwillig zu, die hellblauen Augen misstrauisch verengt und gewärtig, es müsse aufs Neue ausgegraben werden, was er an dem Ungeschick verschuldet hatte.

Man wisse ja, fuhr Goodejan fort, während er mit dem Pfeifenstiel eine Bewegung ins Ungewisse vollführte, dass auch mit Silber, welches nicht auf dem Tisch liege, sondern sich irgendwo befinde, Geschäfte gemacht würden. Das sei der Kaufleute Art.

»Das mag sein, Mr Goodejan, das mag durchaus so sein. In diesem Fall aber«, versetzte Stedman mürrisch, »liegt das betreffende Silber inzwischen auf dem Grunde der caraibischen See.«

»Aber wer außer uns weiß das, Sir?«

Stedman kratzte sich mit dem Daumennagel einen Flohstich zwischen den Bartstoppeln am Kinn. Der Gimpel, der wusste es. Der Holländer. Er war ja selbst so dumm gewesen, es ihm zu erzählen. Bei dem peinlichen Verhör, das am Ende zur Blamage geraten. Stedman schaute zu dem halben Dutzend Fregattvögel hinüber, die achtern über der See das Kreisen anfingen, ohne sie wirklich wahrzunehmen.

»Wäre es nicht möglich, Sir«, machte Goodejan weiter, an seiner Pfeife paffend und ebenfalls zu den Vögeln hinübersehend, »auf die Wechsel einen Kredit zu nehmen? Falls jemand sie als Sicherheit akzeptierte.«

Irgendetwas machte die Vögel unruhig, sie kreiselten eng hintereinander und zeigten mit ihren Schnäbeln auf das Wasser.

»Der den Kredit gibt, will das Silber sehen«, brummte Stedman.

»Nehmen wir einmal an, Sir«, fuhr Goodejan unbeirrt fort, »das Silber wäre auf diesem Schoner, wie hieß er noch? ›Bloem‹, genau, also wäre auf der ›Bloem‹ glücklich nach Niederländisch-Curaçao gelangt, dann könnte doch jederzeit ein Wechsel darauf ausgestellt worden sein, oder nicht?«

Stedman schaute Goodejan an. Ihm dämmerte, dass sein Zweiter sich schon einen Plan gemacht hatte, den er sich jetzt stückweise aus der Nase ziehen ließ. Und es genoss, seinen Kapitän zu vexieren.

»Nun raus damit, Mr Goodejan«, knurrte Stedman.

»Aye, Sir. Ich denke, wir sollten aus dem Umstand, dass Herr Van Ackeren über die Sache Bescheid weiß, unseren Vorteil ziehen. Er verdankt uns schließlich sein Leben, oder zumindest *könnte* es so gewesen sein. Falls wir ihn nämlich«, Goodejan zwinkerte in den Pfeifenrauch hinein, den er vor sich hin geblasen hatte, »vor Piraten gerettet hätten, welche ihn auf der Rückfahrt von Curaçao gefangen genommen und ihn von seinen Geschäften abgehalten.«

Stedman starrte ihn an. »Wieso auf der Rückfahrt?«

»Sir, ich denke mir nur etwas aus, natürlich war es nicht so.«

Stedman wandte seinen Blick abwärts und richtete seine Stiefelspitzen aus, die Mundwinkel nach unten gezogen.

»Natürlich«, sagte er. »Weiter.«

»Herr Van Ackeren geht also auf den Virgins in ein Kontor und sagt dort, dass der hilfreiche Captain Seiner Majestät Schiff ›Beaver‹ ihm das Leben gerettet habe und dass er darum bitte, ihn vorläufig weiter zu kreditieren, damit er seine Geschäfte – welche, müssen wir uns noch ausdenken, es sollten natürlich welche sein, die den dortigen Geldsäcken von Nutzen sind –, damit er die also einstweilen weiterführen könne. Er biete die drei Wechsel auf das Silber, welches sicher in Curaçao liege, als Sicherheit, und sei mit einer angemessen hohen – das heißt in dem Fall viel zu hohen – Verzinsung durchaus einverstanden. Angesichts seiner Notlage.«

»Wer soll ihm das glauben?«

»Vielleicht die ein Interesse daran haben. Es käme darauf an, was die Wechsel denen bringen, die sie ausstellen. Die Gier, Sir, öffnet manches kalte Herz.«

»Glaubt Ihr, der Gimpel wird mitmachen?«

»Was bleibt ihm übrig? Er will ja nach Para Maribo. Wir könnten ihm anbieten, ihn zum Dank für seine Mitwirkung nach Sint Eustacius zu bringen, das liegt nur sechzig Meilen östlich von den Virgins. Von dort aus kommt er weiter.«

Stedman wollte auf das Deck spucken, hielt sich aber im letzten Moment zurück und schluckte die Spucke wieder herunter, um sich vor seinem Zweiten keine Unanständigkeit zu erlauben.

»Habt Ihr das etwa mit dem Kerl schon abgesprochen, Mr Goodejan?«

»Nein, Sir, natürlich nicht. Ich wollte Eure Meinung hören, Sir.«

Einen Büchsenschuss hinter dem Schiff stießen die Fregattvögel auf das Wasser herunter. Man sah einen Schwarm fliegender Fische aus den Wellen brechen, verfolgt von drei Delphinen. Stedman starrte missmutig hinüber.

»Verdammte Kaufmannsschläue, Goodejan«, sagte er, den Kopf schüttelnd. »Gefällt mir nicht. Aber ich werd's mir überlegen.«

14

Als die »Beaver« sich dem Inselgarten der Virgin Islands näherte, über welchen weiße Wolkentürme sich ausruhten, schloss sich ihr ein Kutter an, welcher aus Luv herangesegelt kam und dessen heruntergekommenes Äußeres nicht zu dem Selbstbewusstsein passen wollte, mit dem der Mann am Ruder das kleine Fahrzeug dicht an die Bordwand der Fregatte heranlenkte. Dazu winkte er und schrie etwas in den Wind hinein, was man nicht verstehen konnte.

Stedman, der das Manöver von der Poop aus misstrauisch beobachtete, rief seinen Zweiten.

»Lasst eine Muskete laden, Mr Goodejan. Ich mag es nicht, wenn man sich unaufgefordert meinem Schiff nähert.«

»Vermutlich ein Lotse, Sir.«

Stedman starrte Goodejan an. Man sah dem Kapitän an, dass er schlecht geschlafen und dennoch den Versuch unternommen hatte, sich den Bart zu scheren, was nur teilweise geglückt war, wovon zwei Pflasterchen aus Papier zeugten, wo der Blutstein nicht gereicht hatte, die hervorquellenden Tropfen zu stillen. Nicht einmal das Rasiermesser schnitt mehr auf dem verdammten Schiff.

Goodejan, seinerseits wie aus dem Ei gepellt, übersah geflissentlich die schlechte Façon seines Kapitäns.

»Es könnte«, sagte er, »von Nutzen sein, seine Dienste anzunehmen, Sir. Die Virgins sind ziemlich weitläufig und die Einfahrten zum Teil recht eng wegen der vermaledeiten Korallenriffe, Verzeihung, Sir.«

»Dann soll er meinetwegen an Bord kommen. Wenn er einen Fehler macht, hängen wir ihn an die Rahnock, sagen Sie ihm das, Mr Goodejan.«

»Aye, Sir, das werde ich.«

Der Lotse, ein Mulatte mit der Statur eines römischen Gladiators, enterte geschickt an dem Fallreep auf, während ein schwarzes Weib, wie zu vermuten seine Angetraute, weiter den Kutter steuerte, der abfiel, nachdem der Mann an Bord gekommen war, und sich hinter die Fregatte begab, während die »Beaver« Kurs auf Tortola nahm.

Dazu war es erforderlich, zwischen einigen kleineren Inseln hindurchzusteuern, was nur an einem Ort möglich war, da der Gürtel aus Korallenriffen eine natürliche Sperre gegen ein Einfahren von südlicher Seite bildete. Der Lotse wollte sich ans Ruder stellen, was ihm Stedman schließlich gestattete, nachdem der Mann mit Fuchteln und kehligem Halb-Englisch seine Befähigung beteuerte.

Er steuerte gut und brachte das Schiff bei raumem Wind und mit genügend Fahrt in die Passage. Zwei auf dem Riff liegende Wracks kündeten von weniger glücklichen Ankömmlingen, welche in der Einfahrt gescheitert waren und deren eines schon ganz zerschlagen war von Hurricanen und bloß noch ein Gerippe darstellte. Das jüngere machte hingegen einen noch recht properen Eindruck. Stedman spähte mit dem Fernrohr hinüber.

»Ob man sich von dort wohl ein paar Stengen holen könnte, Mr Goodejan, was meint Ihr?«

Goodejan stand breitbeinig an der Reling und folgte, die Hand über die zusammengekniffenen Augen haltend, dem Blick seines Kapitäns.

»Kaum, Sir. Ich glaube nicht, dass man ein Boot heil über die Riffe bringen könnte. Wenn das möglich wäre, hätten sie die Kanonen dort schon geholt.«

Und wirklich sah man in den halb offenen Stückpforten die Mündungen zweier Kanonen, welche aus dem gekippten Schiff herausragten.

Als die »Beaver« das letzte Stück der Durchfahrt passierte, kam sie dem Riff recht nahe. Man konnte sehen, wie die Wellen glucksend über eine seichte Stufe spülten, über und über bewachsen mit wedelndem Meereskraut und voller roter Seesterne und Wasseranemonen, deren buntes Wuchern die Klippen darunter verhüllte, an welchen die klare See sich aufschäumend brach, während man an ruhigen Stellen den zwanzig Faden tiefen sandigen Grund und Schwärme tiefblauer Fische in aller Klarheit sehen konnte. Nahe dem dahinsegelnden Schiff warfen die Wellen weißen Schaum gegen die

Felsen, und aus den Höhlungen, wo sie hineinschwappten, klang es wie raues Husten herauf. Seevögel schwebten in Menge über der Durchfahrt und fügten ihren Lärm hinzu.

Hinter der Einfahrt nahm der Kutter den Lotsen wieder auf, welcher murrte, als Stedman ihm bloß zwei Farthings gab; das Murren nützte ihm indessen nichts, da Stedman in dieser Hinsicht nicht mit sich reden ließ, obgleich er sich im Nachhinein glücklich schätzte, den Mann an Bord genommen zu haben.

So fuhr die »Beaver« mit gerefften Segeln in die Bucht hinein, die auf Tortola »King's Harbour« genannt wurde, und tat dies unter den Verwünschungen des Lotsen, was ihrem weiteren Geschick, wie sich noch zeigen sollte, nicht zuträglich war.

15

Am Kapitänstisch der »Mermaid«, ein Wirtshaus, welches Stedman noch am gleichen Abend aufsuchte, weil er unter Seeleuten ein paar Erkundigungen einziehen wollte, bevor er den Garnisonskommandanten den nächsten Tag seine Aufwartung machte, traf er einen gewissen Captain Mallory, einen graubärtigen Waliser, einen Lieutenant Cutlab aus Penzance und einen vierschrötigen Handelsschiffer namens Cumber an. Außerdem einen First Lieutenant Wexford, welcher eine Zweidecker-Linienfregatte befehligte und so hochnäsig war, dass er sich an der Unterhaltung bei Tisch kaum beteiligte. Derselbe Wexford verschwand indessen nach einer halben Stunde mit einer der Huren nach oben, von denen etwa ein Dutzend in dem Wirtshaus sich befanden, und ließ damit den eigentlichen Grund seiner Anwesenheit erkennen.

Stedman, nachdem er den Herren eine Runde ausgegeben, ließ wissen, er habe auf Kaperfahrt zunächst leider Pech gehabt in Form einiger glückloser Bataillen – nun aber, das fügte er hinzu, als er die verständnisinnigen Blicke bemerkte, die Mallory und Cumber sich gegenseitig zuwarfen, nun aber doch Fortune erfahren dürfen, indem er einen wohlhabenden niederländischen Kaufmann gerettet habe, welchen ein paar vermaledeite Bukaniers gefangen gehalten. Der Niederländer suche nun Unterstützung für seine dringenden Geschäfte und brauche einstweilen Kredit auf seine Wechsel, welche man ihm zur Sicherheit auf sein Silber ausgestellt habe, das in Curaçao liege. Bei demselben handle es sich im Übrigen um eine gehörige Menge.

Ob die Herren Rat wüssten? Und wenn ja, bei wem?

Indessen begann unter den Matrosen, welche ebenfalls in großer Zahl in der »Mermaid« abgestiegen waren, eine ernsthafte Prügelei, welche sich um eine der Huren drehte, ein blondzöpfiges hübsches Weibsbild, das sich flink hinter den Tresen rettete, während drei, vier Teerjacken einander schon die Bierkrüge auf den Schädel schlugen und ein allgemeines Hallo! einsetzte, um die Kontrahenten in Stimmung zu bringen.

Ein groß gewachsener rothaariger Kerl, wohl ein Ire, befand sich inmitten des Tumults und schrie, einen schwarzbärtigen Spanier an der Gurgel haltend, er habe das Mensch verdammich bereits bezahlt und lasse doch nicht zu, dass ein anderer ihr unter den Rock gehe. Zwei Kumpane des Schwarzbärtigen hängten sich an die Arme des Iren, und der Wirt konnte mit dem Totschläger dazwischengehen. Der Ire sackte unter den Tisch, und die um den Kampf betrogenen Matrosen heulten auf, bis der Wirt für eine Hausrunde läuten ließ, um die Gemüter zu beruhigen.

Während der Schwarzbärtige, welcher der blonden Hure ein Stück Silber zuwarf, sich mit ihr die Treppen hinauf verfügte, wandte sich Mallory, der mit schmunzelndem Interesse den Vorkommnissen gefolgt war, Stedman wieder zu und stieß seinen Humpen gegen den seinen.

»Sir, ich kann Euer Problem noch nicht ganz verstehen. Im Besonderen, weshalb Ihr Euch für diesen Käsefresser einsetzen wollt. Verzeiht mir, aber es kann Euch doch ganz gleich sein, was weiter mit ihm wird.«

Er habe, versetzte Stedman, das Wort des Niederländers, ihn für die Rettung angemessen zu entlohnen, zudem brauche er selbst Geld für Proviant und Mannschaften. Man müsse das Schiff neu kalfatern, Reparaturen seien zu machen. Deshalb habe auch er selbst ein gesundes Interesse daran, dass der Mann zu Geld komme.

»Mannschaften werdet Ihr hier kaum bekommen«, sagte Lieutenant Cutlab. »Wenn Schafe segeln könnten, würd's an der Pier nur noch Mäh, Mäh machen.«

Stedmans Tischgenossen lachten herzlich und stießen einander im Einverständnis gegenseitig mit den Knöcheln gegen die Schultern.

Stedman versuchte, in die Heiterkeit einzustimmen, ohne dass ihm das recht gelingen wollte. Er sah sich stattdessen in der Gaststube um, wo an die vier Dutzend Matrosen lärmend zusammensaßen, die ganz offenbar bei bester Gesundheit und Laune waren.

»Ihr denkt vielleicht, Sir«, beugte sich Cutlab vor, wobei man seine rattenähnlich vorragenden Vorderzähne sehen konnte, »hier sind doch genug Leute, warum nehmen wir nicht einfach ein paar davon mit?« Er sah sich triumphierend in der Runde um und lachte schallend. »Nicht wahr, meine Herren, das könnte man denken!«

Cumber und Mallory nickten gemeinsam und hatten beide die Mundwinkel zu einem Grinsen heraufgezogen. Cutlab wandte sich Stedman wieder zu.

»Die sind alle so fest versprochen wie eine Yorkshire-Braut ihrem Liebsten, Sir. Das Mädel mag tanzen, mit wem sie will, aber sie geht mit ihrem Angetrauten nach Hause, sonst setzt es was.«

»Leider verhält es sich in der Tat so, Sir«, sagte Mallory, dessen linkes Auge von einem schwarzen Lederflecken verdeckt war, während das andere begierig funkeln konnte. »Wir sind nun einmal nicht in London. Wer hier Matrosen pressen will, endet wie ein Pferdedieb, Sir. Am Galgen nämlich.«

Er wandte sich feixend Cutlab und Cumber zu. »Seiner Majestät Schifffahrt kann auf keines dieser Mannsbilder hier verzichten, und es ist uns an ihrem Wohlergehen so sehr gelegen, dass man einem jeden seinen eigenen Doctor mitgeben möcht, dass er bloß nicht malad wird oder gar stirbt.«

Mallory hob feixend seinen Humpen. »Was meint Ihr, Sir, weshalb die sich hier so aufführen. Wenn sie erst wieder auf See sind, fressen sie wieder Schimmelbrot und Madenfleisch, geben das Futter für Kanonen und für den Scharbock und tanzen am Feiertag einen Reel mit der Jungfer Peitsche. Hier aber«, er deutete mit seinem Humpen auf zwei Teerjacken, die nach einem drallen Frauenzimmer grabschten, welches ihnen quiekend auszukommen suchte, »hier leben sie wie die Störche im Teich.«

Stedman, der immer stiller wurde, erfuhr im Laufe des Abends immerhin, dass in Johnstown, welches Städtchen beim Hafen gerade aufgebaut werden sollte, ein Jude lebe namens Abram Wiltshire, der ein Händler für Schiffsbedarf und ein Geldverleiher sei. Dort könne der Captain der »Beaver« sein Glück ja versuchen.

Was Stedman versprach zu tun und sich wenig später von der Tischrunde verabschiedete.

Er tat es, noch ehe First Lieutenant Wexford im Obergeschoss den zweiten Gang mit seiner Hure beendete, welcher ihn länger in Atem hielt als geplant und ihn noch einmal fünf Farthings kostete, wie es seinem Rang gebührte.

16

Die »Beaver« wurde auf einer Stelling am Hafen in den Sand gesetzt, um die Seepocken von den Planken zu schaben. Stedman hatte von dem, was nach Auszahlen eines Handgelds an die Mannschaft noch in der Kasse verblieben war, ein paar Fässer Teer gekauft und den Liegeplatz angemietet. Damit war die Kasse so gut wie leer.

Die zehn Matrosen, welche zum Kalfatern eingeteilt waren, arbeiteten mit ihren Strohhüten halb nackt in der Hitze und zeigten finstere Mienen, weil sie lieber Landgang gehabt hätten und bis zum Abend auf ihre Ablösung warten mussten. Die ersten zwei schabten das Hull, die beiden nächsten hämmerten frisches Werg in die Risse und Spalten, welche der Beschuss und das Zerren der See dem Schiff zugefügt hatten, die restlichen zwei strichen heißen Teer auf den gedichteten Rumpf.

Was den Leuten bei der höllischen Temperatur vielleicht ein Trost war – dass sie dabei waren, ihre Arche für die Heimfahrt zu rüsten und dass sie mit etwas Glück wenn schon nicht reich, dann wenigstens lebend in drei oder vier Monaten die Themse wieder hinauffahren würden.

Zur gleichen Zeit hockten Stedman, Goodejan und Van Ackeren, den man aufgrund seiner ihm zugedachten Rolle vorübergehend von der Mannschaftsarbeit entbunden, im Schatten unter einer Gruppe Palmen. Goodejan war eben dabei, dem widerstrebenden Van Ackeren den Plan zu erklären, bei dem man seine Mitwirkung benötigte. Stedman sprang schließlich auf, da er seine Ungeduld nicht mehr bezähmen konnte, und überließ seinem diplomatischer vorgehenden Zweiten den Disput.

Zu der Einsicht gelangt, dass ein jäher Akt der Willkür gegenüber dem Zögernden mehr Schaden anrichten als Nutzen schaffen würde, stapfte er durch den glühend heißen Sand zu seinem Schiff hinüber, um sich die Arbeit der schwitzenden Matrosen anzusehen. Dort ging er von einem zum andern und erteilte unerbetene

Ratschläge, die seine Leute sich in trotzigem Schweigen anhörten, während das Rappeisen kratzte und der Teerquast geschwungen wurde.

Man brauche sich doch gegenseitig, sagte Goodejan zu Van Ackeren und schwieg eine Weile, um dem Satz Gewicht zu geben.

Unter den Bäumen hockend, deren große Wedel im sanften Wind ein wisperndes Geräusch von sich gaben, beobachteten sie solange beide eine Palmenkrabbe, welche mit energischen Bewegungen eine Kokosnuss durch den Sand hinter sich herzog. Van Ackeren musste an Jacob Maternus denken und überlegte, was der wohl zu dem Tier und seinem Sinn für praktische Unternehmungen zu sagen gehabt hätte.

»Du willst«, fing Goodejan wieder an, »zurück zu deinen Leuten, Pieter. Und wir ja auch, nichts weiter. Was ist denn schon eine kleine Lüge? Es gibt auch Notlügen!«

Van Ackeren versetzte, dass sein Glaube Lügen kenne und Not, aber keine Notlügen. Solches halte er, mit Verlaub, für eine papistische Verdreherei.

Goodejan, der seine bloßen Füße im feinen Sand vergrub und unwillkürlich die Zehen bewegte, weil sich das gut anfühlte, schaute in Richtung des blauen Horizonts und verdrehte die Augen.

Man komme von hier nicht mehr weg, wenn man kein Geld kriege. Und von nichts komme schließlich auch nichts, ließ er vernehmen. Ein Kredit sei eine ganz normale Sache unter Ehrenmännern und kein räuberischer Handel, so viel stehe einmal fest.

Ob sie denn vorhätten, wollte Van Ackeren wissen, das geliehene Geld wieder zurückzuzahlen, oder ob es eine schlichte Gaunerei sei, zu der man ihn brauchen wolle?

Natürlich werde man, so Goodejan, die beiden Großzehen zusammen bewegend, das Geld zurückerstatten. Es handle sich hier auch nicht um eine Gaunerei, sondern um ein englisches Schiff, das im Auftrage des Königs unterwegs und in Not geraten. Man werde alle Verpflichtungen selbstverständlich einhalten.

Dann wolle er, sagte Van Ackeren, es versuchen. Er müsse aber allein hingehen, er wolle weder Goodejan noch Stedman dabeihaben, wenn er den Juden aufsuche.

Nach kurzem Nachdenken meinte Goodejan, er wolle den Vorschlag seinem Kapitän übermitteln. Er für seinen Teil unterstütze Van Ackerens Vorschlag.

Eine Stunde später machte Captain Lieutenant John Fitzgerald Stedman dem Kommandanten der Garnison von St. John's seine Aufwartung. Es handelte sich um einen Major Ethan Nobble, welcher aus Penzance stammte, zuvor in Tobago gewesen und seit Kurzem mit dem neuen Kommando betraut worden war.

Die seit zwei Jahren bestehende Garnison auf Tortola umfasste achtzig Seesoldaten und zwanzig zwölfpfündige Geschütze, welche man provisorisch hinter einem Wall oberhalb des Hafens platziert hatte, da man bislang weder die Mittel noch die Zeit aufbringen konnte, ein veritables Fort zu errichten.

Der Major empfing Stedman einigermaßen ungnädig, da er seit seiner Ankunft vor sechs Monaten noch immer in provisorischen Räumlichkeiten logierte, nachdem auch die Garnisonsgebäude nicht fertig wurden. Eine Schar Negersklaven, beaufsichtigt von einem Korporal, welcher auf einem Baumstumpf döste, war gerade damit beschäftigt, das Dach der Kommandantur in Ermangelung von Dachziegeln mit Palmwedeln zu decken.

Die Hammerschläge vom Festmachen der Krampen und das Gerede der Arbeiter draußen störten die Unterhaltung mit dem Gast erheblich. Dazu kam, dass Nobble am späten Vormittag bereits einen ziemlichen Spiegel vom Planter's Punsch hatte, welchen er aus seinen Vorräten von puertoricanischem Rum herstellen ließ. Das Getränk stimmte ihn in der Regel milde, mit zunehmend genossener Menge aber auch reizbar, und in diese Phase war Stedman hineingeraten.

Man hatte dem Gast einen wackeligen Stuhl und ein Limonenwasser angeboten. So saß Stedman nun da, den Degen aufgestellt, den Dreispitz auf den Knien und seine nicht allzu sauberen geknöpften Gamaschen betrachtend, welche solcherlei Anlässen vorbehalten blieben. Er schwitzte teuflisch unter seiner Perücke, während Nobble auf das an ihn gestellte Ersuchen hin dabei war, seine Suada abzulassen.

Dass man hier ein Dasein führen müsse wie bei denen Wilden in einer schäbigen Palmhütte! Eines Gentlemans nicht würdig und bloß eine der vielen Zumutungen, über die in England nie jemand redete. Es heiße immer nur: siegen. Siegen bedeute Fliegen und Krankheiten, aber Ruhm und Ehre für andere. Ja, die Neue Welt!

Nobble wies mit der behandschuhten Hand auf das im Aufbau befindliche Dach und vollführte einen weiten Bogen, bei dem seine Hand das karge Mobiliar, den schweren Kapitänsschreibtisch aus Mahagoni und am Ende auch Stedman selbst mit einschloss, welcher höflich schwieg, nachdem es dazu nichts zu sagen gab.

Der Major machte eine Pause und trank noch einen Schluck vom Planter's, wobei seine Hand stark zitterte.

Unterstützung, fuhr er fort, könne er daher einem Offizierskollegen und Gentleman zu seinem größten Bedauern derzeit leider nicht ... Ein besonders lauter Hammerschlag ließ den Major zusammenzucken, ein Kopfschütteln folgte, ohne dass der Satz beendet worden wäre.

Der Gast, fuhr der Kommandant fort, sei im Übrigen auch nicht der Erste und nicht der Einzige. Man habe Verständnis, aber man könne nicht überall ... da die Garnison noch immer ein Provisorium und Tobago selbst angeblich in Nöten sei und aus England die widersprüchlichsten Nachrichten kämen ... die Revolution ... Ein längeres Kopfschütteln folgte, dann nahm Nobble einfach seine Perücke ab und warf sie hinüber auf den Schreibtisch, um sich ungeniert und ausgiebig am Kopf zu kratzen. Als er damit fertig war, starrte er Stedman an, als habe er ihn zuvor noch nicht gesehen.

Der Gast wisse vermutlich nicht, fuhr er fort, wobei seine Glatzköpfigkeit dem Gesagten einen zusätzlichen dramatischen Akzent verlieh, dass man hier selbst in der allergrößten Bredouille stecke. Ob man eigentlich jenseits der Virgins überhaupt darüber informiert sei, dass zwei der Nachbarinseln von Tortola sich im Besitz von Bukanieren befänden? Welche über bessere Geschütze und natürlich auch über mehr Leute verfügten als die Kommandantur! Und nur stillehielten aus Furcht vor Tobago und einem Entsatz von dort! Der wahrscheinlich auch noch verweigert würde, brauche man ihn denn!

Nein, das interessiere niemanden, davon wolle keiner hören, auch nicht in Tobago, man vertröste einen mit Entscheidungen, die noch in London lägen. In London!

Und dass deren Bukaniers einer, welcher sich den Namen »Old Man's Beard« gegeben, letzthin gar die Stirn gehabt, per Boten Schutzgeld vom Kommandanten zu verlangen! Das sei wohl der Gipfel, bei Gottes Blut und bei Englands Ehre.

Ein großer Papagei, vom Hämmern draußen aufgeschreckt, kam durch das offene Fenster hereingeflogen und flatterte, den gelb-blau-grünen Schwanz gespreizt, mit lautem Krächzen hin und her, wobei ihm beide Männer schweigend zusahen, bis der Vogel ein offen stehendes Fenster fand und wieder hinauskam.

Nobble atmete tief ein und schüttelte dann wieder den Kopf, als habe er noch etwas sagen wollen, darauf aber gleich wieder verzichtet. Er griff nach einem Glöckchen, das auf seinem Schreibtisch stand.

Auf das Läuten hin öffnete eine junge Negerin in einem sauberen Kattunkleid die Tür und trat einen Schritt in den Raum herein, wo sie stehen blieb und einen Knicks ausführte.

Nobble maß seinen Gast mit müden Augen. »Möchtet Ihr noch eine Erfrischung, Sir?«

Stedman dankte und erhob sich. Er wolle den Major nicht weiter aufhalten, es müsse auf seinem Schiff nun wieder nach dem Rechten gesehen werden.

»Ich wünsche Euch also viel Glück, Captain, äh –?«

»Stedman, Sir.«

»Captain Stedman, richtig. Glück also. Guten Tag, Sir.«

Beim Hinausgehen riet Nobble, welcher Stedman zur Tür begleitete und ihm dabei in jovialer Erleichterung ein paarmal auf die Schulter klopfte, den Juden Wiltshire aufzusuchen, welcher als ein Mann gelte, der vernünftige Vorschläge mache, so man ihn ausreichend bezahle.

Auf Stedmans Blick hin, welcher sich noch einmal umgewandt hatte, setzte der Major achselzuckend hinzu, dass der Jude auch Kredit gebe.

17

Van Ackeren saß auf einem Schemel im Kontor des Juden Abram Wiltshire. Er fühlte sich unwohl infolge der unerwarteten Freundlichkeit, mit der man ihn empfangen hatte. Es wäre ihm bei seiner Mission leichter gefallen, einem unangenehmen Menschen gegenüberzusitzen.

Wiltshire war ein korpulenter Mann mit ergrautem Haar und Bart, auf seinem Kopf saß ein schwarzes Käppchen, und seine großen fleckigen Hände ruhten vor ihm wie zwei auf den Tisch gelegte Brotfladen.

Er schwieg schon eine ganze Weile, nachdem der junge Niederländer ihm erzählt hatte, worin sein Anliegen bestehe. Beim Eintreten Van Ackerens hatte er rasch die Kleidung seines Besuchers gemustert. Den nach Mottenkugeln riechenden Rock bemerkt mit den zu kurzen Ärmeln (aus der Kleiderkiste Stedmans stammend) und die stockfleckige Chemise aus Kattun mit dem gefältelten Kragen (von ebendort) und die zu großen Matrosenstiefel (von Goodejan). Nachdem er Van Ackeren zum Sitzen aufgefordert, hatte sich Wiltshire die Papiere angesehen, welche sein Besucher zum Beleg seiner Mitteilungen vorlegte, und sie nach einem kurzen Blick darauf zur Seite gelegt.

Der kleine Totenkopfaffe, welcher in dem vollgestellten Kontor hauste und geduckt in seinem Ring auf der Stange hockte, gab ein besorgtes Zwitschern von sich und riss an seiner Kette, als spüre er in dem eingetretenen Schweigen etwas Unheilvolles.

»Guter Herr«, sagte Wiltshire schließlich, »ich möcht annehmen, dass es die Not ist, welche Euch treibt zu mir.« Er strich sich über den grauen Bart. »Und nicht die Absicht, einen alten Juden hineinlegen zu wollen.«

Auf Van Ackerens Gesicht breitete sich Röte aus, was Wiltshire nicht entging, da er seinen Besucherschemel dort platziert hatte, wo das Licht des einzigen Fensters hinfiel. Er nickte zufrieden, da er nun meinte, zumindest keinen gewohnheitsmäßigen Gauner vor sich zu haben.

»So wollen wir bleib'n bei der Wahrheit, junger Herr. Sagt man nicht, Wahrheit währt am längsten?«

Van Ackeren schaute auf den Tisch und schwieg.

»Wenn Ihr wollt wissen, was Ihr da mitgebracht«, Wiltshire legte seine Hand auf die drei Papiere, »das sind keine Wechsel, das sind Frachtpapiere.«

Van Ackeren biss sich auf die Lippen, während sein Blick auf der Tischplatte zu kleben schien.

»Diese Papiere hat ausgestellt der Abram Menzel, ein Jud aus Neu-Spanien. Kennt Ihr ihn?«

Er kenne ihn, sagte Van Ackeren. Sie seien zusammen gereist.

Wiltshire hob die Brauen. »Zusammen gereist, soso. Und ist er auch wohl, der Menzel?«

Es gehe ihm gut, soviel er wisse, sagte Van Ackeren.

»Soviel Ihr wisst also.«

Van Ackeren hob den Blick zu Wiltshire, welcher ihn ansah. »Es tut mir leid, mein Herr. Was ich Euch erzählte, war nicht die Wahrheit. Vielleicht erklärt es die Not, wie Ihr es bereits angeboten habt, vielleicht aber auch nicht. Wenn Ihr die Wahrheit wissen wollt, so erzähle ich sie Euch jetzt.«

Der Jude verschränkte die Finger und wartete, ohne zu sprechen.

Van Ackeren berichtete, wie er aus dem Haus Navarro in Guadalupe weiter nach Hernandez gelangt war zu dem Juden De Javiar und dort logierte, von dort mit Abram Menzel zur Küste nach San Isidór reiste. Dass der Schoner, auf dem Menzel selbst nicht mitfuhr, von dem englischen Schiff aufgebracht und versenkt worden war. Und dass man dabei das Silber verloren habe.

Wiltshire nickte beim Zuhören, ohne dass ihm der Verlust einer solchen Menge Silbers sichtbare Aufregung abgenötigt hätte.

Es liege, versetzte er, nachdem Van Ackeren geendet, schon eine Menge Silber auf dem Grund des Meeres. Vielleicht gerade so viel, wie man zu anderen Ufern gebracht hätte oder auch noch mehr.

»Ihr seid, Herr Van Ackeren«, sagte Wiltshire, »in Isidór gewesen als ein Gast des Moyse de Javiar, wie Ihr sagt, und kennt auch den guten Menzel, ist es so?«

Van Ackeren bestätigte dies.

»So kennt Ihr schon einige Juden und nun auch mich. Was selten ist für einen Niederländer, welche reformierten Christen uns nicht eben schätzen, habe ich recht?«

Dies treffe auf ihn nicht zu, sagte Van Ackeren. Er habe, was Calvin über die Juden gesagt, nie gebilligt, so wie viele andere Stadtleute in den Niederlanden, wo man mit Juden alltäglich zusammenlebe und nichts gegen sie habe.

»Ja, ja«, sagte Wiltshire. »Man lebt mit uns zusammen, wiewohl unser Volk nicht erkannt haben soll den Messias Jesus Christus und für dieses eine Vergehen zerstreut worden ist in die Diaspora. Dass wir lernen mussten, uns selbst zu helfen, wo uns keiner sonst helfen will.«

Er lachte leise vor sich hin, und das Äffchen zwitscherte dazu, den Kopf schief gehalten. Dabei zeigte es seine spitzen Zähnchen und zog den gemusterten Schweif in einem Bogen durch die kleine Hand.

»Aber sagt mir, mein junger Freund, da Ihr Moyse de Javiar kennt, ob seine Tochter Sara sich bereits verehelicht hat?«

Die Töchter De Javiars, sagte Van Ackeren, hießen Judith und Rachel. Von einer Sara wisse er nichts.

»Nun denn«, sagte Wiltshire. »Ihr scheint die Wahrheit zu sprechen, jedenfalls eine solche, wie sie für uns brauchbar sein dürfte, um weiterzukommen.« Er nahm die Papiere und reichte sie Van Ackeren. »Das ist, wie ich schon sagte, nichts wert. Frachtpapiere ohne Fracht kann man nicht prolongieren. Aber weil Ihr zusammen gereist seid mit dem guten Menzel und er Euch vertraut hat und ihr ein Gast gewesen seid in Moyses Haus und gegessen habt sein Brot, so will ich Euch helfen. Schickt Euren Capitain zu mir und sagt ihm, Abram Wiltshire wird ihm machen ein Angebot.«

18

»Ein Halsabschneider, ein verdammter gottloser Israelit!«, knurrte Stedman und schlug mit der Faust auf den Tisch, dass die paar Matrosen, die bereits um Mittag in der »Mermaid« mit dem Picheln angefangen hatten, neugierig zu ihm herübersahen.

»Sir?«, sagte Goodejan, der bei seinem Kapitän hockte, einen Humpen Bier vor sich.

»Nun, ich komme ja eben von ihm. Er will, dass ich ihm das halbe Schiff überschreibe, und diese Hälfte anschließend versichern. Dann will er mir geben, was ich brauche, um seetüchtig zu werden, und dazu so viel in Pfund Sterling wie noch übrig vom halben Wert, wenn er sich das Schiff angesehen.« Stedman schüttelte den Kopf, seine Faust war noch immer geballt. »Wir dachten einmal, Mr Goodejan, wir beherrschten die Meere. Das ist ein Irrtum. Der Mammon beherrscht sie und der Zinswucher, also im Grunde die Juden!«

Stedman lachte sarkastisch und zog danach heftig die Luft durch seine auseinanderstehenden Vorderzähne ein, als tue ihm etwas weh. Er langte kopfschüttelnd nach seinem Humpen und trank daraus, wobei er das Kopfschütteln unterbrechen musste, aber wieder damit anfing, als er den Zinnkrug auf den Tisch zurückstellte.

Goodejan äußerte sich nicht zu der Erkenntnis seines Kapitäns. Er erschlug mit einer knappen, gut gezielten Bewegung einen Mosquito, der dabei war, ihn in den Unterarm zu stechen.

»Einfach ausräuchern sollte man den Kerl«, knurrte Stedman. »Ein Kommando hinschicken und ihm die Bude abbrennen. Danach wird er anders verhandeln.«

Goodejan wischte den Blutfleck auf seinem Arm mit dem Handteller ab. Räusperte sich.

»Er will die Wechsel nicht anerkennen, Sir?«

»Nein. Er sagt, dass der Niederländer nicht belegen könne, dass das Silber ihm gehöre, da die Papiere nicht auf ihn ausgestellt seien. Es seien bloß Frachtpapiere, und solche schreibe er nicht auf Wechsel um. Dafür mache er mir aber dieses Angebot, mit dem der Herr … Van … Ackeren … sich … beim … Herrn … Kapitän«, Stedman spuckte die Wörter einzeln nacheinander aus, »auslösen könne für seine großmütige Rettung. Blutsakrament noch einmal! So viel zu Eurem genialen Plan, Mr Goodejan!« Er funkelte Goodejan an.

Der biss sich auf die Lippen und schob seinen Bierkrug hin und her.

»Erlaubt, Sir – weshalb stimmt Ihr nicht einfach zu? Was man hier unterschreibt, hat dort, wo wir hinfahren werden, noch lange keinen Wert. Gebt dem Juden, was er will, lasst ihn das Schiff reparieren und nehmt sein Silber, Sir.«

»Ja, das habe ich mir auch gedacht. Aber der Kerl will die Schiffspapiere sehen und den Namen des Eigners. Und er will, damit die Versicherung gültig sei, dazu noch eine persönliche Ehrenerklärung von mir, dass ich selbst für die Summe hafte, die er mir gibt. Welche Papiere er samt und sonders bei der Kommandantur der hiesigen Garnison zur Sicherheit hinterlegen will.«

Stedman sprang auf und schrie, ohne sich um die ihn anglotzenden Matrosen zu kümmern: »Damit er nämlich sein Geld auch dann zurückbekommt, wenn wir, was Gott verhüten möge, auf See bleiben, Mr Goodejan!«

Obgleich sich der Kapitän und sein Zweiter im Anschluss gemeinsam über das unchristliche Schachern Wiltshires und dessen Geldgier in höchstem Maße empörten und dazu jeder drei Krüge Bier und vier Schnäpse getrunken hatten, war an dessen Angebot nicht zu rütteln.

Abram Wiltshire kam den nächsten Tag zum Strand herunter und sah sich die trocken liegende »Beaver« mit allem daran genau an, schickte auch seinen Takler hinauf in das Rigg und machte sich nach dessen Bericht viele Notizen in sein ledergebundenes Büchlein. Bei alledem begleitete ihn Goodejan, da sein Kapitän unpässlich war, wie er Wiltshire mitteilen lasse.

Das Ergebnis der Inspektion, welches Goodejan von dem Alten nach einer kurzen Rechenpause mitgeteilt worden war, ergab, dass nach Reparatur der dringendsten Schäden am Rigg und dem

Ausbessern der arg zerschossenen Kanonendecks der Restbetrag des halben Schiffswerts nach Abzug der Kosten noch einhundert Pfund Sterling betrage, welches Geld Kapitän Stedman entweder zu zwei Dritteln per Kreditbrief und einem Drittel in bar ausbezahlt werde, oder der Kapitän könne aus Wiltshires Kontor dafür drei Fässer zu je hundert Maß Pulver und vierzig Kanonenkugeln zum Vorzugspreis erwerben, dazu noch Lebensmittel und Bier für vier Wochen Fahrt, was nach Abzug der dafür zu entrichtenden Kosten noch vierzig Pfund ergebe, wovon zwanzig in bar und zwanzig als Kreditbrief übergeben würden. So man sich darauf einigen könne, sei das Schiff in vier Tagen abfahrbereit und die bei ihm erstandenen Waren geliefert.

Stedman, als ihm dies von seinem Zweiten mitgeteilt wurde, welcher seinen Kapitän an dem Ort fand, den dieser als Rückzugsort gewählt hatte, einen sandigen Sitz nämlich hinter einer Düne im Schatten dreier Kokospalmen, musste eine Weile über die Unterzähne einatmen, ehe er die Kraft fand, zu sprechen.

»Nur weg hier, Mr Goodejan, nur weg. Sagt diesem Blutsauger, dass ich ihn nicht mehr sehen will, solange ich lebe.«

»Aye, Sir«, sagte Goodejan.

Er werde mit dem Juden reden und das für die Abreise Nötige umgehend veranlassen.

19

Die »Beaver« verließ Tortola an einem wolkenverhangenen Vormittag, welcher baldigen Regen und möglicherweise auch einen Sturm verhieß.

Stedman wollte nicht mehr verweilen, keine Stunde länger, wie er sagte, nachdem er das halbe Schiff hatte verpfänden müssen, um weiterzukommen.

Sein Sinn für Sparsamkeit und nicht zuletzt sein Stolz hatten ihn davon abgehalten, Wiltshires zusätzliches Angebot anzunehmen, für ihn und Goodejan neue Kleider zur Ausstattung hinzuzufügen, obgleich der Preis dafür nicht hoch gewesen wäre. Indessen hätte er es nicht ertragen, auch noch das Gefühl haben zu müssen, von dem Kerl eingekleidet worden zu sein und wochenlang den Geruch seines Kontors mit sich herumzutragen. So stand der Kapitän, während die Fregatte aus dem Hafen lief, in seinem alten, verschwitzten Rock und dem abgeschabten Dreispitz auf dem Achterdeck, die Hand auf dem Degenkorb, und sah die grün bewachsene Insel Tortola fort zum Horizont wandern, auf welcher das Schiff, wie Goodejan mit der Munterkeit seiner Jugend bemerkte, nun gerüstet worden sei, um sein Glück aufs Neue zu versuchen.

Auf Van Ackeren wartete indessen eine herbe Enttäuschung. Kapitän Stedman zeigte sich nicht willens, Sint Eustacius anzulaufen und ihn dort abzusetzen, wie man es ihm zuerst versprochen hatte.

Er habe, so erklärte ihm Goodejan, als sie beisammen im Bug der »Beaver« standen, die Erwartungen des Kapitäns bezüglich der Verhandlungen nun einmal nicht erfüllt. Stedman argwöhne, dass Van Ackeren mit dem Juden gemeinsame Sache gemacht habe, was er, Goodejan, keineswegs annehme. Dennoch habe nun einmal der Kapitän an Bord das Sagen, und es komme hinzu, dass man zu wenig Mannschaften mitführe, da könne man auf keine Hand verzichten.

So musste Van Ackeren, welcher zu Goodejans Eröffnung kein Wort sagte, erfahren, dass die Versprechen von Kapitänen wenig zählen. Wenn auch ein alter Jude versucht hatte, ihm sein Wohlwollen zu zeigen, und das Schiff, auf dem er weiterreisen musste, wieder flottmachte.

Diesen letzteren Umstand schätzte auch Stedman, obgleich er sich von Abram Wiltshire betrogen glaubte, welcher mit dem Verschwinden der Virgins hinter dem Horizont immer unwirklicher zu werden schien angesichts der Chancen, die Stedman wieder vor sich sah.

Er plante nach wie vor, zurück nach England zu segeln, da man mit halber Mannschaft keine neue Kampagne beginnen konnte. Jedoch bot der Rückweg auf der Azorenroute mit einem seetüchtigen Schiff durchaus die Chance, die Routen der Spanier und Niederländer heimzusuchen, um auf dem Weg nach Hause doch noch eine Prise zu machen.

Die »Beaver« befand sich wieder auf der Jagd.

Van Ackeren träumte von Anna.

Sie gingen im Dämmerlicht durch einen Garten, in dem tropische Blumen wuchsen. Vögel ließen sich hören, und die Stimmen der unsichtbaren Urwaldtiere waren überall. Anna ging neben ihm, sie trug ein Kind auf ihrem Arm, und sie neigte den Kopf zu dem Kinde, dass man ihr Gesicht nicht sehen konnte, weil das aufgelöste rote Haar darüberfiel und das Kind halb bedeckte. Es war ihr gemeinsames Kind, das auf Annas Armen schlief.

Im Moment dieser Gewissheit wandte ihm Anna ihr Gesicht zu und lächelte ihn an. Er schaute in ihre Augen, und die Zeit stand still. Sie sprach zu ihm, aber er hörte ihre Worte nicht, und er verwunderte sich, da sie doch stumm war! Und doch sprach sie, und er verstand alles, was sie zu ihm sagte, in seinem Innern. *Ich habe Angst, Pieter*, sagte sie. *Angst um unser Kind, das noch geboren werden soll.* Annas Blick bekam mit dem Gesagten ein Flehen, und sie schaute zurück. Da fuhr eben ein großes Schiff in den Wald herein, dessen mächtiger Rumpf die Bäume beim Fahren zerknickte wie dünne Sträucher. Sie standen beide erstaunt und sahen zu dem Schiff hinüber, an dem, als es anhielt, sogleich eine Tür sich öffnete.

Da heraus schritten zwei Personen, angetan mit vornehmen spanischen Kleidern. Ein Mann mit Federhut und Degen und eine Frau mit einem Reifrock und einem großen Spitzenkragen. Wie sie näher kamen, blieb der Mann stehen und machte eine Reverenz, als habe er der Frau den Weg weisen wollen zu den beiden, die da standen. Sie schritt weiter, und man konnte ihr ledernes Gesicht erkennen mit den furchtbaren Augenschlitzen, die grauen Haare hochgetürmt wie eine Gewitterwolke über dem spanischen Kragen. Ihre Zähne bleckend wandte die Mumie das tote Antlitz mit zitternden Nasenlöchern hin und her, ganz so, als wittere sie die in Angst Dastehenden. Dann streckte sie die dürren Arme mit zu Krallen gekrümmten Fingern aus, weil sie nach dem Kinde gierte. Anna schrie auf und barg sich vor dem Dämon hinter Van Ackeren.

Er betete und streckte seine Hand aus, als halte er der Erscheinung ein Kruzifix entgegen, er spürte dabei Annas Atem hinter sich. Aber die tote Condesa lachte, ein schrilles Lachen wie Kreischen von Seil auf Holz, wovon die Blumen im Garten verdorrten. Und auch der Kavalier im Hintergrund lachte, ein Meckern wie von einem Ziegenbock. Van Ackerens Gebete nützten nichts, die Mumie kam näher, und Van Ackeren begriff, dass sie sein Kind wollte, das noch nicht zur Welt gekommen war.

Er erwachte von seinem eigenen Schrei.

Jemand schüttelte ihn in seiner Hängematte. Es war Matis, einer der von der »Bloem« gepressten Matrosen, welcher sein Tischgenosse und Wachkamerad.

»Pieter! Wach auf. Du hast geträumt.«

»Ja, ich … es war furchtbar, ich habe etwas Furchtbares geträumt.«

Matis legte Van Ackeren die Hand auf die Schulter. »Komm mit an Deck«, sagte er. »Mit Schlafen ist's nun vorbei.«

Sie stiegen den Niedergang hinauf und setzten sich zum Großmast, wo die Kühle, welche das Meer über Nacht angenommen hatte, vom Passat über die Wellen herangeweht wurde. Der frische und lebendige Geruch der See war wie der Geschmack frisch gespaltener Austern.

Es musste nahe acht Glasen sein, bald kam der Wachwechsel. Die

Wellen, auf denen die »Beaver« schaukelte, hatten von den Wolken, unter denen die Sonne sich ankündigte, bereits einen roten Schimmer.

»Ich habe von einem Kind geträumt, das noch nicht geboren ist«, sagte Van Ackeren.

»Dein Kind?«

»Vielleicht«, sagte Van Ackeren. »Ja, vielleicht war es mein Kind.«

Matis schnitt sich einen Priem von der Takabschnur ab, welche er in seiner Hosentasche hatte. »Willst du?«

Van Ackeren schüttelte den Kopf. »Und vom Tod. Ich habe auch vom Tod geträumt.«

»Gut, wenn du gerad nur von ihm träumst«, sagte Matis. »Er ist einem nahe genug.«

Ein weißer Seevogel überquerte das Schiff mit langsamem Flügelschlag, ließ sich ein Stück herabfallen und schwebte dicht über den Wellen davon, dass er in den Tälern ganz verschwand und auf den Kuppen wieder auftauchte. Seine Flügel wurden von der steigenden Sonne rot überhaucht.

»Glaubst du, man kann die Zukunft träumen?«, fragte Van Ackeren.

»Wer weiß«, sagte Matis. »Mag sein, man kann's. Ich würd's nicht wollen, es kommt ja doch, wie es kommen soll.«

»Ich suche nach der Frau, mit der ich dieses Kind haben werde«, sagte Van Ackeren plötzlich und war überrascht von seinem eigenen Bekenntnis, welches nun, da es ausgesprochen, eine unerwartete Festigkeit erlangte. Als habe erst der Klang der Worte ihm Wahrheit verliehen.

»Da wünsch ich dir, dass du sie findest, Gesell«, sagte Matis, auf seinem Priem kauend. »Die will ich auch eines schönen Tages suchen. Aber ob ich sie finde und ob ich lang genug werd leben, wer kann das wissen.«

Matis stieß Van Ackeren gegen die Schulter und schob sich den Priem in die Backe. »Schau her, Pieter, was ich hier Kurioses hab. Bekam es von einem, der noch in derselben Stund hat müssen Hochzeit halten mit des Seilers Töchterlein.«

Er grub in der Tasche seiner Hose und förderte eine Tabakdose zutage, die er Van Ackeren reichte.

»Ist eine schöne Dose für einen Herrn«, sagte Matis.

Van Ackeren wollte das Herz stehen bleiben. Er starrte Matis an.

»Nicht dass du denkst, ich hätt sie gestohlen, Pieter«, sagte der und legte die Hand auf die Brust. »Der war auch ein Niederländer«, fuhr er fort, »und muss ein vornehmer Mann gewesen sein. Hat sie mir gegeben, eh er auf den Karren hinaufmusste und zum Richtplatz fahren. Er würd sie lieber verschenken, sagt er, als dass die Henkersknechte sie von seinem Leichnam stehlen. Verschenken ist nobel, hat er gesagt und dabei mit den Augen gezwinkert, aber bestohlen werden ist's nicht.«

Matis schüttelte den Kopf. »Ist in Santiago de León de Caracas gewesen, ein paar Tage eh ich auf der ›Bloem‹ gemustert worden bin. Ich war Sackträger beim Magistrat und musst dem Profosen beim Galgenbauen helfen. Der Tage hatten die Soldaten nämlich ein Dutzend von denen Strauchdieben gefasst. Waren entlaufene Sklaven darunter und bei ihnen auch dieser Kavalier, ein lustiger Bruder. Hat noch gesungen auf dem Karren, ein fröhlich Liedlein. Man müsst beizeiten singen, bevor einem die Kehle zu eng wird, das hat er mir noch zugerufen.«

Van Ackeren drehte die Dose in der Hand, die er wohl kannte. Den zähnebleckenden Löwen, die beiden Herren, welche in eine einzige Hose hineinwollten, und die davonschwimmende Meerjungfrau.

Und ihn kam ein Schauder an, da ihm sein Traum wieder in den Sinn kam und er sich fragen musste, wer wohl der vornehme Kavalier darin gewesen war, welcher die grausige Condesa begleitet hatte. Und weshalb Teerstraten gerade jetzt wieder in sein Leben hereintrat und ob das, was er an Anna und an ihm bewirkt, wohl in Gottes Namen geschehen war oder ob ein Unstern darüberstand.

»Willst du sie haben?«, sagte Matis.

»Wirf sie ins Meer«, sagte Van Ackeren. »Ein solches Geschenk bringt kein Glück.«

Matis schob die Unterlippe vor. »Die schöne Dose ins Meer werfen! Bruder, du kommst auf seltsame Gedanken. Wenn du sie schon nicht willst, kann ich sie immerhin jemandem verkaufen, die ist ein gut's Stück Geldes wert.«

Van Ackeren klopfte Matis auf die Schulter. »Nimm's mir nicht übel, Matis. Ich schnupfe nun einmal nicht und hab an derlei Tand nicht mein Vergnügen.«

Matis nahm es ihm nicht übel.

Er werde den Zweiten fragen, ob er die Dose haben wolle und was er darum geben würde. Vielleicht wollte sie gar der Kapitän selbst, wer könne das wissen?

20

Und wirklich kaufte schon am nächsten Tag Goodejan Matis die schöne Schnupftabakdose für ein paar Silberstücke ab. Der Matrose empfand nach dem Gespräch mit Van Ackeren an dem hübschen Ding keine rechte Freude mehr. Im Nachhinein hatte ihn Van Ackerens Ansicht überzeugt, welcher doch fast wie ein Pastor reden konnte, dass das Geschenk eines Todgeweihten womöglich Unglück bringe.

Jedenfalls erhielt Matis von Goodejan fünf Schillinge, und kurz darauf wanderte die Dose weiter zum Kapitän, welcher sie bei seinem Zweiten sah und sie dermaßen lobte, dass Goodejan kaum umhinkonnte, sie ihm gefälligst zu überlassen. Wofür ihm Stedman einen Walzahn mit einer hineingeritzten Seejungfrau und einem wehenden englischen Banner auf der anderen Seite zum Tausch aufdrängte.

Auf diese Weise fing die Dose erneut das Wandern an, und Teerstraten, welcher sich inzwischen an einem Ort befand, wo man entweder nichts mehr oder alles sehen kann, würde sich wohl den Schnurrbart gestrichen haben bei dem, was weiter geschah.

Seit einer guten Woche hielt die »Beaver« Kurs auf die Azoren.

Kapitän Stedman hoffte, an ein Schiff zu kommen, das im Guineahandel unterwegs war. Auf der Azorenroute segelten Schiffe nach Westen, andere nach Cabo Verde, und schließlich gab es auch die, welche heimwärts fuhren. Eine fette holländische Fleute, kaum bewaffnet, dafür mit guter Ladung und Geld in der Kasse! Und wer weiß, wenn man sich daran gestärkt hatte, ob einem nicht noch mehr Fische ins Netz gingen auf dem Weg nach Hause.

So war die Stimmung an Bord des Schiffes nicht schlecht, und der Wind, welcher die »Beaver« ostwärts führte, war gut. Man bekam Raum für ein südwärts gerichtetes Kreuzen, was Stedman allabendlich, wenn die Sterne sich zeigten, mittels des Jakobsstabes prüfte, mit dem er die Höhe zum Polarstern maß. Die Wache wurde regelmäßig zum Loggen angehalten, und nach dem Frühstück hockte Stedman in seinem Privatissimum vor dem Pult, die verhasste Perücke auf den Ständer gehängt, und trug in das Logbuch ein, wie viel Weg das Schiff nach seiner Meinung den gestrigen Tag gemacht habe.

Bei seiner heutigen Eintragung vermerkte er außerdem, dass der Matrose Mac Intries, welcher von den Shetlandinseln stammte und als Raufbold bekannt war, am Vortag zehn Stockschläge erhalten habe, weil er seinen Wachkameraden Lewies beim Setzen der Marssegel im Zorn beinahe von der Rah geworfen hätte, was zwei der anderen Matrosen bezeugten. Weil Lewies ihn einen Hundefresser genannt habe, was Mac Intries nicht auf sich wollte sitzen lassen, da dies gegen die Schotten ging, welche an Bord ohnehin keinen leichten Stand hatten.

Stedman starrte resigniert auf den frischen Tintenklecks, den er verursacht hatte, wobei er sich über den rot bestoppelten Kopf fuhr. Dann betrachtete er die Gänsefeder, deren Spitze sich beim Schreiben ständig verbog, und zog die Lade seines Schreibpults auf, um nach dem Federmesser zu suchen.

Da hörte er von Deck einen lang gezogenen Ruf, welcher vom Ausguck kommen musste. Er sprang auf und trat an die Tür.

»Segel in Lee!«, rief es noch einmal.

Ohne an seine Perücke zu denken, stürmte Stedman hinaus, drehte auf dem Absatz um und holte das Fernrohr aus der Kajüte. Sein Puls schlug ihm in den Hals hinauf, und ein Gefühl der Hoffnung erhitzte ihn, welches noch unterstrichen wurde durch die Wahrnehmung seines braven Schiffes, das sich mit gebrassten Segeln durch die Wellen arbeitete.

Goodejan war schon auf dem Weg nach hinten zum Achterdeck und salutierte, dem Anlass entsprechend, förmlich vor seinem Kapitän.

»Order, Sir?«

»Welchen Kurs hat er, Mr Goodejan?«

»Sieht aus, als liefe er auf Ost, Sir.«

Stedman setzte das Glas ans Auge. »Ein Dreimaster. Kurzes Schiff, hoher Rumpf, eine Fleute, wette ich, Mr Goodejan. Lasst höher gehen, den kriegen wir.«

Goodejan machte dem Mann am Ruder ein Zeichen, welcher sich schon erwartungsvoll zum Achterdeck umgedreht hatte, um auf die Order zu achten. Der Mann ließ die Speichen des Ruders durch die Hände gleiten, und die Mannschaft, die in den Wanten stand, um besser sehen zu können, fing an zu johlen.

»War aber auch Zeit, Mr Goodejan«, sagte Stedman und holte seine neue Schnupftabakdose heraus. Er klopfte sich eine Prise auf den Handrücken und bot Goodejan die Dose an, welcher dankte und annahm.

So nahm die »Beaver« die Verfolgung des fremden Schiffes auf, das etwa eine Dreiviertelmeile entfernt war, als man es sichtete. Da die Fregatte länger und schneller war als ihr Opfer, zeigte sich bereits nach einer halben Stunde, dass Stedman recht gehabt hatte. Am Stock der Fleute wehten zwei Flaggen, die der Sieben Provinzen und darunter diejenige der Stadt Amsterdam.

21

»Die Freiwache verfügt sich mit den Kanonieren an die Batterien, Mr Goodejan«, ordnete Stedman an, auf dem Achterdeck stehend und das Glas am Auge.

Er zählte fünf Stückpforten am Rumpf der Fleute. Wenn überhaupt Kanonen dahinter waren! Vielleicht ein paar Achtpfünder. Kinderkram.

»Lasst die Kanonen rausfahren und laden. Je eine Kartusche Reserve beiholen sowie eine Kartätschenladung pro Kanone. Sorgt dafür, dass die Kanoniere aufpassen, und instruiert die Männer beizeiten. Ich will keine Kanone und keinen Mann durch Dummheit verlieren.«

»Aye, Sir.«

»Obgleich ich nicht glaube, dass sie kämpfen werden«, setzte Stedman hinzu.

Auf der Fleute, welche auf ihrem Kurs blieb, konnte man durch das Glas erkennen, wie die Leute hin und her liefen, an den Brassen zogen, aufenterten. Oberbramsegel wurden in hektischer Eile zusätzlich aufgebracht und die Luken verschalt. Unverständlich, dass sie glaubten, sie könnten noch entkommen, aber eine weiße Flagge sah man nicht.

Noch nicht, dachte Stedman.

Indessen hatte Van Ackeren mit Matis und seinen anderen Wachkameraden in die Batteriedecks einrücken müssen, wo sie von Goodejan instruiert wurden, welcher dabei eine aufgeregte Vergnügtheit an den Tag legte, die jedoch nicht alle Matrosen teilen.

»Die Käseköpfe werden sich ergeben«, sagte Goodejan, sich gegen einen der Stützbalken lehnend, die die Batteriedecks voneinander trennten. »Also braucht ihr nichts zu tun, als auf dem Posten zu sein. Wenn aber«, dazu klatschte er mit der flachen Hand auf das eiserne Rohr eines Zwölfpfünders, »eine Breitseite geschossen werden soll, dann haltet euch an die Kanoniere. Tut genau das und vor allem nur das, was sie sagen. Bleibt seitlich von der Kanone, weil die Brooktaue schon mal beim Schuss reißen können.« Er tippte Matis mit dem Zeigefinger auf die Brust. »Und was passiert mit dem Mann, der dahinter steht?«

»Der wird zu Brei gequetscht, Sir«, sagte Matis.

»Ganz recht. Und nach jedem Schuss das Rohr vor dem Laden mit dem Schwapper nass wischen, wieso?«

»Weil Funken drin sein können, Sir.«

»Und dann?«

»Dann geht das Ding beim Laden in die Luft«, sagte Matis und grinste, von Goodejans Munterkeit angesteckt.

»Brav, Matis«, sagte der Zweite.

Er klopfte ihm auf die Schulter und ordnete an, dass nun die Stückpforten geöffnet und die Kanonen in Position gefahren wurden.

In der Zwischenzeit waren die zwölf verbliebenen Seesoldaten an Deck angetreten und wurden von Stedman gemustert. Die Männer hatten die Säbel umgeschnallt und mussten dem Kapitän nacheinander ihre sechs Pulverkartuschen aus Papier vorweisen und die Kugeln dazu, die Ladestöcke und die Feuersteine. Zwei hatten gar keinen im Hahn, sie wurden für eine spätere Bestrafung notiert. Die anderen luden ihre Musketen und probierten schon einmal, die Bajonette einzusetzen.

Als die Stückpforten mit trockenem Krachen nach oben gegen den Rumpf schlugen, lief die »Beaver«, an deren Heck inzwischen das Georgskreuz flatterte, schon gleichauf mit dem fremden Schiff, und Stedman ließ den Rudergänger drei Striche höher gehen. Damit wurde man langsamer und kam so nahe an die Fleute heran, dass man in Schussposition gehen konnte. Was kinderleicht war, da die Fleute abgesehen von ihren Bemühungen, schneller zu werden, keinen weiteren Versuch unternahm, zu entkommen.

Stedman hatte sich inzwischen offiziell gemacht, indem er seine Perücke aufgesetzt, seinen guten Rock angezogen und den Degen umgehängt hatte. Er blickte wieder durch das Rohr zu dem Holländer hinüber, um der Besatzung dabei zuzusehen, wie sie in Aufregung durcheinanderwuselte. Den Erfolg wollte er genießen wie ein Fest.

»Das wird ein Spaziergang«, sagte er, das Glas am Auge, zu seinem Zweiten, welcher neben ihm stand. »Lasst ihm eine Zwölfpfund-Kugel vor den Bug feuern. Mr Goodejan, er soll gefälligst beidrehen. Wir haben genug Krieg gespielt.«

»Aye, Sir.«

Auf einen lauten Ruf, der vom Deck her kommt, schaute Goodejan zuerst nach dem Rufer und dann achteraus.

»Sir«, sagte er.

»Was denn noch?« Stedman nahm das Fernrohr nicht herunter. »Auf diesem Schiff«, sagte er in schneidendem Ton, »werden meine Orders befolgt, Mr Goodejan, und zwar ohne Verzug.«

»Aye, Sir. Noch ein Segel, Sir«, sagte Goodejan. »Achtern, eine Meile.«

»Himmelkreuzsakrament!«

Stedman fuhr herum und richtete das Glas auf den weißen Fleck, der hinter der »Beaver« am Horizont erschienen war. Man konnte gleich erkennen, dass das Schiff dort drüben erheblich größer war als die Fleute, der man im Nacken saß.

Ein Schauder ging Stedman durch den Leib, und er spürte, wie sich seine Haare unter der Perücke aufstellten. Aber für einen englischen Captain Lieutenant galt es, niemals zu zagen, und schon gar nicht unter den Augen der Mannschaften, sondern Umsicht zu zeigen und an seinem Vorhaben festzuhalten. Solange wie möglich jedenfalls.

»Wie ich schon sagte, Mr Goodejan«, sagte er. »Klar bei den Batterien. Wir ziehen den Schwanz nicht ein. Der Holländer gehört uns.«

Der Schuss wurde befehlsgemäß abgefeuert.

Die Kugel schlug zweihundert Ellen von dem holländischen Schiff in die See, wobei sie eine weiß leuchtende Fontäne aufwarf. Das Ereignis wurde allerdings nicht von einem freudigen Johlen begleitet, wie sonst gemeinhin üblich, denn das inzwischen aufgetauchte Schiff sorgte für verhaltene Stimmung an Deck. Auch darunter, bei den Batterien, hatte sich die Neuigkeit schon verbreitet. Die Matrosen, welche an den Geschützen standen, zeigten ernste Gesichter. Einige bekreuzigten sich, und zwei fingen gar an, laut zu beten.

Van Ackeren, welcher zusammen mit Matis und dem Kanonier einem schwarzbärtigen Mann aus Cornwall namens Cinder, zur Bedienung eines Zwölfpfünders eingeteilt war, hoffte, seitdem er sich hier unten befand, dass es nicht zu einem Gefecht kommen werde. Bis eben hatte er noch still darum gebetet, dass die Fleute dort drüben sich umstandslos ergeben würde, nun dachte er dasselbe von der »Beaver«. Wenn die Lage aussichtslos war, sollte man nicht kämpfen. An dieser Hoffnung wollte er festhalten, aber es blieb eine Hoffnung, man konnte nicht wissen, was Stedman tun würde.

»Was denkst du, Matis?«, wandte er sich an seinen Kameraden.

»Haltet den Schnabel«, sagte der Kanonier, der sich durch die Stückpforte hinauslehnte, um mehr von dem sich nähernden Schiff sehen zu können, das immer mehr wie ein Kriegsschiff aussah.

»Ich glaub, dass die Fleute nicht allein war«, flüsterte Matis. »Die haben einen Beschützer dabei.«

»Jesus Christus unser Herr«, kam es von der nächsten Kanone.

Der Matrose, ein junger Mann, der noch nicht einmal einen Bart hatte, hatte sich in die Stückpforte gekniet wie auf eine Kirchenbank.

»Hör auf, dir in die Hose zu pissen«, rief ihm einer von der gegenüberliegenden Batterie zu. Ein paar Matrosen lachten zu laut, während die Kanoniere allen mit der Peitsche drohten, wenn nicht pariert werde.

Die Erfahrenen unter den Matrosen wurden angewiesen, weitere Pulverkartuschen zu holen und sie am Niedergang zu verstauen, wo man sie schnell erreichen konnte, sie aber nicht in die Luft gingen, wenn die Batterie Feuer fing. Andere schleppten Kartätschenladungen, Kugeln und Kettenkugeln heran und wuchteten sie mit Poltern und Klirren in die Holzkästen hinein, die neben den Kanonen standen.

22

Die Umrisse des neu auf den Plan getretenen Schiffes in Stedmans Fernrohr zeigten, dass es sich um eine niederländische Zweidecker-Fregatte handelte. Ein richtiges Linienschiff, welches offensichtlich der Fleute zu Hilfe kam, und kein konkurrierender Kaperfahrer, wie Stedman gehofft hatte, und der Mut wollte ihm sinken, nun eine Bataille zu wagen.

Das Tempo der Ereignisse jedoch und ihre militärische Logik hinderten ihn, ebenso wie eine gewisse ihm eigene Zwanghaftigkeit, über andere Möglichkeiten nachzudenken. Außerdem hasste er Unsicherheit und Entschlusslosigkeit als eine Schwäche, die ein Seemann in Krisen nicht gebrauchen konnte.

Es schien indessen nicht unmöglich, die Sache anzugehen, und brauchte nur ein wenig Fortune. Damit hatte sich der Kapitän der »Beaver« selbst eine Order gegeben, das machte alles wieder leichter.

Die Fregatte näherte sich rasch, und man konnte sehen, dass auch bei ihr die Stückpforten bereits offen waren, die schwarzen Rohre der Kanonen ragen drohend heraus. Es waren recht viele Kanonen, welche in zwei Reihen übereinanderlagen. Durch das Glas konnte man nun auch die niederländischen Matrosen sehen, wie sie in den Wanten hingen und Verwünschungen herüberschrien, was man allerdings noch nicht hören konnte, aber vorstellen konnte man es sich durchaus.

»Order, Sir?«, sagte Goodejan, welcher mit am Rücken verschränkten Händen neben seinem Kapitän Aufstellung genommen hatte.

»Nun, wir nehmen uns erst den dort vor und danach die Fleute. Oder habt Ihr einen anderen Vorschlag, Mr Goodejan?«

Goodejan schaute für einen Moment erschrocken in Stedmans blaue Augen, die von feinen Fältchen umgeben waren. Er überlegte sich, ob womöglich Ironie darin zu lesen sei, konnte aber zu keinem anderen Ergebnis kommen, als dass sein Kapitän das tatsächlich ernst meinte.

»Nein, Sir.«

»Er kommt aus Luv und wird versuchen, uns für eine Breitseite aufzusegeln. Also nehmen wir ihn von vorn, wo er keine Kanonen hat. Wenn wir Glück haben, können wir sogar zweimal schießen und bleiben dabei vor dem Wind. Zuerst luven wir kräftig an und schießen von Steuerbord, dann halsen wir an ihm vorbei und schießen mit der anderen Batterie. Lasst die Backbordbatterie Kettenkugeln laden. Wenn wir ihm erst einmal eine Breitseite in den Bug verpasst haben, schießen wir ihm anschließend mit den Kettenkugeln den Fockmast weg.«

Stedman wippte auf den Zehenspitzen und ließ die Augenbrauen oben, während er seinem Zweiten ins Gesicht sah.

»Gebt das weiter. Lasst sie jetzt genau vor den Wind gehen, wir brauchen Tempo. Und, Mr Goodejan, bewaffnet Euch gefälligst.«

»Jawohl, Sir.«

Goodejan suchte noch einmal den Blick seines Kapitäns, ehe er den Niedergang hinunterlief, aber Stedman hatte bereits wieder das Fernrohr oben und starrte zum Achterdeck des Niederländers hinüber.

Stolz und elegant schwebte das Vollschiff heran wie auf Flügeln. Bestimmt nicht älter als zwei Jahre und eine veritable Festung auf dem Wasser. Aber was denn? Kein Schiff war kugelfest, und man brauchte jetzt eben das Glück, welches stets mit dem Tüchtigen war, beim Blute des Erlösers.

Die Befehle des Kapitäns wurden unter Deck von den Kanonieren aufgenommen, und die Mannschaften befolgten schweigend deren Anweisungen, welche ihre Hoffnung, dass es nicht zu einem Gefecht kommen würde, zunichtegemacht hatten. Die Steuerbordkanonen wurden auf den Punkt ausgerichtet, und auf der Backbordseite wurden Kettenkugeln geladen. All das mit Flüchen und Sich-Stoßen, weil die Angst erträglicher, wenn sie sich in Wut verwandelte. Goodejan ordnete an, dass Kartätschenladungen bereitgehalten wurden, denn nach den beiden Breitseiten galt es, sich auf das Entern vorzubereiten, und die dezimierte Mannschaft der »Beaver« würde mindestens dreimal mehr Niederländern begegnen.

Als Goodejan wieder hinauf an Deck lief, hatte er zum ersten Mal

Zeit, Angst zu empfinden. Er sah nach der mittäglich hoch stehenden Sonne, welche scharfe Schatten an Deck warf, ihm wurde nun klar, dass er aller Wahrscheinlichkeit nach den Abend nicht mehr erleben würde. Er griff in den Ausschnitt seiner Chemise und holte das silberne Kreuz heraus, das er von seiner Mutter bekommen. Küsste es und ließ es wieder auf seine Brust herabfallen. Dann rannte er weiter zur Kajüte und holte seinen Säbel.

Die niederländische Fregatte segelte nun genau hinter dem Heck der »Beaver«, wo alle an Deck das sich nähernde Schiff beobachteten. Goodejan hatte sie aus den Wanten gejagt, damit sie nicht von einer Musketensalve heruntergeschossen wurden, und hatte die Waffenkammer öffnen lassen. Säbel und Piken waren ausgegeben. Die zehn Matrosen hielten sie in den Händen und bildeten ein gar klägliches Fähnlein neben dem Dutzend Seesoldaten, welche neben der Poop knieten und ihre Musketen luden.

Noch vierhundert Yards, höchstens. Goodejan, der inzwischen beim Rudergänger stand, schaute zu Stedman hinauf, welcher die Hand erhoben hatte.

»Hart Steuerbord«, brüllt Stedman jetzt und lässt die Hand dabei fallen.

»Aye, Sir.«

Dem Rudergänger wirbelten die Speichen durch die Finger. Die »Beaver«, welche gute Fahrt machte, drehte rasch und krängte dabei stark. Brassen und Schoten wurden losgeworfen, und das Schiff begann sich nach der engen Kurve wieder aufzurichten, während die Fregatte groß und gefährlich auf ihre Mitte zuhielt.

»Feuer!«, schreit Stedman.

Die Steuerbordkanonen gehen mit Donnern los. Zwei bleiben stumm, aber die anderen spucken Feuer und Rauch und prellen zurück in die Brooktaue. Der Schiffsrumpf zittert vom Rückstoß, und die tödliche Botschaft saust zu der niederländischen Fregatte hinüber, wo vier Kugeln krachend in die Bugrüsten einschlagen, zwei gehen tiefer in die Bordwand hinein, die restlichen sausen gefährlich pfeifend über das Schiff hinweg und machen Löcher in das Focksegel.

»Hart auf Backbordbug!«, schreit Stedman. »Brassen beiholen und Steuerbordschoten los!«

Die Matrosen, welche bereits an den Schoten standen, warfen sie von den Nägeln und hängten sich an die Brassen. Die »Beaver« drehte mit dem restlichen Schwung, den sie noch hatte, in die andere Richtung, um den herannahenden Gegner vor die Backbordkanonen zu kriegen, während auf der Steuerbordseite die Batterie hektisch nachgeladen wurde.

Der Niederländer reagierte sofort auf das Manöver der »Beaver«, indem er ebenfalls abfiel, um sie vor seine Kanonen zu bekommen. Stedman sah, dass das schwerere Schiff wie erwartet langsamer drehte als die »Beaver«. Er hob die Hand mit der Fläche nach vorn und ließ sein Schiff den Achtelkreis beenden.

Dann gab er wieder Feuerbefehl. Diesmal gingen alle Kanonen der Batterie los. Kettenkugeln sausten mit furchtbarem Jaulen gegen den Niederländer, einige trafen den Fockmast, einige krachten in die Decksaufbauten, eine rasierte die Hälfte der Fockwanten ab.

Die unterste Rah kam in einem Regen aus Splittern herunter, und nach dem Aufbrüllen der Geschütze hörte man nun die schrillen Schreie verwundeter Männer von dem anderen Schiff.

Über der See standen Wolken aus beißendem Pulverdampf. Die »Beaver« war so nahe vor dem Bug der niederländischen Fregatte vorbeigelaufen, dass man beinahe einen Stein hätte hinüberwerfen können, und an Deck des Niederländers knieten nun Soldaten mit Musketen im Anschlag. Sie warteten darauf, dass der Pulverdampf wegtrieb. Stedman konnte sich noch hinter das Schanzkleid fallen lassen, als die Salve schon prasselnd über sein Schiff hinwegging. Wie große Hagelkörner schlugen halbzöllige Bleikugeln überall ein oder brummten als wütende Hummeln vorbei.

Ein Gefühl des Triumphes erfüllt den Kapitän. Nicht des Sieges, nein. Aber er hat es ihnen gezeigt, und er kann noch immer versuchen zu entkommen. Sein Schiff hat bislang keinen Treffer eingesteckt, während der Niederländer zu tun haben wird, seine Takelage wieder klarzukriegen.

Die Möglichkeit zur Flucht fügt sich in den Sekunden, in denen sich Stedman hinter dem Schanzkleid wieder aufrichtet, als souveräne Idee zu der Ambition, weiterzukämpfen. Und wenn nichts anderes mehr möglich, auch dies geht ihm durch den Kopf, bliebe ja noch eine ehrenhafte Kapitulation. Stedman sieht sich seinen Degen dem fremden Kapitän übergeben, welcher ihn ritterlich entgegennimmt.

Er stellt sich breitbeinig auf die Poop und hebt das Glas. Unbedingt möchte er das Gesicht des anderen sehen, er will sehen, was für eine Miene der Niederländer macht, nachdem er lernen musste, dass ein englischer Captain Lieutenant nicht mit sich spaßen lässt. Das Blickfeld des Fernrohrs gleitet über das Achterdeck der niederländischen Fregatte hinweg, und wirklich stehen dort ein paar Herren mit Baretten, welche zu ihm herübersehen, und ... da bekommt Stedman plötzlich einen heftigen Stoß gegen die Brust, dass er noch ein empörtes »Heda!« rufen will.

Aber er konnte nicht rufen.

Denn ihm fehlte plötzlich die Luft, und es schoss ein Glühen in seine Arme und Beine, als zöge jemand heiße Drähte durch ihn hindurch. In seiner Brust explodierte ein rasender Schmerz, und sein letzter Atemzug hielt an wie vor einer Wand. Dann wurde es dunkel um ihn, und er stürzte hin. Das Fernrohr fiel ihm aus der Hand und rollte mit einem klingelnden Geräusch über das schräg stehende Achterdeck.

Goodejan, der seinen Kapitän fallen sah, lief schreiend nach hinten. Währenddessen stellte im Mastkorb der niederländischen Fregatte der Scharfschütze sein Gewehr vorsichtig auf dem Kolben ab und setzte die Gabel zur Seite, um es neu zu laden. Dabei schmunzelte er zufrieden, denn das deutsche Gewehr mit dem gezogenen Lauf schien in der Tat so gut zu treffen, wie von ihm behauptet wurde.

23

Goodejan war keine Zeit vergönnt, nach seinem gefallenen Kapitän zu sehen, denn nun befand sich die »Beaver« in Reichweite der niederländischen Steuerbordbatterie, von welcher eine volle Breitseite abging, die auf dem englischen Schiff erhebliche Verwüstungen anrichtete.

Die eisernen Kugeln der Vierzehn- und Zwölfpfünder zerschlugen das eichene Krummholz und die starken Planken an der Wasserlinie, sie zerschmetterten das backbordseitige Batteriedeck. Sechs Kanoniere und Matrosen wurden von den Kugeln, den explodierenden Kanonen und den umherfliegenden Holz- und Eisenteilen sofort getötet. Die nämliche Breitseite zerstörte einen Teil des Riggs, nachdem die oberen Kanonen des Holländers auf die Masten ausgerichtet gewesen waren. Die Marse des Großmasts wurde glatt durchschossen, worauf die Marsstenge zusammen mit den Segeln herunter auf Deck stürzte, wo sie zwei weitere Matrosen und den Rudergänger erschlug.

Während der Pulverdampf verwehte, der als stinkende Wolke zwischen den Schiffen trieb, fing das Schreien der Verwundeten an, wobei diejenigen auf der »Beaver« mit denen zusammen schrien, welche bereits auf der niederländischen Fregatte zum Opfer der Kriegshandlungen geworden waren, die Stedman angezettelt hatte.

Steuerbords der »Beaver«, welche Seite man in diesem Moment als die glücklichere ansehen konnte, waren die Mannschaften von dem Treffer bloß von den Füßen gerissen und zu Boden geschleudert worden. Van Ackeren lag neben Matis, der weinte, ohne jedoch getroffen worden zu sein.

Als er sich aufrichtete, sah er, dass dem Mann aus Cornwall, ihrem Kanonier, von einer Kanonenkugel, welche ihren Weg durch die Batterien hindurch gemacht hatte, der Kopf abgerissen worden war. Der Mann lehnte wie ein Enthaupteter an der Stückpforte, und sein Blut färbte das Holz ringsum und war auf Matis heruntergeregnet, als habe man einen Eimer mit roter Farbe ausgeschüttet. Bei dem nervenzerreißenden Schreien in der Batterie, welches Van Ackeren beinahe die Sinne raubte, machte es indessen kaum einen Unterschied, ob es von Verwundeten ausging oder von denen, die noch heil waren und voller Entsetzen um ihr Leben fürchteten.

Nachdem das Ruder nicht mehr besetzt war, trieb die »Beaver« steuerlos auf Schussweite neben der niederländischen Fregatte.

Und Goodejan, der seinem gefallenen Kapitän auf dem Achterdeck nicht mehr helfen konnte, begriff, dass nun gemäß Reglement ihm das Kommando zufiel, und tat das, was er für das einzig Richtige hielt.

Er riss seinen Säbel aus der Scheide und versuchte verzweifelt, aus einem der auf Deck gestürzten Segel ein Stück Tuch herauszuschneiden, um es als weiße Fahne zu verwenden. Ihm graute vor der nächsten Breitseite, und er wollte alles daransetzen, diese Bataille, welche er selbst gewiss nicht begonnen hätte, zu einem Ende zu bringen. Weder Reue noch Angst fanden in seinem Herzen Platz neben der Hoffnung, am Leben zu bleiben.

Auf der niederländischen Fregatte hatten die Kanoniere inzwischen nachgeladen, da man ihnen die Order gab, dem englischen Kaperer, welcher dem holländischen Schiff ordentlichen Schaden zugefügt hatte, ohne Gnade den Garaus zu machen.

Die zweite Breitseite traf die »Beaver« diesmal dicht über der Wasserlinie. Die schweren Kugeln der Vierzehnpfünder ließen die Planken zersplittern und durchbrachen ein paar Spanten, die leichteren Kugeln schlugen in das bereits getroffene Batteriedeck ein und in die Takelage, wo sie den Besanmast fällten. In den Decks richteten sie noch einmal Schlimmes an.

Nachdem der Pulverdampf der zweiten Breitseite sich verzogen hatte, hob der Kapitän der »Morgenster«, Mijnheer Geert Magnuszoon, welcher mit seinen Offizieren auf dem Achterdeck stand, in einer gemessenen Bewegung zwei Finger in die Höhe.

Er hatte am Heck des Engländers einen Mann in Uniform bemerkt, welcher ein Stück Segel schwenkte, das man für eine weiße Fahne nehmen konnte.

»Feuer einstellen«, nahm der Erste Offizier die Anweisung des Kapitäns auf, und der Bootsmann pfiff das Halt-Signal.

Auf den Marsplattformen nahmen die beiden Scharfschützen, die bereits auf Goodejans Brust zielten, ihre Gewehre wieder herunter, und von den Batteriedecks herauf hörte man die Männer johlen. Dazu ein dumpfes Dröhnen, als sie mit den Fäusten auf die Wände hämmerten.

»Die Hundsfötter wollen sich ergeben«, knurrte Magnuszoon.

Er ließ das Blickfeld seines Fernrohrs zur Bordwand der »Beaver« gleiten. Man konnte sehen, dass das englische Schiff schwer getroffen war. Zudem war es offensichtlich manövrierunfähig und trieb steuerlos vor dem Wind. Magnuszoon schaute sich den Kerl an, der die weiße Fahne schwenkte, welche er an seinem Säbel festgebunden hatte, und lachte leise vor sich hin. Er setzte das Glas ab und wandte sich an die im Kreis stehenden Offiziere.

»Die haben die Hosen gestrichen voll.« Er wandte sich an seinen Ersten. »Den Kapitän habt Ihr erwischt?«

Der Erste Offizier nickte. »Zwerveen hat ihn gekriegt, wie er auf dem Achterdeck stand. Sauberer Schuss. Ich glaube, er liegt noch immer dort, Herr Kapitän.«

»Ein Prisenkommando hinüber. Mit Musketen. Wenn sie sich nicht sofort ergeben, und zwar alle, versenken wir sie, zusammen mit ihrem verdammten Schiff. Und die schwimmen können, hängen wir anschließend auf.«

Magnuszoon lachte und sah in die Runde. Die Offiziere, zu denen neben dem Ersten und Zweiten Offizier der Navigator und drei Seekadetten gehörten, lachten mit. Der Arzt, welcher bis eben noch mit in der Runde gestanden hatte, war indessen bereits davongeeilt, da es galt, die Verwundeten zu versorgen.

»Ich will das Logbuch und die Papiere«, sagte Magnuszoon. »Und die Kasse, aber nur, falls auch was drin ist.« Er zwinkerte mit einem Auge, und die Runde lachte ein zweites Mal.

Der Erste Offizier salutierte und verließ das Achterdeck, um die Orders weiterzugeben.

Vier der Matrosen von der »Morgenster« hörten das Getrommel ihrer Kameraden nicht mehr, und zwei waren schwer verletzt. Einem von ihnen nahm der arabische Wundarzt das Bein ab, und er ging dabei so routiniert zu Werke, dass er die Amputation mit Skalpell, Aderpresse und Säge, für welche man dem brüllenden Mann einen festen Knebel anlegte, bereits vorgenommen hatte, als das Prisenkommando der »Morgenster« drüben an der Bordwand des Engländers anlegte.

Auf der »Beaver« indessen hatte die zweite Breitseite noch einmal erheblichen Blutzoll gefordert. Das aufenternde holländische Kommando hörte Schreien und Stöhnen. Sie nahmen Goodejan in Gewahrsam, der seinen Säbel auf den Boden geworfen hatte. Zwei banden ihm die Hände auf den Rücken, die anderen drangen mit gezückten Säbeln zu den Decks vor.

Die Neunpfünder, mit denen auf das Batteriedeck gezielt worden war, hatten getroffen, zwei weitere Geschütze zerstört und drei Matrosen der Bedienungen getötet. Eine war glatt durch beide Decks hindurchgeflogen und zerschmetterte auf ihrer Bahn die Stützen zum Oberdeck. Wegfliegende Holzsplitter trafen einen Matrosen von der Steuerbordbatterie, welcher gerade einem Verwundeten zu Hilfe kommen wollte, und Van Ackeren. Dem Matrosen Melcher war ein armlanger Holzsplitter wie ein Degen durch die Brust gejagt worden. Van Ackeren bekam einen Holzsplitter durch den Oberarm, und ein Stück Eisenbeschlag war ihm in den Oberschenkel gedrungen.

Matis, der unverletzt geblieben war, legte Van Ackeren einen provisorischen Verband an, wofür er sein eigenes Hemd und Van Ackerens Gürtel verwendete. In den Batteriedecks, zu denen die niederländischen Seesoldaten vordrangen, herrschte indessen ein einziges Stöhnen und Jammern. Wieder betete jemand laut, diesmal lachte niemand.

Van Ackeren versuchte, den Schmerz, welcher ihm durch den ganzen Leib pulste, auf die Stelle am Bein zu lokalisieren, aus der noch immer Blut herausdrang und den Verband durchtränkte. Er dachte darüber nach, ob er an einer solchen Wunde sterben könne, entschied aber, dass dem nicht so sein werde. Die scheinbare Kühle der Überlegung erstaunte ihn selbst, während er noch versuchte, auf die Beine zu kommen, von Matis unterstützt, der ihm ins Ohr flüsterte, bloß nicht liegen zu bleiben, da er sonst mit Bestimmtheit ersaufen werde.

In ihren Köpfen ertönte noch immer das Donnern der Kanonen und das Krachen der einschlagenden Kugeln, das ging wieder und wieder und brauchte alle Geisteskraft, um dagegenzuhalten. Und daran glauben zu können, dass es wirklich vorbei war.

So trotteten und humpelten hinauf an Deck und in Gefangenschaft diejenigen, die noch Matrosenarbeit verrichten konnten. Die Schwerverletzten wurden von den holländischen Seesoldaten liegen gelassen. Ihre Kameraden durften ihnen nicht helfen. Diese Unglücklichen waren dazu bestimmt, das Unglück Kapitän Stedmans und der Fregatte »Beaver« bis zum Ende zu teilen.

24

Am 20. November 1701
Capitain Magnuszoon hat mir erlaubt, für Goodejan zu sprechen. Heute hat man in der Kapitänskajüte die Verhandlung abgehalten, bei der darüber entschieden wurde, ob er der Freibeuterei sollte angeklagt werden, was ihm den Tod durch den Strang beschert hätte, oder ob er als Subalterner des gefallenen Capitainlieutenants Stedman behandelt werde und damit auch der Kaperbrief, den die Fregatte »Beaver« mit sich geführt, anerkannt werden solle.

Ich habe mir die größte Mühe gegeben, Goodejans Verhalten während meiner Gefangenschaft auf dem englischen Schiff in der günstigsten Weise zu schildern, und es wurde ihm zum Vorteil angerechnet, dass er es gewesen, welcher die Kapitulation des Schiffes angezeigt.

Goodejan selbst sagte, er habe seinem Capitain geraten, von einem Angriff auf die Fregatte abzusehen. Als dieser aber Attacke befohlen, habe er gehorchen müssen. Es tue ihm leid um die zwölf Gefallenen, welche außer dem Capitain noch ihr Leben hätten geben müssen, nachdem ihr Tod gewiss vermeidbar gewesen wäre.

Capitain Magnuszoon entschied, dass Goodejan nicht als Pirat behandelt werden solle. Es wurde entschieden, dass er ohne Rang in die Mannschaft der Fregatte »Morgenster« eingegliedert werde, zusammen mit den überlebenden Matrosen der »Beaver«. Sie sollten allesamt ohne Heuer bis Amsterdam als Matrosen auf der »Morgenster« arbeiten und als Erstes die Schäden instandsetzen, welche der Beschuss der »Beaver« angerichtet.

Und taten sie dies mit Sorgfalt unter ihrem neuen Kommando, wobei ich ihnen zusah. Es kommt mir vor, als wäre ich Zeuge, wie man die Mauern Trojas wieder aufrichtet, damit sie bei nächster Gelegenheit aufs Neue geschleift werden.

Das niederländische Schiff hatte auf der Rückfahrt von Curaçao Mannschaften eingebüßt und kann den Ersatz gut gebrauchen, wie mir Capitain Magnuszoon angelegentlich berichtete, welcher, wie sich zu meinem großen Glück ergab, meinen Vater kennt, da sein Bruder im Amsterdamer Handel tätig und mit meiner Familie wohlbekannt. Nach ihrer Rückkehr soll die »Morgenster«, auch das erfuhr ich von ihm, an die Ostindische Compagnie verkauft werden, nachdem man dort bessere Verwendung für sie sehe, und befinde sich das Schiff damit auf seiner letzten Atlantikfahrt, welche es zurück in den Heimathafen führt.

So genieße ich die unerwartete Gunst des Capitains und den großen Vorzug, eine veritable Kabine mein Eigen zu nennen, welche weit größer als diejenige auf der Hinfahrt mit der »Marije van Flanderen« und einen ordentlichen Tisch und Stuhl enthält, an dem ich sitzen kann und ebendies schreibe.

Es war die Kabine eines der Offiziere, welcher auf Curaçao einem Fieber erlegen, zusammen mit mehreren Matrosen, die ebenfalls daran gestorben. Es herrsche überall auf den Schiffen der Compagnie ein großer Mangel an Seeleuten, höre ich, welchen niederländische Capitaine jedoch nicht gern mit Gepressten auffüllten, wie es die Portugiesen, Spanier und Engländer täten.

Um nicht leer zu fahren, habe die »Morgenster« in Curaçao Zucker an Bord genommen und sei außerdem als Geleitschiff für die Fleute »Elsabee« geordert worden, dasselbe Schiff, welches Kapitän Stedman angegriffen hat.

Ich werde hier gut versorgt von dem arabischen Schiffsarzt, welcher meine Beinwunde zuerst mit geöltem Zwirn vernähte und mir danach für vier Tage eine Ader schlug, um mich zu kräftigen, was gut gelang. Nicht zuletzt habe ich mich auch durch die gute Kost am Kapitänstisch erholt, an welchem ich täglich eingeladen bin zu speisen.

Damit hat sich mein Schicksal abermals gewendet, obgleich ich beim Combattement der beiden Schiffe beinahe mein Leben verloren hätte, so wie es das Schicksal meiner armen Kameraden, welche mit ihrem Schiff untergegangen sind. Dem gefallenen Capitain Stedman wurde indessen ein einfaches Begräbnis zuteil, bei welchem sich eine Sonderbarkeit begab, von der ich erzählen will.

Man hatte seinen Leichnam gleich nach dem Gefecht mit dem Boot herübergebracht und ihn mittschiffs der »Morgenster« aufgebahrt. Der Segelmacher hatte Order, einen Sack zu nähen, in welchem mitsamt einer Kanonenkugel von der »Beaver« der Tote alsbald auf den Meeresgrund versenkt werden sollte. Während ich allein neben Stedmans sterblicher Hülle stand – Goodejan war nicht zugegen –, sollte die schwer beschädigte englische Fregatte durch die Sprengung der Pulverkammer versenkt werden. Dazu hatten sich die Besatzungsmitglieder der »Morgenster« an die Leereling begeben, um dem Spektakel zuzusehen. Ein Kommando legte in die Pulvervorräte der »Beaver« eine Zündschnur, und noch ehe das Boot ganz zurück war, explodierte schon die Kammer mit großem Getöse und riss das Schiff auseinander, welches sofort zur Seite fiel und bereits im Sinken begriffen war, als die Matrosen des Sprengkommandos das Fallreep der »Morgenster« hinaufkletterten.

So mag der Donner der Explosion ein letzter Salut für Capitain Stedman gewesen sein, zu welchem der Segelmacher, der bis dahin bei den Zuschauern gestanden, nun zurückkehrte und den Leichnam auf ein Stück Segeltuch rollte, ihn einzunähen. Ich schaute dem Unglücklichen ein letztes Mal ins bleiche Antlitz, ehe das Meer ihn zu sich nehmen sollte. Und es schien mir, als ob er nach seiner langen Fahrt, welche ihm trotz seiner Mühen und seiner fraglosen Tapferkeit nur den Soldatentod bescheren konnte, ganz friedlich dalag, als könne er sich nun ausruhen, nachdem er gezeigt, dass er seine Pflicht erfüllt. Als der Bestatter den Leichnam anhob, fiel die Tabakdose, von welcher schon des Öfteren die Rede, aus der blutgetränkten Weste des Capitains heraus. Der Segelmacher nahm sie zur Hand und sagte: Ei, was für ein hübsches Ding dies sei. Er zeigte sie mir, wobei er sie drehte und wendete und mir versicherte, dass solch eine schöne Tabakdose für einen Herrn gerade das Rechte. Ob ich sie an mich nehmen wolle als Andenken an meine Gefangenschaft auf dem englischen Schiffe? Mir graute, denn es war mir, als trete Teerstraten wieder aus meinem schrecklichen Traum heraus und lache sein ziegenmeckerndes Lachen, nachdem die Dose, welche doch nur Unglück mit sich bringen konnte, aufs Neue zu Tage getreten und sich meiner Hand anbot.

Ich war nicht in der Lage zu sprechen und schüttelte nur den Kopf.

Und schritt nicht ein. Obgleich ich wünschte, dass besser die Fische und das Meeresgetier sich in Zukunft weiter um das seltsame Object kümmern sollten, mit welchem – und davon bin ich überzeugt – nur Unglück kommen konnte, da ich keine Gründe für meine Furcht vorzubringen gehabt außer dem Aberglauben, von dem ich nicht wollte, dass er sich meiner bemächtige.

So steckte der Segelmacher die Dose ein und trat damit in die Reihe derjenigen, die glaubten, sie zu besitzen, aber wohl eher von ihr besessen waren. Ich bin fest davon überzeugt, dass mein Kamerad Matis, welcher inzwischen gesund unter den Mannschaften der »Morgenster« seine Arbeit verrichtet, das Gefecht der »Beaver« nicht überlebt hätte, wenn er die Dose bei sich am Leibe behalten. Falls, und das wäre hinzuzufügen, das üble und hoffnungslose Gefecht überhaupt jemals stattgefunden hätte, wäre die Dose nicht schon an Stedman gekommen.

Aber solche Überlegungen sind nichtig. GOTT mag Satan seine Spiele erlauben und ihn Versucher sein lassen, aber nur Seiner Gnade habe ich am Ende zu verdanken, dass ich gerettet wurde und nun in Sicherheit und auf dem Weg in die Heimat bin.

25

Am 6. Dezember 1701
Nach drei Wochen Fahrt haben wir nun die Azoren-Inseln erreicht. Es war ein leichtes Reisen, bei welchem ich die Annehmlichkeiten eines Passagiers erleben durfte, ohne dass ich dafür hätte bezahlen müssen. Capitain Geert Magnuszoon, welcher im Alter meines Vaters steht, möchte, so scheint mir, mit der Gunst, die er mir gewährt, meine Familie ehren. Was mich recht anrührt und mir eine neue Wahrnehmung des Kaufmannsstandes verschafft, nachdem ich noch vor einem halben Jahr die Ehren, welche diese Profession verleiht, recht gering einschätzte.

Es will mir scheinen, als habe mich GOTTES Gnade aus der Wildnis und den Entbehrungen des einfachen Lebens, welch beides ich zuvor nie gekannt, in meine frühere Existenz zurückgebracht, weil Seine Macht wollte, dass ich meine kindliche Einbildung ablege, nach der ich geglaubt hatte, bereits zu wissen, welchen Weg ein Mensch gehen soll.

Und in der Muße, welche mir in diesen Tagen zuteil, kommt die Trauer an mich um die Menschen, die ich verlor. Jacob Maternus vor allen, mein Gefährte und Lehrer, begleitet mich stets, wenn ich auf das Meer hinaussehe. Sein Vertrauen auf die Vernunft, mit welcher man die Welt besser bauen könne, geradeso wie seine Friedfertigkeit lassen ihn mir fast erscheinen als eine neue Sorte Mensch, welche kommen mag und welche nicht von der Gier nach Gewinn getrieben sein wird, sondern ihr Vermögen und ihre Fertigkeit in den Dienst ihrer Brüder stellt.

Auch die Baronesa Izabel Navarro, welche ihr Leben ließ, weil wir uns begegnet, ist oft bei mir. Als besuche sie mich von einem anderen Ort, von dem aus sie Verbindung mit mir sucht. Sie erscheint vor mir ohne Arg und Groll mit schwesterlicher Liebe, obgleich wir uns nicht als Geschwister erkannt haben. Als sei die Baronesa dort, wo sie nun ist, Fürsprecherin eines Glückes, auf das ich hoffe, als sei sie es, die mir Zuspruch gibt, dass ich Anna wiedersehen solle, und mir versichert, dass mir dies gelingen kann, obgleich mein Weg über den Ozean wieder zurückführen muss, wenn ich erst angekommen. Ich werde ankommen, um wieder abzureisen.

An Deck der »Morgenster« spreche ich oft mit Matis oder mit Goodejan, welch letzterer mir Dank sagte für meine Fürsprache, welche ihn, wie er meint, vor dem Strang gerettet. Er verrichtet die einfache Matrosenarbeit ohne Klage und hat seinen festen Platz unter den Mannschaften.

Mit ihm und Matis sitze ich zuweilen am Bug des großen Schiffes, und wir schauen zwischen den Masten und der Takelage hindurch nach vorn auf die blaue Kimm, wo unser Ziel, die Heimat, noch weit unter dem Horizont gelegen.

Matis, welcher, wie er glaubt, nur wenig über zwanzig Jahre alt ist, und Goodejan, der fünfundzwanzig Sommer gesehen hat, und ich, wir sind beinahe gleichen Alters. Nur dass die beiden Matrosen seit ihrem dreizehnten Jahr auf Schiffen dienten und ich solche Art Leben vor Kurzem noch gar nicht gekannt, gerade wie ich die Menschen nicht kannte und nicht ihre Schicksale.

Matis' Vater, welchen er in seinem zwölften Jahre verlor, übte die Profession eines Findelkinderträgers aus. Bis er an den Blattern starb, welche damals in Leyden umgingen. Er selbst sei, sagte Matis mit einem Lachen, nicht sicher, ob er und seine fünf Geschwister, alles Brüder und keine einzige Schwester darunter, ob sie also eigene Kinder seiner Eltern wären oder solche, welche der Vater aus dem Korb gezogen, in dem er die Findelkinder einsammelte, um sie im Hospiz abzugeben. Immer vier Kindlein hätten aufrecht in den Korb gepasst, und weil der Weg lang gewesen zum Haus der barmherzigen Schwestern, wären meistens eines oder zwei tot dort angekommen. Es könne ja sein, meinte Matis ohne Arg im Antlitz, dass der Vater sich einige kräftige Kindlein aus dem Korb gesucht, falls man eigene nicht gehabt oder sie selbst schon weggegeben. Jeden Falles habe der Vater ihm auf dem Totenlager angeboten, den gleichen Beruf anzunehmen. Aber Matis wollte lieber zur See fahren und fing als Heringsfischer an, bis er seine erste Überseefahrt gemacht, da sei er fünfzehn Jahre alt gewesen. Und seither nur für wenige Wochen in der Heimat. Zurück in Amsterdam werde er indessen bald wieder ausfahren. Er habe sich vorgenommen, auf der »Morgenster« als Regelmatrose anzuheuern und mit dem Schiff nach Ostindien zu fahren, so bleibe er am besten gleich an Bord.

Goodejan, welcher von uns dreien der älteste, widersprach Matis, da er für sich selbst beschloss, die Seefahrt ganz aufzugeben, aus der nichts Rechtes komme für einen Mann, der Zukunft suche. Er habe vor, auszuwandern, wenn er die Heimat erst gesund erreicht. Goodejan sagte, er habe genug vom Salzwasserschlucken und vom Pökelfleisch und Stockfisch. Er wolle auch nicht weiter in Holland leben, da die Steuern für die kleinen Leute so hoch wären, dass man's zu gar nichts bringe.

Ich als Kaufmannssohn könne das kaum merken, da die Steuern auf Einfuhren bei einem Prozent lägen, die Genusssteuern aber, die auf alles und jedes stünden, was der kleine Mann benötige, esse oder rauche, lägen bei zwanzig und mehr, sodass die Kaufleute ständig reicher würden und die Armen hungern müssten. Das, obgleich die großen Städte das Armenvolk brauchten, weil tausend Hände nötig, den Tisch des Reichen zu füllen. Doch wolle man nicht, dass die Leute es zu was brächten, weil sie gewiss leichter zu zwingen, wenn sie recht arm blieben. Wenn man aber Siedler sei, könne man sein Schicksal selbst in die Hand nehmen. Man erhalte Land für Arbeit, und zwei geschickte Hände, die nur für sich selbst tätig seien, könnten einen Mann und seine Kinder leicht satt machen. Es frage dort auch keiner nach Steuern. Und man suche sogar Leute, welche die Wildnis für Land urbar machten.

Das Meer habe er nun genugsam kennengelernt als eine große und schreckliche Wildnis, welche allerorten Männer verschlinge. Da könne es in den Wäldern Virginias oder in den Wüsten Afrikas gewiss nicht schlimmer werden, nur besser.

So kann ich sehen, dass diese beiden Männer, welche in meinem Alter stehen, Vorstellungen haben, wie sie ihre Zukunft gestalten, welche mir indessen abgehen, der ich doch viel bessere Möglichkeiten hätte. Aber gerade das mag es sein, was mir im Wege steht. Habe ich doch gelernt, dass die Not ein guter und strenger Lehrmeister ist, und Not haben diese beiden, welche mit mir fahren und mir gute Kameraden geworden, zur Genüge kennengelernt.

26

Am Sonntagabend trafen in der Kapitänsmesse die Gäste ein, um das Abendbrot zu sich zu nehmen. Unter den Ankömmlingen war auch Van Ackeren, zur gleichen Zeit mit ihm kamen die drei Seekadetten durch die Tür herein, hübsche Jünglinge von fünfzehn oder sechzehn Jahren, allesamt die Söhne von Amsterdamer Kapitänen oder Stadtverordneten, welche sich für das Diner mit steifem Stolz in ihre guten Kleider begaben, die jeder mitsamt seinem Degen angelegt hat, die gepuderten Perücken auf den Köpfen, was jedoch kaum verhüllen konnte, dass sie noch rechte Grünschnäbel darstellten. Danach traten durch die Tür der arabische Arzt, welcher auf seinem grauen Haar ein besticktes Käppchen trug, die drei Schiffsoffiziere und ein Passagier, ein Mijnheer Pieter Pieterszoon van Hoek aus Delft, welcher in Curaçao das Schiff bestiegen und weit gereist sein will, was er bei jeder Gelegenheit zum Besten gab. Als Letzter erschien der Kapitän.

Die Kapitänsmesse stellte einen schönen Salon dar, welchen man in der Art eines vornehmen Amsterdamer Boudoirs eingerichtet hatte, mit goldberänderten Spiegeln und einigen messingnen Wandleuchtern, an denen die beiden Sklavenjungen die Lichter nacheinander mit einem Fidibus entzündeten, ehe man das Essen in Silberschüsseln hereintrug. Es gab einen gebratenen Truthahn, dabei handelte es sich um einen von den Vögeln, welche, noch vier an der Zahl, in einem Stall vor dem Mast gehalten wurden. Dazu wurde eine Zwiebelsuppe gereicht, mit Pfeffer und Muskat gewürzt, gesottene Erbsen und Bohnen mit Butter, wie immer gab es dazu auch Grütze und gestampften Stockfisch, außerdem Salzfleisch mit frisch gebackenem Fladenbrot. Die Sklaven schenkten Bier aus, und es gab auch ein paar Flaschen Wein, von welchen die »Morgenster« einen schönen Vorrat an Bord mitführte, da sowohl der Kapitän als auch Mijnheer Van Hoek gerne Wein tranken und man in Curaçao auf Kosten des spendablen Passagiers reichlich Vorräte anlegen konnte.

Das Tischgebet wurde gesprochen. Es musste immer ein anderer der Kadetten vorbeten, während die Runde mit gefalteten Händen still dasaß und auch die Sklaven bei ihrer Arbeit innehielten. Dabeistanden, ein wenig schwankend im gleichmäßigen Rollen des Schiffes, und schweigend die Hände ineinanderlegten, wie man es sie gelehrt hatte. Als die kleine Andacht zu Ende war, gab der Kapitän einen Wink, und die Schüsseln wurden geöffnet. Die Sklaven gingen um den Tisch und füllten die Gläser und Humpen. Nach ein paar Bissen Stockfisch hob Kapitän Magnuszoon sein Glas, um wie jeden Sonntagabend auf eine glückliche Reise zu trinken.

»Die ›Morgenster‹, meine Herren, wird nun bald mit östlichem Kurs die Welt umrunden. Unsere guten Zimmerleute haben sie für die Seefahrt gebaut, und sie hat uns gezeigt, dass sie gute Arbeit geleistet haben. Ich selbst aber werde nicht mehr mitfahren, sondern meinen Wein künftig im alten Amsterdam weitertrinken, und ich möchte ihrem neuen Capitain Glück wünschen, wie ich meinem guten Schiff wünschen will, dass wir beide alt werden mögen. Wobei ich annehme«, der Kapitän lachte leise, »dass der Zimmermann, der mich gebaut hat, ein noch tüchtigerer gewesen sein könnte als die aufrechten Gesellen auf der Zeelenwerft in Amsterdam.«

Dafür bekam Magnuszoon lauten Beifall der Tischrunde, und man hörte das Flüstern der Kadetten, die einander zuraunten, wie trefflich der Capitain doch zu sprechen verstehe, ohne dass sie sich getraut hätten, ein Tischgespräch daraus zu machen. Anders Mijnheer Pieter Pieterszoon van Hoek, welcher behäbig nickte und das Fett an seinem Mund mit einem Zipfel des Tischtuches abtupfte. Danach zersäbelte er, noch immer nickend, ein weiteres Stück Truthahnbrust und steckte es auf die Gabel, führte dieselbe jedoch nicht zum Munde, sondern legte sie wieder auf den Teller zurück und griff nach seinem Glas, sich räuspernd, um einen weiteren Trinkspruch anzukündigen. Die Tischrunde warf sich Blicke zu, vor allem die Kadetten, da die Trinksprüche des weit gereisten Kaufmanns berüchtigt waren.

Als alle das Besteck niedergelegt hatten, ließ sich Van Hoek, das Glas mit leicht zitternder Hand erhoben, zunächst über die kluge Entscheidung aus, das Schiff künftig im Ostindienhandel einzusetzen. Aber dann geriet ihm der Toast, welchem die anderen Gäste höflich zuhörten, ohne ihre Mahlzeit fortsetzen zu können, immer mehr zu einer größeren Einlassung, bei welcher er den Niedergang der West-Indischen Compagnie beklagte und im Besonderen die schändliche Niederlage des Peter Stuyvesant in Neu-Amsterdam, welche weniger mit der Stärke seiner Gegner als mit der Schwäche seiner Unterstützer zu erklären sei. Man könne, so tönte Van Hoek mit lauter Stimme, Stuyvesants Scheitern als Beweis dafür ansehen, dass es sich für die Niederlande nicht gezieme, Siedler auszusenden, wie es die Spanier und die Engländer täten. Vor allem die unzuverlässigen Wallonen seien es doch gewesen, welche gegen Stuyvesant aufständisch wurden, und am Ende habe die Kolonie sich lächerlichen vier Schiffen der Engländer kampflos ergeben, da man womöglich hoffte, mit denen besser zu fahren.

Van Hoek musterte, den Mund gespitzt, mit seinen kleinen Augen über das erhobene Glas hinweg die Tischrunde. Nachdem man, fuhr er fort, zunächst kaum Leute nach Nord-Amerika bekommen konnte, habe man ihnen schließlich jedes Zugeständnis gemacht und damit die Wilden, welche sich zuvörderst für alle Dienste angeboten, dermaßen verärgert, sodass sie kriegerisch geworden. Das weitläufige Gebiet sei doch ohne Militär gar nicht zu halten, auch nicht gegen englische und französische Eindringlinge, welche mit ihren Dreistigkeiten die Wilden zusätzlich vexierten. Und es sei ohnehin, fuhr Mijnheer Van Hoek fort, von einem zum anderen blickend, der virginische Tabakhandel inzwischen ganz in die Hände der Engländer gefallen.

An dieser Stelle räusperte sich der Kapitän und stellte sein Glas hörbar auf den Tisch, dazu warf er dem Kaufmann einen langen Blick zu, welchen dieser aber nicht bemerkte.

Der Pelzhandel, fuhr Van Hoek fort, den goldfarbenen Wein in seinem Glas betrachtend, besitze wohl einen gewissen Wert. Aber die Wildnis Amerikas sei so weitläufig und die Verkehrswege dermaßen schlecht, dass die Trapper für Monate in die Wälder müssten, um mit einem Canoe voller Felle wiederzukehren, wenn sie überhaupt zurückfänden. Leichter und zuverlässiger kaufe man Pelze aus dem Russlandhandel als solche von den armseligen Siedlern dort. Wenn man all dies bedenke – und nun komme er zum Punkt! –, sei es ganz richtig gewesen, Neu-Amsterdam aufzugeben. Und gerade so richtig sei es, dieses gute Schiff zukünftig nach Java segeln zu lassen.

»Meine guten Herren«, rief Van Hoek mit blitzenden Augen und hob, sich aufrichtend, sein Glas um eine Spanne höher, »mögen die Spanier in der Neuen Welt Silber und Gold schürfen und nach Madrid verschiffen, es landet doch das meiste auf unseren Börsen in Amsterdam und in Den Haag, ohne einen Spritzer Meerwasser daran und ohne einen Tropfen Blut.«

»Hört, hört«, riefen die Gäste erlöst.

Sie tranken Van Hoek Bescheid, der reihum würdig nickte. Zweimal musste der Sklave ihm nachschenken, bis er allen zugetrunken hatte.

Die Gäste indessen machten sich daran, ihr lau gewordenes Mahl zu verzehren. Die Seekadetten mit schmollenden Gesichtern, Van Ackeren mit nachdenklicher Miene, da er daran denken musste, was Goodejan ihm über seine Pläne berichtet hatte.

Die Sklaven schenkten vom Wein nach, und in der Messe klang das Klappern der Teller und der Bestecke in die gelöste Unterhaltung hinein und in das Lachen der Männer. Dahinter, als müsse daran erinnert werden, dass die Fenster des eleganten Raumes sich nicht auf eine stille Gracht öffneten, sondern hinaus auf die weite See, hörte man wieder und wieder das Anrauschen der Wellen und ihr leises Klatschen an den Rumpf der Fregatte, welche mit sanftem Rollen ihrem Kurs in die Heimat folgte.

Als die Pfeifen angezündet wurden, erhob sich der Arzt namens Khalid Omar, welcher aus Damaskus stammte, und trat zu Van Ackeren, der nicht mitrauchte.

Omar bot Van Ackeren höflich eine Prise aus seiner silbernen Tabakdose an, die Van Ackeren jedoch dankend ablehnte.

»Kein Laster, mein junger Freund, obschon so weit gereist in Euren jungen Jahren?«

Van Ackeren lächelte. Man finde überall dieselben Laster, meinte er, und brauche kaum zu reisen, um ihnen zu erliegen.

Der Alte lächelte. »Wie wahr. Der Dichter Hafis sagt, man solle sich dem Laster ergeben, um es zu besiegen. Hättet Ihr Lust, mich zu einem Krankenbesuch zu begleiten, Mijnheer Van Ackeren?«

Van Ackeren meinte, das wolle er gerne tun, wenn er dabei nicht störe.

»Keineswegs«, sagte der Arzt. »Ihr könntet mir sogar helfen.«

Omar warf einen Blick auf die drei Seekadetten, welche sich im Pfeiferauchen versuchten und dabei Gesichter schnitten.

»Sonst muss gewöhnlich einer von denen mir zur Hand gehen. Aber diese Knaben probieren gerade, Männer zu sein, und dabei will ich sie nicht stören, denn dieses Vorhaben scheint mir schwierig genug.«

27

Sie verließen mit einer Verbeugung den Kapitänstisch, an welchem die Offiziere und der Kapitän, Rauchwolken ausstoßend, mit Van Hoek in lebhafter Unterhaltung verblieben, die Geneverflasche zwischen sich auf dem Tisch. Draußen nahm der Arzt eine der brennenden Öllampen vom Haken.

»Wir gehen«, sagte er, Van Ackeren die Hand auf den Arm legend, »zu den Verwundeten, welche Euren – verzeiht, Mijnheer, ich meine natürlich den Angriff Eures englischen Capitains – überlebt haben. Eine Gnade, welche vier ihrer Kameraden leider nicht zuteilwurde.«

Van Ackeren beeilte sich, dem Arzt mitzuteilen, dass er diese Bataille nicht gebilligt habe, aber Omar winkte mit der freien Hand ab, während er sich am Geländer des Niedergangs festhielt, welcher zum Hospital hinunterführte.

»Ihr solltet mich nicht missdeuten«, sagte er, indem er stehen blieb und sich umwandte. »Wir Ärzte mögen in unseren Meinungen parteilich sein, wir sind es aber nicht in der Ausübung unserer Kunst. Ein abgerissenes Bein oder eine Kugel in der Brust zwingt uns zum Handeln, gleichgültig, wem das Bein oder die Brust gehören, nachdem die Feindschaften wechseln, die Leiber aber dieselben bleiben. Es schadet indessen nicht, wenn man die Auswirkungen der Tapferkeit einmal aus der Nähe in Augenschein nimmt, findet Ihr nicht?«

Van Ackeren wusste darauf nichts zu sagen. Inzwischen standen sie vor der Kajütentür, und Omar öffnete sie.

Im Schein der brennenden Öllampe sah man zwei Matrosen auf ihren Schragen liegen. Der eine, ein großer Mann, dessen nackter Oberkörper dicht behaart war, grüßte den Arzt ehrerbietig, wobei er seinen Kopf nach vorn beugte, als wolle er sich im Liegen noch verneigen.

»Das ist Viet Hanke, Vollmatrose«, sagte der Arzt. »Ich habe ihm das rechte Bein amputieren müssen, eine Kanonenkugel hat seinen Fuß mitgenommen.«

Omar hob das Linnen, welches über den Beinen des Kranken lag. Van Ackeren graute, als er den Stumpf sah, der direkt unter dem Knie mit Binden umwickelt war, schwarz von gestocktem Blut. Der Arzt beugte sich hinunter und roch ausgiebig an den Binden.

Dann nickte er und legte dem Matrosen anschließend die Hand auf die Stirn.

»Kein Fötor«, sagte er. »Kein Fieber. Gut.« Er klopfte Viet auf das gesunde Bein. »Du wirst das Humpeln üben müssen, mein Freund, und kannst sogar, wie es aussieht, dein Knie behalten. Besser durchs Leben gehumpelt als Freund Hein begegnen, ist es nicht so?«

Der Matrose bedankte sich mit untertänigem Murmeln, dabei hielt er seine Augen auf Omar geheftet. Van Ackeren schaute er nicht an, als wäre alles, was ungewohnt, seinem Wohlergehen gefährlich. Dieser spürte auf einmal und wusste nicht, weshalb, seine beiden gesunden Beine, auf denen er stand und welche das Rollen der Fregatte ganz von selbst ausglichen, ohne dass ihr Besitzer einen Gedanken daran verschwenden musste.

Der Arzt nahm die schaukelnde Öllampe vom Haken und hängte sie über den Schragen des anderen Verwundeten. Der hielt die Augen geschlossen. Sein Atem ging pfeifend, es gab Pausen zwischen Ein- und Ausatmen, als liege ein schweres Gewicht auf seiner Brust, welches er mit jedem Atemzug mühsam aufs Neue anheben müsse.

»Jonas Albich«, erklärte Omar. »Ein Deutscher. Vollmatrose und zweiter Kanonier.«

Er nahm das Tuch von dem Kranken, und Van Ackeren erblickte einen blutdurchtränkten Verband, unter dem die Brust des Kranken sich um Luft mühte.

»Ich mache eine Inzision, und wir verbinden ihn neu.«

Van Ackeren schaute auf das schweißnasse Gesicht des Verwundeten. Dem Kranken, der kaum mehr als dreißig Jahre zählte, stand der Mund halb offen. Unter den zurückgezogenen, trockenen Lippen sah man seine Zähne.

»Was ist mit ihm?«

»Ein Stück Kette hat ihn in die Brust getroffen. Ich habe es entfernen können, aber seine linke Lunge arbeitet nicht, zwei Rippen sind durchschlagen, und die Knochensplitter haben das Rippenfell verletzt. Wenn seine Lunge sich nicht erholt ... hebt ihn einmal an, Mijnheer, damit ich den Verband abwickeln kann.«

Van Ackeren beugte sich vor und griff nach den Schultern des Kranken.

»Nicht so«, sagte Omar.

Er nahm den rechten Arm des Verwundeten und legte ihn Van Ackeren über die Schulter.

»Jetzt. Hilf mit, Albich«, sagte Omar.

Van Ackeren spürte den schwachen Druck der Hand an seiner Schulter und ein Sich-rühren der Finger, schwach wie von einem Kinde. Der Kranke öffnete die im Fieber glänzenden Augen und schaute ihn an.

Während der Arzt die Binden abwickelte, sahen sich der verwundete Jonas Albich und Van Ackeren an, der Blick des Kanoniers jedoch war mit offenen Augen nach innen gerichtet, als sehe er etwas, was nur er erblicken könne und was nicht geteilt werden konnte mit einem anderen.

»Lasst ihn wieder herunter«, sagte der Arzt.

Der Verband war nun abgenommen, und man sah die schreckliche Wunde, welche mit gewachstem Zwirn vernäht worden war. Omar hielt ein schmales Messer in der Hand und legte seinen Daumen einen Zoll hinter der Spitze auf die Klinge. Dann stach er es zwischen den Rippen in die Seite des Kranken, bis sein Daumen anstieß. Er zog es wieder heraus und reichte das blutige Skalpell mit dem Griff voran Van Ackeren. Anschließend schob er ein silbernes Röhrchen in die Wunde. Sogleich floss wässriges Blut heraus, und mit einem Pfeifen kam stinkende Luft hinterher. Bei jedem mühsamen Einatmen des Kranken verschloss der Arzt das Röhrchen mit dem Finger. Als beim Ausatmen keine Luft mehr entwich, zog er das Röhrchen heraus. Er drückte ein Salbenpflaster auf den Einstich und erneuerte mit Van Ackerens Hilfe den Verband. Der Verwundete öffnete die Augen nun nicht mehr und tat es auch nicht, als Van Ackeren ihn auf den Schragen zurücksinken ließ.

»Der ist hin«, sagte Hanke, welcher sich aufgerichtet und im

Schein der hin und her schwankenden Öllampe bei dem Verbandwechsel zugesehen hatte.

Der Arzt sagte nichts. Van Ackeren meinte, in Hankes Gesicht keine Teilnahme, sondern bloß die Genugtuung zu erkennen, dass hier einer noch schlechter weggekommen war als er selbst. Obgleich bald, wenn er erst von Bord gegangen war, die blanke Not auf ihn warten würde, auch wenn er sein Leben behalten durfte.

Der Arzt nahm das Licht vom Haken, und sie verließen die Krankenstube.

»Nun habt Ihr gesehen«, sagte er, als sie zurück an Deck gelangt waren, »wie wenig wir tun können, den Leib und sein sinnreiches Wesen zu erhalten, wenn erst einmal ernster Schaden daran angerichtet ist.«

Der Arzt blies die Lampe aus. Er blieb stehen, die Hände hinter dem Rücken ineinandergelegt, und schaute zu den Sternen auf, welche über den Himmel gestreut waren wie leuchtender Sand, der mit dem Rollen des Schiffes zwischen den dunklen Segeln auftauchte und wieder verschwand. Van Ackeren folgte seinem Blick.

»Ihr erinnert mich, Herr Doctor, mit dem, was Ihr sagt, zuweilen an einen Freund, der mir teuer war.«

»Und welcher verstorben ist, da Ihr im Vergangenen redet?«

»Ja, in der Tat, ich habe ihn verloren. Im Moment, als er um unser beider Leben sich mühte. Jacob Maternus war sein Name, ein deutscher Gelehrter, welchen ich zuerst für einen gottlosen Menschen gehalten habe, weil in seiner Welt Gott weit weg zu sein schien. Dann habe ich jedoch erkannt, und habe es gerade von ihm gelernt, dass Gott vielleicht weiter weg ist, als wir glauben, und dass wir dennoch Gutes und Nützliches tun müssen um unserer selbst willen.«

Van Ackeren schaute den Arzt an, der schwieg und weiter zum deutlich sichtbaren Sternbild des Orion hinaufsah.

»Ich war wie ein Kind«, fuhr Van Ackeren fort. »Ich dachte, ich könnte zu jeder Zeit mit Gott sprechen, als sei er gerade dafür da, versteht Ihr?«

Erst nach einer Weile antwortete Omar.

»Ich verstehe Euch wohl. Wir beneiden Euch Christen um solch starke Menschen wie Martin Luther oder Johannes Calvin, welche die Kirche erneuerten und eine große Anhängerschaft an sich ziehen konnten, indem sie Gott den Menschen näherbrachten. Indessen scheint unser eigener Gott, welcher sich von dem Euren wohl nicht unterscheidet, dennoch älter und unberechenbarer. Wir suchen ihn noch immer, da er sich vor uns verbirgt. Ihr aber habt ihn schon gefunden.«

»Glaubt Ihr wirklich, dass wir Gott gefunden haben, Mijnheer Omar?«

»Das glaube ich in der Tat«, sagte der Arzt. »Aber ich glaube auch, dass es nicht gut ist, wenn man ihn findet. Mit Gott spricht man nicht. Man unterwirft sich ihm.«

Der Alte lächelte Van Ackeren zu. »Es ist nicht gesund für uns Menschen, ihm zu nahezukommen. Ihr merkt, hier spricht der Arzt. Wisst, dass ich der Überzeugung bin, dass es krank macht, wenn man Gott zu nahekommt. Die Krankheit ist ansteckend und heißt Erkenntnis. Besser für uns und vielleicht auch für Gott, wenn er unentdeckt bleibt.«

28

Auf den Azoren-Inseln machte die »Morgenster« zwei Tage halt, um Wasser und Lebensmittel aufzunehmen. Und hier trennte sich die Fleute »Elsabee« von ihrer Beschützerin, da sie nicht mit nach Amsterdam zurücksegelte.

Die »Morgenster« indessen blieb nicht länger als erforderlich am Kai, denn ihr Kapitän wollte die Schelde so bald als möglich erreichen, weil man, wie er am Kapitänstisch wissen ließ, den Strang des guten Gelingens, welchen die bislang glückliche Fahrt dargestellt, nicht aus der Hand geben dürfe.

Der Kanonier Albich, den Van Ackeren zusammen mit Omar auf der Krankenstation besucht hatte, war verstorben, noch ehe man die Inseln erreicht hatte. Er musste seine letzte Reise nun in das Meer hinab antreten, nachdem es ihm nicht mehr vergönnt war, die heimatliche Erde zu erreichen.

An manchen Abenden, die sich auf diesem Teil des Atlantiks schon angenehm kühl zeigten und gemäß der Breite, die das Schiff befuhr, länger dauerten, saß Van Ackeren mit dem Arzt an Deck. Sie schauten in die Sterne und suchten die Bilder, welche bei den Arabern andere Namen trugen als bei den Christen und doch dieselben Sterne bezeichneten. Der alte Mann erzählte von seinen Kinder- und Jugendjahren im Serail des Sultans. Von dem grenzenlosen Reichtum der Byzantiner und von ihrer Grausamkeit und Zügellosigkeit, welche den westlichen Völkern fremd seien, da sie diesen Lüsten selbst zwar ebenfalls erlägen, sich ihrer aber schämten im Unterschied zu den Türken, welchen Grausamkeit und Völlerei als Ausweis hohen Standes dienten.

Er stamme, so erzählte er, ursprünglich aus Bagdad, das nehme er jedenfalls an. Denn er sei als kleines Kind von mamelukkischen Seeräubern entführt worden, als seine Familie auf einem Schiff gereist war. Die Gefangenen habe man verkauft, auch das kleine Kind, und so sei man auf dem Sklavenmarkt voneinander getrennt worden. Er habe nur wenige Erinnerungen an seine Mutter und gar keine an seinen Vater. Er wisse nicht einmal, ob der Vater das Gefecht auf dem Schiff überlebt habe.

Man habe ihn am Hofe des türkischen Sultans aufgezogen, und er habe sich durch seine Begabungen bald ausgezeichnet, sodass man ihm erlaubte, an einer berühmten Schule in Damaskus das Handwerk der Ärzte zu lernen. Der Sultan pflegte die Gewohnheit, die Kinder, die ihm gehörten, nach ihren Begabungen von Beobachtern beaufsichtigen zu lassen und sie frühzeitig nach ihrem Verwendungszweck zu sortieren, um sie auf diese Weise an dem richtigen Platz in seinem großen Reich einsetzen zu können. Gleichwohl blieben sie zeitlebens Sklaven, auch wenn sie es zu hohen Würden gebracht hatten.

»In meinen Augen ist es keine Schande, ein Sklave zu sein, Mijnheer Van Ackeren«, sagte Omar. »Die berühmtesten Lehrer der Antike waren Sklaven. Warum sollte ich mich dafür schämen?«

Van Ackeren schaute auf die Sterne, welche bis zum Horizont hinunter über den Himmel gestreut lagen. Das große Schiff mit dem dunklen Aufriss seiner Masten und Segel schob sich, gegen die schwarzen Wellen arbeitend, vor ihrer leuchtenden Kulisse vorbei, welche immer wieder zwischen den Segeln und Spieren herausglänzte.

»Ich würde«, fing er an, »Euch gern etwas erzählen, Mijnheer Omar. Und Euch um Eure Meinung dazu bitten.«

Van Ackeren hatte nicht die Absicht gehabt, zu sprechen. Die Worte waren wie von selbst erschienen, und nun fasste er auch den Mut, zu reden.

»Sprecht nur«, sagte der Alte.

»Ich bin auf der Suche nach einer Frau«, fuhr Van Ackeren fort. »Ich will – nun, ich will sie wiederfinden. Sie befindet sich weit fort, in Suriname. Aber …«

Omar schwieg. Schweigen war etwas, worauf er sich verstand.

»Darum handelt es sich aber nicht«, fing Van Ackeren wieder an. »Ich hatte einen Traum, versteht Ihr. Und in diesem Traum, da … wie soll ich es erklären, da trat das Böse an mich heran. Gestalten, die mir im Leben schon begegnet sind, tote Kreaturen, und sie wollten das Kind, das ich mit dieser Frau hatte, denn im Traum hatte ich ein Kind mit ihr, versteht Ihr?«

»Was verbindet Euch mit ihr, wie seid Ihr Euch begegnet?«

Van Ackeren erzählte von der Überfahrt, von der Geburt, der ersten Geburt, welche er miterlebt, und von dem toten, blau gefärbten Kind, dem er den Namen Benedikt gab und es bestatten half im Namen des Herrn. Und dass alles damit anfing, dass er dachte, ihr helfen zu wollen. Dass später sie aber ihm geholfen hatte, als er krank gewesen, und dass bis dahin bei ihm noch kein Wissen um seine Neigung zu ihr vorhanden war. Dass dies ihm erst später deutlich geworden sei und nun eine Gewissheit.

»Träume sind weise«, sagte Omar. »Sie erzählen aus einem Reich, in das wir nicht eintreten dürfen, wenn wir wachen, denn dort würden wir untergehen. Man sollte sie nicht leichtnehmen, mein Freund, wie auch Ihr es nicht getan habt.«

Er legte Van Ackeren die Hand auf die Schulter. »Ich glaube, dass ihr füreinander erwählt wurdet, weil es den Mächten, die mit uns spielen, so gefiel. Und dass das Kind, dem Ihr den Namen Benedikt gegeben habt, gehen musste, damit eure Kinder zukünftig leben. Dies könnte«, schloss Omar, »die Bedeutung Eures Traumes gewesen sein, in dem das Böse zwar anwesend war, was es immer ist, aber Euch und Eure Gefährtin nicht erreichen konnte.«

»Ihr glaubt, dass das Kind gestorben ist, damit wir leben können?«

»Die Götter verlangt es nach Opfern, wir sind ihnen sonst gleichgültig, so sahen es die Alten. Wir Menschen aber wollen die Götter beeinflussen, indem wir ihnen opfern. Und manchmal, wenn es ihnen gefällt, lassen sie sich verführen und nehmen ein Opfer an. Die Frau, die Ihr begehrt, gab ihr Kind, um Euch zu gewinnen, und ihr tatet beide danach das Rechte. Von Anfang an wart ihr Teil eines Geschehens, das vorherbestimmt ist, und dazu gehörte, dass dieses Neugeborene gehen musste, kaum dass es gekommen war. Ein Opfer kostet Blut, und es kostet zuweilen auch das Leben.«

Van Ackeren graute bei dem, was er hörte, und er wusste nichts zu erwidern.

»Die Götter«, fügte der Arzt an, »sind eitel und eifersüchtig.«

Am 12. Dezember 1701
Ich will zu dem, was mir Omar über meinen Traum gesagt, nicht mehr schreiben, als dass mir seine Ansichten beinahe abergläubisch erschienen sind. Wenn ich ihm auch zustimmen muss, dass man GOTT nicht verstehen kann. Gleichwohl soll man sich ihm nähern, da Sein Licht doch in uns ist. Indessen erfahre ich auf dieser Reise, dass mir ein Mensch so nahekam, wie ich es bislang von GOTT gedacht, und dies mich weiter und größer macht, als ich es bislang gewesen, obgleich wir einander so fern.

Versuche ich, dies zu fassen, so muss ich an Jacob Maternus denken, welcher doch das Innere der Pupae von Insecten erforschen wollte, in welchen die Verwandlung geschieht von der Raupe zum Schmetterling. Und an die Mitteilung der Mefrouw Merian, dass darin nichts sei. Es mag aber dieses Nichts sein, aus dem entsteht, was auch mich verwandelt. Ich kann nur darauf vertrauen, dass der Process der Verwandlung ein Teil der Schöpfung ist.

Mag sein, dass auch der Arzt Omar auf das Nämliche zu vertrauen imstande ist, da er die Ansicht vertritt, dass die Vernunft nicht der Weg sei, mit dem den Menschen zu helfen, sondern allein das aufrechte Handeln, worin er doch ganz anders denkt als Maternus, welcher stets über sich hinaussah und dennoch aufrecht handelte. Indessen erscheinen des alten Arztes Reden von den Göttern mir nicht vereinbar mit dem christlichen Glauben und doch auch nicht mit dem seinen, da der Koran nicht von mehreren Göttern redet, sondern von dem einen GOTT, der auch der unsere ist.

Indessen ist mir Omar ein freundlicher und weiser Weggefährte geworden, dessen Erzählungen von Schlachten und Abenteuern, welche er erlebt, uns allabendlich an Deck des Schiffes die Tage verkürzen, die wir noch vor uns haben, bis wir die Heimat erreichen. Ich habe nicht mehr mit ihm über meinen Traum gesprochen.

29

Am 20. Dezember 1701
Wir sind in Amsterdam! Mit Gottes Gnaden und günstigen Winden hat die »Morgenster« ihr Ziel erreicht. Wir sind endlich an die Küsten Hollands gelangt.

Während ich in meiner Kajüte sitze und dies schreibe, wird die Fregatte für die Hafeneinfahrt an der Schelde geleichtert. Welche Unternehmung höchst sinnreich ist und an Bord mit Aufmerksamkeit verfolgt wird. Indem alle, welche nicht beschäftigt sind, draußen an der Reling stehen und dabei zusehen.

Jacob Maternus, an den ich wieder oft denken muss, hätte sich daran erfreut, wie die schwere Fregatte von zwei mit Ketten verbundenen Barken, welche als Schiffskamele dienen, um ganze sechs Fuß angehoben wird. Dies kann geschehen, indem die Barken, nachdem sie mit ihren Ketten das Schiff unterfahren haben, ihr Ballastwasser löschen und so, leichter werdend, in die Höhe steigen, wobei sie unser Schiff mit hinaufnehmen. Man tut dies anscheinend bei allen großen Schiffen, welche die Erlaubnis haben, bis in die Stadt hineinzufahren, und verläuft dieser Dienst so reibungslos und rasch, dass ein Überseeschiff, wie Capitain Magnuszoon mir versicherte, dadurch allenfalls sechs Stunden verliere, wobei man ja ohnehin immer noch müsse auf die Tide warten. Es seien solche Schiffskamele, sagte der Capitain, weit billiger, als wenn man die Scheldemündung alle Jahre ausbaggern müsse, und werde dasselbe auch in anderen Häfen ausgeführt, wobei seines Wissens den Niederländern die Erfindung zukomme.

Wie ich merke, dass das Schiff sich Zoll um Zoll hebt, ist mir, als hebe sich auch meine Seele höher, da ich nun der Heimat nahe komme und Vater, Mutter und Geschwister bald sehen darf. Wenn auch nur, um ihnen das Leid anzutun, dass ich wieder werde fahren müssen, um Anna zu finden. Es ist nicht daran zu rütteln. Ich kann nur die Hoffnung haben, dass man mir dies nachsieht. War ich doch vordem in den Augen der Eltern schon einmal verloren an meinen Glauben, so muss man mir es nun vergeben, dass ich ein Weib heimführen will, welches ich mir selbst ausgesucht. Nachdem ich nicht mehr vorhabe, in den Predigerstand zu treten, sondern mich den Aufgaben des Lebens zuzuwenden, was mich Maternus gelehrt und der Arzt Omar, so hoffe ich, den Eltern zumindest dies anbieten zu können.

Und haben mir im Besonderen dies die Augen des Jonas Albich gesagt, welcher, als er dem Tode nahe, das geschaut haben mag, was ich immer sehen wollte. Dass nämlich die Nähe zu GOTT denen vorbehalten ist, die bald vor ihn treten. Denen, die im Leben stehen, ist der Blick verstellt, und soll man diesen Vorhang nicht lüften, weil dahinter noch etwas sein mag, was uns nicht frommt. Das Antlitz des HERRN soll, wie Omar gesagt, besser verborgen bleiben. Wir dienen Ihm, wenn wir Sein Haus und Sein Feld bestellen.

So mag mit meiner Entscheidung ein Zugewinn für die Eltern verbunden sein, welcher die Zumutung aufwiegt, mir mein Lebensglück selbst aussuchen zu wollen. Ich kann's nicht anders, und wird die Mutter, so hoffe ich, mich von der Seite verstehen, wo Zuneigung und Liebe gelten dürfen, und der Vater an der anderen Seite, wo ich den Kaufmannsstand jetzt annehmen will, wie mir der kluge Jude Moyse de Javiar geraten.

Also kehre ich anders zurück, als ich abgereist, und weiß nicht recht, was an mir geschehen ist. Mag sein, es geht mir in der Tat wie einer der Raupen, welche, nachdem sie sich eingesponnen, in anderer Gestalt wieder erscheinen und doch dasselbe Wesen geblieben sind, ohne dass sie wissen, wie das alles zugegangen.

Wie das Schiff unter mir leichter und leichter zu werden scheint und doch bloß angehoben wird von seinen schwimmenden Lasttieren, ist's mir selbst im Innern.

Ich kann es kaum erwarten, anzukommen.

Mit Capitain Magnuszoon habe ich gestern über den Versicherungsbrief gesprochen, den Abram Wiltshire auf die gesunkene »Beaver« ausgestellt, und ihn gefragt, ob er eine Möglichkeit sehe, dass dem Juden die versicherte Summe zukomme. Ich fühlte mich, sagte ich ihm, verantwortlich, da ich es doch gewesen, der das Ge-

spräch geführt und dem der alte Wiltshire am Ende sein Vertrauen ausgesprochen.

Ich solle, meinte Magnuszoon, mit einem der gut beleumundeten Geldverleiher sprechen und vor allem meinen Vater zurate ziehen, welchem er in diesen Dingen nicht nur Weitblick, sondern auch die Beziehungen zutraue, derlei in die Wege zu leiten. Er halte es für denkbar, dass Erstattung möglich, da der Jude klug alles Nötige getan, um sich abzusichern, und womöglich selbst eine Person darstelle, welche kreditwürdig, sodass der Versicherungsbrief nachgerade als Wechsel eingesetzt werden könne. Er wolle aber, sagte mir der Capitain mit einem Lachen, nicht auf seine alten Tage noch zum Kaufmann werden. Das sei weit schwerer, denn Capitain zu sein.

Der gütige Mijnheer Magnuszoon nahm mir indessen das Versprechen ab, ihn nach meiner Heimkehr in seiner Wohnung zu besuchen und mir die Freude zu machen, seine Familie kennenzulernen, die nicht nur aus sechs Kindern, sondern auch bereits aus vier Enkeln bestehe, soweit er jeden Falles wisse. Es könnten in dem Jahr, das er auf Reisen gewesen, leicht ein oder zwei dazugekommen sein.

30

Ein Boot braucht man, um schnell durch die Stadt zu kommen, nachdem das Grachtengewirr sich leichter abkürzen lässt als die Fußwege. Van Ackeren will eines ordern von denen, welche schon herangekommen sind und deren Ruderer rufend auf sich aufmerksam machen, während das Schiff, inzwischen von den Leichtern getrennt, in unerträglicher Langsamkeit an seinen Liegeplatz bugsiert werden musste.

Die Abschiede der Heimkehrer fielen kurz aus.

Magnuszoon ließ sich noch einmal versichern, dass ein Besuch in Kürze erfolgen sollte. Der alte Omar legte Van Ackeren die Hände auf die Schultern, als wollte er ihn segnen. Matis und Goodejan gaben ihren Handschlag. Sie sollten nur bestimmt mitteilen, bot Van Ackeren an, wenn sie Hilfe brauchten auf ihren neuen Wegen.

Zumindest Goodejan hatte ja zuerst Geld nötig für die Überfahrt, wollte es aber nicht annehmen, musste dennoch versprechen, sich zu zeigen, und das bald, da auch Van Ackeren doch wieder reisen musste.

All das verlief in der Hast des Ankommens, welche jeden erfasste und welche vom Trubel des winterlichen Hafens draußen in lebhaftester Weise beantwortet wurde, in dem trotz der Kälte ein sausendes Treiben herrschte, bei dem das eingetroffene Schiff bloß eine von vielen Attraktionen darstellte, an denen die bunte und lärmende Menge teilhaben wollte, welche an der Pier sich ohne Unterlass vorbeidrängte.

Bald konnte Van Ackeren das Fallreep hinunterklettern, sein kleines Bündel auf der Schulter, in dem sich das Tagebuch befand, darin er in den ruhigen Tagen der Rückreise vieles aufschreiben konnte, und dazu das Wenige seiner Habseligkeiten. Er rief dem wartenden Ruderer die Adresse zu, welcher nickte, und ließ sich von der Strickleiter herab auf den Sitz fallen. Gab die übliche Münze.

Das Boot glitt davon, die »Morgenster« zurücklassend, deren

massiger Rumpf sich schon zur Herde der anderen Schiffsleiber gesellt hatte, die Masten rückten ein in den Wald, welchen die Hölzer der Schiffe im Hafen errichtet hatten.

Und Van Ackeren sieht seine Stadt an sich vorübergleiten, beinahe wie in dem Traum, welchen er hatte, als er fieberte. Nur wiederum neu, denn die Stadt hat sich verändert. Auf der ganzen Reise in die Neue Welt hat es keine Ansiedlung solchen Ausmaßes gegeben wie die große Stadt Amsterdam. Man könnte nach einem Jahr der Abwesenheit als junger Mensch einfach hierher zurückkommen und alles vorfinden, wie man es zurückgelassen hat, wie es die Matrosen und Kaufleute tun, welche gleichmütig um die halbe Welt reisen und wiederkommen und wieder gehen.

Aber für den Rückkehrenden ist es anders.

Grachten, Speicher und spitzgiebelige Häuser scheinen ihre Positionen verändert zu haben, sind zusammen- und auseinandergerückt, als seien sie mit Absichten begabt. Und fast scheint es ihm, als könne er nun deutlicher sehen, was darin und dahinter sich tue.

Es überkommt ihn ein Schauder zusammen mit einer Aufgeregtheit, als sei er eingeladen zu einem großen und gewaltigen Spiel, bei welchem die Häuser und Kontore die Springer und Türme, Bauern und Läufer abgeben sollen. In seiner Herzgrube ist ein Zittern, gerade wie damals, als er mit Cosmé ausritt durch das hügelige Land und die Pferde durch das staubige Geröll eines Flussbetts galoppierten und dann die Anhöhe hinauf und sich droben eine so schöne weite Leere auftat.

Und weit dahinter standen die mit Wolken behangenen Berge.

Eine solche Weite kann er nun auch sehen hinter dem dumpfen Gestank aus den Sielen, Gumpen und Löchern, dem glucksenden, von Abwässern und Ratten beherrschten Sumpf, auf dem die Stadt doch in Wirklichkeit errichtet ist. Noch vor Kurzem hätte er sie als einen Hort der Sünden und eine Hochburg des Teufels angesehen, was sie gewiss auch ist, daran kann es gar keinen Zweifel geben. Aber noch mehr und ebenso ist sie ein Platz, an dem man sein Leben in die eigene Hand nehmen kann. Und dass der Wohlstand, mit dem er gesegnet, ihm hilft, zu tun, was richtig ist. Für sich und für Anna und auch für solche, die in Not geraten sind und die er in sein Haus nehmen will, wie es die Jesuiten taten in San Tómas. Die Not ist immer so nahe wie das Heil.

Es gibt so viel, was er tun will, wenn er die Eltern und die Geschwister erst gesehen!

Mein Gott, und das Boot biegt jetzt ein in die Gracht, an der die Holzbrücke kreuzt, über die er so oft zu Fuß gegangen ist, dahinter steht sein Elternhaus. Es ist noch da, steht ruhig zwischen den anderen schmalen Häusern wie ein kostbares Buch im Regal, das man herausgenommen und wieder zurückgestellt hat.

Schon hat der Reisende sich erhoben, noch ehe das Boot gegen die Balken scheuert und der Ruderer seinen Satz gesagt hat: »Wir sind da, junger Herr.«

Dann stand der Rückkehrende vor dem Tor und zog mit rasendem Puls an der Klingelkette, bis sich ein kleines Fenster auftat, darin das Gesicht der alten Hausmagd Angelka erschien. Man sah, wie ihre Augen rund wurden, dann folgte ein Schrei, welchen sie mit der Hand vor dem Mund zu ersticken suchte. Die schweren Riegel scharrten gegen die Zuhaltungen, und das Tor öffnete sich.

»Wir dachten, Ihr seid tot, Herr! Dass Ihr nur wieder da seid!«

Der Heimgekehrte wurde in den Arm genommen wie schon lange nicht. Sein Gesicht steckte in der Haube der Alten, er roch Stärkepulver und Mottenkugeln und konnte gerade noch darüber hinweg erspähen, wie die Mutter aus der hinteren Türe heraustrat und sich gleich am Geländer festhalten musste, als sie der Szene am Tor ansichtig geworden.

»Pieter!«, rief sie. »Ach Pieter.«

31

Es gab Tee, die Mutter musste seine Hand immer wieder festhalten, und Greetje war da. Der Vater und der Bruder waren im Kontor, sie würden bald kommen.

Van Ackeren hatte sich angekleidet, seine guten Sachen aus dem Schrank geholt, sie rochen nach den Lavendelsäckchen, welche die alte Angelka dazwischengelegt hatte. Den Rock aus blauem Taft mit violetten Aufschlägen, die seidenen Kniehosen und die perlfarbenen Strümpfe, die Schuhe mit silbernen Schnallen. Der Rock war ihm inzwischen zu klein, seine Schultern sind breiter, die Oberarme muskulöser geworden.

Auf dem zierlichen französischen Sessel sitzend, schaute er immer wieder an sich herunter wie an einem fremden Menschen. Sein Blick ging über den sorgfältig gedeckten Teetisch aus Kirschholz, er sah die feinen Stickereien am Kleid der Mutter, er betrachtete Greetjes nach französischer Mode aufgestecktes braunes Haar und sah ihre Hände, die ihm die silberne Kanne reichten und die so weich waren, da sie bislang kaum etwas anderes anzufassen brauchten als schöne Dinge.

Der Heimgekehrte trank von dem duftenden Tee und hielt beim Erzählen inne, als er dabei zusah, wie der braune Zucker vom Löffel in die Tasse aus weißem China hineinrieselte. Er musste an so vieles denken.

Er dachte an Annas aufgelöstes Haar, wie es über ihre starr blickenden Augen fiel, an ihre schlaffen, vom eigenen Blut verklebten Hände, die kraftlos in ihrem Schoß lagen, an das tote Kind, ihr Fleisch und Blut, und an das grausame Geräusch, als es beschwert mit einem Stein im Meer versank. Er dachte an die armseligen Hochzeiterinnen und ihre Hoffnungen. An den Kampf in der dunklen Gasse von Sint Eustacius, an Teerstratens süffisante Worte. Dachte an all das erschöpfte Elend, aus dem eine wie Anna aufgestanden war. Und sehnte sich nach dem Blick ihrer hellen Augen, nach ihrer Anwesenheit. Aber sie war so weit weg, einen Ozean entfernt, welcher voller

Gefahren, und vielleicht war es nach dem Ratschluss des Höchsten schon genug, was zwischen ihnen gewesen?

Greetje und die Mutter schauten ihn besorgt an. Sie mussten etwas von diesen Gedanken in seinem Gesicht gelesen haben, und so erzählte er rasch weiter von dem freundlichen Capitain Magnuszoon, dessen Bruder sie doch beide kennen müssten, und er berichtete von den beiden Matrosen Goodejan und Matis, er redete immer weiter, um den Zeitpunkt hinauszuzögern, an dem er ihnen würde sagen müssen, dass er wieder fortwill.

Besser, er sagte es der Mutter jetzt, noch ehe der Vater zurück war, damit sie ihm Beistand leiste, denn er konnte eine Fürsprecherin gebrauchen. Also würde er es bald tun müssen. Es drückte ihn schwer, diese beiden, in deren Augen die Freude stand, dass sie ihn nun wiederhatten, sogleich wieder kränken zu müssen.

Und dann war es Greetje, die fragte, ob er überhaupt wisse, dass man ihn für tot gehalten habe? Und dass von ihm in Amsterdam deshalb die Rede gewesen sei?

Van Ackeren schüttelte den Kopf. Er wisse nur, was die alte Angelka gerufen, als er bei ihr am Tor stand.

»Wisse, Pieter, dass die Merians, die alte Mefrouw eben und ihre Tochter, die Jungfer Dorothea, vor zwölf Wochen aus Suriname zurückgekehrt sind. Und die Jungfer Dorothea hat uns deinetwegen sogar ihre Aufwartung gemacht.«

Er schaute Greetje an, wartete auf mehr.

»Sie sagte uns, dass man dich in Suriname vermisse, seitdem du mit einem Boot flussaufwärts gefahren seiest, welches nach Wochen nicht zurückgekehrt sei, und man auch in Providentia dich nicht hat ankommen sehen.«

Die Mutter nickte viele Male und weinte wieder. Greetje schaute ihn mit großen Augen an. Ehe Van Ackeren etwas sagen konnte, sprang sie auf.

»Warte! Da ist etwas, das hat die Jungfer Dorothea für dich abgegeben im Falle, dass du doch heimkämest!«

Sie lief hinaus, indessen die Mutter seine Hand drückte, und kam gleich wieder herein, ein Kuvert in der Hand.

Er öffnete es, und Greetje schaute ihn so seltsam an. Ihre Augen wurden groß, als sie sah, dass seine Hände zu zittern begannen.

»Wer … was ist damit?«, wollte sie wissen.

Vor seinen Augen verschwammen die Wörter auf dem Papier, geradeso wie die schöne Zeichnung einer Ananas, welche sich auf dem aufgefalteten Papier fand, kunstreich mit Silberstift ausgeführt. Greetjes Stimme hörte er noch, aber sie kam zu ihm wie durch einen weiten, großen Raum, wie sie erzählte, dass die Merians glücklich zurückgekehrt seien zusammen mit der jungen Mefrouw Verboom, welche selbst mit sich eine stumme Dienerin genommen aus Suriname.

Die sich indessen so geschickt in der Werkstatt der Merians anstelle, dass man sie dort in Brot genommen habe für die dringende Arbeit an dem Buch, welches die Merians über das Getier und die Gewächse von Suriname zu machen vorhätten.

»Ich glaube«, schloss Greetje, ihren Bruder im Auge behaltend, »dass der Brief von ihr ist, von der Stummen.«

»Was steht denn darin?«, wollte die Mutter wissen, welche sich vorgebeugt hatte und auf das Blatt schaute.

»Eine hübsche Zeichnung ist es«, stellte sie fest, »und da steht auch ein Vers. Lies vor, Pieter!«

Van Ackeren musste beim Vorlesen seine Stimme beherrschen, geradeso wie seine Beine, die nicht mehr sitzen wollten, und seine Arme, die ihm kaum gehorchten. Gleichwohl las er wie von ihm verlangt, die Zeile vor.

»Die winter is vergangen, ik zie des meien schijn.«

32

Es sind nur ein Dutzend Straßen hinüber zur Kerkstraat. Er geht über zwei schmale Brücken und kommt an vielen Leuten vorbei, welche ihren verschiedenen Geschäften folgen und es nicht so eilig haben. In zehn Minuten kann man dort hinkommen, ein Rennender braucht dafür aber viel weniger Zeit, rempelt wohl den einen oder anderen an, ohne sich zu entschuldigen, dafür hat er keine Zeit.

Steht an der Haustür und schellt, findet kaum Worte für die Magd, die ihm nach dem Öffnen erstaunt nachschaut, wie er die Stiege hinaufrennt, als wüsste er bereits, wo er die findet, die er sucht.

Und wirklich läuft er gerade dorthin, wo sie arbeitet, ganz allein, denn die Merians sind nicht im Haus.

Vor Anna liegt eine Kupferplatte im Format zwanzig auf zwölf Zoll, auf der sie eben dabei ist, die Titelseite des Buches von der Verwandlung der surinamischen Insekten fertig zu stechen, des Buches, an dem seit Wochen fieberhaft in der Werkstatt gearbeitet wird. Neunzehn Zeilen umfasst der Titel, die ersten fünf gehalten in großen, stolzen Versalien. Unter der bereits fertigen floralen Vignette soll am Schluss, etwas gedrückt, noch die Verlagsadresse unterkommen, welche Anna mit ihrer Reißnadel schon vorgezeichnet hat.

Zu Amsterdam
für den Autor, der in der Kirchstraße wohnt, zwischen der Leidener Straße und der Spiegelstraße über dem Goldenen Adler, wo dieses Werk auch gedruckt wird und erhältlich ist, sowie bei Gerard Valk auf dem Damm im Wachsamen Hund

Die vielen Wörter brauchen Zeit. Man muss den Stichel nachschärfen. Schulter und Daumengelenk schmerzen vom Drücken. Anna fährt mit dem Lappen über das glänzende Kupfer, um die Späne aus den zierlich gestochenen Linien herauszuwischen.

Da hört sie Schritte auf der Treppe.

Hört jemanden heraufkommen, und sie kann das eilige Gepolter nicht anders erklären, als dass da einer kommt, der nicht bestellt ist. Nicht Bücher kaufen will und nicht Schmetterlinge oder Riesenkäfer hinter Glaskästen ansehen möchte. Es kann auch keiner der drei Kupferstecher sein, welche beide mit ihren Bäuchen und ihrer Behäbigkeit nicht in der Lage wären, die Stiege so rasch und leicht zu erklimmen, nein. Und wer, sag doch, wer sollte es denn sonst sein?

So steht sie schon in der Tür, als er hereinrennt in die Werkstatt, den Stichel hält sie noch in der Hand. Dann geht alles schnell.

Er nimmt sie in die Arme, und sie schließen beide die Augen, weil es nichts zu sagen gibt, gar nichts. Der Stichel fällt ihr aus der Hand und rollt ein Stück über den hölzernen Dielenboden, das einzige Geräusch außer ihren Atemzügen. Sie atmen langsam und tief, als gehe es darum, das Licht einzuatmen, das in den Werkstattfenstern steht und in dem die Stäube tanzen. Und der Angekommene atmet den Duft, der aus Annas Haar kommt, es ist immer der gleiche, den er zum ersten Mal an ihr gerochen hat. Und sie, sie spürt ihn jetzt so nah bei sich, wie sie es sich gewünscht hat in ihrer Einsamkeit. Seine Arme umschließen sie. Endlich. Und Anna singt.

Dass es niemand hören kann, ist ihr gleich, sie hat ihre Kammer geöffnet, nun darf das Licht herein.

Die winter is vergangen, ik zie des meien schijn.

Epilog

Pieter van Ackeren heiratete Anna im Januar 1702 mit dem zunächst widerstrebend erteilten Segen seiner Eltern, welcher ihm aber vollends zugesprochen wurde, nachdem er sich bereit erklärte, in den väterlichen Tuchhandel einzutreten.

Er wurde bald der Nachfolger seines Vaters. Die Van Ackeren'sche Handelsgesellschaft spielte für einige Jahre im Ostindienhandel eine Rolle. Danach entschied sich der junge Prinzipal angesichts des absehbaren Zerfalls der Vereinigten Ostindischen Compagnie, sein Vermögen zukünftig in Amerika zu investieren. Er fasste diesen Entschluss, als Maats Goodejan ihn in Amsterdam aufsuchte, sechs Jahre nachdem dieser nach Virginia ausgewandert war.

Maria Sibylla Merian und ihre Tochter Dorothea stellten nach ihrer Rückkehr ihre Sammlungen im Amsterdamer Stadthaus aus, welches ihnen der Bürgermeister Witsen zur Verfügung gab. Die erkrankte Malerin und Wissenschaftlerin betrieb mit großer Energie die Herstellung ihres geplanten Werks »Metamorphosis Insectorum Surinamensium«. Nach mehrjähriger Vorbereitung erschien es schließlich im Jahr 1705. Der große Erfolg des Werkes führte zu weiteren Auftragsarbeiten und zu einer selbstständigen Existenz. Damit gelang der fast sechzigjährigen Maria Sibylla die Gründung eines eigenen Verlags, was sie seit der Trennung von ihrem Mann 1685 und ihrer Flucht in die pietistische Gemeinde Waltha geplant hatte.

Dorothea Merian heiratete noch im Jahr ihrer Ankunft in Amsterdam den deutschen Chirurgen Philip Hendriks aus Heidelberg, mit dem sie später erneut nach Surinam reiste.

Anna van Ackeren war an der Entstehung des Merian'schen Werks maßgeblich beteiligt. Im Auftrag der Merians vollendete sie viele der Vorlagen für die Kupferstiche und half in der Werkstatt De Sluyters beim Stechen der Platten aus. Als gute Zeichnerin beteiligte sie sich auch an den Merian'schen Produktionen und Schulungen für kunstinteressierte Damen von Stand, indem sie das Blumenzeichnen als Vorbild für häusliche Stickereien lehrte.

Die Van Ackerens emigrierten mit ihren drei Kindern im Jahre 1712 nach Virginia. Dort investierte Van Ackeren in den englischen Tabakhandel, wobei Maats Goodejan Teilhaber der Firma wurde. Die Van Ackerens waren beteiligt an der Gründung der Stadt Harmony, in der sich vor allem Quäker ansiedelten. Diese Siedlung gab sich eine eigene Verfassung, bei der es Gemeinschaftsarbeit und Gemeineigentum gab sowie eine genossenschaftliche Landwirtschaft, in welcher Lebensmittel und Leistungen ohne Bargeld getauscht wurden, ähnlich wie es Van Ackeren in der Mission San Tómas erlebt hatte.

Pieter van Ackeren spielte eine wichtige Rolle bei der Vermittlung zwischen den Kriegsparteien und den Indianern im »Queen Anne's War«, in dem England mit der Unterstützung von Irokesenstämmen gegen französische Siedler und Händler kämpfte. Als Fürsprecher der zunehmend zurückgedrängten Indianerstämme wurden von diesen Van Ackerens diplomatische Bemühungen so sehr geschätzt, dass er von den Susquehannock zum Ehrenhäuptling ernannt wurde.

Van Ackeren zog sich im Jahre 1730 aus dem Tabakhandel zurück, nachdem sein Sohn die Firmenanteile übernahm. Er schrieb seine Erinnerungen an die Reise nach Suriname und die abenteuerliche Durchquerung des heutigen Venezuela in Form eines Reiseberichts auf, welcher in englischer Sprache in New York verlegt wurde. Die kleine Auflage verschwand jedoch bald, heute ist kein Exemplar mehr verfügbar.

Van Ackeren starb im Jahre 1748, seine Frau Anna überlebte ihn um zwei Jahre. Sie wurden beide als geachtete Bürger Harmonys auf dem örtlichen Friedhof beerdigt. Die Nachfahren Van Ackerens sind als Personen nicht mehr auffindbar, ihre Spuren indessen schon. Es heißt, dass ein Lieutenant John Ackeren im Unabhängigkeitskrieg mit George Washington auf der Seite der Aufständischen gekämpft habe, aber die Quellen erlauben keine sichere Zuordnung.

Cosmé de Fuentes gründete eine große Familie, die im späteren Venezuela eine wichtige Rolle spielen sollte, vor allem im Hinblick auf die politische Ablösung der einheimischen Grundbesitzerfami lien vom spanischen Mutterland. Die Familie gelangte zu erhebli chem Reichtum, als um 1900 die Ölförderung auch in Südamerik begann und auf dem venezolanischen Besitz der Navarros groß Ölvorkommen entdeckt wurden.

Kapitän Solker fuhr noch zweimal für die West-Indische Compagnie über den Atlantik, dann blieb er in Holland. Er heiratete die Tochter eines wohlhabenden Delfter Krämers.

Lambregt Rembt hatte weniger Glück. Die »Eenhorn« wurde im Jahre 1702 an der afrikanischen Küste von zwei englischen Fregatten geentert, dabei fand Rembt den Tod.

Die Bruyninghuizens versuchten in Para Maribo bei mehreren opulenten Abendveranstaltungen, die sie gaben, unter den reichen Pflanzern Gleichgesinnte zu finden, um die Anteile der Familie Sommelsdijk an Suriname aufzukaufen und ihnen die Majorität abzuerkennen. Obgleich die zerstrittenen Gutsbesitzer ihnen entgegenkamen, ließen sie von diesem Vorhaben wieder ab, nachdem ihnen klar wurde, dass die Gewinnaussichten ihren Vorstellungen nicht entsprachen, und kehrten nach Holland zurück.

Abram Wiltshire bekam seinen Anteil an der gesunkenen »Beaver«, da er über einen Mittelsmann in London nachweisen konnte, dass Kapitän Stedman ihm einen gültigen Wechsel ausgestellt hatte, den auch der Eigner des Schiffes anerkannte, nachdem ihm ein Teil der Versicherungssumme zugesprochen werden sollte. Die Versicherungssumme betrug zweitausendfünfhundert Gulden.

Die Karte auf Menschenhaut, welche Maurits van Teerstraten dem Söldner Christoff Melchert nach dessen Ableben vom Leib geschnitten hatte, wanderte noch für Jahrzehnte durch die Hände von Abenteurern verschiedener Couleur, die das Goldland so lange suchten, wie sie wollten, dass es existieren solle. Vielleicht hofften sie, der unbarmherzige Urwald werde ihnen die Strapazen vergelten, die sie auf sich nahmen. Das sagenhafte Dorado, dessen Lage auf der Karte verzeichnet sein sollte, wurde jedenfalls nie gefunden, wenn auch der Mythos einer vergessenen Hochkultur im Dschungel bis heute besteht.

Die Maroons im heutigen Guayana überlebten die niederländische Kolonie um mehr als hundert Jahre, welche sie mehrmals ernsthaft in ihrer Existenz bedrohten, und gelangten schließlich in die Freiheit. Mehrere ihrer sogenannten Aufstände sind bekannt, ohne dass man sie in ihren Urwaldverstecken besiegen konnte, obwohl der militärische Aufwand beträchtlich war und die Kolonialverwaltung mehrmals ausländische Truppen einsetzte, die sich dem Fieber und den Strapazen des Waldes aber nicht gewachsen zeigten.

Die Bandeirantes durchstreiften in den Gründerjahren der portugiesischen Kolonien entlang der Flüsse das mittlere Südamerika. Man erhob sie später aus unerfindlichen Gründen in den Stand nationaler Heroen Brasiliens, im Grunde waren sie aber wohl nichts anderes als Sklavenjäger und räuberische Glücksritter, die sich an keine Gesetze, vor allem nicht an die der Kolonialregierung, hielten.

Die Jesuitenmission San Tómas wurde 1767 zusammen mit allen anderen jesuitischen Missionen auf Druck der spanischen Kolonialverwaltung auf päpstliche Anordnung aufgelöst, nachdem man den Jesuiten jahrelang Hochverrat und Aufwiegelung vorgeworfen hatte. Alle Missionen der Jesuiten auf spanischem Gebiet wurden verboten und gingen mit ihrem gesamten Vermögen in den Besitz der Kolonialverwaltungen über. Die Patres wurden gezwungen, das Land zu verlassen, die überlebenden Indianer endeten zum größten Teil in der Sklaverei.

Das großformatige Buch »Metamorphosis Insectorum Surinamensium«, das in der Amsterdamer Kirchstraße mit den Materialien und Aufzeichnungen aus Suriname gedruckt wurde, wurde ein großer Erfolg und zu seiner Zeit vielfach verkauft. Es kann als eines der eindrucksvollsten Bilddokumente des Zeitalters der Entdeckungen angesehen werden, wobei es seinen Charme vielleicht gerade daher bezieht, dass es keine exakt wissenschaftliche Abhandlung darstellt. Stattdessen haftet ihm noch immer das Provisorische und Zufällige an, mit dem die beiden Entdeckerinnen am Rand des Urwaldes das einsammeln ließen, was ihrer Neugier und ihren Möglichkeiten zugänglich war. Die darin enthaltenen Kupferstiche gehören jedenfalls

zu den schönsten frühen Darstellungen tropischer Pflanzen un
Insekten.

Die Tabakdose aus Buchsbaum, welche sich im Besitz Teerstra
tens befand, brachte auch dem Segelmacher der »Morgenster« kei
Glück. Kaum zwei Wochen nach der Rückkehr seines Schiffes wurd
er bei einem Wirtshaushandel erstochen. Was mit der Dose seitden
geschehen ist, ist nicht bekannt. Vor einem Jahr jedoch tauchte si
auf einer Auktion von Historica in Deutschland zufällig auf. Sie wa
gut erhalten und wurde im Übrigen zu einem sehr günstigen Prei
angeboten.

Am Ende bleibt noch Annas Lied. Dazu ist nicht mehr zu sagen,
als dass es noch immer gesungen wird.

Glossar

Maria Sibylla Merian: * 1647 in Frankfurt, † 1717 in Amsterdam. Naturforscherin und Künstlerin. Stammte aus der bekannten Künstler- und Kupferstecherdynastie Merian und wuchs in Frankfurt auf. Nach der Trennung von ihrem Mann Johann Andreas Graff, mit dem sie nach Nürnberg gezogen war, lebte sie mit ihren beiden Töchtern einige Zeit in der pietistischen Labadistengemeinde Schloss Waltha im niederländischen Friesland. Später baute sie sich eine selbstständige Existenz in den Niederlanden auf. Die Jahre 1699–1701 verbrachte sie mit ihrer Tochter Dorothea Maria in Surinam, wo sie für ihr berühmtestes Werk »Metamorphosis Insectorum Surinamensium« (»Über die Verwandlung der Insekten Surinams«) Zeichnungen und Sammlungen anlegte. Das in ihrem Amsterdamer Atelier fertiggestellte Buch hat sie weithin bekannt gemacht hat. Sie gilt heute als eine der wichtigsten Frauenfiguren der frühen Neuzeit.

Petrus Stuyvesant: * 1612, † 1672. Verwaltete im Auftrag der Westindischen Kompanie die nordamerikanische Kolonie »Niew Nederland«, bis sie 1664 von England gewaltsam in Besitz genommen wurde. Dabei spielte eine wesentliche Rolle, dass die Bürger der Kolonie für eine Verteidigung ihre Unterstützung versagten, nachdem es zuvor Konflikte gegeben hatte, und für England votierten. Die Kolonie wurde später zu Ehren des Herzogs von York »New York« benannt.

Abdecker – Verwerter von Tierkadavern

Achterkastell – Aufbau am Heck eines Schiffes, in dem sich die Räume des Kapitäns befinden

Alkalde – Richter; eines der Ämter in einer spanischen Kolonialstadt

Árbitro – Zeitgeber bei einem Hahnenkampf

Arkebuse – frühe Form eines Vorderladergewehrs

Bader – eigentlich Bademeister, der ein öffentliches Bad betreut, später nicht akademischer Heiler, der unter anderem einfach Chirurgie betrieb

Bandeirantes – Banditen, portugiesisch-brasilianische Sklavenjäge

Barchent – mit Disteln aufgerauter Stoff aus Leinen und Baumwoll oder Wolle

Batavia – niederländischer Name für das heutige Jakarta in Java

Belegnagel – schwerer hölzerner Nagel in einem Gestell an Deck, an dem Schoten und Brassen befestigt werden

Besanmast – der hinterste Mast

Bilge – der unterste Raum im Schiff

Bootsmann – Anführer der Matrosen

Bramrah – ein Segel tragendes Querholz in Höhe der zweiten Verlängerung des Mastes (der Bramstenge) nach oben

Brasse – Tau, um die Rahsegel um den Mast zu drehen

Brigg – zweimastiges voll getakeltes Segelschiff

Brooktaue – die Taue, mit denen eine Schiffskanone befestigt wird, damit sie bei den Bewegungen des Schiffes und beim Schuss nicht wegrollt

Brujo – Zauberer

Büse – kleines Segelschiff

Bugrüsten – Befestigungen am Bug eines Segelschiffs

Bugspriet – Stange am Bug eines Schiffes, an der die Vorsegel befestigt sind

Bukaniere – Piraten

Caballero – Wort für (berittenen) Edelmann

Caesaropapie – negative Bezeichnung der päpstlichen oder kirchlichen Autokratie

Camarilla – Bande

Capricen – Überflüssiges, Spielerei

Caribe – Piranha

Cojones – Hoden, sinnbildlich für Mut

ein Contento haben – zufrieden sein

Corador – Schiedsrichter bei einem Hahnenkampf

Corpusculum – »Körperchen«; kleines, unter dem Mikroskop sichtbares Objekt, zum Beispiel Zelle

Corregidor – indianischer Mit-Verwalter einer Jesuitenmission, auch: Verwaltungsbeamter der spanischen Kolonialregierung

Criollos – Kreolen, im Land geborene, nicht indigene Bevölkerung im Unterschied zu den aus dem Mutterland stammenden Einwanderern

Darre – Trockengerüst

Daus – alte Zahl für »zwei«, bezeichnet die zwei Augen auf einem Würfel

Detachement – Abteilung

dippen – mehrmals auf und niederholen (einer Flagge)

Domestik – Dienstbote

Drillich – grober, reißfester Kleiderstoff aus Leinen und Baumwolle

Encomendero – Landbesitzer

Encomienda – offizieller Besitz eines spanischen Grundherrn (kolonialer Ausdruck)

Ewer – kleineres Schiff für die Küsten- und Binnenschifffahrt

Faden – ein Längenmaß, das mit beiden seitlich ausgestreckten Armen abgemessen wird

Faktor – Verwalter eines Handelskontors, Angestellter einer Handelskompanie

Fall – ein Tau, das senkrecht von unten nach oben und umgekehrt verläuft und funktioniert

Farthings – englische Münzen von geringem Wert

Filibustiere – Piraten

Findelkinderträger – sammelte ausgesetzte Säuglinge, die ihrem

Schicksal überlassen wurden, auf und brachte sie in eine karitativ Einrichtung, wo sie aufgezogen wurden

Fleute – beliebter Typ eines holländischen Überseeschiffs

Flussl ände – Umgebung eines Flusses

Fock – Vorsegel

Fötor – medizinischer Ausdruck für Geruch

Fontange – weibliche Kleidung: Haube über einem Drahtgestell

Fregattvogel – Raubmöwe

Garrotte – Schnur oder Kette, um eine Hinrichtung durch Erwürgen zu vollziehen

gepresst werden – zum Dienst als Soldat oder Matrose gezwungen werden

Gestion – Verwaltung, Angelegenheiten; Gestionen auch: Eingeweidebeschwerden

um vier Glasen – Auf einem Schiff wurden, beginnend mit der ersten Tagwache um sechs Uhr, die halben Stunden rund um die Uhr geschlagen bis höchstens acht Schläge (also vier volle Stunden), dann war Wachwechsel (der erste um zehn Uhr), und das Glasen begann wieder neu.

Gobernador – hoher Regierungsbeamter in der spanischen Kolonie

Göpel – Gestell, um Zugtiere darin einzuspannen

Grätings – durchbrochene Bodenelemente auf einem Segelschiff, durch die das Wasser ablaufen kann

Groote Kerk – fiktive reformierte Kirchengemeinde in Amsterdam

Großtopp – die Spitze des Großmasts

Guttapercha-Pflanze – Gummibaum

Hablante – Sprecher; in dem Fall, der hier beschrieben wird, der Sprecher eines Zauberers, eines »Brujo«, der selbst nicht direkt zu seinen Klienten spricht

Hafteln – Schnüre, um ein Kleidungsstück zu verschließen

Halbblut – heute als rassistisch geltender Begriff für einen Menschen mit Vorfahren unterschiedlicher Hautfarbe

Halsen – ein Segelschiff vor dem Wind wenden

Heimgart – ursprünglich: »Garten vor dem Haus«; bezeichnet ein zwangloses Gespräch, eine Plauderei

Hernandez – fiktiver Ort

Heupferd – Heuschrecke

Hidalgo – Edelmann

Höker – reisender Verkäufer

Holland – eine der sieben vereinigten niederländischen Provinzen mit der Hauptstadt Amsterdam

Hospital – Krankenstation auf einem Schiff

Hull – die Außenverschalung eines Schiffes, manchmal auch die Reling

Insectae – die Gesamtheit der Insekten

Jabot – Weste

Jakobsstab – Navigationsinstrument, mit dem die Sternhöhe gemessen und daraus die geografische Breite errechnet werden kann, auf der sich ein Schiff befindet

Jupe – Rock unter der Robe, Teil einer vornehmen Damenbekleidung

Justaucorps – verzierter Rock, Jacke

Kabelgatt – Stauraum für Taue auf einem Segelschiff

Kamisol – Hemd

Kartätsche – mit Schrot geladene Geschütze, die gegen Enterer eingesetzt werden

Kattun – Baumwolle

Kavalkade – festlicher Reiterumzug

Kazike – Indianerhäuptling

Koller – die für das Tragen eines Degens mit Scheide erforderliche Aufhängung am Gürtel

Konventikel – Gruppe von Gleichgesinnten

krängen – schräg liegen

Kreole, kreolisch, creolisch – Bezeichnung für die in den Kolonien geborenen Nachfahren der spanischen Einwanderer

Kreuzsee – eine Welle, die quer läuft

Kürass – Rüstung; hier: Brustpanzer eines Reiters

Laffe – eitler Zeitgenosse

Laschung – Befestigung

Lavaliere – Krawatte

Leeschanzen – Schiffsräume, die auf der dem Wind abgewandten Seite liegen

Leichter – ein Begleitfahrzeug, das zum Anheben eines Schiffes benutzt wird

Lenzpumpe – Pumpe, um eingetretenes Wasser aus dem Schiff zu pumpen

Lieke – Seile, mit denen die Ränder der Segel stabilisiert werden

Llanos – grasbewachsene Ebenen

Losament – Unterkunft, Zuflucht

Lose – loser Teil eines Taus

Luvbrasse – Tau zum Drehen eines Segels an der Windseite

Mamelukkos – Bezeichnung für portugiesisch-brasilianische Sklavenjäger, abgeleitet von »Mamelucken«, ursprünglich nordafrikanische Stammeskrieger

Maroon – geflohener Sklave

Marse, Marssegel, Marsfall, Marssaling, Marsstenge, Marsplattform – Marse ist die feste Verbindung zwischen Mast und Stenge, ein hoher Mast kann bis zu vier Marsen haben

Marsrah – Querstange in Höhe der ersten (untersten) Marse (Verbindung des Masts mit der verlängernden Stenge, s. dort)

Marssegel – rechteckiges Segel in Höhe der Marse (Siehe dort)

Masttop – Mastspitze

Mayordomo – Vorsteher der Dienerschaft

Messe (Schiff) – der Speiseraum, Versammlungsraum

Mestize – heute als rassistisch geltender Begriff für Nachkomme eines weißen und eines indianischen Elternteils

Miasma – Gestank, Geruch; auch: krank machender Gehalt der Luft

molestieren – belästigen

Musselin – fließender, weicher Kleiderstoff aus Baumwolle oder Wolle

Nagelbank – Gestell, in dem die hölzernen Belegnägel stecken, an denen die Taue festgemacht werden, die ständig bedient werden müsse

Neger, Negroes – zeitgenössischer Ausdruck für Schwarzafrikaner. Die negative Bewertung, die der Begriff später erfuhr, ist dem Autor bewusst, die zeitgenössische Bezeichnung wurde verwendet, um die historische Erzählung authentisch zu gestalten.

Neo Barcelona – fiktive Stadt

Nereiden – übernatürliche Wasserwesen

Neu-Holland – historisch mehrfach gebrauchter Ausdruck für niederländische Kolonien aus der Perspektive der niederländischen Provinz Holland; hier ist Suriname gemeint, da die Stadt Amsterdam wesentliche Anteile an der Kolonie hielt

Neu-Kastilien – das heutige Venezuela

Neu-Niederland – mehrfach verwendete Bezeichnung; zunächst für die nordamerikanische niederländische Kolonie (»Niew Nederland« – später New York, siehe »Petrus Stuyvesant«), danach eine der Bezeichnungen für Suriname

Neu-Spanien – Begriff für die südamerikanischen Kolonialgebiete

Niederländisch-Westindien – Sammelbezeichnung für die niederländischen Kolonien in Amerika

Oignon – »Zwiebel«, zeitgenössische Bezeichnung für eine dicke Taschenuhr

Olium Bappolium – nicht klarer Begriff, vermutlich Gaunersprache, bezeichnet wohl Angstschweiß

Ostindische Compagnie – niederländische Handelskompanie für den Ostindienhandel

Padauk – tropische Holzart

papistisch – Schimpfwort für Katholiken aus der Perspektive vo Protestanten

Patroon – Plantagenbesitzer, Hausherr

Piroge – Ruderboot

Plantagehouder – Plantagenbesitzer

Pomeranzen – Orangen

Poopdeck – Deck eines Aufbaus am Hinterdeck

Präsenthering, Kreuzbrandhering, Brandhering, Hohlhering – teurere und billigere Formen, in denen Hering haltbar gemacht und verkauft wurde

Prise, Prisengeld – Beute von gekapertem Schiff, Entlohnung für das Kapern

Profos – für Strafsachen zuständiger militärischer Beamter

Promessen – Versprechungen

Providentia – Plantage der Labadisten in Surinam

Pütz – Eimer

Rah, Marsrah, Bramrah – Rahen sind Querhölzer, an denen die rechteckigen Segel befestigt werden

Rahnock – äußeres Ende einer Rahe (eines Querholzes, an dem ein viereckiges Segel befestigt ist)

Rampjaar – »Unglücksjahr«; das Jahr 1672, in dem die Niederlande von französischen Truppen angegriffen wurden. Die Bevölkerung führte dies auf die Verhandlungen des »Ratspensionärs von Holland«, Johan de Witt, zurück, der den adeligen Statthalter aus dem Haus Oranje im Konsens mit den maßgeblichen wohlhabenden Kaufmannsdynastien abgesetzt hatte. Er wurde zusammen mit seinem Bruder in Den Haag als Verräter öffentlich gelyncht.

Rankühe – Rachsucht, Vergeltungsakt

Rapier – Stoßdegen

Raumkurs – den Wind seitlich haben

Reales – spanische Münze

Reel – ein Seemannstanz

Reep – Seil, Schnur

Reff – Verkürzung eines Segels, um die Fläche zu verkleinern

reffen – die Fläche eines Segels verkleinern

Regidor – Bürgermeister

Rigg – die funktionale Gesamtheit der Takelage und der Taue auf einem Segelschiff

Rudergänger – der Matrose, der das Schiff steuert

Rupfensack – Sack aus grobem Gewebe (Rupfen)

Saling – Verbindung aus Holz und Eisen, mit der ein Mast nach oben durch eine Stenge (siehe dort) verlängert wird

San Isidór – fiktiver Ort

Saumtier – Lasttier für Transporte über Land, meist Maultiere

Schäkel – eiserner Bügel mit verschraubtem Steg, mit dem man zwei Taue aneinander befestigen kann

Schaluppe – kleines Segelschiff

Scharbock – Skorbut

Schebecke – arabisches Segelschiff

Schiffspesos – auf Schiffen gebräuchliche Silbermünzen

Schmer – in der Landsknechtsprache eine Salbe, die aus gefallenen Gegnern hergestellt wurde, ihr wurde magischer Schutz zugeschrieben

Schoten – Taue, um die Segel straffer zu ziehen

Schute – Haube, aber auch kleineres Segelschiff für die Küstenfahrt

Secreta – Geheimnisse

Societät von Suriname – die Kolonie Suriname war im Besitz einer Handelsgesellschaft, an der die westindische Kompanie, die Stadt Amsterdam und die Gouverneursfamilie Sommelsdijk die Hauptanteile besaßen

Spaken – hölzerne Hebel, die in die Löcher einer großen Wind- eingesetzt werden, um sie zu drehen

Spanische Niederlande – nach der Befreiung der Niederlande unter spanisch-habsburgischem Einfluss verbliebene südliche Gebiete der Niederlande, die mehrheitlich katholischen Glaubens waren, das spätere Belgien

Spanten – tragende vertikale Bauteile eines Schiffes, an denen die horizontal verlaufenden Planken befestigt werden

Speigatt – Lücke an der Schiffswand auf Höhe des Decks, durch die Wasser ablaufen kann

Spener, Jacob – bekannter Pietist des 17. Jahrhunderts

Spezifikum – Ausdruck für eine Arznei

Spieren – Stangen, die an einem Mast befestigt werden

Spill – Winde, zum Beispiel um den Anker einzuholen

Stag – an Deck befestigtes Tau, das einen Mast stützt

Stage – feststehende Taue, an denen Segel hochgezogen werden

Stelling – Gestell zum Abstützen eines an Land gezogenen Segelschiffs

Stenge – bezeichnet die Verlängerung eines Masts nach oben, wird mit einer »Marse« befestigt oder in anderen Fällen auch mit Tauen an einem Mast festgemacht, die Reihenfolge ist: Mast, darüber Marsstenge, darüber Bramstenge

Stern – hinterer Teil eines Bootes

Steven – vorderer Bauteil eines Schiffes

Stückpforte – mit einer Klappe verschlossene Öffnung in der Seitenwand eines Schiffes, hinter der die Kanone steht

Stuiver – niederländische Münze von kleinem Wert

Takelage – die Gesamtheit der Segel

Teerjacken – Name für Seemänner

Tenue – Haltung

Tortola – eine der Jungferninseln, auf der zur Zeit der Erzählung erst seit Kurzem eine englische Garnison lag *reideln* – ein Schiff vom Land her ziehen

Tresse, Tressenrock – Zierbesatz an einer Uniform

Trosse – starkes Tau zum Festmachen eines Schiffes

Trossengasten – Matrosen, die die Trossen bedienen

Vademecum – ein Heils- oder Glücksbringer unterschiedlicher Art, wörtlich »was mit mir geht«

Vereinigte Niederlande – die sieben unabhängigen niederländischen Provinzen der Republik, deren wichtigste und reichste Holland war mit der Hauptstadt Amsterdam

Vigilien – nächtliche Gebetsstunde in einem Kloster

Virgen de Guadalupe – fiktive Stadt

Vliet – niederländisch für: Gewässer

Vorstrecker – dünnes Seil, das man werfen kann, um die daranhängende Trosse heranzuziehen

Waltha – Schloss Waltha war eine pietistische Gemeinde von Anhängern Labadies in Friesland

Wanten – feststehende Taue, mit denen die Masten stabilisiert werden, hier befinden sich quer eingeknüpfte Seile, an denen die Matrosen hinauf klettern können

Werg – Fasermaterial zum Abdichten von Fugen

West-Indien – Amerika wurde allgemein in der frühen Neuzeit als West-Indien bezeichnet

West-Indische Compagnie – die nach dem Muster der Ostindischen Handels-Compagnie für die Westindischen (also amerikanischen) Kolonien der Niederlande gegründete Handelsgesellschaft

Westindische Kolonie – ebenfalls Sammelbezeichnung für die niederländischen Kolonien in Amerika

Zócalo – Marktplatz, Stadtplatz

Zwerchsack – Rucksack